Leo N. Tolstoi

Frühe Erzählungen

Band-Signatur
TFb_C003

Tolstoi-Friedensbibliothek
Reihe C | Band 3

Herausgegeben von Peter Bürger

Übersetzungen von Alexander Eliasberg,
Raphael Löwenfeld, Karl Nötzel
und August Scholz

Leo N. Tolstoi

Frühe Erzählungen

Der Morgen des Gutsherrn – Luzern – Albert –
Drei Tode – Familienglück – Polikuschka –
Leinwandmesser

Tolstoi Friedensbibliothek

TFb_C003

Ein besonderer Dank für
Beistand bei der Bearbeitung dieses
Bandes gebührt Bodo Bischof

Die TFb-Buchausgaben
folgen dem Editionsprojekt
www.tolstoi-friedensbibliothek.de

Leo N. Tolstoi

FRÜHE ERZÄHLUNGEN
Der Morgen des Gutsherrn – Luzern – Albert –
Drei Tode – Familienglück – Polikuschka – Leinwandmesser

Tolstoi-Friedensbibliothek: Band-Signatur TFb_C003

Herausgeber, Redaktion & Gestaltung: Peter Bürger
www.tolstoi-friedensbibliothek.de
Umschlagmotiv: Portrait-Aufnahme Tolstois 1848/49,
Daguerreotypie | commons.wikimedia.org

Herstellung & Verlag: BoD – Books on Demand, Norderstedt
ISBN: 978-3-7597-6128-6

Inhalt

Einleitende Anmerkungen
zu den dargebotenen Werken
von Raphael Löwenfeld 7

Leo N. Tolstoi | Frühe Erzählungen

Der Morgen des Gutsherrn 19

Luzern.
Aus den Aufzeichnungen des Fürsten D. Nechljudow 76

Albert 103

Drei Tode 131

Familienglück 147

Polikuschka 247

Leinwandmesser 317

Anhang

Bibliographie
zu den dargebotenen Dichtungen 359

Übersicht zu vorliegenden
Bänden der Tolstoi-Friedensbibliothek 365

Tolstoi-Friedensbibliothek,
Reihe C | Dichterische Werke
(*Editionsplan*)

TFb_C001
Aus meinem Leben:
Kindheit – Knabenalter – Jugendzeit

TFb_C002
Kriegsbilder und andere Dichtungen aus der Zeit beim Militär

TFb_C003
Frühe Erzählungen

TFb_C004
Die Dekrabisten – nebst weiteren Texten über Soldaten
und einer Darstellung zu Tolstois Militärzeit

TFb_C005 – C007
Krieg und Frieden | Roman

TFb_C008 – C009
Anna Karenina | Roman

TFb_C010 – C011
Volkserzählungen und Legenden

TFb_C012
Späte Erzählungen

TFb_C013
Auferstehung | Roman

TFb_C014 – C015
Erzählungen aus dem Nachlass

TFb_C016
Gesammelte Bühnenwerke

Einleitende Anmerkungen
zu den dargebotenen Werken
von Raphael Löwenfeld

Der vorliegende Band der Tolstoi-Friedensbibliothek mit ‚*Frühen Erzählungen*' Tolstois enthält Übersetzungen von Alexander Eliasberg, Raphael Löwenfeld, Karl Nötzel und August Scholz. Die nachfolgenden Anmerkungen zu den dargebotenen Dichtungen stammen indessen durchweg von Raphael Löwenfeld und sind verschiedenen Bänden der Diederichs-Buchreihe ‚Gesammelte Novellen' entnommen.

DER MORGEN DES GUTSHERRN (1852-1856)[1]

Kein Werk Tolstojs ist in dem Grade das Abbild seines eigenen Wesens und seiner eigenen Schicksale, wie der *„Morgen des Gutsherrn"*. In den *„Lebensstufen"* haben wir Nechljudow kennen gelernt. Er ist Irtenjews bester Freund. Beide aber, Irtenjew und Nechljudow, sind gewissermaßen nur die ausgestalteten Teile einer höheren Einheit, die in der Person ihres Schöpfers lebendig war. Beide haben vieles von den Zügen ihres Dichters, und während ihn in seiner allerersten Schaffensperiode Irtenjew mehr fesselte, überwiegt allmählich die Neigung zu Nechljudow, und alles Selbsterlebte findet unter seinem Namen seine dichterische Wiedergeburt.

„Der Morgen des Gutsherrn" ist fast mit jedem Worte Selbstschilderung. Nechljudow ist Tolstoj. Und so hätten wir in dieser kleinen Erzählung, die sich so ganz unpersönlich gibt, mit mehr Recht als in

---

[1] Textquelle der Einführung | Leo N. TOLSTOI: Gesammelte Novellen. *Erster Band*: Der Morgen des Gutsherrn / Aufzeichnungen eines Marqueurs / Luzern / Eine Begegnung im Felde / Albert / Zwei Husaren / Polikuschka / Leinwandmesser / Der Schneesturm. Mit Einführungen von Raphael Löwenfeld. Erstes bis viertes Tausend. Jena: Eugen Diederichs 1924, S. 2.

den „*Lebensstufen*" ein Stück Biographie des Dichters aus seinen Jünglingsjahren zu erblicken.

„*Der Morgen des Gutsherrn*" ist ein Bruchstück. Man empfindet das nicht, wenn man es nicht geschichtlich festgestellt hat, denn die Erzählung ist trotzdem vollkommen künstlerisch abgerundet. Wie Tolstoj in den „*Lebensstufen*" allgemein die Entwicklung eines Menschen unter bestimmten Verhältnissen vorzuführen gedachte, plante er im weitesten Umfange das Bild eines russischen Gutsherrn. Der Roman sollte auch den Titel „*Der russische Gutsherr*" führen. Im Zusammenhange mit seinen persönlichen Schicksalen, die ihn das Leben des Gutsherrn unterbrechen ließen, wurde auch der dichterische Plan geändert. Nur der kleine Teil wurde ausgeführt, der den Titel „*Der Morgen des Gutsherrn*" trägt.

Was dem „*Morgen des Gutsherrn*" seinen hervorragenden Wert gibt, ist die Charakteristik der Bauerngestalten. Ein Teil der Wesensschilderung des russischen Dorfbewohners nun liegt in seiner eigenartigen Sprache. Tolstoj beherrscht sie wie kein zweiter russischer Dichter. Aber nur der Leser des Originals wird diesen Vorzug ganz würdigen können. Die Übersetzung vermag kaum andeutungsweise die Originalität und Kraft dieser Bauernsprache nachzuahmen. Der deutsche Leser kann sich davon eine Vorstellung machen, wenn er sich etwa die Sprechweise (nicht um die Mundart handelt es sich) Anzengruberscher Bauern in eine fremde Sprache übertragen denkt.

LUZERN (1857)[2]

In der ersten Hälfte des Jahres 1857 machte Tolstoi seine erste Auslandsreise. Er besuchte Deutschland; Frankreich, Italien und die Schweiz. Im Schweizerhof, der glänzenden Fremdenpension Luzerns, stieg er ab, um von hier aus als Fußgänger die Naturschön-

---

[2] Textquelle der Einführung I Leo N. TOLSTOI: Gesammelte Novellen. *Erster Band*: Der Morgen des Gutsherrn / Aufzeichnungen eines Marqueurs / Luzern / Eine Begegnung im Felde / Albert / Zwei Husaren / Polikuschka / Leinwandmesser / Der Schneesturm. Mit Einführungen von Raphael Löwenfeld. Erstes bis viertes Tausend. Jena: Eugen Diederichs 1924, S. 110.

heiten der Alpen kennen zu lernen. Aber der Menschenbeobachter in ihm feierte nicht. Ein Ort, in dem Menschen aus aller Herren Länder verkehrten, wie der Schweizerhof, bot ihm Gelegenheit zu mannigfachen Studien. Wie überall war es auch hier das Verhältnis der Gebildeten zu dem Volke, das den Menschenfreund und Dichter am meisten in Anspruch nahm. Und ein für jeden andern winziges Ereignis wird für ihn der Ausgangspunkt einer erschütternden Erzählung mit einem allgemeinen weltumfassenden Schlußgedanken.

„Luzern", dem Tolstoi die äußere Form der Aufzeichnungen des Fürsten Nechljudow gegeben hat, beruht demnach auf einem Erlebnis des Dichters. Zum ersten Male begegnen wir hier breiteren philosophischen Betrachtungen. Die Werke Tolstois, die wir bisher kennen gelernt haben, enthalten wohl auch eine Fülle von Ideen und allgemeinen Betrachtungen, nirgends aber hat der Dichter wie hier die Schlüsse selbst gezogen, die sich aus den erzählten Tatsachen ergeben.

In stilistischer Hinsicht ist *Luzern* ein Meisterwerk. Tolstojs Stil wird sonst mehr von dem Bestreben der Charakterisierung als von Rhythmik und den Forderungen der Schönheit beherrscht. In Luzern, wo hauptsächlich der Dichter selbst spricht, ist der Stil edler als in den meisten Werken Tolstojs.

ALBERT (1857/58)[3]

„Albert" – im Jahre 1857 auf der Reise durch Frankreich, während eines Aufenthalts in Dijon, in einem Zuge niedergeschrieben – entstammt den Petersburger Erinnerungen des Dichters. Nicht der Zeit nach der Belagerung Sewastopols (1856), sondern den frühesten Jugendjahren, da sich Tolstoi in Petersburg aufhielt, um sein juristi-

---

[3] Textquelle der Einführung | Leo N. TOLSTOI: Gesammelte Novellen. *Erster Band*: Der Morgen des Gutsherrn / Aufzeichnungen eines Marqueurs / Luzern / Eine Begegnung im Felde / Albert / Zwei Husaren / Polikuschka / Leinwandmesser / Der Schneesturm. Mit Einführungen von Raphael Löwenfeld. Erstes bis viertes Tausend. Jena: Eugen Diederichs 1924, S. 192. – Löwenfeld bietet in *seiner Diederichs-Ausgabe* die „Übersetzung … von August Scholz, [sie] hat aber viele Veränderungen und viele Ergänzungen erfahren" (ebd., S. 192).

sches Examen zu machen. Er hatte in einem Ballhause einen deutschen Musiker, namens Rudolph, kennen gelernt, und da er in ihm ein großes Talent schätzte, sich seiner liebevoll angenommen. Widrige Schicksale hatten Rudolph in das fremde Land verschlagen und widrige Leidenschaften hatten ihn heruntergebracht. Tolstoi nahm ihn auf sein Landgut mit und studierte unter seiner Leitung die deutsche Musik, besonders Beethoven.

„*Albert*" ist die dichterische Einkleidung dieses persönlichen Erlebnisses, mit dem noch Eindrücke aus andern Aufenthaltszeiten in der Hauptstadt zu einem Bilde vereinigt worden sind.

Wir werden bei Tolstoi noch oft den Schilderungen des Untergangs gut beanlagter Naturen unter bestimmten Lebensbedingungen, an welchen die Gesellschaft die Schuld trägt, begegnen; ja, wären wir ganz in chronologischer Ordnung vorgegangen (was auch in der Moskauer Originalausgabe, die uns zum Muster dient, nicht geschehen ist), so hätten wir in den Kaukasischen Erzählungen aus seinen jüngeren Jahren solche Schilderungen schon kennen gelernt.

DREI TODE (1857/58)[4]

Immer wieder und wieder hat Tolstoj das Rätsel des Todes künstlerisch zu lösen versucht. Von dem ersten Schmerz, den der Tod der Mutter dem Knaben bereitet („*Kindheit*"), schreitet er fort bis zu der teilnahmslosen Betrachtung des Denkers, der dem Ende des Menschen nicht anders gegenübersteht, als jeder der tausendfältigen Naturerscheinungen. Wie ein Wesen stirbt, ist ihm Maßstab und Zeugnis für seine innere Kraft. Irtenjews Mutter schließt die Augen ohne Todesfurcht, einen Dank für ihren Gatten und einen Segen für ihre Kinder auf den Lippen. Der Krieger auf dem Schlachtfelde („*Sewastopol*") trägt Schmerz und Ende mit unvergleichlicher Ruhe, der eine, weil ihn das Bewußtsein stärkt, für das Wohl eines großen Ganzen zu sterben, dem er als einzelnes Glied sich angehörig fühlt, der

---

[4] Textquelle der Einführung | Leo N. TOLSTOI: Gesammelte Novellen. *Vierter Band*: Volkserzählungen / Der Herr und sein Knecht / Drei Tode. Mit Einführungen von Raphael Löwenfeld. Jena: Eugen Diederichs 1924, S. 442-443.

andere, weil er in frommer Gottergebenheit alles hinnimmt, wie es über ihn kommt, ein dritter, weil der Tod eben nur eines in der Kette der Geschehnisse seines einförmigen Lebens ist. Stets aber beobachtet Tolstoj einen Unterschied zwischen dem Tode des schlichten Mannes aus dem Volke und dem Hinscheiden des höher Gebildeten. Die höhere Kraft zeigt der niedrig Geborene.

Nun galt es, das Problem des Todes in seiner Allgemeinheit zu fassen, das Verhältnis alles Bestehenden zu seiner Auflösung, die belebte mit der leblosen Natur in Vergleich zu bringen, das Ende des Menschen, den des Gedankens Blässe noch nicht angekränkelt, neben die Auflösung eines Wesens zu stellen, das ein Erzeugnis des sogenannten Fortschritts ist.

Mit einer erstaunlichen Gabe der Verknüpfung ist die einfache Fabel der *„Drei Tode"* ersonnen. Die vornehme Dame und der Knecht in der Poststube werden ebenso natürlich in eine Beziehung gesetzt, wie der Baum, dessen blühendes Leben zum Opfer fallen muß, um dem armen Teufel ein hölzernes Grabkreuz zu liefern. Man kann unseres Herweghs schönes Stimmungsgedicht mit der Grundidee der *„Drei Tode"* vergleichen:

„Sanft stirbt es einzig sich in der Natur."

Und je näher der Mensch der Ursprünglichkeit steht, desto leichter ist auch sein Tod, je mehr sich der Fortschrittsmensch von ihr entfernt, desto schwerer wird ihm das Scheiden.

Auch in späteren dichterischen Werken – die *„Drei Tode"* sind 1859 entstanden – tritt Tolstoj zu wiederholten Malen an das Problem des Todes heran, und in seinen moralphilosophischen Betrachtungen gelangt er im sechsten Jahrzehnt seines Lebens zu neuen Anschauungen, die ihm den Tod als die Grenze alles erreichbaren Glücks erscheinen lassen. Der Mensch stirbt, weil in dieser Welt das Glück seines wahren Lebens nicht mehr größer werden kann.

Die Auffassung dieser großen Menschheitsfrage ist in jeder Phase von Tolstojs Leben eine andere gewesen; an ihr allein könnte man seinem geistigen Entwickelungsgange nachforschen. Die *„Drei Tode"* sind darum für das Verständnis der Persönlichkeit des Dichters ebenso bedeutsam, wie an sich, als eines seiner reifsten Werke.

Das Problem der Ehe hat Tolstoi von frühester Jugend bis in sein spätes Alter beschäftigt. Von den Träumen des jungen Gutsherrn, dem sich das Glück in einem verständnisvollen Zusammenleben mit einer an Geist und Gemüt reich begabten Genossin darstellt, bis zu der lodernden Predigt gegen die Unkeuschheit in der Ehe, wie sie die *Kreutzersonate* exzentrisch, aber unterstützt von einer gewaltigen Dichterkraft, zum Ausdruck bringt, führt ein langer aber gerader Weg. Inmitten dieses Weges, auf der Mittagshöhe seines Lebens und Schaffens zugleich, entsteht dem Dichter als Betrachtung des Schicksals, das seiner selbst wartet, die duftigstse seiner Erzählungen: *Eheglück*.

Leo Tolstoi war ein Altersgenosse der Mutter von Sofia Behrs, die seine Liebe gewonnen hatte, und der grübelnde Mann mochte sich oft zagend die Frage vorlegen, ob es ein dauerndes Glück geben könne zwischen ihm und ihr. (Siehe mein Buch: *Leo N. Tolstoi, sein Leben, seine Werke, seine Weltanschauung.* Erster Teil, 247 ff., 264 ff. [Neuedition: TFb_D001]).

Eheglück ist gewissermaßen ein Zukunftstraum, die Schilderung dessen, wie es sich dereinst gestalten könnte, wenn der Mann, der die erste Jugend schon hinter sich hat, das jugendliche Mädchen heimführt, das knospend an seiner Seite aufwächst.

In der Dichtung sind, um der stärkeren Kontrastwirkung willen, die Verhältnisse der Wirklichkeit verändert. Sergei Michailowitsch ist in der Erzählung ein Freund des Vaters, nicht der Mutter; stand der Dichter im Leben verwaist da, seinem Ebenbild im Eheglück gibt er eine Mutter zur Seite; und hatte seine jugendliche Liebe in der Wirklichkeit das Glück, beide Eltern zu besitzen, das Seelenleben des Weibes, das in allen Stadien erschöpft werden sollte, ließ sich tiefer erfassen, wenn Maria Alexandrowna auf sich allein gestellt war.

Der Gedanke der Erzählung, der besonders in ihren letzten Teilen deutlich ausgesprochen wird, ist, ohne das Maßlose und Asketi-

---

[5] Textquelle der Einführung | Leo N. TOLSTOI: Gesammelte Novellen. *Dritter Band*: Eheglück / Die Kreutzersonate / Wandelt, dieweil ihr das Licht habt / Der Tod des Iwan Iljitsch / Die Dekrabisten. Mit Einführungen von Raphael Löwenfeld. Erstes bis viertes Tausend. Jena: Eugen Diederichs 1924, S. 2-3.

sche der *Kreutzersonate* zu streifen, doch nah verwandt mit der Idee der dreißig Jahre später entstandenen Tendenzdichtung.

Das Glück des Liebesrausches ist ein vorübergehendes. Es ist an die Jugendzeit gebunden und wandelt sich mit dem Fortschritt der Jahre in ein Gefühl der Dankbarkeit und Zusammengehörigkeit. Um in diesem veränderten Glück Genüge zu finden, muß man die Erregungen der Jugend hinter sich haben. Aber das veränderte Glück ist kein geringeres. Es vereinigt die Liebenden neu in der Zukunft ihres Kindes, während sie bisher in dem eignen Zusammenleben den Kreis ihrer Empfindungen und Wünsche beschlossen sahen. Eheglück ist nicht der Rausch der ersten Liebe, sondern die dauernde Gemeinsamkeit in der Sorge um das Kind, die dem Zusammenleben der Eltern die Weihe gibt.

Dieser Gedanke wird frei von jeder Einseitigkeit und mit überzeugender Folgerichtigkeit durch die schlichte Schilderung von Tatsachen entwickelt. Diese beiden Menschen, die wiederum die Vertreter von Tausenden und Abertausenden sein können, mußten notwendig so sich zueinander verhalten. Da ist nichts von einem feststehenden Sittlichkeitsprinzip, das durch eine erfundene Handlung, durch erfundene Menschen bewiesen werden soll. Eine einfache Tatsache wird erzählt, so alltäglich, so unser aller Gefühlsleben widerspiegelnd, daß man ohne jeden Widerspruch, ganz an die Gestalten des Dichters und die erzählten Ereignisse hingegeben, zu gleichen Schlüssen mit ihm kommt.

Die [...] [in der *Diederichs*-Ausgabe dargebotene !] vortreffliche Übersetzung von Claire von Glümer ist die in Heyse-Kurz' *Novellenschatz* erschienene. Ich habe sie mit der neuesten Auflage des Originals genau verglichen und hie und da manches geändert, wie ich hoffe, gebessert. Dadurch, daß Paul Heyse das „*Eheglück*" in seinen Novellenschatz aufgenommen hat, hat er diese Erzählung Tolstojs als ein Meisterwerk anerkannt. Es verdient viel eher diese Auszeichnung, als die von Turgenjew als die beste russische Novelle bezeichneten ,*Kosaken*'. Der russische Dichter war in seinem Urteil vielleicht mit von der Geringschätzung der Form beeinflußt, die den schöpferischen Geistern Rußlands eigen ist, der Meister der deutschen Novelle fand in „*Eheglück*" neben den Vorzügen, die allen Werken Tolstojs gemein sind, auch die vollendete Kunstform, die gerade in den Werken russischer Dichter, auch der größten, ein seltener Vorzug ist.

POLIKUSCHKA (1861-1862)[6]

„Polikuschka" (im Jahre 1860[7] entstanden) ist die Klage eines Menschenfreundes über die furchtbare Lage des Volks, das in seiner Dumpfheit das Bewußtsein der Menschenwürde verloren hat und allen Launen dessen preisgegeben ist, dem es mit Leib und Seele gehört.

Von der Laune der Herrin hängt es ab, wie Polikuschka lebt: unter welchen Verhältnissen er geboren wird, was er zu seinem Lebensberuf macht, wie sich sein Charakter entwickelt. Er hat den Ruf eines gescheiten aber charakterschwachen Gesellen, und da er einmal in seinem Leben, durch die Laune der Herrin in Versuchung gebracht, seinem angeborenen Hange widersteht, um mit Eins seinen schlechten Ruf zu widerlegen, spielt ihm der Zufall einen Streich, der die furchtbarste Tragik zur Folge hat. Alle Welt behauptet, Polikuschka könne man kein Geld anvertrauen; die Herrin wählt gerade ihn zum Boten, wo es gilt, eine große Summe abzuholen, um ein Erziehungswerk an ihm zu üben. Er glaubt glücklich seinen Trieb niedergekämpft und das Geld unversehrt nach Hause gebracht zu haben – da merkt er, daß es auf dem Wege durch ein Loch in seiner Mütze verloren gegangen ist. Er erhängt sich auf der Bodenkammer, seine Frau läßt vor Schreck das Kind, das sie eben badet, ins Wasser fallen, daß es ertrinkt, und die Herrin schenkt das wiedergefundene Geld dem Bauern Dutlow, der es gar nicht nötig

---

[6] Textquelle der Einführung | Leo N. TOLSTOI: Gesammelte Novellen. *Erster Band*: Der Morgen des Gutsbesitzers / Aufzeichnungen eines Marqueurs / Luzern / Eine Begegnung im Felde / Albert / Zwei Husaren / Polikuschka / Leinwandmesser / Der Schneesturm. Mit Einführungen von Raphael Löwenfeld. Erstes bis viertes Tausend. Jena: Eugen Diederichs 1924, S. 332-333. – Die dort im Anschluss dargebotene Übersetzung, so vermerkt R. Löwenfeld in einer Fußnote, „ist von Wilhelm Wolfsohn, dem trefflichen Herausgeber der ‚Russischen Revue'. Es gibt wenige Übersetzungen, die ihrem Original so nahe kommen in Stimmung und Ausdruck, wie diese Arbeit Wolfsohns." (ebd., S. 332).
[7] [1861-1862, pb]

hat, weil er einer der Reichsten im Dorfe ist. Wenige Tage vorher hatte Dutlow von seinem Reichtum nicht so viel hergeben wollen, um seinen Neffen, einen guten Burschen, vom Militär loszukaufen; nun peinigt ihn das „Teufelsgeld", und um es los zu werden, wird er mit einem Male der gute Onkel, und löst den Sohn seines Bruders aus.

Ohne sichtliche Neigung für die eine oder die andere Seite, tritt Tolstoi hier als der Anwalt des Volkes auf. Was sich in der untersten Schicht Rußlands an Tugenden, und mehr noch an Fehlern und Lastern herausgebildet hat, ist das Werk der höher gebildeten Klassen, die Eigentum an Sachen und – Menschen für ihr unveräußerliches Recht halten.

Man wird unwillkürlich bei der Lektüre *Polikuschkas* an die dreißig Jahre später geschriebene *„Macht der Finsternis"* erinnert. Mit seltener Kraft ist das Volk in seinen Lebensäußerungen geschildert, mit solcher Leibhaftigkeit tritt die Gestalt des unglückseligen Polikuschka vor den Leser. Und wie dort aus dem Leben der untersten Volksschichten und aus den Empfindungen der einfachsten Menschen heraus eine gewaltige dichterische Wirkung geschaffen ist, so ist auch hier erschütternde Tragik gewonnen aus der alltäglichen Handlung des alltäglichsten Menschen.

Wenn Turgenjew die Bemerkung macht: „Nur vom Stoff ist schmerzlich viel vergeudet und auch das Söhnchen hat er unnützerweise ertrinken lassen", so wird man nicht leicht seiner Ansicht zustimmen. Die Häufung der traurigen Folgen ist hier nicht störend, sondern die Wirkung des Ganzen steigernd. Eher wird man Turgenjews Worte unterschreiben: „Es läuft Einem eisig über den Rücken, und der ist doch wahrlich bei unser Einem dick und stark genug. Er ist ein Meister!"

Alle Dichtungen Tolstojs sind nichts als Selbstbekenntnisse in höherem Sinne, in jenem höheren Sinne, in dem man auch Goethes Schaffen als eine Reihe von Gelegenheitsdichtungen bezeichnet hat. Tolstoj gestaltet nichts, wozu er nicht die Anregung aus seinen eigenen Erfahrungen empfangen hat und was ihm nicht zu einem inneren Erlebnis geworden ist. Nur die sonderbare Geschichte des scheckigen Wallachs macht hiervon eine Ausnahme.

Er hatte den Stoff sozusagen geschenkt bekommen. Er ist die Erfindung eines anderen, des früh verstorbenen Dichters M. A. Stachowitsch, der sich durch die Dichtungen *„Nächtlich"* („Nočnoje") und *„Der Überfall"* („Najezdniki") bekannt gemacht hat. Der Bruder dieses Dichters, A. A. Stachowitsch, ein vieljähriger Freund des Hauses Tolstoj, hat ihm die Erfindung zu *„Leinwandmesser"* mitgeteilt.

In der Form, die Tolstoj der Erzählung gegeben hat, wird sie zu einem Gleichnis. Das arme geknechtete Pferd ist ein Abbild des unglücklichen Volks, das für den prassenden, ausschweifenden Herrn arbeitet und nur so lange gehegt und gepflegt wird, als die jugendliche Arbeitskraft ihren Wert hat. Der arme Gaul ist nichts anderes als der bedauernswerte Leibeigene, der, wie Polikuschka, von der Laune des wechselnden Besitzers abhängt.

Und das Unglück des Pferdes hat dieselbe Ursache wie das Unglück der Menschen.

Leinwandmesser ist ein nachdenkliches Tier, das aus seinen Erfahrungen Schlüsse zieht. „Die Menschen lassen sich im Leben nicht durch Taten, sondern durch Worte leiten ... Solche Worte, die ihnen für sehr wichtig gelten, sind: mein, meine, mein, die sie von verschiedenen Dingen gebrauchen ... Wer nach diesem zwischen ihnen vereinbarten Spiele von der größten Zahl der Dinge sagt: Mein – der gilt bei ihnen für den Glücklichsten ... Und die Menschen streben

---

8 Textquelle der Einführung | Leo N. Tolstoi: Gesammelte Novellen. *Erster Band*: Der Morgen des Gutsbesitzers / Aufzeichnungen eines Marqueurs / Luzern / Eine Begegnung im Felde / Albert / Zwei Husaren / Polikuschka / Leinwandmesser / Der Schneesturm. Mit Einführungen von Raphael Löwenfeld. Erstes bis viertes Tausend. Jena: Eugen Diederichs 1924, S. 422-423.

im Leben nicht danach, das zu tun, was sie für gut halten, sondern danach, möglichst viele Dinge m e i n zu nennen."

Mit der Verurteilung des Eigentumsbegriffs wird die Tierfabel „Leinwandmesser" in dem Augenblick der Aufhebung ein letzter Aufschrei des geknechteten Volkes. In keinem seiner größeren Werke hat Tolstoj mit solcher Bestimmtheit, mit solcher Energie und Deutlichkeit den rackernden Leibeigenen dem prassenden Adel gegenübergestellt.

Um den Gegensatz noch schärfer zu machen, fügt der Dichter in seine Erzählung auch das Geschick der Geliebten ein, die denselben beiden Männern gehört hat, die auch Besitzer Leinwandmessers gewesen sind. Auch an den Lebenserfahrungen dieser drei Menschen rächt sich der Fluch der falschen Vorstellung, die unter den Menschen als das Recht des Eigentums fortwirkt.

Der Grundgedanke der Erzählung: „Leinwandmesser" ist der äußerste Schluß, den Tolstoj aus seiner Abneigung vor der Kulturwelt zieht. Mit ihm beginnt der Übergang zu den Anschauungen eines urchristlichen Kommunismus, der Tolstoj in späteren Jahrzehnten zu den Worten des reinen Evangeliums zurückgeführt und der in seinen sozial-ethischen Werken eine methodische Ausbildung erfahren hat.

Unterbrochen wurde dieser Ideengang nur durch die glücklichen Jahre seiner jungen Ehe und die Entstehung der beiden großen Werke „Krieg und Frieden" und „Anna Karenina". Denn die Abfassung von „Leinwandmesser" fällt mit „Polikuschka" und „Eheglück" in die Jahre kurz vor Tolstojs Ehe mit Sophie Behrs und bildet mit diesen Werken den Abschluß seiner ersten Schaffensperiode. Das folgende Jahrzehnt (1860 bis 1870) wird durch die Arbeit an den beiden genannten Meisterwerken ausgefüllt. Es ist das glücklichste in dem Leben des Dichters und das fruchtbarste in seinem Schaffen.

Leo N. Tolstoi als junger Mann, 1851
(commons.wikimedia.org)

Der Morgen des Gutsherrn

Bruchstück eines unvollendeten Romans
„Der russische Gutsherr" 1852[-1856][1]

I. |

Fürst Nechljudow war 19 Jahre alt und im dritten Kursus der Universität, als er zu den Sommerferien auf sein Landgut kam und dort den ganzen Sommer allein verlebte. Im Herbst schrieb er mit unentwickelter kindlicher Hand an seine Tante, die Gräfin Bjelorezka, die nach seiner Meinung seine beste Freundin und die genialste Frau der Welt war, folgenden (hier in Übersetzung wiedergegebenen) französischen Brief:

„Liebe Tante!

Ich habe einen Entschluß gefaßt, von dem das Schicksal meines ganzen Lebens abhängen soll. Ich verlasse die Universität, um mich ganz dem Landleben zu widmen; denn ich fühle, daß ich dafür geboren bin. Lachen Sie, liebe Tante, um Gottes willen nicht über mich! Sie werden sagen, ich sei jung. Vielleicht bin ich wirklich noch ein Kind; aber das hindert mich nicht, meinen Beruf, d. h. dem Guten nachzustreben und es zu lieben, in meinem Innern zu fühlen. Wie ich Ihnen schon geschrieben, habe ich alles in unbeschreiblicher Zerrüttung vorgefunden.

Als ich die Ordnung wiederherstellen wollte und den Geschäften näher trat, entdeckte ich, daß das Hauptübel in der traurigen, jammervollen Lage der Bauern besteht, und daß das Übel derart ist, daß man es nur durch Arbeit und Geduld beseitigen kann. Wenn Sie nur zwei meiner Bauern, David und Iwan, sehen könnten und das Leben, das sie mit ihren Familien führen, so bin ich überzeugt, der bloße Anblick dieser beider Unglücklichen würde Ihnen mehr als alles, was ich Ihnen sagen könnte, meine Absicht erklären. Ist es

---

[1] Textquelle | Leo N. TOLSTOI: Gesammelte Novellen. *Erster Band*: Der Morgen des Gutsherrn / Aufzeichnungen eines Marqueurs / Luzern / Eine Begegnung im Felde / Albert / Zwei Husaren / Polikuschka / Leinwandmesser / Der Schneesturm. Mit einer Einführung von Raphael Löwenfeld. Erstes bis viertes Tausend. Jena: Eugen Diederichs 1924, S. 3-82.

nicht meine heilige natürliche Pflicht, für das Glück dieser siebenhundert Menschen zu sorgen, für die ich Gott dereinst werde Rechenschaft geben müssen? Ist es nicht Sünde, sie der Willkür roher Starosten und Verwalter preiszugeben, bloß aus Genußsucht oder Ehrgeiz?

Und wozu auch in einem andern Wirkungskreise Gelegenheit suchen, nützlich zu sein und Gutes zu tun, wenn sich mir eine so edle, glänzende und nahe Verpflichtung darbietet. Ich fühle in mir die Befähigung, ein guter Landwirt zu sein; und um ein solcher zu sein, wie ich dieses Wort verstehe, bedarf es weder eines Kandidaten-Diploms noch eines Amts, wie Sie dies so sehnlich für mich wünschen. Liebe Tante, machen Sie keine ehrgeizigen Pläne für mich; gewöhnen Sie sich an den Gedanken, daß ich vollständig meinen eigenen Weg gehe, einen Weg, der gut ist und der – ich fühle es – mich zum Glücke führen wird. Ich habe viel, sehr viel über meine Verpflichtungen in der Zukunft nachgedacht; ich habe mir Grundsätze für mein Handeln aufgesetzt, und wenn mir Gott nur Leben und Kraft gibt, wird mein Vorhaben glücken.

Zeigen Sie diesen Brief nicht meinem Bruder Wassja; ich fürchte seinen Spott. Er ist gewohnt, über mich zu herrschen, und ich bin gewohnt, mich ihm zu fügen. Wird Wanja meine Absicht auch nicht billigen, so wird er sie doch begreifen."

Die Gräfin antwortete ihm in folgendem Briefe, der ebenfalls hier aus dem Französischen übersetzt wird:

„Dein Brief, lieber Dmitrij, hat mir nur das Eine bewiesen, daß Du ein vortreffliches Herz hast, und daran habe ich nie gezweifelt; aber, lieber Freund, unsere guten Eigenschaften schaden uns im Leben mehr als die schlechten. Ich will Dir nicht sagen, daß Du eine Torheit begehst, daß Dein Vorgehen mich kränkt; ich will mich bemühen, nur durch Überredung auf Dich zu wirken. Wir wollen uns auseinandersetzen, mein Freund: Du sagst. Du fühlst den Beruf zum Landleben in Dir; Du willst das Glück Deiner Bauern fördern und hoffst, ein guter Landwirt zu werden. 1. Muß ich Dir sagen, wir fühlen unseren Beruf erst dann, wenn wir uns schon einmal in ihm geirrt haben. 2. Es ist leichter, das eigene Glück als das Glück anderer zu schaffen und 3. Um ein guter Landwirt zu werden, muß man ein kühler und strenger Mensch sein, und das wirst Du wohl Dein Lebtag nicht werden, so sehr Du Dich auch bemühst, ihn zu spielen.

Du hältst Deine Ansichten für unwiderleglich und machst sie sogar zu Lebensgrundsätzen; aber in meinen Jahren, lieber Freund, glaubt man nicht an Ansichten und Grundsätze; man glaubt nur an die Erfahrung; und die Erfahrung sagt mir, daß Deine Pläne kindisch sind. Ich bin nahe an die Fünfzig und habe viel würdige Männer gekannt; aber ich habe noch nie gehört, daß ein junger Mensch von Stand und Fähigkeiten sich auf seinem Landgute vergraben hätte, unter dem Vorwande, Gutes zu tun. Du hast stets ein Original sein wollen, und Deine Originalität ist doch nichts anderes als übergroße Eigenliebe. Wähle lieber, mein Freund, die gebahnten Wege; sie führen schneller zum Erfolg, und wenn Du auch den Erfolg als solchen nicht brauchst, so ist er Dir doch unentbehrlich, wenn Du die Möglichkeit haben willst, das Gute zu tun, das Du so liebst.

Die Armut einiger Bauern ist ein notwendiges Übel oder ein Übel, dem man abhelfen kann, ohne alle seine Pflichten gegen die Gesellschaft, gegen seine Familie und gegen sich selbst zu vergessen. Mit Deinem Verstande, mit Deinem Herzen, mit Deiner Liebe zur Tugend müßtest Du in jeder Laufbahn Erfolg haben; aber wähle wenigstens eine, die Deiner würdig ist und die Dir Ehre macht.

Ich bin von Deiner Aufrichtigkeit überzeugt, wenn Du mir sagst, du habest keinen Ehrgeiz; aber Du täuschest Dich selbst. Ehrgeiz ist in Deinen Jahren und bei Deinen Mitteln eine Tugend; aber er wird zu einem Fehler und zu einer Narrheit, wenn der Mensch nicht mehr imstande ist, diese Leidenschaft zu befriedigen. Und Du wirst das erfahren, wenn Du Deine Absicht nicht änderst. Lebe wohl, lieber Mitja! Ich glaube, ich liebe Dich wegen Deines törichten, aber edlen und großherzigen Planes noch mehr. Handle, wie Du es verstehst; aber ich muß Dir sagen, ich kann Dir nicht zustimmen."

Nachdem der junge Mann diesen Brief gelesen hatte, dachte er lange über ihn nach. Endlich kam er zu dem Schluß, daß auch eine geniale Frau irren könne, reichte sein Entlassungsgesuch an der Universität ein und ließ sich für immer auf dem Lande nieder.

II. |

Der junge Gutsherr hatte sich, wie er der Tante geschrieben, die Grundsätze zusammengestellt, nach welchen er auf seinem Landgute handeln wollte, und sein ganzes Leben und alle seine Beschäftigungen waren nach Stunden, Tagen und Monaten geordnet. Der Sonntag war für den Empfang von Bittstellern, Hofleuten und Bauern bestimmt, für den Rundgang in den Wirtschaften der armen Bauern und für Hilfeleistungen nach Beschluß der Gemeinde, die sich jeden Sonntagabend versammelte und darüber zu beschließen hatte, wem eine Unterstützung zu geben wäre, und welcher Art sie sein sollte. In solchen Beschäftigungen war mehr als ein Jahr dahingegangen, und der junge Mann war weder in der praktischen, noch in der theoretischen Kenntnis der Landwirtschaft ein gänzlicher Neuling mehr.

Es war ein heller Juni-Sonntag. Nechljudow hatte seinen Kaffee getrunken und ein Kapitel im *Maison rustique* durchflogen. Mit dem Notizbuch und einem Päckchen Kassenscheine, die er in der Tasche seines leichten Überziehers trug, trat er aus dem großen mit Kolonnaden und Terrassen umgebenen Landhause heraus, in welchem er unten ein kleines Zimmer bewohnte, und ging über die unsauberen bewachsenen Wege des englischen Gartens auf das Dorf zu, das sich zu beiden Seiten der großen Landstraße ausbreitete.

Nechljudow war ein hochgewachsener, stattlicher junger Mann mit langem, dichtem, lockigem, dunkelblondem Haar. Seine schwarzen Augen funkelten hell; seine Wangen waren frisch, seine Lippen rot und seinen Mund umspielte der erste Flaum der Jugend. In allen seinen Bewegungen und seinem Gange lag Kraft, Energie und das gutmütige Selbstvertrauen der Jugend. Das Landvolk kehrte in bunten Haufen aus der Kirche heim, Greise, Mädchen, Kinder, Weiber mit Säuglingen, in Festtagskleidern. Sie gingen jeder in sein Häuschen, um den Herrn herum, mit tiefem Gruß. Als Nechljudow die Straße erreicht hatte, blieb er stehen, zog sein Notizbuch aus der Tasche und las auf der letzten, mit kindlicher Hand beschriebenen Seite einige Bauernnamen, bei denen er Bemerkungen gemacht hatte. „Iwan Tschurisenok hat um Balken gebeten" las er, bog in die Straße ein und schritt auf die Tür des zweiten Bauernhauses zur Rechten zu.

Tschurisenoks Wohnung bildete ein halb verfaultes, schiefwinkeliges Balkenhaus, das auf die Seite geneigt und so in die Erde eingesunken war, daß unmittelbar über der Düngergrube das eine zerschlagene große Schiebefenster mit dem zerbrochenen Laden und das andere kleine Hinterfenster, das mit Wolle verstopft war, sicht-

bar wurden. Ein aus Brettern gezimmerter Flur mit verfaulter
Schwelle und niedriger Tür, ein zweites kleines Bretterhäuschen,
noch älter und noch niedriger als der Flur, eine Tür und ein gefloch-
tener Verschlag waren an das Haupthäuschen angelehnt. Alles dies
war einst von einem schrägen Dache überdeckt gewesen, jetzt aber
lag nur noch auf dem überhängenden Dache dicht schwarzes, fauli-
ges Stroh. Oben aber sah man an vielen Stellen das Lattenwerk und
die Sparren. Vor dem Hause war ein Brunnen mit einem zerfallenen
Holzkasten, Reste von Stangen und Rädern und eine schmutzige,
vom Vieh ausgetretene Pfütze, in welcher die Enten plätscherten. In
der Nähe des Brunnens standen zwei alte rissige und gebrochene
Weiden mit kargem, blaßgrünem Laub. Unter einer dieser Weiden,
welche Zeugnis davon ablegten, daß früher einmal jemand für die
Verschönerung dieses Ortes gesorgt hatte, saß ein achtjähriges blon-
des Mädchen und ließ ein anderes, zweijähriges Mädchen um sich
herumkriechen. Als der Hofhund, der sie umschmeichelte, den
Herrn sah, stürzte er jäh gegen das Tor und brach in ein ängstliches,
gellendes Bellen aus.

Ist Iwan zu Hause? fragte Nechljudow.

Das ältere Mädchen war wie versteinert bei dieser Frage. Sie riß
die Augen groß auf, ohne ein Wort zu erwidern; die kleinere öffnete
den Mund und begann zu weinen. Ein niedrig gewachsenes altes
Weib in einem zerschlissenen gewürfelten Leinenrock, der mit einer
alten Binde tief geschürzt war, blickte zur Tür heraus und erwiderte
ebenfalls nichts. Nechljudow trat in den Flur und wiederholte seine
Frage.

Ja, Wohltäter, begann die Alte mit gellender Stimme, indem sie
sich, ganz erschrocken und erregt, tief verneigte.

Nachdem Nechljudow sie begrüßt hatte, ging er durch den Flur
in den engen Hof. Die Alte aber legte die flache Hand an die Wange,
verfolgte den Herrn mit ihren Blicken und schüttelte langsam den
Kopf. Auf dem Hofe sah es ärmlich aus. Hie und da lag nicht abge-
fahrener, alter Dünger, auf dem Dünger unordentlich durcheinan-
dergeworfen ein verfaulter Trog, eine Heugabel und zwei Eggen.
Die Schuppen rings um den Hof, unter welchen auf der einen Seite
ein Pflug und eine Karre ohne Rad standen und ein Haufen wirr
durcheinandergeworfener leerer unbrauchbarer Bienenkörbe lagen,
waren fast alle ohne Dach, und eine Seite war eingestürzt, so daß

vorne die Querbalken nicht mehr auf den Stützbalken, sondern auf dem Dünger ruhten. Tschurisenok brach mit einem Beil und einer Brechstange einen Zaun los, den das Dach umgestürzt hatte. Iwan Tschurisenok war ein Bauer von fünfzig Jahren, von niedrigem Wuchs. Die Züge seines verbrannten länglichen Gesichts, das ein dunkelblonder, von grauen Fäden durchzogener Bart und dunkles Haar umrahmten, waren schön und ausdrucksvoll. Seine dunkelblauen halbgeschlossenen Augen blickten klug und gutmütig sorglos. Sein kleiner, regelmäßiger Mund, der sich scharf von dem blonden, dünnen Schnurrbart abhob, wenn er lächelte, drückte ruhiges Selbstvertrauen aus und eine gewisse spöttische Gleichgültigkeit gegen alles, was ihn umgab. Aus seiner rauhen Haut, aus den tiefen Furchen, an den stark hervortretenden Adern an Hals, Gesicht und Händen, an der unnatürlichen Neigung des Körpers, an den krummen, gebogenen Füßen konnte man sehen, daß sein ganzes Leben in allzu schwerer, seine Kraft übersteigender Arbeit hingegangen war. Seine Kleidung bestand aus weißen, hanfleinenen Hosen mit grauen Flicken auf den Knien und einem gleichen, schmutzigen, am Rücken und am Arm fadenscheinigen Hemde. Das Hemd war mit einem Bändchen hochgebunden und an dem Bändchen hing ein kupfernes Schlüsselchen.

Gott grüß, sagte der Herr, indem er in den Hof trat. Tschurisenok sah sich um und ging wieder an seine Arbeit. Mit einer energischen Handbewegung zog er den Zaun unter dem Dache hervor und richtete ihn auf. Dann erst befestigte er das Beil an einen Klotz, rückte seinen Gurt zurecht und trat mitten in den Hof.

Froh Feiertag, Ew. Erlaucht! sagte er, verneigte sich tief und warf sein Haar zurück.

Danke, lieber Freund, ich komme deine Wirtschaft anzusehen, sagte Nechljudow mit knabenhafter Freundlichkeit und Schüchternheit, und betrachtete dabei die Kleidung des Bauern. Zeige mir doch, wozu du die Balken gebrauchst, um die du mich in der Versammlung gebeten hast.

Die Balken? … Wer weiß nicht, wozu die Balken sind, Väterchen Ew. Erlaucht! Ich wollte wenigstens ein ganz klein wenig stützen – sehen Sie doch bitte selbst. Hier die Ecke ist in diesen Tagen eingestürzt, Gott hat sich noch erbarmt, daß gerade kein Vieh um die Zeit da war. Das alles hier hält sich kaum noch, sagte Tschurisenok und warf einen verächtlichen Blick auf seine abgedeckten, schiefen und zusammengesunkenen Schuppen. – Wenn man jetzt nur an die Sparren, die Dachwände und Querbalken rührt – kein Stückchen haltbares Holz mehr daran, und wo soll man jetzt Holz hernehmen? Sie wissen selbst, wie es steht!

Wozu brauchst du also fünf Balken, wenn der eine Schuppen schon eingestürzt ist und die anderen bald einstürzen werden? Du brauchst nicht Balken, sondern Sparren, Querbalken, Stützen – alles muß neu gemacht werden! sagte der Herr, sichtlich stolz auf seine Sachkenntnis.

Tschurisenok schwieg.

Du brauchst, wie du siehst, Holz, nicht Balken; das hättest du auch sagen müssen.

Gewiß brauche ich das, aber woher nehmen, man kann doch nicht immer ins Herrenhaus kommen! Wenn man unsereinem erst erlaubt, wegen jeder Kleinigkeit zu Ew. Erlaucht auf den Herrenhof bitten zu gehen, was für Bauern werden wir da sein? Wenn Sie aber die Güte haben, die Eichenkronen zu gestatten, die in der herrschaftlichen Scheune unnütz daliegen – sagte er und verneigte sich, indem er von einem Fuß auf den andern trat – dann kann ich vielleicht die einen ersetzen, die andern zuschneiden und aus dem Alten so gut es geht wieder herrichten.

Warum aus dem Alten? Du sagst ja doch selbst, daß alles, was du hast, alt und untauglich ist! Heute ist diese Ecke eingestürzt, morgen stürzt jene, übermorgen die dritte. Wenn man's schon einmal machen soll, muß man alles neu machen, damit die Arbeit nicht unnütz sei. Sage mir, wie denkst du? Wird dein Hof noch diesen Winter aushalten oder nicht?

Wer kann das wissen?

Aber wie denkst du, wird er einstürzen oder nicht?

Tschurisenok dachte einen Augenblick nach.

Er stürzt gewiß ein! sagte er plötzlich.

Siehst du, wäre es nicht besser, du hättest gleich in der Versammlung gesagt, daß du den ganzen Hof neu herrichten mußt und nicht bloß die Balken brauchst. Ich möchte dir ja gern helfen …

Ich danke Euer Gnaden von Herzen, antwortete Tschurisenok ungläubig und ohne den Herrn anzusehen. Wenn Sie mir wenigstens vier Stämme und Balken schenken wollten, dann kann ich vielleicht selbst fertig werden, und was sich von schlechtem Holz heraussuchen läßt, wird in der Stube Stützen abgeben!

Ist denn auch deine Stube schlecht?

Meine Alte und ich warten nur darauf, daß sie jeden Tag einen zerquetscht! sagte Tschurisenok gleichgültig. Vor ein paar Tagen hat ein Deckenbalken meine Alte erschlagen!

Erschlagen?!

Ja, erschlagen, Ew. Erlaucht! Wie er ihr auf den Rücken fällt, hat sie bis zur Nacht wie tot dagelegen.

Nun? Und ist es vorübergegangen?

Ja, es ist vorüber, aber sie kränkelt immer noch. Sie ist auch von Geburt kränklich.

Wie? Du bist kränklich? fragte Nechljudow das Weib, das immer noch in der Tür stand und sofort zu ächzen begann, wenn der Mann nur von ihr sprach.

Immer packt es mich hier, und dann ist's vorbei! sagte sie und zeigte dabei auf ihre schmutzige, hagere Brust.

Da haben wirs! sagte der junge Herr ärgerlich und zog die Schultern in die Höhe. Warum meldest du dich nicht, wenn du krank bist, im Krankenhaus? Dazu ist doch das Krankenhaus gebaut worden. Hat man es euch nicht gesagt?

Man hat's uns wohl gesagt, Wohltäter, aber wer hat die Zeit? Da ist die Fronarbeit, da ist das Haus, die Kinder – alles muß ich allein tun! Wir stehen ja ganz allein! …

III. |

Nechljudow trat in die Stube ein. Die unebenen, verräucherten Wände waren in der Ofenecke mit Lappen und Kleidern behängt und in der Ecke, wo das Heiligenbild hing, buchstäblich mit rötlichen Schaben bedeckt, die sich um das Bild und die Bank gesammelt hatten. In der Mitte dieses schwarzen, übelriechenden, sechs Ellen langen Stübchens war in der Decke ein großer Riß, und obgleich an zwei Stellen Stützen standen, hatte sich die Decke so gesenkt, daß jeden Augenblick der Einsturz drohte.

Ja, die Stube ist sehr schlecht, sagte der Herr und sah Tschurisenok ins Gesicht. Dieser schien wenig Lust zu haben, über diesen Gegenstand zu sprechen.

Sie wird uns zerquetschen und wird die Kinderchen zerquetschen! begann das Weib mit weinerlicher Stimme, indem sie sich unterhalb der Schlafstelle an den Ofen lehnte.

Du schweig, sagte Tschurisenok streng, mit einem feinen kaum merklichen Lächeln, das sich unter seinem Schnurrbart zeigte, und wandte sich an den Herrn.

Da steht mir der Verstand still, was ich mit ihr machen soll, Ew. Erlaucht, Stützen habe ich angebracht, Unterlagen – nichts ist zu machen!

Wie sollen wir hier den Winter hinbringen?! Ach! Ach! Oh! sagte das Weib.

Wenn man noch Stützen geben, einen neuen Deckenbalken legen könnte – unterbrach sie der Mann mit ruhiger Geschäftsmiene – und einen Querbalken erneuern, dann könnten wir uns vielleicht den Winter noch so durchschlagen, dann läßt sich's schon noch drin wohnen, aber die ganze Stube ist von Stützen vollgestellt. – Schlimm; und stößt man dran, bleibt kein Spahn mehr. So steht's wenigstens, hält's ja noch! schloß er offenbar sehr befriedigt darüber, daß er diesen Umstand erwähnt hatte.

Nechljudow war gekränkt und schmerzlich berührt davon, daß Tschurisenok in so schlimme Lage geraten war und sich nicht eher an ihn gewandt hatte, während er doch gleich nach seiner Ankunft den Bauern alle Wünsche erfüllt hatte und einzig und allein den Wunsch hatte, daß alle sich unmittelbar an ihn mit ihren Bedürfnissen wendeten. Er empfand sogar etwas wie Zorn gegen den Bauern, zuckte ärgerlich die Achseln und runzelte die Stirn. Aber der Anblick der Armut, die ihn umgab, und das ruhige selbstgefällige Äußere Tschurisenokö inmitten dieser Armut verwandelten seinen Ärger in ein Gefühl der Traurigkeit und Hoffnungslosigkeit.

Nun, Iwan, warum hast du mir das nicht früher gesagt? bemerkte er vorwurfsvoll, indem er sich auf die schmutzige, schiefe Bank setzte.

Ich habe es nicht gewagt, Ew. Erlaucht! antwortete Tschurisenok mit demselben kaum vernehmbaren Lächeln, indem er auf dem unebenen Lehmboden mit seinen schwarzen, nackten Füßen verlegen herumtrat. Er sprach aber so kühn und ruhig, daß man schwer daran glauben mochte, daß er nicht den Mut gehabt hätte, den Herrn anzugehen.

Wir sind Bauern, wie sollten wir es wagen – begann schluchzend das Weib.

Schwatz' doch nicht! wandte sich Tschurisenok wiederum zu ihr.

In dieser Stube darfst du nicht wohnen bleiben, das ist unmöglich! sagte Nechljudow nach einer kurzen Pause. Höre, guter Freund, was geschehen soll …

Zu Befehl! sagte Tschurisenok.

Hast du die massiven Bauernhäuschen gesehen, die ich auf dem neuen Vorwerk erbaut habe, die mit den hohlen Mauern?

Wie hätte ich sie nicht sehen sollen, antwortete Tschurisenok und zeigte beim Lächeln seine schönen, weißen Zähne, wir haben uns noch sehr gewundert, wie man sie gebaut hat, merkwürdige Häuser. Die Kinder haben gelacht, ob es nicht Speicher werden, und ob man in die Mauern nicht Mäusegift schütten wird … Prächtige Häuser! schloß er und schüttelte seinen Kopf mit einem Ausdruck spöttelnden Erstaunens. – Förmliche Festungen! …

Ja, herrliche Häuser, trocken und warm, und feuersicher, erwiderte der Herr, und seine jungen Züge verdüsterten sich, denn er war offenbar gekränkt durch den Spott des Bauern.

Unstreitig, Ew. Erlaucht, prächtige Häuser!

Nun sieh, das eine Haus ist schon ganz fertig, es ist zehn Ellen groß, hat einen Flur, eine Kammer und ist schon ganz fertig. Ich gebe es dir auf Borg für das, was es mich kostet, du kannst es mir später wiedergeben, sagte der Herr mit einem selbstgefälligen Lächeln, das er nicht unterdrücken konnte bei dem Gedanken, daß er eine Wohltat übe. – Dein altes Häuschen kannst du abbrechen, fuhr er fort, das Gerümpel kommt auf den Speicher, auch den Hof verlegen wir, das Wasser ist dort herrlich, einen Gemüsegarten teile ich dir ab aus dem Neulande, Boden gebe ich dir auch dort von allen drei Seiten. Du wirst es vortrefflich haben; nun, wie … gefällt dir das nicht? fragte Nechljudow, da er bemerkte, daß Tschurisenok, sobald er nur ein Wort von der Übersiedelung gesprochen hatte, ganz in tiefes Sinnen versunken war. Sein Lächeln war verschwunden und er blickte zu Boden.

Wie Ew. Erlaucht wünschen, … antwortete er, ohne die Augen zu erheben.

Die Alte kam langsam hervor, als wäre sie ins tiefste Herz getroffen und wollte eben etwas sagen, als ihr der Mann ins Wort fiel.

Wie Ew. Erlaucht wünschen, wiederholte er mit Entschiedenheit und mit Demut zugleich, indem er den Herrn ansah und das Haar zurückwarf – aber auf dem neuen Vorwerk mögen wir nicht wohnen.

Weshalb?

Nein, Ew. Erlaucht, wenn Sie uns dorthin übersiedeln, es geht uns hier nicht gut, aber dort werden wir Ihnen nie und nimmer Bauern sein. Was für Bauern könnten wir dort sein, dort kann man ja gar nicht leben, gnädiger Herr!

Aber weshalb nicht?

Wir werden ganz und gar verarmen, Ew. Erlaucht!

Weshalb sollte man dort nicht leben können?

Was für ein Leben könnte es dort geben? Denken Sie doch, ein unbewohnter Ort, Wasser, das wir nicht kennen, Viehweide gibt es auch nicht. Unsere Hanffelder sind seit altersher gedüngt, – was wird dort sein? Ja, was dort? Not und Elend! Weder Hürden, noch Getreidedarren, noch Schuppen, nichts ist da! Wir gehen zugrunde, Ew. Erlaucht, wenn du uns dorthin treibst, ganz und gar zugrunde. Ein neuer unbekannter Ort! wiederholte er nachdenklich, aber entschlossen den Kopf schüttelnd.

Nechljudow wollte dem Bauern beweisen, daß die Übersiedelung für ihn im Gegenteil sehr vorteilhaft sei, daß man Hürden und Schuppen erbauen würde, daß das Wasser gut sei usw.; Tschurisenoks dumpfes Schweigen aber machte ihn verlegen, und er fühlte, daß er nicht das sagte, was er hätte sagen sollen. Tschurisenok widersprach ihm nicht; als aber der Herr schwieg, bemerkte er mit einem leichten Lächeln, das beste wäre, die alten Leute vom Hof auf diesem Vorwerk anzusiedeln und Aljoscha, den Dummkopf, sie könnten dort beim Getreide Wache halten.

Das wäre prächtig – bemerkte er und lachte wieder – eine dumme Geschichte, Ew. Erlaucht!

Was will das heißen, daß der Ort nicht bewohnt ist? sagte Nechljudow geduldig ausharrend, es gab doch auch eine Zeit, wo hier niemand wohnte, und nun wohnen Menschen hier! Dort ist es ebenso, wenn du dich als erster zur glücklichen Stunde ansiedelst … du mußt dich unbedingt dort ansiedeln …

Aber Väterchen, Ew. Erlaucht, wie kann man das vergleichen!

antwortete Tschurisenok lebhaft, als wäre er darüber erschrocken, daß der Herr einen endgültigen Entschluß fassen könnte. Hier in der Gemeinde ist ein Platz, ein heiterer, altgewohnter Platz, hier ist die Straße und der Teich, wo die Weiber die Wäsche waschen, wo man das Vieh tränken kann – und unsere ganze Bauerneinrichtung von altersher, hier ist die Scheune und der Gemüsegarten und die Weiden, die noch meine Eltern gepflanzt haben, und mein Großvater und mein Vater sind hier in Gott gestorben, laß auch mich hier mein Leben beschließen, Ew. Erlaucht, weiter verlange ich ja nichts! Wollte deine Güte nur unser Häuschen ausbessern, so wollen wir mit Ew. Gnaden ganz zufrieden sein, und wenn nicht, wollen wir auch in unserer alten Hütte so unser Leben beschließen. Laß uns schon so unser Leben lang Gott danken, fuhr er fort und verneigte sich tief – vertreibe uns nicht aus unserem Neste, Väterchen.

Während Tschurisenok sprach, hörte man unter der Schlafstelle, da, wo seine Frau stand, immer stärker und stärker werdendes Schluchzen, und als der Mann das Wort „Väterchen" aussprach, sprang seine Frau unerwartet hervor und stürzte tränenüberströmt dem Herrn zu Füßen.

Richte uns nicht zugrunde, Wohltäter, du bist unser Vater, du bist unsere Mutter, wohin sollen wir übersiedeln, wir sind alte, alleinstehende Leute. Wie Gott, bist auch du! … schrie sie auf.

Nechljudow sprang von der Bank auf, um die Alte vom Boden zu erheben, aber sie schlug mit einer förmlichen Wollust der Verzweiflung den Kopf gegen den Lehmboden und stieß die Hand des Herrn zurück.

Was tust du, steh doch auf; wenn ihr nicht wollt, es muß nicht sein, zwingen werde ich euch nicht! sagte er, machte eine Handbewegung und trat nach der Tür zurück.

Als Nechljudow sich wieder auf die Bank gesetzt hatte und in der Stube Schweigen herrschte, das nur von dem unterdrückten Schluchzen der Frau unterbrochen wurde, die sich wieder unter die Schlafstelle zurückgezogen hatte und dort ihre Tränen mit dem Hemdärmel abwischte, begriff der junge Gutsherr, was das verfallene Häuschen, der eingestürzte Brunnen mit der Schmutzpfütze, die verfaulten Ställe, die elenden Schuppen und die rissigen Weiden, die vor dem schiefen Fenster sichtbar waren, für Tschuris und seine Frau bedeuteten. Es wurde ihm schwer zumute, er wurde traurig und war beschämt.

Warum hast du, Iwan, am vorigen Sonntag in der Gemeinde nicht gesagt, daß du ein Häuschen brauchst, ich weiß jetzt nicht, wie ich dir helfen soll. Ich habe euch allen bei der ersten Versammlung gesagt, daß ich mich auf dem Lande niedergelassen und euch mein Leben gewidmet habe; daß ich bereit bin, selbst alles zu entbehren, damit ihr nur zufrieden und glücklich seid, und ich schwöre zu Gott, ich will mein Wort einlösen! sagte der junge Gutsherr, denn er wußte nicht, daß solche Herzensergüsse nicht imstande sind, Vertrauen zu erwecken, am wenigsten bei dem russischen Volke, das nicht Worte, sondern die Tat liebt, und das ungern Gefühlen, sei es auch den edelsten, Ausdruck gibt. Der brave, junge Mann aber war so glücklich in dem Gefühle, das ihn bewegte, daß er ihm Worte leihen mußte.

Tschuris neigte den Kopf zur Seite, kniff träg die Augen zusammen und hörte mit erzwungener Aufmerksamkeit seinem Herrn zu, wie man jemandem zuhört, weil man muß, spräche er auch noch so töricht, und Dinge, die uns gar nichts angehen.

Aber ich kann doch nicht allen alles geben, was sie von mir erbitten. Wenn ich jedem, der Holz von mir verlangt, seine Bitte gewähren würde, würde ich bald selbst nichts behalten, und ich könnte auch dem nichts geben, der es wirklich braucht. Darum habe ich ja auch einen Forst abgeteilt, ihn zur Ausbesserung der Bauernhäuser bestimmt und ganz und gar der Gemeinde überlassen. Dieses Holz gehört jetzt nicht mehr mir, sondern euch, den Bauern, ich habe keine Verfügung mehr darüber, sondern die Gemeinde verfügt nach eigenem Ermessen. Komm also heute in die Versammlung, ich will der Gemeinde deine Bitte vortragen. Beschließt sie, dir ein Häuschen zu geben, schön, ich habe kein Holz mehr. Ich wünschte von ganzem Herzen dir zu helfen, wenn du aber nicht übersiedeln willst, so steht die Sache nicht mehr bei mir, sondern bei der Gemeinde. Verstehst du mich?

Wir sind Ew. Gnaden sehr dankbar, antwortete Tschuris verlegen, wenn Sie uns Holz zum Hofe gewähren, werden wir uns schon helfen … Was soll die Gemeinde? – Man weiß ja …

Nein, komme nur!

Zu Befehl, ich werde hinkommen, – warum soll ich nicht hin-

kommen? Aber ich werde in der Gemeinde meine Bitte nicht mehr
vorbringen.

IV. |

Der junge Gutsherr hatte offenbar den Wunsch, an Bauersleute noch
eine Frage zu richten. Er erhob sich nicht von der Bank und ließ seinen Blick unentschlossen bald über Tschuris, bald über den leeren
ungeheizten Ofen hinschweifen.

Sag', habt ihr schon Mittag gegessen? fragte er endlich.

Auf Tschurisenoks Oberlippe trat wieder das spöttische Lächeln,
als erschiene es ihm komisch, daß der Herr so dumme Fragen stellte;
er antwortete gar nicht.

Was für ein Mittag, Wohltäter? begann das Weib mit schwerem
Seufzer, Brot haben wir gefrühstückt – das ist unser Mittag. Geis-
wurz zu holen war keine Zeit und zur Kohlsuppe hatten wir nichts,
und was von Kwas vorhanden war, habe ich den Kindern gegeben.

Jetzt ist Hunger-Fasten, Ew. Erlaucht, warf Tschurisenok ein, die
Worte seiner Frau erläuternd: Brot und Lauch, das ist die Speise für
uns Bauern. Gott sei gedankt, daß es durch Ew. Gnaden bisher an
Brot bei mir nicht gefehlt hat. Oft genug gibt es auch kein Brot bei
unsern Bauern. Auch Lauch ist jetzt nicht überall, vor kurzem haben
wir zu Michael, dem Gemüsegärtner, geschickt, einen Groschen will
er für das Bündel, und unsereiner kann das nicht zahlen. Seit Ostern
gehen wir nicht in Gottes Kirche und haben nicht das Geld, dem hl.
Nickel eine Kerze zu kaufen.

Nechljudow kannte schon lange – nicht vom Hörensagen, nicht
aus Mitteilungen anderer, sondern aus eigener Anschauung – diesen äußersten Grad der Verarmung, in der sich seine Bauern befanden. Aber die volle Wirklichkeit lag seiner ganzen Erziehung, seinen
Anschauungen und seiner Lebensweise so fern, daß er unwillkürlich den wahren Zustand vergaß; und jedesmal, wenn er ihm, wie
jetzt, lebendig, greifbar vor die Augen trat, wurde ihm unsäglich
schwer und traurig zu Mute, als peinigte ihn die Erinnerung an ein
einst vollbrachtes, ungesühntes Verbrechen.

Woher seid ihr so arm? fragte er, unwillkürlich seinen Gedanken
aussprechend.

Wie sollte es anders sein, Väterchen, Ew. Erlaucht, wie sollten wir nicht arm sein? Unser Boden, Sie wissen es selbst, – Lehm, Hügel, sonst nichts! – Gewiß haben wir Gott erzürnt – seit der Cholera gedeiht kein Getreide mehr. Wiesen und Ackerfelder werden immer weniger, die einen hat man zur Wirtschaft genommen, andere zu den herrschaftlichen Feldern. Ich bin allein und alt, wenn ich mich auch gern abrackern möchte, die Kräfte fehlen. Meine Alte ist krank, kein Jahr vergeht, wo sie nicht ein Mädchen bringt, und man muß alle füttern, ich muß mich allein plagen, und sieben Seelen sind im Hause.

Ich bin ein Sünder vor Gott dem Herrn, denke ich oft bei mir selber, wenn Gott doch einige bald zu sich nehmen möchte, mir wär's eine Erleichterung und auch ihnen wäre es besser, als hier am Hungertuche zu nagen …

A–ach! seufzte das Weib laut auf, als wollte sie damit die Worte ihres Mannes bekräftigen.

Das ist meine ganze Hilfe! fuhr Tschuris fort und zeigte auf einen weißhaarigen, struppigen Burschen von sieben Jahren mit einem ungeheueren Leib, der in diesem Augenblick scheu, und leise mit der Tür knarrend, in die Stube getreten war, die verwunderten Augen schüchtern auf den Herrn richtete und sich mit beiden Händchen an Tschurisenoks Hemde festhielt. – Das ist meine ganze Stütze, fuhr Tschuris mit klangvoller Stimme fort und strich mit seiner schwieligen Hand über das weiße Haar des Kindes, wann kann man was von ihm erwarten, und ich kann die Arbeit nicht mehr leisten. Mit den Jahren würde es noch gehen, aber ich habe mir noch einen Bruch geholt. Bei schlechtem Wetter schreie ich vor Schmerzen, und ich müßte doch längst von der Feldarbeit frei sein, es ist Zeit, den Altenteil zu genießen. Jermilow, Demkin, Sjabrew sind alle jünger als ich – und haben längst ihren Boden abgegeben. Ich aber habe niemanden, der ihn übernehmen soll, das ist mein Jammer. Essen und trinken muß man doch, so rackere ich mich ab, Ew. Erlaucht!

Ich möchte dir's gern erleichtern, gewiß, – aber wie? sagte der Gutsherr teilnahmsvoll und sah den Bauern an.

Ja, wie erleichtern? Es ist ja bekannt, hat man Land, muß man auch den Frondienst leisten, so ist ja die Ordnung, das weiß jeder. Einmal muß ja doch der Kleine heranwachsen. Nur möchten ihn Ew. Erlaucht von der Schule befreien. In diesen Tagen kommt der Dorfschreiber und sagt, Ew. Erlaucht wünschen, daß er in die Schule kommt. Befreien Sie ihn doch, was hat er denn für Verstand, Ew. Erlaucht, er ist noch jung, er versteht gar nichts.

Nein, Freundchen, ich tue gern, was du willst, sagte der Herr, aber dein Junge ist schon verständig, es ist Zeit, daß er zu lernen anfängt. Ich spreche ja nur zu deinem Besten. Bedenke doch selbst, wenn er dir heranwächst, zu wirtschaften beginnt, wenn er dann lesen und schreiben kann und in der Kirche lesen kann! – Wie wird dann alles in deinem Hause mit Gottes Hilfe schön gehen! sagte Nechljudow, bemüht, sich so verständlich als möglich auszudrücken, aber er errötete bei diesen Worten und brachte sie nur stockend hervor.

Unstreitbar, Ew. Erlaucht, Sie wünschen uns nichts Böses, wer aber soll zu Hause bleiben, meine Alte und ich, wir gehen zur Fronarbeit und da besorgt er alles, so klein er ist.

Er treibt das Vieh ein, er tränkt die Pferde, so klein er ist, er ist doch ein ganzer Bauer! Und Tschurisenok faßte lächelnd mit seinen dicken Fingern den Knaben an der Nase und schneuzte ihn.

Schicke ihn doch hin, wenn du selbst zu Hause bist und er Zeit hat, hörst du? Ganz bestimmt !

Tschurisenok seufzte schwer auf und antwortete mit keinem Wort.

V.

Ja, was ich dir noch sagen wollte, sagte Nechljudow, warum hast du den Dünger nicht fortgeschafft?

Was für Dünger habe ich denn, Väterchen, Ew. Erlaucht, wo soll ich ihn hinschaffen?! Was für Vieh habe ich denn? Eine Stute und ein Füllen, eine junge Kuh habe ich im Herbste auf dem Hofe abgeliefert – das ist auch mein ganzes Vieh!

Wie ist das möglich? Du hast wenig Vieh und noch eine junge Kuh fortgegeben? fragte der Herr erstaunt.

Und womit soll ich sie denn füttern?

Hast du etwa nicht Stroh genug, um eine Kuh zu füttern? Die anderen reichen doch!

Die anderen haben gedüngte Felder, mein Boden aber ist der reine Lehm, da hilft kein Arbeiten!

So dünge ihn doch, dann wird er nicht mehr Lehm sein, und der

Boden bringt dir Getreide, und du wirst dein Vieh füttern können!

Ja, Vieh habe ich auch nicht, wie soll ich zu Dünger kommen?!

Ein sonderbarer *circulus vitiosus*! dachte Nechljudow, aber er wußte nicht, was er dem Bauern raten sollte.

Und dann muß man sagen, Ew. Erlaucht, nicht der Dünger erzeugt das Getreide, Gott schafft alles! fuhr Tschuris fort.

Ich hatte in diesem Jahre auf trocknem Boden sechs Schober, und vom gedüngten haben wir kaum fünfundzwanzig Garben geerntet. Nur Gott macht alles! fügte er mit einem Seufzer hinzu. Und auch das Vieh will auf unserm Hof nicht gedeihen, ins sechste Jahr geht's, daß keines am Leben bleibt. Ein Kalb ist mir in diesem Jahr verreckt, ein anderes habe ich verkauft, womit sollte ich füttern? Und im vergangenen Jahr ist eine prächtige Kuh gefallen, aus der Herde war sie zugetrieben, war ganz gesund, plötzlich fing sie an zu siechen, siechte und siechte, bis sie hin war. Ich habe kein Glück!

Nun, lieber Freund, damit du mir nicht sagst, du hast kein Vieh, weil du kein Futter hast, und kein Futter, weil du kein Vieh hast, kaufe dir dafür eine Kuh, – sagte Nechljudow errötend, holte aus der Hosentasche ein zusammengerolltes Päckchen von Kassenscheinen hervor und entfaltete es – kaufe dir eine Kuh – es wird mir Glück bringen – und das Futter hole aus der Scheune, ich werde es anweisen. Sieh zu, daß du zu nächsten Sonntag deine Kuh hast, ich werde nachsehen kommen.

Tschuris hörte auf zu lächeln und streckte lange seine Hand nicht nach dem Gelde aus, so daß Nechljudow es endlich an den Rand des Tisches legte; dabei errötete er noch mehr.

Wir sind Ew. Gnaden sehr dankbar! sagte Tschuris mir seinem gewöhnlichen, ein wenig spöttischen Lächeln.

Die Alte seufzte ein über das andere Mal schwer unter der Schlafstelle und schien zu beten.

Dem jungen Herrn wurde unbehaglich zumute, er erhob sich schnell von der Bank, ging in den Flur und rief Tschuris heraus. Der Anblick des Menschen, dem er eine Wohltat erwiesen hatte, tat ihm so wohl, daß er sich nicht leicht von ihm trennen mochte.

Ich möchte dir gern helfen, sagte er und blieb bei dem Brunnen stehen, dir kann geholfen werden, weil du nicht faul bist, ich weiß das! Du wirst arbeiten – ich werde dir helfen, mit Gottes Hilfe wirst du dich aufraffen.

Ich kann mich nicht mehr aufraffen, Ew. Erlaucht, sagte Tschuris und sein Gesicht bekam plötzlich ein ernstes, ja strenges Aussehen, als ob die Voraussetzung des Herrn, daß er sich aufraffen könne, ihm nicht besonders gefalle. – Wir lebten, die Brüder und ich, bei unserm Väterchen, Not kannten wir nicht, aber als er starb und wir uns trennten, da wurde es immer schlimmer und schlimmer! Ja, wenn man allein steht!

Warum habt ihr euch aber getrennt?

An allem haben die Weiber schuld, Ew. Erlaucht! Damals war Ihr Großvater nicht mehr am Leben, bei seinen Lebzeiten hätten sie es nicht gewagt, da herrschte rechte Ordnung. Er sah auch nach allem selbst, ganz wie Sie, da hätten sie nicht gewagt sich zu trennen, gar nicht daran zu denken! Der selige Herr war nicht gern nachsichtig gegen die Bauern; und nach Ihrem Großvater, da kam der Verwalter Andrej Iljitsch – nicht das will ich ihm nachsagen – er war ein Trunkenbold, ein unordentlicher Mensch. Sie kamen ihn bitten, einmal, zweimal, wir halten's nicht mehr aus mit den Weibern, erlaube, daß wir uns trennen; nun, es setzte Hiebe und wieder Hiebe, und das Ende vom Liede war, die Weiber setzten ihren Willen durch, sie lebten getrennt voneinander. Und was ein alleinstehender Bauer ist, das weiß jeder! Es war auch gar keine Ordnung! Andrej Iljitsch ging mit uns um, wie er wollte! „Alles mußt du schaffen!" fragte aber nicht danach, wo der Bauer es hernehmen sollte. Man erhöhte die Kopfsteuer, für die Tafel der Herrschaft wurde auch mehr verlangt, an Boden hatten wir immer weniger, das Getreide wuchs nicht mehr. Wie dann die Vermessung kam, und wie er dann von unseren gedüngten Feldern Streifen abschnitt und zum Herrschaftsgut schlug, der Schurke, und uns ganz und gar ins Elend, an den Rand des Grabes brachte! Euer Väterchen, Gott hab' ihn selig, war ein guter Herr, ich meine, wir haben ihn nie vor Augen gesehen, in Moskau lebte er immer, nun das weiß ja jeder, man hat ja oft Fuhrwerk dorthin geschickt. Oft genug ist der Weg elend, das Futter fehlt und man muß doch hinfahren. Der Herr muß doch seine Ordnung haben, wir dürfen das nicht übel nehmen! Aber Ordnung gab es nicht. Wie Ew. Gnaden jetzt jeden kleinen Bauern vor Euer Angesicht vorlassen, sind wir gleich andere geworden, und auch der Verwalter ist ein ganz anderer Mensch geworden. Wir wissen jetzt wenigstens, daß wir einen Herrn haben, es läßt sich gar nicht sagen, wie die Bauern Ew. Gnaden dankbar sind. Als die Vormundschaft war, gab es keinen wirklichen Herrn, jeder spielte den Herrn, der Vormund war Herr, Iljitsch war Herr, seine Frau spielte die Herrin und der Schreiber war auch ein Herr. Da mußten die Bauern viel, ach, viel Schweres erdulden!

Wieder empfand Nechljudow etwas wie Scham oder Gewissensbisse. Er lüftete seinen Hut und ging weiter. –

VI. |

„Juchwanka-Mudrenyj will ein Pferd verkaufen", las Nechljudow in seinem Notizbüchlein und ging quer über die Straße auf Juchwanka-Mudrenyjs Hof zu. Juchwankas Häuschen war sorgfältig mit Stroh aus der herrschaftlichen Scheune gedeckt und aus frischem, hellem, grauem Espenholze (ebenfalls aus dem herrschaftlichen Forste) gezimmert. Es hatte zwei rötlich angestrichene Fensterläden und eine kleine gedeckte Freitreppe mit einem sauber geschnitzten Geländer. Der Flur und die kalte Stube waren ebenso sauber. Aber der allgemeine Eindruck der Zufriedenheit und Wohlhabenheit, den das Ganze machte, wurde ein wenig durch den an das Tor gelehnten Verschlag aus halbfertigem Zaungeflecht und das abgedeckte Dach, das hinter ihm hervorsah, gestört. In demselben Augenblicke, in dem Nechljudow sich der Freitreppe von der einen Seite näherte, kamen von der andern Seite zwei Bauernfrauen mit einem vollen Kübel heran. Die eine war die Frau, die andere die Mutter Juchwanka-Mudrenyjs. Die erstere war ein kräftiges, rotwangiges Weib mit starkentwickelter Brust und breiten, fleischigen Backen. Sie trug ein sauberes, an den Ärmeln und am Kragen gesticktes Hemd, einen ebensolchen Brustlatz, einen neuen Faltenrock, lederne Schuhe, Perlen und einen eleganten, viereckigen Kopfputz, voll roter Schleifen und Flitter.

Das Ende der Wassertrage schwankte nicht hin und her, sondern lag fest auf ihren breiten, harten Schultern. Die leichte Spannung, die in ihrem roten Gesicht, in der Biegung des Rückens und der gleichmäßigen Bewegung der Hände und Füße zu sehen war, zeigte ihre außerordentliche Gesundheit und männliche Kraft. Juchwankas Mutter, welche das andere Ende der Wassertrage trug, war dagegen eine von jenen alten Frauen, welche die äußerste Grenze des

Alters und des Verfalls eines lebenden Körpers erreicht haben. Ihre knochige Gestalt, in ein schwarzes, zerrissenes Hemd und einen farblosen Faltenrock gehüllt, war gebeugt, so daß die Wassertrage mehr auf ihrem Rücken, als auf ihrer Schulter ruhte. Ihre beiden Hände und die krummen Finger, mit welchen sie die Wassertrage umklammerte, als ob sie sich daran festhielte, hatten eine unbestimmte dunkelbraune Farbe und machten den Eindruck, als ob sie sie nicht mehr auseinanderbiegen könnte; der gesenkte Kopf, der mit einem Lappen umwunden war, trug die häßlichsten Spuren der Armut und des Greisenalters. Unter der niedrigen Stirn, die nach allen Richtungen von tiefen Runzeln durchzogen war, blickten zwei gerötete wimpernlose Augen trüb zu Boden. Unter der eingefallenen Oberlippe blickte ein gelber Zahn hervor, der sich beständig bewegte und zuweilen mit dem spitzen Kinn zusammenstieß. Die Runzeln im untern Teile des Gesichts und des Halses sahen aus wie Säcke, die bei jeder Bewegung hin- und herschaukelten. Sie atmete schwer und hörbar, aber die nackten, krummen Füße schritten, obwohl sie sich über ihre Kraft anzustrengen schienen, gleichmäßig einher.

VII. |

Nachdem das junge Weib ganz in die Nähe des Herrn gekommen, setzte sie geschickt den Kübel hin, senkte den Blick zu Boden, verbeugte sich, sah dann mit strahlenden Augen von unten herauf den Herrn an, bemühte sich mit dem Ärmel des gestickten Hemdes ein leichtes Lächeln zu verbergen und lief mit den Stiefeln klappernd die Treppe hinauf.

Die Wassertrage, Mütterchen, bringe der Tante Nastassja zurück, sagte sie zu der Alten gewandt und blieb an der Tür stehen.

Der bescheidene, junge Gutsherr sah das rotwangige Weib ernst, aber aufmerksam an, runzelte die Stirn und wandte sich zu der Alten, welche mit ihren steifen Fingern die Wassertrage ergriffen, sie auf ihre Schultern geworfen hatte und gehorsam auf das benachbarte Häuschen zugehen wollte.

Ist dein Sohn zu Hause? fragte der Herr.

Die Alte krümmte ihren krummen Rücken noch tiefer, verbeugte sich und wollte etwas sagen, bald aber fuhr sie mit der Hand an den

Mund und hustete so, daß Nechljudow in das Haus trat, ohne die Antwort abzuwarten. Juchwanka saß in der Heiligenbildecke auf der Bank; als er den Herrn erblickte, lief er auf den Ofen zu, als wollte er sich vor ihm verstecken, warf schnell etwas über die Schlafstelle und drängte sich, Mund und Augen bewegend, an die Wand, als ob er dem Herrn den Weg frei machen wollte. Juchwanka war ein blonder, etwa dreißigjähriger, hagerer, schlanker Kerl. Sein borstiges Bärtchen begann eben zu sprossen, man hätte ihn hübsch nennen können, wenn nicht seine unsteten grauen Augen so unfreundlich unter den gerunzelten Brauen hervorgeblickt und wenn ihm nicht zwei Vorderzähne gefehlt hätten, was sofort in die Augen fiel, weil seine Lippen kurz waren und sich beständig bewegten. Er trug sein Sonntagshemd mit grellrotem Besatz, gestreifte Kattunhosen und schwere Stulpenstiefeln. Das Innere von Juchwankas Häuschen war nicht so eng und düster wie Tschurisenoks Stube, und doch war es auch hier so dumpf und roch nach Rauch und Schafpelzen, und die Bauernkleider und die Gerätschaften lagen ebenso unordentlich im Zimmer herum. Zwei Dinge erregten hier in besonderer Weise die Aufmerksamkeit: ein kleiner Ssamowar voll Beulen, der auf dem Wandbrett stand, und ein schwarzer Rahmen mit den Resten eines schmutzigen Glases und dem Bildnis eines Generals in rotem Waffenrock, der in der Nähe des Heiligenbildes hing. Nechljudow warf einen unfreundlichen Blick auf den Ssamowar, auf das Bildnis des Generals und auf die Schlafstelle, aus welcher unter schmutzigen Lappen das Ende einer Pfeife mit Messingbeschlag hervorlugte, und wandte sich an den Bauern:

Guten Tag, Epifan! sagte er und sah ihm dabei in die Augen.

Epifan verneigte sich und brummte, „wünsche Ew. Erlaucht Wohlergehen!" Das Wort „Erlaucht" sprach er besonders zärtlich, und seine Augen schweiften unruhig einen Augenblick über des Herrn ganze Gestalt, über das Zimmer, über Decke und Diele, dann ging er eilig auf die Schlafstelle zu, zog einen Bauernrock hervor und begann ihn anzuziehen.

Weshalb ziehst du dich an? sagte Nechljudow, ließ sich auf die Bank nieder und gab sich offenbar Mühe, Epifan mit sehr strengen Blicken anzusehen.

Aber ich bitte Ew. Erlaucht, wie denn sonst, wir verstehen schon …

Ich bin zu dir gekommen, um zu hören, weshalb du dein Pferd verkaufen mußt, wieviel Pferde du hast und welches du verkaufen willst! sagte der Herr in trockenem Tone; er wiederholte offenbar vorbereitete Fragen.

Wir sind Ew. Gnaden sehr dankbar, daß Sie nicht verschmäht haben, zu mir, dem Bauern, zu kommen, antwortete Juchwanka und ließ seine Blicke flüchtig über das Bildnis des Generals, über den Ofen, über die Stiefel des Herrn und über alle Gegenstände hineilen, nur Nechljudows Gesicht vermied er. – Wir beten stets für Ew. Erlaucht …

Weshalb mußt du das Pferd verkaufen? wiederholte Nechljudow mit erhobener Stimme und räusperte sich.

Juchwanka seufzte und warf sein Haar zurück (seine Blicke flogen wieder über das ganze Zimmer hin). Da bemerkte er die Katze, die auf der Bank lag und ruhig schnurrte, und rief ihr zu: „Miez, Scheusal!" und wandte sich schnell zu dem Herrn zurück.

Das Pferd, Ew. Gnaden, taugt nichts … wäre das Tier gut, würde ich es nicht verkaufen wollen, Ew. Erlaucht!

Und wieviel Pferde hast du im ganzen?

Drei, Ew. Erlaucht!

Und gar kein Füllen?

Ei, gewiß, Erlaucht, auch ein Füllen habe ich!

VIII. |

Komm, zeige mir deine Pferde! Hast du sie im Hof? Ja, gewiß, Ew. Erlaucht, wie man mir befohlen hat, ist's geschehen, Ew. Erlaucht! Könnten wir Ew. Erlaucht ungehorsam sein? Jakob Iljitsch hat mir befohlen, die Pferde morgen nicht aufs Feld zu schicken, der Fürst wollte sie sehen, so habe ich sie auch nicht fortgeschickt, wir wagen nicht, Ew. Erlaucht, ungehorsam zu sein! Während Nechljudow zur Tür hinausging, zog Juchwanka die Pfeife von der Schlafstelle hervor und warf sie hinter den Ofen; seine Lippen bewegten sich auch in den Augenblicken so unruhig hin und her, wo der Herr ihn nicht ansah.

Eine magere, graue Stute wühlte unter dem Schuppen in faulem Stroh herum, ein zwei Monate altes langbeiniges Füllen von unbestimmter Farbe und bläulichen Beinen und Maule hing an ihrem dünnen von Drüsen entstellten Schweif. Mitten im Hofe stand mit eingekniffenen Augen, den Kopf nachdenklich gesenkt, ein dickbauchiger, brauner Wallach, dem Anscheine nach ein gutes Bauernpferd.

Das sind also alle deine Pferde?

Nicht doch, Ew. Erlaucht, es ist noch eine Stute und ein kleines Füllen da! antwortete Juchwanka und zeigte auf die Pferde, die der Herr gar nicht übersehen konnte.

Ich sehe. Welches also willst du verkaufen?

Dies hier, Ew. Erlaucht! erwiderte er und schlug mit dem Zipfel seines Rockes nach dem schlummernden Wallach, blinzelte dabei beständig mit den Augen und bewegte die Lippen. Der Wallach öffnete die Augen und wandte ihm träge den Rücken zu.

Er scheint nicht alt und ein tüchtiges Pferd zu sein, sagte Nechljudow, halte ihn doch und zeige mir seine Zähne. Ich will sehen, ob er alt ist.

Allein kann ich es keineswegs einfangen, Ew. Erlaucht, das ganze Vieh ist keinen Groschen wert, es ist störrisch, es beißt und schlägt, Ew. Erlaucht! antwortete Juchwanka, lächelte sehr freudig und ließ seine Blicke nach allen Seiten schweifen.

Was für ein Unsinn! Fange es, hörst du!

Juchwanka lächelte lange, war verlegen und rannte erst, als Nechljudow zornig schrie: „Nun, wird's bald!" unter den Schuppen, brachte einen Halfter herbei und setzte dem Pferde nach, indem er es scheu machte und sich von hinten und nicht von vorn näherte.

Der junge Herr war es offenbar überdrüssig, dieses Treiben mit anzusehen, vielleicht wollte er auch seine Gewandtheit zeigen.

Gib mir den Halfter! sagte er.

Aber ich bitte, Ew. Erlaucht, wie könnten Sie?! Belieben Sie …

Nechljudow aber ging schnurstracks von vorn auf das Pferd zu, faßte es bei den Ohren und drückte es mit solcher Kraft zu Boden, daß der Wallach, der, wie sich zeigte, ein sehr ruhiges Bauernpferd war, schwankte und keuchte und Anstrengungen machte, sich loszureißen. Als Nechljudow bemerkte, daß es ganz unnütz war, solche Kraft aufzuwenden, und Juchwanka ansah, der nicht aufgehört hatte zu lächeln, fiel ihm ein, was ihn bei seinen Jahren aufs Äußerste kränkte, daß Juchwanka ihn verspotte und im Innern für ein Kind halte. Er errötete, ließ die Ohren des Pferdes los, öffnete ihm ohne die Hilfe des Halfters das Maul und besah die Zähne: die Hacken waren ganz, die Bohnen voll, alles das hatte der junge Herr schon gelernt. Das Pferd konnte nicht alt sein.

In diesem Augenblick ging Juchwanka zu dem Schuppen, und da er sah, daß die Egge nicht an ihrem Platze lag, nahm er sie auf und lehnte sie aufrecht an das Flechtwerk.

Komm her! rief der Herr mit kindlich-wütender Miene und nahezu mit Tränen erstickter Stimme, voll Kränkung und Zorn. – Sag', ist das Pferd alt?!

Ich bitte, Ew. Erlaucht, sehr alt! Zwanzig Jahre wird es alt sein! … Ein Pferd, das …

Schweig', du bist ein Lügner, ein Taugenichts, denn ein ehrlicher Bauer lügt nicht! Warum sollte er auch lügen? sagte Nechljudow; er atmete schwer, denn die Tränen des Zornes schnürten ihm die Kehle zusammen. Er hörte auf zu sprechen, denn er mochte nicht die Schmach erleben, in Gegenwart des Bauern in Tränen auszubrechen. Auch Juchwanka sprach kein Wort, er schnaufte, wie ein Mensch, der in Tränen ausbrechen will und zuckte leicht mit dem Kopf. – Womit willst du denn auf's Feld hinaus ackern, wenn du dieses Pferd verkaufst? fuhr Nechljudow fort, nachdem er sich soweit beruhigt hatte, daß er im gewöhnlichen Tone sprechen konnte. Man schickt dich mit Absicht zur Arbeit ohne Pferde, damit sich deine Ackerpferde erholen, und du willst das letzte verkaufen? Und vor allem, warum lügst du?

Sobald sich der Herr beruhigt hatte, wurde auch Juchwanka ruhig. Er stand kerzengerade da, seine Lippen waren in beständiger Bewegung, seine Augen schweiften von einem Gegenstand zum andern.

Wir werden Ew. Erlaucht nicht schlechter zur Arbeit gefahren kommen, als die andern! antwortete er.

Aber womit willst du denn fahren?

Seien Sie nur ohne Sorge, wir werden Ew. Erlaucht Arbeit schon machen! antwortete er und trieb den Wallach durch ein Kopfnicken fort. Wenn ich nicht Geld brauchte, würde ich ihn denn verkaufen?

Wozu brauchst du Geld?

Es fehlt an Brot, Ew. Erlaucht, man muß auch den Bauern Schulden zahlen, Ew. Erlaucht!

Es fehlt an Brot? Wie, warum haben die anderen noch welches, die Familien haben, und du Kinderloser hast keines?! Wo ist es denn hingekommen?

Aufgegessen, Ew. Erlaucht, jetzt ist kein Krümchen mehr da; ein Pferd kaufe ich im Herbst wieder, Ew. Erlaucht!

Untersteh' dich nicht, das Pferd zu verkaufen!

Wie sollen wir aber leben, Ew. Erlaucht, an Brot fehlt's, verkaufen darf ich nicht!? antwortete er ganz zur Seite gewandt, die Lippen bewegend und plötzlich einen frechen Blick gerade auf das Gesicht des Herrn richtend. Also Hungers sterben müssen?!

Hüte dich, Freundchen! schrie Nechljudow, erbleichte und empfand gegen den Bauern das feindselige Gefühl eines persönlich Beleidigten. Solche Bauern wie du brauche ich nicht! Das wird dir schlecht bekommen!

Das steht in Ew. Erlaucht Belieben! antwortete er mit heuchlerisch demütiger Miene, die Augen schließend, wenn ich es nicht um Sie verdient habe, aber ich glaube, ich habe mir keinen Fehler vorzuwerfen. Natürlich, wenn ich Ew. Erlaucht Gunst nicht habe, steht alles in Ihrem Belieben, aber ich weiß nicht, wofür ich leiden soll!

So will ich dir sagen, wofür! Dafür, daß dein Hof abgedeckt, daß dein Dünger nicht aufs Feld gebracht ist, daß deine Zäune zerbrochen sind, daß du zu Hause sitzest und dein Pfeifchen rauchst und nichts tust, dafür, daß du deiner Mutter, die dir die ganze Wirtschaft überlassen hat, nicht das Stückchen Brot gibst, daß du deiner Frau erlaubst, sie zu schlagen, und es dahin kommen läßt, daß sie sich bei mir beschwert!

Ich bitte, Ew. Erlaucht, ich weiß nicht einmal, wie eine Pfeife aussieht! antwortete Iuchwanka verlegen; die Beschuldigung, daß er Tabak rauche, kränkte ihn offenbar am meisten. Was kann man einem Menschen nicht alles nachsagen …

Siehst du, wieder lügst du! Ich habe selbst gesehen …

Dürfte ich wagen, Ew. Erlaucht zu belügen?

Nechljudow schwieg, biß die Lippen zusammen und ging im Hof auf und nieder. Juchwanka stand auf einem Platze fest und folgte unverwandt mit den Augen den Füßen seines Herrn.

Höre, Epifan, sagte Nechljudow in kindlich-sanftem Tone, indem er vor dem Bauern stehen blieb und sich Mühe gab, seine Erregung zu verbergen. So kann man nicht leben, du wirst dich zugrunde richten. Denke hübsch nach … willst du ein guter Bauer sein, so verändere deine Lebensweise, laß deine schlechten Gewohnheiten, lüge nicht, trinke nicht, halte deine Mutter in Ehren. Ich weiß ja alles, was dich betrifft! Kümmere dich um die Wirtschaft, und stiehl nicht im Kronsforst, und laufe nicht in die Schenken! Überlege, was ist daran Gutes?! Wenn dir etwas fehlt, komm' zu mir, bitte ohne Scheu um das, was du brauchst, sag mir wozu – lüge aber nicht, sondern sage die volle Wahrheit, dann will ich dir auch alles gewähren, was ich nur immer kann!

Ich bitte, Ew. Erlaucht, wir verstehen Ew. Erlaucht recht gut! erwiderte Juchwanka lächelnd, als hätte er den ganzen Reiz des Scherzes, den der Herr machte, begriffen.

Dieses Lächeln und seine Antwort zerstörten vollends Nechljudows Hoffnung, den Bauern zu rühren und durch Ermahnungen auf den rechten Fleck zurückzuführen. Überdies glaubte er immer, es zieme ihm, dem Gebieter, nicht, seinen Bauern ins Gewissen zu reden, und alles, was er gesagt hatte, sei etwas ganz anderes, als das, was er hätte sagen müssen. Er ließ traurig den Kopf hängen und ging in den Flur hinaus. Auf der Schwelle saß die Alte und stöhnte laut, wie es schien zum Zeichen dessen, daß sie den Worten des Herrn, die sie gehört hatte, zustimme.

Da, habt ihr zu Brot! sagte Nechljudow ihr ins Ohr und steckte ihr einen Kassenschein in die Hand. Aber kaufe selbst ein und gib es nicht Juchwanka, er vertrinkt es sonst.

Die Alte faßte mit ihrer knöchernen Hand nach dem Türpfosten, um sich zu erheben, und wollte dem Herrn danken; sie nickte mit dem Kopfe, aber ehe sie sich ganz erhoben hatte, war Nechljudow schon auf der anderen Seite der Straße. –

IX. |

„Davydka-Bjelyj bittet um Brot und Stangen", stand hinter Juchwanka in seinem Taschenbuch.

Nechljudow ging an einigen Bauernhöfen vorüber, und als er in die Gasse einbog, begegnete er seinem Verwalter Jakob Alpatytsch. Als dieser den Herrn von fern erblickte, nahm er seine Wachstuchmütze ab, zog sein Taschentuch hervor und fuhr über sein fettes, rotes Gesicht. Bedecke dich, Jakob! Jakob, bedecke dich doch, hörst du …

Wo haben Ew. Erlaucht zu sein geruht? fragte Jakob, indem er sich mit der Mütze gegen das Sonnenlicht schützte, sie aber nicht aufsetzte.

Ich bin bei Mudrenyj gewesen. Sag' mir doch, wodurch er so heruntergekommen ist, sagte der Herr und setzte seinen Weg auf der Straße fort.

Wie, Ew. Gnaden? sagte der Verwalter, der seinem Herrn in ehrerbietiger Entfernung folgte. Er setzte seine Mütze auf und strich sich seinen Bart.

Wie?! Er ist ein vollkommener Taugenichts, ein Faulpelz, ein Dieb, ein Lügner, seine eigene Mutter mißhandelt er, ein so unverbesserlicher Taugenichts, daß man nichts mehr von ihm erwarten kann.

Ich verstehe nicht, Ew. Erlaucht, warum er so sehr Ihr Mißfallen erregt …

Und sein Weib, fiel der Herr dem Verwalter ins Wort, scheint ein ganz schlechtes Frauenzimmer zu sein! Die Alte ist schlechter gekleidet als eine Bettlerin, hat nichts zu essen, und sie geht aufgetakelt einher und er auch. Ich weiß wirklich nicht, was ich mit ihm machen soll.

Jakob wurde sichtlich verlegen, als Nechljudow von Juchwankas Frau sprach.

Nun, wenn er sich hat gehen lassen, Ew. Erlaucht, begann er, wird man Maßregeln treffen müssen; er ist wirklich arm, wie alle Einzelbauern, aber er hält doch ein bißchen auf sich, nicht wie die andern. Er ist ein gescheiter Bauer, kann lesen und schreiben und ist, wie ich meine, ein ehrlicher Kerl. Bei der Eintreibung der Kopfsteuer ist er immer mit tätig. Er war auch schon zur Zeit meiner Verwaltung drei Jahre lang Starost, und es ist nichts während der Zeit vorgekommen. Im dritten Jahre beliebte es der Vormundschaft, ihn abzusetzen. Dann war er auch bei der Arbeit pünktlich. Vielleicht, daß er anfing der Flasche zuzusprechen, während er in der Stadt bei der Post war – so wird man Maßregeln treffen müssen. Wenn er über die Schnur haut, schüchtert man ihn ein – und er kommt wieder zur Vernunft, dabei fühlt er sich wohl und das Familienleben bleibt geordnet. Wenn es Ihnen aber nicht beliebt, diese Maßregel zu treffen, dann weiß ich freilich nicht, was wir mit ihm machen sollen. Er hat sich gewiß sehr gehen lassen! Zum Militärdienst taugt er auch nicht,

weil ihm, wie Sie wohl zu bemerken beliebten, zwei Zähne fehlen –
und nicht er allein, erlaube ich mir hinzuzufügen, ist ohne Respekt
…

Laß das, Jakob! antwortete Nechljudow mit einem leichten Lächeln, das habe ich mit dir schon hundertmal besprochen. Du weißt,
wie ich darüber denke, was du mir auch sagen magst, ich werde
nicht anders darüber denken.

Gewiß kennen Ew. Erlaucht das alles, sagte der Verwalter,
zuckte die Achseln und sah den Herrn so über die Schulter an, als
ließe das, was er sah, nichts Gutes erwarten. – Und daß Sie sich wegen der Alten beunruhigen, das ist ganz unnütz! fuhr er fort, freilich
hat sie die Waisen auferzogen, Juchwan großgezogen und verheiratet und was sonst noch; aber das ist doch im allgemeinen so bei den
Bauern, wenn Mutter und Vater dem Sohne die Wirtschaft übergeben, dann ist der Sohn und die Schwiegertochter Herr im Hause,
und die Alte muß sehen, wieviel sie mit ihren Kräften verdienen
kann. Natürlich kennen sie die zarteren Gefühle nicht, aber so ist es
allgemein im Bauernstände, darum erlaube ich mir, Ihnen zu sagen:
die Alte hat Sie ganz unnütz belästigt, sie ist eine gescheite Frau und
eine gute Wirtin, aber man belästigt doch nicht den Herrn mit jeder
Kleinigkeit, sie hat sich mit der Schwiegertochter gezankt, die hat
sie freilich auch gestoßen – Weibergeschichten! – und sie versöhnen
sich wieder, ohne daß Sie belästigt werden. Sie nehmen sich ohnehin
alles zu sehr zu Herzen! sagte der Verwalter mit einer gewissen
Leutseligkeit, indem er den Herrn ansah, der, ohne ein Wort zu sprechen, mit großen Schritten vor ihm die Straße hinaufschritt.

Belieben Sie nach Hause zu gehen? fragte er.

Nein, zu Davydka-Bjelyj oder Kosiol … wie heißt er doch?

Das ist auch ein Taugenichts, sage ich Ihnen … Die ganze Sippe
der Kosiol ist so. Was ich alles schon mit ihm versucht habe, es hilft
gar nichts! Gestern fuhr ich an dem Bauernfeld vorüber, es hat keinen Buchweizen gesäet, was soll man nun mit solchem Volke machen? Wenn wenigstens der Alte dem Sohn Lehren geben wollte,
aber das ist auch ein solcher Taugenichts, weder für sich noch für
den Herrn tut er seine Arbeit. Alles nur so zum Schein! … Was haben wir nicht alles schon mit ihm ins Werk gesetzt, der Vormund
und ich: ins Loch haben wir ihn gesteckt, zu Hause haben wir ihn
gestraft – Sie mögen ja das nicht …

Wen, den Alten?

Den Alten. Oft genug hat ihn der Vormund vor der ganzen Versammlung gestrafft wollen Sie glauben, Ew. Erlaucht, gar nichts hat es genützt. Er schüttelt sich, geht seiner Wege und fängt wieder von vorne an. Und Davydka ist doch ein ruhiger Bauer, sage ich, ist ein gescheiter Bauer, er raucht nicht, er trinkt nicht! erklärte Jakob. Und doch ist er schlimmer als mancher Trinker. Es gibt nur ein Mittel, er muß zu den Soldaten oder zur Ansiedelung – sonst läßt sich nichts mit ihm beginnen. Die ganze Sippe der Kosiol ist schon so, auch Matrjuschka, der auf dem Hinterhof wohnt, auch aus ihrer Familie, ist ebensolch' ein verfluchter Taugenichts! – Sie brauchen mich also nicht, Ew. Erlaucht? fügte der Verwalter hinzu, da er sah, daß der Herr ihm nicht zuhörte.

Nein, geh'! antwortete Nechljudow zerstreut und setzte seinen Weg zu Davydka-Bjelyj fort.

Davydkas Häuschen stand schief und einsam am Ende des Dorfes. Kein Hof, keine Getreidedarre, kein Speicher gehörte dazu, nur schmutzige Viehställe lehnten sich von der einen Seite daran, von der anderen Seite lagen Reisig und Balken, die für den Hof bestimmt waren, in unordentlichen Haufen. An der Stelle, wo einst der Hof gewesen war, wuchs hohes grünes Gras. Niemand war in der Nähe der Hütte, außer einem Schwein, das sich an der Schwelle im Kote wälzte und grunzte.

Nechljudow klopfte an das zerbrochene Fenster. Da sich aber niemand meldete, trat er in den Flur und rief: Wirtsleute! Auch darauf folgte keine Antwort. Er durchschritt den Flur, blickte in die leeren Ställe hinein und trat in die offene Stube. Ein alter roter Hahn und zwei Hennen gingen mit gesträubten Halskragen und laut auf den Boden aufklopfend über Dielen und Bänke spazieren. Als sie einen Menschen erblickten, drängten sie sich mit verzweifeltem Gackern und mit weit geöffneten Flügeln an die Wand, eine von den Hennen sprang auf den Ofen. Das sechs Ellen große Stübchen war von dem Ofen mit dem zerbrochenen Rohre, einem Webstuhl, der trotz der Sommerzeit nicht auf den Hof getragen war, und von einem schwarz gewordenen Tische mit verbogener, rissiger Platte, ganz eingenommen.

Obwohl es draußen trocken war, stand doch an der Schwelle eine schmutzige Pfütze, die sich beim vorigen Regen durch die

Traufe von Decke und Dach gebildet hatte. Eine Schlafstelle gab es nicht. Man konnte sich schwer vorstellen, daß dieser Ort eine menschliche Wohnung war, einen so ausgesprochenen Eindruck der Verwüstung und Unordnung hatte sowohl das Äußere wie das Innere des Häuschens; und doch lebte hier Davydka-Bjelyj mit seiner ganzen Familie. In diesem Augenblicke schlief Davydka fest, trotz der Glut des Junitages hatte er sich bis über den Kopf in die Pelzjacke gehüllt und in die offene Ecke gedrückt. Selbst die Henne, die erschrocken auf den Ofen gesprungen war und sich noch immer von ihrer Erregung nicht beruhigt hatte, hatte ihn nicht geweckt, als sie auf seinen Rücken stieg.

Da Nechljudow niemanden in der Stube sah, wollte er schon hinausgehen, als ein langgedehnter Seufzer die Anwesenheit des Hauswirts verriet.

Ei, wer ist da?! rief der Herr.

Vom Ofen her ließ sich ein zweiter gedehnter Seufzer vernehmen.

Wer ist dort?! Komm' doch her!

Wieder ließ sich auf den Ruf des Herrn Seufzen, Brüllen und lautes Gähnen vernehmen.

Nun, was hast du denn?

Auf dem Ofen bewegte es sich träge. Der Schoß eines zerschlissenen Schafpelzes wurde sichtbar, ein großer Fuß in einem zerrissenen Bastschuh ließ sich herab, dann ein zweiter, und endlich erschien die ganze Gestalt Davydka-Bjelyjs, der auf dem Ofen saß und sich träge und mürrisch mit seiner großen Faust die Augen rieb. Er beugte langsam den Kopf vor, gähnte und sah sich im Zimmer um. Als er den Herrn erblickte, begann er sich etwas schneller zu bewegen als früher, aber immer noch so langsam, daß Nechljudow während der Zeit dreimal von der Pfütze zu dem Webstuhl und zurück gehen konnte, und Davydka noch immer vom Ofen herabkroch. Davydka-Bjelyj[2] war wirklich weiß: sein Haar, sein Körper, sein Gesicht, alles war ungewöhnlich weiß. Er war hoch gewachsen und sehr dick, in der Art dick, wie die Bauern zu. sein pflegen, nicht nur am Leibe, sondern auch am ganzen Körper. Aber seine Dicke hatte etwas Weichliches, Ungesundes. Sein ziemlich schönes Gesicht mit

---

[2] *Bjelyj* = weiß.

den hellblauen, ruhigen Augen und dem breiten, großen Barte trug den Stempel der Kränklichkeit; weder Sonnenbrand noch Röte der Wangen waren an ihm zu bemerken, es hatte eine blaß-gelbliche Farbe mit einem leichten bläulichen Schatten unter den Augen und sah aus, als ob er ganz im Fette schwimme oder aufgedunsen wäre. Seine Hände waren geschwollen, gelblich, wie die von Menschen, die an Wassersucht leiden, und mit feinen weißen Härchen besetzt. Er war so verschlafen, daß er die Augen mit aller Mühe nicht öffnen konnte und nicht zu stehen vermochte, ohne zu schwanken und zu gähnen.

Aber, wie schämst du dich nicht, begann Nechljudow, am hellen lichten Tage zu schlafen, wo du doch deine Wirtschaft besorgen sollst und kein Brot im Hause ist! …

Als Davydka aus dem Schlafe zu sich gekommen war und zu begreifen begann, daß der Herr vor ihm stehe, legte er die Hände unter dem Bauche zusammen, ließ den Kopf sinken, neigte ihn ein wenig zur Seite und rührte kein Glied. Er sprach nicht, aber der Ausdruck seiner Züge und die Stellung seines ganzen Körpers sagten: weiß schon, weiß schon! Hab' es schon oft zu hören bekommen! Nun schlagen Sie nur, wenn es so sein muß, ich werde es dulden. Er schien zu wünschen, daß der Herr aufhöre zu sprechen und ihn so schnell als möglich schlage – selbst empfindlich auf die gedunsenen Backen schlage – nur damit er ihn so schnell als möglich in Ruhe lasse. Da Nechljudow bemerkte, daß Davydka ihn nicht verstehe, versuchte er den Bauern durch verschiedene Fragen aus seinem unterwürfig demütigen Schweigen herauszureißen.

Weshalb hast du um Holz gebeten, während es doch einen Monat bei dir liegt und die ganze freie Zeit hindurch liegt? He?

Davydka schwieg hartnäckig und rührte sich nicht.

Nun, so antworte doch!

Davydka brummte etwas vor sich hin und blinzelte mit seinen weißen Wimpern.

Arbeiten heißt es, Freundchen! Ohne Arbeit, wo soll's denn herkommen? Du hast jetzt kein Brot, woher kommt das? – Daher, weil dein Boden schlecht bearbeitet und nicht zum zweiten Male beackert ist, weil nicht zur rechten Zeit gesäet worden ist – alles aus Faulheit. Brot willst du von mir; nun nehmen wir an, ich gebe dir welches, weil du doch nicht Hungers sterben darfst, aber so darf man nicht handeln. Wessen Brot kann ich dir geben, wie meinst du, wessen? Nun, antworte, wessen Brot kann ich dir geben? fragte Nechljudow hartnäckig immer wieder.

Herrschaftliches! brummte Davydka, indem er schüchtern und fragend die Augen erhob.

Und wo kommt das herrschaftliche her? Urteile doch selbst. Wer hat es gepflügt, geeggt, wer hat es ausgesäet, wer hat es eingeerntet? … Die Bauern! Nicht wahr? Siehst du nun, soll also schon herrschaftliches Brot unter die Bauern verteilt werden, so müssen diejenigen mehr bekommen, welche mehr Arbeit hineingesteckt haben. Du am wenigsten von allen – auch bei der Fronarbeit klagt man über dich! Du hast am wenigsten von allen gearbeitet und verlangst am meisten herrschaftliches Brot, warum sollte man dir geben und den andern nicht? Wenn alle so wie du auf der Bärenhaut liegen wollten, so wären wir alle in der Welt längst Hungers gestorben. Arbeiten, Freundchen, heißt es! Das ist schlimm – hörst du, Davydka?
Ich höre! brummte er langsam durch die Zähne.

X. |

In diesem Augenblicke huschte am Fenster der Kopf einer Bauernfrau vorüber, welche Leinwand auf einem Schulterjoch trug, und eine Minute später trat Davydkas Mutter, eine hochgewachsene Frau von etwa 40 Jahren, sehr frisch und lebhaft in die Stube. Ihr von Blattern und Runzeln durchfurchtes Gesicht war häßlich, aber die gerade, starke Nase, die zusammengepreßten feinen Lippen und die lebhaften grauen Augen drückten Klugheit und Tatkraft aus. Die eckigen Schultern, die flache Brust, die dürren Hände und die starken Muskeln an ihren schwarzen nackten Füßen bezeugten, daß sie längst aufgehört hatte ein Weib zu sein, und nur ein Arbeiter war. Sie trat hurtig in die Stube, schloß die Tür, riß den Umhang herunter und warf dem Sohn einen wütenden Blick zu. Nechljudow wollte ihr etwas sagen, aber sie wandte sich von ihm weg und begann sich vor dem schwarzen hölzernen Heiligenbilde zu bekreuzigen, das hinter dem Webstuhle hervorsah. Als sie damit fertig war, rückte sie das schmutzige gewürfelte Tuch zurecht, das sie um ihren Kopf trug, und verneigte sich tief vor dem Herrn.

Fröhlichen Feiertag, Ew. Erlaucht! sagte sie, Gott segne dich, du, unser Vater …

Als Davydka seine Mutter erblickte, wurde er sichtlich verlegen, beugte sich ein wenig vor und senkte den Nacken noch tiefer.

Danke, Arina, antwortete Nechljudow, ich habe eben mit deinem Sohn von euerer Wirtschaft gesprochen.

Arina, oder wie sie die Bauern zu nennen pflegten als sie noch Mädchen war, Arischka-Burlak, stützte ihr Kinn auf die Faust der rechten Hand, die sie auf die flache Linke gestemmt hatte und begann, ohne den Herrn ausreden zu lassen, so heftig und kreischend zu sprechen, daß die ganze Stube von dem Klange ihrer Stimme erfüllt war und man von draußen hätte glauben können, es sprächen plötzlich mehrere Frauenstimmen auf einmal.

O du mein Vater! Wozu, wozu mit ihm reden. Er kann ja gar nicht reden wie ein Mensch. Sieh, wie er dasteht, der Tölpel! fuhr sie fort und wies mit einer verächtlichen Kopfbewegung auf die klobige Jammergestalt Davydkas hin, – was habe ich für eine Wirtschaft, Väterchen, Ew. Erlaucht? Wir sind nackt und bloß, elender als wir ist niemand im ganzen Dorf. Wir haben weder für uns, noch für den Herrenhof etwas, es ist eine Schande. – Und dazu hat er uns gebracht. Wir haben ihn gehegt und gepflegt, wir haben gar nicht gehofft, einen rechten Arbeiter an ihm zu haben, und was haben wir jetzt? Er frißt nur, aber arbeiten – seine Arbeit ist so viel wert, wie die von dem verfaulten Brunnen da. Er kann nur auf dem Ofen liegen, oder er steht da und kratzt seinen dummen Kopf! sagte sie, indem sie ihm nachmachte. Wenn du ihm wenigstens Strafe androhen wolltest, Vater, ich muß schon selbst darum bitten! Strafe ihn doch um Gottes willen oder steck' ihn unter die Soldaten – dann hat es doch ein Ende! Ich halt's nicht mehr aus mit ihm!

Ist es nicht sündhaft, Davydka, seine eigene Mutter so weit zu treiben? sagte Nechljudow, indem er sich vorwurfsvoll zu dem Bauern wandte.

Davydka rührte sich nicht.

Wenn er noch ein kranker Bauer wäre, fuhr Arina mit derselben Lebhaftigkeit und denselben Gebärden fort. Aber man braucht ihn ja nur anzusehen, dick wie ein Mehlsack ist er, er könnte schon arbeiten, der Vagabund! Aber nein, da liegt er auf dem Ofen und wird ein ganzer Lump! Faßt er etwas an, dann macht er es so, daß es meine Augen lieber nicht sehen möchten: ehe er sich erhebt, ehe er sich umdreht, ehe sonst was – sagte sie, jedes Wort dehnend, und bewegte dabei plump ihre eckigen Schultern hin und her. – Jetzt ist der Alte selbst in den Wald gefahren, um Reisig zu holen, und ihm hat er befohlen, Gruben zu graben; aber er hat nichts getan, hat nicht einmal den Spaten zur Hand genommen ... (sie hielt einen Augenblick inne) ... er hat mich zugrunde gerichtet, mich arme Verlassene! begann sie plötzlich in winselndem Tone, holte weit mit den Händen aus und trat mit einer drohenden Gebärde an den Sohn heran. – Deine verfluchte feine Schnauze! Gott soll mir verzeihen ... (sie wandte sich ärgerlich und verzweifelt zugleich von ihm ab, spie aus und wandte sich wieder mit derselben Lebhaftigkeit und mit Tränen in den Augen an den Herrn, während sie immer noch mit den Händen fuchtelte). Ich bin ja ganz allein, Wohltäter, mein Alter ist krank und alt, und er ist auch zu gar nichts nutz, und ich bin ganz und, gar allein. Auch das stärkste Pferd bricht einmal zusammen. Wenn er sterben wollte, es wäre leichter – dann hätte es doch ein Ende. Hungers sterben läßt er mich, der Schurke ... Du, unser Vater, ich halte es nicht mehr aus! Die Schwiegertochter ist von der Arbeit zugrunde gegangen, und mir wird's auch so gehen!

XI. |

Wie ist sie zugrunde gegangen? forschte Nechljudow mißtrauisch.

Vor allzu großer Arbeit, Wohltäter, so wahr Gott lebt, ist sie zugrunde gegangen. Wir haben sie im vorvergangenen Jahr aus Baburin geholt, – fuhr sie fort, indem sich plötzlich ihre zornigen Züge in weinerliche und traurige verwandelten. Sie war jung, frisch, friedlich, häuslich. Bei ihrem Vater im Haus, als sie noch Mädchen war, hatte sie behaglich gelebt, Not kannte sie nicht, wie sie zu uns ins Haus kam und unsere Arbeit kennen lernte – die Arbeit auf dem Hofe, im Hause, überall ... immer nur sie und ich – da war es aus. Was tut's mir? Ich bin gewohnt zu arbeiten, sie aber war schwanger und hatte viel zu leiden, und immer arbeitete sie über ihre Kräfte, so hat sie sich einen Schaden zugefügt, die Gute. Im Sommer zu Peter Paul hat sie noch zum Unglück einen Knaben geboren, und im Haus war kein Brot. Wir mußten essen, was es gab, die Arbeit drängte ... und die Brust trocknete ihr ein, es war das erste Kind, eine Kuh hatten wir auch nicht, und bei der schweren Bauernarbeit, – wir mußten es mit der Flasche aufziehen; nun natürlich, Frauen sind nicht gescheit, sie hat sich darüber noch mehr gegrämt, und wie das Kind starb, da heulte und heulte sie vor Gram, jammerte und jammerte, und die Not und die Arbeit, es wurde immer schlimmer und schlimmer. Und so ging es immer elender in den Sommer hinein und zu Mariä Fürbitte[3] starb sie auch. Er hat ihr den Todesstoß gegeben, der Hund! wandte sie sich wieder mit verzweifelter Wut gegen den Sohn. … Um was ich dich bitten wollte, Erlaucht, … fuhr sie nach einer kurzen Pause fort, indem sie die Stimme sinken ließ und sich verneigte.

Was? fragte Nechljudow zerstreut, denn er war noch von ihrer Erzählung erregt.

Er ist doch noch ein junger Bauer. Was kann man von mir für Arbeit erwarten, heute lebe ich und morgen ist's vorbei. Wie kann er ohne Frau sein, er wird ja kein guter Bauer sein können! Finde du etwas für uns, du unser Vater!

Das heißt, du möchtest ihn verheiraten, nicht wahr, das ist es?

Tu' uns die Liebe, Ihr seid uns Vater und Mutter! Sie gab ihrem Sohne ein Zeichen und beide stürzten zugleich dem Herrn zu Füßen.

Warum kniest du nieder? sagte Nechljudow und hob sie ärgerlich an den Schultern hoch. Darfst du denn das nicht sagen, du weißt, ich habe das nicht gern, verheirate den Sohn, wenn du willst, ich freue mich, wenn du eine Braut in Bereitschaft hast!

Die Alte erhob sich und wischte mit dem Ärmel über ihre trockenen Augen. Davydka folgte ihrem Beispiel, fuhr mit seiner gedunsenen Faust über die Augen, blieb in derselben untertänigen Haltung stehen und horchte auf Arinas Worte.

Eine Braut ist da, Wassjutka Michejkin, ein nettes Mädchen, aber ohne deinen Willen wird sie nicht wollen.

Ist sie denn nicht einverstanden?

Nein, Wohltäter. Wenn sie einverstanden wäre!

Was soll also geschehen? Zwingen kann ich sie nicht, suche eine andere, wenn nicht hier, so in der Fremde, ich will sie loskaufen, aber sie muß aus freien Stücken gehen, mit Gewalt darf man sie

---

[3] Das Erntefest, das in ganz Rußland ohne Unterschied des Bekenntnisses gefeiert wird.

nicht verheiraten. Es gibt auch kein solches Gesetz, und es ist auch eine große Sünde.

A–a–ach, Wohltäter, wie ist es möglich, wenn sie unser Leben sieht, unsere Armut, daß sie freiwillig gehen soll? Auch eine Soldatenfrau möchte solche Not nicht auf sich nehmen. Welcher Bauer wird uns sein Mädchen auf den Hof geben? Das tut ein Verzweifelter nicht! Wir sind doch nackt und bloß, Bettler! Die eine, werden sie sagen, haben sie Hungers sterben lassen, meiner wird es auch so gehen! Wer wird uns die Tochter geben?! fügte sie hinzu und schüttelte ungläubig den Kopf, sag' doch selbst, Erlaucht!

Was kann ich also tun?

Denke du für uns, lieber Freund! wiederholte Arina eindringlich, was sollen wir anfangen?

Was kann ich erdenken, ich kann in diesem Fall auch nichts für euch tun.

Wer wird an uns denken, wenn du es nicht tust? sagte Arina, indem sie den Kopf senkte und mit den Händen eine Bewegung trauriger Unentschlossenheit machte.

Ihr bittet um Getreide, ich werde Auftrag geben, daß man euch welches überlasse! sagte der Herr nach einer kurzen Pause, während welcher Arina seufzte und Davydka in ihr Seufzen einstimmte. Aber mehr kann ich nicht tun.

Nechljudow ging in den Flur hinaus, Mutter und Sohn folgten dem Herrn in gebeugter Stellung.

XII. |

A–a–ach, ich arme Verlassene! sagte Arina und seufzte schwer. Sie blieb stehen und sah den Sohn zornig an. Davydka wandte sich sofort um, setzte sein dickes Bein in dem klobigen, schmutzigen Bastschuh schwerfällig über die Schwelle und verschwand in der gegenüberliegenden Tür.

Was soll ich mit ihm anfangen, Vater, fuhr Arina zu dem Herrn gewandt fort, du siehst doch selbst, wie er ist! Er ist ja kein schlechter Bauer, er trinkt nicht, er zankt nicht, er trübt kein Wässerchen, es wäre Sünde ihm etwas nachzusagen. Es ist nichts Schlechtes an ihm, Gott allein weiß, was mit ihm geschehen ist, daß er so ein Taugenichts geworden ist. Er sieht es selbst nicht gern. Willst du's glauben, Väterchen, das Herz blutet einem, wenn man mit ansieht, welche Qual er leidet, er mag sein, wie er will, ich habe ihn unter meinem Herzen getragen, er tut mir weh, ach, sehr weh! Er tut ja nichts gegen mich, oder den Vater, oder die Obrigkeit. Er ist eigentlich ein furchtsamer Bauer, ein wahres Kind, wie soll er als Witwer leben? O hilf du, unser Wohltäter?! wiederholte sie. Sie hatte offenbar den Wunsch, den schlechten Eindruck, den ihr Schelten auf den Herrn gemacht haben konnte, zu verwischen. Väterchen, Ew. Erlaucht, fuhr sie in zutraulichem Tone fort, ich habe schon alles und alles versucht, mir steht der Verstand stille, woher er so geworden ist, es kann nicht anders sein, böse Menschen haben ihn behext.

Sie schwieg eine Weile.

Wenn man den Menschen finden könnte, vielleicht läßt er sich heilen.

Was sprichst du für Unsinn, Arina, wie kann man jemanden behexen!

O, du unser Vater, sie behexen einen so, daß er das ganze Leben kein Mensch mehr ist. Es gibt viel schlechte Menschen in der Welt, in der Wut nimmt einer eine Hand voll Erde aus deinen Fußstapfen … oder sonst was … und für alle Zeiten hört man auf ein Mensch zu sein. Gibt es nicht viele, die sündigen? Ich habe schon daran gedacht, ob ich nicht hinunter gehen soll zu dem alten Dunduk, der in Worobjewka wohnt, er kennt alle Beschwörungen, alle Kräuter und nimmt den Zauber mit Weihwasser fort. – Vielleicht hilft der, sagte das Weib, vielleicht kann der ihn heilen.

Das ist es, Armut und Unwissenheit, dachte der junge Herr, er ließ traurig den Kopf hängen und ging mit großen Schritten die Dorfstraße hinab. Was fange ich nur mit ihm an. Ihn in dieser Lage lassen ist doch unmöglich, um meinetwillen, um des schlechten Beispiels willen und seiner selbst willen, unmöglich! sprach er zu sich selbst, indem er an den Fingern diese Gründe herzählte, ich kann ihn in dieser Lage nicht sehen, wie aber soll ich ihn daraus befreien, er vernichtet meine besten Pläne in der Wirtschaft! So lange ich solche Bauern habe, werden sich meine Träume nie verwirklichen! dachte er und empfand Ärger und Zorn gegen den Bauern, der seine Pläne zerstörte. Ihn zur Ansiedlung zu verschicken, wie Jakob sagt, wenn er selbst sein eigenes Wohl nicht will, oder zu den Soldaten stecken? Gewiß, wenigstens befreie ich mich von ihm und bekomme dafür noch einen guten Bauern! dachte er hin und her.

Er dachte mit Vergnügen daran, aber sogleich flüsterte ihm ein unbestimmtes Ahnen zu, daß er nur mit der einen Seite des Verstandes denke, und daß das nicht gut sei. Er blieb stehen. Halt, woran denke ich! sagte er zu sich selber. Unter die Soldaten, zur Ansiedlung … wofür? Er ist ein guter Mensch, besser als viele andere und wie weiß ich … ihn freigeben? dachte er und betrachtete die Frage jetzt nicht mehr mit der einen Seite des Verstandes, wie vorher. Ungerecht, ja sogar unausführbar! Da plötzlich kam ihm ein Gedanke, der ihn sehr erfreute. Er lächelte mit dem Ausdruck eines Menschen, der die Lösung einer schweren Aufgabe gefunden. Ich will ihn auf den Hof nehmen, sagte er zu sich selber, will ihn selbst beobachten und durch Milde und Vermahnungen, durch eine bestimmte Beschäftigung an Arbeit gewöhnen und bessern.

XIII. I

So will ich tun! sagte Nechljudow zu sich selbst mit freudiger Selbstzufriedenheit und ging, da er sich erinnerte, daß er noch bei dem reichen Bauern Dutlow vorzusprechen hatte, auf ein hohes stattliches Bauernhaus mit zwei Rauchfängen zu, das mitten im Dorfe stand. Auf dem Wege begegnete er bei dem Nachbarhäuschen einem großen häßlichen Weibe von etwa vierzig Jahren, das auf ihn zukam.

Fröhlichen Feiertag, Väterchen, rief sie ihm ohne jede Scheu zu, blieb vor ihm stehen, lächelte freudig und verneigte sich vor ihm.

Guten Morgen, Amme! antwortete er, wie geht's, ich gehe eben zu deinem Nachbar.

So, Väterchen, Ew. Erlaucht, es geht ja, warum belieben Sie nicht zu uns zu kommen, wie würde sich mein Alter freuen!

Gut, ich werde hineingehen, wir plaudern miteinander, Amme, ist das dein Häuschen?

Dies ist es, Väterchen!

Die Amme lief voran, Nechljudow folgte ihr in den Flur, setzte sich auf einen kleinen Zuber, zog eine Zigarette hervor und rauchte sie an.

Dort ist es heiß, laß uns lieber hier sitzen und plaudern, erwiderte er, als die Amme ihn aufforderte in die Stube einzutreten. Die

Amme war noch ein frisches Weib, in ihren Gesichtszügen, besonders in ihren großen schwarzen Augen hatte sie große Ähnlichkeit mit den Zügen des Herrn; sie hatte die Hände unter der Schürze zusammengefaltet, sah dem Herrn ohne Scheu ins Gesicht, wiegte beständig den Kopf hin und her und begann:

Was ist das, Väterchen, warum belieben Sie, Dutlow zu besuchen?

Ich möchte gern, daß er mir dreißig Dessjatinen Land abpachtet und eigene Wirtschaft einrichtet, und dann auch, daß er mit mir zusammen einen Wald kaufe, er hat ja Geld, warum soll es so unnütz daliegen! Wie denkst du darüber, Amme?

Ja, alle Welt weiß, Väterchen, die Dutlows sind vermögliche Leute, im ganzen Stammsitze ist er wohl der erste Bauer, antwortete die Amme und schüttelte den Kopf, im letzten Jahr hat er ein zweistöckiges Gebäude aus seinem eigenen Holze aufgeführt und die Herrschaft nicht gebraucht. Pferde hat er, außer den Füllen und den Halbwüchsigen, sechs Dreigespanne, und Vieh, Kühe und Schafe! Wenn er sie vom Feld hereintreibt, und die Weiber auf die Straße herauskommen, um sie hereinzutreiben, da drängt es sich mit Mühe und Not zum Tore herein. Und zweihundert Bienenstöcke hat er und drüber, ein sehr vermöglicher Bauer, er muß auch Geld haben.

Wie, meinst du, hat er viel Geld? fragte der Herr.

Die Leute sagen, natürlich vielleicht aus Bosheit, daß der Alte viel Geld hat, aber er will's nicht Wort haben, auch den Söhnen sagt er es nicht, aber er muß Geld haben. Warum soll er kein Wäldchen pachten, fürchtet er vielleicht, man könnte erfahren, daß er Geld hat? Er hat auch vor fünf Jahren mit Schkalik, dem Gastwirt, zu kleinen Anteilen Wiesen gepachtet, dann hat ihn der Schkalik betrogen oder sonst so was, und so hat der Alte dreihundert Rubel verloren, da hat er aufgehört. Aber wie sollte er nicht, in guten Verhältnissen sein, Väterchen, Ew. Erlaucht, fuhr die Amme fort, drei Stück Land gehören ihm, die Familie ist groß, alles arbeitet, und der Alte, man kann nicht anders sagen, ist ein ausgezeichneter Wirt. In allem hat er Glück, die Leute wundern sich sogar darüber: mit dem Getreide, mit den Pferden, mit dem Vieh, mit den Bienen und mit den Kindern hat er Glück. Jetzt hat er alle verheiratet, die einen Mädchen nahm er von uns hier, und jetzt hat er den Jljuschka mit einer Freien verheiratet und hat sie selbst losgekauft. Auch ein prächtiges Weib.

So, sie leben also in Eintracht? fragte der Herr.

Wenn im Hause ein rechtes Oberhaupt ist, ist auch Eintracht. Denk' bloß an die Dutlows, – das ist mal so Weiberart, die Frauen zanken und zanken sich hinter dem Ofen – nun steht aber alles unter dem Auge des Alten und die Söhne leben in Eintracht.

Die Amme schwieg eine Weile. Und jetzt, heißt es, will der Alte den ältesten Sohn, Karp, zum Wirt im Hause machen. Er ist schon alt geworden … Ich habe die Bienenzucht! Nun, Karp ist auch ein guter Bauer, ein trefflicher Bauer, aber an den Alten reicht er nicht heran; dem seinen Verstand hat er nicht!

So wird vielleicht Karp Land und Wald übernehmen wollen, wie meinst du? sagte der Herr, denn er hätte gern von der Amme alles erfahren, was sie von ihren Nachbarn wußte.

Glaub's kaum, Väterchen, fuhr sie fort, der Alte hat dem Sohn von seinem Gelde nichts gesagt; so lange er lebt, bleibt auch das Geld bei ihm, im Haus macht alles der Verstand des Alten, und sie beschäftigen sich mehr mit Fuhrwesen.

Und wird der Alte es nicht erlauben?

Er fürchtet sich!

Aber was fürchtet er denn?

Aber Väterchen, wie kann ein leibeigener Bauer sagen, wieviel Geld er hat, das paßt nicht zusammen und er kann sein ganzes Geld verlieren. Da mit dem Gastwirt hat er Geschäfte gemacht und hat sich verrechnet, sollt' er mit ihm vor Gericht gehen, so war das Geld verloren, und mit dem Gutsherrn wird er noch schneller fertig sein.

So, darum, … sagte Nechljudow errötend, lebe wohl. Alte!

Lebt wohl, Väterchen, Ew. Erlaucht, danke untertänigst.

XIV. |

Soll ich nicht lieber nach Hause gehen? dachte Nechljudow von der Empfindung einer unbestimmten Traurigkeit und moralischen Ermüdung ergriffen, während er auf Dutlows Tor zuschritt.

Aber in diesem Augenblicke öffnete sich das schöngezimmerte Tor knarrend vor ihm und ein hübscher, rotwangiger, blonder Bursche von etwa achtzehn Jahren in Fuhrmannskleidung erschien in dem Tore. Er führte ein Dreigespann starkbeiniger, noch schweißiger, zottiger Pferde hinter sich her, warf hastig die Hellen Haare zurück und verneigte sich vor dem Herrn.

Wie, Ilija, ist der Vater zu Hause? fragte Nechljudow.

Er ist im Bienengarten hinter dem Hof, antwortete der Bursche und führte die Pferde eines nach dem anderen durch das halbgeöffnete Tor.

Nein, ich will es durchführen, ich mache ihm meinen Vorschlag, ich tue das meine, dachte Nechljudow. Er ließ die Pferde vorbei und trat in den geräumigen Hof Dutlows. Man sah, daß der Dünger erst vor kurzer Zeit vom Hofe fortgeführt war, der Boden war noch schwarz, schweißig und an gewissen Stellen, besonders in den Türen, lagen rote wollige Büschel herum. Auf dem Hof und unter den hohen Schuppen standen geordnet Leiterwagen, Eggen, Schlitten, Krippen, Fässer und allerlei Bauerngerät. Tauben flatterten und girrten im Schatten der breiten, starken Dachpfeiler, Dünger und Teergeruch erfüllte den Hof. In dem einen Winkel brachten Karp und Ignat eine neue Feder an einen großen, dreispännigen eisenbeschlagenen Wagen an. Alle drei Söhne Dutlows hatten beinahe dieselben Züge. Der jüngste, Ilja, welchem Nechljudow im Torweg begegnet war, war bartlos, kleiner gewachsen, rotwangiger und hübscher als die älteren. Der zweite, Ignat, war größer gewachsen, dunkler, trug einen Spitzbart und hatte, obgleich auch er in Stiefeln, Fuhrmannskittel und Lammfellmütze war, nicht das festtägliche Aussehen der Sorglosigkeit, wie der jüngere Bruder. Karp, der älteste, war noch größer, trug Bastschuhe, einen grauen Kaftan und ein Hemd ohne Besatz, hatte einen üppigen roten Bart und ein ernstes, ja fast düsteres Aussehen.

Befehlen Sie, Ew. Erlaucht, daß wir den Vater rufen, sagte er, indem er an den Herrn herantrat und sich leicht und linkisch verbeugte.

Nein, ich will selbst zu ihm in den Bienengarten, ich will mir ansehen, wie er sich's dort eingerichtet hat … Aber ich habe mit dir ein Wörtchen zu sprechen, sagte Nechljudow und ging auf die andere Seite des Hofes hinüber, damit Ignat nicht höre, was er mit Karp sprechen wollte.

Das Selbstbewußtsein und ein gewisser Stolz, der in dem ganzen Gehaben dieser beiden Bauern sichtbar war, und das, was ihm die Amme gesagt hatte, machte den jungen Herrn so verlegen, daß ihm

der Entschluß, mit ihnen über seine Absichten zu sprechen, schwer
wurde. Er empfand etwas wie ein Schuldgefühl, und es erschien ihm
leichter, mit einem Bruder zu sprechen, so daß der andere nichts
hörte. Karp war wohl verwundert darüber, daß ihn der Herr beiseite
nahm, aber er folgte ihm.

Hör', begann Nechljudow stockend, ich wollte dich fragen, wieviel Pferde ihr habt.

Fünf Dreigespanne sind's, auch Füllen haben wir, erwiderte
Karp ohne Zögern, indem er sich dm Rücken kratzte.

Deine Brüder fahren mit der Post?

Wir besorgen die Post mit drei Dreigespannen, Iljuschka war
eben auf der Fahrt und ist jetzt zurückgekommen.

Nun, das ist einträglich, wieviel verdient ihr damit?

Wie, einträglich, Ew. Erlaucht, höchstens, daß wir und die Pferde
das Nötige haben, auch dafür danken wir Gott.

Warum beschäftigt ihr euch nicht mit etwas anderem, ihr könntet ja doch Wald kaufen oder Land pachten.

Nun ja, gewiß, Ew. Erlaucht, Land könnte man wohl pachten,
wenn es nur so leicht zu haben wäre.

Nun, ich will euch einen Vorschlag machen. Was werdet ihr euch
mit dem Fuhrwesen abgeben, wenn ihr nur Essen und Trinken davon habt, pachtet lieber dreißig Dessjatinen Land von mir; den ganzen Streifen, der hinter Sapows Hofe liegt, will ich euch überlassen,
da könnt ihr eure Wirtschaft im großen betreiben.

Und Nechljudow, begeistert von seinem Plane einer Bauernwirtschaft, wie er ihn so oft bei sich überlegt und erwogen hatte, begann,
nun nicht mehr stockend, dem Bauern seine Ansichten über die Bauernwirtschaft zu erläutern. Karp lauschte mit größter Aufmerksamkeit den Worten des Herrn.

Wir sind Ew. Gnaden sehr dankbar, sagte er, als Nechljudow zu
sprechen aufhörte und ihn, Antwort heischend, ansah. Gewiß, das
ist nicht übel, dem Bauern taugt es mehr, sich mit dem Boden zu
beschäftigen, als mit der Peitsche zu hantieren. Unsereiner fährt in
der Welt herum, sieht allerlei Volk und wird verdorben; das Beste
für den Bauern ist, sich mit dem Boden zu beschäftigen.

Wie denkst du nun also?

So lange der Vater lebt, Ew. Erlaucht, was habe ich da zu denken,
er hat zu bestimmen.

So führe mich in den Bienengarten, ich will mit ihm sprechen.

Bitte hier, sagte Karp und schritt langsam auf den hinteren Schuppen zu, öffnete das niedrige Pförtchen, das in den Bienengarten führte, ließ den Herrn hindurch, schloß es wieder zu, ging zu Ignat zurück und nahm schweigend die unterbrochene Arbeit wieder auf.

XV. |

Nechljudow ging gebückt durch das niedrige Pförtchen unter dem schattigen Schuppen nach dem Bienengarten, der hinter dem Hofe lag. Der kleine mit Stroh und durchsichtigem Flechtwerk umgebene Raum, in welchem die mit Spänen bedeckten Bienenstöcke mit den geräuschvoll summenden, goldglänzenden Bienen symmetrisch aufgestellt waren, war ganz von den hellen glänzenden Strahlen der Junisonne übergossen. Von dem Pförtchen führte ein ausgetretener Pfad in die Mitte zu dem hölzernen Kreuz, an welchem ein Heiligenbild aus Silberblech hing, das hell in der Sonne glänzte. Mehrere junge Linden, die ihre reichbelaubten Wipfel hoch über das Strohdach des Nachbarhauses erhoben, wiegten kaum hörbar ihr dunkelgrünes, frisches Laub, von dem Summen der Bienen begleitet. Alle Schatten, die von der überdachten Umzäunung, von den Linden und den Bienenstöcken, fielen tiefdunkel und kurz auf das feine krause Gras, das zwischen den Bienenstöcken hervorsproß. In der Nähe der Tür einer hölzernen mit frischem Stroh gedeckten Mooshütte, die zwischen den Linden stand, wurde die gebeugte, niedrige Gestalt eines alten Mannes sichtbar, dessen unbedeckter grauer Kopf und Glatze in der Sonne funkelte. Als der Alte das Pförtchen knarren hörte, sah er sich um, wischte mit dem Zipfel seines Hemdes über das schweißige, glänzende Gesicht und ging mild und freudig lächelnd dem Herrn entgegen.

In dem Bienenstand war es so anheimelnd, so heiter, so still und so hell, das Aussehen des grauen Alten mit den tausend Falten und Fältchen um die Augen, in den großen über den bloßen Fuß gezogenen Schuhen, der gutmütig wiegenden Ganges herankam und mit selbstzufriedenem Lächeln den Herrn in seinen eigenherrlichen Besitzungen begrüßte, war so gutherzig freundlich, daß Nechljudow einen Augenblick die schweren Eindrücke des heutigen Morgens vergaß, und daß sein Lieblingsgedanke lebhaft vor seine Seele trat. Er sah schon alle seine Bauern so reich, so gutmütig wie den alten Dutlow, und alle lächelten ihm freundlich und heiter entgegen, da sie ihm allein ihren Reichtum und ihr Glück verdankten.

Wünschen Sie nicht ein Netz, Ew. Erlaucht? Die Biene ist jetzt bös und sticht, sagte der Alte, nahm vom Zaun einen nach Honig duftenden, schmutzigen, mit Baumrinde eingefaßten Leinensack und reichte ihn dem Herrn. – Mich kennen die Bienen, mich stechen sie nicht, fügte er mit dem sanften Lächeln hinzu, das fast nie sein schönes, sonnverbranntes Gesicht verließ.

Dann brauche ich es auch nicht. Schwärmen sie schon? fragte Nechljudow und lächelte ebenfalls, ohne recht zu wissen, warum.

Wenn sie schwärmen, Väterchen Dmitrij Nikolajewitsch, antwortete der Alte, – er wollte dadurch, daß er den Herrn mit Namen und Vatersnamen ansprach, besondere Freundlichkeit ausdrücken – so haben sie eben erst, eben jetzt erst angefangen, Honig zu sammeln, wie sich's gehört. Heuer war der Frühling kühl, belieben Sie zu bemerken.

Ich habe aber in einem Buche gelesen, begann Nechljudow und wehrte dabei eine Biene ab, die ihm in das Haar geflogen war und ihm um das Ohr herumsummte: wenn das Wachs an den Stängchen gerade steht, so schwärmt die Biene früher. Darum macht man Bienenstöcke aus Brettern … mit Querhölz …

Wollen Sie sie nicht abwehren, das macht sie noch mehr böse, sagte der Alte, aber wünschen Sie nicht, daß ich Ihnen ein Netz gebe?

Nechljudow fühlte einen Schmerz, aber aus einer Art kindlicher Eitelkeit wollte er es nicht eingestehen; wieder lehnte er das Netz ab und erzählte dem Alten weiter von der Einrichtung der Bienenstöcke, von welchen er im *Maison Rustique* gelesen hatte und bei welchen nach seiner Ansicht die Bienen doppelt so viel schwärmen müssen. Aber es stach ihn eine Biene in den Nacken, und er wurde verlegen und stockte mitten in seinen Auseinandersetzungen.

Nun ja, Väterchen Dmitrij Mikolajewitsch, sagte der Alte und sah den Herrn mit väterlicher Gönnermiene an, ja gewiß schreiben sie so im Buch. Aber vielleicht ist das falsch, was da geschrieben steht. Wenn er's so machen wird, wie wir schreiben, denken sie, so lachen wir ihn dann aus; das kommt vor. Wie kann man die Biene lehren, wo sie die Zellen bauen soll. Sie macht das wie sie will, bald schräg, bald gerade. Wollen Sie gütigst hineinsehen, fügte er hinzu, öffnete einen der nächsten Körbe und blickte durch die Öffnung, welche die schiefen Wachszellen entlang von summenden, kriechenden Bienen bedeckt war. Sehen Sie, das sind junge Bienen, man sieht's, obenan sitzt die Mutter, und die Zellen führen sie gerade und seitwärts, wie es in dem Korb bequemer ist, sagte der Alte, von seinem Lieblingsgegenstande fortgerissen und ohne die Lage des Herrn zu bemerken. Heute gehn sie in Blütenstaub, heute ist ein warmer Tag, man sieht alles, fügte er hinzu, indem er die Bienenkörbe wieder schloß, mit einem Lappen die kriechenden Bienen zusammenscharrte und dann mit seiner rauhen Hand einige Bienen von seinem runzeligen Nacken herunterstrich. Die Bienen stachen ihn nicht; Nechljudow aber konnte kaum noch den Wunsch unterdrücken, aus dem Bienengarten zu entfliehen. Die Bienen hatten ihn an drei Stellen gestochen und summten von allen Seiten um Kopf und Nacken.

Und wie viel Stöcke hast du? fragte er, indem er sich auf das Pförtchen zu entfernte.

Was Gott gegeben hat! antwortete Dutlow mit seinem Lächeln, zählen darf man sie nicht, die Biene hat das nicht gern. Um was ich Ew. Gnaden bitten wollte, fuhr er fort, indem er auf die Bienenkörbchen zeigte, welche am Zaune standen, für Ossip, den Mann der Amme; wenn Sie es ihm verbieten wollten, im eigenen Dorfe so schlecht gegen die Nachbarschaft zu handeln, das ist nicht gut.

Wie, schlecht zu handeln? … Ach, sie stechen aber …! antwortete der Herr und griff nach der Klinke des Pförtchens.

Sehen Sie, Jahr für Jahr läßt er seine Bienen auf meine Jungen los, sie sollen besser werden, aber die fremden Bienen nehmen ihnen nur die Zellen fort, sagte der Alte, ohne die Gebärden des Herrn zu bemerken.

Gut, nachher, gleich – sagte Nechljudow, er konnte es nicht mehr aushalten, wehrte mit beiden Händen die Bienen ab und rannte schleunig durch das Pförtchen hinaus.

Mit Erde einreiben, dann tut's nichts, sagte der Alte, indem er dem Herrn in den Hof folgte. Der Herr rieb die Stelle, wo er gestochen war, mit Erde. Er errötete, warf einen flüchtigen Blick auf Karp und Ignat, die sich gar nicht nach ihm umsahen, und runzelte ärgerlich die Stirn.

XVI. |

Um was ich Euch betreffs der Kinder bitten wollte, Ew. Erlaucht, sagte der Alte und tat, als ob er die zornigen Züge des Herrn gar nicht bemerkt hätte, oder er hatte sie auch wirklich nicht bemerkt.

Was?

Sehen Sie, an Pferden sind wir Gott sei Dank vermöglich, Knechte sind auch da, und so verlohnt für uns die Herrenarbeit nicht!

Was also?

Wenn Sie die Gnade haben wollten, die Kinder für eine Abgabe zu entlassen, so könnten Ilija und Ignat mit drei Dreigespannen den ganzen Sommer das Fuhrwesen betreiben, da ließe sich vielleicht was verdienen.

Wohin sollen sie denn gehen?

Wie es gerade kommt, mischte sich Ilija hinein, der eben, nachdem er die Pferde unter dem Schuppen festgebunden hatte, an den Vater herantrat. Die Kadminskischen Kinder sind mit acht Dreigespannen nach Romen gefahren, so heißt es, haben hier ihr Auskommen gehabt und haben noch an dreißig Rubel für jedes Gespann heimgebracht. Und in Odest, heißt es, ist auch das Futter billiger.

Davon wollte ich gerade mit dir sprechen, sagte der Herr zu dem Alten gewandt; er wollte ihn so geschickt als möglich auf das Gespräch von der Wirtschaft bringen. Sag' mir doch, bitte, ist das Fuhrwesen einträglicher, als daheim die Feldarbeit?

Wie sollte es nicht einträglicher sein, Ew. Erlaucht, mischte sich wieder Ilija hinein, indem er sein Haar hastig zurückwarf. Daheim fehlt's an Futter für die Pferde.

Nun, und wieviel verdienst du im Sommer?

Sehen Sie, Herr, im Frühling, und das war, wie das Futter teuer war, bin ich nach Kiew mit Waren gefahren. Im Kurskschen hab' ich wieder Grütze für Moskau aufgeladen. So hab ich mich selbst durchgefüttert, und die Pferde waren satt, und ich habe auch noch fünfzehn Rubel bares Geld mitgebracht.

Nun, es ist gewiß nicht schlimm, einen ehrlichen Erwerb zu treiben, welcher es auch sei, sagte der Herr und wandte sich wieder zu dem Alten. Aber ich glaube, es ließe sich auch eine andere Beschäftigung finden, und diese Arbeit bringt es mit sich, daß der junge Mann überall herumkommt, mit allerhand Menschen zusammentrifft und verdorben werden kann! fügte er Karps Worte wiederholend hinzu.

Womit soll sich unsereiner, ein Bauer, beschäftigen, wenn nicht mit Fuhrwesen? erwiderte der Alte mit seinem milden Lächeln. Hat man eine gute Fahrt, wird man selbst satt und kann die Pferde satt machen, und was das Verdorbenwerden anbetrifft, so fahren meine Kinder, Gott sei Dank, nicht das erste Jahr, und ich bin selbst gefahren und habe nie etwas Schlechtes gesehen, nur Gutes.

Mit wieviel Dingen könntet ihr euch zu Hause beschäftigen, mit Feld, mit Wiesen …

Wie ist das möglich, Ew. Erlaucht? fiel ihm Iljuschka lebhaft ins Wort. Wir sind schon damit auf die Welt gekommen, wir kennen das alles, es ist das Geeignetste für uns, das Liebste, Ew. Erlaucht, wenn unsereiner mit Fuhren fährt!

Aber wir bitten Ew. Erlaucht, wollen Sie nicht in die Stube eintreten. Sie beliebten noch nicht, unsere neue Wohnung zu besuchen! sagte der Alte, verneigte sich tief und winkte dem Sohne zu. Iljuschka lief in die Stube hinein. Nechljudow und der Alte folgten ihm.

XVII. |

Als der Alte ins Zimmer trat, verneigte er sich noch einmal, wischte mit dem Schoß seines Rockes die vordere Ecke der Bank ab und fragte lächelnd:

Womit darf ich aufwarten, Ew. Erlaucht?

Die Stube war weiß, geräumig, sie hatte einen Rauchfang, eine Schlafstelle und eine Pritsche. Die frischen Balken aus Espenholz, unter welchen eben erst verwelktes Moos hindurchschien, waren noch nicht schwarz geworden, die neuen Bänke und die Schlafstelle glänzten noch nicht, und der Fußboden war noch nicht glatt getreten.

Ein junges, hageres Bauernweib mit einem länglichen, nachdenklichen Gesicht, Ilijas Frau, saß auf der Pritsche und schaukelte mit dem Fuß eine Wiege, die an einer langen Stange von der Decke herabhing. In der Wiege schlummerte, kaum hörbar atmend, die Äuglein geschlossen, ein Säugling; die Decke hatte er mit den Füßchen fortgestrampelt. Ein zweites, stämmiges, rotbackiges Weib, Karps Hausfrau, hatte die Ärmel hoch über die starken Ellbogen und die verbrannten Hände aufgestreift und schnitt am Ofen Lauch in eine hölzerne Schüssel. Ein blatternarbiges, schwangeres Weib stand in der Nähe des Ofens, das Gesicht mit dem Ärmel verdeckend. Außer von der Sonnenglut draußen war es im Zimmer noch von dem Ofen glühend heiß und roch nach frischgebackenem Brote. Aus der Schlafstelle blickten die hellblonden Köpfchen zweier Bübchen und eines Mädchens, die sich in Erwartung des Mittagessens hierher begeben hatten, neugierig auf den Herrn herunter.

Nechljudow gewährte es eine Freude, diese Zufriedenheit mit anzusehen. Zugleich aber überkam ihn eine Scham vor den Weibern und Kindern, deren Blicke auf ihn gerichtet waren. Er errötete und setzte sich auf die Bank.

Gib mir ein Stückchen warmes Brot, ich esse das gern! sagte er und errötete noch mehr.

Karps Hausfrau schnitt ein großes Stück Brot ab. und reichte es dem Herrn auf einem Teller. Nechljudow schwieg, denn er wußte nicht, was er sagen sollte.

Aber weshalb schäme ich mich, als fühlte ich mich schuldig? dachte Nechljudow, warum sollte ich den Vorschlag wegen des Vorwerks nicht machen? – wie töricht! Und doch schwieg er immer noch.

Nun, Väterchen Dmitrij Nikolajewitsch, was befehlen Sie betreffs meiner Kinder? sagte der Alte.

Ich würde dir raten, sie gar nicht fortzuschicken und ihnen hier eine Beschäftigung zu suchen, sagte Nechljudow, der plötzlich Mut gefaßt hatte. Weißt du, was ich mir für dich gedacht habe: du kaufst mit mir zu gleichen Teilen ein Wäldchen aus den Kronsforsten und Land …

Aber ich bitte Ew. Erlaucht, für welches Geld soll ich denn kaufen? fiel er dem Herrn ins Wort.

Ich meine ein kleines Wäldchen, für zweihundert Rubel etwa! bemerkte Nechljudow.

Der Alte lachte boshaft. Gewiß, wenn ich welches hätte, warum sollte ich nicht kaufen? sagte er.

Hast du etwa das Geld nicht mehr? sagte der Herr vorwurfsvoll.

Ach, Väterchen, Ew. Erlaucht, antwortete der Alte in traurigem

Tone und blickte nach der Tür, es reicht eben zu, die Familie, zu erhalten, aber nicht um einen Wald zu kaufen.

Aber du hast doch Geld, warum soll es im Kasten liegen? drängte Nechljudow.

Der Alte geriet plötzlich in starke Erregung, seine Augen leuchteten, seine Brust hob und senkte sich.

Das haben wohl böse Menschen von mir gesagt, begann er mit bebender Stimme. Aber bei Gott dem Allmächtigen, sagte er, die Augen auf das Heiligenbild gerichtet, und geriet immer mehr in Erregung, erblinden sollen meine Augen, hinsinken will ich auf der Stelle, wenn ich mehr habe, als die fünfzehn Harten, die Iljuschka mitgebracht hat, und davon muß ich die Kopfsteuer zahlen. Sie wissen selbst, wir haben das Haus gebaut …

Nun gut, gut! sagte der Herr und erhob sich von der Bank. Lebt wohl, Leute!

XVIII. |

Gott! O Gott! dachte Nechljudow, als er mit großen Schritten durch die schattigen Alleen des verwilderten Gartens auf das Herrenhaus zuschritt und in der Zerstreuung Blätter und Sträucher abriß, an denen er vorüber kam. Sollten meine Träume von dem Ziel und den Pflichten meines Lebens Torheit gewesen sein? Warum ist mir so schwer, so traurig zumute, als wäre ich unzufrieden mit mir, während ich wähnte, wenn der Weg erst einmal gefunden wäre, beständig dieselbe Fülle moralischer Zufriedenheit zu empfinden, die ich damals empfand, als mir zum erstenmal diese Gedanken kamen? – Und er versetzte sich mit außerordentlicher Lebhaftigkeit und Klarheit in seiner Einbildung ein Jahr zurück, in jene glückliche Stunde.

Ganz früh am Morgen war er vor allen anderen im Hause aufgestanden. Die verborgene, unausgesprochene Begeisterung hatte ihn qualvoll erregt, ohne ein Ziel war er in den Garten hinausgegangen, von da in den Wald und mitten in der kräftigen, saftigen, aber friedlichen Juninatur war er allein umhergestreift ohne bestimmte Gedanken.

Eine Überfülle von Empfindungen drückte ihn nieder, und er konnte für sie keinen Ausdruck finden. Bald zeigte ihm seine jugendliche Einbildungskraft mit dem ganzen Zauber des Unbekannten das wollüstige Bild einer Frau, und es war ihm, als wäre dies seine unausgesprochene Sehnsucht.

Aber ein anderes, höheres Gefühl sagte ihm: das ist es nicht! und trieb ihn, ein anderes zu suchen. Bald erhob sich sein unerfahrener stürmischer Geist höher und höher in den Bereich des Abgezogenen und wähnte die Gesetze des Seins zu entdecken; und mit Stolz und Genuß verweilte er bei diesem Gedanken. Aber wieder sagte ein höheres Gefühl: das ist es nicht! Und wieder trieb's ihn, zu suchen, wieder glühte es in ihm. Gedankenlos, wunschlos, wie es immer nach angestrengter Tätigkeit zu sein pflegt, legte er sich unter einen Baum auf den Rücken und schaute in die durchsichtigen Morgenwolken empor, die am tiefen, endlosen Himmelszelt dahinzogen. Plötzlich traten, ohne alle Ursache, Tränen in seine Augen, und Gott weiß, wie es kam, ein leuchtender Gedanke blitzte in ihm auf, der seine ganze Seele erfüllte, den er mit Wollust erfaßte – der Gedanke, daß die Liebe und das Wohltun Wahrheit und Glück ist, die einzige Wahrheit, das einzige Glück auf Erden. Das höhere Gefühl sagte nicht mehr: das ist es nicht! Er erhob sich und erwog diesen Gedanken: „Ja, ja, so ist es!" – sagte er sich in höchster Begeisterung und maß alle frühere Begeisterung alle Erscheinungen des Lebens an der neuentdeckten, vermeintlich vollkommenen Wahrheit. „Wie töricht ist all das, was ich gewußt habe, was ich geglaubt und geliebt!" sagte er zu sich selbst. Die Liebe und die Selbstverleugnung, das ist das einzig wahre, vom Zufall unabhängige Glück! schloß er lächelnd und die Hände ausbreitend. Da er diesen Gedanken von allen Seiten auf das Leben anwandte und seine Bekräftigung im Leben sowohl, wie in der inneren Stimme fand, die zu ihm sprach: das, das ist es! empfand er ein Gefühl, das er noch nie gekannt hatte, ein Gefühl freudiger Erregung und Entzückung. Ich muß wohltun, um glücklich zu sein! dachte er, und seine ganze Zukunft stand vor ihm, nicht mehr in unklarer Abgezogenheit, sondern in Bildern, in der Gestalt des Lebens eines Gutsherrn.

Er sah ein unendliches Arbeitsfeld für sein ganzes Leben vor sich, daß er nur dem Wohltun widmen wollte, und indem er also glücklich sein würde. Er brauchte das Gebiet der Tätigkeit nicht zu suchen, es war da; er hat eine natürliche Verpflichtung – er hat Bauern ... und welche beseligende und dankbare Arbeit bot sich ihm dar: einzuwirken auf die schlichte, empfängliche, unverdorbene Volksschicht, sie von der Armut zu befreien, ihren Wohlstand zu heben, den Bauern Bildung zu vermitteln, die ich durch den Zufall des Glückes besitze, ihre Fehler zu verbessern, die Unwissenheit und Aberglauben erzeugt haben, ihre Sittlichkeit zu heben, sie zur Liebe und zum Guten anzuleiten … Welch eine glänzende, glückliche Zukunft! Und für all dies werde ich, der ich das zu meinem eigenen Glücke tue, mich an ihrer Dankbarkeit ergötzen, werde ich sehen, wie ich mit jedem Tage dem vorgesetzten Ziele näher und näher komme. Wundervolle Zukunft, wie war es nur möglich, dies bisher nicht zu sehen?

Und außerdem – dachte er zu gleicher Zeit – wer hindert mich, selbst glücklich zu sein in der Liebe zu einem Weibe, in dem Glücke des Familienlebens? Und die jugendliche Phantasie malte ihm eine noch bezauberndere Zukunft aus.

Ich und meine Frau, die ich so liebe, wie noch niemand auf Erden je geliebt hat, wir leben beständig inmitten dieser friedlichen, poetischen Natur des Landes mit unseren Kindern, vielleicht mit der alten Tante; wir haben unsere gegenseitige Liebe, die Liebe zu unseren Kindern, und wir wissen beide, daß unsere Bestimmung – das Wohltun ist. Wir unterstützen einander auf dem Wege zu diesem Ziel, ich gebe die allgemeinen Anordnungen, teile die allgemeinen gerechten Unterstützungen aus, richte Vorwerke ein, Sparkassen, Handwerksstätten; und sie mit ihrem hübschen Köpfchen, mit dem schlichten weißen Kleidchen, das sie über dem niedlichen Füßchen ein wenig hebt, schreitet durch den Schmutz in die Dorfschule, in das Krankenhaus, zu dem unglücklichen Bauern, der gerechterweise keine Unterstützung verdiente, und überall tröstet sie, hilft sie … die Kinder, die Greise, die Weiber vergöttern sie und schauen zu ihr auf wie zu einem Engel, wie zur Vorsehung. Dann kehrt sie zurück und verhehlt mir, daß sie bei dem unglücklichen Bauern gewesen und daß sie ihm Geld gegeben hat, aber ich weiß alles, ich umarme sie herzlich, küsse herzlich und zärtlich ihre süßen Augen, ihre schamhaft errötenden Wangen, ihre lächelnden, rosigen Lippen. . . .

. . . .

Wo sind diese Träume, dachte der Jüngling jetzt, da er nach seinem Rundgange auf sein Haus zuschritt, mehr als ein Jahr ist vergangen, seit ich auf diesem Wege das Glück suche, und was habe ich gefunden? Gewiß, manchmal fühle ich, daß ich mit mir zufrieden sein kann, aber es ist eine nüchterne, verständige Zufriedenheit; oder nein, ich bin sogar unzufrieden mit mir! Ich bin unzufrieden, weil ich hier kein Glück empfinde und nach Glück begehre, leidenschaftlich begehre. Ich habe keinen Genuß empfunden, ich habe alles von mir abgetan, was ihn mir geben konnte. Weshalb? Warum? Wem ward davon leichter? Wahr hat die Tante geschrieben: Leichter ist es, selbst Glück zu finden, als es anderen zu geben. Sind etwa meine Bauern reicher geworden, sind sie gebildeter oder sittlicher geworden? – Keineswegs! Ihnen ist nicht wohler, und mir ist mit jedem Tage schwerer zumute. Wenn ich in meinem Unternehmen Erfolg sehen würde, wenn ich Dankbarkeit sehen würde … Aber nein, ich sehe lügenhafte Verschlagenheit, Laster, Mißtrauen, Hilflosigkeit, ich vergeude vergeblich die besten Jahre meines Lebens, dachte er, und es fiel ihm ein, daß die Nachbarn, wie er von der Amme gehört hatte, ihn den „Unmündigen" nannten; daß in seiner Kasse kein Geld mehr sei, daß die neue von ihm ersonnene Dreschmaschine zur allgemeinen Belustigung der Bauern nur gepfiffen und nicht gedroschen habe, als man sie zum ersten Male vor zahlreichen Zuschauern im Dreschschuppen in Gang gesetzt hatte, daß von Tag zu Tag die Ankunft des Landgerichts zu erwarten sei, um das Inventar des Guts aufzunehmen, das er vernachlässigt hatte, da er sich von verschiedenen neuen Wirtschaftsunternehmungen hatte hinreißen lassen. Plötzlich trat so lebhaft, wie vorher, der ländliche Spaziergang durch den Wald vor seine Seele, der Gedanke an das Gutsherrnleben, trat so lebhaft sein Moskauer Studentenstübchen vor seine Einbildung, wo er in später Nachtstunde bei einer einsamen Kerze mit seinem Genossen und vergötterten sechzehnjährigen Freunde sitzt. Fünf Stunden hintereinander haben sie gelesen und langweilige Aufzeichnungen aus dem bürgerlichen Rechte wiederholt. Als sie fertig waren, hatten sie nach Abendbrot geschickt, Geld zu einer Flasche Champagner zusammengelegt und eine Unterhaltung über die Zukunft geführt, die ihrer harrte. Wie ganz anders hatte sich die Zukunft dem jungen Studenten dargestellt! Damals war die Zukunft voll von Genüssen, von mannigfacher Tätigkeit, voller Glanz, voller Erfolge und führte sie beide unzweifelhaft zu dem, wie sie damals glaubten, höchsten Glücke der Welt– zum Ruhme.

Er geht schon diesen Weg und schreitet rasch vorwärts – dachte Nechljudow von seinem Freunde – und ich ...

Aber in diesem Augenblicke stand er schon vor der Freitreppe des Hauses, die von zehn Bauern und Hofleuten umstellt war, welche den Herrn mit verschiedenen Bitten erwarteten, und er mußte sich von seinen Träumen zurückwenden in die Wirklichkeit.

Da stand ein zerschlissenes, zerrauftes und blutüberströmtes Bauernweib, das unter Tränen gegen den Schwiegervater Klage führte, als hätte er sie erschlagen wollen. Da standen zwei Brüder, die schon zwei Jahre lang mit der Teilung ihrer Bauernwirtschaft zu tun hatten und einander mit verzweifelter Wut ansahen; da war ein unrasierter, grauhaariger Hofknecht, dem von der Trunksucht die Hände zitterten und den sein Sohn, der Gärtner, zum Herrn gebracht hatte, um über sein liederliches Leben zu klagen; da war ein Bauer, der sein Weib aus dem Hause getrieben, weil sie den ganzen Frühling nicht gearbeitet hatte; da war auch das kranke Weib, seine Ehefrau, die schluchzend und ohne ein Wort zu reden an der Freitreppe im Grase saß und ihren entzündeten, unsauber mit schmutzigen Lappen umwundenen, geschwollenen Fuß sehen ließ ...

Nechljudow hörte ihre Bitten und ihre Klagen an. Den einen gab er einen Rat, mit den anderen setzte er sich auseinander, wieder anderen machte er Versprechungen, und er empfand ein aus Mattigkeit, Scham, Ohnmacht und Reue gemischtes Gefühl. Dann ging er in sein Zimmer.

XX. |

In dem kleinen Zimmer, das Nechljudow bewohnte, stand ein altes mit Kupfernägeln beschlagenes Sofa, einige Stühle von gleichem Geschmack, ein aufgeklappter altertümlicher Bostontisch mit eingelegter Arbeit, Vertiefungen und kupferner Einfassung, auf welchem Papiere lagen, und ein altertümlicher, gelblicher, offener Flügel mit abgenutzten, verbogenen schmalen Tasten. Zwischen den Fenstern hing ein großer Spiegel in einem alten vergoldeten geschnitzten Rahmen. Auf dem Boden und auf dem Tische lagen Haufen von Papieren, Büchern und Rechnungen herum, das ganze Zimmer hatte ein charakterloses, unordentliches Aussehen, und diese zwanglose Unordnung bildete einen scharfen Gegensatz zu der steifen, altherrschaftlichen Einrichtung der anderen Zimmer des großen Hauses.

Nechljudow trat in das Zimmer, warf zornig seinen Hut auf den Tisch, setzte sich auf den Stuhl, der vor dem Flügel stand, legte die Füße übereinander und ließ den Kopf sinken.

Wie, werden Sie frühstücken, Ew. Durchlaucht? sagte eine hochgewachsene, hagere, runzelige Alte in einem Häubchen, einem großen Tuche und einem Kattunrocke, die in diesem Augenblicke eintrat.

Nechljudow sah sich nach ihr um und schwieg eine Weile, als müßte er sich besinnen.

Nein, ich habe keine Lust, Amme, sagte er und versank wieder in Gedanken.

Die Amme schüttelte ärgerlich den Kopf und seufzte.

Ach, Väterchen Dmitrij Nikolajewitsch, wie sind Sie so bekümmert? Es gibt kein Unglück, das nicht vorübergeht, wahrhaftig …

Ich habe ja auch keinen Kummer. Wie kommst du darauf, Mütterchen Malanja Finogenowna, antwortete Nechljudow und gab sich Mühe zu lächeln.

Gewiß haben Sie Kummer, sehe ich es denn nicht? begann die Amme mit Eifer. Den ganzen, lieben Tag so mutterseelenallein, und alles nehmen Sie sich so zu Herzen, alles müssen Sie selbst machen, und essen tun Sie gar nicht mehr. Hat das einen Sinn? Wenn Sie doch einmal nach der Stadt führen oder die Nachbarn besuchten! Aber hat man so etwas gehört. Sie sind so jung, wie kann man sich da über alles grämen! Nimm's nicht für ungut, Väterchen, wenn ich mich setze – fuhr die Amme fort und nahm an der Tür Platz – Sie sind immer so nachsichtig, daß kein Mensch mehr Respekt hat. Tun das Herren? Das ist gewiß nicht gut – du richtest dich nur selbst zugrunde, und auch das Volk wird verdorben. Unser Volk ist einmal so, es versteht das nicht, gewiß. Wenn du doch die Tante besuchen wolltest; sie hat die Wahrheit geschrieben … – so redete ihm die Amme ins Gewissen.

Nechljudow wurde immer trauriger und trauriger zumute. Seine rechte Hand ruhte auf dem Knie und berührte lässig die Tasten. Es erklang ein Akkord, ein zweiter, ein dritter … Nechljudow rückte immer näher heran, zog die andre Hand aus der Tasche und begann zu spielen. Die Akkorde, die er anschlug, waren zuweilen nicht vermittelt, ja sogar ganz unrichtig, oft waren sie bis zur Geschmacklosigkeit banal und zeigten, daß er nicht das geringste musikalische Talent besitze; aber ihm bereitete diese Beschäftigung einen schwer zu beschreibenden, traurigen Genuß. Bei jeder Veränderung der Harmonie erwartete er mit beklommenem Herzen, was aus ihr entstehen würde, und entstand etwas daraus, so ergänzte er verschwommen in seiner Einbildung das Fehlende. Es war ihm, als hörte er Hunderte von Melodien, Chor und Orchester im Einklang mit seiner Harmonie. Den größten Genuß aber bereitete ihm die angestrengte Tätigkeit seiner Einbildungskraft, welche ihm in diesem Augenblick abgerissen und unzusammenhängend, aber mit überraschender Deutlichkeit die mannigfaltigsten, wirren und krausen Gestalten und Bilder aus Vergangenheit und Zukunft ausmalte. Bald steht die gedunsene Gestalt Davydka Bielyjs vor ihm, der bei dem Anblick der schwarzen nervigen Faust seiner Mutter zusammenschrickt und mit den weißen Wimpern zuckt, sein runder Rücken und seine riesigen, mit weißen Härchen bedeckten Hände; allen Entbehrungen und Qualen des Schicksals setzt er Geduld und Ergebenheit entgegen. Bald sieht er die frische, im Herrenhof keck gewordene Amme und stellte sich aus irgendeinem Grunde vor, wie sie die Dörfer durchwandert und den Bauern predigt, daß sie vor dem Gutsherrn ihr Geld verbergen müßten, und unbewußt wiederholt er vor sich hin: „Ja, vor dem Gutsherrn muß man das Geld verbergen." Bald tritt plötzlich vor seine Phantasie das blonde Köpfchen seiner zukünftigen Gattin, das sich tränenüberströmt in tiefem Schmerze auf seine Schulter herabneigt, bald sieht er die guten blauen Augen Tschurisenoks, wie sie mit Zärtlichkeit auf seinem einzigen, rundlichen Söhnchen ruhen. Sieht er doch in ihm außer dem Sohne den Gehilfen und Erlöser. „Das heißt Liebe," flüstert er. Dann erinnert er sich der Mutter Juchwankas, erinnert sich des Ausdrucks der Duldung und der Allvergebung, den er trotz des hervorstehenden Zahnes und der häßlichen Züge in ihrem Greisenantlitz wahrgenommen hat. „Ich bin gewiß in den siebzig Jahren ihres Lebens der Erste, der das wahrgenommen," denkt er und flüstert: „Sonderbar," indem er unbewußt fortfährt, die Tasten anzuschlagen und den Tönen zu lauschen. Dann tritt seine Flucht aus dem Bienengarten lebhaft vor seine Erinnerung und Ignats und Karps Gesichtszüge, die offenbar lachen wollen und so tun, als ob sie ihn nicht ansähen. Er errötet und sieht sich unwillkürlich nach der Amme um, die auch jetzt noch an der Türe sitzt, ohne ein Wort zu sprechen, ihn unverwandt betrachtet und von Zeit zu Zeit ihr graues Haupt schüttelt. Und plötzlich steht ein Dreigespann dampfender Pferde vor ihm und die schöne, kräftige Gestalt Iljuschkas mit den hellen Locken, den heiter glänzenden, schmalen, blauen Augen, dem frischen Rot und dem lichten Bartflaum, der auf seiner Lippe und seinem Kinn zu sprossen beginnt. Er erinnert sich, wie Iljuschka sich gefürchtet hat, man würde ihm nicht gestatten, sein Fuhrwesen zu betreiben, und mit welchem Eifer er für diese seine Lieblingsbeschäftigung eingetreten war. Und er sieht eine graue, nebelige Morgenfrühe, eine schlüpfrige Fahrstraße und eine lange Reihe hochbefrachteter, mit Strohmatten bedeckter dreispänniger Wagen mit großen schwarzen Buchstaben. Die starkbeinigen, wohlgenährten Pferde klingeln mit den Schellen, krümmen den Rücken, spannen die Stränge an und ziehen in gleichmäßigem Schritt den Berg hinauf, indem sie mit den scharfen Hufen sich angestrengt auf dem schlüpfrigen Wege festklammern. Den Berg herab kommt in schneller Fahrt die Post dem Wagenzuge entgegen, sie läutet mit den Glöckchen, die weit in dem dichten Walde widerhallen, der sich zu beiden Seiten des Weges hinzieht.

A–a–ai! schreit laut mit kindlicher Stimme der vorderste Fuhrmann mit dem Blech auf der Lammfellmütze und hebt seine Peitsche hoch über den Kopf. Neben dem Vorderrad des ersten Wagens schreitet Karp mit seinem rötlichen Bart und seinem finsteren Blicke in Riesenstiefeln schweren Schrittes einher. Auf dem zweiten Wagen guckt Iljuschkas hübscher Kopf hervor, der unter der Strohmatte des Vorderteils tüchtig von der Sonne durchwärmt wird. Drei mit Koffern beladene Dreigespanne jagen mit Rädergerassel, mit Glockengeläut und Geschrei vorüber; Iljuschka verbirgt wieder seinen hübschen Kopf unter die Matte und schläft ein. Dann ist es wieder heller, warmer Abend. Vor den müden, an der Herberge zu Haufen gedrängten Wagen und Dreigespannen tut sich knarrend das Brettertor auf, und einer nach dem andern verschwinden mit einem leichten Sprunge über die Torschwelle die hohen, strohbedeckten Wagen unter den geräumigen Schuppen. Iljuschka begrüßt heiter die Wirtin mit dem weißen Gesicht und der breiten Brust, und sie fragt ihn: „Weit her? Und wie viele werden zu Abend essen?" und betrachtet fröhlich mit ihren glänzenden, lieblichen Augen den hübschen Burschen. Dann besorgt er die Pferde und geht in die heiße, von Menschen angefüllte Stube, bekreuzt sich vor dem Bilde, setzt sich an die volle Holzschüssel und führt ein lustiges Gespräch mit der Wirtin und den Genossen. Da ist auch sein Nachtlager unter dem freien Sternenhimmel, den man unter dem Schuppen sieht, auf duftigem Heu, in der Nähe der Pferde, welche mit den Füßen stampfend und schnaubend in den hölzernen Krippen ihr Futter suchen. Er hat sich dem Heu genähert, sich nach Osten gewandt und an die dreißigmal das Kreuz über seiner breiten, kräftigen Brust geschlagen. Dann hat er sein helles Haar zurückgeworfen, das „Vater unser" und zwanzigmal: „Gott erbarme dich" gesprochen, den Rock über den Kopf gezogen, und nun schläft er den gesunden, sorglosen Schlaf eines kraftvollen, frischen Menschen. Und im Schlafe sieht er die Städte Kiew mit den Frommen und den Scharen der Pilger, Romen mit den Kaufleuten und den Waren, sieht er Odest und das blaue Meer mit den weißen Segeln und die Stadt Zargrad (Konstantinopel) mit den goldenen Häusern und den weißbusigen, schwarzbewimperten Türkinnen; unsichtbare Flügel tragen ihn dorthin. Frei schwebend und leicht fliegt er immer weiter und weiter und sieht tief unten die goldenen Städte vom hellen Sonnenschein übergossen und den blauen Himmel mit den blinkenden Sternen und das blaue Meer mit den weißen Segeln – und es ist so wonnig, so heiter, immer weiter, immer weiter dahinzuschweben …

„Herrlich," flüstert Nechljudow vor sich hin, und auch der Gedanke kommt ihm: warum er nicht Iljuschka ist.

Luzern

Aus den Aufzeichnungen des Fürsten D. Nechljudow[1]

Übersetzt von
Alexander Eliasberg

Den 8. Juli. | Gestern abend bin ich in Luzern angekommen und im besten hiesigen Hotel, dem Schweizerhof, abgestiegen. „Luzern ist eine alte Kantonsstadt, am Ufer des Vierwaldstätter Sees gelegen," sagt Murray, „einer der romantischsten Orte der Schweiz; in dieser Stadt kreuzen sich drei wichtige Straßen; in nur einer Stunde Dampferfahrt liegt der Berg Rigi, dessen Gipfel eine der herrlichsten Aussichten der Welt bietet."

Ich weiß nicht, ob das richtig ist oder nicht, doch auch die andern Reiseführer behaupten dasselbe; aus diesem Grunde gibt es hier eine Menge von Touristen aller Nationen, besonders aber Engländer.

Das prunkvolle fünfstöckige Haus des „Schweizerhof" ist erst vor kurzem am Kai, unmittelbar am See, erbaut worden, und zwar an derselben Stelle, wo sich in alten Zeiten eine hölzerne, krumme, überdachte Brücke mit Kapellen an den Ecken und Heiligenbildern an den Pfeilern befand. Nun hat man dank dem ungeheuren Andrang der Engländer und aus Rücksicht auf ihre Bedürfnisse, ihren Geschmack und ihr Geld die alte Brücke abgebrochen und an ihrer Stelle einen schnurgeraden Sockeldamm angelegt, auf dem Damm mehrere geradlinige viereckige, fünfstöckige Häuser erbaut, vor den Häusern aber zwei Reihen Linden gepflanzt und diese mit Pfählen gestützt. Zwischen den Linden hat man, wie es überall üblich ist, grün angestrichene Bänke verteilt. Das ist die Promenade; hier ergehen sich die Engländerinnen mit schweizerischen Strohhüten und die Engländer in ihren praktischen und bequemen Anzügen, und sie freuen sich alle ihrer Schöpfung. Es ist ja möglich, daß diese Kais und Häuser, Linden und Engländer sich irgendwo anders ganz

---

[1] Textquelle | Leo N. Tolstoi: Luzern – Albert [Zwei Erzählungen]. Deutsch von Alexander Eliasberg. (= Insel-Bücherei Nr. 136). Leipzig: Insel-Verlag [1914]. [78 Seiten]

hübsch machen würden; jedenfalls aber nicht hier, inmitten dieser seltsam majestätischen und zugleich unbeschreiblich harmonischen und weichen Landschaft.

Als ich in mein Zimmer hinaufkam und das auf den See gehende Fenster öffnete, wurde ich im ersten Augenblick von der Schönheit dieses Wassers, dieser Berge und dieses Himmels buchstäblich geblendet und erschüttert. Mich überkam eine innere Unruhe und das Bedürfnis, dem Überfluß dessen, was meine Seele erfüllte, irgendwie Ausdruck zu verleihen. Ich hatte in diesem Augenblick das Verlangen, irgend jemand zu umarmen, fest zu umhalsen, zu kitzeln und sogar zu zwicken und überhaupt mit ihm oder mit mir selbst irgend etwas ganz Ungewöhnliches anzufangen.

Es war in der siebenten Abendstunde. Den ganzen Tag hindurch hatte es geregnet, doch jetzt heiterte sich das Wetter auf. Vor meinem Fenster breitete sich zwischen den abwechslungsreichen grünen Ufern der See, blau wie brennender Schwefel, von zahllosen, als kleine Punkte erscheinenden Booten und ihren sich verziehenden Spuren belebt, unbeweglich, glatt, gleichsam erhaben; er zog sich, zwischen zwei ungeheuren Bergvorsprüngen eingeengt, in die Ferne, schmiegte sich dunkelnd an die übereinandergetürmten Berge, Wolken und Gletscher und verlor sich zwischen ihnen. Im Vordergrunde lagen feuchte, hellgrüne, geschwungene Ufer mit Schilf, Wiesen, Gärten und Villen; weiter kamen dunkelgrüne, bewaldete Anhöhen mit Schloßruinen; den Hintergrund bildete die zusammengeballte, weiße und lilafarbene Gebirgskette mit seltsamen felsigen und mattweißen schneebedeckten Gipfeln; und alles war übergossen von einer zarten, durchsichtig blauen Luft und beleuchtet von den durch die zerfetzten Wolken hervorschießenden warmen Strahlen der untergehenden Sonne. Weder auf dem See, noch in den Bergen, noch am Himmel gab es eine einzige ununterbrochene Linie, eine einzige ungemischte Farbe, einen einzigen ruhigen Punkt: überall war Bewegung, Unsymmetrie, Phantastik, eine unaufhörliche Vermengung und Verschiedenheit der Schatten und Linien, und zugleich die Ruhe, Milde, Einheit und Notwendigkeit des Schönen. Und mitten in dieser unbestimmten, verworrenen und freien Schönheit lag unmittelbar vor meinem Fenster der dumme, künstliche weiße Kai mit den gestützten Lindenbäumchen und den grünen Bänken; alle diese armseligen und banalen Werke von Menschenhand waren nicht wie die fernen Villen und Ruinen in der allgemeinen Harmonie und Schönheit aufgegangen, sondern widersprachen ihr auf die gröblichste Weise. Mein Blick stieß sich immer unwillkürlich an diese gräßliche gerade Linie des Dammes, und ich wollte sie zurückstoßen und vernichten wie einen schwarzen Fleck, der einem auf der Nase unter dem Auge sitzt; doch der Kai mit den lustwandelnden Engländern blieb immer an seinem Platz, und ich begann mir unwillkürlich einen Gesichtspunkt zu suchen, von dem aus ich ihn nicht zu sehen brauchte. Es gelang mir auch, meine Augen derart einzustellen, und so genoß ich bis zur Mahlzeit ganz allein jenes unvollständige, doch um so süßere Gefühl, das der Mensch empfindet, wenn er sich ganz allein dem Naturgenuß ergibt.

Um halb acht rief man mich zum Essen. Im großen, prächtig ausgestatteten Parterresaal waren zwei lange Tische für mindestens hundert Personen gedeckt. Etwa drei Minuten dauerte das stumme Erscheinen der Gäste, das Rauschen der Damenkleider, die leichten Schritte und die leisen Unterredungen mit den ungemein höflichen und eleganten Kellnern; vor allen Gedecken saßen bald Herren und Damen, die alle sehr elegant, sogar kostbar und überhaupt ungemein sorgfältig gekleidet waren. Wie überall in der Schweiz, bestand der größte Teil der Tischgesellschaft aus Engländern; daher bestimmten den allgemeinen Ton der *Table d'hote* eine strenge Beachtung der gesetzlich anerkannten Anstandsregeln, eine Verschlossenheit, die nicht auf dem Stolz der Gäste, sondern auf dem Mangel eines Bedürfnisses, sich einander zu nähern, beruhte, und das Behagen, das jeder für sich in der bequemen und angenehmen Befriedigung seiner Bedürfnisse fand. Überall schimmerten schneeweiße Spitzen, schneeweiße Kragen, schneeweiße, echte und falsche Zähne und schneeweiße Gesichter und Hände. Doch die Gesichter, von denen viele auffallend schön sind, drücken nur das Bewußtsein des eigenen Wohlbehagens aus und einen vollständigen Mangel an Interesse für alles, was sie umgibt und sie nicht direkt berührt; die schneeweißen Hände mit den kostbaren Ringen und Mitaines bewegen sich nur, um den Kragen gerade zu richten, den Braten zu zerschneiden und Wein einzuschenken: alle diese Bewegungen drücken keine Spur von Seele aus. Die Angehörigen einzelner Familien tauschen nur ab und zu leise Bemerkungen aus über den angenehmen Geschmack einer Speise oder eines Weines und über die schöne Aussicht vom Rigi. Die alleinstehenden Herren und Damen sitzen schweigsam nebeneinander, ohne einander anzublicken. Wenn von diesen hundert Personen zwei zusammen reden, so kann man wetten, daß das Gespräch entweder vom Wetter oder von der Besteigung des Rigi handelt. Messer und Gabel bewegen sich kaum hörbar auf den Tellern, man nimmt sich höchst bescheidene Portionen und ißt Erbsen und andere Gemüse ausschließlich mit der Gabel; die Kellner, die sich unwillkürlich der allgemeinen Schweigsamkeit unterordnen, fragen im Flüsterton, welchen Wein man haben möchte. Bei solchen Mahlzeiten empfinde ich stets ein schweres und unangenehmes und gegen das Ende – trauriges Gefühl. Ich habe immer den Eindruck, als ob ich etwas verbrochen hätte und dafür gestraft werden müßte, wie in meiner Kindheit, wo man mich für irgendeinen Streich auf einen Stuhl setzte und ironisch sagte: „So, jetzt ruhe dich aus, mein Lieber!" – während in meinen Adern junges, wildes Blut pochte und aus dem Nebenzimmer die ausgelassenen Schreie meiner Brüder klangen. Früher versuchte ich immer, mich gegen das drückende Gefühl, das ich bei solchen Mahlzeiten empfand, aufzulehnen, doch vergeblich: alle diese leblosen Gesichter haben auf mich einen unwiderstehlichen Einfluß, und ich werde ebenso leblos wie sie. Ich will nichts, ich denke an nichts, ich beobachte sogar nicht. Anfangs machte ich noch Versuche, meine Tischnachbarn ins Gespräch zu ziehen; zur Antwort bekam ich aber nur die gleichen Phrasen, die wohl zum hunderttausendsten Mal auf der gleichen Stelle und zum hunderttausendsten Mal vom gleichen Menschen wiederholt wurden. Dabei sind sie alle doch sicher nicht dumm und nicht gefühllos; viele von diesen erfrorenen Menschen haben wohl das gleiche Innenleben wie ich, und manche ein viel interessanteres und komplizierteres. Warum verzichten sie dann auf einen der größten Genüsse im Leben, auf den Genuß aneinander, den Genuß am Menschen?

Wie anders war es doch in unserer Pariser Pension, wo wir etwa zwanzig Personen von den verschiedensten Nationen, Berufen und Eigenschaften uns unter dem Einflüsse der französischen Geselligkeit an der *Table d'hote* wie zu einem Vergnügen zusammenfanden! Dort wurde jedes, an irgendeinem Tischende begonnene, mit Scherzen und Wortspielen gewürzte Gespräch, wenn auch in gebrochener Sprache geführt, sofort zu einem allgemeinen. Ein jeder redete, was ihm gerade in den Kopf kam, ohne sich um die Richtigkeit der Sprache zu kümmern; wir hatten dort unsern Philosophen, unsern Streithahn, unsern *bel esprit* und unsern Narren, eine ständige Zielscheibe für spöttische Bemerkungen; alles hatten wir gemeinsam. Gleich nach dem Essen rückten wir den Tisch beiseite und tanzten im Takt und auch nicht im Takt bis zum Abend Polka. Wir gaben uns dort zwar etwas kokett, nicht sehr klug und würdevoll, aber immerhin menschlich. Die spanische Gräfin mit ihren romantischen Abenteuern, der italienische Abbate, der nach dem Essen Stellen aus der Göttlichen Komödie zu deklamieren pflegte, der amerikanische Doktor, der Zutritt zu den Tuilerien hatte, der junge Dramatiker mit der langen Mähne, die Pianistin, die nach ihrer eigenen Behauptung die schönste Polka der Welt komponiert hatte, und die unglückliche schöne Witwe, die an jedem Finger drei Ringe trug – wir alle unterhielten zu einander durchaus menschliche, wenn auch etwas oberflächliche, doch freundschaftliche Beziehungen und haben teils flüchtige, teils aufrichtig herzliche Erinnerungen aneinander bewahrt. Wenn ich aber bei einer englischen *Table d'hote* auf alle diese Spitzen, Bänder, Ringe, pomadisierten Haare und seidenen Kleider sehe, denke ich immer daran, wie vielen lebenden Frauen dieser Schmuck und Tand Glück geben würde und die Fähigkeit, auch andere zu beglücken. So seltsam ist der Gedanke, daß hier so viele Freunde und Liebende, glückliche Freunde und glücklich Liebende, ohne es selbst zu wissen, vielleicht dicht beisammen sitzen. Und sie werden es, Gott weiß warum, nie erfahren und werden nie einander das Glück schenken, das sie so leicht schenken könnten und nach dem sie alle so sehr dürsten.

Am Ende der Mahlzeit überkam mich wie immer eine traurige Stimmung; ich ließ das Dessert stehen, verließ die Tafel und begab mich in ziemlich schlechter Laune in die Stadt. Die engen, schmutzigen, unbeleuchteten Gassen, die Läden, die eben geschlossen wurden, die Begegnungen mit betrunkenen Arbeitern und mit Frauen, die Wasser holten, und anderen Frauen, die bessere Hüte aufhatten und, sich fortwährend umblickend, an den Mauern entlang durch die Gassen huschten, vermochten meine düstere Stimmung nicht zu verscheuchen, ja, sie verstärkten sie nur. Es war schon ganz finster, als ich, ohne mich umzublicken und ohne an etwas zu denken, nach

Hause ging, in der Hoffnung, mich durch den Schlaf von der düsteren Stimmung zu befreien. Ich empfand eine schreckliche innere Kälte, jenes drückende Gefühl von Einsamkeit, wie es uns oft ohne jeden ersichtlichen Grund überfällt, wenn wir auf einer Reise nach einem neuen Ort kommen.

Als ich, ohne nach rechts und links zu schauen, über den Kai zum Schweizerhof schritt, wurde ich plötzlich von den Tönen einer seltsamen, doch angenehmen und reizvollen Musik überrascht. Diese Töne übten auf mich eine augenblickliche, belebende Wirkung aus. Es war, als ob ein helles, heiteres Licht in meine Seele dränge. Mir ward so lustig und so angenehm zu Mute. Mein bereits eingeschlummertes Interesse erwachte und richtete sich von neuem auf alle mich umgebenden Gegenstände und Erscheinungen. Die Schönheit der Nacht und des Sees, gegen die ich erst eben gleichgültig gewesen, überraschte mich ganz plötzlich, wie etwas ganz Neues. Unwillkürlich erfaßte ich in einem Augenblick alles: den regnerischen Himmel mit den grauen Wolkenfetzen auf dem dunklen Blau, vom aufgehenden Mond beleuchtet; den dunkelgrünen spiegelglatten See mit den sich in ihm spiegelnden Lichtern; die fernen nebelgrauen Berge; das Quaken der Frösche aus Fröschenburg und die taufrischen Schreie der Wachteln am anderen Ufer. Doch unmittelbar vor mir, dort, wo die Töne klangen, an der Stelle, auf die sich mein Interesse hauptsächlich richtete, bemerkte ich im Halbdunkel mitten in der Straße ein Häuflein Menschen, die sich im Halbkreise drängten, und in einiger Entfernung vor ihnen ein kleines, schwarzgekleidetes Männchen. Hinter diesen Menschen hoben sich gegen den dunklen, grauen und blauen zerrissenen Himmel einige schwarze Pappeln des Gartens und die zu beiden Seiten des alten Domes ragenden strengen Türme ab.

Ich kam näher, und die Töne wurden deutlicher. Ich konnte ganz klar die fernen Akkorde einer Gitarre unterscheiden, die lieblich in der abendlichen Luft nachzitterten, und einige Stimmen, die, einander ablösend, nicht das Thema sangen, sondern nur die Hauptstellen des Themas unterstrichen und hervorhoben. Das Thema war eine Art anmutige, graziöse Masurka. Die Stimmen klangen bald in der Nähe und schienen bald aus der Ferne zu kommen; bald hörte ich einen Tenor, bald einen Baß und bald eine Fistelstimme mit gurrenden Tiroler Jodlern. Es war kein Lied, sondern die meisterhafte

Skizze zu einem solchen. Ich konnte gar nicht verstehen, was es war; doch es war schön. Die wollüstigen, leisen Akkorde der Gitarre, die anmutige, leichte Melodie und die einsame Figur des schwarzen Männchens inmitten der phantastischen Szenerie des dunkelnden Sees, des durch die Wolken hindurch schimmernden Mondes, der beiden schweigsam in die Luft ragenden Türme und der schwarzen Pappeln des Gartens – all dies war seltsam, doch unaussprechlich schön, oder es schien mir wenigstens so.

Alle die verworrenen zufälligen Eindrücke des Lebens gewannen für mich plötzlich Bedeutung und Reiz. In meiner Seele war gleichsam eine frische, duftende Blume aufgegangen. An Stelle der Müdigkeit, der Zerstreutheit und der Gleichgültigkeit gegen alle Dinge in der Welt, die ich noch vor einer Minute empfunden hatte, spürte ich plötzlich ein Bedürfnis nach Liebe, eine Fülle der Hoffnung und eine grundlose Lebensfreude. Was soll ich mir noch wünschen, was soll ich noch verlangen? – sagte ich mir unwillkürlich. Da ist sie ja, die Schönheit und die Poesie, und sie tritt dir von allen Seiten entgegen. Atme sie mit vollen Zügen ein, genieße sie, soviel dir nur deine Kraft erlaubt. Was willst du noch mehr? Alles ist dein, alles ist herrlich …

Ich trat näher heran. Das kleine Männchen schien ein fahrender Tiroler zu sein. Er stand vor den Fenstern des Hotels, ein Bein vorgestreckt, den Kopf zurückgeworfen, und sang zur Gitarre, beständig die Stimme wechselnd, ein graziöses Lied. Ich empfand sofort Sympathie mit diesem Menschen und Dankbarkeit für die innere Wandlung, die er in mir hervorgerufen hatte. Der Sänger war, soviel ich bemerken konnte, mit einem abgetragenen schwarzen Rock bekleidet, hatte kurzgeschorenes Haar und eine einfache Mütze, wie sie die Handwerker tragen. In seiner Kleidung war nichts Künstlerisches, doch seine ungezwungene, kindlich ausgelassene Haltung und sein Gebärdenspiel boten bei seinem kleinen Wuchs einen rührenden und zugleich drolligen Anblick. In der Einfahrt, in den Fenstern und auf den Balkons des glänzend erleuchteten Hotels standen die Damen in prächtigen Toiletten, mit bauschigen Röcken, die Herren mit ihren blendend weißen Kragen, der Portier und die Lakaien in goldgestickten Livreen; auf der Straße, im Halbkreise der Menge und etwas weiter zwischen den Linden der Kaianlagen, hatten sich die elegant gekleideten Kellner, die Köche mit ihren weißen Mützen und Jacken, junge Mädchen, die sich umschlungen hielten, und viele Spaziergänger versammelt. Sie alle schienen dasselbe Gefühl zu empfinden, das auch ich hatte. Sie standen schweigend um den Sänger herum und hörten ihm andächtig zu. Alles war still, und nur in den Pausen zwischen den einzelnen Strophen kamen aus der Ferne über den See her Hammerschläge und die Triller der Frösche von Fröschenburg, von den feuchten eintönigen Schreien der Wachteln übertönt.

Der kleine Mann mitten auf der dunklen Straße schmetterte wie eine Nachtigall Strophe um Strophe, Lied um Lied. Obwohl ich nun dicht an seiner Seite stand, gewährte mir sein Gesang nach wie vor großen Genuß. Seine Stimme war nicht groß, doch ungemein angenehm; der feine Geschmack, die Anmut und das Gefühl für Rhythmus, mit welchen er seine Stimme beherrschte, waren durchaus ungewöhnlich und zeugten von einer großen natürlichen Begabung. Den Refrain zu jedem Couplet sang er immer anders, und es war offenbar, daß er alle diese graziösen Variationen ganz frei und aus dem Stegreif brachte.

Durch die Menge – wie oben im Schweizerhof, so auch unten in den Anlagen – ging oft ein beifälliges Flüstern; sonst herrschte andächtiges Schweigen. Auf den Balkons und in den Fenstern erschienen immer neue schön gekleidete Herren und Damen, die im Glanze der Lichter in malerischen Posen an den Brüstungen lehnten. Die Spaziergänger blieben stehen, und im Schatten, auf dem Kai, hatten sich unter den Linden überall Gruppen von Herren und Damen gebildet. In meiner Nähe standen, etwas abseits von der großen Menge, ein Lakai und ein Koch; beide sahen wie Aristokraten aus und rauchten Zigarren. Der Koch gab sich ganz der Wirkung der Musik hin und nickte bei jedem hohen Fistelton begeistert und fragend dem Lakaien zu; er stieß ihn ab und zu mit dem Ellbogen an, als hätte er sagen wollen: „Nun, was sagst du zu diesem Gesang, he?" Der Lakai, dessen breites Lächeln davon zeugte, daß auch er den großen Genuß empfand, antwortete auf die Püffe des Kochs mit einem Achselzucken, welches besagen sollte, daß es gar nicht so leicht sei, ihn in Erstaunen zu setzen, und daß er in seinem Leben schon manches Schönere gehört habe.

In einer Pause, als der Sänger sich räusperte, fragte ich den Lakaien, wer der Sänger sei und ob er oft hierher käme.

„So an die zwei Mal im Sommer," erwiderte der Lakai. „Er ist aus dem Kanton Aargau, er zieht so bettelnd umher."

„Gibt es viele Leute von dieser Art?" fragte ich.

„Ja, ja," antwortete der Lakai, der meine Frage nicht sofort begriffen hatte. Nach einigen Augenblicken begriff er sie erst und fügte hinzu: „Nein, er ist hier der einzige, andere gibt es nicht."

Das Männchen hatte eben sein erstes Lied beendet; es drehte geschickt die Gitarre um und machte irgendeine Bemerkung in seinem Schweizerdeutsch, die ich nicht verstehen konnte, die aber im Publikum Lachen hervorrief.

„Was hat er eben gesagt?" fragte ich.

„Er sagt, daß ihm die Kehle ausgetrocknet sei und daß er gern einen Schluck Wein getrunken hätte," übersetzte mir der Lakai.

„Er trinkt wohl gerne über den Durst?"

„Alle diese Leute sind ja vom gleichen Schlag," erwiderte der Lakai lächelnd und mit der Hand auf den Sänger zeigend.

Der Sänger nahm die Mütze ab und ging, die Gitarre schwingend, auf das Haus zu. Er warf den Kopf zurück und wandte sich an die Herrschaften, die an den Fenstern und auf dem Balkon standen. *„Messieurs et mesdames,"* sagte er mit halb italienischem und halb deutschem Akzent und in dem Tone, in dem sich Gaukler gewöhnlich an ihr Publikum wenden: *„si vous croyez, que je gagne quelque chose, vous vous trompez: je ne suis qu'un pauvre tiaple."* Er hielt inne und wartete; da ihm aber niemand etwas gab, schwang er wieder die Gitarre und fuhr fort: *„A présent, messieurs et mesdames, je vous chanterai l'air du Righi."* Das Publikum oben verhielt sich schweigend, blieb aber in Erwartung des neuen Liedes stehen; und das Publikum unten lachte, wohl aus dem Grunde, weil er sich so sonderbar ausgedrückt hatte und weil man ihm nichts gegeben hatte. Ich schenkte ihm einige Centimes. Er warf die Münzen geschickt aus der einen Hand in die andere, steckte sie in die Westentasche, setzte sich seine Mütze wieder auf und stimmte jenes graziöse Liedchen an, das er *l'air du Righi* genannt hatte. Dieses Lied, das er für den Schluß aufgespart hatte, war noch schöner als alle die vorhergehenden; das Publikum, das inzwischen bedeutend angewachsen war, äußerte großen Beifall. Er war zu Ende. Wieder schwang er die Gitarre, nahm die Mütze ab, hielt sie vor sich hin, näherte sich auf zwei Schritte den Fenstern und sagte wieder den unverständlichen Satz:

„Messieurs er mesdames, si vous croyez, que je gagne quelque chose", den
er offenbar für sehr geistreich und fein ersonnen hielt. Ich merkte
aber in seiner Stimme und seinen Bewegungen eine gewisse Unsicherheit und kindliche Scheu, die bei seinem kleinen Wuchs einen
besonders starken Eindruck machten. Das elegante Publikum lehnte
noch immer im Glanze der Lampen malerisch an den Fenstern und
Balkons; die einen unterhielten sich artig mit gedämpfter Stimme,
offenbar über den Sänger, der mit ausgestreckter Hand vor ihnen
stand; andere musterten aufmerksam und interessiert seine kleine
dunkle Gestalt; auf einem der Balkons klang das helle und lustige
Lachen eines jungen Mädchens. In der Menge auf dem Kai wurde
immer mehr und lauter gesprochen und gelacht. Der Sänger wiederholte seinen Satz zum dritten Male, doch mit noch schwächerer
Stimme; er sprach ihn sogar nicht zu Ende und streckte wieder seine
Hand mit der Mütze aus, ließ sie aber sofort sinken. Und wieder
fand sich unter diesen hundert glänzend gekleideten Menschen, die
sich versammelt hatten, um ihm zu lauschen, niemand, der ihm
auch nur einen Heller zugeworfen hätte. Die Menge unten brach in
ein grausames Lachen aus. Der kleine Sänger schrumpfte gleichsam
zusammen, nahm seine Gitarre in die linke Hand, lüftete mit der
rechten die Mütze und sagte: *„Messieurs et mesdames, je vous remercie
er je vous souhaite une bonne nuit!"* Dann setzte er die Mütze wieder
auf. Die Menge lachte wie besessen. Die schönen Herren und Damen
zogen sich allmählich in ruhigem Gespräch von den Balkons und
Fenstern zurück. In den Anlagen begann man wieder zu promenie-
ren. Die Straße, die während des Gesanges verstummt war, belebte
sich wieder; nur einige Menschen beobachteten noch aus der Entfernung den Sänger und lachten. Ich hörte, wie das Männchen etwas
in den Bart brummte; dann wandte er sich um, wurde noch kleiner
und entfernte sich mit schnellen Schritten in der Richtung zur Stadt.
Die lustigen Spaziergänger, die ihn aus der Ferne beobachtet hatten,
folgten ihm lachend in einiger Entfernung …

Ich wurde ganz verlegen. Ich begriff nicht, was das Ganze zu be-
deuten hatte, und starrte, immer auf demselben Fleck stehend, in die
Finsternis, auf den kleinen Mann, der mit großen Schritten auf die
Stadt zuging, und auf die lachenden Spaziergänger, die ihm folgten.
Ich empfand ein schmerzvolles Gefühl von Erbitterung und Scham
für diesen kleinen Mann, diese Menge und für mich selbst, als ob ich

es wäre, der um Geld gebettelt und nichts bekommen hatte, den man ausgelacht hatte. Ich ging mit beklommenem Herzen, ohne mich umzublicken, schnell nach Hause, auf den Schweizerhof zu. Ich gab mir noch keine Rechenschaft über die Gefühle, die mich bewegten; etwas Schweres erfüllte und bedrückte meine Seele und fand keinen Ausfluß.

In der prachtvoll erleuchteten Einfahrt begegnete ich dem Portier, der höflich beiseite trat, und einer englischen Familie. Der starke, wohlgestaltete, hochgewachsene Mann mit dem schwarzen, englischen Backenbart, schwarzem Hut, einem Plaid über dem Arme und einen wertvollen Spazierstock in der Hand, führte träge und selbstbewußt eine Dame, in einem grauen seidenen Kleid mit kostbaren Spitzen und einem Häubchen mit leuchtenden Bändern, am Arm. An ihrer Seite ging ein hübsches, frisches junges Mädchen in einem graziösen Schweizer Hut mit einer Feder *à la mousquetaire*, unter dem weiche, lange, hellblonde Locken hervorquollen, ihr weißes Gesicht umrahmend. Voraus hüpfte ein zehnjähriges rotwangiges Mädchen mit vollen weißen Knien, die unter den feinen Spitzenhöschen hervorschimmerten.

„Welch eine herrliche Nacht!" sagte die Dame mit süßer, glücklicher Stimme, als ich an ihr vorüberging.

„Ach!" brummte der träge Engländer, dem das Leben offenbar so sehr behagte, daß er sogar zum Sprechen zu faul war. Sie alle hatten, so schien es, ein so ruhiges, bequemes, reinliches und leichtes Leben; ihre Bewegungen und Gesichter drückten eine solche Gleichgültigkeit gegen jedes fremde Leben aus und eine so unerschütterliche Überzeugung davon, daß der Portier vor ihnen beiseite treten und sich verbeugen würde, daß sie auf ihren Zimmern saubere und bequeme Betten finden würden, daß all dies so sein müsse, und daß sie auf all dies ein Recht hätten – daß ich ihnen im Geiste unwillkürlich den fahrenden Sänger gegenüberstellte, der nun müde und vielleicht auch hungrig, beschämt vor der lachenden Menge floh; nun begriff ich, was mir so schwer auf dem Herzen lastete, und mich packte unbeschreiblicher Zorn gegen alle diese Menschen. Ich ging zweimal an dem Engländer vorbei, ohne ihm auszuweichen, und stieß ihn beide Mal mit großem Genuß mit dem Ellbogen an. Dann verließ ich das Hotel und lief in der Dunkelheit in der Richtung nach der Stadt zu, in der der kleine Mann verschwunden war.

Ich holte drei Männer ein, die zusammen gingen, und fragte sie, ob sie nicht den Sänger gesehen hätten; sie zeigten ihn mir lachend: er ging vor ihnen, ganz allein, mit schnellen Schritten; niemand näherte sich ihm, und mir schien, daß er noch immer etwas erregt vor sich hin murmelte. Ich holte ihn ein und schlug ihm vor, mit mir irgendwo einzukehren und eine Flasche Wein zu trinken. Er ging noch immer schnell weiter und blickte mich unzufrieden an; als er endlich begriffen hatte, was ich von ihm wollte, blieb er stehen.

„Nun, wenn Sie so freundlich sind, nehme ich die Einladung an," sagte er mir. „Gleich hier in der Nähe gibt es ein kleines Café; es ist recht einfach, da könnten wir einkehren," fügte er hinzu, auf eine Weinbude zeigend, die noch offen war.

Seine Worte vom „einfachen" Café brachten mich unwillkürlich auf den Gedanken, mit ihm nicht in das einfache Café, sondern ins Hotel Schweizerhof zu gehen, wo sich alle die Leute befanden, die ihm zugehört hatten. Obwohl er einige Mal scheu und schüchtern ablehnte, in den Schweizerhof zu gehen, weil es dort zu elegant sei, setzte ich meinen Willen doch durch. Er stellte sich so, als ob er in keiner Weise verlegen sei, schwang lustig die Gitarre und ging mit mir über den Kai zurück. Kaum hatte ich mich dem Sänger angeschlossen, als einige müßige Spaziergänger näher heranrückten, um zu horchen, was ich mit ihm sprach; nun folgten sie uns, den Fall miteinander besprechend, bis zur Hoteleinfahrt, da sie offenbar vom Tiroler noch irgendeinen lustigen Auftritt erwarteten.

Ich bestellte beim ersten Kellner, dem ich im Flur begegnete, eine Flasche Wein. Der Kellner blickte uns lächelnd an und lief vorüber, ohne zu antworten. Der Oberkellner, an den ich mich mit der gleichen Bitte wandte, hörte mich aufmerksam an, musterte die kleine schüchterne Gestalt des Sängers vom Kopf bis zu den Füßen und sagte dann mit strenger Miene dem Portier, er möchte uns in den Saal links geleiten. Dieser Saal war die Schwemme für gewöhnliches Volk. In der Ecke war eine bucklige Magd mit dem Aufwaschen von Geschirr beschäftigt, und die ganze Einrichtung bestand hier aus einfachen hölzernen Tischen ohne Tischdecken und einfachen Bänken. Der Kellner, der uns bedienen sollte, betrachtete uns mit nachsichtigem, höhnischem Lächeln und unterhielt sich, die Hände in den Taschen, mit der buckligen Küchenmagd. Er wollte uns offenbar zu verstehen geben, daß er sich in bezug auf seine gesellschaftliche Stellung und seine sonstigen Eigenschaften so unendlich erhaben über den Sänger schätzte, daß es für ihn nicht nur nicht verletzend, sondern auch wirklich amüsant sei, uns zu bedienen.

„Befehlen der Herr gewöhnlichen Wein?" fragte er mich verständnisvoll, mit einem Seitenblick auf meinen Begleiter, die Serviette aus einer Hand in die andere werfend.

„Nein, Champagner, und vom Besten," sagte ich, indem ich mich bemühte, eine möglichst stolze und majestätische Haltung anzunehmen. Doch weder der Champagner noch meine stolze, majestätische Haltung machten auf den Kellner Eindruck: er lächelte, blieb noch eine Weile stehen, betrachtete uns, sah ruhig auf seine goldene Uhr und ging mit langsamen Schritten, als ob er spazieren ginge, aus dem Zimmer. Nach einer Weile kam er mit dem bestellten Champagner und brachte zwei andere Lakaien mit. Zwei von ihnen setzten sich in die Ecke zur Küchenmagd und sahen uns vergnügt und belustigt, mit mildem Lächeln in den Zügen zu, wie Eltern, die den niedlichen Spielen ihrer niedlichen Kinder zusehen. Nur die bucklige Küchenmagd schien uns nicht höhnisch, sondern teilnahmsvoll zu betrachten. Obgleich es mir recht schwer und unangenehm war, mich mit dem Sänger unter dem Kreuzfeuer der Lakaienblicke zu unterhalten und ihn zu bewirten, gab ich mir doch Mühe, meine Sache möglichst unbefangen zu tun. Bei Licht konnte ich ihn besser sehen. Er war ein sehr kleiner, doch proportioniert gebauter, muskulöser Mann, beinahe ein Zwerg, mit borstigen schwarzen Haaren, immer feuchten, wimperlosen, großen, schwarzen Augen und einem winzigen Mund mit rührendem Ausdruck. Er hatte einen kurzen Backenbart, kurzes Haar, und seine Kleidung war höchst einfach und dürftig. Er war unsauber, zerlumpt, wettergebräunt und sah überhaupt wie ein schwer arbeitender Mensch aus. Man könnte ihn viel eher für einen armen Hausierer als für einen Künstler halten. Nur in seinen feuchten, glänzenden Augen und seltsam gefalteten Lippen lag etwas Originelles und Rührendes. Sein Alter konnte man auf fünfundzwanzig bis vierzig Jahre schätzen; in Wirklichkeit war er achtunddreißig Jahre alt.

Er berichtete mir gutmütig und bereitwillig, offenbar auch aufrichtig Folgendes von seinem Leben. Er stammte aus dem Aargau und hatte noch in früher Kindheit Vater und Mutter verloren; andere Verwandte hatte er nicht. Ein Vermögen hatte er nie besessen.

Er war anfangs bei einem Schreiner in der Lehre gewesen, aber vor zweiundzwanzig Jahren hatte er den Knochenfraß in der Hand bekommen, was die Ausübung des Schreinerhandwerks unmöglich machte. Von Kind auf hatte er Neigung zum Gesang gehabt, und nun begann er zu singen. Die Fremden gaben ihm zuweilen ein paar Rappen. Er machte sich einen Beruf daraus, kaufte sich eine Gitarre, und so wandert er seit achtzehn Jahren durch die Schweiz und Italien und singt vor den Hotels. Sein ganzes Gepäck besteht aus der Gitarre und einem Beutel; in diesem hat er augenblicklich nur anderthalb Franken, die er heute noch für sein Nachtquartier und Abendessen ausgeben wird. Alljährlich, also bereits zum achtzehnten Male, durchwandert er alle besseren und von den Fremden bevorzugten Orte der Schweiz: Zürich, Luzern, Interlaken, Chamonix usw.; er geht über den St. Bernhard nach Italien und kehrt über den St. Gotthard und durch Savoyen zurück. In der letzten Zeit fällt ihm das Herumziehen schwer, denn der Schmerz in den Beinen, der von einer Erkältung herrührt und den er Gliedersucht nennt, wird von Jahr zu Jahr unerträglicher; auch seine Augen und seine Stimme werden schwächer. Trotzdem begibt er sich jetzt nach Interlaken, Aix-les-Bains und über den Kleinen St. Bernhard nach Italien, das er ganz besonders liebt; im allgemeinen scheint er mit seinem Leben recht zufrieden zu sein. Als ich ihn fragte, warum er immer in seine Heimat zurückkehre, ob er dort Verwandte oder ein eigenes Stück Land und ein Haus habe, faltete sich sein winziges Mündchen zu einem schelmischen Lächeln, und er sagte mir:

„Oui, le sucre est bon, il est doux pour les enfants!" und dabei blinzelte er den Lakaien zu.

Ich verstand nicht, was er damit sagen wollte, doch in der Gruppe der Lakaien begann man zu lachen.

„Ich habe ja nichts; würde ich denn sonst so umherziehen?" suchte er es mir zu erklären. „Ich gehe alljährlich nach Hause, weil es jeden Menschen doch immer nach der Heimat zieht."

Und er wiederholte noch einmal mit schlauer und selbstzufriedener Miene den Satz: *„Oui, le sucre est bon,"* und begann gutmütig zu lachen. Die Lakaien waren sehr belustigt und lachten; nur die bucklige Magd blickte mit ihren großen gutmütigen Augen ernst auf den Sänger und hob ihm die Mütze auf, die er während des Gesprächs fallen gelassen hatte. Ich habe bemerkt, daß die fahrenden

Sänger, Akrobaten und sogar Schwarzkünstler sich gerne Künstler nennen, und darum ließ ich einige Male im Gespräch mit dem Sänger die Bemerkung fallen, daß er eigentlich ein Künstler sei. Er wollte aber diesen Ehrentitel auf sich gar nicht beziehen, denn er betrachtete seine Tätigkeit einfach als ein Erwerbsmittel. Als ich ihn fragte, ob er selbst der Verfasser der Lieder sei, die er singe, wunderte er sich über die sonderbare Frage und antwortete, daß er nicht das Zeug dazu habe, und daß es lauter alte Tiroler Lieder seien.

„Wie ist es denn mit dem Rigi-Lied? Das kann doch unmöglich alt sein," sagte ich.

„Das Rigi-Lied ist vor etwa fünfzehn Jahren verfaßt worden. In Basel lebte ein Deutscher, ein sehr kluger Mann, und er hat das Lied gemacht. Es ist ein ausgezeichnetes Lied! Er hat es, müssen Sie wissen, für die Fremden verfaßt."

Und er begann mir den Text des Liedes, das mir so gut gefallen hatte, ins Französische zu übersetzen.

„Willst du auf den Rigi steigen,
So brauchst du bis Weggis keine Schuhe
(Denn man fährt mit dem Dampfschiff);
Von Weggis nimm dir einen großen Stock,
Nimm dir auch ein Mädchen unter'n Arm,
Trinke noch ein Gläschen Wein,
Sollst aber nicht zu viel trinken,
Denn wenn du Wein trinken willst.
Mußt du ihn dir zuvor verdienen …

O, es ist ein ausgezeichnetes Lied!" schloß er.

Auch die Lakaien fanden wohl das Lied sehr schön, denn sie kamen alle näher heran.

„Und wer hat die Musik gemacht?" fragte ich.

„Niemand! Wissen Sie, um vor den Fremden zu singen, braucht man immer etwas Neues."

Als man uns Eis brachte und ich meinem Gast ein Glas Champagner einschenkte, wurde er auf einmal verlegen und begann, auf die Lakaien schielend, unruhig auf seiner Bank hin und her zu rücken. Wir stießen auf das Wohl der Künstler an; er trank ein halbes Glas und hielt es für nötig, nachdenklich zu werden und tiefsinnig die Augenbrauen zu heben.

„Schon lange habe ich keinen so guten Wein getrunken, *je ne vous dis que ça.* Der Asti in Italien ist ja auch sehr gut, doch dieser ist noch viel besser. Ach ja, Italien! Schön ist es dort!" fügte er hinzu.

„Ja, dort versteht man die Musik und die Künstler zu schätzen," sagte ich mit der Absicht, das Gespräch auf seinen Mißerfolg vor dem Schweizerhof zu bringen.

„Nein," erwiderte er, „dort kann ich mit meiner Musik niemand erfreuen. Die Italiener sind ja selbst Musiker, wie es keine ähnlichen in der Welt gibt; meine Spezialität sind aber die Tiroler Lieder, und die sind auch in Italien etwas Neues."

„Sind dort die Herrschaften freigebiger?" fuhr ich fort, denn ich wollte ihn zwingen, meinen Groll gegen die Bewohner des Schweizerhofs zu teilen. „Dort kann es wohl nie vorkommen, daß unter hundert reichen Leuten, die in einem teuren Hotel wohnen, sich niemand findet, der einem Künstler, dem sie alle gelauscht haben, etwas gibt?"

Meine Frage wirkte ganz anders, als ich es erwartet hatte. Es fiel ihm gar nicht ein, sich gegen die Leute zu empören; im Gegenteil: in meiner Bemerkung sah er nur einen Vorwurf gegen seine Begabung, die es nicht vermocht hatte, die Leute zu einer Belohnung hinzureißen; und er begann sich vor mir zu rechtfertigen.

„Nicht immer bekommt man viel," sagte er. „Zuweilen, wenn man müde ist, hat man gar keine Stimme; so war ich auch heute neun Stunden unterwegs und habe fast den ganzen Tag gesungen; das ist wirklich nicht leicht! Und die vornehmen Herren haben manchmal auch gar keine Lust, Tiroler Lieder zu hören."

„Aber trotzdem, wie kann man einem nichts geben?" wiederholte ich.

Er verstand meine Frage nicht.

„Ich meine nicht das," sagte er. „Die Hauptsache ist, *on est très serré pour la police,* das meine ich. Nach den hiesigen republikanischen Gesetzen ist es uns verboten zu singen; in Italien dürfen wir aber singen, soviel wir wollen, niemand wird auch ein Wort sagen. Hier können sie es einem erlauben und verbieten; und wenn sie wollen, können sie einen auch ins Gefängnis sperren."

„Ist es denn möglich?"

„Gewiß. Wenn man Sie einmal gewarnt hat und Sie trotzdem fortfahren zu singen, darf man Sie ins Gefängnis sperren. Ich hab schon einmal drei Monate gesessen," sagte er lächelnd, als ob es eine seiner angenehmsten Erinnerungen wäre.

„Das ist ja schrecklich!" sagte ich. „Wofür denn?"

„Das ist hier so nach den neuen republikanischen Gesetzen," fuhr er fort, immer mehr in Schwung kommend. „Sie wollen es gar nicht begreifen, daß auch der arme Mann irgendwie leben muß. Wenn ich kein Krüppel wäre, so würde ich gewiß arbeiten. So aber muß ich singen; schade ich denn jemand damit? Was soll das heißen? Der Reiche darf leben wie er will, doch ein *pauvre tiaple*, wie ich, soll gar nicht mehr leben dürfen? Was sind denn das für republikanische Gesetze? Wenn so, will ich nichts von der Republik wissen. Ich habe doch recht, Herr? Wir wollen keine Republik, wir wollen … wir wollen einfach … wir wollen …" Er wurde etwas verlegen. „Wir wollen natürliche Gesetze."

Ich schenkte ihm sein Glas voll.

„Sie trinken ja gar nicht," sagte ich zu ihm.

Er ergriff das Glas und verneigte sich gegen mich.

„Ich weiß, was Sie wollen," sagte er, ein Auge zusammenkneifend und mit dem Finger drohend. „Sie wollen mich betrunken machen und dann sehen, was ich anfangen werde; es wird Ihnen aber nicht gelingen."

„Warum sollte ich Sie betrunken machen wollen?" sagte ich; „ich will Ihnen nur ein Vergnügen bereiten."

Es tat ihm offenbar leid, daß er mich eben beleidigt hatte, indem er meine Absichten falsch deutete; er wurde verlegen, richtete sich halb auf und ergriff mich am Ellbogen.

„Nein, nein," sagte er, mich flehend mit seinen glänzenden Augen anblickend; „ich habe nur gescherzt!"

Dann ließ er einen furchtbar komplizierten und verworrenen Satz los, den ich nicht verstehen konnte, der aber wohl besagen sollte, daß ich im Grunde doch ein guter Kerl sei.

„*Je ne vous dis que ça!*" schloß er.

In dieser Weise fuhr ich fort mit dem Sänger zu trinken und zu plaudern; und die Lakaien fuhren fort, uns ungeniert zu beobachten und sich, wie es mir vorkam, über uns lustig zu machen. Obwohl mich die Unterhaltung mit dem Sänger sehr interessierte, konnte ich doch für keinen Augenblick die Anwesenheit der Lakaien vergessen, und ich muß gestehen, daß ich mich darüber immer mehr ärgerte. Einer der Lakaien stand auf, kam näher und begann lächelnd von oben herab den Scheitel des kleinen Sängers zu fixieren. In mir war schon ohnehin ein großer Vorrat von Haß gegen die Bewohner des Schweizerhofs aufgespeichert, und nun stachelte mich diese Lakaiengesellschaft noch mehr auf. Der Portier kam, ohne die Mütze abzunehmen, ins Zimmer, setzte sich neben mich und stemmte die Ellbogen auf den Tisch. Dieser letztere Umstand reizte im höchsten Maße meinen Stolz und meinen Ehrgeiz und brachte den Zorn, der sich in mir während des Abends angesammelt hatte, zum Ausbruch. Warum grüßt mich der Portier so demütig vor der Einfahrt, wenn ich allein bin, und setzt sich jetzt so ungezwungen an meine Seite, da ich mit dem fahrenden Sänger sitze? Ich brannte vor heißem Zorn der Entrüstung, den ich bei mir so gerne sehe und den ich zuweilen sogar anfache, weil er beruhigend auf mich wirkt und mir, wenn auch für kurze Zeit, eine ungewöhnliche Elastizität, Energie und Kraft aller meiner physischen und moralischen Fähigkeiten verleiht.

Ich sprang auf.

„Worüber lachen Sie?" schrie ich den Lakaien an, und ich fühlte mein Gesicht erblassen und meine Lippen wie im Krampfe zucken.

„Ich lache ja gar nicht," antwortete der Lakai, vor mir zurückweichend.

„Nein, Sie lachen über diesen Herrn! Wie unterstehen Sie sich überhaupt, hier zu sitzen, wenn Gäste im Lokal sind? Sofort aufstehen!" herrschte ich ihn an.

Der Portier brummte etwas in den Bart, stand auf und ging zur Tür.

„Wie unterstehen Sie sich, über diesen Herrn zu lachen und neben ihm zu sitzen, wo er der Gast ist und Sie der Lakai sind? Warum haben Sie heute bei der *Table d'hote* nicht über mich gelacht und sich nicht neben mich gesetzt? Weil er schlecht gekleidet ist und auf der Straße singt, nicht wahr? Und weil ich gut gekleidet bin? Er ist zwar arm, doch tausendmal besser als Sie, davon bin ich überzeugt, denn er beleidigt niemand, und Sie beleidigen ihn."

„Ich habe ihm ja gar nichts getan, was fällt Ihnen ein!" erwiderte schüchtern mein Feind, der Lakai. „Hindere ich ihn denn, hier zu sitzen?"

Der Lakai verstand mich nicht, und mein schönstes Deutsch machte auf ihn nicht den geringsten Eindruck. Der grobe Portier versuchte den Lakaien in Schutz zu nehmen, doch ich fiel mit solcher Wut über ihn her, daß auch der Portier sich so stellte, als ob er mich nicht verstünde, und nur mit der Hand abwinkte. Aber die bucklige Magd – ich weiß nicht, ob sie meine Ansicht teilte, oder nur meinen gereizten Zustand bemerkt hatte und einen Skandal befürchtete – nahm für mich Partei und versuchte, sich zwischen mich und den Portier zu drängen; sie redete ihm zu, er möchte doch schweigen, weil ich recht hätte, und bat mich, mich zu beruhigen. „Der Herr hat recht! Sie haben recht!" sagte sie in einem fort. Der Sänger machte ein unglückliches, erschrecktes Gesicht, begriff anscheinend nicht, warum ich so wütete und was ich wollte, und bat mich, möglichst gleich von hier fortzugehen. Doch der Haß und die Beredsamkeit loderten in mir immer stärker. Alles kam mir wieder in den Sinn: die Menge, die über ihn gelacht hatte, die Zuhörer, die ihm nichts gegeben hatten, und ich wollte mich um nichts in der Welt beruhigen. Ich glaube sogar, wenn die Kellner und der Portier nicht so nachgiebig gewesen wären, so hätte ich mit ihnen mit Hochgenuß zu raufen begonnen oder irgendein wehrloses englisches Fräulein mit meinem Stock über den Kopf geschlagen. Wäre ich in diesem Augenblick in Sewastopol gewesen, so hätte ich mich mit Wonne mit Säbel und Bajonett gegen die englischen Laufgräben gestürzt.

„Und warum haben Sie mich und den Herrn in diesen und nicht in jenen Saal geführt?" fragte ich den Portier, indem ich ihn bei der Hand festhielt, damit er mir nicht entrinne. „Was für ein Recht hatten Sie, nach dem Äußeren des Herrn zu schließen, daß er in diesem und nicht in jenem Saal sitzen muß? Sind nicht im Hotel alle Leute, die ihre Zeche bezahlen, gleich? Und zwar nicht nur in einer Republik, sondern in der ganzen Welt? Eure lausige Republik! … So sieht eure Gleichheit aus! Sie würden sich ja nie unterstehen, einen Engländer in dieses Zimmer zu führen, einen von jenen, die diesem Herrn umsonst zugehört haben, d. h. ihm jeder einige Centimes gestohlen haben, die sie ihm hätten geben müssen. Wie haben Sie sich unterstehen können, uns diesen Saal anzuweisen?"

„Der andere Saal ist jetzt geschlossen," antwortete der Portier.

„Nein," fuhr ich ihn an, „es ist nicht wahr, der Saal ist gar nicht geschlossen."

„Dann wissen Sie es besser."

„Ich weiß nur, daß Sie lügen."

Der Portier wandte sich halb weg.

„Was ist da noch viel zu reden!" brummte er.

„Nein, nicht reden will ich," schrie ich wieder, „ich will, daß Sie mich sofort in den andern Saal führen!"

Trotz des Zuredens der Buckligen und aller Bitten des Sängers, lieber nach Hause zu gehen, ließ ich den Oberkellner kommen und begab mich mit meinem Gast in den andern Saal. Als der Oberkellner meine zornige Stimme hörte und mein erregtes Gesicht sah, wagte er mir nicht zu widersprechen und sagte mit verächtlicher Höflichkeit, ich möchte gehen, wohin es mir beliebt. Ich konnte dem Portier seine Lüge nicht beweisen, denn er hatte sich zurückgezogen, noch ehe ich den anderen Saal betrat.

Der Saal war tatsächlich offen und erleuchtet, und an einem der Tische saß ein englisches Paar beim Abendessen. Obwohl man uns einen besonderen Tisch angewiesen hatte, setzte ich mich mit dem schmierigen Sänger an den Tisch der Engländer und befahl, uns die noch nicht ganz geleerte Flasche herzubringen.

Die Engländer blickten den kleinen Sänger, der mehr tot als lebendig neben mir saß, erst verwundert und dann gehässig an; dann tuschelten sie miteinander, die Dame stieß ihren Teller fort, rauschte mit ihrem Seidenkleid, und beide verließen den Saal. Durch die Glastüre konnte ich sehen, wie der Engländer, aufs höchste erbost, auf den Kellner einsprach, fortwährend mit der Hand auf uns zeigend. Der Kellner steckte den Kopf durch die Türe und blickte in den Saal. Ich erwartete mit Wonne, daß man kommen würde, um uns hinauszuwerfen, und daß ich dann Gelegenheit haben würde, meinen ganzen Zorn gegen sie auszulassen. Doch zum Glück ließ man uns, wie unangenehm es mir auch war, in Ruhe.

Der Sänger, der vorhin nicht trinken wollte, trank jetzt eilig den ganzen Wein aus, der noch in der Flasche geblieben war, um so schnell als möglich fortgehen zu dürfen. Doch er bedankte sich, wie es mir schien, aufrichtig für die Bewirtung. Seine feuchten Augen wurden noch feuchter und glänzender, und er drückte mir seinen Dank in einem höchst seltsamen und verworrenen Satze aus. Seine Worte, mit denen er beiläufig sagen wollte, daß, wenn alle Leute die Künstler ebenso verehren würden wie ich, er es viel besser haben würde, und daß er mir alles Glück wünsche, gefielen mir trotzdem sehr gut. Wir traten zusammen in den Flur hinaus. Da standen die Lakaien und mein Feind, der Portier, der sich über mich zu beschweren schien. Sie alle sahen auf mich wie auf einen Verrückten. Ich ließ den kleinen Sänger ganz nahe an allen diesen Leuten vorbeikommen, zog dann, mit aller Ehrfurcht und Hochachtung, die ich nur auszudrücken vermochte, den Hut und drückte ihm die Hand mit dem steifen Finger. Die Lakaien taten so, als ob sie mir nicht die geringste Beachtung schenkten. Nur einer von ihnen brach in ein sardonisches Lachen aus.

Als der Sänger unter vielen Verbeugungen Abschied genommen hatte und in der Dunkelheit verschwunden war, begab ich mich auf mein Zimmer: ich wollte alle diese Eindrücke und die dumme kindliche Wut, die mich so unerwartet überkommen hatte, im Schlafe vergessen. Da ich mich doch zu sehr erregt fühlte, um einzuschlafen, begab ich mich wieder auf die Straße, um so lange spazieren zu gehen, bis ich mich beruhigt haben würde; ich hatte dabei, offen gesagt, noch die unklare Hoffnung, noch einmal mit dem Portier, den Lakaien oder dem Engländer zusammenzustoßen und ihnen die ganze Grausamkeit und besonders die Ungerechtigkeit ihres Gebarens zu beweisen. Doch außer dem Portier, der sich von mir sofort wegwandte, begegnete ich niemand, und so begann ich ganz allein auf dem Kai auf und ab zu gehen.

„Das ist also das sonderbare Schicksal der Poesie!" sagte ich mir, als ich mich einigermaßen beruhigt hatte. „Alle lieben sie, alle suchen sie, alle streben nach ihr im Leben, und doch will niemand ihre Macht anerkennen, sie als das höchste Gut dieser Welt würdigen. Niemand schätzt diejenigen, die dieses Gut den Menschen vermitteln, und niemand weiß ihnen Dank. Fragt doch einmal, wen ihr wollt, fragt alle Bewohner des Schweizerhofs, welches das höchste Gut in der Welt ist, und alle oder mindestens neunundneunzig von hundert werden euch mit einem sardonischen Lächeln sagen, daß das höchste Gut auf Erden das Geld sei. Man wird euch sagen: ‚Vielleicht gefällt Ihnen dieser Gedanke nicht, vielleicht stimmt er mit Ihren erhabenen Idealen nicht überein, was soll man aber tun, wenn das Menschenleben schon einmal so eingerichtet ist, daß nur das Geld den Menschen glücklich machen kann? Wir können ja unseren Geist nicht hindern, die Welt so zu sehen, wie sie ist', wird man noch hinzufügen, ‚das heißt: die Wahrheit zu sehen'. Wie armselig ist das

Glück, das ihr euch wünscht, wie unglücklich seid ihr, die ihr nicht wißt, was euch not tut … Warum habt ihr alle eure Heimat, eure Familien, eure Geldgeschäfte und Berufe verlassen und euch in diesem kleinen schweizerischen Städtchen Luzern zusammengedrängt? Warum seid ihr heute abend alle auf die Balkons hinausgeeilt und habt mit andächtigem Schweigen dem Gesang des kleinen Bettlers gelauscht? Wenn er noch mehr hätte singen wollen, so hättet ihr auch noch weiter geschwiegen und gelauscht. Sagt, hätte man euch für Geld, selbst für Millionen veranlassen können, eure Heimat zu verlassen und in dieses Städtchen Luzern zusammenzuströmen? Hätte man euch für Geld zwingen können, auf die Balkons hinauszueilen und eine halbe Stunde lang schweigend und unbeweglich zu stehen? Doch nein! Denn das einzige, was euch zu all dem zwingt, und was euch ewig stärker als alle anderen Triebfedern des Lebens bewegen wird, ist das Bedürfnis nach Poesie, dessen ihr euch zwar nicht bewußt seid, das ihr aber empfindet und ewig empfinden werdet, solange an euch noch irgend etwas Menschliches ist. Das Wort Poesie erscheint euch lächerlich, ihr gebraucht es nur als einen spöttischen Vorwurf, ihr laßt euch die Liebe zur Poesie höchstens noch bei Kindern und naiven jungen Mädchen gefallen, und auch diese lacht ihr aus; denn ihr braucht das Positive. Doch die Kinder haben ein gesundes Verhältnis zum Leben; sie lieben und wissen, was der Mensch lieben muß, und was ihm Glück verleiht; euch hat aber das Leben so verwirrt und verdorben, daß ihr das, was ihr einzig und allein liebt, verlacht, und das, was ihr haßt und was euch unglücklich macht, sucht. Ihr habt euch so verirrt, daß ihr euch gar nicht eurer Pflicht gegen den armen Tiroler, der euch einen ungetrübten Genuß verschafft hat, bewußt seid und zugleich es für eure Pflicht haltet, euch umsonst, ohne Nutzen und Freude, vor irgendeinem Lord zu beugen und ihm ohne jeden Grund eure Ruhe und Bequemlichkeit zu opfern. Welch ein Unsinn, welch ein unlösbarer Widerspruch! Doch nicht das allein ist es, was mich heute abend so sehr in Erstaunen versetzt und erschüttert hat. Denn die Unkenntnis dessen, was Glück verschafft, die Unbewußtheit der poetischen Genüsse kann ich noch beinahe begreifen: ich bin ihnen so oft im Leben begegnet, daß ich mich an sie gewöhnt habe. Auch die unbewußte Roheit und Grausamkeit der Menge war mir nichts Neues; was auch die Verteidiger des gesunden Sinnes des Volkes sagen mögen, die

Menge ist doch nur eine Vereinigung von Menschen, die einzeln vielleicht recht gut sind, die sich aber in ihrer Gesamtheit nur mit ihren schlechtesten und häßlichsten Eigenschaften und Trieben berühren; eine Vereinigung, die nur die Schwäche und Grausamkeit der menschlichen Natur ausdrückt. Doch wie habt ihr, Kinder eines freien und humanen Volkes, ihr, Christen, ihr, einfach Menschen – auf den reinen Genuß, den euch dieser unglückliche, um eine Gabe flehende Mensch verschafft hat, mit Kälte und Hohn antworten können? Ihr werdet sagen, daß es in eurem Lande Armenasyle gibt. – Es gibt einfach keine Bettler, es darf keine geben, es darf auch kein Mitleid geben, das die Grundlage des Bettels ist. – Er hat aber gearbeitet, er hat euch erfreut, er hat euch angefleht, ihm etwas von eurem Überfluß für seine Arbeit, die euch zugute kam, zu geben. Und ihr habt ihn mit kühlem Lächeln von euren prunkvollen hohen Sälen herab wie eine Rarität angesehen, und unter den hundert Glücklichen und Reichen hat sich nicht ein einziger Mann, nicht eine einzige Frau gefunden, die ihm etwas zugeworfen hätten! Beschämt ging er von dannen, und die törichte Menge verlachte, verfolgte und beleidigte nicht euch, sondern ihn, weil ihr kalt, grausam und ehrlos waret; weil ihr ihm den Genuß, den er euch verschafft, gestohlen habt; dafür hat die Menge *ihn* beleidigt.

,*Am 7. Juli 1857 sang in Luzern vor dem Hotel Schweizerhof, in dem die reichen Leute absteigen, während einer halben Stunde ein armer fahrender Sänger seine Lieder zur Gitarre. Etwa hundert Menschen hörten ihm zu. Der Sänger bat sie dreimal um eine Gabe. Kein Mensch gab ihm etwas, und viele lachten über ihn.*'

Dies ist keine Erfindung, sondern eine positive Tatsache, die jeder, dem es beliebt, nachprüfen kann: man braucht nur die Stammgäste des Hotels Schweizerhof zu befragen; aus den Zeitungen kann man leicht feststellen, wer die Ausländer waren, die am 7. Juli 1857 im Hotel Schweizerhof gewohnt haben.

Hier ist ein Ereignis, das die Geschichtsschreiber unserer Zeit mit unauslöschlichen Flammenbuchstaben in ihre Chronik eintragen müssen. Dieses Ereignis ist viel bedeutsamer, ernsthafter und hat einen tieferen Sinn, als alle die Tatsachen, von denen die Geschichtsbücher und die Zeitungen berichten. Daß die Engländer weitere tausend Chinesen getötet haben, weil die Chinesen nichts gegen bar kaufen, während ihr Land die klingende Münze verschlingt; daß die Franzosen weitere tausend Kabylen getötet haben, weil in Afrika das Getreide gut gedeiht, und weil ein permanenter Krieg für die Ausbildung des Heeres sehr nützlich ist; daß ein Jude den Posten eines türkischen Botschafters in Neapel nicht bekleiden darf; daß Kaiser Napoleon in Plombières zu Fuß spazieren geht und durch die Presse das Volk zu überzeugen sucht, er habe den Thron nur nach dem Willen des Volkes bestiegen: – alle diese Worte verkündigen oder verschleiern lauter längst bekannte Sachen. Doch das Ereignis, das sich in Luzern am 7. Juli abgespielt hat, erscheint mir durchaus neu und höchst seltsam; es gehört nicht zu den ewig schlechten Seiten des Menschengeschlechts, sondern zu einer bestimmten Etappe in der Entwicklungsgeschichte der Gesellschaft. Diese Tatsache gehört nicht in die Geschichte der menschlichen Taten, sondern in die des Fortschritts und der Zivilisation.

Warum ist diese unmenschliche Tatsache, die in keinem deutschen, französischen oder italienischen Dorfe möglich wäre, hier, wo Zivilisation, Freiheit und Gleichheit ihre höchste Blüte erreicht haben, wo sich die zivilisiertesten Vertreter der zivilisiertesten Völker treffen, möglich? Warum fehlt allen diesen hochentwickelten humanen Menschen, die in ihrer Gesamtheit zu jedem ehrenvollen humanen Werk fähig sind, das gewöhnliche menschliche Gefühl für ein persönliches gutes Werk? Warum finden alle diese Menschen, die in ihren Parlamenten, Meetings und Vereinen mit solchem Eifer für die Lage der ehelosen Chinesen in Indien, für die Verbreitung des Christentums und der Zivilisation in Afrika und für die Gründung von Vereinen zur Besserung der gesamten Menschheit sorgen, in ihren Herzen nicht die einfachen, ursprünglichen Gefühle des Menschen für den Menschen? Ist denn dieses Gefühl gänzlich ausgestorben, und ist an seine Stelle der Ehrgeiz und der Eigennutz getreten, von denen sich diese Leute in ihren Parlamenten, Meetings und Vereinen leiten lassen? Widerspricht denn die Verbreitung des Prinzips eines vernünftigen und egoistischen Zusammenwirkens von Menschen, das man Zivilisation nennt, dem Bedürfnisse eines instinktiven und selbstlosen Zusammenwirkens? Ist dies wirklich jene Gleichheit, für die so viel unschuldiges Blut vergossen wurde, für die so viele Verbrechen begangen wurden? Können sich denn

die Völker wie die kleinen Kinder am bloßen Klang des Wortes
‚Gleichheit' berauschen?

Die Gleichheit vor dem Gesetz? Wickelt sich denn das ganze Leben des Menschen im Bereiche der Gesetze ab? Nur ein Tausendstel des Lebens unterliegt dem Gesetz; der Rest liegt außerhalb des Gesetzes, im Bereiche der gesellschaftlichen Sitten und der Anschauungen. Und in der Gesellschaft ist der Lakai besser gekleidet als der Sänger und darf ihn daher ungestraft beleidigen. Ich bin wiederum besser gekleidet als der Lakai und beleidige ungestraft den Lakaien. Der Portier schätzt mich höher und den Sänger niedriger ein als sich; als ich mich zum Sänger gesellte, hielt der Portier sich für unsersgleichen und wurde grob. Ich wurde frech gegen den Portier, und der Portier betrachtete mich wieder als höher stehend. Der Lakai wurde frech gegen den Sänger, und der Sänger hielt sich für niedriger stehend. Ist das ein freier Staat, ein Staat, den die Menschen für einen absolut freien halten, wo es auch nur einen Bürger gibt, den man ins Gefängnis sperren darf, weil er, ohne jemand zu schaden, die einzige Arbeit verrichtet, die er überhaupt kann, um nicht vor Hunger zu sterben?

Welch ein unglückliches, elendes Geschöpf ist doch der Mensch, der mit seinem Bedürfnis nach positiven Lösungen in diesen ewig wogenden, uferlosen Ozean von Gut und Böse, von Tatsachen, Erwägungen und Widersprüchen hineingeworfen ist! Die Menschen mühen sich seit Jahrhunderten ab, um Gut und Böse voneinander zu scheiden. Die Jahrhunderte kommen und gehen, und was auch ein vorurteilsloser Geist auf die Wage von Gut und Böse werfen mag, die Wagschalen schwanken nie, und auf jeder Seite bleibt ebensoviel Gut wie Böse. Wenn der Mensch nur endlich gelernt hätte, nicht so scharf und entscheidend zu urteilen und zu denken, und nicht immer Antworten auf Fragen zu geben, die ihm nur darum gegeben sind, damit sie ewig Fragen bleiben! Wollte er doch begreifen, daß jeder Gedanke zugleich falsch und richtig ist! Er ist falsch, weil der Mensch einseitig ist und unmöglich die ganze Wahrheit in ihrer Gesamtheit erfassen kann; er ist richtig, weil durch ihn immer eine Seite des menschlichen Strebens ausgedrückt wird. Die Menschen haben sich in diesem ewig wogenden uferlosen, unendlich durcheinander gemischten Chaos von Gut und Böse Fächer geschaffen, haben in diesem Meer imaginäre Grenzlinien gezogen, und sie erwarten, daß das Meer sich nach diesen Linien teile. Als ob es nicht Millionen anderer Einteilungen von ganz andern Gesichtspunkten aus und in andern Ebenen gäbe! Allerdings werden solche neuen Einteilungen im Laufe von Jahrhunderten ausgearbeitet; es sind aber schon Millionen von Jahrhunderten vergangen und werden noch Millionen vergehen. Die Zivilisation ist das Gute, die Barbarei das Böse; die Freiheit ist das Gute, die Unfreiheit das Böse. Dieses imaginäre Wissen vernichtet in der menschlichen Natur das instinktive, selige, ursprüngliche Streben nach dem Guten. Wer kann definieren, was Freiheit, was Despotismus, was Zivilisation und was Barbarei ist? Wo sind die Grenzen zwischen diesen Begriffen? Wer hat in seiner Seele einen so unfehlbaren Maßstab für Gut und Böse, daß er mit ihm alle die flüchtigen und verworrenen Tatsachen zu messen vermöchte? Wessen Verstand ist so groß, daß er auch nur die Tatsachen der starren Vergangenheit umfassen und wägen könnte? Und wer hat schon je einen Zustand gesehen, wo Gut und Böse nicht miteinander vermengt wären? Und wenn ich mehr von dem einen als von dem anderen sehe, woher weiß ich denn, daß ich die Dinge vom richtigen Gesichtspunkte aus betrachte? Wer ist imstande, sich im Geiste, wenn auch nur für einen ganz kurzen Augenblick, so vollkommen vom Leben loszulösen, daß er es ganz objektiv von oben herab betrachten könnte? Wir haben nur einen unfehlbaren Führer: den Weltgeist, der uns alle und jeden einzelnen wie eine Einheit durchdringt, der einem jeden das Streben nach dem, was notwendig ist, eingegeben hat. Es ist der gleiche Geist, der dem Baume befiehlt, der Sonne entgegen zu wachsen, der der Blume befiehlt, im Herbste ihre Samen auszustreuen, und der uns befiehlt, sich unwillkürlich aneinander zu schmiegen.

Diese einzige unfehlbare, himmlische Stimme übertönt die lärmende und hastige Entwicklung der Zivilisation. Wer ist mehr Mensch, und wer mehr Barbar: jener Lord, der beim Anblick der schäbigen Kleidung des Sängers wütend vom Tische fortlief, der ihm für seine Mühe auch nicht den millionsten Teil seines Vermögens gab, und der jetzt in seinem bequemen, hellerleuchteten Zimmer ruhig über die Ereignisse in China spricht und die dort geschehenden Mordtaten gutheißt – oder der kleine Sänger, der in ständiger Gefahr, ins Gefängnis gesperrt zu werden, mit einem Franken in der Tasche seit zwanzig Jahren, ohne jemand zu schaden, Berge und

Täler durchwandert, mit seinem Gesange Menschen erfreut, den man heute beleidigt und beinahe hinausgeworfen hat, und der nun müde, hungrig und beschämt irgendeiner Herberge mit faulendem Strohlager zustrebt?"

In diesem Augenblick vernahm ich von der Stadt her durch die Totenstille der Nacht aus weiter Ferne die Gitarre des kleinen Sängers und seine Stimme.

„Nein," sagte ich mir unwillkürlich, „du hast nicht das Recht, ihn zu bemitleiden und den Lord wegen seines Wohlstandes anzuklagen. Wer hat das innere Glück abgewogen, das in der Seele eines jeden dieser Menschen ruht? Der Sänger sitzt jetzt wohl irgendwo auf einer schmutzigen Schwelle, blickt zum strahlenden Himmel empor und singt freudig in die stille, duftende Mondnacht hinaus; sein Herz kennt keine Anklage, keinen Groll, keine Reue. Und wer weiß, was jetzt in der Seele jener Menschen, die hinter den hohen, reichen Mauern wohnen, vorgeht? Wer weiß, ob in ihnen allen so viel sorglose, milde Lebensfreude und Lebensbejahung ist, als in der Seele des kleinen Männleins! Unendlich ist die Güte und die Weisheit dessen, der alle diese Widersprüche gestattet und befohlen hat. Nur dir, du elender Wurm, der du frech und verwegen seine Gesetze und seine Ratschläge zu durchdringen suchst, nur dir erscheinen sie als Widersprüche. Er schaut mild von seiner strahlenden unermeßlichen Höhe herab und freut sich der unendlichen Harmonie, in der ihr euch alle in ewigem Widerspruch bewegt. In deinem Stolze wolltest du dich von den Gesetzen der Allgemeinheit losreißen. Nein, auch du mit deinem kleinlichen, lächerlichen Zorn gegen die Lakaien, auch du hast im Einklang mit den Harmoniegesetzen des Ewigen und Unendlichen gehandelt! ..."

Albert

Übersetzt von
Alexander Eliasberg[1]

I. |
Fünf reiche, junge Herren kamen einmal gegen drei Uhr nachts in ein Petersburger Ballokal, um sich etwas zu zerstreuen.

Es wurde viel Champagner getrunken, die Herren waren zum größten Teil sehr jung, die Mädchen waren hübsch, Klavier und Geige spielten unermüdlich eine Polka nach der anderen, Tanz und Lärm hörten gar nicht auf, und doch war es langweilig und ungemütlich, und jeder der Beteiligten hatte den Eindruck (wie es ja oft vorkommt), das Ganze sei nicht das Richtige und eigentlich überflüssig.

Einigemal machten sie krampfhafte Versuche, die Stimmung zu heben, aber die erkünstelte Ausgelassenheit war noch schlimmer als Langeweile.

Einer von den Fünfen, der mehr als die anderen mit sich, mit den anderen und mit dem Abend unzufrieden war, stand angeekelt auf, nahm seinen Hut und verließ den Saal in der Absicht, sich unbemerkt davon zu machen.

Im Vorzimmer war niemand, doch aus einem Nebenzimmer hörte man durch die Tür zwei Stimmen, die miteinander stritten. Der junge Mann blieb stehen und horchte.

„Sie dürfen nicht hinein, es sind Gäste da," sagte eine weibliche Stimme.

„Lassen Sie mich doch, bitte, ich tu ja nichts!" flehte eine schwache männliche Stimme.

„Nein, ich kann Sie ohne Erlaubnis von Madame nicht hineinlassen!" sagte die Frau. „Wo wollen Sie denn hin? Sie sind aber einer! …"

---

[1] Textquelle | Leo N. TOLSTOI: Luzern – Albert [Zwei Erzählungen]. Deutsch von Alexander Eliasberg. (= Insel-Bücherei Nr. 136). Leipzig: Insel-Verlag [1914]. [78 Seiten]

Die Türe ging auf, und auf der Schwelle erschien eine seltsame männliche Gestalt. Als das Dienstmädchen den Gast erblickte, hielt es den Mann nicht länger zurück; die seltsame Gestalt machte eine schüchterne Verbeugung und trat schwankend, mit schlotternden Knien, ins Vorzimmer. Es war ein Mann von mittlerem Wuchse mit einem schmalen, gekrümmten Rücken und langem zerzausten Haar. Er trug einen kurzen Überzieher, ausgefranste enge Beinkleider und grobe ungewichste Stiefel. Um den schlanken weißen Hals trug er eine zu einem Strick zusammengedrehte Halsbinde. Die Ärmel waren zu kurz und ließen das schmutzige Hemd sehen. Trotz der auffallenden Magerkeit des Körpers war das Gesicht von einer zarten, frischen Farbe, und die von einem dünnen schwarzen Backenbart eingefaßten Wangen waren sogar rosig. Das ungekämmte Haar fiel nach rückwärts und ließ die nicht sehr hohe, doch außerordentlich reine Stirne frei. Die dunklen müden Augen blickten weich, suchend und zugleich selbstbewußt. Ihr Ausdruck wurde durch den Ausdruck der frischen, in den Mundwinkeln etwas gekrümmten Lippen, die von dem spärlichen Schnurrbart kaum verdeckt waren, wunderbar ergänzt.

Er machte einige Schritte, blieb dann stehen und lächelte dem jungen Mann zu. Das Lächeln schien ihm einige Mühe zu kosten, doch sein Gesicht erstrahlte dabei so anmutig, daß der junge Mann ihm gleichfalls, ohne selbst zu wissen warum, zulächelte.

„Wer ist das?" fragte er leise das Dienstmädchen, als die seltsame Gestalt im Tanzsaal verschwunden war.

„Ein verrückter Musiker vom Theater," antwortete das Dienstmädchen, „er kommt manchmal zur Wirtin."

„Delessow, wo steckst du denn?" rief man aus dem Saal.

Der junge Mann, der Delessow hieß, kehrte in den Saal zurück.

Der Musiker stand an der Türe und sah den Tanzenden zu. Er lächelte, schlug mit der Fußspitze den Takt und hatte offenbar an diesem Schauspiel große Freude.

„Tanzen Sie doch mit!" sagte ihm einer der Gäste.

Der Musiker verbeugte sich und warf der Wirtin einen fragenden Blick zu.

„Tanzen Sie doch, wenn die Herren Sie auffordern ..." ermunterte ihn die Wirtin.

In die mageren und kraftlosen Glieder des Musikers kam auf

einmal lebhafte Bewegung; er begann lächelnd, mit den Augen zwinkernd und am ganzen Leibe zuckend, schwerfällig durch den Saal zu hüpfen. Ein lustiger Offizier, der sehr schön und temperamentvoll tanzte, stieß ihn mitten in der Quadrille aus Versehen in den Rücken. Die schwachen, dünnen Beine des Musikers konnten das Gleichgewicht nicht bewahren, er machte einige schwankende Bewegungen zur Seite und fiel seiner ganzen Länge nach auf den Boden. Trotz des harten, trockenen Lautes, mit dem sein Körper am Boden anschlug, lachten fast alle Gäste im ersten Augenblick auf.

Doch der Musiker blieb liegen. Die Gäste verstummten, selbst das Klavier hörte auf zu spielen; Delessow und die Wirtin eilten zuerst zu dem Gestürzten. Er lag auf einem Ellbogen und blickte trüb zu Boden. Als man ihn aufgehoben und auf einen Stuhl gesetzt hatte, strich er sich mit einer raschen Bewegung seiner knochigen Hand das Haar aus der Stirne und begann wieder zu lächeln, ohne auf die an ihn gerichteten Fragen zu antworten.

„Herr Albert! Herr Albert!" sagte die Wirtin. „Haben Sie sich weh getan? Wo denn? Ich habe ja gesagt, Sie sollten nicht tanzen. Er ist ja zu schwach!" fuhr sie fort, sich an die Gäste wendend. „Er hält sich kaum auf den Beinen! Wie soll er da noch tanzen können?"

„Wer ist er denn?" fragte man die Wirtin.

„Ein armer Mensch, ein Künstler. Ein braver Bursche, aber sehr heruntergekommen, wie Sie sehen."

Sie sagte das, ohne auf die Anwesenheit des Musikers irgendwelche Rücksicht zu nehmen. Dieser kam inzwischen zu sich, krümmte sich, wie erschreckend, zusammen und stieß alle von sich weg.

„Macht nichts!" sagte er plötzlich, sich mit sichtbarer Anstrengung vom Stuhle erhebend.

Um zu zeigen, daß er sich nicht weh getan habe, trat er mitten in den Saal und schickte sich an, in seinem Hüpfen fortzufahren. Er verlor aber wieder das Gleichgewicht und wäre wohl wieder gestürzt, wenn man ihn nicht rechtzeitig aufgehalten hätte.

Alle wurden verlegen und schwiegen bei diesem Anblick.

Die Augen des Musikers wurden wieder leblos, er schien die Leute nicht mehr zu beachten und rieb sich mit der Hand das Knie. Dann warf er plötzlich den Kopf zurück, setzte seinen zitternden Fuß vor, strich sich mit der gleichen banalen Bewegung das Haar aus der Stirne, ging auf den Geiger zu und nahm ihm sein Instrument aus der Hand.

„Macht nichts!" wiederholte er noch einmal, die Geige hin- und herschwingend. „Wollen ein wenig musizieren, meine Herren!"

„Ein merkwürdiges Gesicht hat er!" bemerkten die Gäste.

„Vielleicht geht in diesem unglücklichen Geschöpf ein großer Künstler zugrunde!" sagte einer.

„Aber so elend und heruntergekommen!" meinte ein anderer.

„Welch ein schönes Gesicht! Es steckt wohl sicher etwas Außergewöhnliches in ihm," sagte Delessow, „wir werden es ja gleich sehen …"

II. |

Albert ging inzwischen, ohne jemand weiter zu beachten, langsam vor dem Klavier auf und ab und stimmte die Geige, die er an die Schulter gelegt hatte. Seine Lippen schienen nun leidenschaftslos, seine Augen konnte man nicht sehen, aber sein schmaler hagerer Rücken, der schlanke weiße Hals, die krummen Beine und das zerzauste schwarze Haar gewährten einen eigenartigen, doch unbegreiflicher Weise keineswegs komischen Anblick. Als er die Geige gestimmt hatte, gab er einen eleganten Akkord an, warf den Kopf zurück und wandte sich zum Klavierspieler, der sich anschickte, ihn zu begleiten.

„Mélancolie G-Dur!" sagte er ihm mit einer befehlenden Gebärde.

Als ob er wegen dieser Gebärde um Entschuldigung bitten wollte, lächelte er dem Publikum ungewöhnlich sanft zu. Mit der Hand, in der er den Bogen hielt, fuhr er sich noch einmal durch das Haar, stellte sich an einer Ecke des Klaviers auf und strich langsam und weich über die Saiten. Ein reiner jubelnder Ton zog durch den Saal. Alle verstummten.

Das Thema entwickelte sich frei und elegant, das Seeleninnerste der Zuhörer mit einem unerwartet reinen, beruhigenden Lichte erhellend. Kein falscher oder übermäßig lauter Ton störte die Andacht der Zuhörer; alle Töne waren gleich klar, rein, schön und bedeutungsvoll. Alle folgten stumm, vor Hoffnung zitternd, der Entwicklung der Melodie. Aus dem Zustande der Langeweile, der lärmenden Ausgelassenheit und des seelischen Schlafes, in dem sich alle diese Menschen noch eben befunden hatten, waren sie plötzlich unbemerkt in eine ganz andere, längst vergessene Welt versetzt. Bald versank man in eine stille, beschauliche Betrachtung des Vergangenen, bald gab man sich der leidenschaftlichen Erinnerung an ein entschwundenes Glück hin, bald spürte man ein grenzenloses Verlangen nach Macht und Glanz, bald ein Gefühl von Demut, Trauer und unerwiderter Liebe. Die bald zärtlich-traurigen, bald ungestümkühnen Töne vermengten sich miteinander und flossen so schön, so stark und so unbewußt dahin, daß man sie nicht mehr als Töne, sondern als einen in die Seelen dringenden herrlichen Strom einer längst bekannten, doch zum ersten Male ausgesprochenen Poesie empfand. Mit jeder Note schien Albert höher zu steigen. Er schien jetzt weder grotesk noch sonderbar. Er drückte sein Kinn hart an die Geige, lauschte mit dem Ausdrucke leidenschaftlicher Aufmerksamkeit seinen eigenen Tönen und bewegte krampfartig die Beine. Bald reckte er sich in die Höhe, bald krümmte er wie vor Anstrengung den Rücken. Die gespannte Linke schien in ihrer gekrümmten Lage erstarrt zu sein, und nur ihre knochigen Finger griffen zitternd in die Saiten. Die Rechte bewegte sich elegant, fließend und kaum merklich. Das Gesicht strahlte in ununterbrochener Begeisterung und Freude. In den Augen brannte ein helles trockenes Feuer, die Nüstern blähten sich, die roten Lippen waren wollüstig geöffnet.

Zuweilen neigte sich der Kopf tiefer über die Geige, die Augen schlossen sich, und das vom langen Haar halb verdeckte Gesicht strahlte in einem milden und glückseligen Lächeln. Zuweilen reckte er sich empor, stellte einen Fuß vor, und dann leuchtete seine reine Stirne und sein strahlender Blick, den er im Saale umherschweifen ließ, stolz, majestätisch und machtbewußt. An einer Stelle machte der Klavierspieler einen Fehler. Das Gesicht und die ganze Gestalt des Musikers verzerrten sich in unsagbarer Qual. Er hielt eine Sekunde inne, stampfte mit dem Fuß und rief mit dem Ausdruck eines beleidigten Kindes: „Moll, C-Moll!" Der Klavierspieler verbesserte sich. Albert schloß die Augen, lächelte, vergaß sich, seine Zuhörer und die ganze Welt und gab sich wieder ganz seinem Spiele hin.

Alle, die im Saal waren, schwiegen, solange Albert spielte, in tiefer Ehrfurcht; alle schienen nur in diesen Tönen zu leben und zu atmen.

Der lustige Offizier saß unbeweglich, den leblosen Blick zu Boden gesenkt, auf einem Stuhl am Fenster und atmete schwer und langsam. Die Mädchen saßen stumm an den Wänden und warfen einander entzückte, sogar bestürzte Blicke zu. Das dicke, volle, lachende Gesicht der Wirtin schwamm in höchster Wonne. Der Klavierspieler hatte seinen Blick in das Gesicht Alberts gebohrt, und sein ganzes Wesen drückte die fieberhafte Angst aus, wieder vorbeizugreifen. Einer der Gäste, der mehr als die übrigen getrunken hatte, lag ausgestreckt auf dem Sofa und gab sich die größte Mühe, seine Erregung nicht zu verraten. Delessow hatte ein ganz ungewöhnliches Gefühl. Ein kalter Reifen, der bald enger, bald weiter wurde, umklammerte seinen Kopf. Die Haarwurzeln wurden empfindlich, oben am Rücken überlief es ihn kalt, die Kälte stieg immer höher und höher zum Halse empor und stach wie mit feinen Nadeln Nase und Gaumen; Tränen, die er gar nicht merkte, liefen ihm die Wangen hinunter. Er schüttelte sich, suchte die Tränen gleichsam wieder in die Augen einzuziehen, trocknete sie, aber immer neue traten hervor und flossen ihm über die Wangen. Durch eine seltsame Verkettung der Eindrücke fühlte sich Delessow gleich bei den ersten Tönen, die Albert seiner Geige entlockte, in seine früheste Jugend zurückversetzt. Er, der jetzt gealtert, müde und abgelebt war, fühlte sich plötzlich als ein siebzehnjähriges selbstbewußt-schönes, seligdummes und unbewußt-glückliches Wesen. Seine erste Liebe fiel ihm ein – eine rosa gekleidete Cousine, sein erstes Liebesgeständnis in einer Lindenallee, das Feuer und das unergründliche Geheimnis der Natur, die ihn damals umgab. Er sah mit seinen in die Vergangenheit versenkten Blicken *sie* in einem Nebel unbestimmter Hoffnungen, unverstandener Gelüste und eines unerschütterlichen Glaubens an die Möglichkeit eines unmöglichen Glückes schweben. Alle Minuten, die damals so wenig Wert hatten, lebten wieder auf, aber nicht mehr als bedeutungslose Augenblicke einer entrinnenden Gegenwart, sondern als unvergeßliche, sich dehnende, vorwurfsvolle Bilder der Vergangenheit. Er betrachtete sie mit Entzücken und weinte, weinte nicht um die entschwundene Zeit, die er besser hätte verwenden können (denn wäre ihm jene Zeit zurückgegeben worden, so hätte er sie gar nicht besser verwenden können); er weinte nur, weil die Zeit entschwunden war und nie wiederkehren würde. Die Erinnerungen kamen ihm eine nach der anderen, ungerufen, während Alberts Geige immer dasselbe sagte. Sie sagte: „Die Zeit der Kraft, der Liebe und des Glücks ist für dich vergangen und kehrt nie, nie wieder. Weine um sie, weine alle deine Tränen aus, stirb in Tränen um jene Zeit – das ist das einzige Glück, das dir noch geblieben ist."

Am Schluß der letzten Variation wurde Alberts Gesicht rot, die Augen glühten, und große Schweißtropfen flossen ihm die Wangen hinunter. Die Adern an seiner Stirn schwollen an, sein ganzer Körper geriet immer mehr in Bewegung, die blassen Lippen schlossen sich nicht mehr, und seine ganze Gestalt drückte Gier und Genuß aus.

Plötzlich ging durch seinen ganzen Körper ein heftiges Beben, er schüttelte seine Haarmähne, senkte die Geige und musterte mit einem stolzen und glücklichen Lächeln seine Zuhörer. Dann krümmte sich sein Rücken wieder, der Kopf sank, die Lippen schlossen sich, die Augen erloschen, und er ging, verschämt und scheu um sich blickend, mit schwankenden Schritten ins andere Zimmer.

III. |

Etwas Sonderbares war mit allen Zuhörern vorgegangen, etwas Sonderbares lag in dem tiefen Schweigen, das dem Spiele Alberts folgte. Als hätte jeder das Verlangen, den Sinn des Ganzen auszusprechen und fände die Worte nicht. Was hatte denn das Ganze zu bedeuten: ein heißer, hell erleuchteter Saal, schöne Frauen, Morgendämmerung in den Fenstern, erhitztes Blut und der reine Eindruck verklungener Töne? Niemand aber versuchte zu erklären, was es bedeutete; im Gegenteil, fast alle fühlten ihre Unfähigkeit, sich ganz der neuen Stimmung hinzugeben, und lehnten sich daher gegen sie auf.

„Er spielt wirklich gut!" sagte der Offizier.

„Wunderbar!" sagte Delessow, indem er verstohlen mit dem Ärmel die Tränen aus den Augen wischte.

„Es ist übrigens Zeit zum Aufbrechen," meinte der Herr, der auf dem Sofa lag und sich inzwischen etwas erholt hatte.

„Wir sollten ihm etwas geben, meine Herren, machen wir gleich eine Kollekte."

Albert saß indessen im Nebenzimmer auf einem Sofa. Die Ellbogen auf die knochigen Knie gestützt, fuhr er sich mit den schmutzigen Händen über Gesicht und Haar und lächelte selig vor sich hin.

Die Kollekte ergab sehr viel. Delessow sollte ihm das Geld übergeben.

Delessow, auf den das Geigenspiel einen so starken und ungewohnten Eindruck gemacht hatte, wollte sich diesem Menschen noch besonders erkenntlich zeigen. Er wollte ihn zu sich nehmen, ihn neu bekleiden und ihm zu irgendeiner Existenz verhelfen, mit einem Worte: ihn aus seiner jämmerlichen Lage herausreißen.

„Nun, sind Sie müde?" fragte Delessow, sich ihm nähernd.

Albert lächelte nur.

„Sie haben entschieden Talent, Sie sollten sich ernsthaft mit Musik beschäftigen und auch öffentlich auftreten."

„Ich will etwas trinken," sagte Albert, wie aus einem Traume erwachend.

Delessow brachte Wein, und der Musiker stürzte gierig zwei Glas herunter.

„Der Wein ist gut!" sagte er.

„Wie schön ist doch diese *Mélancolie*!" bemerkte Delessow.

„Ja, ja, gewiß," antwortete Albert lächelnd, „aber entschuldigen Sie, ich weiß nicht, mit wem ich die Ehre habe; vielleicht sind Sie Graf, oder gar Fürst: könnten Sie mir nicht etwas Geld borgen?" Nach einer kurzen Pause fügte er hinzu: „Ich habe nichts, ich bin arm. Ich werde es Ihnen nie zurückgeben können."

Delessow errötete. Er hatte ein peinliches Gefühl und beeilte sich, dem Musiker das eingesammelte Geld zu übergeben.

„Ich danke bestens," sagte Albert, indem er das Geld einsteckte. „Wir wollen jetzt wieder musizieren. Ich will Ihnen vorspielen, so viel Sie wollen. Zuerst muß ich noch etwas trinken." Er erhob sich.

Delessow brachte ihm noch Wein und bat ihn, neben ihm Platz zu nehmen.

„Entschuldigen Sie, wenn ich aufrichtig werde," sagte Delessow. „Ihr Talent hat mich in Erstaunen versetzt. Ich glaube, Sie befinden sich in einer mißlichen Lage?"

Albert blickte abwechselnd auf Delessow und auf die Wirtin, die soeben ins Zimmer getreten war.

„Erlauben Sie, daß ich Ihnen meine Dienste anbiete," fuhr Delessow fort. „Wenn es Ihnen schlecht geht, so nehmen Sie doch eine

Zeitlang bei mir Wohnung. Es wird mich sehr freuen. Ich wohne ganz allein und kann Ihnen vielleicht irgendwie nützlich sein."

Albert lächelte und sagte nichts.

„Warum bedanken Sie sich nicht?" sagte die Wirtin. „Es ist ja für Sie selbstverständlich eine große Wohltat. – Ich möchte Ihnen aber davon abraten," wandte sie sich kopfschüttelnd an Delessow.

„Ich danke Ihnen ergebenst!" sagte Albert, die Hand Delessows mit seinen feuchten Händen drückend. „Jetzt wollen wir aber musizieren. Bitte!"

Doch die übrigen Gäste kamen aus dem Saal ins Vorzimmer und wollten, trotz Alberts Zureden, aufbrechen.

Albert nahm von der Wirtin Abschied, setzte sich einen abgeschabten, breitkrempigen Hut auf, warf sich seinen alten leichten Almaviva, der seine ganze Wintergarderobe ausmachte, um die Schultern und trat zugleich mit Delessow in den Flur.

Als Delessow mit seinem neuen Bekannten im Wagen Platz genommen hatte und den unangenehmen Geruch von Schnaps und Schmutz, den der Musiker ausströmte, spürte, begann er sein Vorhaben zu bereuen und sich seine kindliche Weichherzigkeit und seinen Leichtsinn vorzuwerfen. Alles, was Albert sprach, war so albern und abgeschmackt, und seine Trunkenheit äußerte sich in der frischen Luft so widerlich, daß Delessow ein Gefühl von Ekel verspürte. „Was werde ich nun mit ihm anfangen?" fragte er sich.

Nach einer Viertelstunde wurde Albert plötzlich ruhig, sein Hut fiel ihm vom Kopf, er selbst rutschte in eine Ecke des Wagens und schlief ein. Die Wagenräder knirschten eintönig auf dem hartgefrorenen Schnee. Durch die beschlagenen Wagenfenster drang das fahle, schwache Morgenlicht.

Delessow betrachtete seinen Gefährten. Der hagere Körper lag, vom leichten Mantel kaum verhüllt, zu seinen Füßen. Der spitze Kopf mit der großen dunklen Nase schien hin und her zu pendeln; als er genauer hinsah, merkte er, daß das, was er für Gesicht und Nase hielt, nur das Haar war; das wirkliche Gesicht lag viel tiefer. Er neigte sich vor und musterte Alberts Züge. Da wurde er wieder von der Schönheit der Stirne und der friedlich gefalteten Lippen ergriffen.

Unter dem Einfluß der abgespannten Nerven, der ungewohnt frühen Morgenstunde, der in ihm noch nachklingenden Musik und des Anblicks von Alberts Gesichtszügen fühlte er sich plötzlich wieder in jene selige Welt versetzt, in die er heute nacht hineingeblickt hatte; er mußte wieder an das Glück und die Großmut seiner Jugendzeit denken, und da bereute er sein Vorhaben nicht mehr. In diesem Augenblick liebte er Albert heiß und innig, und er faßte den festen Entschluß, ihm zu helfen.

IV. |

Als Delessow am nächsten Morgen geweckt wurde, um in den Dienst zu gehen, war er durch den Anblick seiner alten spanischen Wand, seines alten Dieners und der Uhr auf dem Nachttisch unangenehm überrascht. „Was wünschte ich mir denn beim Aufwachen zu sehen, wenn nicht das, was mich immer umgibt?" fragte er sich. Da fielen ihm die schwarzen Augen und das selige Lächeln des Musikers ein; die Töne der *Mélancolie* und alle Eindrücke der seltsamen Nacht gingen ihm wieder durch den Kopf.

Er hatte aber keine Zeit, zu überlegen, ob er vernünftig oder unvernünftig gehandelt hatte, als er den Musiker nach Hause mitnahm. Während des Ankleidens setzte er sich seine Tagesordnung fest, nahm dann seine Aktentasche, gab dem Diener die nötigen Anweisungen und zog rasch Mantel und Galoschen an. Im Vorbeigehen schaute er noch in das Speisezimmer hinein. Albert lag in einem zerrissenen, schmutzigen Hemd, das Gesicht in das Kissen gedrückt, auf dem Ledersofa, auf das man ihn gestern, als er sinnlos berauscht war, hingelegt hatte. Delessow überkam ein peinliches Gefühl.

„Geh später zu Borjusowskij hinüber", sagte er dem Diener, „und bitte ihn, er möchte mir seine Geige für zwei, drei Tage hergeben. Wenn der Herr da erwacht, bring ihm Kaffee und gib ihm etwas von meiner Wäsche und einen alten Anzug. Und sieh, bitte, daß ihm nichts fehlt."

Als er spät abends heimkam, fand er zu seiner Verwunderung Albert nicht mehr vor.

„Wo ist er denn?" fragte er den Diener.

„Gleich nach dem Mittagessen ist der Herr fortgegangen," gab dieser zur Antwort. „Er nahm die Geige mit und versprach, in einer

Stunde zurückzukommen. Nun ist er doch nicht zurückgekommen."

„Hm, hm, schade!" sagte Delessow. „Warum hast du ihn fortgehen lassen, Sachar?"

Sachar war ein echter Petersburger Lakai und seit acht Jahren in Delessows Diensten. Delessow, ein alleinstehender Junggeselle, machte ihn, wie es so geht, zum Vertrauten seiner Absichten und erkundigte sich immer nach seiner Meinung über alles, was er unternahm.

„Wie hätte ich ihn nicht fortgehen lassen sollen?" antwortete Sachar, mit dem an seiner Urkette baumelnden Petschaft spielend. „Hätten Sie es mir, Dmitrij Iwanowitsch, gesagt, daß ich ihn zurückhalten soll, so wäre er noch da. Sie haben mir aber nur den einen Auftrag wegen der Kleidung gegeben."

„Hm, schade! Was hat er hier allein getrieben?"

Sachar schmunzelte.

„Das nenne ich einen wirklichen Künstler, Dmitrij Iwanowitsch. Gleich als er erwachte, verlangte er Madeira, dann unterhielt er sich mit unserer Köchin und mit einem Diener aus der Nachbarschaft. So komisch ist der Herr ... Hat aber einen guten Charakter. Ich brachte ihm Tee und dann das Mittagessen; er wollte nicht allein essen, forderte mich immer auf, mitzuessen. Wie er aber Geige spielt! Solche Künstler hat selbst Isler nicht. So einen Menschen kann man schon wirklich bei sich behalten. Wie er uns das Lied vom Mütterchen Wolga spielte! Das klang wie Weinen. Es war sogar zu schön! Aus allen Stockwerken kamen die Leute zu uns in den Flur, um ihn zu hören."

„Nun, hast du ihn irgendwie bekleidet?" unterbrach ihn Delessow.

„Freilich, ich gab ihm Ihr Nachthemd und meinen Mantel. Einem solchen Menschen soll man wirklich helfen. Es ist ein wirklich lieber Mensch!" Sachar lächelte. „Er fragte mich immer aus, was für einen Rang Sie haben, ob Sie vornehme Bekannte haben und wieviel Leibeigene Sie besitzen."

„Gut. Jetzt muß man ihn suchen gehen. In der Zukunft sollst du ihm aber nichts zu trinken geben, sonst schadest du ihm noch mehr."

„Es ist ja wahr," sagte Sachar, „er scheint von schwacher Gesundheit zu sein. Mein früherer Herr hatte einen Verwalter, der auch so war …“

Delessow kannte längst die Geschichte von diesem Verwalter. Er ließ daher Sachar nicht zu Ende sprechen und befahl ihm, sofort das Schlafzimmer in Ordnung zu bringen und dann auf die Suche nach Albert zu gehen.

Er ging zu Bett, löschte das Licht aus, konnte aber lange Zeit nicht einschlafen: er mußte immer an Albert denken. „Das Ganze wird zwar meinen Bekannten etwas sonderbar erscheinen,“ dachte Delessow, „doch tun wir so selten etwas für einen andern, daß man wirklich Gott danken muß, wenn man einmal Gelegenheit dazu hat. Ich will wirklich alles, alles tun, um ihm zu helfen. Vielleicht ist er gar nicht verrückt, sondern nur versoffen. Es wird mich auch nicht viel kosten: wo ein Mensch genug hat, da werden auch zwei satt. Er wird vorläufig bei mir wohnen, dann will ich ihm eine Stelle verschaffen oder für ihn ein Konzert veranstalten; wenn er einmal auf den Damm kommt, werden wir das weitere schon sehen.“

Diese Gedanken verschafften ihm ein angenehmes Gefühl von Befriedigung.

„Ich bin wirklich kein schlechter Mensch,“ dachte er weiter, „ich bin sogar ein guter Mensch, wenn ich mich mit den andern vergleiche …“

Er war bereits im Einschlafen, als er das Knarren einer Tür und Schritte im Vorzimmer hörte.

„Jetzt will ich einmal mit ihm streng sein,“ sagte er sich, „so wird es auch für ihn besser sein.“

Er schellte. Sachar kam ins Schlafzimmer.

„Nun, hast du ihn gebracht?“

„Ein elender Mensch ist er, Dmitrij Iwanowitsch,“ sagte Sachar mit bedeutungsvollem Kopfschütteln.

„Ist er betrunken?“

„Ganz schwach ist er.“

„Hat er die Geige bei sich?“

„Ich hab sie mitgebracht, die Wirtin hat sie mir gegeben.“

„Laß ihn jetzt, bitte, nicht zu mir herein, bring ihn zu Bett und laß ihn morgen nicht aus dem Hause.“

In diesem Augenblick trat aber Albert ins Zimmer.

V. I

„Was, Sie wollen schon schlafen?" sagte Albert lächelnd. „Ich war
heute wieder bei Anna Iwanowna; ich habe mich da gut unterhalten:
es wurde Musik gemacht und viel gelacht, eine sehr angenehme Gesellschaft war da. Geben Sie mir, bitte, etwas zu trinken," sagte er,
die auf dem Nachttisch stehende Wasserkaraffe ergreifend, „nur
kein Wasser."

Albert sah genau so aus wie gestern: das gleiche schöne Lächeln
der Augen und der Lippen, dieselbe klare, geniale Stirne und die
zarten, schwachen Glieder. Sachars Mantel paßte ihm vorzüglich.
Der weite, weiche Kragen des Nachthemdes stand wunderschön zu
seinem feinen, weißen Hals und verlieh ihm etwas Knabenhaftes,
Unschuldiges. Er setzte sich auf den Bettrand zu Delessow und
blickte ihn freudig und dankbar an. Delessow erwiderte diesen Blick
und fühlte sich sofort in der Gewalt der strahlenden, lächelnden Augen. Er hatte keine Lust mehr zu schlafen und vergaß sein Vorhaben,
streng zu sein; er wollte vielmehr lustig sein, Musik hören und die
ganze Nacht mit Albert plaudern. Er ließ Sachar eine Flasche Wein,
Zigaretten und die Geige bringen.

„So ist es schön," sagte Albert, „es ist noch früh: wir wollen musizieren, ich werde Ihnen vorspielen, so viel Sie wollen."

Mit sichtbarer Freude brachte Sachar eine Flasche Lafitte mit
zwei Gläsern, eine Schachtel leichter Zigaretten, die Albert rauchte,
und die Geige. Statt zu Bett zu gehen, wie ihm Delessow befahl,
steckte er sich eine Zigarette an und ging ins Nebenzimmer.

„Wir wollen lieber plaudern," sagte Delessow zu dem Musiker,
der bereits die Geige ergriffen hatte.

Albert setzte sich gehorsam auf den Bettrand und lächelte Delessow wieder freudig zu.

„Ach ja!" sagte er plötzlich, sich an die Stirne schlagend und einen neugierigen und bekümmerten Gesichtsausdruck annehmend.
(Sein Gesicht drückte immer schon vorher aus, was er sich zu sagen
anschickte.) „Gestatten Sie die Frage ..." Er machte eine Pause. „Ist
der Herr N. von gestern abend ... Ich hörte, wie Sie ihn N. nannten,
ist er nicht der Sohn des berühmten N.?"

„Ja, er ist sein Sohn," erwiderte Delessow, der nicht begreifen
konnte, warum dies Albert so sehr interessierte.

„Ich hab es mir gleich gedacht," sagte Albert mit einem selbstzu-

friedenen Lächeln. „Ich habe nach seinen Manieren geschlossen, daß
er Aristokrat ist. Ich schwärme für Aristokraten: sie haben immer
etwas Schönes, Elegantes in ihrem Wesen. Der Offizier, der so gut
tanzte, hat mir auch so gut gefallen; er ist so lustig und vornehm. Ist
es nicht der Adjutant N. N.?“

„Welchen meinen Sie?“ fragte Delessow.

„Den Offizier, der mich beim Tanzen gestoßen hatte. Er scheint
ein außerordentlich lieber Mensch zu sein.“

„Im Gegenteil, ein ganz unbedeutender Bursche.“

„Ach nein!“ Albert trat warm für den Offizier ein. „Er hat etwas
Angenehmes in seinem Wesen. Auch ist er sehr musikalisch: er hat
dort etwas aus einer Oper vorgespielt. Seit langer Zeit hat mir niemand so gut gefallen wie er.“

„Ja, er spielt recht gut, aber sein Spiel ist nicht nach meinem Geschmack,“ sagte Delessow, in der Absicht, Albert in ein Gespräch
über Musik zu verwickeln. „Er versteht von der klassischen Musik
rein nichts. Donizetti und Bellini – das ist doch keine Musik! Sie sind
gewiß der gleichen Meinung?“

„O nein, durchaus nicht, Sie müssen mir schon verzeihen,“ begann Albert sanft und verteidigend: „Die alte Musik – ist Musik,
und auch die neue Musik – ist Musik. Auch in der neuen gibt es
große Schönheiten: Ist die ‚Somnambule‘ etwa nicht herrlich?! Und
das Finale von ‚Lucia‘?! und Chopin?! und ‚Robert‘?! Ich denke mir
oft …“ hier machte er eine Pause, um seine Gedanken zu sammeln,
„wenn Beethoven heute lebte und die ‚Somnambule‘ hören könnte,
so würde er vor Freude weinen. Überall gibt es herrliche Stellen. Ich
habe die ‚Somnambule‘ zum ersten Male gehört, als die Viardot und
Rubini hier waren, das war einfach …“ rief er mit leuchtenden Augen und machte mit beiden Händen eine Bewegung, als ob er etwas
aus seiner Brust herausreißen wollte. „Es hat wenig gefehlt, ich hätte
es einfach nicht ausgehalten.“

„Nun, und wie finden Sie die Oper jetzt?“ fragte Delessow.

„Die Bozio ist gut, sie ist ungewöhnlich gut, aber hier fehlt es,“
er zeigte auf seine eingefallene Brust. „Sie rührt einen nicht. Eine
Sängerin muß leidenschaftlich sein, sie hat aber kein Temperament.
Sie erfreut einen, aber sie rührt nicht.“

„Nun, und Lablache?“

„Ich habe ihn einmal in Paris im ‚Barbier von Sevilla‘ gehört, damals war er einzig in seiner Art … Heute ist er zu alt. Er sollte nicht mehr auftreten, er ist zu alt."

„Was macht es, daß er alt ist? In den *morceaux d'ensemble* ist er noch immer vorzüglich," sagte Delessow, der stets diese Ansicht äußerte, wenn die Rede auf Lablache kam.

„Sie finden, daß es nichts macht?" entgegnete Albert mit strenger Miene. „Er darf nicht alt sein. Ein Künstler darf nicht alt sein. Um Künstler zu sein, bedarf man allerlei, vor allen Dingen aber – Feuer!" Er sagte dies mit leuchtenden Augen und emporgehobenen Armen.

Sein ganzes Wesen schien wirklich von einem unheimlichen inneren Feuer zu glühen. – „Mein Gott!" sagte er ganz unvermittelt. „Kennen Sie den Maler Petrow?"

„Nein, ich kenne ihn nicht," erwiderte Delessow lächelnd.

„Ich möchte gar zu gern, daß Sie ihn kennen lernen! Es wird Ihnen ein großer Genuß sein, sich mit ihm zu unterhalten! Wie er das Wesen der Kunst versteht! Ich traf ihn früher oft bei Anna Iwanowna, aber jetzt ist sie ihm aus irgendeinem Grunde böse. Ich möchte wirklich, daß Sie ihn kennen lernen. Er ist hervorragend talentiert."

„Malt er Bilder?" fragte Delessow.

„Ich weiß es nicht. Ich glaube, nein. Aber er war einmal an der Akademie. Was er für Gedanken hat! Manchmal sagt er ganz ungewöhnliche Dinge. Ja, dieser Petrow ist außerordentlich talentiert, aber er führt ein gar zu lustiges Leben … Es ist schade um ihn," fügte Albert lächelnd hinzu. Gleich darauf erhob er sich vom Bettrand, nahm die Geige und begann sie zu stimmen.

„Wann waren Sie zuletzt in der Oper?" fragte Delessow.

Albert blickte verlegen auf und seufzte.

„Ach, ich kann nicht mehr!" rief er aus, sich an den Kopf greifend. Er setzte sich wieder zu Delessow. „Ich will es Ihnen sagen," flüsterte er, „ich kann nicht mehr in die Oper gehen, ich kann dort nicht mehr spielen, ich habe nichts, gar nichts! Ich habe keine Kleider, keine Wohnung, keine Geige! Ein elendes Leben! Ein elendes Leben! Wozu sollte ich auch in die Oper gehen? Wozu? Nein!" sagte er lächelnd. „Doch dieser ,Don Juan'!"

Er schlug sich an den Kopf.

„Wir wollen doch einmal zusammen hingehen," schlug Delessow vor.

Albert gab keine Antwort. Er sprang auf, ergriff die Geige und begann das Finale des ersten Aktes von „Don Juan" zu spielen. Gleichzeitig erklärte er die Handlung der Oper.

Delessow standen die Haare zu Berge, als Albert auf seiner Geige die Stimme des sterbenden Komturs spielte.

„Nein, heute kann ich nicht spielen," sagte er, die Geige weglegend; „ich habe zu viel getrunken."

Und gleich darauf ging er zum Tisch und schenkte sich ein Glas Wein ein. Er stürzte es hinunter und setzte sich wieder zu Delessow.

Delessow sah ihn die ganze Zeit unverwandt an; Albert lächelte ab und zu, und dann lächelte auch Delessow. Beide schwiegen, doch die Blicke und das Lächeln brachten die beiden Menschen immer näher aneinander. Delessow fühlte, wie er diesen Menschen mehr und mehr liebgewann, und das machte ihn glücklich.

„Waren Sie schon einmal verliebt?" fragte er ihn plötzlich.

Albert wurde für einige Augenblicke nachdenklich. Dann erstrahlte sein Gesicht in einem traurigen Lächeln. Er neigte sich zu Delessow und blickte ihm aufmerksam in die Augen.

„Warum fragen Sie mich danach?" flüsterte er. „Doch ich will Ihnen alles erzählen, denn Sie gefallen mir." Hier machte er eine Pause. „Ich will Sie nicht anlügen, ich will Ihnen alles von Anfang an erzählen." Er hielt wieder inne. Seine Augen nahmen einen seltsamen, wilden Ausdruck an. „Sie wissen, daß ich hier", er zeigte auf seine Stirne, „etwas schwach bin. Anna Iwanowna hat es Ihnen gewiß erzählt. Sie erzählt allen, ich sei verrückt! Das ist nicht wahr. Sie sagt es ja nur im Scherz, sie ist eine gute Frau. Aber seit einiger Zeit bin ich wirklich etwas krank." Er machte wieder eine Pause und starrte mit unbeweglichen, weitaufgerissenen Augen auf die finstere Türe. „Sie fragten, ob ich je verliebt war? Ja, ich war verliebt." Er hob die Brauen und flüsterte: „Das war, als ich noch die Stelle am Theater hatte. Ich spielte die zweite Violine im Opernorchester, und sie hatte eine Parterreloge links."

Albert stand auf und neigte sich zu Delessows Ohr.

„Nein, ich will ihren Namen nicht nennen," sagte er. „Sie kennen sie gewiß, alle kennen sie. Ich sah sie nur schweigend an, ich wußte, daß ich nur ein armer Musiker und sie eine vornehme Dame war. Ich wußte es ganz genau. Ich sah sie nur an und machte mir keine Gedanken."

Er schwieg, in Erinnerungen versunken. Dann fuhr er fort:

„Ich weiß nicht mehr, wie es kam. Einmal wurde ich zu ihr eingeladen, um sie auf der Geige zu begleiten … Aber was, ich bin ja ein armer Künstler!" er schüttelte den Kopf und lächelte. „Ich habe kein Talent zum Erzählen, ich kann es nicht …" Er griff sich an den Kopf. „Wie glücklich war ich!"

„Nun, waren Sie oft bei ihr?" fragte Delessow.

„Einmal, nur ein einziges Mal … Ich war selbst schuld, ich war verrückt. Ich war ein armer Musiker und sie eine Aristokratin. Ich hätte ihr nichts sagen sollen. Aber ich war verrückt, ich habe Dummheiten gemacht. Seit jenem Tag ist für mich alles vorbei. Petrow hat recht: es wäre besser, wenn ich sie nur im Theater gesehen hätte …"

„Was haben Sie denn eigentlich angestellt?" fragte Delessow.

„Ach, lassen Sie, lassen Sie, ich kann es Ihnen nicht erzählen."

Er bedeckte sein Gesicht mit den Händen. Nach einer Pause fuhr er fort:

„Ich kam sehr spät ins Orchester. Ich hatte an jenem Abend mit Petrow gezecht und war etwas aufgeregt. Sie saß in ihrer Loge und unterhielt sich mit einem General. Ich weiß nicht, wer dieser General war. Sie saß ganz vorne, und ihre Hand lag auf der Brüstung; sie hatte ein weißes Kleid an und Perlen um den Hals. Sie sprach mit ihm und sah auf mich. Zweimal blickte sie mich an. Sie hatte so eine Frisur," er machte eine Handbewegung. „Ich stand bei den Bässen und spielte nicht; ich sah sie nur immer an. Da hatte ich zum ersten Mal das seltsame Gefühl. Sie lächelte dem General zu und blickte mich wieder an. Ich fühlte, daß sie von mir sprach, und ich gewahrte plötzlich, daß ich mich nicht mehr im Orchester befand, sondern in ihrer Loge stand und ihre Hand, hier an dieser Stelle, hielt. – Was war nun das?" fragte Albert nach einer Pause.

„Starke Einbildungskraft," versetzte Delessow.

„Nein, nein … Ich habe ja kein Talent zum Erzählen," sagte Albert mit gequältem Gesichtsausdruck. „Ich war auch damals arm, hatte keine Wohnung und blieb oft im Theater über Nacht."

„Wie! Im Theater? Im leeren, finstern Saal?"

„Ach, ich fürchte mich nicht vor solchen Dummheiten. Ja, hören Sie. Sobald das Theater leer wurde, ging ich in die Parterreloge, wo sie zu sitzen pflegte, um dort zu schlafen. Das war meine einzige Freude. Was für Nächte habe ich da verlebt! Einmal ging es mit mir wieder los. In einer Nacht habe ich im Geiste vieles durchgemacht, ich kann Ihnen aber nicht viel davon erzählen." Albert senkte die Augen und blickte Delessow an. „Was war nun das?" fragte er.

„Seltsam!" sagte Delessow.

„Nein, nein, hören Sie weiter!" Er flüsterte Delessow ins Ohr. „Ich küßte ihre Hand, weinte an ihrer Seite und sprach viel mit ihr. Ich spürte den Duft ihres Parfüms, ich hörte ihre Stimme. Sie hat mir in dieser einen Nacht so vieles erzählt. Dann nahm ich die Geige und begann leise zu spielen. Ich spielte gut. Doch ich bekam Angst. Ich fürchte mich nicht vor solchen Dummheiten und glaube an nichts; aber ich bekam Angst um meinen Kopf," er lächelte und berührte seine Stirne, „um meinen armen Verstand; mir schien, in meinem Kopfe wäre plötzlich etwas vorgegangen. Vielleicht hat das alles nichts zu bedeuten? Was glauben Sie?"

Beide schwiegen. Dann sang Albert mit stillem Lächeln:

„Und ob die Wolke sie verhülle,

Die Sonne bleibt am Himmelszelt …

Nicht wahr?

Ich auch habe gelebt und genossen …

Ja, der alte Petrow hätte Ihnen alles so gut erklärt!"

Delessow betrachtete entsetzt das erregte und blasse Gesicht Alberts.

„Kennen Sie den Juristenwalzer?" rief Albert ganz unvermittelt. Ohne die Antwort abzuwarten, ergriff er die Geige und spielte den lustigen Walzer. Er vergaß alles, stellte sich wohl vor, ein ganzes Orchester spiele mit ihm mit; er lachte und bewegte die Beine im Walzertakt. Er spielte vorzüglich.

„Jetzt ists genug!" sagte er, das Spiel abbrechend und die Geige schwenkend. Er saß eine Weile ruhig und sagte dann: „Ich geh hin! Und Sie?"

„Wohin denn?" fragte Delessow verwundert.

„Gehen wir doch zu Anna Iwanowna! Dort ist es lustig: Musik, Lärm, viele Leute …"

Im ersten Augenblick wollte Delessow darauf eingehen. Doch er besann sich und riet auch Albert ab, heute noch auszugehen.

„Ich will ja nur hineinschauen."

„Nein, bitte, gehen Sie nicht!"

Albert seufzte und legte die Geige weg.

„Soll ich also bleiben?"

Er schielte auf den Tisch: die Weinflasche war leer. Dann wünschte er gute Nacht und verließ das Zimmer.

Delessow schellte. Als Sachar kam, sagte er ihm:

„Laß Herrn Albert nicht aus dem Hause, ohne mich zu fragen."

VI. |

Der nächste Tag war ein Feiertag. Delessow saß im Gastzimmer beim Morgenkaffee und las ein Buch. Im Speisezimmer, wo Albert schlief, regte sich noch nichts.

Sachar öffnete vorsichtig die Türe und schaute ins Speisezimmer hinein.

„Hätten Sie es für möglich gehalten, Dmitrij Iwanowitsch: er schläft auf dem bloßen Sofa! Wollte kein Bettzeug haben, bei Gott! Wie ein kleines Kind. Ein echter Künstler!"

Erst gegen zwölf Uhr hörte man ihn ächzen und husten.

Sachar ging wieder ins Speisezimmer; Delessow hörte sein freundliches Zureden und die schwache, flehende Stimme Alberts.

„Nun?" fragte Delessow Sachar, als dieser wiederkam.

„Er ist so traurig, Dmitrij Iwanowitsch; will sich nicht waschen und verlangt nur etwas zu trinken."

„Nein," sagte sich Delessow, „ich muß schon Charakter zeigen, wenn ich es mir einmal vorgenommen habe."

Er schärfte Sachar noch einmal ein, Albert ja keinen Wein zu geben, und nahm sein Buch wieder vor. Unwillkürlich horchte er immer zum Speisezimmer hinüber. Dort war alles still, nur ab und zu hörte er Albert schwer husten und spucken. Nach zwei Stunden, als Delessow angekleidet und zum Ausgehen bereit war, schaute er bei Albert nach. Dieser saß unbeweglich am Fenster, den Kopf in die Hände gestützt. Er wandte sich um. Sein Gesicht war gelb, runzelig und nicht nur traurig, sondern tief unglücklich. Er versuchte Delessow mit einem Lächeln zu begrüßen, aber sein Gesichtsausdruck wurde dadurch noch trister. Es schien, er könnte weinen. Er stand mit Mühe auf und machte eine Verbeugung.

„Wenn ich nur ein Gläschen gewöhnlichen Schnaps haben könnte ..." sagte er bettelnd. „Ich bitte! Ich bin so schwach ..."

„Kaffee wird Ihnen besser tun. Hören Sie doch meinen Rat!"

Der kindliche Ausdruck verschwand plötzlich aus Alberts Gesicht. Sein Blick wurde kalt und trüb. Er wandte sich wieder zum Fenster und ließ sich auf den Stuhl fallen.

„Wollen Sie denn nicht frühstücken?"

„Nein, danke, ich habe keinen Appetit."

„Wenn Sie Geige spielen wollen, so spielen Sie nur: Sie stören mich nicht im geringsten." Delessow legte die Geige vor ihn auf den Tisch.

Albert sah die Geige verächtlich an.

„Nein, ich bin zu schwach. Ich kann nicht spielen," sagte er, die Geige wegschiebend.

Was ihm Delessow auch sagen mochte – er schlug ihm vor, zusammen auszugehen oder abends das Theater zu besuchen – Albert lehnte alles schweigend ab. Delessow ging allein aus, er machte einige Besuche, speiste bei Bekannten zu Mittag und kam noch abends vor dem Theater heim, um sich umzukleiden und nach Albert zu sehen. Albert saß im finsteren Vorzimmer, den Kopf in die Hände gestützt, und starrte in den brennenden Ofen. Er war sauber gekleidet, gewaschen und gekämmt. Aber seine Augen waren trüb und leblos, und sein ganzes Wesen drückte eine noch größere Schwäche und Niedergeschlagenheit aus als am Morgen.

„Nun, haben Sie zu Mittag gegessen, Herr Albert?" fragte Delessow.

Albert nickte bejahend. Er blickte erschrocken auf und schlug sofort die Augen nieder. Delessow wurde verlegen.

„Ich habe heute den Direktor gesprochen," sagte er, indem er gleichfalls die Augen niederschlug. „Er will Sie gerne empfangen, wenn Sie ihm etwas vorspielen wollen."

„Ich danke, ich kann nicht spielen," murmelte Albert vor sich hin. Er stand auf, ging in sein Zimmer und schloß ganz leise die Tür.

Nach einigen Minuten ging die Türe ebenso leise auf, und Albert kam mit der Geige. Er warf Delessow einen raschen, bösen Blick zu, legte die Geige auf einen Stuhl hin und verschwand wieder.

Delessow zuckte die Achseln und lächelte. „Was kann ich denn noch tun? Was habe ich verbrochen?" fragte er sich.

„Nun, wie stehts mit dem Musiker?" war seine erste Frage, als er spät abends heimkehrte.

„Schlimm!" gab Sachar kurz und laut zur Antwort. „Er seufzt

immer, hustet und spricht kein Wort; nur um Schnaps hat er mich fünfmal gebeten. Ein Gläschen habe ich ihm auch geben müssen. Daß wir ihn nur nicht umbringen, Dmitrij Iwanowitsch! Denn der Verwalter ..."

„Hat er gespielt?"

„Nicht angerührt hat er die Geige. Ich habe sie ihm zweimal gebracht, aber er trug sie immer wieder aus dem Zimmer." Sachar lächelte. „Soll ich ihm also wirklich nichts zu trinken geben?"

„Nein, wir wollen noch einen Tag warten und sehen, was geschieht. Was treibt er jetzt?"

„Er hat sich im Gastzimmer eingeschlossen."

Delessow holte aus seinem Arbeitszimmer einige französische Romane und ein deutsches Neues Testament. Er gab die Bücher Sachar mit dem Auftrag:

„Bring sie ihm morgen früh ins Zimmer und schau, daß er nicht fortgeht."

Sachar meldete am nächsten Morgen seinem Herrn, der Musiker habe die ganze Nacht nicht geschlafen: er irrte durch die Zimmer, ging immer zur Kredenz, versuchte den Schrank und die Türe zu öffnen. Aber Sachar hatte vorgesorgt und alles sorgfältig abgesperrt. Er erzählte noch, er hätte sich schlafend gestellt und gehört, wie Albert mit sich selbst redete.

Albert wurde von Tag zu Tag finsterer und schweigsamer. Delessow schien er zu fürchten, und sein Gesicht zuckte ängstlich zusammen, so oft sich ihre Blicke trafen. Er rührte weder die Bücher noch die Geige an und beantwortete keine Fragen.

Am dritten Abend kam Delessow sehr spät heim. Er war den ganzen Tag in einer Angelegenheit herumgerannt, die höchst einfach schien und doch, wie es so oft vorkommt, trotz aller Bemühungen nicht um einen Schritt vorwärts kommen wollte. Er war daher müde und abgespannt. Auch war er noch im Klub gewesen und hatte im Whist etwas verloren. Dies verschlimmerte noch seine Laune.

„Nun habe ich ihn ordentlich satt!" sagte er zu Sachar, der ihm wieder über Alberts traurigen Zustand berichtete. „Morgen muß er sich entscheiden, ob er dableiben und meinen Ratschlägen folgen will oder nicht. Wenn es ihm nicht paßt, mag er gehen. Ich glaube, ich habe alles getan, was ich nur tun kann."

„Da soll man noch einem Menschen eine Wohltat erweisen!" dachte er für sich. „Ich opfere meine Ruhe, halte bei mir im Hause dieses verwahrloste, schmutzige Geschöpf, das ich keinem Besucher zeigen kann, renne herum auf der Suche nach einer Stelle für ihn, und er sieht in mir einen Bösewicht, der ihn zu seinem Vergnügen in einen Käfig gesperrt hat. Er selbst will für sich keinen Finger rühren. So sind sie alle! („Alle" bezog sich auf die Menschen im allgemeinen und besonders auf diejenigen, mit denen er heute zu tun gehabt hatte.) Was ist jetzt mit ihm? Warum ist er traurig, an was denkt er? Sehnt er sich in den Sumpf zurück, aus dem ich ihn herausgerissen habe? Nach der Erniedrigung, in der er war? Nach der Armut, aus der ich ihn befreit habe? Er ist wohl schon so tief gesunken, daß er ein anständiges Leben nicht mehr ertragen kann …"

Schließlich sagte er sich: „Das war wirklich unvernünftig gehandelt. Wie konnte ich mir vornehmen, einen anderen zu bessern, wenn ich sogar mit mir selbst kaum fertig werden kann?" Er wollte Albert gleich gehen lassen. Überlegte sich aber und verschob die Aussprache bis morgen.

Nachts wurde Delessow durch einen Lärm im Vorzimmer aufgeweckt: ein Tisch wurde umgestürzt, man schrie und lief hin und her. Er machte Licht und horchte hinaus.

„Warten Sie nur, ich werde es Dmitrij Iwanowitsch sagen!" sprach Sachar; Albert entgegnete ihm etwas erregt und zusammenhanglos. Delessow sprang auf und lief mit der Kerze in der Hand ins Vorzimmer. Sachar stand im Nachtgewand vor der Haustüre; Albert, im Hut und Almaviva, suchte ihn von der Türe wegzustoßen und schrie mit weinerlicher Stimme:

„Ihr dürft mich nicht festhalten! Ich habe meinen Paß und habe nichts gestohlen! Sie können meine Kleider durchsuchen. Ich werde zum Polizeimeister gehen!"

„Bitte, Dmitrij Iwanowitsch!" sagte Sachar, seinen Posten an der Türe behaltend. „Der Herr ist nachts aufgestanden, hat aus meiner Manteltasche den Schlüssel genommen und eine ganze Flasche süßen Schnaps ausgetrunken. Ist das etwa schön? Und jetzt will der Herr fort. Sie haben mir ja gesagt, daß er bleiben muß, also darf ich ihn nicht fortlassen."

Als Albert Delessow gewahrte, griff er Sachar noch heftiger an:

„Nein, niemand darf mich hier zurückhalten! Niemand hat das Recht dazu!" Er schrie immer lauter.

„Laß ihn, Sachar!" sagte Delessow. „Ich will und darf Sie nicht zurückhalten, aber ich rate Ihnen, noch bis morgen zu bleiben," wandte er sich zu Albert.

„Niemand darf mich zurückhalten! Ich werde zum Polizeimeister gehen!" schrie Albert immer lauter und lauter; er sprach nur zu Sachar und sah Delessow gar nicht an. „Zu Hilfe!" schrie er plötzlich mit gellender Stimme.

„Warum schreien Sie denn so? Niemand hält Sie zurück," sagte Sachar, die Haustüre öffnend.

Albert hörte auf zu schreien. Er murmelte noch: „Was? Es ist euch nicht gelungen! Ihr wolltet mich umbringen!" Er zog seine Galoschen an und verließ, ohne Abschied zu nehmen, immer etwas vor sich hinmurmelnd, das Haus. Sachar leuchtete ihm bis zum Tore und kam zurück.

„Gott sei Dank, Dmitrij Iwanowitsch!" sagte er. „Es ist noch gut abgelaufen! Das Silber muß ich doch noch nachzählen."

Delessow schüttelte nur den Kopf und erwiderte nichts. Er mußte an die beiden ersten Abende denken, die er mit dem Musiker verbracht hatte, und an die letzten traurigen Tage, die Albert durch seine Schuld hier verbringen mußte. Er dachte wieder an das süße, aus Liebe, Bewunderung und Mitleid gemischte Gefühl, das dieser seltsame Mensch in ihm beim ersten Anblick geweckt hatte, und er tat ihm wieder leid. „Was wird jetzt aus ihm werden?" fragte er sich. „Er hat kein Geld, keine warme Kleidung und ist nun ganz allein in der Nacht …"

Er wollte ihm Sachar nachschicken, doch es war zu spät.

„Ist es draußen kalt?" fragte Delessow.

„Ein starker Frost, Dmitrij Iwanowitsch," antwortete Sachar.

„Ich wollte Ihnen noch sagen, daß wir wieder Holz kaufen müssen."

„So? Und du sagtest, wir würden noch bis zum Frühjahr auskommen!"

VII. |

Draußen war es wirklich sehr kalt; aber Albert spürte die Kälte nicht: der Schnaps und der Streit hatten ihn so sehr erhitzt.

Als er auf die Straße hinaustrat, rieb er sich zufrieden die Hände und schaute sich um. Die Straße war leer. Eine lange Reihe Laternen leuchtete noch mit rötlichem Schein; der Himmel war klar und sternhell. „Was!" sagte er, sich zum erleuchteten Fenster in Delessows Wohnung wendend. Er steckte die Hände unter den Mantel in die Hosentaschen und schlug mit unsicheren, schweren Schritten den Weg nach rechts ein. In den Beinen und im Magen fühlte er eine drückende Schwere, in seinen Ohren sauste es, eine unsichtbare Kraft wollte ihn zu Boden werfen, und doch bewegte er sich immer vorwärts, in der Richtung zu Anna Iwanownas Wohnung. Sonderbare, zerrissene Gedanken gingen ihm durch den Kopf: er dachte an seinen letzten Wortwechsel mit Sachar, dann an das Meer und seine erste Dampferfahrt nach Rußland, an eine glückliche Nacht, die er mit einem Freund in einer Bierhalle verbracht hatte, an der er soeben vorbeiging; dann fiel ihm wieder eine Melodie ein, das Bild der Geliebten tauchte vor ihm auf und die schreckliche Nacht im Theater. Trotz dieser Buntheit nahmen alle Erinnerungen so bestimmte greifbare Formen an, daß, wenn er die Augen schloß, er nicht mehr unterscheiden konnte, ob das, was er dachte, oder ob das, was er tat, die Wirklichkeit war. Er wußte nicht, wie sich seine Beine bewegten, wie er an den Wänden entlang schwankte, wie er eine Straße nach der anderen kreuzte. Er fühlte und wußte nur das, was ihm in buntem Reigen durch den Kopf zog.

Auf der Kleinen Morskaja rutschte er aus und fiel hin. Er kam für einen Augenblick zur Besinnung und sah vor sich ein großes prunkvolles Gebäude; er ging weiter. Die Sterne und der Mond waren verschwunden, auch die Laternen brannten nicht mehr, und doch waren alle Dinge deutlich sichtbar. Die Fenster in dem großen Gebäude, das sich am Ende der Straße erhob, waren erleuchtet, aber das Licht flackerte in den Fenstern wie eine Spiegelung. Das Gebäude wuchs vor Alberts Blicken immer näher und deutlicher aus der Erde hervor. Als er in die weite Türe eintrat, waren alle Lichter auf einmal verschwunden. Innen war es dunkel. Seine einsamen Schritte hallten laut unter den gewölbten Decken, Schatten huschten an ihm vorbei und verschwanden, sobald er sich ihnen näherte.

126

„Wozu bin ich hergekommen?" fragte sich Albert. Eine Kraft, der er nicht widerstehen konnte, zog ihn vorwärts zum Eingang in einen großen Saal. Im Saale war ein Podium, vor dem einige kleine Gestalten standen. „Wer wird da sprechen?" fragte Albert. Niemand antwortete, nur einer zeigte ihm auf das Podium. Dort stand ein langer, hagerer Mann mit struppigem Haar, in einem bunten Schlafrock. Albert erkannte sofort seinen Freund Petrow. „Wie sonderbar, daß er hier ist!" dachte Albert. „Nein, Brüder!" sagte Petrow, auf jemand hinweisend: „Ihr habt den Menschen, der unter euch lebte, nicht verstanden! Er ist kein feiler Komödiant, kein mechanischer Spielautomat, kein Verrückter, kein Verlorener. Er ist ein Genie, ein großes musikalisches Genie, das nun unbemerkt und ungeschätzt zugrunde geht."

Jetzt begriff Albert, von wem sein Freund sprach. Doch er wollte ihn nicht stören und senkte bescheiden seinen Kopf.

„Er verbrannte wie ein Strohhalm in der heiligen Flamme, der wir alle dienen," fuhr Petrow fort, „er hat alles vollbracht, was Gott ihm eingegeben hat. Darum muß er ein Großer genannt werden. Ihr konntet ihn verachten, quälen, erniedrigen," fuhr die Stimme immer lauter fort, „er war, ist und bleibt unermeßlich größer als ihr alle. Er ist selig, er ist gut. Er liebt oder er verachtet – was doch dasselbe ist – alle gleich; aber er dient nur dem einen, was ihm der Himmel eingegeben hat: er liebt nur die Schönheit, das einzige unzweifelhafte Gut in der Welt. So ein Mensch ist er! Kniet vor ihm alle nieder!" schrie er laut.

Ein andere Stimme entgegnete aus der entgegengesetzten Ecke des Saales: „Ich will nicht vor ihm niederknien," sagte die Stimme, in der Albert sofort die von Delessow erkannte. „Worin ist er groß? Und warum sollen wir uns vor ihm beugen? War er denn ehrlich und edel? Hat er der Gesellschaft irgendwie genützt? Wissen wir denn nicht alle, daß er immer Geld borgte, welches er nie zurückzahlte, daß er einem Kollegen die Geige entwendete, um sie zu versetzen? ... (Mein Gott! Woher weiß er denn alles? dachte Albert und ließ den Kopf noch tiefer sinken.) Wissen wir denn nicht, wie er sich bei den unbedeutendsten Leuten einschmeichelte, um von ihnen Geld zu bekommen? Wissen wir denn nicht, daß man ihn aus dem Theater fortgejagt hat, daß ihn Anna Iwanowna der Polizei übergeben wollte?!" (Mein Gott! Es ist ja alles wahr – sagte Albert – aber verteidige mich, du allein weißt, warum ich das getan habe!)

„Genug! Schämt euch!" sprach wieder Petrows Stimme. „Welches Recht habt ihr, ihn anzuklagen? Habt ihr denn sein Leben gelebt? Habt ihr seine Ekstasen gekannt? (Es ist wahr, es ist wahr! flüsterte Albert.) Die Kunst ist die höchste Offenbarung der menschlichen Macht. Sie wird nur wenigen Auserwählten gegeben, und sie erhebt den Auserwählten auf eine solche schwindelnde Höhe, daß es schwer ist, gesunden Geistes zu bleiben. In der Kunst gibt es, wie in jedem Kampfe, Helden, die sich ganz ihrem Dienst opfern und zugrunde gehen, ohne ihr Ziel erreicht zu haben."

Petrow schwieg, Albert hob den Kopf und schrie: „Ja, so ist es!" Aber seine Stimme erstarb lautlos in der Kehle.

„Sie werden nicht gefragt!" sagte ihm streng der Maler. „Ja, verhöhnt ihn, verachtet ihn, er bleibt immer der Beste und Seligste von uns allen!"

Albert war ganz glücklich, als er diese Worte hörte. Er konnte sich nicht länger beherrschen, trat an den Freund heran und wollte ihn umarmen.

„Mach, daß du weiter kommst," sagte Petrow, „ich kenne dich nicht! Geh nur deinen Weg. sonst kommst du nie vorwärts ..."

„Du bist ja ganz voll! Kommst gar nicht vorwärts!" schrie ihm ein Schutzmann zu, der an einer Straßenkreuzung stand.

Albert blieb stehen und sammelte seine Kräfte. Er gab sich die größte Mühe, nicht zu schwanken, und bog in eine Seitengasse ein.

Bis zu Anna Iwanowna waren noch wenige Schritte. Aus der Haustüre drang Licht, und vor dem Tore standen Schlitten und Wagen.

Er klammerte sich mit erstarrten Händen an das Treppengeländer, ging hinauf und zog die Glocke.

In der Türe erschien das verschlafene Dienstmädchen, das ihm einen bösen Blick zuwarf. „Nein!" schrie sie ihn an, „ich darf Sie nicht hereinlassen." Dann schlug sie die Türe zu. Aus der Wohnung drangen zu ihm viele Frauenstimmen und Töne der Tanzmusik. Er setzte sich auf einen Treppenabsatz, lehnte den Kopf an die Wand und schloß die Augen. Sofort sah er sich wieder von zusammenhanglosen, doch ihm wohl vertrauten Visionen umgeben; ihre Wellen trugen ihn weit fort, wieder in das freie und herrliche Land der Träume. „Ja, er ist der Beste und Seligste!" klang es wieder in seinen

Ohren. Drinnen bei Anna Iwanowna wurde Polka gespielt, auch die Polkatöne sagten dasselbe: „Er ist der Beste und Seligste!" Von einer nahen Kirche erklang Glockengeläute, und die Glocken bestätigten: „Ja, er ist der Beste und Seligste!" – „Ich will wieder in den Saal," sagte sich Albert, „Petrow hat mir noch vieles zu sagen."

Der Saal war aber leer, und auf dem Podium stand jetzt nicht Petrow, sondern Albert selbst, und er spielte auf der Geige alles, was die Stimme früher gesprochen hatte. Es war eine gar sonderbare Geige: sie war ganz aus Glas, und man mußte sie mit beiden Händen an die Brust drücken, um ihr Töne zu entlocken. Die Töne waren aber so zart und schön, wie sie Albert noch niemals gehört hatte. Je fester er die Geige an seine Brust drückte, um so süßer und wonniger empfand er die Töne. Je lauter die Geige tönte, um so rascher verschwanden alle Schatten, und um so heller erstrahlten die Wände des Saales in einem durchsichtigen Licht. Er mußte sehr vorsichtig spielen, um die Geige nicht zu zerdrücken. Er spielte auf dem Glasinstrument sehr schön und sehr vorsichtig. Er spielte Stücke, von denen er wußte, daß sie kein Mensch je wieder hören würde. Er spürte bereits eine leichte Ermüdung, als er plötzlich von einem dumpfen Ton abgelenkt wurde. Das war ein Glockenton, und er sprach irgendwo in weiter Ferne: „Ja, er scheint euch elend, ihr verachtet ihn, und doch ist er der Beste und Seligste! Kein Mensch wird je wieder auf diesem Instrument spielen!"

Diese ihm schon bekannten Worte erschienen Albert plötzlich so weise, so neu und so gerecht, daß er sein Spiel abbrach und Arme und Augen zum Himmel hob. Er kam sich selig und herrlich vor. Obwohl der Saal leer war, reckte er sich und hob stolz den Kopf, damit ihn alle sehen konnten. Plötzlich berührte eine Hand ganz leise seine Schulter; er wandte sich um und erblickte im Halbdunkel eine weibliche Gestalt. Sie sah ihn mit traurigen Augen an und schüttelte verneinend den Kopf. Er begriff sofort, daß das, was er eben getan hatte, häßlich war, und er schämte sich. „Wohin denn?" fragte er sie. Sie blickte ihn noch einmal durchdringend an und senkte traurig den Kopf. Es war sie, die er geliebt hatte; sie war auch ganz so wie damals gekleidet; den vollen weißen Hals schmückte eine Perlenschnur, und die schönen weißen Arme waren bis über die Ellbogen entblößt. Sie nahm ihn bei den Händen und führte ihn fort. „Der Ausgang ist auf der andern Seite," sagte Albert; aber sie lächelte nur und führte ihn aus dem Saal hinaus. An der Schwelle der Ausgangstüre sah Albert Wasser und den Mond. Das Wasser war aber nicht unten und der Mond nicht oben, auch war der Mond nicht der weiße Kreis. Mond und Wasser waren miteinander vermengt, sie waren oben und unten und auf allen Seiten um sie herum. Albert stürzte mit ihr in den Mond und in das Wasser, und er begriff, daß er sie, die er über alles in der Welt liebte, umarmen durfte; er umarmte sie und zitterte in einem Glück, das er gar nicht ertragen konnte. „Ist es nicht ein Traum?" fragte er sich. Nein, es war die Wirklichkeit, es war mehr als die Wirklichkeit: Wirklichkeit und Erinnerung. Er fühlte, daß dieses unaussprechliche Glück, das er jetzt genoß, verschwinden und nie wiederkehren würde. „Warum weine ich denn?" fragte er sie. Sie sah ihn wieder schweigend und traurig an. Albert verstand, was sie damit sagen wollte. „Ich lebe ja noch!" sagte er ihr. Sie antwortete nicht und blickte unverwandt vor sich hin. „Es ist entsetzlich! Wie erkläre ich ihr, daß ich noch lebe?" fragte er sich ganz erschrocken. Er flüsterte: „Mein Gott, ich lebe ja noch, begreift es doch!"

„Er ist der Beste und der Seligste!" sagte eine Stimme. Aber etwas bedrückte Albert immer schwerer und schwerer. Er wußte nicht, ob es der Mond war oder das Wasser, ob ihre Umarmungen oder seine Tränen; aber er wußte, daß er nicht die Kraft hatte, alles, was gesagt werden mußte, auszusprechen, und daß bald alles vorbei sein würde.

Zwei Gäste, die die Wohnung von Anna Iwanowna verließen, stießen auf Albert, der vor der Schwelle lag. Der eine kehrte um und rief die Wirtin.

„Es ist unmenschlich," sagte er, „der Mann konnte ja erfrieren!"

„Ach, diesen Albert habe ich aber wirklich satt!" erwiderte die Wirtin. Dann sagte sie dem Dienstmädchen: „Anna, legen Sie ihn in irgendeinem Zimmer hin."

„Ich lebe ja, warum wollt ihr mich begraben?" murmelte Albert, während man ihn bewußtlos aufhob und in die Wohnung trug.

Drei Tode

Eine Erzählung[1]

I. |

Es war Herbst. Auf der Landstraße fuhren im schnellsten Schritt zwei Wagen dahin. In der vordern Kutsche saßen zwei Frauen; die eine, die Herrin, war mager und bleich, die zweite, die Dienerin, hatte rosige Wangen und üppige Formen. Die kurzen, trockenen Haare drängten sich unter dem verschossenen Hute hervor, die rote, in einem zerrissenen Handschuh steckende Hand nestelte beständig an ihnen. Die hohe, mit einem gewirkten Tuch überdeckte Brust atmete Gesundheit, die lebhaften, schwarzen Augen schweiften bald durch das Fenster über die dahinschwindenden Felder, bald betrachteten sie furchtsam die Herrin, bald musterten sie unruhig die Ecke der Kutsche. Vor dem Gesichte der Dienerin schaukelte in einem Netze der Hut der Herrin, auf ihren Knien lag ein Hündchen, ihre Füße standen auf den Schachteln, die am Boden des Wagens lagen, und trommelten kaum hörbar vor dem Knarren der Federn und dem Klirren der Scheiben.

Die Dame hatte die Hände in den Schoß gelegt, die Augen geschlossen und wiegte sich schwach in den Kissen, die man ihr unter den Rücken gelegt hatte. Ihre Stirn war leicht gerunzelt, und sie hustete hohl. Auf dem Kopfe trug sie ein weißes Häubchen, um den zarten, bleichen Hals war ein blaues Tüchlein geschlungen. Ein gerader Scheitel, der unter dem Häubchen hervorsah, teilte das blonde, auffallend dünne, pomadisierte Haar in zwei Teile. Es lag etwas eigentümlich Trockenes, Abgestorbenes in der weißen Haut dieses breiten Scheitels. Die welke, ein wenig gelbliche Haut lag nicht fest auf den dünnen und schönen Umrissen des Gesichts und rötete sich auf den Wangen und Backenknochen. Die Lippen waren trocken und unruhig, die dünnen Wimpern kräuselten sich nicht, und der Reise-Tuchmantel machte auf der eingefallenen Brust

---

[1] Textquelle | Leo N. TOLSTOI: Gesammelte Novellen. *Vierter Band*: Volkserzählungen / Der Herr und sein Knecht / Drei Tode. Mit einer Einführung von Raphael Löwenfeld. Jena: Eugen Diederichs 1924, S. 445-464.

gerade Falten. Obgleich die Augen geschlossen waren, drückte doch das Gesicht der Dame Müdigkeit, Erregung und Gewöhnung an Leiden aus.

Der Diener auf dem Bock saß zusammengesunken da und schlief; der Postkutscher trieb unter lebhaften Zurufen einen kräftigen, schweißtriefenden Viererzug und schaute sich von Zeit zu Zeit nach dem andern Kutscher um, dessen Zurufe von dem Wagen hinten herüberkamen. Die gleichlaufenden breiten Spuren der Wagenräder zeichneten sich regelmäßig und schnell in dem kalkartigen Schmutz der Straßen ab. Der Himmel war grau und kalt. Feuchter Nebel bedeckte Felder und Wege. Im Innern der Kutsche war es dumpf, roch es nach Kölnischem Wasser und Staub. Die Kranke legte ihren Kopf zurück und öffnete langsam die Augen. Ihre großen Augen waren glänzend und von schöner, dunkler Farbe.

Schon wieder, sagte sie und stieß nervös mit ihrer schönen hagern Hand den Mantelzipfel der Dienerin zurück, der kaum ihre Füße berührt hatte, und ihr Mund zuckte schmerzhaft zusammen. Matroscha nahm mit beiden Händen ihren Mantel auf, erhob sich auf ihren kräftigen Beinen und rückte ab. Ihr frisches Gesicht bedeckte sich mit hellem Rot. Die schönen dunklen Augen der Kranken folgten fieberhaft den Bewegungen der Dienerin. Die Dame stützte sich mit beiden Händen auf den Sitz und wollte sich auch erheben, um sich höher hinaufzusetzen, aber ihre Kräfte versagten, ihr Mund zuckte. Ihr ganzes Gesicht ward durch den Ausdruck ohnmächtiger, boshafter Ironie entstellt. Wenn du mir wenigstens helfen wolltest! … Ach, es ist nicht nötig, ich werde allein fertig. Aber lege mir, bitte, nicht deine Säckchen in den Rücken! … Nun, laß schon lieber, du verstehst es doch nicht! Die Kranke schloß die Augen, dann öffnete sie wieder schnell die Lider und warf der Dienerin einen Blick zu. Matroscha biß sich in die rote Unterlippe, während sie sie ansah. Ein schwerer Seufzer kam aus der Brust der Kranken, aber ehe er ausklang, ging er in Husten über. Sie wandte sich ab, runzelte die Stirn und faßte mit beiden Händen nach der Brust. Als der Husten vorüber war, schloß sie wieder die Augen und saß unbeweglich da. Die Kutsche und die Kalesche kamen in ein Dorf. Matroscha zog ihre rundliche Hand unter dem Tuche vor und machte das Zeichen des Kreuzes.

Was soll das heißen? fragte die Dame.

Eine Station, gnädige Frau.

Ich frage, warum du dich bekreuzest?

Eine Kirche, gnädige Frau.

Die Kranke wandte sich zu dem Fenster und begann sich langsam zu bekreuzen, sie öffnete ihre Augen weit und betrachtete die große Dorfkirche, um welche ihre Kutsche herumfuhr.

Die Kutsche und die Kalesche hielten gleichzeitig an der Station. Aus der Kalesche stieg der Gatte der Kranken und der Arzt, sie traten an die Kutsche heran.

Wie fühlen Sie sich? fragte der Arzt und legte seine Hand an den Puls.

Nun, meine Liebe, wie geht's, bist du nicht müde? fragte der Gatte französisch. Willst du nicht aussteigen?

Matroscha nahm ihre Bündel zusammen und drückte sich in die Ecke, um die Sprechenden nicht zu stören.

Immer unverändert, antwortete die Kranke. Ich will nicht aussteigen.

Der Mann stand noch eine Weile, dann ging er in das Stationsgebäude. Matroscha sprang aus der Kutsche und lief auf den Fußspitzen durch den Schmutz zum Tore.

Daß ich nicht wohl bin, darf Sie nicht abhalten zu frühstücken, sagte die Kranke mit leichtem Lächeln zu dem Arzte, der noch am Wagen stand.

Sie kümmern sich nicht um mich, fügte sie noch vor sich hinsprechend hinzu, als der Arzt sich mit leisen Schritten von ihr entfernt hatte und eilig die Treppen des Stationshauses hinaufstieg. Ihnen ist wohl, alles übrige ist ihnen gleichgültig. O mein Gott!

Nun, wie, Eduard Iwanowitsch? fragte der Gatte, indem er dem Arzte entgegenkam und sich mit fröhlichem Lächeln die Hände rieb. Ich habe das Reisekästchen holen lassen. Wie denken Sie darüber?

Warum nicht? antwortete der Arzt.

Und wie geht' s mit ihr? fragte der Gatte mit einem Seufzer, indem er die Stimme senkte und die Augenbrauen hochzog.

Ich sagte Ihnen, sie kann unmöglich bis nach Italien kommen. Gott geb's, daß wir nach Moskau kommen. Besonders bei diesem Wetter.

Was ist also zu machen? Ach, mein Gott, mein Gott! – Der Herr bedeckte seine Augen mit der Hand. – Gib her, rief er dem Diener zu, der das Reisekästchen hereinbrachte.

Wir hätten zu Hause bleiben sollen, antwortete der Arzt und zuckte die Achseln.

Sagen Sie doch selbst, was habe ich tun können? erwiderte der Gatte. Habe ich nicht alles getan, um sie zurückzuhalten? Ich hielt ihr die Kosten vor, die Kinder, die wir allein lassen müssen, meine Geschäfte, sie will nichts hören. Sie macht Pläne für das Leben im Auslande, wie eine Gesunde, und ihr die Wahrheit über ihren Zustand sagen, das hieße geradezu sie töten.

Sie ist nicht mehr zu retten, das müssen Sie wissen, Wassilij Dmitritsch. Der Mensch kann nicht leben, wenn er keine Lunge hat; Lungen wachsen nicht wieder. Traurig, betrübend, aber was ist da zu tun? Meine und Ihre Aufgabe besteht nur darin, ihr Ende so leicht als möglich zu gestalten. Wir brauchen einen Geistlichen.

O mein Gott, so begreifen Sie doch meine Lage. Wie kann ich ihr von ihrem letzten Willen sprechen! … Es komme, wie es will, ich kann ihr das nicht sagen. Sie wissen doch, wie gut sie ist …

Versuchen Sie doch, ihr zuzureden, daß sie warte, bis es Schneewege gibt, sagte der Arzt, bedeutsam den Kopf hin und her wiegend. Es könnte uns unterwegs schlimm ergehen.

Aksiuscha, he Aksiuscha, rief gellend die Tochter des Posthalters, indem sie die Katzawaika über den Kopf warf und über die schmutzige Hintertreppe lief. –Komm, wir wollen uns die Gutsherrin von Schirkin ansehen. Sie ist brustkrank, heißt es, und reist ins Ausland. Ich habe noch nie einen Schwindsüchtigen gesehen.

Aksiuscha kam eilig an die Schwelle, die beiden Mädchen faßten sich bei der Hand und eilten zum Tore hinaus. In langsamerem Schritte gingen sie um die Kalesche herum und blickten durch das herabgelassene Fenster hinein. Die Kranke wandte ihren Kopf nach ihnen um, als sie aber ihre Neugierde bemerkte, wurde sie unwillig und wandte sich zurück.

Du lie–ie–ber Himmel, sagte die Posthalterstochter, hastig den Kopf zurückwerfend, was war das für eine Frau, und wie sieht sie jetzt aus? Ach entsetzlich! Hast du gesehen, Aksiuscha, hast du gesehen?

Ach, wie mager sie ist, stimmte Aksiuscha zu. – Komm, wir wollen noch einmal hinsehen, als ob wir an den Brunnen gingen. Siehst du, sie hat sich umgedreht und ich habe sie noch nicht gesehen. Wie traurig, Mascha.

Ach und was für ein Schmutz! antwortete Mascha und beide liefen zum Tore zurück.

„Ich muß wohl schrecklich aussehen", dachte die Kranke. – „Nur so schnell als möglich ins Ausland, dort werde ich bald wieder gesund werden."

Nun, wie geht es dir, meine Liebe? sagte der Gatte, indem er an die Kutsche herantrat, noch mit einem Bissen im Munde.

„Immer ein und dieselbe Frage," dachte die Kranke, „und ißt dabei."

So so, murmelte sie durch die Zähne.

Weißt du, meine Liebe, ich fürchte, die Reise wird dir schaden bei diesem Wetter. Eduard Iwanowitsch meint es auch. Sollen wir nicht umkehren?

Sie war ärgerlich und schwieg.

Das Wetter wird besser werden, der Weg wird vielleicht glatter sein, und auch dir kann besser werden, dann könnten wir alle zusammen fahren.

Verzeihe. Hätte ich dir nur früher nicht gefolgt, ich wäre jetzt in Berlin und wäre ganz gesund.

Was soll man tun, mein Engel? Es war unmöglich, du weißt es ja; aber jetzt, wo du einen Monat hier bleiben wolltest, würde dir bedeutend besser werden, ich würde meine Geschäfte erledigen, wir könnten die Kinder mitnehmen …

Die Kinder sind gesund und ich nicht.

Aber bedenke doch, meine Liebe, bei diesem Wetter! Wenn dir unterwegs schlimmer würde … so ist man wenigstens zu Hause.

Und wenn schon zu Hause? … sterben zu Hause? antwortete die Kranke erregt. Aber das Wort „sterben" hatte sie offenbar erschreckt, sie sah ihren Gatten flehend und fragend an.

Er senkte die Augen und schwieg. Der Mund der Kranken zuckte plötzlich wie bei einem Kinde, und Tränen stürzten aus ihren Augen. Der Gatte bedeckte sein Gesicht mit einem Tuche und entfernte sich schweigend von der Kutsche.

Nein, ich will fahren, sagte die Kranke; sie richtete die Augen gen Himmel, faltete die Hände und flüsterte unzusammenhängende Worte. – Mein Gott, wofür das? sagte sie, und ihre Tränen strömten immer reichlicher. Sie betete lange und inbrünstig, aber in ihrer Brust war ein schmerzliches, beklommenes Gefühl; auch der Himmel, auch Felder und Wege waren so grau und düster und derselbe herbstliche Nebel lag ohne dichter, ohne lichter zu werden auf dem Schmutz der Straßen, auf den Dächern, auf der Kutsche, auf den Schafpelzen der Kutscher, die unter fröhlichem, lautem Geplauder die Räder schmierten und die Pferde schirrten . . . .

. . . .

II. |

Die Kutsche war angespannt, aber der Kutscher fehlte. Er war in die Kutscherstube gegangen. In der Stube war es schwül, dumpfig, dunkel und drückend; es roch nach Menschen, nach frischgebackenem Brot, nach Kohl und Schaffellen. Mehrere Kutscher waren im Zimmer, die Köchin machte sich am Ofen zu schaffen, oben auf dem Ofen lag in einen Schafpelz gehüllt ein Kranker. Onkel Chfjodor! he, Onkel Chfjodor, sagte ein junger Bursche, ein Kutscher, der im Schafpelz, die Peitsche am Gürtel, ins Zimmer trat und sich dem Kranken zuwendete.

Was willst du von Fjodor, du Strolch? rief einer der Kutscher. Dort in der Kutsche wartet man auf dich.

Ich will ihn um die Stiefel bitten, meine sind schlecht geworden, antwortete der Bursche, warf dabei sein Haar zurück und steckte seine Handschuhe in den Gürtel. Schläft er etwa? He, Onkel Chfjodor! rief er, näher an den Ofen herantretend.

Was denn? ließ sich eine schwache Stimme vernehmen, und ein rotes, mageres Gesicht beugte sich über den Ofenrand. Eine breite, hagere, bleiche, mit Haaren bedeckte Hand zog den Rock über die eckige Schulter, die in ein schmutziges Hemd gehüllt war. – Gib mir zu trinken, Bruder. Was willst du?

Der Bursche reichte ihm den Wasserkrug hin.

Sieh mal an, Fedja, sagte er stockend – sieh mal an, gelt, du brauchst doch jetzt die neuen Stiefel nicht, gib sie mir – du wirst ja nicht drin gehen.

136

Der Kranke sank mit dem müden Kopf auf den glänzenden Krug, tauchte den dünnen, herabhängenden Schnurrbart in das dunkle Wasser und trank schwach und gierig. Sein wirrer Bart war unsauber. Die hohlen, trüben Augen konnten sich nur mit Mühe zu dem Gesicht des Burschen erheben. Als er genug getrunken hatte, wollte er die Hand erheben, um die feuchten Lippen zu trocknen, aber er konnte nicht und trocknete sie an dem Ärmel des Rockes. Er sprach kein Wort, atmete schwer durch die Nase, sah dem Burschen fest in die Augen und nahm alle seine Kräfte zusammen.

Hast du sie vielleicht schon jemand versprochen? sagte der Bursche, dann ist es umsonst. Die Hauptsache ist, es ist draußen naß und ich muß fahren. Da dachte ich mir, willst den Fjedka um die Stiefel bitten, gelt, er braucht sie ja nicht. Wenn du sie vielleicht selbst brauchst, sag' s nur …

In der Brust des Kranken begann es zu glucksen und zu röcheln; er beugte sich vornüber und erstickte fast an einem hohlen Husten tief im Halse.

Ei, wie, selbst brauchen? schrie die Köchin gellend durchs ganze Zimmer. Schon den zweiten Monat kommt er nicht vom Ofen herunter. Sieh doch, wie er sich quält, es tut einem selbst förmlich weh, wenn man's nur mit anhört. Wie sollte der Stiefel brauchen? In neuen Stiefeln werden sie ihn nicht begraben … und Zeit wär's längst, Gott verzeih' mir die Sünde. Sieh, wie er sich quält! Wenn man ihn wenigstens in eine andere Stube brächte oder sonst wohin. Da heißt es, in der Stadt sind Krankenhäuser. Geht denn das – er nimmt die ganze Ecke ein, na, und fertig! Nicht rühren kann man sich, und da verlangt man noch Reinlichkeit!

Heda, Serjoga! Mach, daß du auf den Bock kommst, die Herrschaft wartet, rief der Postmeister durch die Tür.

Serjoga wollte schon gehen, ohne die Antwort abzuwarten, aber der Kranke gab ihm während des Hustens mit den Augen zu verstehen, daß er antworten wollte.

Nimm dir die Stiefel, Serjoga, sagte er, nachdem er den Husten unterdrückt und ein wenig geruht hatte; aber höre, einen Stein kaufst du mir, wenn ich sterbe, fügte er mit heiserer Stimme hinzu.

Dank schön, Onkel, ich nehme sie also, und den Stein, ja bei Gott, den Stein kauf' ich dir.

Nicht wahr, Kinder, ihr habt' s gehört? konnte der Kranke noch sagen, dann legte er sich wieder zurück und begann wieder zu husten.

Gewiß haben wir's gehört, sagte einer von den Kutschern. – Geh, Serjoga, auf deinen Bock, da kommt schon wieder der Postmeister gelaufen. Die gnädige Frau von Schirkin ist doch krank.

Serjoga zog schleunigst seine abgerissenen, unverhältnismäßig großen Stiefel ab und schleuderte sie unter die Bank. Die neuen Stiefel von Onkel Fjodor paßten ihm vortrefflich. Serjoga betrachtete sie von allen Seiten, dann ging er zur Kutsche.

Ei! prächtige Stiefel! Gib her, ich will sie schmieren, sagte einer der Kutscher, der einen Teerpinsel in der Hand hielt, gerade als Serjoga auf den Bock gekrochen war und die Zügel ergreifen wollte. – Hat er sie umsonst gegeben?

Bist du etwa neidisch, antwortete Serjoga, indem er sich erhob, um die Schöße seines Rockes über die Beine zu werfen. – Laß nur! nun los, meine Freundchen, schrie er den Pferden zu, fuhr mit der Peitsche durch die Luft, und die Kutsche und die Kalesche mit ihren Insassen, Koffern und Kisten rollten schnell über die feuchte Landstraße dahin und verschwanden in dem grauen Herbstnebel.

Der kranke Kutscher war in der dumpfen Stube auf dem Ofen liegen geblieben. Er hustete nicht, drehte sich erschöpft auf die andere Seite und ward stille.

In der Stube gingen bis zum Abend Leute ein und aus und aßen und tranken. Den Kranken hörte man nicht mehr. Bevor es Nacht wurde, kroch die Köchin auf den Ofen und warf ihm einen Schafpelz über die Füße.

Sei nicht böse auf mich, Nastaßja, murmelte der Kranke; ich werde dir bald den Winkel räumen.

Gut, gut, tut nichts, brummte Nastaßja. Wo tut' s dir weh, sag' doch, Onkel.

Hier drin, alles, alles abgezehrt. Gott weiß, was.

Und tut dir die Kehle weh, wenn du hustest?

Überall tut es weh. Mein Tod ist gekommen, ach, ach, ach: stöhnte der Kranke.

Deck dir nur die Beine zu; so, siehst du, sagte Nastaßja, indem sie den Rock über ihn deckte und vom Ofen herunterstieg.

Während der Nacht beleuchtete ein schwaches Nachtlicht die

Stube. Nastaßja und an die zehn Kutscher schliefen laut schnarchend auf der Diele und auf den Bänken. Nur der Kranke röchelte schwach, hustete und drehte sich auf dem Ofen von einer Seite auf die andere. Am Morgen ward er ganz still.

Merkwürdig, was ich heute Nacht geträumt habe, sagte die Köchin, als sie am anderen Morgen in der Dämmerung sich aus dem Schlafe reckte. Ich sah, Onkel Chfjodor kriecht vom Ofen herunter und geht hinaus, um Holz zu hauen. Hör', Nastaßja, sagt er, ich will dir helfen, und ich sage ihm, was, du willst Holz hauen? Da nimmt er euch die Axt und beginnt Holz zu hauen, so schnell, daß die Späne fliegen. Was, sage ich, du bist ja doch krank gewesen? Nein, sagt er, ich bin gesund. Und wie er ausholt, wird mir ganz angst. Ich schrie auf ... und bin wach. – Ist er vielleicht gestorben? ... Onkel Chfjodor! He, Onkel! Fjodor gab keine Antwort.

Ist er gestorben? Muß doch mal sehen, sagte einer der Kutscher, der jetzt erwachte.

Die bleiche, von rötlichen Haaren bedeckte Hand, die vom Ofen herabhing, war kalt und bleich.

Das muß man dem Posthalter sagen. Er scheint tot zu sein, sagte der Kutscher.

Verwandte hatte Fjodor nicht, er war von weither gekommen. Am folgenden Tage begrub man ihn auf dem neuen Kirchhofe hinter dem Wäldchen, und Nastaßja erzählte noch viele Tage allen den Traum, den sie gehabt hatte, und daß sie die erste war, welche Onkel Fjodor gesehen hatte.

III. |

Frühling war gekommen. Durch die nassen Straßen der Stadt rieselten zwischen den aufgehäuften Schneehügeln hurtige Bächlein dahin; die Farben der Kleider, der Klang der Stimmen der spazierenden Menge war hell, in dem Gärtchen hinter den Zäunen sprangen die Knospen der Bäume auf, und ihre Zweige wurden kaum hörbar von einem frischen Winde geschaukelt. Überall flossen und tropften durchsichtige Tropfen herab ... Die Spatzen piepsten durcheinander und versuchten, sich auf ihren kleinen Schwingen zu erheben. Auf der Sonnenseite, auf Hecken, Häusern und Bäumen war alles in

Bewegung und Glanz. Freude, Jugendfrische wob am Himmel und auf Erden und in den Herzen der Menschen.

In einer der Hauptstraßen vor einem großen Herrenhause war frisches Stroh ausgebreitet; im Hause war dieselbe dem Tode entgegengehende Kranke, die ins Ausland geeilt war.

An der verschlossenen Tür des Zimmers standen der Gatte der Kranken und eine greise Frau. Auf dem Sofa saß ein Priester. Er hatte die Augen gesenkt und hielt mit den Händen einen Gegenstand in sein Schultertuch eingewickelt. In der Ecke lag in einem großen Lehnstuhl eine alte Dame, die Mutter der Kranken, und weinte bitterlich. Neben ihr hielt eine Dienerin ein sauberes Taschentuch in der Hand, um es der Alten zu reichen, wenn sie es verlangte; eine andere trocknete der Alten die Schläfen und blies ihr unter die Haube auf das graue Haupt.

Nun, Gott mit Ihnen, liebe Freundin, sagte der Gatte zu der alten Dame, welche neben ihm an der Tür stand. Sie hat solches Vertrauen zu Ihnen, Sie verstehen es so gut, mit ihr zu sprechen, reden Sie ihr doch zu Herzen, teure Freundin, gehen Sie, bitte. – Er wollte ihr schon die Tür öffnen, aber seine Kusine hielt ihn zurück, legte wiederholt das Tuch an die Augen und schüttelte den Kopf.

Nicht wahr, jetzt, glaube ich, bin ich nicht verweint? sagte sie, öffnete selbst die Tür und ging hinein.

Der Gatte war in starker Erregung und schien ganz verstört. Er ging auf die alte Dame zu, aber schon nach wenigen Schritten kehrte er um, ging durch das Zimmer und trat an den Geistlichen heran. Der Geistliche sah ihn an, zog die Augenbrauen in die Höhe und seufzte. Auch sein dichter, mit grauen Fäden durchzogener Bart hob und senkte sich.

Gott, o Gott! sagte der Gatte.

Was ist zu machen? sagte der Geistliche seufzend, und wieder hoben und senkten sich seine Augenbrauen und sein Bärtchen.

Ach, und die Mutter da! sagte der Gatte fast verzweifelt. Sie wird es nicht überleben, sie liebt sie doch so sehr, so sehr, wie sie … ich weiß gar nicht. Wenn Sie, Väterchen, versuchen wollten, sie zu beruhigen, ihr zuzureden, daß sie hinausgehe.

Der Geistliche erhob sich und näherte sich der alten Dame.

Wahrlich, ein Mutterherz kann niemand ergründen, sagte er, aber Gott ist barmherzig.

Das Gesicht der alten Dame geriet plötzlich in starke Zuckungen, und ein hysterisches Schluchzen schüttelte sie.

Gott ist barmherzig, fuhr der Geistliche fort, als sie sich ein wenig beruhigt hatte. Ich will Ihnen sagen: in meinem Kirchspiele war ein Kranker, viel schlimmer als Maria Dmitrijewna, und was geschah? – Ein einfacher Bürgersmann hat ihn mit Kräutern in kurzer Zeit gesund gemacht, und dieser Bürgersmann ist gerade jetzt in Moskau. Ich habe es Wassilij Dmitrijewitsch gesagt. – Man könnte doch versuchen. Wenigstens wäre es für die Kranke ein Trost. Bei Gott ist alles möglich.

Nein, sie kann nicht mehr leben, sagte die alte Dame. Oh, hätte mich Gott zu sich genommen statt ihrer. Und das hysterische Schluchzen wurde so stark, daß sie bewußtlos zusammensank.

Der Gatte der Kranken bedeckte das Gesicht mit den Händen und ging eilig aus dem Zimmer.

Der erste, der ihm im Flur entgegenkam, war sein sechsjähriger Knabe, der dem jüngeren Töchterchen, so schnell er konnte, nachlief.

Wünschen Sie nicht, daß man die Kinder zur Mama bringe? fragte das Mädchen.

Nein, sie will sie nicht sehen, es könnte sie aufregen.

Der Kleine blieb einen Augenblick stehen, sah dem Vater lange ins Gesicht, dann stieß er mit dem Fuße aus und lief mit fröhlichem Geschrei weiter.

Sie ist der Rappe, Papachen, rief der Knabe, auf die Schwester zeigend.

Währenddessen saß die Kusine im andern Zimmer bei der Kranken und suchte durch ein künstlich geführtes Gespräch sie auf den Tod vorzubereiten. Am andern Fenster mischte der Arzt einen Trank.

Die Kranke saß in einer weißen Jacke, ganz von Kissen umgeben, auf ihrem Bett und sah die Kusine schweigend an.

Ach, meine Liebe, sagte sie, unerwartet einfallend, bereite mich nicht vor! Halte mich nicht für ein Kind. Ich bin eine Christin. Ich weiß alles. Ich weiß, daß ich nicht mehr lange zu leben habe; ich weiß, wenn mein Mann mir früher gefolgt hätte, wäre ich in Italien, und vielleicht – ja gewiß – wäre ich gesund. Das haben ihm alle gesagt, aber was ist da zu machen? Gott hat es offenbar so gefallen.

Wir haben alle viele Sünden, ich weiß es; aber ich hoffte auf Gottes Barmherzigkeit, er vergibt allen, ja er vergibt allen. Ich habe mein Innerstes durchforscht. Auch ich habe viele Sünden, meine Liebe. Aber wie viel hab ich dafür gelitten! Ich habe mir Mühe gegeben, meine Leiden mit Geduld zu tragen …

Soll ich den Priester holen lassen, meine Liebe? Es wird Ihnen leichter sein, wenn Sie das Abendmahl genommen haben, sagte die Kusine.

Die Kranke neigte den Kopf zum Zeichen der Zustimmung.

Gott verzeihe mir Sündigen, flüsterte sie.

Die Kusine ging hinaus und winkte dem Geistlichen.

Sie ist ein Engel, sagte sie zu dem Gatten mit Tränen in den Augen. Der Gatte begann zu weinen. Der Priester ging in das Zimmer, die alte Dame lag noch immer bewußtlos da, und in dem ersten Zimmer wurde es vollkommen still. Fünf Minuten später trat der Priester zur Tür heraus, nahm sein Schultertuch ab und strich sich das Haar zurecht.

Gott sei Dank, jetzt ist sie ruhiger, sagte er, sie wünscht Sie zu sehen.

Die Kusine und der Gatte gingen hinein. Die Kranke weinte still und hielt die Augen auf das Heiligenbild gerichtet.

Ich wünsche dir Glück, meine Liebe, sagte der Gatte.

Ich danke … Wie wohl ist mir jetzt, welche unbegreifliche Seligkeit fühle ich, sagte die Kranke und ein leichtes Lächeln spielte um ihre feinen Lippen. – Wie Gott barmherzig ist, nicht wahr? – Er ist barmherzig und allmächtig! Und wieder richtete sie ihre tränenvollen Augen mit inbrünstigem Gebet auf das Bild.

Dann schien ihr ein Gedanke zu kommen. Sie winkte ihren Gatten herbei.

Du willst nie tun, um was ich dich bitte, sagte sie mit schmerzlicher, mürrischer Stimme.

Der Gatte streckte ihr den Kopf entgegen und hörte ihr demütig zu.

Was, meine Liebe?

Wie oft habe ich dir gesagt, diese Ärzte verstehen gar nichts. Es gibt einfache Frauen aus dem Volke, die verstehen … Der Geistliche hat mir gesagt … ein Bürgersmann … laß ihn doch holen!

Wen, meine Liebe?

O Gott, er will nicht verstehen! … Die Kranke runzelte die Stirn und schloß die Augen.

Der Arzt trat an sie heran und erfaßte ihre Hand. Der Puls wurde merklich schwächer und schwächer. Er winkte dem Gatten, die Kranke bemerkte diese Bewegung und sah sich erschrocken um. Die Kusine wandte sich ab und weinte.

Weine nicht, quäle mich und dich nicht, sagte die Kranke, das nimmt mir die letzte Ruhe.

Du bist ein Engel, sagte die Kusine und küßte ihr die Hand.

Nein, küsse mich hier, nur Toten küßt man die Hand. O mein Gott, o mein Gott!

An demselben Abend war die Kranke eine Leiche, und der Leichnam lag im Sarge in dem Saale des großen Hauses. In dem großen Zimmer saß hinter verschlossener Tür ein Küster und las näselnd in einförmigen Tönen die Psalmen Davids. Das grelle Licht einer Wachskerze fiel von dem hohen, silbernen Leuchter auf die blasse Stirn der Entschlafenen, auf die schweren, wachsfarbigen Hände, und die starren Falten des Leichentuches, das auf den Knien und Zehen unheimlich emporstarrte. Der Küster las, ohne ein Wort zu verstehen, eintönig, und seine Worte schallten seltsam durch das stille Zimmer und erstarken. Von Zeit zu Zeit klangen aus dem entfernten Zimmer Kinderlaute und Kinderschritte herüber. „Verbirgest du dein Angesicht, so erschrecken sie"; – so lautete der Psalm – „du nimmst weg ihren Odem, so vergehen sie und werden wieder zu Staub. Du lässest aus deinen Odem, so werden sie geschaffen, und verneuerst die Gestalt der Erde. Die Ehre des Herrn ist ewig."

Das Antlitz der Verstorbenen war ernst und majestätisch. Keine Regung auf der klaren, kalten Stirn, auf den fest verschlossenen Lippen. Sie war ganz Aufmerksamkeit. Aber verstand sie wenigstens jetzt diese erhabenen Worte ?

IV. |

Einen Monat später erhob sich über dem Grabhügel der Entschlafenen eine steinerne Kapelle. Auf dem Grabe des Kutschers war noch immer kein Stein, und nur das hellgrüne Gras sproß aus dem Hügel, das einzige Abzeichen eines vergangenen Menschendaseins.

Du begehst eine Sünde, Serjoga, sagte eines Tags die Köchin im Stationshaus, wenn du dem Chfjodor keinen Stein kaufst. Erst hast du gesagt, es ist Winter. Warum aber hältst du jetzt nicht dein Wort? Ich war dabei, wie du es versprochen hast. Er ist schon einmal zu dir gekommen, dich zu bitten. Kaufst du den Stein nicht, so kommt er noch einmal und würgt dich.

Was denn, weigere ich mich denn? antwortete Serjoga. Ich kaufe einen Stein, wie ich versprochen habe, ich kaufe einen, für ein und einen halben Rubel kaufe ich einen, ich habe es nicht vergessen, aber ich muß ihn doch herbringen. Wenn es eine Gelegenheit in die Stadt gibt, dann kaufe ich ihn.

Wenn du ihm wenigstens ein Kreuz setzen würdest. Das wäre noch, bemerkte ein alter Kutscher. Aber das ist schlecht von dir. Seine Stiefel trägst du!

Wo aber soll ich ein Kreuz hernehmen? Aus einem Holzscheit kann ich doch keins schneiden!

Was du sagst, aus einem Holzscheit kannst du keins schneiden? Nimm die Axt, gehe am frühen Morgen in den Wald, da kannst du eins schneiden. Haust eine kleine Esche um, gleich hast du dein Kreuz. Sonst mußt du dem Waldhüter noch ein Schnäpschen geben … Für jede Lumperei kann man doch nicht Schnaps geben. Vor ein paar Tagen habe ich eine Wage zerbrochen, ich habe eine neue, sehr gute gezimmert. Kein Mensch hat ein Wörtchen gesagt.

Am frühen Morgen vor Tagesgrauen nahm Serjoga die Axt und ging in den Wald.

Über der ganzen Natur lag der kalte, matte Schleier der noch immer fallenden, noch nicht von der Sonne beleuchteten Taues. Der Osten wurde allmählich hell und spiegelte sein schwaches Licht an dem von leichten Wolken umzogenen Himmelsgewölbe. Kein Gräslein am Boden, kein Blatt in den Wipfeln der Bäume regte sich. Nur selten unterbrach Flügelschlag im dichten Laubwerk oder Rascheln am Boden die Stille des Waldes. Plötzlich erklang ein sonderbarer, der Natur fremder Laut und erstarb am Saume des Waldes. Aber wieder wurde der Laut vernehmbar und erklang wiederholt gleichmäßig unten am Stamme eines der unbeweglichen Bäume. Ein Wipfel erbebte mächtig, seine saftigen Blätter flüsterten etwas, eine Grasmücke, die auf einem der Zweige saß, flog pfeifend zweimal auf, schüttelte ihren Schweif und setzte sich auf einen andern Baum.

Dumpfer und dumpfer tönte die Axt, saftige, weiße Späne flogen auf das taufrische Gras, und ein leicht Krachen wurde durch die Schläge vernehmbar. Der Baum erzitterte am ganzen Körper, neigte sich vor, richtete sich schnell auf und schwankte erschrocken im Wurzelwerk hin und her. Einen Augenblick verstummte alles, aber wieder neigte sich der Baum, ein Krachen in seinem Stamm ließ sich vernehmen, und, die Äste brechend und Zweige zerstörend, stürzte er mit dem Wipfel auf den feuchte Boden. Der Klang der Axt und die Schritte waren verstummt, die Grasmücke pfiff und flatterte in die Höhe. Der Zweig, den sie mit ihren Flügeln berührt hatte, schaukelte eine Weile, dann erstarb er wie die anderen mit all seinen Blättern. Die Bäume trugen mit stolzerer Freude in dem neugewonnenen Raume ihre unbewegliche Zweige.

Die ersten Strahlen der Sonne durchbrachen die lichter werdende Wolke und hüllten Erde und Himmel in Glanz. Ein Nebel ergoß sich wellenartig über die Talgründe. Der Tau spielte glitzernd im Grün, die durchsichtigen weiße Wölkchen zogen eiligen Laufes am blauen Firmament dahin. Die Vögel regten sich im Dickicht und zwitscherten mutwillig von Glück; die saftigen Blätter in den Baumkronen flüsterten freudig und friedlich, und die Zweige der lebendigen Bäume rauschten langsam, majestätisch über dem toten, entschwundenen Baume.

Leo N. Tolstoi im Jahr seiner Eheschließung, 1862
(commons.wikimedia.org)

Familienglück

Übersetzt von August Scholz[1]

ERSTER TEIL

I. |

Wir hatten Trauer nach unserer Mutter, die im Herbst gestorben war, und lebten zu Dreien – Katja, Sonja und ich – den ganzen Winter still für uns auf dem Lande.

Katja war eine alte Freundin unseres Hauses, unsere Gouvernante, die uns alle erzogen hatte. Soweit ich zurückdenken konnte, hatte ich sie gekannt und geliebt. Sonja war meine jüngere Schwester. Wir verlebten einen düsteren, traurigen Winter in unserem alten Hause in Pokrowskoje. Das Wetter war kalt und windig, der Schnee war zuweilen bis über unser Fenster hinauf angeweht; die Fenster waren fast immer zugefroren und trübe, und den ganzen Winter hindurch waren wir kaum einmal ausgegangen oder ausgefahren. Nur selten einmal besuchte uns jemand. Und wenn schon jemand kam, trug er jedenfalls nicht dazu bei, daß Lust und Fröhlichkeit in unserem Hause herrschten. Alle hatten betrübte Gesichter, alle sprachen leise, als fürchteten sie jemanden zu wecken, vermieden das Lachen, seufzten und weinten häufig, wenn sie mich oder die kleine Sonja im schwarzen Kleide sahen. Es war, als fühle man im Hause noch die Anwesenheit des Todes; die Trauer und der Schrecken des Todes schienen unsichtbar in der Luft zu schweben. Mamas Zimmer war verschlossen, und wenn ich an ihrer Tür vorüberkam, um mich im Zimmer nebenan schlafen zu legen, ward mir ganz unheimlich zumute. Zugleich aber zog mich etwas dorthin und drängte mich, in den öden, kalten Raum einen Blick zu werfen.

Ich zählte damals siebzehn Jahre; und gerade in dem Jahre, als Mama starb, hatte sie nach der Stadt ziehen wollen, um mich in die

---

[1] Textquelle | Leo TOLSTOJ: Die Kosaken / Im Schneesturm / Familienglück. Drei Erzählungen. Deutsch von August Scholz. Berlin: B. Cassirer [1923].

Gesellschaft einzuführen. Der Verlust der Mutter war für mich ein großer Schmerz gewesen, doch muß ich bekennen, daß neben diesem Schmerz mich auch das Gefühl bedrückte, daß ich jung und, wie man mir sagte, auch schön war und nun schon den zweiten Winter nutzlos in ländlicher Einsamkeit zubringen mußte. Gegen Ausgang des Winters hatte dieses Gefühl der Trauer und Vereinsamung oder, kurz gesagt, der Langenweile sich so in mir gesteigert, daß ich gar nicht mehr aus dem Zimmer ging, nicht mehr das Klavier öffnete und kein Buch mehr in die Hand nahm. Wenn Katja mir zuredete, mich doch mit diesem oder jenem zu beschäftigen, antwortete ich: „Ich habe keine Lust, ich kann nicht" – in meinem Herzen aber sagte ich mir: „Wozu? Welchen Zweck hat es, überhaupt etwas zu tun, während doch meine beste Lebenszeit so nutzlos dahingeht? Wozu also überhaupt etwas tun?" Und auf dieses „wozu?" fand ich keine andere Antwort als Tränen.

Man hatte mir gesagt, ich sei während dieser Zeit mager und häßlich geworden, doch auch das ließ mich völlig gleichgültig. „Wozu? Für wen?" sagte ich mir. Es war mir, als müsse mein ganzes Leben in dieser einsamen Abgeschiedenheit, dieser hilflosen Schwermut vergehen, der mich zu entwinden ich nicht die Kraft, ja nicht einmal den Wunsch besaß. Katja hatte gegen Ende des Winters wirklich schon Angst um mich und war entschlossen, mich um jeden Preis ins Ausland zu bringen, um mich meiner trostlosen Stimmung zu entreißen. Aber dazu war Geld nötig, und wir wußten gar nicht, was uns eigentlich nach dem Tode der Mutter zugefallen war. Tag und Nacht erwarteten wir den Vormund, der doch einmal kommen mußte, um unsere Angelegenheiten zu ordnen.

Im März kam der Vormund endlich an.

„Nun, Gott sei Dank!" sagte eines Tages Katja zu mir, als ich ohne Beschäftigung, ohne Gedanken, ohne Wunsch wie ein Schatten von einem Winkel zum andern irrte. „Sergjej Michajlytsch ist auf seinem Gute angekommen, er hat hergeschickt, um nach unserem Ergehen zu fragen, und wollte zum Mittagessen hier bleiben. Du mußt dich aufraffen, meine kleine Mascha," fügte sie hinzu – „was soll er denn sonst von dir denken? Er liebt euch alle so sehr."

Sergjej Michajlowitsch war ein Nachbar von uns, und er war ein Freund meines verstorbenen Vaters gewesen, obschon er weit jünger gewesen war als dieser. Abgesehen davon, daß seine Ankunft unsere Pläne änderte und uns die Möglichkeit gewährte, vom Lande wegzuziehen, hatte ich von Kindheit an Liebe und Achtung für ihn empfunden, und als Katja mich jetzt ermahnte, ich solle mich aufraffen, war dies sicher in der Erwartung geschehen, daß ich unter allen unseren Bekannten mich am wenigsten vor Sergjej Michajlowitsch in ungünstigem Lichte würde zeigen wollen. Ich war ihm nicht nur, wie alle im Hause, von Katja und seinem Patenkind Sonja bis zum letzten Kutscher, aus bloßer Gewohnheit zugetan – es lag da vielmehr noch ein besonderer Grund vor, weshalb ich seinem Erscheinen mit Spannung entgegensah. Eine Äußerung, die Mama einmal in meiner Gegenwart getan, war hier mit im Spiele: sie wünsche sich solch einen Gatten für mich, hatte sie gesagt. Ihre Worte waren mir damals sonderbar vorgekommen, ja sogar peinlich gewesen: mein Held sah ganz anders aus. Mein Held war ein schlanker, hagerer, bleicher, melancholischer Jüngling. Sergjej Michajlowitsch dagegen war nicht mehr jung, er war groß, untersetzt und, wie mir schien, immer vergnügt; gleichwohl hatten jene Worte Mamas auf meine Phantasie stark eingewirkt, und schon damals, vor sechs Jahren, als ich eben elf Jahre zählte, als er mich noch duzte, mit mir spielte und mich ein „kleines Veilchen" nannte, hatte ich mir bisweilen nicht ohne Gefühl der Angst die Frage vorgelegt, was ich wohl tun würde, wenn er plötzlich um meine Hand anhielte.

Kurz vor dem Essen, zu dessen Menu Katja noch ein Spinatgericht und eine süße Speise hinzugefügt hatte, kam Sergjej Michajlowitsch an. Ich sah durchs Fenster, wie er in einem kleinen Schlitten sich unserem Hause näherte. Als er jedoch um die Ecke bog, eilte ich in den Salon: ich wollte mir den Anschein geben, als hätte ich ihn gar nicht erwartet. Sobald ich aber im Vorzimmer das Geräusch seiner Schritte, seine laute Stimme und Katjas Schritte vernahm, hielt ich es nicht länger aus und ging ihm selbst entgegen. Er hielt Katjas Hand in der seinen, sprach laut und lächelte. Als er mich erblickte, schwieg er und betrachtete mich eine Weile, ohne mich zu grüßen. Ich wurde verlegen und fühlte, daß ich errötete.

„Ach, sind Sie es wirklich?" sagte er in seiner bestimmten, schlichten Art, während er mit einer Bewegung der Hände, die seine Überraschung ausdrückte, auf mich zutrat. „Ist eine solche Wandlung denn möglich? Wie groß Sie geworden sind! Das ist nun das Veilchen von einstmals – Sie sind ja zu einer vollen Rose erblüht!"

Mit seiner großen Hand ergriff er die meine und schüttelte sie so bieder und kräftig, daß es mir fast weh tat. Ich dachte, er würde sie mir küssen, und hatte mich bereits zu ihm vorgeneigt, doch er drückte sie mir nur noch einmal und sah mir mit seinem sicheren, klaren Blick gerade in die Augen.

Ich hatte ihn seit sechs Jahren nicht gesehen. Er hatte sich sehr verändert: er war älter geworden, sein Teint war dunkler, und er trug einen Backenbart, der ihn gar nicht kleidete; aber seine schlichten Manieren, das offene, ehrliche Gesicht mit den kräftigen Zügen, die klugen, glänzenden Augen und das liebenswürdige, fast kindliche Lächeln waren unverändert geblieben.

Nach fünf Minuten bereits hatte er aufgehört, nur schlechtweg ein Gast zu sein – er war einfach für uns alle, selbst für die Dienerschaft, die durch ihre Bereitwilligkeit ihre Freude über seine Ankunft an den Tag legten, ein lieber Hausfreund geworden.

Er benahm sich durchaus nicht so wie die übrigen Nachbarn, die nach dem Tode der Mutter bei uns vorgesprochen und es für ihre Pflicht gehalten hatten, schweigend dazusitzen und mit uns zu weinen; er war im Gegenteil gesprächig und vergnügt und erwähnte die Mutter nicht mit einem Worte, so daß ich anfangs diese Gleichgültigkeit vonseiten eines uns so nahestehenden Mannes ein wenig sonderbar und sogar unpassend fand. Dann aber begriff ich, daß dies nicht Gleichgültigkeit war, sondern Aufrichtigkeit, für die ich ihm dankbar war. Am Abend servierte uns Katja den Tee an der alten Stelle im Salon, ganz so, wie es zu Mamas Zeiten gewesen war; ich saß mit Sonja neben ihr; der alte Diener Grigorij brachte ihm Papas Pfeife, die er irgendwo gefunden hatte, und er begann ganz so wie in früheren Zeiten im Zimmer auf und ab zu gehen.

„Wenn ich so bedenke, welche furchtbaren Veränderungen in diesem Hause vor sich gegangen sind!" sagte er stehenbleibend.

„Ja," entgegnete Katja mit einem Seufzer, legte den Deckel auf den Samowar und sah den Gast an, während ihr die Tränen in die Augen stiegen.

„Ihres Vaters werden Sie sich wohl noch erinnern?" wandte er sich an mich.

„Ja, ein wenig," antwortete ich.

„Wie schön wäre es, wenn Sie ihn jetzt noch hätten!" sagte er leise, während er nachdenklich über meine Augen hinweg auf meinen Scheitel blickte. „Ich hatte Ihren Vater sehr gern," fügte er noch leiser hinzu, und es schien mir, daß der Glanz seiner Augen bei seinen Worten noch zunahm.

„Und nun hat Gott auch unsere Mutter zu sich genommen!" sprach Katja, und gleich darauf legte sie ihre Serviette auf die Teekanne, zog ihr Taschentuch hervor und begann zu weinen.

„Ja, es sind furchtbare Veränderungen, die hier stattgefunden haben," wiederholte er, während er sich abwandte. „Sonja, zeig' mir doch einmal deine Spielsachen," fügte er nach einem Weilchen hinzu und verließ das Zimmer. Die Augen voller Tränen, blickte ich, während er hinausging, auf Katja.

„Ach, welch ein trefflicher Freund," sagte Katja.

Und in der Tat ward mir warm und wohl ums Herz angesichts der Teilnahme dieses guten, wenn auch mir fernstehenden Menschen.

Aus dem Zimmer nebenan vernahmen wir Sonjas feines Stimmchen und ihr Lachen – sie unterhielten sich offenbar gut miteinander. Ich schickte ihm den Tee hinein. Gleich darauf hörten wir, wie er sich ans Klavier setzte und Sonjas Händchen auf die Tasten loshämmerten.

„Maria Alexandrowna!" ließ er seine Stimme vernehmen – „kommen Sie doch herein und spielen Sie etwas!"

Es war mir angenehm, daß er in dieser einfachen, freundschaftlich bestimmten Weise sich an mich wandte; ich erhob mich und ging zu ihm hinein.

„Spielen Sie doch einmal das hier," sagte er, ein Heft von Beethoven bei dem *„Adagio quasi una fantasia"* aufschlagend. „Wir wollen einmal sehen, wie Sie spielen," fügte er hinzu und trat mit seinem Glase in eine Ecke des Zimmers.

Ich hatte die Empfindung, daß es mir unmöglich sein würde, ihm diese Bitte abzuschlagen oder mich zu zieren, unter dem Vorwande, daß mein Spiel nicht weit her sei; ich setzte mich folgsam wie ein Kind an das Klavier und begann zu spielen, so gut ich es verstand. Dabei war mir insgeheim doch vor seinem Urteil bange, denn ich wußte, daß er die Musik liebte und ein Kenner war. Das *Adagio* war im Tone jener Empfindungen gehalten, die durch das Gespräch beim Tee und all die wieder lebendig gewordenen Erinnerungen in mir geweckt worden waren, und so spielte ich auch, wie mir schien, gar nicht übel. Das *Scherzo* jedoch ließ er mich nicht spielen.

„Nein, das werden Sie nicht gut spielen," sagte er, zu mir tretend, „das lassen Sie lieber. Das erste aber war nicht übel. Es scheint, daß Sie Verständnis für Musik haben."

Dieses gemessene Lob erfreute mich so sehr, daß ich sogar errötete. Es war mir so neu und so angenehm, daß er, der Freund und Vertraute meines Vaters, mit mir so ganz ernsthaft sprach und nicht mehr in halbscherzendem Tone, wie früher, als ich noch ein Kind gewesen. Katja begab sich nach oben, um Sonja zu Bett zu bringen, und wir blieben allein im Salon zurück.

Er erzählte mir von meinem Vater, wie er ihm nähergetreten sei, und wie vergnügt sie damals, als ich mich noch mit meinen Schulbüchern und Spielsachen befaßte, zusammen gelebt hätten; und in diesen Schilderungen erschien mir mein Vater zum erstenmal als ein einfacher, liebenswürdiger Mensch, wie ich ihn bisher nicht gekannt hatte. Er fragte mich über dies und das aus, wofür ich eine besondere Neigung hätte, was ich läse, welche Pläne ich für die Zukunft hätte, und gab mir Ratschläge. Er war jetzt für mich nicht mehr der fröhlich scherzende Kamerad, der mich neckte und Spielzeug für mich verfertigte, sondern der ernste, offene Mann, der mir freundlich gesinnt war, und für den ich unwillkürlich Hochachtung und Sympathie empfand. Es war mir so leicht und so wohl ums Herz, als ich so mit ihm sprach, zugleich jedoch empfand ich eine gewisse Beklemmung. Ich wog gleichsam jedes Wort, das ich sprach; es lag mir soviel daran, mich seiner Zuneigung zu versichern, die er mir schon darum entgegenbrachte, weil ich die Tochter meines Vaters war.

Als Katja Sonja zu Bett gebracht hatte, kam sie wieder zu uns und klagte ihm gegenüber über meine Apathie, von der ich ihm gar nichts gesagt hatte.

„Wie denn? Von der Hauptsache hat sie mir also gar nichts erzählt?" sprach er lächelnd und schüttelte, während er mich ansah, mißbilligend den Kopf.

„Was hätte ich auch davon erzählen sollen?" sagte ich. „Das ist doch so langweilig, und dann wird's ja auch vorübergehen." Ich hatte in der Tat jetzt das Gefühl, daß meine schwermütige Stimmung schwinden werde, ja daß sie bereits geschwunden sei und nicht mehr wiederkehren werde.

„Es ist nicht gut, wenn jemand die Einsamkeit nicht zu ertragen weiß," sagte er. „Sie sind doch ein gebildetes junges Fräulein, nicht wahr?"

„Ich halte mich wenigstens dafür," antwortete ich lächelnd.

„Nun denn – es ist kein Zeichen wirklicher Bildung, wenn eine junge Dame nur so lange klug und geistreich ist, als sie von andern bewundert wird, sich dagegen gehen läßt und gegen alles gleichgültig wird, wenn sie allein ist. Alles nur des Scheines wegen, nicht um seiner selbst willen und für sich selbst tun – nein, das ist nicht das Richtige!"

„Sie haben ja eine schöne Meinung von mir!" bemerkte ich, um überhaupt etwas zu sagen.

„Nein," versetzte er nach einigem Schweigen – „nicht umsonst sehen Sie Ihrem Vater ähnlich, in Ihnen steckt etwas!" Und sein guter, aufmerksam beobachtender Blick ruhte wieder freundlich auf mir und versetzte mich in eine freudige Erregung.

Jetzt erst fiel mir dieser nur ihm allein eigene, zuerst hell leuchtende, dann immer eindringlicher werdende, ein wenig schwermütige Blick auf, der gleichsam hinter dem ersten, heiteren Ausdruck seines Gesichtes auftauchte.

„Sie dürfen um keinen Preis die Langeweile aufkommen lassen," sagte er – „Sie haben die Musik, für die Sie Verständnis besitzen, Sie haben Ihre Bücher, Ihre Studien, Sie haben ein ganzes Leben vor sich, auf das Sie sich nur jetzt vorbereiten können, wenn Sie später keine Reue empfinden wollen. In einem Jahre schon wird es dazu zu spät sein."

Er sprach mit mir wie ein Vater oder wie ein älterer Verwandter, und ich fühlte, wie er sich fortwährend Mühe gab, um sich nach Möglichkeit meinem Standpunkte anzupassen. Aber es verletzte mich einerseits, daß er der Meinung war, ich stehe geistig unter ihm, während es mir andrerseits schmeichelte, daß er sich überhaupt die Mühe machte, von seiner Höhe zu mir herabzusteigen.

Den Rest des Abends verbrachte er damit, mit Katja über geschäftliche Angelegenheiten zu reden.

„Nun leben Sie wohl, meine liebe Freundin," sagte er, sich erhebend, kam auf mich zu und ergriff meine Hand.

„Wann sehen wir uns wieder?" fragte Katja.

„Im Frühjahr," antwortete er, noch immer meine Hand haltend.

„Jetzt fahre ich nach Danilowka" – so hieß unser zweites Gut – „sehe mich dort um, ordne alles, soweit ich das vermag, und gehe dann in meinen eigenen Angelegenheiten nach Moskau. Im Sommer werden wir uns wiedersehen."

„Warum wollen Sie uns denn so lange fern bleiben?" sagte ich aufrichtig betrübt – ich hatte wirklich schon gehofft, ihn von nun an täglich zu sehen. Es ward mir plötzlich so traurig ums Herz, und ich fürchtete, daß meine Schwermut und Langeweile wiederkehren würde. In meinem Blick und meiner Stimme muß das wohl zum Ausdruck gekommen sein.

„Suchen Sie sich so viel wie möglich zu beschäftigen, werden Sie nicht zur Grillenfängerin!" sagte er in einem Tone, der mir allzu kühl und gleichgültig klang. „Im Frühjahr werde ich Sie dann examinieren," fügte er, ohne mich anzusehen, hinzu und ließ meine Hand los.

Im Vorzimmer, wohin wir ihm das Geleit gegeben hatten, zog er eilig seinen Pelz an. Auch hier würdigte er mich keines Blickes.

„Er strengt sich ganz vergeblich an," dachte ich. „Meint er vielleicht, ich empfinde es schon als ein besonderes Glück, wenn er mich nur ansieht? Er ist ein guter Mensch, ein sehr guter Mensch, gewiß – aber weiter auch nichts …"

Wir konnten an diesem Abend lange nicht einschlafen und plauderten mit Katja – nicht sowohl von ihm, als davon, wie wir den Sommer verleben, und wo wir den nächsten Winter zubringen wollten. Die schreckliche Frage: „Wozu?" bedrückte mich nun nicht mehr. Ich sagte mir ganz einfach und klar, man müsse leben, um glücklich zu sein, und ich stellte mir eine Zukunft voll hellen, freudigen Glückes vor. Leben und Licht war gleichsam plötzlich in unser altes, düsteres Haus in Pokrowskoje eingezogen.

II. |

Es war Frühling geworden. Meine schwermütige Stimmung war verschwunden, und an ihre Stelle war jenes schwärmerische Sehnen und Hoffen getreten, das der Frühling in der Seele erweckt. Ich führte nun nicht mehr dasselbe Leben wie im Beginn des Winters, sondern beschäftigte mich mit Sonja, trieb Musik, las viel, ging häufig im Park spazieren und machte lange Promenaden in den Alleen, oder ich saß auf einer Bank und träumte, hoffte und schwärmte Gott weiß, wovon. Zuweilen brachte ich, namentlich wenn der Mond schien, die ganze Nacht bis zum frühen Morgen am Fenster meines Zimmers zu; mitunter ging ich ganz leise, damit Katja nichts merkte, in der bloßen Nachtjacke in den Garten hinunter und lief über das tauige Gras nach dem Parkteich, und einmal wagte ich mich sogar aufs Feld hinaus und ging mitten in der Nacht ganz allein um den ganzen Park herum.

Es fällt mir jetzt schwer, mir jene Träumereien, die damals meine Phantasie beschäftigten, ins Gedächtnis zurückzurufen und sie zu verstehen. Und wenn sie mir wieder einfallen, kann ich es kaum glauben, daß dies wirklich meine Träumereien sind, so seltsam und lebensfremd scheinen sie mir.

Gegen Ende Mai kehrte Sergjej Michajlowitsch, wie er versprochen hatte, von seiner Reise zurück.

Das erstemal besuchte er uns am Abend, zu einer Zeit, da wir ihn gar nicht erwarteten. Wir saßen auf der Terrasse und wollten soeben Tee trinken. Der Garten prangte bereits in frischem Grün, und in den dichtbelaubten Bosketts ließen die Nachtigallen schon ihre Lieder erklingen. Die buschigen Fliedersträucher waren da und dort mit etwas Weißem oder Lilafarbigem bestreut – es waren die Blüten, die jeden Augenblick aufbrechen konnten. Das Laub der Birkenallee erschien ganz durchsichtig in den Strahlen der untergehenden Sonne. Auf der Terrasse lag ein kühler Schatten. Ein dichter Abendtau hatte sich auf den Rasen gesenkt. Vom Hofe her vernahm man das Brüllen der eingetriebenen Herde und die letzten Geräusche des schwindenden Tages. Der schwachsinnige Nikon fuhr mit dem Wasserfaß auf dem Wege vor der Terrasse vorüber, und der kühle Wasserstrahl seiner Gießkanne zeichnete schwarze Kreise auf dem frisch gelockerten Boden um die an Stäbe gebundenen jungen Georginen. Vor uns blinkte und brodelte auf dem weißen Tischtuch der blankgeputzte Samowar, daneben stand die Rahmkanne, und Brezeln und sonstiges Gebäck fehlten nicht. Katja spülte als sorgsame Hausfrau mit den runden, weichen Händen die Tassen aus. Ich konnte den Tee nicht erwarten und aß, da ich nach einem Bade Hunger hatte, eben eine mit frischer, dicker Sahne bestrichene Brotschnitte. Ich trug eine leinene Bluse mit offenen Ärmeln und hatte das feuchte

Haar mit einem Tuche umhüllt. Katja war die erste, die den Gast durch das Fenster kommen sah.

„Ah, Sergjej Michajlowitsch!" rief sie aus. „Wir haben soeben von Ihnen gesprochen."

Ich stand auf und wollte fortgehen, um mich umzukleiden, doch traf er mich gerade in der Tür und suchte mich zurückzuhalten.

„Nun, was für Umstände machen Sie hier auf dem Dorfe," sagte er lächelnd, mit einem Blick auf das Tuch, mit dem ich den Kopf bedeckt hatte. „Sie genieren sich doch auch vor Grigorij nicht, und ich bin doch für Sie, denk' ich, ebensoviel wie Grigorij." Doch gerade in diesem Augenblick schien es mir, als blicke er mich so ganz anders an als Grigorij, und ich ward ein wenig verlegen.

„Ich bin gleich wieder hier," sagte ich und entfernte mich.

„Was ist denn an Ihnen auszusetzen?" rief er hinter mir her – „Sie sehen ganz wie eine junge Bäuerin aus!"

„Wie seltsam er mich ansah!" dachte ich, während ich mich oben in meinem Zimmer rasch umzog. „Nun, Gott sei Dank, daß er gekommen ist, es wird jetzt hier bei uns lustiger werden."

Ich warf einen Blick in den Spiegel und eilte vergnügt die Treppe hinunter. Ich gab mir durchaus keine Mühe zu verheimlichen, daß ich mich beeilt hatte, und kam ganz atemlos auf die Terrasse zurück. Er saß am Tische und sprach mit Katja über unsere Angelegenheiten. Als er mich erblickte, lächelte er, fuhr jedoch fort zu sprechen. Unser Vermögensstand war, wie er sagte, in bester Ordnung. Wir sollten nach seiner Meinung noch den Sommer auf dem Lande zubringen und dann nach Petersburg ziehen, um Sonjas Erziehung zu vollenden, oder ins Ausland reisen.

„Ja, wenn Sie mit uns ins Ausland reisen wollten!" sagte Katja. „Aber so werden wir uns dort wie im Urwalde vorkommen."

„Ach, wie gern möchte ich mit Ihnen um die ganze Welt herumreisen!" sagte er halb scherzend, halb im Ernst.

„Nun denn," sagte ich, „so machen wir also zusammen eine Reise um die Welt!"

Er lächelte und schüttelte den Kopf.

„Und mein Mütterchen? Und meine Geschäfte?" sagte er. „Reden wir nicht davon. Erzählen Sie lieber, was Sie in der letzten Zeit getrieben haben. Haben Sie wieder Grillen gefangen?"

Als ich ihm erzählte, daß ich mich in seiner Abwesenheit mit allerhand nützlichen Dingen beschäftigt und durchaus keine Langeweile empfunden hätte, und als dann Katja meine Worte bestätigte,
da lobte er mich und liebkoste mich gleichsam mit seinen Blicken
und Worten wie ein artiges Kind, als hätte er ein besonderes Recht
dazu. Ich hielt mich für verpflichtet, ihm ganz ausführlich und aufrichtig über alles zu berichten, was ich Rechtes getan, und ihm wie
im Beichtstuhl alles zu bekennen, womit er vielleicht unzufrieden
sein könnte. Der Abend war so schön, daß wir auch nach dem Tee
noch auf der Terrasse blieben, und die Unterhaltung fesselte mich
so sehr, daß ich gar nicht bemerkte, wie rings um uns nach und nach
alle menschlichen Laute verstummt waren. Die Blumen ringsum
dufteten so köstlich, reichlicher Tau netzte das Gras, eine Nachtigall
schlug im nahen Fliedergebüsch und verstummte, als sie unsere
Stimmen vernahm; der gestirnte Himmel schien sich tiefer auf uns
herabgesenkt zu haben.

Ich merkte erst, daß es Nacht geworden, als plötzlich eine Fledermaus in lautlosem Fluge unter der über die Terrasse gespannten
Markise hinhuschte und um mein weißes Tuch herumzuflattern begann. Ich lehnte mich gegen die Wand zurück und wollte schon auf-
schreien, aber die Fledermaus schlüpfte ebenso lautlos und rasch
wieder unter dem Leinwanddach hinweg und verschwand im Halbdunkel des Gartens.

„Wie ich Ihr Pokrowskoje liebe!" sagte der Gast, das Thema des
Gesprächs plötzlich wechselnd – „mein ganzes Leben lang könnte
ich hier auf dieser Terrasse sitzen."

„Nun, so bleiben Sie doch hier sitzen," sagte Katja.

„Ja, bleiben Sie sitzen!" entgegnete er – „aber das Leben will lei-
der nicht mit sitzen bleiben."

„Warum heiraten Sie nicht?" sagte Katja. „Sie würden ein vortrefflicher Ehemann werden."

„Sie meinen, weil ich gern stillsitze?" sagte er lächelnd. „Nein,
Katerina Karlowna, für uns beide ist es zum Heiraten zu spät. Ich
gelte schon längst nicht mehr als Heiratskandidat, und auch ich
selbst habe schon alle solche Gedanken aufgegeben. Ich fühle mich
seitdem, offen gesagt, recht glücklich und zufrieden."

Ich hatte den Eindruck, als sei die Fröhlichkeit, mit der er dies
sagte, doch ein wenig erzwungen.

„Wie denn: Sie sind erst sechsunddreißig Jahre alt, und fühlen sich schon lebensmüde?" sagte Katja.

„Ja, und in welchem Maße!" antwortete er. „Ich möchte nur noch dasitzen und der Ruhe pflegen. Zum Heiraten gehört etwas anderes. Fragen Sie einmal diese da!" – er nickte mit dem Kopfe nach mir herüber. „Die müssen heiraten, uns beiden aber muß es genügen, uns ihres Glückes zu freuen."

Im Tone seiner Worte lag eine geheime Wehmut und eine gewisse Gezwungenheit, die mir nicht entging. Er schwieg ein Weilchen; weder ich noch Katja entgegneten etwas.

„Stellen Sie sich doch einmal vor," fuhr er, sich auf dem Stuhle herumwendend, fort – „ich käme plötzlich auf den unglücklichen Einfall, irgendein siebzehnjähriges Mädchen heiraten zu wollen: sagen wir einmal Mascha … Maria Alexandrowna, wollte ich sagen. Das Beispiel paßt sogar sehr schön, und ich freue mich, daß es mir gerade so einfiel – wirklich ein sehr zutreffendes Beispiel …"

Ich mußte lachen und begriff durchaus nicht, warum er sich so sehr freute, und was an dem Beispiel so besonders zutreffend war.

„Nun sagen Sie mir einmal aufrichtig, Hand aufs Herz," fuhr er in scherzendem Tone fort, indem er sich an mich wandte – „wäre es für Sie nicht ein Unglück, wenn Sie Ihr Dasein an einen alten Mann fesseln sollten, der sein Leben schon hinter sich hat, der nur noch still dasitzen und ausruhen möchte, während in Ihrem Herzen sich noch Gott weiß, welche Wünsche und Triebe regen?"

Ich wurde verlegen und schwieg, da ich nicht wußte, was ich antworten sollte.

„Ich mache Ihnen durchaus keinen Antrag," sagte er lachend. „Aber sagen Sie mir ehrlich: Sie träumen doch sicherlich nicht von einem solchen Manne, wenn Sie des Abends allein durch die Alleen schreiten? Wäre das nicht geradezu ein Unglück für Sie?"

„Ein Unglück wohl nicht …" begann ich.

„Aber auch kein großes Glück," sagte er, den Satz ergänzend.

„Ja; aber ich kann mich vielleicht täuschen …"

Doch er unterbrach mich von neuem.

„Nun, sehen Sie!" sagte er, und zu Katja gewandt, fuhr er fort: „Und sie hat vollkommen recht! Ich bin ihr dankbar für ihre Aufrichtigkeit und freue mich, daß wir das zur Sprache gebracht haben. Ja noch mehr: es wäre, glaube ich, für mich das größte Unglück …"

„Was für ein Sonderling Sie doch sind: Sie haben sich gar nicht geändert!" sagte Katja und verließ die Terrasse, um für das Abendessen ihre Anordnungen zu treffen.

Wir schwiegen beide, nachdem Katja gegangen war, und rings um uns war alles still. Nur die Nachtigall ließ ihre Triller erschallen, nicht mehr schüchtern und in abgerissenen, einzelnen Tonfolgen, wie vorher, sondern hell und voll, daß es durch den ganzen Park hin tönte und die Nacht zum Leben weckte. Von unten her, aus der Schlucht, gab heute zum erstenmal eine zweite Nachtigall Antwort. Die erste schwieg, als lausche sie einen Augenblick nach der andern hin, dann aber schmetterte sie ihre Triller noch jäher und lauter in die Nacht hinaus. Und so majestätisch und ruhig klangen ihre Stimmen durch diese nächtliche Welt, die ganz ihr eigen und uns Menschenkindern fremd war.

Der Gärtner ging vorüber, um sich in der Orangerie schlafen zu legen; der schwere Tritt seiner plumpen Stiefel hallte leiser und leiser auf dem Gartenpfade wider. Ein Pfiff ertönte unten am Abhang der Schlucht, dann noch ein zweiter, und alles ward wieder still. Kaum hörbar rauschten die Blätter, ein Windstoß hob die Markise über der Terrasse, und ein köstlicher Duft drang vom Garten her zu uns herauf und erfüllte die Terrasse.

Das Schweigen war mir nach dem, was vorher gesprochen worden, recht peinlich, doch wußte ich nicht, was ich sagen sollte. Ich sah ihn an. Seine Augen, die im abendlichen Halbdunkel glänzten, waren auf mich gerichtet.

„Wie schön doch das Leben ist!" sprach er endlich.

Ich stieß einen Seufzer aus.

„Was ist Ihnen?" sagte er.

„Wie schön doch das Leben ist!" wiederholte ich.

Und wir versanken wieder in Schweigen, und von neuem empfand ich jene Unbehaglichkeit. Immer wieder ging es mir durch den Kopf, daß ich ihm wehgetan hatte, als ich zugab, daß er alt sei. Ich wollte ihm gar zu gern etwas Freundliches sagen, wußte jedoch nicht, wie ich es anfangen sollte.

„Nun, leben Sie wohl," sagte er und erhob sich – „meine Mutter erwartet mich zum Abendessen. Ich habe sie heute kaum einen Augenblick gesehen."

„Und ich wollte Ihnen so gern die neue Sonate vorspielen," sagte
ich.

„Ein andermal," sprach er – ziemlich kühl, wie es mir schien.
„Leben Sie wohl!"

Noch deutlicher empfand ich es nun, daß ich ihn verletzt hatte,
und er tat mir leid. Ich begleitete ihn mit Katja gemeinsam die Freitreppe hinunter, und dann blieben wir beide auf dem Hofe stehen
und sahen ihm nach, bis er unseren Blicken entschwunden war. Als
der Hufschlag seines Pferdes verstummt war, begab ich mich auf die
Terrasse zurück und schaute wieder sinnend in den Garten. Lange
noch schaute ich in den tauigen Nebel, in dem die Laute der Nacht
gleichsam hängen blieben, und die bunten Bilder meiner Phantasie
zogen an meiner Seele vorüber.

Er kam ein zweites, ein drittes Mal zu uns, und das peinliche Gefühl, das jenes sonderbare Gespräch in mir erweckt hatte, schwand
vollständig und kehrte nicht mehr wieder. Im Laufe des Sommers
war er wohl zwei- oder dreimal in jeder Woche unser Gast, und ich
gewöhnte mich so sehr an ihn, daß mir stets etwas fehlte, wenn er
einmal längere Zeit ausblieb. Ich ward sogar allen Ernstes böse auf
ihn und fand es sehr unrecht, daß er mich so allein ließ. Er verkehrte
mit mir wie mit einem lieben jungen Kameraden, fragte mich aus,
ließ mich offen alles aussprechen, was ich auf dem Herzen hatte, gab
mir Ratschläge, munterte mich auf, schalt mich auch wohl zuweilen
oder hielt mich gelegentlich von etwas zurück. Trotz all seines Be-
mühens jedoch, mit mir auf gleichem Fuße zu verkehren, hatte ich
das Gefühl, daß hinter dem, was ich an ihm begriff, noch eine ganze
mir fremde Welt vorhanden war, in die er mich keinen Einblick tun
ließ, und das erhöhte meine Achtung vor ihm noch ganz besonders
und zog mich zugleich zu ihm hin. Ich wußte von Katja und den
Nachbarn, daß außer der Sorge um seine alte Mutter, mit der er zu-
sammenlebte, außer seiner Wirtschaft und seinen Vormundschafts-
pflichten gegen uns ihn noch gewisse Angelegenheiten des Kreis-
adels in Anspruch nahmen, die ihm große Unannehmlichkeiten bereiteten; aber welche Auffassung er von diesen Dingen hatte, welche
Überzeugungen, Pläne und Hoffnungen er hegte – darüber konnte
ich nie etwas von ihm herausbekommen. Sobald ich das Gespräch
auf diese Dinge lenkte, runzelte er auf seine ganz eigene Weise die
Stirn, als wollte er sagen: „Bitte, reden wir nicht davon, was gehen

Sie diese Geschichten an?" Und er lenkte das Gespräch sogleich auf etwas anderes. Anfangs fühlte ich mich durch dieses Verhalten ein wenig verletzt, mit der Zeit aber gewöhnte ich mich so sehr daran, daß wir immer nur von Dingen sprachen, die mich betrafen, und ich fand das schließlich ganz in der Ordnung.

Ein Umstand, der mir anfangs gleichfalls nicht gefiel, den ich jedoch später geradezu angenehm empfand, war, daß er gegen mein Äußeres völlig gleichgültig war, ja in dieser Beziehung sogar eine gewisse Geringschätzung an den Tag legte. Niemals spielte er auch nur mit einem Worte oder Blicke darauf an, daß ich schön sei, ja er wurde sogar ungehalten und ließ seinen Spott aus, wenn mich jemand in seiner Gegenwart hübsch fand. Er liebte es sogar, diesen und jenen Mangel an meinem Äußeren zu entdecken, und neckte mich damit. Die eleganten Kleider und Frisuren, mit denen Katja mich bei feierlichen Gelegenheiten zu schmücken liebte, veranlaßten ihn nur zu allerhand kritischen Bemerkungen, die der guten Katja großen Schmerz bereiteten und anfangs auch mir ziemlich peinlich waren. Katja, die es sich nicht ausreden ließ, daß er Gefallen an mir finde, konnte es nicht begreifen, daß ein Mann es mißbillige, wenn das Mädchen, das ihm gefiel, sich im besten Lichte zu zeigen suche. Ich begriff jedoch sehr bald, worauf es ihm ankam: er wünschte, daß ich nicht kokett sein möchte. Als ich mir hierüber klar war, verschwand aus meiner Kleidung, meiner Haartracht und meiner Art, mich zu bewegen, jeder Schatten von Koketterie; an ihre Stelle trat freilich eine andere Art von Koketterie: die Koketterie der Einfachheit, die zwar weniger auffällig war, aber zu meinem Alter, dem die Einfachheit noch gar nicht eigen sein konnte, in starkem Kontrast stand.

Ich wußte, daß er mich liebte; ob wie ein Kind oder wie ein Weib – danach fragte ich noch nicht. Diese Liebe war mir teuer, und da ich fühlte, daß er mich für das beste Mädchen auf der Welt hielt, so hegte ich den lebhaftesten Wunsch, ihn in dieser Täuschung zu erhalten. Ganz unwillkürlich täuschte ich ihn – aber indem ich ihn täuschte, wurde ich zugleich selbst besser. Ich fühlte, daß es mir besser anstand und meiner würdiger war, ihm die Vorzüge meiner Seele zu zeigen, als die meines Körpers. Mein Haar, meine Hände, mein Gesicht, meine Gewohnheiten, welcher Art sie auch sein mochten, ob gut oder schlecht, schien er gleichsam mit einem Blicke überschaut und richtig geschätzt zu haben, hier konnte ich nichts mehr hinzufügen, was er nicht schon kannte. Meine Seele dagegen kannte er nicht, weil sie eben zu jener Zeit noch wuchs und sich entwickelte – hier also konnte ich ihn noch täuschen und täuschte ihn wirklich. Wie erleichtert fühlte ich mich im Verkehr mit ihm, als ich erst zu dieser Erkenntnis gelangt war! Diese grundlose Befangenheit, dieser Zwang, den ich mir in allen Bewegungen hatte antun müssen, wich vollkommen von mir. Ich fühlte, daß, ob er mich von vorn oder von der Seite, sitzend oder stehend sah, ob ich das Haar nach oben oder nach der Seite gekämmt trug, er mich durch und durch kannte und mit mir so, wie ich vor ihm stand, vollkommen zufrieden war. Und wenn er mir, gegen seine Gewohnheit, plötzlich wie die andern gesagt hätte, daß ich ein hübsches Gesicht besitze, dann wäre mir dies, glaube ich, sogar recht peinlich gewesen. Welche Freude, welche Genugtuung empfand ich dagegen, wenn er nach irgendeiner Äußerung, die ich getan, mich aufmerksam ansah und mit bewegter Stimme, der er einen scherzenden Beiklang zu geben wußte, zu mir sagte:

„Ja, ja, in Ihnen steckt etwas … Sie sind ein prächtiges Mädchen, das muß ich sagen."

Und wofür empfing ich damals dieses Lob, das mein Herz mit Stolz und Freude erfüllte? Das eine Mal dafür, daß ich sagte, ich fände die Liebe des alten Grigorij zu seiner Enkelin so rührend, dann wieder dafür, daß ich mich durch ein Gedicht oder einen Roman zu Tränen erschüttern ließ, und ein andermal dafür, daß ich die Kompositionen Mozarts denjenigen Schulhoffs vorzog. Ich wunderte mich selbst darüber, mit wie feinem Gefühl ich damals erriet, was gut war, und was man lieben müsse, obgleich ich noch gar nicht recht wußte, was gut und liebenswert war. Meine früheren Gewohnheiten und meine Geschmacksrichtung fanden nur in sehr beschränktem Maße seinen Beifall, und es bedurfte nur eines Blickes von ihm oder eines Zuckens seiner Braue, um mich merken zu lassen, daß ihm das, was ich sagen wollte, nicht gefiel; oder er brauchte nur die ihm eigene mitleidig-geringschätzige Miene aufzusetzen, um mich sogleich davon zu überzeugen, daß ich das nicht liebte, was ich soeben noch geliebt hatte. Wenn er mir einen Rat erteilen wollte, glaubte ich zuweilen schon im voraus zu wissen, was er sagen würde. Er befragte mich gleichsam, indem er mir in die Augen sah, und sein Blick weckte in mir eben den Gedanken, auf den es ihm gerade ankam. All mein Denken und Fühlen war damals gleichsam nicht mehr mein – statt dessen wurden seine Gedanken, seine Gefühle, ehe ich mich's versah, zu den meinigen, hielten ihren Einzug in mein Sein und Wesen und trugen Licht in meine Seele. Ganz unmerklich begann ich alles mit andern Augen zu sehen: Katja sowohl wie unsere Leute, und Sonja, und mich selbst und meine Beschäftigungen. Die Bücher, die ich früher nur gelesen hatte, um mir die Langeweile zu vertreiben, wurden mir plötzlich eine der schönsten Lebensfreuden; und alles nur darum, weil ich mit ihm über die Bücher sprach und sie mit ihm zusammen las und er sie mir brachte. Früher war die Beschäftigung mit Sonja, der Unterricht, den ich ihr gab, für mich eine schwere Aufgabe gewesen, zu deren Erfüllung ich mich aus bloßem Pflichtgefühl zwang; jetzt wohnte er häufig den Stunden bei, und es machte mir Freude, Sonjas Fortschritte zu beobachten. Ein Musikstück rasch hintereinander einzuüben, war mir früher unmöglich erschienen – jetzt, da ich wußte, daß er es hören und vielleicht loben würde, spielte ich dieselbe Stelle wohl vierzigmal hintereinander, daß die arme Katja sich zuletzt die Ohren mit Watte verstopfen mußte, während ich bei diesen Tonübungen durchaus keine Langeweile empfand. Dieselben alten Sonaten klangen, wenn ich sie jetzt spielte, ganz anders und jedenfalls weit schöner als früher. Selbst Katja, die ich doch kannte und liebte wie mich selbst, nahm in meinen Augen eine neue Gestalt an. Jetzt erst begriff ich, daß sie durchaus nicht verpflichtet war, uns Mutter, Freundin und Dienerin zu sein, wie sie es uns bisher gewesen. Ich begriff die ganze Selbstlosigkeit und Hingebung dieses liebreichen Wesens, begriff, wie sehr ich ihr verpflichtet war, und liebte sie noch mehr als bisher. Auch unsere Leute, die Bauern, das Hofgesinde, die Dienstmägde, lehrte er mich in ganz anderem Lichte schauen als bisher. So lächerlich es klingen mag, jedenfalls ist es Tatsache, daß ich bis in mein achtzehntes Jahr hinein mitten unter diesen Menschen lebte, ohne auch nur soviel von ihnen zu wissen, wie von irgendeinem fremden Volke, das ich nie gesehen. Nie war es mir beigekommen, daß diese Menschen ebenso lieben, ebenso Schmerz und Mitleid empfinden wie ich selbst. Unser Garten, unsere Wälder und Felder, die ich schon so lange kannte, erschienen mir plötzlich neu und schön. Wohl nicht ohne Absicht hatte er einmal geäußert, daß es im

Leben nur ein einziges sicheres Glück gebe: für andere zu leben. Mir waren damals diese Worte etwas seltsam vorgekommen, und ich verstand sie nicht; doch der Sinn seiner Worte, die Überzeugung, daß sie die Wahrheit enthielten, fand, ohne mein Denken zu berühren, unmittelbar den Weg zu meinem Herzen. Er eröffnete mir ein ganzes Leben der Freuden und Genüsse in der Gegenwart, ohne irgend etwas an meinem Leben zu ändern oder zu einem Eindruck irgend etwas, außer dem Gedanken an seine Person, hinzuzufügen. Alles, was mich von Kindheit auf still und stumm umgeben hatte, erwachte plötzlich für mich zum Leben. Er brauchte nur zu erscheinen, und alles das begann zu reden, sprach um die Wette auf meine Seele ein und erfüllte sie mit Glück.

Gar oft ging ich in diesem Sommer in mein Zimmer hinauf und warf mich aufs Bett, und statt der früheren Frühlingssehnsucht, statt der Zukunftswünsche und Zukunftshoffnungen erfüllte mich jetzt die Unruhe eines echten, wirklichen Gegenwartglücks. Ich fand keinen Schlummer, stand auf, setzte mich zu Katja aufs Bett und sagte ihr, daß ich vollkommen glücklich sei, was ich, wie ich mich jetzt erinnere, ihr durchaus nicht hätte zu sagen brauchen, da sie es mir selbst vom Gesicht ablesen konnte. Sie aber sagte mir, daß auch ihr nichts fehle, daß auch sie sehr glücklich sei, und küßte mich. Ich glaubte es ihr – es schien mir so durchaus notwendig und gerecht, daß alle Menschen glücklich wären. Aber Katja vergaß über dem Glück auch den Schlaf nicht, und so trieb sie mich, indem sie sich zuweilen sogar böse stellte, von ihrem Bett fort und schlief ein; ich aber grübelte noch lange darüber, was mich eigentlich so beglückte. Mitunter stand ich auf und betete zum zweitenmal, betete mit meinen eigenen Worten, um Gott für all das Glück zu danken, das er mir gegeben.

Und es war still in meinem Zimmer; nur Katjas gleichmäßiges Atmen ließ sich vernehmen, und die Uhr neben ihrem Bette tickte, ich aber warf mich im Bett auf meinem Lager hin und her und flüsterte vor mich hin oder bekreuzte mich und küßte das Kreuz an meinem Halse. Die Türen waren zu, die Fensterläden geschlossen, eine Mücke oder Fliege schwebte summend in der Luft. Ich hätte dieses kleine Zimmer niemals verlassen mögen, hätte gewünscht, daß nie wieder der Morgen anbräche, nie diese Stimmung, diese wohlige Atmosphäre, die mich umgab, sich verflüchtigte. Meine Traumbil-

der, meine Gedanken und Gebete schienen mir lebende Wesen zu
sein, die hier in diesem Dunkel mit mir zusammen lebten, die mein
Bett umschwebten, mir zu Häupten standen. Und jeder dieser Gedanken war auch sein Gedanke, jedes Gefühl – sein Gefühl. Ich
wußte damals noch nicht, daß das die Liebe ist – ich dachte, daß das
immer so sein könne, daß dieses Gefühl uns von selbst, ohne Entgelt,
gegeben wird.

III. |

Eines Tages, zur Zeit der Roggenernte, war ich mit Katja und Sonja
nach dem Mittagessen in den Garten gegangen. Wir hatten uns auf
unsere Lieblingsbank gesetzt, im Schatten der Linden nahe der
Schlucht, über die sich ein freier Ausblick auf die Wälder und Fluren
vor uns öffnete. Sergjej Michajlowitsch war schon drei Tage nicht bei
uns gewesen, und wir erwarteten ihn an jenem Nachmittage ganz
bestimmt, zumal unser Verwalter gesagt hatte, daß er versprochen
habe, aufs Feld zu kommen. In der zweiten Nachmittagsstunde sahen wir denn auch, wie er auf das Roggenfeld geritten kam. Katja
ließ Pfirsiche und Kirschen kommen, die er sehr gern aß, sah mich
dabei lächelnd an, streckte sich auf die Bank und schlummerte ein.
Ich brach einen krummen, flachen Lindenzweig mit saftigen Blättern und saftiger Rinde, die mir die Hand netzte, vom Baume ab,
fächelte Katja damit und fuhr fort zu lesen, wandte jedoch immer
wieder die Augen vom Buche weg und blickte nach dem Feldweg,
auf dem er kommen mußte. Sonja baute zwischen den Wurzeln einer alten Linde eine Laube für ihre Puppen. Der Tag war heiß und
windstill, es war schwül, die Wolken ballten sich zusammen und
wurden immer dunkler. Am Morgen schon hatte ein Gewitter ge-
droht, und ich war sehr aufgeregt gewesen, wie stets vor einem Gewitter. Am Nachmittag hatte jedoch das Gewölk sich wieder nach
dem Horizont hin verzogen, die Sonne war am klaren Himmel emporgestiegen, und nur aus einer Richtung tönte zuweilen ein dumpfes Rollen, während über die finstere Wolke am Horizont, die mit
dem von den Feldern aufsteigenden Staube zu verschmelzen schien,
von Zeit zu Zeit blasses Wetterleuchten im Zickzack niederzuckte.
Es war sicher, daß, für uns wenigstens, an diesem Tage ein Gewitter

nicht zu erwarten war. Auf dem Wege, der stellenweise jenseits des Gartens sichtbar war, fuhren unaufhörlich hoch mit Garben beladene Wagen langsam und knarrend daher, während die leeren Wagen, auf denen die Fuhrleute in ihren flatternden Hemden standen, ihnen in rasselndem Tempo entgegenfuhren. Der dichte, hoch aufgewirbelte Staub ward weder vom Winde fortgetragen, noch sank er zur Erde herab, sondern schwebte hinter der Hecke zwischen dem durchsichtigen Laub der Gartenbäume in der Luft. Weiterhin, vor der Scheune, ertönten dieselben Stimmen, dasselbe Knarren der Räder, und dieselben gelben Garben, die vorhin langsam am Zaune vorübergeschwebt waren, flogen dort hoch durch die Luft. Vor meinen Augen wuchsen runde Häuser empor, spitze Dächer formten sich über ihnen, und die Gestalten der Bauern wimmelten rings um sie. Weiter vorn auf dem staubigen Felde bewegten sich gleichfalls Wagen, sah man gleichfalls gelbe Garben, ertönten gleichfalls menschliche Stimmen, vermischt mit fröhlichen Liedern und dem Knarren der Wagen. Auf der einen Seite wurde das Erntefeld immer leerer und leerer, deutlich sah man die Streifen der mit Beifuß bewachsenen Raine. Rechts, weiter unten, erblickte man auf dem struppigen Stoppelfeld die grellen Kleider der Bäuerinnen, die, rasch die Arme bewegend und sich vorbeugend, das gemähte Korn in Garben banden und zu Mandeln zusammenstellten. Der Sommer vollzog gleichsam vor meinen Augen seinen Übergang zum Herbst. Staub und Hitze beherrschten alles, mit Ausnahme unseres Lieblingsplätzchens im Garten. Und in diesem Staube, dieser Hitze, mitten im heißen Sonnenbrande, tummelte sich plaudernd und lärmend überall das fleißige Volk der Bauern.

Auf unserer kühlen Bank aber schlief Katja leise schnarchend so süß unter ihrem weißen Batisttuch, und die schwarzen Kirschen glänzten so appetitlich auf dem Teller, und unsere Kleider waren so frisch und rein, und das Wasser in der Karaffe schimmerte so farbenprächtig in den sich brechenden Sonnenstrahlen, und mir selbst war so wohl, so wohl zumute. „Was soll ich tun?" dachte ich – „bin ich schuld daran, daß ich glücklich bin? Doch mit wem soll ich mein Glück teilen? Wem soll ich mich selbst und all mein Glück widmen?"

Die Sonne war bereits hinter die Wipfel der Birkenallee gesunken, der Staub auf dem Felde senkte sich nach und nach, die Landschaft ward, zumal in der Ferne, in der seitlichen Beleuchtung klarer und heller, und die Wolken waren ganz verschwunden. Auf der offenen Tenne sah man hinter den Bäumen drei neue Getreideschober emporragen, von denen eben die Bauern hinunterkletterten; die Leiterwagen jagten unter lautem Geschrei, offenbar zum letztenmal, ins Feld. Die Bäuerinnen, mit den Harken auf den Schultern und den Strohseilen am Gurt, gingen laut singend nach Hause – Sergjej Michajlowitsch aber kam noch immer nicht, obwohl ich gesehen hatte, daß er schon längst die Anhöhe hinabgeritten war. Plötzlich wurde in der Allee, an einer Stelle, wo ich ihn am wenigsten erwartet hatte, seine Gestalt sichtbar – er war um die Schlucht herumgegangen. Mit frohem, strahlendem Gesichte kam er, den Hut in der Hand, raschen Schrittes auf mich zu. Als er sah, daß Katja schlief, biß er sich auf die Lippe, schloß die Augen und trat auf den Fußspitzen näher; ich sah sogleich, daß er sich in jener besonderen Stimmung natürlicher Lustigkeit befand, die ich so sehr an ihm liebte, und die wir als „himmelhoch jauchzend" bezeichneten. Er war dann wie ein Schuljunge, der seinem Lehrer entlaufen war; sein ganzes Wesen, vom Scheitel bis zur Sohle, atmete Zufriedenheit, Glück und kindliche Ausgelassenheit.

„Guten Tag, mein junges Veilchen! Wie geht es Ihnen – gut?" sprach er im Flüsterton, während er auf mich zutrat und mir die Hand reichte. „Mir geht es ausgezeichnet," antwortete er, als ich mich meinerseits nach seinem Befinden erkundigte. „Ich fühle mich heute so munter und frisch, als wenn ich erst dreizehn Jahre zählte. Ich möchte Pferdchen spielen und auf die Bäume klettern."

„Himmelhoch jauchzend also?" sagte ich, ihm in die lachenden Augen blickend, und ich fühlte, wie seine jauchzende Stimmung sich auch mir mitteilte.

„Ja," antwortete er, während er mir mit dem einen Auge zublinzelte und sein Lachen zurückzuhalten suchte. „Aber warum schlagen Sie denn Katerina Karlowna immer auf die Nase?"

Ich hatte gar nicht bemerkt, daß ich, während ich ihn ansah und immer noch mit dem Lindenzweig weiterfächelte, das Tuch von Katjas Gesicht abgestreift hatte und ihr nun mit den Blättern über die Wangen fuhr. Ich mußte lachen.

„Sie wird sagen, sie habe nicht geschlafen," fuhr ich flüsternd fort, als wollte ich Katjas Schlaf nicht stören; der wahre Grund jedoch, weshalb ich so ganz leise sprach, war, daß ich es angenehm empfand, so im Flüsterton mit ihm zu sprechen.

Er bewegte, mich nachahmend, die Lippen, als wollte er sagen, ich spreche schon gar zu leise, um noch verstanden zu werden. Als er den Teller mit den Kirschen erblickte, nahm er ihn mit dem Ausdruck der Heimlichkeit an sich, ging damit zu Sonja unter die Linde und setzte sich auf ihre Puppen. Sonja wurde anfangs böse, doch vertrug er sich bald wieder mit ihr, indem er ein Spiel arrangierte, das darauf hinauslief, daß sie beide um die Wette Kirschen aßen.

„Soll ich noch mehr Kirschen holen lassen – oder wollen Sie selbst welche pflücken?" fragte ich.

Er nahm den Teller und setzte die Puppen darauf, und dann gingen wir alle drei nach dem Kirschgarten. Sonja lief lachend hinter ihm her und zog ihn am Paletot, damit er ihr die Puppen zurückgäbe. Er gab sie ihr und wandte sich dann ernsthaft zu mir.

„Sie sind wirklich ganz wie ein Veilchen," sagte er zu mir, immer noch leise, obschon er nicht mehr zu fürchten brauchte, daß er jemanden wecken könnte. „Als ich nach all dem Staub, all der Hitze und Arbeit mich Ihnen näherte, da war es mir, als käme mir ein Veilchenduft entgegen. Und zwar nicht der Duft des starkriechenden Gartenveilchens, wissen Sie … sondern jener des ersten, ganz dunklen Veilchens, das nach tauendem Schnee und jungem Frühlingsgrün riecht."

„Nun – und wie geht's in der Wirtschaft vorwärts? Alles flott im Gange?" fragte ich ihn, um die freudige Aufregung zu verbergen, in die seine Worte mich versetzt hatten.

„Ausgezeichnet! Diese Menschen sind vortrefflich. Je näher man sie kennenlernt, desto lieber werden sie einem."

„Ja," sagte ich – „eben noch, bevor Sie kamen, sah ich ihnen vom Garten aus bei der Arbeit zu, und ich fühlte plötzlich Gewissensbisse darüber, daß sie sich so abquälen müssen, während mir so wohl ist, daß …"

„Kokettieren Sie mit diesen Gefühlen nicht, meine Liebe!" fiel er mir plötzlich ganz ernsthaft ins Wort, sah mir dabei jedoch freundlich in die Augen. „Das ist eine heilige Sache – Gott verhüte, daß Sie mit solchen Gedanken zu prahlen suchen!"

„Ich sage es auch nur Ihnen."

„Nun ja, ich weiß das. Aber unsere Kirschen?"

Der Kirschgarten war verschlossen, und von den Gärtnern war keiner anwesend, sie waren alle zur Arbeit aufs Feld hinaus. Sonja lief, um den Schlüssel zu holen, doch er wartete nicht, bis sie zurückkäme, sondern kletterte hinauf, hob das über die Bäume gespannte Netz auf und sprang nach der andern Seite hinüber.

„Reichen Sie mir, bitte, den Teller," erklang von drüben seine Stimme.

„Nein, ich möchte mit pflücken," sagte ich – „ich will den Schlüssel holen, Sonja wird ihn nicht finden ..."

In diesem Augenblick verspürte ich die Lust, zu sehen, was er dort tun, wie er sich benehmen würde, wenn er sich unbeobachtet glaubte. Es drängte mich förmlich, ihn jetzt nicht einen Augenblick aus den Augen zu lassen. Ich schlich auf den Zehen, der Brennesseln nicht achtend, nach der andern Seite, wo die Mauer niedriger war, stellte mich dort auf eine leere Tonne, daß mir die Mauer eben bis zur Brust reichte, und neigte mich vor. Ich überschaute das Innere des Kirschgartens mit seinen alten, ganz niedergebeugten Bäumen, an denen aus den breiten, am Rande gesägten Blättern die saftigen schwarzen Kirschen dicht und schwer hervorlugten. Ich schob den Kopf unter das Netz und erblickte Sergjej Michajlowitsch unter dem krummen Aste eines alten Kirschbaumes. Er war jedenfalls der Meinung, ich sei fortgegangen, und niemand könne ihn sehen. Er hatte den Hut abgenommen und die Augen geschlossen – und so saß er auf dem niedrigsten Astvorsprung des alten Kirschbaums und rollte bedächtig ein Stück Kirschharz zwischen seinen Fingern. Plötzlich zuckte er die Achseln, öffnete die Augen und sprach lächelnd irgendein Wort vor sich hin. So seltsam nahm sich dieses Wort und dieses Lächeln bei ihm aus, daß ich mich schämte, so dazustehen und ihn zu beobachten. Es war mir, als hätte dieses Wort „Mascha" gelautet. – „Nein, das kann nicht sein!" dachte ich. Doch noch einmal wiederholte er, zärtlicher noch und leiser: „Liebe Mascha!" Jetzt hatte ich die beiden Worte deutlich gehört. Mein Herz begann so heftig zu schlagen, und ich wurde so aufgeregt, und eine so jähe, gleichsam verbotene Freude ergriff mich plötzlich, daß ich mich mit beiden Händen an der Mauer festhalten mußte, um nicht herunterzufallen und ihm meine Anwesenheit zu verraten. Er hörte das Geräusch, das ich machte, wandte sich erschrocken um, senkte plötzlich die Augen und errötete über das ganze Gesicht wie ein Kind. Er wollte mir irgend etwas sagen, fand jedoch keine Worte und errötete nur immer und immer wieder. Er lächelte jedoch, als er mich jetzt ansah, und auch ich mußte lächeln. Sein ganzes Gesicht strahlte vor Freude. Das war nicht mehr der alte Onkel, der mich streichelte und mir gute Lehren gab, das war ein mir gleichstehender Mensch, der mich liebte und respektierte, und für den ich dasselbe empfand. Wir sprachen nicht und sahen einander nur an. Doch plötzlich zog ein Schatten über sein Gesicht, das Lächeln und der Glanz seiner Augen verschwand, und er wandte sich, als hätten wir eben etwas Böses getan, und als sei er schon wieder zur Besinnung gekommen und rate mir das gleiche, in väterlich kühlem Tone an mich.

„Steigen Sie lieber herunter, Sie könnten sich wehe tun," sagte er. „Und bringen Sie Ihr Haar in Ordnung – wie sehen Sie denn aus?"

„Warum verstellt er sich? Warum will er mir wehtun?" dachte ich unwillig. Und plötzlich überkam mich der unwiderstehliche Wunsch, ihn nochmals in Verlegenheit zu setzen und meine Macht über ihn zu erproben.

„Nein, ich will auch Kirschen pflücken," sagte ich, griff nach dem nächsten Aste und schwang mich auf die Mauer. Er hatte noch keine Zeit gefunden, mir behilflich zu sein, als ich bereits hinabgesprungen war und neben ihm stand.

„Was für Torheiten Sie doch aushecken!" sprach er, von neuem errötend, indem er seine Verwirrung dadurch zu verbergen suchte, daß er sich ärgerlich stellte. „Sie hätten sich doch verletzen können! Und wie wollen Sie von hier wieder hinauskommen?"

Er war noch verwirrter als zuvor, doch nun freute ich mich nicht mehr über seine Verwirrung, sondern erschrak über sie. Sie teilte sich mir mit, und ich fühlte, wie ich errötete. Ich wich seinem Blicke aus, und da ich nicht wußte, was ich sagen sollte, begann ich eifrig Kirschen zu pflücken, die ich jedoch nirgends hinzutun wußte. Ich machte mir Vorwürfe, ich empfand Reue und Angst, und es war mir, als müsse ich mich durch mein Benehmen in seinen Augen für immer kompromittiert haben. Wir schwiegen beide, und gar beklommen war uns beiden ums Herz. Da kam Sonja mit dem Schlüssel angelaufen und befreite uns aus dieser peinlichen Lage. Lange noch vermieden wir es, miteinander zu sprechen, und wandten uns beide an Sonja. Als wir zu Katja zurückkehrten, die uns versicherte, sie habe gar nicht geschlafen und alles gehört, beruhigte ich mich wieder. Er versuchte von neuem, seinen gönnerhaft väterlichen Ton anzuschlagen, doch wollte es ihm nicht mehr damit gelingen, und ich ließ mich nicht täuschen.

Ich hatte noch recht lebhaft ein Gespräch in Erinnerung, das wenige Tage vorher zwischen uns stattgefunden hatte. Katja hatte behauptet, es sei für einen Mann leichter, zu lieben und seine Liebe zum Ausdruck zu bringen, als für eine Frau.

„Der Mann darf es sagen, daß er liebt, die Frau aber nicht,“ hatte sie behauptet.

„Und ich bin der Ansicht, daß ein Mann es nicht sagen darf noch kann, daß er liebt,“ war seine Antwort darauf.

„Warum denn nicht?“ hatte ich gefragt.

„Weil es stets eine Lüge sein wird. Ist es denn eine so wichtige Entdeckung, daß ein Mensch liebt? Als ob er das nur zu sagen brauchte, damit irgendwo eine Klappe hochgeht: schwapp – er liebt! Als ob, sobald nur dieses Wort über seine Lippen kommt, etwas ganz Ungewöhnliches, irgendein Wunder geschehen, aus allen Kanonen Salut geschossen werden müßte. Ich bin der Meinung,“ fuhr er fort, „daß Leute, die jene Worte: ‚Ich liebe Sie‘ – so feierlich aussprechen, entweder sich selbst oder, was noch schlimmer ist, andere belügen.“

„Wie soll denn aber eine Frau erfahren, daß sie geliebt wird, wenn es ihr nicht gesagt wird?“ sagte Katja.

„Das weiß ich nicht,“ antwortete er. „Jeder Mensch hat da seine eigene Art zu reden. Ist wirklich ein Gefühl vorhanden, dann wird es schon irgendwie zum Ausdruck kommen. Wenn ich Romane lese, stelle ich mir immer vor, was für ein verblüfftes Gesicht solch ein Leutnant Strjelski oder solch ein Monsieur Alfred machen muß, wenn er sagt: ‚Ich liebe dich, Eleonore!‘ – und wenn er dann meint, es würde plötzlich irgend etwas ganz Besonderes erfolgen, während doch in Wirklichkeit nichts geschieht, weder mit ihr noch mit ihm, und Augen und Nase und alles andere an ihnen ganz unverändert bleiben!“

Damals schon hatte ich das Gefühl gehabt, als berge sich hinter diesem Scherz ein ernsthafter Sinn, der auf mich Bezug habe, doch Katja litt es nicht, daß über Romanhelden so leichtfertig gesprochen würde, und meinte zu ihm:

„Sie müssen immer in Paradoxen reden! Sagen Sie einmal aufrichtig: haben Sie selbst nie zu einer Frau gesagt, daß Sie sie lieben?"

„Nein, niemals, und ich habe auch noch niemals vor einer Frau das Knie gebeugt," antwortete er lächelnd. „Auch in Zukunft denke ich es nie zu tun."

„Er braucht es mir auch gar nicht zu sagen, daß er mich liebt," dachte ich jetzt, da ich mich dieses Gespräches erinnerte. „Er liebt mich, dessen bin ich sicher. Und alle seine Anstrengungen, gleichgültig zu erscheinen, können mir diese Überzeugung nicht nehmen."

An diesem ganzen Abend sprach er nur wenig mit mir, aus jedem Worte jedoch, das er an Katja oder Sonja richtete, aus jeder Bewegung und jedem Blick erkannte ich seine Liebe und zweifelte nicht mehr an ihr. Ich war nur darüber unwillig und betrübt, daß er es noch für nötig hielt, mir sein Gefühl zu verheimlichen und Kälte zu heucheln, während doch alles schon so klar war und wir auf so einfache Art so unendlich glücklich hätten sein können. Doch peinigte mich immer wieder die Erinnerung daran, daß ich zu ihm in den Kirschgarten hinabgesprungen war, als hätte ich damit ein Verbrechen begangen. Ich konnte den Gedanken nicht los werden, als müsse er nun aufhören, mich zu achten und mir sogar zürnen.

Nach dem Tee ging ich ans Klavier, und er folgte mir.

„Ja, spielen Sie etwas: ich habe Sie schon lange nicht gehört," sagte er, als er mich im Salon einholte.

„Ich wollte es eben tun … Sergjej Michajlowitsch!" sagte ich und sah ihm plötzlich gerade in die Augen – „sind Sie mir böse?"

„Weshalb?" fragte er.

„Weil ich heute nachmittag nicht auf Sie gehört habe …" sagte ich errötend.

Er verstand mich, schüttelte den Kopf und lächelte. Sein Blick schien mir sagen zu wollen, daß ich eigentlich wohl ein wenig Schelte verdient hätte, daß er jedoch nicht die Kraft besitze, mich zu schelten.

„Es ist also nichts weiter, nicht wahr, und wir sind wieder gute Freunde?" sagte ich, während ich mich ans Klavier setzte.

„Das sollt' ich doch meinen!" sagte er.

In dem großen, hohen Saale brannten nur zwei Kerzen auf dem Flügel, der übrige Raum lag im Halbdunkel. Durch das offene Fenster schaute die helle Sommernacht herein. Alles war still, nur Katjas Schritte ließen sich von Zeit zu Zeit im anstoßenden dunklen Zimmer vernehmen, und sein Pferd, das draußen vor dem Fenster angebunden stand, schnaubte zuweilen und trat mit den Hufen den dort wachsenden Lattich nieder. Er saß hinter mir, so daß ich ihn nicht sehen konnte; überall jedoch, im Halbdunkel dieses Zimmers, in den Tönen, in mir selbst, fühlte ich seine Gegenwart. Jeder seiner Blicke, jede Bewegung rührte gleichsam, obschon ich sie nicht sah, an meinem Herzen. Ich spielte die Phantasie-Sonate von Mozart, die er mir gebracht hatte, und die ich in seiner Gegenwart und für ihn eingeübt hatte. Ich dachte gar nicht an das, was ich spielte, doch glaubte ich gut zu spielen, und es schien, als wenn ihm mein Spiel gefalle. Ich empfand seine Freude mit, und ohne ihn zu sehen, fühlte ich doch, daß sein Blick auf mich gerichtet war. Während ich meine Finger unbewußt über die Tasten gleiten ließ, sah ich mich unwillkürlich nach ihm um. Sein Kopf hob sich vom Hintergrunde der hellen Sommernacht deutlich ab. Die Stirn auf die Hand gestützt, saß er da und sah mit den leuchtenden Augen unverwandt zu mir herüber. Ich lächelte, als ich seinen Blick bemerkte, und hörte auf zu spielen. Auch er lächelte und nickte mit dem Kopfe nach den Noten hin, als wollte er mir bedeuten, ich solle nur weiterspielen. Als ich zu Ende war, war der Mond hell leuchtend am Himmel emporgestiegen, und durch die Fenster drang, den schwachen Kerzenschein breit überflutend, ein zweites, silbernes Licht ins Zimmer.

Katja meinte, es sei unverzeihlich, daß ich gerade an der schönsten Stelle aufgehört hätte, und überhaupt sei mein Spiel schlecht gewesen; er aber sagte, ich hätte im Gegenteil nie so gut gespielt wie heute, und begann im Saal und in dem dunklen Empfangszimmer nebenan auf und ab zu gehen, wobei er jedesmal, wenn er an mir vorüberkam, mich ansah und lächelte. Und auch ich lächelte, ja ich hätte am liebsten ganz ohne alle Ursache laut aufgelacht – so glücklich war ich über alles das, was heute den ganzen Tag und auch in diesem Augenblick geschah. Sobald er im andern Zimmer verschwunden war, umarmte ich Katja, neben der ich am Flügel stand, und küßte sie auf das runde Kinn und den runden Hals, wohin ich sie immer am liebsten zu küssen pflegte; und wenn er dann wieder zu uns zurückkam, machte ich ein ernstes Gesicht und hielt mit Gewalt mein Lachen zurück.

„Was ist denn heute mit ihr?" sagte Katja zu ihm.

Er aber gab keine Antwort und sah mich nur lächelnd an. Er wußte, was mit mir „war".

„Sehen Sie doch, diese herrliche Nacht!" rief er uns vom Empfangszimmer aus zu, während er in der nach dem Garten gehenden offenen Balkontür stand.

Wir gingen zu ihm hin, und in der Tat, es war eine Nacht, wie ich sie später niemals wieder gesehen habe. Der Vollmond stand hinter uns über dem Hause, so daß er nicht zu sehen war, und der halbe Schatten des Daches, der Säulen und der Markise über der Terrasse fiel schräg auf den sandbestreuten Gartenweg und den runden Rasenplatz. Alles andere ringsum war hell erleuchtet und von dem Silberglanze des Taues und des Mondlichts übergossen. Ein breiter, von Blumen eingefaßter Weg, auf den von der einen Seite her schräg die Schatten der an Stäbe gebundenen Georginen fielen, verlor sich wie ein schimmerndes, von kalten Kieseln gebildetes Band in der nebeligen Ferne. Hinter den Bäumen sah man das hell beschienene Dach der Orangerie, und von der Schlucht her stieg ein Nebel auf, der sich mehr und mehr verdichtete. Die schon ein wenig entlaubten Fliederbüsche waren bis auf die kleinsten Zweige erhellt. Deutlich ließen sich die einzelnen taufeuchten Blumen voneinander unterscheiden. In den Alleen flossen Schatten und Licht so ineinander, daß man in ihnen nicht mehr Bäume und Wege unterschied, sondern nur durchsichtige, hin und her schwankende, zitternde Häuser zu sehen meinte. Nach rechts hin, im Schatten des Hauses, war alles schwarz, unbestimmt, schaurig. Um so heller tauchte aus diesem Dunkel der seltsam phantastische Gipfel einer Pappel hervor, der in dem grellen Lichtmeer zu schweben und jeden Augenblick zum fernen, dunkelblauen Himmel entfliehen zu wollen schien.

„Kommen Sie, wir wollen ein wenig hinuntergehen," sagte ich.

Katja war einverstanden, doch meinte sie, ich müsse dann Galoschen anziehen.

„Wozu denn, Katja?" versetzte ich. „Sergjej Michajlowitsch wird mir den Arm reichen."

Als ob das irgend etwas damit zu tun gehabt hätte, daß ich trockene Füße behielt! In diesem Augenblick jedoch empfand keins von uns dreien den Widerspruch in meinen Worten. Er hatte mir noch niemals den Arm gereicht, jetzt aber nahm ich ihn selbst, und er fand das durchaus nicht sonderbar. Wir schritten zu dreien die Terrasse hinunter. Diese ganze Welt, dieser Himmel, dieser Garten, diese Luft waren nicht dieselben, die ich bisher gekannt hatte.

Als ich auf der Allee, auf der wir hinschritten, vorwärts schaute, war es mir, als ob man dort, in der Ferne, nicht weitergehen könne, als ob dort die Welt des Möglichen zu Ende sei, als ob alles dies so für immer in seiner Schönheit festgebannt bleiben müsse. Aber wir gingen weiter, und die Zauberwand der Schönheit teilte sich vor uns und ließ uns weiterschreiten, und nun war es mir, als ob auch dort, wie hier, nur unser alter, bekannter Garten mit seinen Bäumen und Wegen und seinem trockenen Laub sei. Und wir schritten auf den Wegen dahin und traten in die Licht- und Schattenkreise, und richtiges, trockenes Laub raschelte unter unseren Füßen, und ein frischer Zweig fuhr mir über das Gesicht. Und er war es wirklich, der da gleichmäßig und still neben mir herschritt und mich sorgsam am Arme führte, und auch die wirkliche Katja war es, die da mit den knarrenden Schuhen neben uns ging. Und das Licht dort oben am Himmel, das mußte wohl der Mond sein, der durch die regungslosen Zweige seinen hellen Schein auf uns niedersandte.

Doch bei jedem Schritt schloß sich hinter uns und vor uns wieder die Zauberwand, und ich verlor wieder den Glauben an alles das, was ich an Wirklichem ringsumher sah.

„Ach, ein Frosch!" rief Katja plötzlich.

„Wer rief da? Und warum …" ging es mir durch den Kopf. Dann aber fiel es mir ein, daß es Katja sein müsse, die da rief, daß sie sich vor Fröschen fürchte, und ich blickte vor mich auf den Weg.

Ein kleiner Frosch machte gerade vor mir einen Satz und blieb dann still sitzen, und sein kleiner Schatten zeichnete sich deutlich auf dem hellen Lehm des Weges ab.

„Haben Sie auch Angst vor Fröschen?" fragte er mich.

Ich blickte ihn an. An der Stelle der Lindenallee, die wir soeben passierten, fehlte ein Baum in der Reihe, und ich konnte das Gesicht meines Begleiters ganz deutlich sehen. Es war so schön und so glücklich …

„Haben Sie auch Angst …?" hatte er gefragt, ich aber hörte aus seinen Worten nur heraus: „Ich liebe dich, mein teures Mädchen! Ich liebe, liebe dich!" Und sein Blick und der Druck seiner Hand bestätigten mir diese Worte; und das Licht, der Schatten, die Luft, und alles, alles bestätigte sie mir.

Wir durchwanderten den ganzen Garten. Katja ging immer mit ihren kleinen Schritten neben uns her und holte schwer Atem, so müde war sie. Sie meinte, es sei Zeit, daß wir zurückkehrten, und sie tat mir herzlich leid, die Ärmste. „Warum kann sie nicht ebenso empfinden wie wir?" dachte ich. „Warum sind nicht alle Menschen so jung und so glücklich, wie wir beide in dieser Nacht es sind?"

Wir kehrten in das Haus zurück, er aber nahm noch lange nicht Abschied von uns, obschon bereits die Hähne krähten, und alles im Hause schlief, und sein Pferd unter dem Fenster immer häufiger schnaubte und die Erde stampfte. Katja erinnerte uns nicht daran, daß es schon spät sei, und so saßen wir wohl bis gegen drei Uhr morgens beisammen und redeten von allen möglichen gleichgültigen Dingen, ohne zu merken, wie die Zeit verfloß. Die Hähne krähten bereits zum drittenmal, und der Morgen dämmerte schon, als er aufbrach. Er nahm ganz so wie sonst von uns Abschied und sagte nichts Besonderes; ich wußte jedoch, daß er vom heutigen Tage an mein war, und daß ich ihn nicht mehr verlieren würde.

Sobald ich mir ganz klar darüber war, daß ich ihn liebte, erzählte ich alles Katja. Sie war sehr erfreut und gerührt, aber sie konnte bei alledem in dieser Nacht doch schlafen, die Ärmste, während ich noch lange, lange auf der Terrasse auf und ab schritt, mir jedes seiner Worte, jede seiner Bewegungen ins Gedächtnis zurückrief und alle die Wege, auf denen ich an seinem Arme dahingeschritten war, noch einmal zurücklegte. Ich schloß in dieser ganzen Nacht kein Auge, und zum erstenmal in meinem Leben sah ich den Sonnenaufgang und den frühen Morgen. Niemals wieder habe ich später eine solche Nacht, einen solchen Morgen gesehen.

„Aber warum hat er mir nicht einfach gesagt, daß er mich liebt?" dachte ich. „Warum erfindet er alle möglichen Schwierigkeiten, will er durchaus ein Greis sein, während doch alles so einfach und schön ist? Warum verliert er die goldene Zeit, die vielleicht niemals wiederkommen wird? Er braucht doch nur zu sagen: ‚Ich liebe dich', braucht nur meine Hand zu ergreifen und seinen Kopf vorzuneigen und dies eine Wort auszusprechen: ‚Ich liebe dich!' Er braucht nur errötend die Augen vor mir zu senken, und ich werde ihm dann alles, alles sagen. Oder nein, nichts werde ich ihm sagen – sondern umarmen werde ich ihn und mich an seine Brust schmiegen und in Tränen ausbrechen. Wie aber, wenn ich mich täusche, wenn er mich gar nicht liebt?" ging es mir plötzlich durch den Kopf.

Ich erschrak vor meinem eigenen Gefühl – Gott weiß, wohin es mich noch führen konnte – und es fiel mir ein, wie verwirrt wir beide waren, als ich dort im Kirschgarten plötzlich vor ihm von der Mauer hinabsprang, und es ward mir so bang, so bang zumute. Tränen traten mir in die Augen, und ich begann zu beten. Und ein seltsamer Gedanke kam mir plötzlich und senkte Ruhe und Hoffnung in mein Herz: ich beschloß, vom heutigen Tage an bis zu meinem Geburtstage zu fasten, an meinem Geburtstage das Abendmahl zu nehmen und an eben diesem Tage seine Braut zu werden.

Weshalb, wozu und auf welche Weise das geschehen sollte – darüber wußte ich nichts, doch glaubte und wußte ich von diesem Augenblick an, daß es geschehen würde.

Es war schon ganz hell geworden, und die Leute im Hofe erhoben sich bereits vom Schlaf, als ich in mein Zimmer zurückkehrte.

IV. |

Es waren die Fasttage vor Mariä Himmelfahrt, und so wunderte sich niemand weiter im Hause darüber, daß auch ich in dieser Zeit die Fasten einzuhalten wünschte.

Während dieser ganzen Woche besuchte uns Sergjej Michajlowitsch nicht ein einziges Mal, und ich empfand durchaus keine Unruhe, keinen Unwillen, keine Verwunderung darüber, ja ich war im Gegenteil froh, daß er nicht kam, und erwartete ihn erst wieder an meinem Geburtstage. Im Laufe dieser Woche stand ich täglich früh auf, und während für mich der Wagen angespannt wurde, ging ich allein im Garten spazieren, rief mir alle Sünden ins Gedächtnis zurück, die ich tags vorher begangen, und überlegte, wie ich es heute anzufangen hätte, um mit meinem Tagewerk zufrieden zu sein und jede Sünde zu vermeiden. Es erschien mir damals so leicht, ganz ohne Sünde zu sein – nur einiger Selbstzucht bedurfte es nach meiner Meinung, um dieses Ziel zu erreichen.

Der Wagen fuhr vor, und ich stieg mit Katja oder einem der Mädchen ein, um nach der drei Werst weit abliegenden Kirche zu fahren. Wenn ich die Kirche betrat, fiel es mir jedesmal ein, daß alle diejenigen, die in der rechten Furcht des Herrn die Kirche betreten hätten, vom Priester in sein Gebet eingeschlossen würden, und ich bemühte mich, wenn ich die beiden grasbewachsenen Stufen der Vorhalle betrat, eben diese Gottesfurcht in meinem Herzen zu haben. In der Kirche pflegten um jene Zeit höchstens ein Dutzend Menschen zu sein, Bäuerinnen oder Leute vom Hofgesinde, die sich durch den Kirchenbesuch zum Abendmahl vorbereiteten; ich bemühte mich, ihre Verbeugungen recht demütig zu erwidern, und ich trat, was mir als ein ganz besonderes Zeichen von Frömmigkeit erschien, selbst zu der Lade mit den Kerzen hin, um aus den Händen des alten Küsters, dem man den gedienten Soldaten ansah, einige Kerzen entgegenzunehmen und sie vor die heiligen Bilder zu stellen. Durch die Haupttür des Altarraums sah ich die Altardecke, die meine Mutter gestickt hatte, über dem Heiligenschrein schwebten zwei Engel mit Sternen, die mir dereinst, als ich noch ganz klein war, so ungeheuer groß erschienen waren, und über ihnen breitete die Taube mit dem goldenen Strahlenkranz ihre Flügel aus, die meine Phantasie damals so lebhaft beschäftigt hatte. Hinter dem Chorgitter sah ich das mit Beulen bedeckte kupferne Taufbecken, über dem ich so oft die Kinder unserer Hofleute gehalten hatte, und über dem auch ich selbst getauft worden war. Der alte Priester erschien, in einem Meßgewande, das aus einem Bahrtuche vom Sarge meines Vaters gefertigt war, und verrichtete den Gottesdienst mit derselben Stimme, die mir, soweit ich zurückdenken konnte, von den gottesdienstlichen Feiern in unserem Hause, der Taufe Sonjas, der Trauerandacht am Sarge meines Vaters, der Seelenmesse am Sarge der Mutter, bekannt war. Und vom Chor herab ertönte dieselbe zitternde Stimme des Diakons, und dieselbe alte Frau, die ich schon immer, bei jedem Gottesdienst, in der Kirche gesehen, stand tiefgebeugt an der Wand, schaute mit den tränenden Augen nach dem einen Heiligenbilde am Chor, hielt die gefalteten Hände an das verschossene Tuch, das sie trug, und murmelte mit dem zahnlosen Munde irgend etwas vor sich hin.

Und alles dies war mir nicht nur interessant, weil es für mich durch die Erinnerung geweiht war, sondern erschien mir jetzt wahrhaft groß und heilig und voll tiefer Bedeutung. Ich lauschte auf jedes einzelne Wort des Gebets, das der Priester sprach, ich suchte ihm in meiner Seele einen Widerhall zu geben, und wenn ich es nicht verstand, so bat ich in Gedanken Gott, meinen Sinn zu erleuchten, oder ich machte mir, an Stelle des nicht verstandenen Gebetes, mein eigenes Gebet zurecht. Wenn die Bußgebete gesprochen wurden, gedachte ich meiner Vergangenheit, und diese unschuldige, kindliche Vergangenheit erschien mir so schwarz und sündhaft im Vergleich mit dem jetzigen, erleuchteten Zustande meiner Seele, daß ich Tränen vergoß und über mich selbst erschrak; zugleich aber fühlte ich, daß alles dies Vergebung finden werde, und daß, wenn ich noch viel mehr Sünden begangen hätte, die Reue für mich nur um so süßer und köstlicher sein würde. Als der Priester zum Schluß des Gottesdienstes die Worte sprach: „Der Segen des Herrn ruhe auf euch" – da war mir, als hätte dieser Segen in mir ein unmittelbares körperliches Wohlbehagen erzeugt. Licht und Wärme schienen plötzlich in mein Herz eingeströmt zu sein.

Der Gottesdienst war zu Ende, und der Geistliche kam zu mir und fragte mich, ob er nicht die Nachtmesse bei uns im Hause abhalten solle, und wann wir diese Hausandacht wünschten. Doch ich dankte ihm ehrerbietig für diesen frommen Dienst, den er, wie ich glaubte, nur um meinetwillen verrichten wollte, und ich sagte, daß ich selbst, zu Fuß oder zu Wagen, zur Nachtmesse in die Kirche kommen würde.

„Sie wollen sich selbst herbemühen?" sagte er.

Und ich wußte nicht, was ich ihm antworten sollte, um nicht durch Hoffart zu sündigen.

Von der Kirche aus schickte ich, wenn nicht gerade Katja mitgekommen war, den Wagen gewöhnlich fort und kehrte allein zu Fuß nach Hause zurück. Unterwegs grüßte ich demütig alle, die mir begegneten, und nahm jede Gelegenheit wahr, zu helfen, zu raten, irgendein Opfer zu bringen, beim Anheben eines steckengebliebenen Wagens mit Hand anzulegen, ein weinendes Kind zu beruhigen, den andern den Weg freizugeben, und wenn ich dabei auch in den Schmutz treten mußte. Eines Abends hörte ich, wie der Verwalter in seinem Tagesbericht Katja Mitteilung davon machte, daß ein Bauer, Semjon mit Namen, um ein Brett zu einem Sarge für sein Töchterchen und um einen Rubel zur Bestreitung des Begräbnisses gebeten, und daß er, der Verwalter, ihm beides gegeben habe.

„Sind denn die Leute so arm?" fragte ich.

„Sehr arm, gnädiges Fräulein, kein bißchen Salz haben sie im Hause," antwortete der Verwalter.

Es war mir, als ginge mir ein Stich durchs Herz, zugleich aber empfand ich eine freudige Rührung bei seinen Worten. Ich redete Katja vor, ich wolle spazieren gehen, eilte in mein Zimmer hinauf, nahm alles Geld, das ich besaß – es war nicht allzuviel – und ging, mich bekreuzend, allein die Terrasse hinab durch den Garten nach dem Dorfe, zu Semjons Häuschen. Es lag am Ende des Dorfes; von niemand gesehen, trat ich ans Fenster, legte das Geld auf das Fensterbrett und klopfte an die Scheibe. Eine Tür knarrte, irgend jemand trat heraus und rief mich an. Ich aber lief zitternd und frierend vor Schreck, wie eine Verbrecherin, nach Hause. Katja fragte mich, wo ich gewesen, und was denn mit mir sei, doch ich verstand ihre Worte nicht einmal und gab ihr keine Antwort. Alles erschien mir plötzlich so erbärmlich und nichtig. Ich schloß mich in meinem Zimmer ein und ging lange darin auf und ab, unfähig, irgend etwas zu tun oder zu denken oder mir von meinen Gefühlen Rechenschaft zu geben. Ich suchte mir die Freude auszumalen, die in Semjons Familie herrschen würde, suchte zu erraten, in welchen Ausdrücken sie den Spender der Gabe preisen würden, und ich bedauerte, daß ich es ihnen nicht selbst gegeben hatte. Ich dachte auch daran, was wohl Sergjej Michajlowitsch sagen würde, wenn er von meiner Tat erführe, und ich freute mich darüber, daß nie ein Mensch davon erfahren würde. Und eine solche Seligkeit erfüllte mich, und alle Menschen, ich selbst mit eingeschlossen, erschienen mir so gut, und ich sah mich selbst und alle andern in so mildem, warmem Lichte, daß selbst der Gedanke an den Tod, der in meiner Seele auftauchte, mir wie ein Glückstraum erschien. Ich lächelte, und ich betete, und ich weinte und liebte alle Menschen auf Erden, auch mich selbst, heiß und innig. Während des Gottesdienstes las ich das Evangelium, und immer verständlicher und klarer wurde mir dieses Buch, immer rührender und ergreifender und schlichter erschien mir die Geschichte dieses göttlichen Lebens, immer erhabener und unergründlicher die Tiefe des Fühlens und Denkens, die ich in seiner Lehre fand. Und wie einfach und klar erschien mir dann alles, wenn ich, von diesem Buche aufsehend, wieder Umschau hielt in dem Leben, das mich umgab, und mich in seine Erscheinungen vertiefte! Es kam mir so schwer vor, ein böses Leben zu führen, und so einfach, alle Menschen zu lieben und von ihnen geliebt zu werden. Alle waren so gut und so freundlich gegen mich; selbst Sonja, die ich noch immer unterrichtete, war ganz anders geworden und gab sich Mühe, mich zu verstehen, mir zu Willen zu sein und mich nicht zu betrüben. Wie ich gegen alle war, so waren auch sie gegen mich. Ich sann nach, ob ich nicht vielleicht Feinde hätte, die ich vor der Beichte um Verzeihung bitten müßte, und ich erinnerte mich nur einer jungen Dame aus der Nachbarschaft, über die ich mich ein Jahr vorher in einer Gesellschaft lustig gemacht hatte, und die uns seither nicht mehr besuchte. Ich schrieb einen Brief an sie, bekannte mich darin schuldig und bat sie um Vergebung. Sie antwortete mir in einem Briefe, in dem sie selbst mich um Verzeihung bat und mir ihrerseits verzieh. Ich weinte vor Freude, als ich diese einfachen Zeilen las, in denen mir damals ein so tiefes, rührendes Gefühl zu liegen schien. Auch meine alte Kinderfrau weinte, als ich sie um Verzeihung bat. „Warum sind sie nur alle so gut gegen mich, womit habe ich eine solche Liebe verdient?" fragte ich mich. Und ich dachte unwillkürlich an Sergjej Michajlowitsch und verweilte in Gedanken lange bei ihm. Ich konnte nicht anders und hielt meine Gedanken auch nicht für sündhaft. Doch dachte ich jetzt in ganz anderer Weise an ihn als in jener Nacht, da ich zum erstenmal mir darüber klar geworden war, daß ich ihn liebte; ich dachte an ihn wie an mich selbst und verknüpfte unwillkürlich sein Bild mit jedem Gedanken an meine eigene Zukunft. Das beklemmende Gefühl, das ich immer noch in seiner Gegenwart gehabt, blieb, wenn ich jetzt an ihn dachte, gänzlich aus. Ich empfand nicht mehr seine Überlegenheit, ich fühlte mich ihm jetzt ebenbürtig und glaubte ihn von dem höheren Standpunkte, den ich in meiner neuen Seelenstimmung gewonnen, ganz zu verstehen. Was mir früher an ihm seltsam erschienen war, wurde mir jetzt völlig klar. Nun erst begriff ich den Sinn seiner Äußerung, daß alles Glück einzig darin bestehe, daß man für andere lebe, und ich war jetzt vollkommen seiner Meinung. Es schien mir, als würden wir beide, wenn wir unser Leben vereinten, eines unendlichen, ruhigen Glückes teilhaftig werden. Ich schwärmte nun nicht mehr von Reisen ins Ausland, von gesellschaftlichen Triumphen, von äußerem Glanz – ganz andere Dinge schwebten mir jetzt als Ideal vor: ein stilles Familienleben auf dem Lande, in stetiger Selbstaufopferung, in unwandelbarer Liebe zueinander und treuer Ergebenheit gegen eine gütige, hilfreiche Vorsehung.

Ich ging, wie ich es mir vorgenommen hatte, an meinem Geburtstage zum Abendmahl. Als ich an diesem Tage aus der Kirche heimkehrte, war mein Herz so übervoll von Glück, daß ich förmlich Angst hatte vor dem Leben, vor jedem neuen Eindruck, kurz vor allem, was jenes Glück stören könnte. Als wir eben aus dem Wagen stiegen und die Freitreppe hinaufschritten, ließ sich auf der Brücke das mir bekannte Gerassel eines Kabrioletts vernehmen, und ich erblickte Sergjej Michajlowitsch. Er beglückwünschte mich, und wir betraten zusammen das Empfangszimmer. Noch niemals, seit ich ihn kannte, hatte ich mich in seiner Gegenwart so ruhig und selbständig gefühlt wie an diesem Morgen. Ich glaubte zu fühlen, daß in mir eine ganze neue Welt lebte, die er nicht begriff, die höher stand als die seinige. Seine Gegenwart machte mich nicht im geringsten verlegen. Er mußte wohl den Grund davon erraten haben und legte mir gegenüber ein ganz besonderes Zartgefühl, eine fast andachtsvolle Rücksicht an den Tag. Ich war an das Klavier getreten, doch er schloß es zu und steckte den Schlüssel in die Tasche.

„Verderben Sie sich Ihre Stimmung nicht," sagte er – „in Ihrer Seele ist jetzt eine Musik, die weit herrlicher ist als sonst irgendeine in der Welt."

Ich war ihm für diese Worte dankbar, empfand es dabei jedoch ein wenig unangenehm, daß er gar so leicht und klar alles das begriff, was vor aller Welt als tiefstes Geheimnis meiner Seele bewahrt bleiben sollte. Als wir bei Tisch saßen, sagte er, er sei zwar gekommen, um mir Glück zu wünschen, zugleich aber, um Abschied zu nehmen, da er morgen nach Moskau reise. Er blickte bei diesen Worten auf Katja; dann aber streifte auch mich sein Blick, und ich bemerkte, daß er wohl auf meinem Gesichte irgendeine Erregung zu sehen erwartete. Doch ich war weder erstaunt noch beunruhigt, ja ich fragte nicht einmal, wie lange er fortbleiben würde. Ich wußte, daß er dies von selbst sagen würde, und ich wußte sogar, daß er überhaupt nicht abreisen würde. Wie ich zu diesem Wissen kam, kann ich mir jetzt durchaus nicht erklären; an jenem denkwürdigen Tage jedoch glaubte ich alles zu wissen, was war, und was sein würde. Ich schwebte gleichsam in einem glückseligen Traume, in dem alles, was nur irgend geschah oder noch geschehen konnte, mir als längst geschehen, als längst bekannt erschien.

Er wollte sogleich nach dem Mittagessen aufbrechen, aber er mußte doch von Katja, die sich müde gefühlt und unmittelbar nach

Tisch zur Ruhe gelegt hatte, noch Abschied nehmen und darum ihr Erwachen abwarten. Im Saale schien die Sonne zu warm, und wir gingen auf die Terrasse. Kaum hatten wir hier Platz genommen, als ich sogleich vollkommen ruhig das Gespräch aufnahm, das über das Schicksal meiner Liebe entscheiden sollte. Nicht früher und nicht später begann ich zu reden, als in dem Augenblick, da wir uns gesetzt hatten, da noch nichts gesprochen war und die Unterhaltung noch keinen Ton angenommen hatte, der auf das, was ich sagen wollte, irgendwie hemmend hätte einwirken können. Ich begreife selbst nicht, woher mir jene Ruhe, jene Sicherheit und Bestimmtheit im Ausdrucke kam. Es war mir, als spräche ich nicht selbst, als spräche aus mir vielmehr irgendein Etwas, das von meinem Willen unabhängig war. Er saß, auf das Geländer gestützt, mir gegenüber, hatte einen Fliederzweig an sich gezogen und riß die Blätter davon ab. Als ich zu reden begann, ließ er den Zweig los und stützte den Kopf in die Hand. Es war die Haltung eines Mannes, der entweder vollkommen ruhig oder sehr erregt ist.

„Warum verreisen Sie?" fragte ich in sehr bedeutsamem Tone und sah ihm dabei gerade in die Augen.

Er antwortete nicht sogleich.

„Geschäfte!" sagte er dann und senkte die Augen.

Ich begriff, wie schwer es ihm wurde, auf eine Frage, die so aufrichtig und bündig gestellt worden war, mit einer Unwahrheit zu antworten.

„Hören Sie," sagte ich, „Sie wissen, was der heutige Tag für mich bedeutet. Er ist in mancherlei Beziehung für mich sehr wichtig. Wenn ich Ihnen diese Frage stelle, so geschieht es nicht, um Ihnen meine Teilnahme zu beweisen – Sie wissen, daß ich mich an Sie gewöhnt habe und Sie liebe – ich frage darum, weil ich es wissen muß … Warum reisen Sie?"

„Es ist recht schwer für mich, Ihnen die Wahrheit zu sagen, warum ich eigentlich reise," sagte er. „Ich habe in dieser Woche viel über Sie und über mich selbst nachgedacht und bin zu dem Ergebnis gelangt, daß ich reisen muß. Sie begreifen, warum, und wenn Sie mich lieb haben, dann werden Sie mich nicht weiter ausfragen." Er fuhr sich mit der Hand über die Stirn und legte sie dann über die Augen. „Es wäre mir peinlich … Sie werden mich verstehen."

Mein Herz begann heftig zu schlagen.

„Nein, ich kann es nicht verstehen," sagte ich. „Sagen Sie es mir
– um Gottes willen, um des heutigen Tages willen sagen Sie es – ich
kann alles ruhig anhören."

Er veränderte seine Haltung, sah mich an und zog wieder den
Fliederzweig an sich.

„Übrigens," sagte er, nachdem er ein Weilchen geschwiegen
hatte, in einem Tone, den er vergeblich ruhig und fest erscheinen
lassen wollte – „wenn es auch töricht, ja unmöglich ist, es mit Worten auszudrücken, wenn es mir auch noch so schwer wird, so will
ich es Ihnen doch klar zu machen suchen," fügte er hinzu und runzelte dabei die Stirn, als wenn er einen körperlichen Schmerz empfände.

„Nun?" sagte ich.

„Stellen Sie sich vor," begann er, „es hätte da so irgendeinen
Herrn X. gegeben, einen alten Mann, der das Leben schon hinter sich
hatte, und ein junges, harmlos glückliches Fräulein Y., das von der
Welt und den Menschen noch nichts wußte. Gewisse Beziehungen
zwischen den Familien beider fügten es so, daß er das junge Mädchen wie eine Tochter liebgewann, ohne daß er befürchtete, er
könnte sie auch noch auf eine andere Art lieben lernen."

Er hielt ein, doch unterbrach ich ihn nicht.

„Er hatte jedoch vergessen, daß Fräulein Y. noch sehr jung und
das Leben ihr noch ein Spiel war," fuhr er plötzlich in raschem, entschiedenem Tone fort, ohne mich anzusehen. „Er hatte vergessen,
daß es nicht schwer war, sich auch noch auf andere Art in sie zu
verlieben, was ihr möglicherweise viel Spaß machte. Er hatte sich
über seine Selbstsicherheit getäuscht und fühlte plötzlich, daß ein
anderes Gefühl, dumpf quälend wie die Reue, sich in seine Seele einschlich, und er erschrak. Er begann zu fürchten, daß seine alten
freundschaftlichen Beziehungen zu ihr zerstört werden könnten,
und er beschloß abzureisen, bevor diese Beziehungen noch zerstört
wären." Bei diesen Worten fuhr er sich wieder wie von ungefähr mit
der Hand über die Augen und ließ sie darauf ruhen.

„Und warum fürchtete er sich denn, sie auf andere Art liebzugewinnen?" sagte ich kaum vernehmlich, doch mit gleichmäßiger
Stimme, während ich meine Erregung zu unterdrücken suchte. Es
schien jedoch, als habe er einen scherzenden Ton aus meinen Wor-

ten herausgehört, und es lag eine gewisse Gereiztheit in dem, was er weiter sagte.

„Sie sind jung," sprach er, „ich aber bin es nicht. Sie möchten noch spielen, ich aber verlange etwas anderes. Spielen Sie immerhin, doch nicht mit mir, denn ich nehme die Dinge ernst und würde davon nur schweres Leid haben, Sie aber würden es später bereuen. So sprach Herr X. zu der jungen Dame," fügte er hinzu. „Nun, das ist alles dummes Zeug – aber Sie werden jetzt verstehen, warum ich abreise. Sprechen wir, bitte, nicht weiter davon!"

„Doch, doch, wir wollen davon sprechen!" rief ich, und Tränen erzitterten in meiner Stimme. „Liebte er sie, oder liebte er sie nicht?"

Er antwortete nicht.

„Wenn er sie nicht liebte – warum spielte er dann mit ihr wie mit einem Kinde?" sagte ich.

„Ja, ja, er war schuldig, dieser Herr X.", antwortete er, mich hastig unterbrechend – „doch die Sache nahm ein Ende, und sie schieden ... als gute Freunde."

„Aber das ist ja entsetzlich! Und es gibt keine andere Lösung? ..." sprach ich kaum hörbar und erschrak über meine eigenen Worte.

„Ja, es gibt noch eine andere Lösung," sagte er, während er die Hand von seinem erregten Gesicht nahm und mir gerade in die Augen blickte – „oder vielmehr es gibt noch zwei andere Lösungen. Nur unterbrechen Sie mich um Gottes willen nicht und hören Sie mich ruhig an. Die einen sagen," fuhr er, während er sich mit einem schmerzlichen Lächeln erhob, in seiner Rede fort – „die einen sagen, Herr X. habe den Verstand verloren, habe sich bis über die Ohren in Fräulein Y. verliebt und ihr seine Liebe gestanden – sie aber habe nur gelacht, für sie war das alles nur eine Spielerei gewesen, während es sich für ihn um die entscheidende Lebensfrage handelte."

Ich zuckte zusammen und wollte ihm ins Wort fallen, wollte ihm sagen, daß er es nicht wagen dürfe, mir solche Motive unterzuschieben, doch er ließ mich nicht reden und legte seine Hand auf die meinige.

„Warten Sie," sprach er mit bebender Stimme. „Die andern sagen, sie habe sich seiner erbarmt, habe sich in ihrer Unkenntnis von Welt und Menschen eingebildet, sie könne ihn wirklich liebgewinnen, die Ärmste, und habe eingewilligt, sein Weib zu werden. Und er, der Wahnsinnige, habe wirklich geglaubt, sein Leben könne noch einmal von vorn beginnen – doch da habe sie selbst eingesehen, daß sie ihn und er sie getäuscht habe … Lassen Sie uns nicht weiter davon reden," schloß er, offenbar außerstande, noch weiter zu sprechen, und begann schweigend vor mir auf und ab zu gehen.

„Lassen Sie uns nicht davon reden," hatte er gesagt, doch ich sah, daß er aus innerster Seele eine Antwort von mir erwartete. Ich wollte sprechen, vermochte es jedoch nicht – es war mir, als schnüre mir etwas die Brust zusammen. Ich sah ihn an: er war bleich, seine Unterlippe zuckte, und ich fühlte das tiefste Mitleid mit ihm. Ich suchte krampfhaft nach Worten, durchbrach plötzlich den Bann des Schweigens, der auf mir lag, und begann mit leiser, verhaltener Stimme, immerzu fürchtend, daß ich ins Stocken geraten müsse, zu ihm zu reden.

„Und noch eine dritte Möglichkeit gibt es," sagte ich und hielt, seine Gegenrede erwartend, ein. Doch er sagte nichts, und so fuhr ich fort: „Diese dritte Möglichkeit ist, daß er sie gar nicht liebte und sie tief, tief unglücklich machte, und daß er dann, in der Meinung, im vollen Rechte zu sein, abreiste und noch stolz war auf sein Verhalten. Ihnen, nicht mir, war das alles eine Spielerei – ich habe Sie vom ersten Tage an geliebt, ja, geliebt!" rief ich aus, und bei diesem Worte ‚geliebt' ging meine Stimme unwillkürlich aus dem leisen, verhaltenen Tone in einen wilden Schrei über, der mich selbst erschreckte.

Mit bleichem Gesichte stand er vor mir, seine Lippen bebten immer heftiger, und zwei Tränen traten auf seine Wangen.

„Das war schlecht!" stieß ich fast schreiend hervor und hatte das Gefühl, als müsse ich an den unterdrückten Zornestränen ersticken. „Warum das?" rief ich und wollte mich erheben, um ihn zu verlassen.

Doch er hielt mich zurück. Sein Kopf lag auf meinen Knien, seine Lippen küßten meine noch bebenden Hände, und seine Tränen benetzten sie.

„Mein Gott, wenn ich das gewußt hätte!" sprach er vor sich hin.

„Warum das, warum das?" wiederholte ich immer wieder, während meine Seele unsagbares Glück erfüllte.

Fünf Minuten später lief Sonja zu Katja hinauf und schrie so laut, daß es im ganzen Hause widerhallte, Mascha wolle sich mit Sergjej Michajlowitsch verheiraten.

V. |

Es lag kein Grund vor, unsere Hochzeit hinauszuschieben, und weder er noch ich wünschte es. Katja wäre allerdings am liebsten erst nach Moskau gefahren, um Einkäufe und Bestellungen für die Aussteuer zu machen, und seine Mutter hatte verlangt, daß er noch vor der Hochzeit eine neue Equipage und neue Möbel anschaffen und das ganze Haus neu tapezieren lassen solle, doch wir bestanden beide darauf, daß alles das nach der Hochzeit geschehen solle, wenn es schon durchaus geschehen müßte. Die Hochzeit sollte zwei Wochen nach meinem Geburtstage stattfinden, ganz in aller Stille, ohne Herrichtung der Aussteuer, ohne Gäste, ohne Brautjungfern, Festmahl, Champagner und all die üblichen Zutaten. Er erzählte mir, wie unzufrieden seine Mutter darüber sei, daß die Hochzeit ohne Musik, ohne all die Berge von Kisten, ohne Umwälzung des ganzen Hauswesens gefeiert werden solle, nicht so wie ihre Hochzeit, die dreißigtausend Rubel gekostet habe, und wie sie mit höchst wichtiger Miene in aller Heimlichkeit sämtliche Koffer der Vorratskammer durchwühle, um unter Assistenz der Wirtschafterin Marjuschka alle möglichen Teppiche, Gardinen und Teebretter zusammenzusuchen, die nach ihrer Meinung für unser Glück unentbehrlich seien. In unserem Hause gab sich Katja, unterstützt von der Kinderfrau Kusminischna, einer ähnlichen Beschäftigung hin, und sie verbat sich jede scherzende Bemerkung darüber. Sie war fest überzeugt davon, daß wir, wenn wir von unserer Zukunft redeten, nur an Zärtlichkeiten und verliebte Possen dachten, wie dies nun einmal bei Leuten in unserer Lage üblich sei, daß jedoch in Wirklichkeit unser Glück nur vom richtigen Zuschnitt der Leibwäsche und vom sauberen Einsäumen der Tischtücher und Servietten abhänge. Zwischen Pokrowskoje und Nikolskoje gingen mehrmals am Tage geheime Nachrichten darüber hin und her, was hier oder dort vorbereitet würde, und obschon zwischen Katja und seiner Mutter äußerlich die herzlichsten Beziehungen bestanden, spürte man doch auch eine gewisse feine, nicht ganz eines feindseligen Anstrichs entbehrende Diplomatie heraus.

Tatjana Semjonowna, seine Mutter, deren nähere Bekanntschaft ich jetzt machte, war eine pedantische, strenge Hausfrau und lebte ganz in den Überlieferungen der alten Zeit. Er liebte sie nicht nur als Sohn aus Pflichtgefühl, sondern auch als Mensch aus herzlicher Zuneigung und hielt sie für die beste, verständigste und liebevollste Frau in der Welt. Tatjana Semjonowna war immer gut gegen uns, namentlich gegen mich, und sie freute sich darüber, daß ihr Sohn sich verheiratete; als ich jedoch ihr meine Antrittsvisite als Braut machte, hatte ich den Eindruck, als wolle sie mir zu verstehen geben, daß ich nicht gerade die beste Partie für ihren Sohn sei, und daß ich dies nur immer im Auge behalten solle. Und ich verstand sie, war vollkommen ihrer Meinung und stimmte ihr bei.

Während dieser letzten beiden Wochen sahen wir einander jeden Tag. Er kam zum Essen zu uns und blieb bis Mitternacht. Aber obschon er sagte, daß er ohne mich nicht leben könne, was ich ihm aufs Wort glaubte, brachte er doch niemals einen ganzen Tag in meiner Gesellschaft zu und beschäftigte sich nach wie vor mit seinen wirtschaftlichen Angelegenheiten. Unsere Beziehungen blieben bis zum Hochzeitstage selbst ganz so, wie sie bisher gewesen waren, wir sprachen uns gegenseitig mit „Sie" an, er küßte mir nicht einmal die Hand und suchte nicht nur keine Gelegenheit, mit mir allein zu sein, sondern schien sie sogar absichtlich zu meiden. Es schien, als fürchte er, er könnte sich allzusehr jener großen Zärtlichkeit hingeben, die seinem Wesen eigen war. Ich weiß nicht, ob mit ihm oder mit mir eine Wandlung vorgegangen war, ich fühlte mich ihm indes jetzt vollkommen ebenbürtig, bemerkte an ihm nicht mehr jene gemachte Einfachheit, die mir früher an ihm so mißfallen hatte, und sah häufig in ihm mit herzlicher Freude nicht den Achtung und Furcht einflößenden Mann, sondern den zärtlichen, ganz in seinem Glücksgefühl aufgehenden Knaben.

„Das also ist's, was in ihm steckte!" dachte ich oft. „Er ist also gerade so ein Mensch wie auch ich, und nichts weiter!"

Ich glaubte ihn nun genau zu kennen und sein Wesen zu durchschauen. Und alles, was ich an ihm kennen gelernt hatte, war so echt und einfach und stand mit meinem eigenen Wesen so im Einklang. Selbst die Pläne, die er für unser zukünftiges Zusammenleben entworfen hatte, stimmten ganz mit meinen eigenen Plänen überein, nur daß sie in seiner Darstellung klarer und schöner erschienen.

Das Wetter war in diesen Tagen regnerisch, und wir brachten unsere Zeit zum größten Teil im Zimmer zu. Die schönsten, innigsten Gespräche fanden im Winkel zwischen dem Flügel und dem Fenster statt. In dem schwarzen Fenster spiegelte sich aus nächster

Nähe das Licht der Kerzen, und draußen prasselte der Regen gegen die glänzenden Scheiben und floß an ihnen herab. Auf dem Dache hörte man das Trommeln der Tropfen, von der Pfütze vernahm man ein Klatschen und Rieseln, und ein feuchter Hauch ging von dem Fenster aus. Unser Winkel aber schien uns nur noch lauschiger, heller und wärmer.

„Ich wollte mit Ihnen übrigens schon längst über etwas reden," sagte er einmal, als wir noch spät am Abend allein in diesem Winkel saßen und plauderten. „Ich habe die ganze Zeit, während Sie spielten, darüber nachgedacht."

„Sagen Sie mir nichts, ich weiß alles," sagte ich.

„Ja, Sie haben recht, wir wollen nicht davon reden."

„Oder nein, sagen Sie es mir doch lieber!" versetzte ich.

„Gut also. Erinnern Sie sich noch der Geschichte von Herrn X. und Fräulein Y., die ich Ihnen einmal erzählte?"

„Gewiß erinnere ich mich ihrer, der törichten Geschichte! Es ist nur gut, daß sie dieses Ende nahm …"

„Ja, noch ein Schritt weiter, und ich hätte selbst mein eigenes Glück zerstört. Sie haben mich gerettet. Aber die Hauptsache ist, daß alles, was ich damals sagte, Lüge war, und das bedrückt mich jetzt, und ich möchte die Sache jetzt zu Ende erzählen."

„Oh, bitte, tun Sie es nicht!"

„Haben Sie keine Angst," sagte er lächelnd. „Ich möchte mich nur rechtfertigen. Als ich damals zu reden begann, hatte ich es eigentlich auf einen Disput abgesehen."

„Warum auf einen Disput?" sagte ich. „Man soll nie ohne Not disputieren."

„Ich habe mich auch nicht gerade als Meister darin erwiesen. Als ich jetzt nach all den Enttäuschungen, die ich erlitten, all den Fehlern, die ich im Leben begangen, hierher aufs Land kam, war ich mit mir selbst darüber einig, daß es mit der Liebe für mich aus sei, daß mir keine andere Pflicht mehr übrig bleibe, als in Ehren grau zu werden, und daß ich mir über das Gefühl, das ich für Sie hegte, und seine möglichen Konsequenzen doch recht wenig klar war. Ich hoffte und hoffte nicht, bald schien es mir, daß Sie nur kokettierten, bald faßte ich wieder Vertrauen, und schließlich wußte ich selbst nicht, was ich tun würde. Doch nach jenem Abend, an dem wir den nächtlichen Gang durch den Garten machten – Sie erinnern sich? – durchfuhr mich ein Schreck: mein Glück schien mir gar zu groß, ja unmöglich. Was wäre nun geschehen, wenn ich zu hoffen gewagt hätte, und schließlich doch gesehen hätte, daß es umsonst sei? Ich dachte natürlich dabei nur an mich selbst, weil ich nämlich ein ganz abscheulicher Egoist bin …"

Er schwieg ein Weilchen und sah mich an.

„Nun, schließlich war es ja auch nicht lauter Unsinn, was ich damals vorgebracht habe. Ich hatte ja auch alle Ursache, mich zu fürchten. Ich empfange so viel von Ihnen und kann nur so wenig geben. Sie sind noch ein Kind, eine Knospe, die sich erst noch öffnen soll, Sie lieben zum erstenmal, und ich …"

„Ja, sagen Sie mir aufrichtig …" sagte ich, doch plötzlich ward mir vor seiner Antwort bange. „Nein, es ist nicht nötig, lassen Sie es lieber," fügte ich hinzu.

„Sie wollen wissen, ob ich früher schon geliebt habe?" sagte er, meine Gedanken sogleich erratend. „Darauf kann ich Ihnen antworten: nein, ich habe noch nicht geliebt. Ich habe niemals etwas empfunden, das nur im geringsten meinem jetzigen Gefühle geglichen hätte …"

Doch plötzlich war es, als ob eine schmerzliche Erinnerung in seiner Vorstellung auftauche. „Ja – und so mußte ich denn wissen, wie es um Ihr Herz stand, damit ich ein Recht hätte, Sie zu lieben," fuhr er in schwermütigem Tone fort. „Hieß es da nicht sehr eingehend überlegen, bevor ich Ihnen sagte, daß ich Sie liebe? Was biete ich Ihnen? Meine Liebe, gewiß …"

„Ist das so wenig?" sagte ich, während ich ihm in die Augen sah.

„Ja, meine liebe Freundin, es ist wenig, sehr wenig für Sie," fuhr er fort. „Sie prangen in Jugend und Schönheit! Ich verbringe meine Nächte jetzt oft schlaflos vor lauter Glück und denke nur immer daran, wie wir zusammen leben werden. Ich habe viel erlebt, und ich glaube, daß ich jetzt das gefunden habe, was zum Glücke erforderlich ist: ein stilles, zurückgezogenes Leben in unserer ländlichen Einsamkeit, mit der Möglichkeit, den Menschen hier Gutes zu tun, denen man so leicht Gutes tun kann, da sie nicht daran gewöhnt sind; ferner die Arbeit – solche Arbeit, die Nutzen zu bringen scheint; dann die Erholung, die Natur, die Bücher, die Musik, die Liebe zu einigen Menschen, die uns teuer sind – das war mein Traum vom Glück, über den ich nicht hinauszudenken wagte. Und nun habe ich zu alledem noch eine Herzensfreundin wie Sie gewonnen, und vielleicht kommt auch noch eine Familie hinzu und alles, was nur irgend der Mensch sich wünschen kann."

„Ja," sagte ich.

„Für mich, der ich meine Jugend hinter mir habe, mag das reichlich genügen – aber nicht für Sie!" fuhr er fort. „Sie haben noch nicht gelebt, Sie werden das Glück vielleicht noch nach anderer Richtung hin suchen wollen und möglicherweise auch finden. Ihnen mag das jetzt als Glück erscheinen, weil Sie mich lieben ..."

„Ich habe mir immer nur dieses stille Familienleben gewünscht," sagte ich – „und Sie haben nur ausgesprochen, was ich selbst schon gedacht habe."

Er lächelte.

„Das scheint Ihnen nur so, meine Freundin – es wird Ihnen nicht genügen, Sie sind schön und jung ..." wiederholte er nachdenklich.

Ich war ärgerlich darüber, daß er mir nicht glauben wollte und mir, wie ich meinte, meine Schönheit und Jugend zum Vorwurf machte.

„Um wessentwillen lieben Sie mich also?" sagte ich gereizt – „um meiner Jugend oder um meiner selbst willen?"

„Ich weiß es nicht, doch ich liebe Sie," antwortete er und sah mich mit seinem eindringlichen, fesselnden Blicke an.

Ich antwortete nicht und sah ihm unwillkürlich in die Augen. Und plötzlich ging etwas Seltsames mit mir vor: meine ganze Umgebung wurde unsichtbar für mich, dann verschwand auch sein Gesicht vor mir, bis auf seine Augen, die dicht vor den meinigen strahlten, dann schien es mir, als drängen diese Augen in mich ein, alles verwirrte sich in meiner Vorstellung, ich sah nichts mehr und mußte die Augen halb schließen, um mich der Empfindung des Entzückens und Schreckens zu entreißen, die dieser Blick in mir wachgerufen hatte ...

Am Tage vor der Trauung heiterte sich gegen Abend das Wetter auf, und nach der Regenzeit, die den Sommer abschloß, erschien der erste helle, kühle, blinkende Herbstabend. Alles war feucht, kalt und klar, und im Garten bot sich uns zum erstenmal das durchsichtige, bunte, kahle Bild des Herbstes. Der Himmel war klar, kalt und bleich. Ich begab mich zur Ruhe, glücklich in dem Gedanken, daß morgen, an unserem Hochzeitstage, schönes Wetter sein würde. Am nächsten Morgen erwachte ich schon bei Sonnenaufgang, und der Gedanke, daß es heute schön sei, erschreckte mich und rief zugleich mein Erstaunen hervor. Ich ging in den Garten hinaus. Die Sonne war soeben aufgegangen und sandte ihre Strahlen durch die schon stark entlaubten gelben Linden der Allee. Der Weg war mit raschelnden Blättern bedeckt. Die eingeschrumpften grellroten Trauben der Eberesche schimmerten zwischen den wenigen welken, vom Frost zerknüllten Blättern; die Georginen waren runzelig und schwarz geworden. Silbern glänzender Nachtreif lag zum erstenmal auf dem bleichen Rasen und den zertretenen Lattichbeeten am Hause. Nicht eine Wolke schwebte an dem klaren, kalten Himmel.

„Heut also ist's?" fragte ich mich selbst und konnte an mein Glück nicht glauben. „Und morgen schon werde ich nicht mehr hier, sondern in jenem mir fremden Hause mit den Säulen in Nikolskoje erwachen? Ich werde ihn nicht mehr hier erwarten und ihm entgegengehen, nicht mehr am Abend und in der Nacht mit Katja von ihm sprechen, nicht mehr hier in Pokrowskoje vor dem Klavier im Saale mit ihm plaudern, nicht mehr ihm das Geleit geben und mich um ihn ängstigen, wenn er so in die dunkle Nacht hinausreitet?" Es fiel mir ein, daß er gestern gesagt hatte, er sei nun zum letzten Male herübergekommen, und daß dann Katja mich das Brautkleid anprobieren ließ und dabei sagte: „für die morgige Feier." Da mußte ich's doch wohl glauben, daß es heute sei, wenn auch immer wieder der Zweifel sich einschlich. „Ich werde also vom heutigen Tage an dort mit meiner Schwiegermutter zusammenleben, ohne meine Nadjoscha, ohne den alten Grigorij, ohne Katja? Ich werde nicht mehr beim Schlafengehen meine alte Kinderfrau küssen, nicht mehr, wie ich es von Kindheit an gewöhnt bin, mich von ihr bekreuzen lassen und ihren Nachtgruß hören: ‚Schlafen Sie wohl, gnädiges Fräulein!' Ich werde nicht mehr Sonja unterrichten noch mit ihr spielen, nicht mehr des Morgens an ihre Wand klopfen und ihr helles Lachen hören? Ist es denn wahr, daß ich heute mir selbst eine Fremde werden soll, daß nun ein neues Leben sich vor mir auftut, in dem meine Hoffnungen und Wünsche Erfüllung finden sollen? Und wird es mich nun für immer festhalten, dieses neue Leben?" Ich erwartete ihn mit Ungeduld – ich fühlte mich beklommen, so allein mit diesem Gedanken. Er kam schon früh herüber, und erst als er an meiner Seite war, gewann ich die Überzeugung, daß ich heute seine Gattin werden würde, und dieser Gedanke hatte fortan nichts Schreckliches mehr für mich.

Vor dem Mittagessen begaben wir uns nach unserer Dorfkirche, um einer Seelenmesse, die für meinen Vater gelesen wurde, beizuwohnen.

„Wenn er doch jetzt lebte!" dachte ich, als wir nach Hause kamen, und schweigend stützte ich mich auf den Arm des Mannes, den der Verstorbene seinen besten Freund genannt hatte. Als ich während des Gottesdienstes den Kopf tief auf die kalten Steinfliesen der Kapelle hinabsinken ließ, trat mir das Bild meines Vaters wie lebendig vor Augen, war ich fest davon überzeugt, daß seine Seele im Himmel mich verstehe und meine Wahl billige. Ja, ich fühlte deutlich, daß seine Seele uns umschwebe, und daß ich seinen Segen wirklich und wahrhaftig empfange. Erinnerung und Hoffnung, Glück und Trauer flossen in meinem Herzen zu einem einzigen feierlichen, wohligen Gefühl zusammen, und diese unbewegte, frische Luft, diese Stille, die Kahlheit der Felder und der bleiche Himmel, von dem die hellen, doch kraftlosen Sonnenstrahlen niederschienen, paßten recht wohl zu meiner Seelenstimmung. Mir war, als müsse auch er, der an meiner Seite Schritt, meine Empfindungen begreifen und sie teilen. Er ging still und schweigend daher, und auf seinem Gesichte, das ich ab und zu verstohlen von der Seite betrachtete, lag ein ernster, zugleich Trauer und Freude verratender Ausdruck, der mit der Stimmung der uns umgebenden Natur wie mit den Empfindungen meines Herzens ganz im Einklang stand.

Plötzlich wandte er sich zu mir um. Ich sah, daß er etwas sagen wollte. „Wie, wenn er nun von etwas ganz anderem spricht als davon, woran ich jetzt denke?" ging es mir durch den Kopf. Er sprach von meinem Vater, ohne ihn auch nur zu nennen:

„Er sagte mir einmal im Scherz: heirate doch meine Mascha!" sagte er.

„Wie glücklich würde er heute sein!" versetzte ich und preßte seinen Arm, auf den ich den meinigen stützte, fester an mich.

„Sie waren damals noch ein Kind," fuhr er fort, während er mir in die Augen schaute. „Ich küßte damals diese Augen und liebte sie nur darum, weil sie den seinigen glichen, und ich hätte nie geglaubt, daß sie mir einmal um ihrer selbst willen so teuer sein würden. Ich nannte Sie damals einfach Mascha."

„Sagen Sie ‚du‘ zu mir!" sprach ich.

„Ich wollte es soeben tun," sagte er – „jetzt erst bin ich sicher, daß du ganz die Meine bist." Und sein ruhiger, glücklicher Blick ruhte voll Innigkeit auf mir.

Wir gingen still den wenig ausgetretenen Feldweg entlang, der über das vom Vieh zertretene Stoppelfeld führte; kein Laut ertönte rings um uns, nur unsere Schritte und unsere Stimmen vernahmen wir. Auf der einen Seite zog sich über die Schlucht hinweg bis zu dem fernen, entblätterten Laubwald das unansehnliche braune Stoppelfeld, auf dem, seitwärts von uns, ein Bauer mit dem Pfluge einen breiter und breiter werdenden schwarzen Streifen aufwarf. Am Fuße der Anhöhe war eine Herde von Pferden zerstreut, die uns trotz der großen Entfernung in der klaren Luft ganz nahe schienen. Auf der andern Seite, wie auch vor uns, bis zum Garten und zu unserem Hause hin, dehnte sich schwarzes, schon bestelltes Ackerfeld, auf dem stellenweise bereits die grüne Wintersaat aufgegangen war. Auf alles das ließ die Sonne ihre herbstlich matten Strahlen fallen, und lange, zerfaserte Spinnenfäden zogen sich darüber hin. Sie flogen rings um uns durch die Luft, senkten sich auf das nach dem Nachtfrost wieder aufgetaute Stoppelfeld, flatterten uns in die Augen, blieben uns an Haaren und Kleidern hängen. Wenn wir sprachen, tönten unsere Stimmen so seltsam, und die Worte blieben gleichsam über uns in der unbewegten Luft hängen. Es schien, als seien wir ganz allein mitten in der ganzen Welt, allein unter diesem blauen Gewölbe, von dem die Sonne ihr zitterndes, leuchtendes, doch nicht wärmendes Licht herabströmen ließ.

Auch ich hätte wohl „du" zu ihm sagen mögen, doch wagte ich es noch nicht recht.

„Warum gehst du so schnell?" fragte ich endlich hastig, fast flüsternd, und errötete unwillkürlich.

Er ging nun langsamer und sah mich noch inniger, noch froher und glücklicher an.

Als wir zu Hause anlangten, war seine Mutter bereits da, und ebenso die Gäste, die wir hatten einladen müssen. Bis zu dem Augenblick, da wir nach der Trauung die Kirche verließen und in den Wagen einstiegen, der uns nach Nikolskoje bringen sollte, war ich nun nicht mehr allein mit ihm.

Die Kirche war fast leer; nur ganz flüchtig bemerkte ich seine

Mutter, die hoch aufgerichtet auf einem Teppich neben dem Chor stand, dann Katja in einer Haube mit lila Bändern, helle Tränen in den Augen, und zwei oder drei Leute vom Hofgesinde, die mich neugierig betrachteten. Ihn sah ich nicht an, doch fühlte ich seine Nähe. Ich hörte nach dem Wortlaut der Gebete hin und wiederholte sie, doch fanden sie in meiner Seele keinen Widerhall. Ich konnte nicht beten und richtete mechanisch den Blick auf die Heiligenbilder, die Kerzen, das Kreuz auf dem Rückenteil des Meßgewandes, das der Priester trug, auf die Wand mit den Heiligenbildern vor dem Altar, auf das Kirchenfenster – und ich begriff nichts von dem, was ich sah. Ich fühlte nur, daß etwas Ungewöhnliches mit mir vorging. Als der Priester sich mit dem Kreuze nach mir umwandte, mich beglückwünschte und erklärte, er habe mich getauft und nach Gottes Fügung nun auch getraut, als dann Katja und seine Mutter uns küßten und Grigorij laut nach der Kutsche rief, da war ich ganz erstaunt und erschrocken, daß alles schon zu Ende war, ohne daß irgend etwas Außergewöhnliches, das dem von mir empfangenen Sakrament entspräche, sich in meiner Seele vollzogen hätte. Wir küßten uns, und dieser Kuß hatte etwas so Seltsames, unserem Gefühl Fremdes. „Ist das alles?" dachte ich unwillkürlich. Wir traten in die Vorhalle; das Geräusch der Räder tönte dumpf von der Kirchenwölbung wieder, ein frischer Lufthauch berührte mein Gesicht, er setzte den Hut auf und hob mich dann in den Wagen. Aus dem Kutschenfenster sah ich den kalten, von einem Dunstkreis umgebenen Mond.

Er nahm neben mir Platz und schlug die Wagentür hinter sich zu. Es ging mir wie ein Stich durchs Herz. Die Sicherheit, mit der er das alles tat, erschien mir verletzend. Ich hörte noch Katjas laute Stimme – sie sagte, ich solle das Tuch um den Kopf nehmen; dann rasselten die Räder über die Steinfliesen, bogen auf den weichen Weg ein, und wir fuhren davon. Ich drückte mich in die Wagenecke und blickte durchs Fenster auf die weiten, hell beleuchteten Felder und den Weg, der im kalten Mondschein über die Fluren hinlief. Ohne ihn anzublicken, fühlte ich doch, daß er da ganz dicht neben mir saß. „Das ist also alles, was dieser Augenblick mir gegeben hat, von dem ich so viel erwartet hatte?" dachte ich, und es schien mir so demütigend und kränkend, daß ich nun so allein ganz dicht neben ihm saß. Ich wandte mich nach ihm um und wollte ihm irgend etwas sagen. Aber die Worte wollten nicht über meine Lippen, und es war mir, als wäre nichts mehr von den früheren zärtlichen Gefühlen in meinem Herzen, und als sei an ihre Stelle ein Gefühl der Kränkung und der Furcht getreten.

„Ich habe es bis zu diesem Augenblick nicht für möglich gehalten, daß es so kommen könnte," sagte er leise, gleichsam meinen Blick beantwortend.

„Ja, aber mir ist so bange …" sagte ich.

„Vor mir ist dir bange, meine Liebe?" sprach er, nahm meine Hand und neigte sich über sie.

Meine Hand lag wie leblos in der seinigen, und mein Herz durchzuckte es schmerzlich kalt.

„Ja," flüsterte ich.

Doch da begann mein Herz plötzlich stärker zu schlagen, meine Hand erbebte und ergriff die seine; es überlief mich heiß, meine Augen suchten im Halbdunkel die seinen, und ich fühlte plötzlich, daß ich ihn gar nicht fürchte, daß diese Furcht die Liebe sei, eine Liebe, noch zärtlicher und stärker als die frühere. Ich fühlte, daß ich ganz die Seine war, und daß ich glücklich war durch seine Gewalt über mich und mein Sein.

ZWEITER TEIL

I. |

Tage, Wochen, zwei ganze Monate einsamen Landlebens vergingen unmerklich, wie es uns damals schien; und doch hätten die Empfindungen, die Aufregungen und das Glück dieser zwei Monate ausgereicht, um ein ganzes Leben auszufüllen. Unsere Träume von der Gestaltung unserer Zukunft, unseres Lebens im Dorfe gingen durchaus nicht auf die Weise in Erfüllung, wie wir es erwartet hatten. Doch blieb der Reiz unseres Lebens in nichts hinter unseren Träumen zurück. Von jener ernsten Arbeit, Pflichterfüllung und Aufopferung für die andern, die mir in meiner Brautzeit als meine zukünftige Aufgabe vorgeschwebt hatte, war nicht mehr die Rede; statt dessen erfüllte egoistische Verliebtheit, der Wunsch, gehät-

schelt zu werden, eine ewige, grundlose Fröhlichkeit und Gleichgültigkeit gegen alles andere, was es sonst noch auf der Welt gab, unser
Leben. Er ließ mich wohl zuweilen allein, um in seinem Kabinett zu
arbeiten, fuhr in Geschäften nach der Stadt und sah in der Wirtschaft
nach dem Rechten; doch sah ich, wie schwer es ihm jedesmal fiel,
sich von mir zu trennen. Er gestand mir dann später, daß ihm alles
in der Welt, was nicht auf mich Bezug hatte, so überflüssig und nichtig erschien, daß er nicht begreifen konnte, wie man sich überhaupt
damit befassen könne. Und auch ich empfand ganz ebenso wie er.
Ich las, beschäftigte mich mit Musik, leistete der Mama Gesellschaft
und blickte auch einmal in die Schule hinein; doch tat ich das alles
nur darum, weil es entweder auf ihn Bezug hatte, oder weil er es
gern sah, daß ich mich damit befaßte; sobald ich an irgend etwas
gehen sollte, das nicht mit ihm im Zusammenhang stand, sanken
meine Arme schlaff herab, und der Gedanke, daß es außer ihm noch
irgend etwas anderes auf der Welt gebe, erschien mir geradezu komisch. Vielleicht war das ein selbstisches, unedles Gefühl; aber dieses Gefühl machte mich glücklich und erhob mich hoch über alle
Welt. Nur er allein existierte für mich auf der Welt, ihn hielt ich für
den schönsten, den trefflichsten Menschen; darum konnte ich nicht
einen Tag für irgend etwas anderes leben als für ihn und verwandte
alle meine Kräfte einzig darauf, in seinen Augen das zu sein, wofür
er mich hielt. Andrerseits hielt auch er mich für die schönste und
beste Frau in der Welt, für einen Ausbund aller Tugenden, und ich
gab mir alle Mühe, in den Augen des vollkommensten und besten
aller Menschen solch ein Ideal einer Frau zu sein.

Eines Tages trat er zu mir in mein Zimmer, als ich eben betete.
Ich sah ihn an und fuhr fort zu beten. Er nahm am Tische Platz, um
mich nicht zu stören, und schlug ein Buch auf. Es war mir jedoch,
als schaue er mich an, und ich sah mich nach ihm um. Er lächelte.
Auch ich mußte lachen und konnte nicht beten.

„Hast du schon gebetet?" fragte ich ihn.

„Ja. Laß dich nicht stören, ich gehe gleich fort."

„Ich will doch hoffen, daß du immer betest?"

Er gab keine Antwort und wollte gehen, doch ich hielt ihn zurück.

„Tu es um meinetwillen, mein Teurer, bete mit mir!"

Er trat neben mich, ließ unbeholfen die Arme sinken und begann mit ernstem Gesichte, da und dort stockend, zu lesen. Von Zeit zu Zeit wandte er sich nach mir um, als suche er Zustimmung und Hilfe auf meinem Gesichte.

Als er zu Ende war, umarmte ich ihn lachend.

„Du machst aus mir alles, was du willst! Mir ist, als sei ich wieder zehn Jahre alt ..." sagte er errötend und küßte mir die Hände.

Unser Haus war eins jener alten Landhäuser, in denen mehrere Generationen derselben Familie nacheinander in gegenseitiger Achtung und Liebe gewohnt haben. Alles in diesem Hause predigte gleichsam eine ehrenwerte, brave Familientradition, die von dem Augenblick an, da ich es betreten hatte, auch die meinige wurde. Die Einrichtung des Hauses und das ganze Hausregiment wurde von Tatjana Semjonowna ganz im alten Stil gehalten. Man konnte nicht behaupten, daß alles elegant und schön sei; doch von der Bedienung bis zu den Möbeln und Mahlzeiten war alles reichlich, alles sauber, gediegen und akkurat und flößte Respekt ein. Im Empfangszimmer waren die Möbel symmetrisch aufgestellt, an den Wänden hingen Porträts, und den Fußboden bedeckten Teppiche und Läufer aus buntgestreiftem Handgewebe, die im Hause angefertigt waren. Im „Diwanzimmer" stand ein alter Flügel, Chiffonnieren von verschiedener Gestalt, Diwane und Tischchen mit Messingbeschlägen und eingelegten Ornamenten. In meinem Boudoir, das Tatjana Semjonowna selbst mit besonderer Sorgfalt eingerichtet hatte, standen die besten Möbel aus allen Zeitaltern und Stilperioden, darunter ein alter Trumeau, dem gegenüber ich anfangs eine gewisse Schüchternheit empfand, der mir jedoch später, recht wie ein alter Freund, lieb und teuer wurde.

Von Tatjana Semjonowna hörte man so gut wie gar nichts im Hause, doch ging alles so regelmäßig wie eine aufgezogene Uhr seinen Gang. Wohl gab es eine ganze Anzahl überflüssiger Leute im Hause, aber sie alle schienen stolz auf ihre Stellung, zitterten vor der alten Herrin, sahen mich und meinen Mann mit freundlicher Gönnermiene ein wenig von oben herab an und verrichteten im übrigen, wie mir schien, ihren Dienst mit ganz besonderem Vergnügen. Tatjana Semjonowna hielt das Knarren der Sohlen und das Poltern der Absätze für das unangenehmste Ding von der Welt, und so mußte alles im Hause weiches Schuhwerk ohne Absätze tragen. Regelmäßig an jedem Sonnabend wurden im Hause die Fußböden gescheuert und die Teppiche geklopft, an jedem ersten Tage des Monats wurde Gottesdienst abgehalten und eine Wasserweihe vorgenommen; am Namenstage Tatjana Semjonownas, ihres Sohnes und jetzt im Herbst zum erstenmal auch an dem meinigen wurde der ganzen Nachbarschaft ein Festmahl gegeben. So war es immer gehalten worden, soweit Tatjana Semjonowna zurückdenken konnte. Mein Mann mischte sich nicht in die Angelegenheiten des Hauswesens, er beschäftigte sich nur mit der Feldwirtschaft und den Bauern, die ihn stark in Anspruch nahmen. Er stand stets, auch im Winter, sehr früh auf und war längst fort, wenn ich erwachte. Zum Tee, den wir für uns allein einnahmen, kehrte er gewöhnlich zurück; er war dann fast immer, nach all den Sorgen und Unannehmlichkeiten in der Wirtschaft, in jener ganz besonders fröhlichen Stimmung, die wir „himmelhoch jauchzend" zu nennen pflegten. Häufig bat ich ihn, mir zu erzählen, was er am Morgen getrieben habe, und er redete dann solchen Unsinn zusammen, daß wir beide vor Lachen vergingen; zuweilen jedoch bestand ich darauf, daß er mir ernsthaft Bericht erstatte, und das tat er dann auch mit sehr ernsthafter Miene. Ich sah ihm in die Augen, sah auf seine Lippen, die sich bewegten, und verstand nichts, sondern freute mich nur, daß ich ihn sah und seine Stimme hörte.

„Nun, was habe ich also erzählt? Wiederhol's einmal!" sagte er. Ich konnte es natürlich nicht wiederholen und fand es überaus drollig, daß er mit mir nicht von sich selbst und von mir sprach, sondern von irgend etwas anderem, als wäre nicht alles, was außer uns existierte, höchst überflüssig und gleichgültig. Erst viel später begann ich seine Sorgen zu verstehen und sie zu teilen. Tatjana Semjonowna sahen wir erst beim Mittagessen, sie trank den Tee in ihrem Zimmer und ließ uns den Morgengruß durch ihre Sendboten entbieten. In unserer närrisch glücklichen kleinen Welt klang die Stimme aus ihrem würdevoll feierlichen Winkel so seltsam, daß ich oft nicht an mich halten konnte, sondern laut herausplatzte, wenn ihre Kammerfrau, die Hände übereinander legend, uns in gemessenem Tone eröffnete, Tatjana Semjonowna lasse fragen, ob wir nach dem gestrigen Spaziergange geschlafen hätten, und lasse uns mitteilen, sie habe während der ganzen Nacht Stiche in der Seite gehabt, auch habe irgendein dummer Hund im Dorfe in einem fort gebellt und sie im Schlaf behindert. Sie lasse ferner fragen, wie uns diesmal das

Frühstücksgebäck geschmeckt habe, das, wie sie uns sagen lasse, nicht von dem Hausbäcker Taras, sondern zum erstenmal probeweise von Nikolascha gebacken sei, der bis auf die etwas zu scharf geratenen Zwiebäcke seine Sache gut gemacht und namentlich mit den Brezeln Ehre eingelegt habe.

Bis zum Mittagessen war ich nur wenig in Gesellschaft meines Mannes. Ich spielte oder las für mich allein, während er schrieb oder wieder ausgehen mußte; beim Mittagessen jedoch, das um vier Uhr eingenommen wurde, fanden wir uns alle zusammen: wir trafen uns im Empfangszimmer, Mama kam aus ihrem Gemach herangeschwebt, und auch die zwei oder drei verarmten Edelfräulein, die stets im Hause lebten, fanden sich ein. Jeden Tag führte mein Mann nach alter Gewohnheit die Mama zu Tische, doch bestand sie darauf, daß er mir den andern Arm reiche, und dann gab es jedesmal ein Pressen und Drängen in der Tür. Bei Tisch führte natürlich Mama den Vorsitz, und die Unterhaltung hatte einen höchst anständigen, gesetzten, ein wenig feierlichen Anstrich, der durch die mehr zwanglosen Gespräche zwischen mir und meinem Manne in angenehmer Weise gemildert wurde. Zwischen der Mutter und dem Sohne fanden bisweilen kleine Plänkeleien und Neckereien statt, die ich gern hatte, da die zärtliche, starke Liebe, die zwischen beiden bestand, dabei besonders deutlich zutage trat. Nach dem Mittagessen setzte sich Mama in den großen Sessel im Empfangszimmer und rieb Tabak oder schnitt die neu eingegangenen Bücher auf, während wir entweder irgend etwas laut lasen oder ins Diwanzimmer gingen, um auf dem alten Klavier zu musizieren.

Wir lasen in dieser Zeit viel zusammen, den liebsten und schönsten Genuß jedoch gab uns die Musik, die immer neue Saiten in unseren Seelen anschlug und dazu beitrug, daß wir einander von immer neuen Seiten kennen lernten. Wenn ich seine Lieblingsstücke spielte, setzte er sich auf einen entfernten Diwan, wo ich ihn fast gar nicht sehen konnte, und in natürlichem Zartgefühl bemühte er sich, den Eindruck, den die Musik auf ihn machte, vor mir zu verbergen; oft jedoch, wenn er es am wenigsten erwartete, stand ich vom Klavier auf, trat rasch zu ihm hin und konnte dann noch die Spuren der Erregung in seinem Gesichte, den ungewohnten Glanz und den feuchten Schimmer seiner Augen gewahren, die er vergeblich von mir abzuwenden suchte. Mama verspürte häufig Lust, sich im Diwanzimmer nach uns umzusehen, doch fürchtete sie wohl, uns lästig zu fallen, und schritt nur so gelegentlich mit erzwungen gleichgültiger Miene hindurch, als ginge sie nach ihrem Zimmer; ich wußte indes, daß sie dort nichts weiter zu tun hatte, und daß sie auch gleich wieder zurückkommen würde. Des Abends servierte ich den Tee im großen Salon, wo sich dann wieder alle Hausgenossen zusammenfanden. Diese feierlichen Sitzungen vor dem spiegelblanken Samowar nebst der Verteilung der Gläser und Tassen setzten mich lange Zeit in Verwirrung. Es schien mir immer, als sei ich dieser Ehre noch nicht recht würdig, als sei ich noch zu jung und zu leichtfertig, um den Hahn eines so gewaltigen Samowars zu öffnen, um die Gläser dem Diener Nikita auf das Teebrett zu stellen und dabei zu sagen: „Für Peter Iwanowitsch, für Maria Minitschna", um zu fragen: „Ist es auch süß genug?" und für die alte Kinderfrau und die sonst bevorzugten Domestiken die erforderlichen Zuckerstückchen zurückzulegen.

„Sehr gut, ausgezeichnet!" sagte häufig mein Mann – „ganz wie eine Erwachsene!" Und das steigerte noch meine Verlegenheit.

Nach dem Tee legte Mama Patience oder ließ sich von Maria Minitschna die Karten legen; dann küßte und bekreuzte sie uns beide, und wir begaben uns nach unseren Zimmern. Zumeist jedoch saßen wir zu zweien noch bis nach Mitternacht auf, und dies war unsere schönste und köstlichste Zeit. Er erzählte mir von seiner Vergangenheit, wir machten Pläne, philosophierten zuweilen und suchten dabei so leise wie möglich zu sprechen, damit man uns oben nicht hörte und etwa gar Tatjana Semjonowna Meldung machte, die darauf bestand, daß wir zeitig schlafen gingen. Mitunter bekamen wir noch einmal Hunger, schlichen uns leise nach dem Büfett, bekamen durch Nikitas Protektion einen kalten Imbiß und verzehrten ihn beim Schein einer einzigen Kerze in meinem Zimmer. Wir lebten beide wie Fremde in diesem großen alten Hause, über dem der gestrenge Geist der alten Zeit und Tatjana Semjonownas waltete. Nicht nur ihre Person, sondern auch die Dienerschaft, die adeligen alten Jungfern, die Möbel, die Gemälde flößten mir Ehrfurcht ein, einige wohl auch Furcht und das geheime Bewußtsein, daß wir beide hier doch nicht ganz an unserem Platze seien und gar vorsichtig und rücksichtsvoll auftreten müßten. Wenn ich mich jetzt all dieser

Dinge erinnere, sage ich mir wohl, daß vieles, namentlich diese einzwängende, unabänderliche Hausordnung und diese Unmenge von müßigen, neugierigen Leuten im Hause etwas Bedrückendes und Unbehagliches hatte; damals jedoch erhöhte und belebte gerade dieser äußerliche Zwang unsere gegenseitige Liebe. Keins von beiden ließ merken, daß ihm an diesem Zustande irgend etwas mißfalle. Mein Mann ging darin so weit, daß er diesen Dingen, selbst wo sie gar zu aufdringlich wurden, lieber aus dem Wege ging, statt sich gegen sie aufzulehnen. Täglich nach dem Mittagessen pflegte zum Beispiel Mamas Lakai, Dmitrij Sidorow, der gern eine gute Pfeife Tabak rauchte, nach dem Kabinett meines Mannes zu gehen, um sich dort aus dem Tabakkasten mit dem nötigen Tabak zu versehen; wir beobachteten ihn vom Diwanzimmer aus, und man muß es gesehen haben, wie mein Mann, eine komisch ängstliche Miene aufsetzend, auf den Zehen zu mir kam und blinzelnd auf Dmitrij Sidorow zeigte, der keine Ahnung davon hatte, daß wir ihn sahen. Und wenn dann der Lakai, ohne uns bemerkt zu haben, wieder zurückging, wußte mein Mann vor lauter Freude darüber, daß alles glücklich abgelaufen, nichts weiter zu tun, als, wie bei jeder andern Gelegenheit, mich „sein prächtiges Weibchen" zu nennen und mich zu küssen. Bisweilen aber mißfiel mir doch diese Ruhe, diese allzugroße Nachsicht und Gleichgültigkeit gegen alles, und ohne zu merken, daß ich in dieser Hinsicht eigentlich ganz ebenso war wie er, betrachtete ich im stillen doch sein Verhalten als Schwäche. „Ganz wie ein unmündiges Kind, das seinen Willen nicht zu äußern wagt!" dachte ich für mich.

„Ach, meine Liebe," antwortete er mir, als ich ihm einmal sagte, daß ich mich über seine Schwäche wundere – „darf man denn mit irgend etwas unzufrieden sein, wenn man so glücklich ist wie ich? Es ist weit leichter, selbst nachzugeben, als andere zum Nachgeben zwingen zu wollen, das ist längst meine Überzeugung; es gibt einfach keine Lage im Leben, in der der Mensch nicht glücklich zu sein vermöchte. Uns ist doch so wohl zumute! Ich kann einfach nicht böse werden: es gibt jetzt für mich nichts Böses, es gibt nur noch Dinge, die ich bedaure, oder über die ich lache. Mein Grundsatz ist: das Bessere ist der Feind des Guten. Glaubst du wohl, daß, wenn die Klingel geht, wenn ein Brief kommt, oder selbst wenn ich erwache, mir angst und bange wird, es könnte etwas eintreten, das an unserem jetzigen Leben etwas ändert? Denn besser als jetzt kann es doch niemals werden!"

Ich glaubte ihm, verstand ihn jedoch nicht ganz: auch mir war ja sehr wohl zumute, doch schien es mir, daß es so und nicht anders sein müsse, daß es auch mit andern Menschen so sei wie mit uns, und daß es dort, irgendwo, noch eine andere Art von Glück gebe, das zwar nicht besser sei als das unsrige, aber doch eben „anders".

So waren die zwei Monate hingegangen; der Winter kam mit seinen Frösten und Schneestürmen, und obschon mein Mann stets bei mir war, begann ich mich doch vereinsamt zu fühlen – begann ich zu fühlen, daß das Leben sich wiederholte, daß weder in mir noch in ihm irgend etwas Neues zutage trat, daß wir vielmehr immer wieder zum alten Ausgangspunkt zurückkehrten. Er begann sich wieder mehr als früher mit der Wirtschaft zu befassen, ohne mich in seine Sorgen einzuweihen, und es schien mir wieder, daß in seiner Seele eine besondere Welt existiere, in die er mich keinen Blick tun ließ. Seine beständige Ruhe reizte mich. Ich liebte ihn nicht weniger als früher und fühlte mich durch seine Liebe noch ebenso beglückt wie im Anfang; aber meine Liebe war gleichsam stehen geblieben und wuchs nicht weiter, und neben der Liebe begann sich ein neues Gefühl der Unruhe in meine Seele einzuschleichen. Es war mir nicht mehr genug, ihn nur so weiterzulieben, nachdem ich das Glück gekostet hatte, das darin lag, ihn liebzugewinnen. Ich verlangte Bewegung und nicht dieses ruhige Dahinfließen des Lebens. Ich sehnte mich nach Aufregung, nach Gefahren, nach Opfern, die ich meinem Gefühl zuliebe bringen könnte. In mir schlummerte ein Überfluß an Kraft, der in unserem ruhigen Dasein keine Betätigung fand. Anwandlungen von Schwermut kamen über mich, die ich, weil ich sie für etwas Unrechtes hielt, ihm zu verheimlichen suchte, und dann folgten wieder Ausbrüche von Zärtlichkeit und Ausgelassenheit, die ihn erschreckten. Er hatte diesen Wandel meiner Stimmung noch eher bemerkt als ich selbst und mir vorgeschlagen, wir sollten für den Winter nach der Stadt ziehen; doch ich hatte ihn gebeten, davon abzusehen und nichts an unserer Lebensweise zu ändern, nicht unser Glück zu stören. Ich war in der Tat ja auch glücklich, doch mich quälte der Umstand, daß dieses Glück mich so gar keine Mühe, gar kein Opfer kostete, während der Drang nach Opfern und Mühen mich erfüllte. Ich liebte ihn, und ich sah, daß ich ihm alles war; ich wollte jedoch, daß alle Welt unsere Liebe sehen, daß man mich hindern sollte, ihn zu lieben, und daß ich Gelegenheit fände, zu zeigen, daß ich trotz alledem ihn liebte. Mein Verstand und mein Gefühl war wohl vollauf in Anspruch genommen durch die Liebe zu ihm, doch regte sich in meinem Herzen noch eine andere Empfindung: das Bewußtsein der Jugend, das Bedürfnis nach Bewegung, die beide in unserem stillen Dasein keine Befriedigung fanden. Warum hatte er mir gesagt, daß wir, sobald ich es wünschte, in die Stadt ziehen würden? Hätte er dies nicht gesagt, dann hätte ich vielleicht begriffen, daß das Gefühl, das mich bedrückte, nichts weiter als törichte Einbildung und sogar etwas Sündhaftes sei, und daß, wenn ich mich nach Opfern sehnte, ich ja die beste Gelegenheit dazu hatte: ich brauchte eben nur diese tadelnswerten Regungen meiner Seele zu unterdrücken. Der Gedanke, daß ich mich vielleicht meiner Schwermut entledigen könnte, wenn wir in die Stadt zögen, kam mir unwillkürlich immer wieder in den Sinn.

Andrerseits scheute ich mich doch, ihn von allem, was er liebte, um meinetwillen loszureißen.

Die Zeit ging hin, höher und höher stieg der Schnee rings um unser Haus, und wir blieben allein und immer wieder allein miteinander, sahen uns täglich und stündlich in derselben Gestalt; dort aber, irgendwo im Glanz und Geräusch, tummelten sich, litten und jubelten Scharen von Menschen, ohne an uns und unser still dahinfließendes Dasein zu denken. Am schlimmsten für mich war, daß ich fühlte, wie mehr und mehr all die kleinen Gewohnheiten des Tages unser Leben in eine bestimmte Form preßten, wie unser Gefühl, statt sich frei auszuleben, sich immer enger dem einförmigen, leidenschaftslosen Gange der Zeit anpassen mußte. Früh am Morgen waren wir heiter, beim Mittagessen ernst und ehrbar, am Abend zärtlich.

„Gutes tun …“ sagte ich mir im stillen – „gewiß ist es schön, wenn man Gutes tut und ehrenhaft lebt, wie er immer sagt; doch dazu werden wir noch Zeit haben – es gibt aber etwas anderes, wozu ich nur jetzt die Kraft in mir fühlte.“ Nicht das war es, wessen ich bedurfte – Kampf war es, was ich brauchte. Das Gefühl sollte zum Meister des Lebens werden, nicht umgekehrt das Leben dem Gefühle Zwang antun. Ich wollte mit ihm gemeinsam an den Rand des

Abgrunds treten und sagen: noch ein Schritt, und ich stürze hinein, noch eine Bewegung, und ich bin verloren – und dann, so wollte ich's, sollte er dort am Rande des Abgrunds erbleichen, sollte mich in seine starken Arme nehmen, mich über die Tiefe halten, daß das Herz mir vor Schreck erstarrte, und sollte mich forttragen, wohin er wollte.

Dieser Zustand beeinflußte sogar meine Gesundheit, und meine Nerven begannen darunter zu leiden. Eines Morgens – ich fühlte mich noch schlechter als sonst – kehrte er in übler Stimmung aus dem Gutskontor zurück, was nur selten bei ihm vorkam. Ich bemerkte es sogleich und fragte ihn, was ihm fehle; er wollte es mir nicht sagen und meinte, es lohne nicht der Mühe. Wie ich später erfuhr, hatte er Ärger mit dem Bezirkschef, der ihm nicht wohlwollte und seine Bauern unter Drohungen zu einem ungesetzlichen Verhalten hatte verleiten wollen. Mein Mann hatte das alles noch nicht soweit verwunden, daß es ihm „kläglich und lächerlich" erschien, er war infolgedessen gereizt und wollte nicht mit mir sprechen. Ich war jedoch der Meinung, er wolle nur darum nicht mit mir sprechen, weil er mich für ein Kind hielt, das nicht begriff, was ihn beschäftigte. Ich wandte mich schweigend von ihm ab und ließ Maria Minitschna, die gerade bei uns zu Gaste war, zum Frühstückstee bitten. Ich beeilte mich mit dem Tee und ging dann mit Maria Minitschna in das Diwanzimmer, wo ich mich in eine laut geführte Unterhaltung über irgendwelche nebensächlichen Dinge einließ, die mir vollkommen gleichgültig waren. Er ging im Zimmer auf und ab und warf zuweilen einen Blick nach uns hinüber. Diese Blicke übten jetzt nur die eine Wirkung auf mich aus, daß ich immer gesprächiger wurde und sogar Lust zum Lachen bekam; alles, was ich selbst sagte, und was Maria Minitschna sprach, kam mir höchst lächerlich vor. Ohne auch nur ein Wort zu sagen, ging er in sein Zimmer und schloß die Tür hinter sich. Als ich nun nicht mehr seinen Schritt vernahm, war meine ganze Lustigkeit plötzlich verschwunden, so daß Maria Minitschna mich ganz verwundert fragte, was mir fehle. Ich antwortete ihr nicht, sondern saß, dem Weinen nahe, auf dem Diwan.

„Was fällt ihm eigentlich ein?" dachte ich. „Irgendein alberner Vorfall, der ihm wichtig scheint, hat ihn erregt – er sollte mir ihn doch erzählen, ich würde ihm schon beweisen, wie albern und nichtig er ist! Doch nein, er muß durchaus glauben, daß ich kein Verständnis dafür habe, muß mich durch seine erhabene Ruhe verletzen und mir gegenüber immer Recht behalten. Und dabei habe doch auch ich mein Recht – ich brauche nicht in öder Langerweile zu ersticken, während ich mich nach lebendiger Bewegung, nach Kampf und Tätigkeit sehne," dachte ich – „ich brauche nicht auf einem Punkte stillzustehen und zu fühlen, wie die Zeit über mich hinweggeht. Ich will vorwärtsschreiten, will jeden Tag, jede Stunde etwas Neues, er aber will stillstehen und auch mich zum Stillstehen zwingen. Und wie leicht könnte er doch meinen Wunsch erfüllen! Er brauchte mich darum nicht erst nach der Stadt zu bringen, brauchte nur so zu sein wie ich und, statt sich zu verstellen und sich Zwang anzutun, die Dinge einfach zu nehmen, wie sie sind. Mir kann er wohl raten, es so und nicht anders zu machen, er selbst aber ist durchaus nicht der einfache, aufrichtige Mensch, der er sein sollte. Das ist's!"

Ich fühlte, daß die Tränen mir die Kehle zuschnürten, und daß ich über ihn aufgebracht war. Ich erschrak, als ich mich bei diesem Gefühl ertappte, und ging zu ihm hinein. Er saß in seinem Kabinett und schrieb. Als er meine Schritte hörte, wandte er sich für einen Augenblick ruhig und gleichgültig um und fuhr dann fort zu schreiben. Sein Blick hatte mir mißfallen; statt zu ihm zu gehen, trat ich an den Tisch, an dem er schrieb, schlug ein Buch auf und blätterte darin. Er blickte noch einmal vom Papier auf und sah mich an.

„Du bist nicht bei Laune, Mascha?" sagte er.

Ich antwortete ihm mit einem kühlen Blick, der ihm sagen sollte: „Was soll das? Warum fragst du erst?"

Er schüttelte den Kopf, und ein zärtliches, schüchternes Lächeln erschien auf seinem Gesichte, doch kein Lächeln in meinen Zügen gab ihm Antwort.

„Was hattest du heute?" fragte ich. „Warum hast du es mir nicht erzählen wollen?"

„Eine Lappalie, eine kleine Unannehmlichkeit," antwortete er. „Jetzt kann ich dir's ja erzählen. Zwei Bauern sind in die Stadt abgeführt worden ..."

Ich ließ ihn jedoch nicht ausreden.

„Warum hast du es mir nicht gleich erzählt, als ich dich beim Tee danach fragte?"

„Ich würde dir da nur irgendeinen Unsinn erzählt haben – ich war noch in ärgerlicher Stimmung."

„Und gerade da hättest du es mir sagen sollen."

„Weshalb?"

„Du scheinst zu glauben, daß ich nicht imstande bin, dir in diesen Dingen zu helfen?"

„Wie denn?" sagte er und warf die Feder hin. „Ich bin im Gegenteil der Ansicht, daß ich ohne dich nicht leben kann. Du bist mir in allem eine Helferin, ja du bist es sogar, die alles vollbringt! Was redest du nur!" sprach er lachend. „Ich lebe ja einzig durch dich, und wenn hier alles gut und schön ist, so ist's nur, weil du da bist, weil ich dich habe ..."

„Ja, ich weiß das, ich bin ein liebes Kindchen, das man beruhigen muß!" sprach ich in einem Tone, der ihn ganz erstaunt aufblicken ließ, als vernähme er zum erstenmal diesen Klang meiner Stimme. „Ich will diese Ruhe nicht, will nichts von ihr wissen – *deine* Ruhe reicht schon vollkommen aus, ja mehr als das!" fügte ich hinzu.

„Nun, dann höre, um was es sich handelt," unterbrach er mich hastig, offenbar in der Absicht, meiner Rede Einhalt zu tun. „Ich will's dir erzählen, will hören, wie du darüber denkst ..."

„Jetzt will *ich's* aber nicht hören!" antwortete ich, der Wahrheit entgegen, denn ich wollte es wirklich hören, aber es machte mir in diesem Augenblick Vergnügen, ihn aus seiner Ruhe aufzurütteln. „Ich will nicht mit dem Leben spielen, sondern wirklich leben," sagte ich, „so wie du!"

Auf seinem Gesichte, das alle Eindrücke so rasch und lebhaft widerspiegelte, erschien ein Ausdruck des Schmerzes und gespannter Aufmerksamkeit.

„Ich will neben dir als Gleichberechtigte leben ..."

Ich konnte jedoch nicht ausreden: ein so tiefer, herber Schmerz malte sich in seinen Zügen. Er schwieg ein Weilchen.

„Ja – ist denn das nicht der Fall? Worin bist du denn nicht gleichberechtigt mit mir?" fragte er. „Darin vielleicht, daß du dich nicht ebenso wie ich mit dem Bezirkschef und mit betrunkenen Bauern herumzuplacken brauchst? ..."

„Das ist's nicht allein ..." sagte ich.

„So versteh mich doch nur richtig, meine Liebe," fuhr er fort – „ich bitte dich um Gottes willen darum! Ich weiß, daß Sorgen und

Unruhe das menschliche Leben verbittern, ich habe gelebt und das kennengelernt. Ich liebe dich und muß darum wünschen, dich von allen diesen Beunruhigungen zu bewahren. Mein Leben geht ganz in der Liebe zu dir auf, erschwere mir also das Leben nicht ..."

„Du hast ja immer recht!" sagte ich, ohne ihn anzusehen.

Ich ärgerte mich darüber, daß in seiner Seele schon wieder alles klar und ruhig war, während in meinem Innern noch der Ärger tobte und daneben ein anderes, der Reue verwandtes Gefühl sich geltend machte.

„Was ist nur mit dir, Mascha?" sagte er. „Es handelt sich nicht darum, ob das Recht auf meiner oder auf deiner Seite ist – es handelt sich um etwas anderes: was hast du gegen mich? Sprich jetzt nicht gleich, sondern überlege, und sage mir dann alles, was du denkst. Du bist mit mir unzufrieden, und du wirst sicherlich ein Recht dazu haben, doch laß mich wenigstens wissen, worin meine Schuld besteht!"

Ich sollte ihm meine Seele also ganz enthüllen – wie konnte ich das? Daß er mich so rasch durchschaut hatte, daß ich wieder das Kind für ihn war, daß ich nichts tun konnte, was er nicht begriffen und vorausgesehen hätte – alles dies erregte mich nur noch mehr.

„Ich habe durchaus nichts gegen dich," sagte ich. „Ich langweile mich einfach, und ich möchte, daß ich mich nicht langweile. Aber du sagst, es müsse so sein, du hast eben wieder recht."

Ich sah ihn nach diesen Worten an und konnte feststellen, daß ich meinen Zweck erreicht hatte: seine Ruhe war verschwunden, Furcht und Schmerz prägte sich auf seinem Gesicht aus.

„Mascha," begann er mit leiser, erregter Stimme – „was wir jetzt treiben, ist kein Scherz: unser Schicksal entscheidet sich jetzt. Ich bitte dich, mir nicht zu antworten, sondern mich anzuhören. Warum willst du mich denn quälen?"

Ich fiel ihm rasch ins Wort:

„Ich weiß ja, du wirst wieder recht haben. Sage nichts mehr – du hast recht!" sprach ich kühl, als ob nicht ich selbst, sondern irgendein böser Geist aus mir redete.

„Wenn du wüßtest, was du tust!" sprach er mit zitternder Stimme.

Ich brach in Tränen aus, und da wurde mir leichter ums Herz. Er saß neben mir und schwieg. Er tat mir leid, und ich schämte mich und ärgerte mich über das, was ich getan. Ich sah ihn nicht an. Ich hatte die Empfindung, daß er mich in diesem Augenblick nur mit Strenge oder mit Bestürzung ansehen könne. Ich wandte mich um: sein Blick ruhte sanft und zärtlich, wie um Vergebung bittend, auf mir. Ich ergriff seine Hand und sagte:

„Verzeih mir … ich weiß selbst nicht, was ich sprach."

„Mag sein – aber ich weiß, was du sprachst, und du sprachst die Wahrheit."

„Was denn?" fragte ich.

„Daß wir nach Petersburg ziehen müssen," sagte er. „Hier haben wir jetzt nichts mehr zu tun."

„Wie du willst," sagte ich.

Er umarmte und küßte mich.

„Du bist es, die zu verzeihen hat," sagte er. „Ich bin dir gegenüber im Unrecht."

An diesem Abend spielte ich ihm lange vor, und er ging im Zimmer auf und ab und flüsterte irgend etwas vor sich hin. Er hatte diese eigentümliche Gewohnheit, vor sich hinzuflüstern, und ich hatte ihn öfters gefragt, was er denn da flüstere. Er pflegte dann einen Augenblick nachzudenken und mir zu wiederholen, was er geflüstert hatte: es waren zumeist Verse, zuweilen jedoch nur ganz törichtes, wirres Zeug, das mich indes seine Gemütsstimmung erkennen ließ. Als ich ihn diesmal fragte, blieb er stehen, dachte einen Augenblick nach und zitierte dann zwei Verse von Lermontow:

„Und er, der Tolle, träumt von Stürmen,

Als wenn im Sturm der Friede sei …"

„Er ist mehr als ein Mensch – er weiß alles!" dachte ich – „wie soll man ihn nicht lieben?"

Ich erhob mich, faßte seine Hand und begann, möglichst mit ihm Schritt haltend, gleichfalls im Zimmer auf und ab zu gehen.

„Nun?" fragte er lächelnd und sah mich an.

„Nun …" wiederholte ich leise, und eine heitere Stimmung kam über uns beide, unsere Augen lachten, und wir schritten immer und immer wieder durchs Zimmer, zuletzt ganz leise und auf den Fußspitzen. So schritten wir, zum höchsten Verdruß Grigorijs und zum Erstaunen Mamas, die im Empfangszimmer Patience legte, durch alle Zimmer bis nach dem Speisesaal, wo wir halt machten, uns gegenseitig anschauten und in ein lautes Lachen ausbrachen.

Zwei Wochen später, noch vor dem Weihnachtsfest, waren wir in Petersburg.

Unsere Reise nach Petersburg, ein achttägiger Aufenthalt in Moskau, unsere beiderseitigen Verwandten, die Einrichtung der neuen Wohnung, die Fahrt, die neuen Stätten und Menschen – alles das ging wie ein Traum vorüber. Alles das war so mannigfaltig, so neu, so unterhaltend, und dabei von seiner Gegenwart und Liebe so hell und warm durchleuchtet, daß unser stilles Landleben mir als etwas längst Abgetanes, Nichtiges erschien. Zu meinem großen Erstaunen fand ich bei den Menschen, mit denen ich zusammenkam, durchaus nicht jenen weltmännischen Stolz und kalten Hochmut, den ich erwartet hatte, vielmehr traten mir alle, nicht nur die Verwandten, sondern auch Fernerstehende, mit so ungeheuchelter Freude und Liebenswürdigkeit entgegen, daß es schien, als hätten sie alle nur an mich gedacht, nur mich erwartet, damit ihnen selbst so recht wohl würde. Ebenso unerwartet war es für mich, daß, wie ich entdeckte, mein Mann in den Kreisen der Gesellschaft, selbst derjenigen, die mir die allererlesenste schien, sehr viele Bekannte besaß, von denen er niemals mit mir gesprochen hatte. Ich war nicht selten ein wenig peinlich berührt, wenn ich hörte, wie er über verschiedene dieser Leute, die mir so vortrefflich erschienen, ein recht strenges Urteil fällte. Ich konnte nicht begreifen, warum er so kühl mit ihnen verkehrte und so mancher Bekanntschaft, die mir für uns recht wertvoll schien, aus dem Wege zu gehen suchte. Ich war der Meinung, wir könnten nicht genug von diesen trefflichen Menschen kennen lernen, und nach meiner Ansicht waren sie alle ganz vortrefflich.

„Wie müssen zusehen, wie wir zurechtkommen," hatte er vor unserer Abreise nach Petersburg gesagt. „Hier auf dem Lande sind wir kleine Krösusse, dort aber werden wir nicht gerade als reiche Leute auftreten können. Wir werden also nur bis Ostern in der Stadt bleiben können und uns von der Gesellschaft fernhalten müssen, sonst können wir leicht in Schwierigkeiten geraten; ich möchte es auch deinetwegen nicht ..."

„Was sollen wir in der Gesellschaft?" antwortete ich. „Wir wollen ins Theater gehen, die Verwandten besuchen, die Oper und sonstige gute Musik hören – und dann wollen wir, noch vor Ostern, aufs Land zurückkehren."

Kaum aber waren wir in Petersburg angelangt, als auch alle diese braven Absichten schon vergessen waren. Ich fand mich plötzlich in eine so neue, glückliche Welt versetzt, so viele Freuden stürmten auf mich ein, so viele unbekannte, interessante Eindrücke drängten sich mir auf, daß ich im Handumdrehen, wenn auch unbewußt, meine ganze Vergangenheit und alle guten Vorsätze, die ich früher gehabt hatte, verleugnete. „Alles, was ich bisher erlebt habe, war eitel Spielerei, das wirkliche, echte Leben hatte für mich noch nicht begonnen – nun erst liegt es vor mir, dieses Leben!" dachte ich. Jene Unruhe, jene schwermütigen Anwandlungen, die ich auf dem Lande gehabt hatte, waren plötzlich wie durch Zaubermacht ganz und gar verschwunden. Die Liebe zu meinem Gatten war ruhiger geworden, und ich kam hier niemals dazu, darüber nachzugrübeln, ob seine Liebe zu mir nicht vielleicht im Abnehmen begriffen sei.

Wie hätte ich schließlich auch an dieser Liebe zweifeln sollen, da er doch jeden meiner Gedanken erriet, jedes meiner Gefühle teilte, jeden Wunsch erfüllte. Seine Ruhe war hier verschwunden, oder sie reizte mich doch nicht mehr zum Widerspruch. Überdies hatte ich das Gefühl, daß neben seiner früheren Liebe noch eine andere Empfindung bei ihm sich zu regen begann: der Stolz auf mich, das Wohlgefallen an meinen Erfolgen. Nicht selten, wenn wir einen Besuch abgestattet, eine neue Bekanntschaft gemacht oder eine Abendgesellschaft bei uns gehabt hatten, bei der ich in beständiger Angst vor irgendeiner Ungeschicklichkeit die Hausfrau gespielt hatte, sprach er nachträglich zu mir: „Sehr gut hast du deine Sache gemacht, meine Kleine, nur keine Angst! Wirklich ausgezeichnet!" Und ich war sehr erfreut über solches Lob. Bald nach unserer Ankunft in Petersburg hatte er an seine Mutter einen Brief geschrieben; er bat mich, auch meinerseits ein paar Zeilen hinzuzufügen, wollte jedoch nicht, daß ich läse, was er geschrieben hatte; ich bestand nun erst recht darauf, es zu lesen, und las: „Sie würden Mascha nicht wiedererkennen, liebe Mutter, wie auch ich selbst sie nicht wiedererkenne. Woher hat sie nur diese liebenswürdige, graziöse Sicherheit, diese gewandte Sprache, diesen Weltton und Schick? Und alles das erscheint an ihr so natürlich, so lieb, so gutherzig. Alle sind von ihr entzückt, und auch ich selbst kann sie nicht genug bewundern; und wenn's überhaupt möglich wäre, würde ich sie noch viel mehr lieben, als ich es ohnedies tue."

„Ah, so also bin ich!" dachte ich im stillen. Und es war mir so freudig und wohl zumute, als ich dies las, und es schien mir sogar, als liebe ich ihn jetzt noch mehr als zuvor. Mein Erfolg in den Kreisen aller unserer Bekannten kam mir vollkommen unerwartet. Von allen Seiten hörte ich, daß ich dort ganz besonders dem Onkel gefallen habe, daß hier die Tante in mich ganz verliebt sei; der eine sagte mir, es gebe in ganz Petersburg keine zweite junge Frau, die so reizend wäre wie ich, und ein anderer behauptete, ich brauchte nur zu wollen, und ich würde die gesuchteste Dame der Gesellschaft sein. Die schmeichelhaftesten Dinge sagte mir namentlich eine Cousine meines Mannes, eine Fürstin T., die als ältere Dame in der Gesellschaft noch eine große Rolle spielte und mich ganz und gar in ihr Herz geschlossen hatte. Sie verdrehte mir völlig den Kopf und lud mich – es war das erstemal, daß mir das widerfuhr – zur Teilnahme an einem Balle ein. Als sie meinen Mann um die Erlaubnis dazu anging, wandte er sich nach mir um und fragte mich mit einem kaum merklichen spöttischen Lächeln, ob ich denn hinfahren wolle. Ich nickte bejahend mit dem Kopfe und fühlte, daß ich dabei errötete.

„Wie eine Verbrecherin, die ihre Übeltat eingesteht!" sprach er gutmütig lachend.

„Du meintest allerdings, wir könnten keine Gesellschaften mitmachen, und du liebtest das überhaupt nicht," versetzte ich lächelnd, während ich ihn bittend ansah.

„Wenn dir so viel daran liegt, gehen wir hin," sagte er.

„Wir lassen es doch lieber …"

„Liegt dir … sehr viel daran?" fragte er noch einmal.

Ich gab keine Antwort.

„Die Gesellschaft an sich ist noch kein so großes Übel," fuhr er fort – „aber die Wünsche, die sie rege macht, ohne sie befriedigen zu können – die sind vom Übel. Unbedingt müssen wir hinfahren – ja, wir müssen hin," sagte er in entschiedenem Tone.

„Ich will dir die Wahrheit gestehen: nichts in der Welt würde mir so viel Freude machen, wie der Besuch dieses Balles," sagte ich.

Wir fuhren hin, und das Vergnügen, das mir diese Festlichkeit bereitete, übertraf alle meine Erwartungen. Es schien mir, als sei ich auf dem Balle noch mehr als bisher der Mittelpunkt, um den sich alles drehte, als sei dieser große Saal nur um meinetwillen so hell erleuchtet, als spiele die Musik nur für mich, als seien alle diese Leute nur zusammengekommen, um über mich in Entzücken zu geraten. Vom Friseur und der Kammerzofe bis zu den Tänzern und den alten Herren, die den Saal durchwandelten, schienen alle mir sagen zu wollen, daß sie mich liebten. Das allgemeine Urteil, das sich auf diesem Balle über mich bildete, und das meine Cousine mir natürlich sogleich übermittelte, ging dahin, daß ich ganz anders sei als die andern Frauen, daß ich etwas ganz Besonderes, ländlich Frisches, Entzückendes an mir habe. Dieser Erfolg schmeichelte mir so sehr, daß ich meinem Manne offen sagte, es sei mein sehnlicher Wunsch, in diesem Jahre noch zwei oder drei Bälle mitzumachen, „um der Sache gründlich überdrüssig zu werden," fügte ich – nicht ganz aufrichtig – hinzu.

Mein Mann ging gern darauf ein und machte die ersten Bälle mit sichtlichem Vergnügen mit; er freute sich über meine Erfolge und schien ganz vergessen zu haben, was er früher über diesen Punkt gesagt hatte, oder er schien doch jetzt ganz anderer Meinung zu sein.

Nach einiger Zeit jedoch begann er sich anscheinend zu langweilen und des Lebens, das wir führten, überdrüssig zu werden. Ich selbst war darüber anderer Ansicht; wenn ich bisweilen auch seinem ernst forschenden, fragend auf mich gerichteten Blicke begegnete, begriff ich doch dessen Bedeutung nicht. Ich war so berauscht von dieser Sympathie, die ich ganz plötzlich in so vielen mir sonst fremden Menschen erweckt zu haben meinte, von dieser Atmosphäre der Schönheit, der Freude, des Niegeahnten, die ich hier zum erstenmal einatmete, und ich fühlte mich plötzlich so frei von seinem erdrückenden moralischen Übergewicht, empfand es so angenehm, mich innerhalb dieser Sphäre mit ihm zu vergleichen und ihm überlegen zu fühlen, dafür jedoch ihn noch stärker, noch selbständiger zu lieben als früher, daß ich nicht begreifen konnte, was ihm eigentlich an meinem Verkehr in der Gesellschaft so mißfallen konnte. Ich hatte ein bisher nicht gekanntes Gefühl stolzen Selbstbewußtseins, wenn bei meinem Eintritt in den Ballsaal aller Augen sich mir zuwandten, während er, als sei es ihm peinlich, sich so vor aller Welt zu meinem Besitz zu bekennen, mich rasch allein ließ und in der Menge der schwarzen Fräcke verschwand.

„Wart',“ dachte ich oft, während ich mit den Augen seine wenig auffallende, gelangweilt aussehende Gestalt am andern Saalende suchte – „wart', wenn wir erst zu Hause sind, dann wirst du schon verstehen und sehen, für wen ich mich schmücke, für wen ich zu glänzen suche, und was allein ich von alledem liebe, das mich am heutigen Tage umgibt.“

Ich selbst war vollkommen überzeugt davon, daß meine Erfolge mir nur darum so viele Freude machten, weil ich sie ihm zu Füßen legen konnte. Nur eine Gefahr konnte mir in diesem Leben in der Gesellschaft erwachsen, dachte ich – daß ich mich in einen der Männer, denen ich dort begegnete, verliebte und die Eifersucht meines Gatten weckte; doch er vertraute mir so sehr, er schien mir so ruhig und gleichmütig, und alle diese jungen Leute kamen mir im Vergleich mit ihm so unbedeutend vor, daß diese, wie ich meinte, einzige Gefahr, die mir drohte, mich nicht weiter erschreckte. Die Aufmerksamkeit so vieler Leute machte mir Vergnügen, schmeichelte meiner Eitelkeit, ließ mich in meiner Liebe zu meinem Manne etwas besonders Verdienstvolles sehen und bewirkte, daß ich im Verkehr mit ihm selbstbewußter wurde, ja sogar mich ein wenig gehen ließ.

„Ich habe wohl bemerkt, wie lebhaft du dich heute mit der N. N. unterhalten hast,“ sagte ich eines Tages, als wir vom Ball nach Hause zurückkehrten, zu ihm und drohte ihm mit dem Finger. Ich hatte eine der bekanntesten Damen der Stadt genannt, mit der er sich in der Tat an diesem Abend unterhalten hatte. Ich sagte ihm das, um ihn aufzumuntern – er war an diesem Abend ganz besonders schweigsam und trüb gestimmt.

„O, sprich nicht so, Mascha! Wie kannst du nur so reden?“ sagte er, den Mund schmerzlich verziehend und die Stirn runzelnd, als wenn er einen körperlichen Schmerz empfände. „Wie schlecht dir das zu Gesicht steht! Überlaß doch solche Worte den andern: diese Unaufrichtigkeiten könnten unser Verhältnis leicht übel beeinflussen – das, wie ich hoffe, bald wieder ganz klar und gut sein wird …“

Ich schämte mich und schwieg.

„Was meinst du, Mascha – wird es bald wieder gut sein?“ fragte er.

„Es ist noch niemals anders als gut gewesen und wird auch nie anders werden,“ sagte ich, und ich glaubte wirklich, aufrichtig zu sprechen.

„Gott möge es so fügen," sagte er – „sonst wäre es vielleicht besser, daß wir nach Hause zurückkehren."

Es war das einzigemal, daß er so mit mir sprach, während all der übrigen Zeit meinte ich, es sei ihm ebenso wohl ums Herz wie mir selbst, deren Seele von Freude und Lust erfüllt war. Wenn er sich jetzt ein klein wenig langweilt – tröstete ich mich – so habe auch ich mich dafür auf dem Dorfe um seinetwillen gelangweilt; und wenn unsere Beziehungen sich in etwas gewandelt haben sollten, so wird sich das alles von selbst wieder ausgleichen, sobald wir im Sommer erst wieder mit Tatjana Semjonowna zusammen in unserem Hause auf Nikolskoje sind.

So ging der Winter vorüber, ehe ich's merkte, und ganz gegen unsere ursprüngliche Absicht brachten wir auch die Osterzeit in Petersburg zu. Am Sonntag nach Ostern machten wir uns zur Abreise fertig, unser Gepäck stand schon bereit, und mein Mann, der bereits die Reiseandenken und verschiedene Einrichtungsgegenstände für unser Haus auf dem Lande gekauft hatte, war in besonders zärtlicher und froher Stimmung. Da erschien plötzlich seine Cousine bei uns und bat uns, doch noch bis zum Sonnabend zu bleiben und einen Rout, der an diesem Tage bei der Gräfin R. stattfinde, zu besuchen. Sie sagte, die Gräfin lege ein ganz besonderes Gewicht auf mein Erscheinen, und der gerade in Petersburg weilende Prinz M., den ich auf dem letzten Balle kennen gelernt hatte, komme eigens zu dem Rout, um mich noch einmal zu sehen: er habe mich für die schönste Frau in ganz Rußland erklärt. Die ganze Stadt werde da sein, und es würde von mir sehr unrecht sein, wenn ich nicht auch hinkäme.

Mein Mann sprach mit irgend jemandem am andern Ende des Zimmers.

„Nun, Mary, werden Sie kommen?" fragte die Cousine.

„Wir wollten übermorgen aufs Land fahren," versetzte ich unentschlossen und sah meinen Mann an. Unsere Blicke kreuzten sich, und er wandte sich hastig ab.

„Ich will ihm zureden, daß er noch dableibt," sagte die Cousine. „Wir wollen dann am Sonnabend zu R. fahren und den Männern die Köpfe verdrehen – wie?"

„Das würde unsere Pläne stören, wir haben schon unsere Sachen gepackt," antwortete ich, im stillen schon nachgebend.

„Am besten macht sie dem Prinzen wohl gleich heute abend ihre Aufwartung," bemerkte mein Mann in einem Tone, aus dem die verhaltene Erregung hervorklang, vom andern Ende des Zimmers her. Noch niemals hatte ich ihn in diesem Tone sprechen hören.

„Ach, er ist eifersüchtig, das bemerk' ich zum ersten Male!" sagte die Cousine lachend. „Aber es geschieht doch nicht des Prinzen wegen, Sergjej Michajlowitsch, sondern um unser aller willen, daß ich ihr so zurede. Die Gräfin R. läßt Sie herzlichst darum bitten."

„Es hängt ganz von ihr ab, ob sie hingehen will oder nicht," sagte mein Mann kalt und ging aus dem Zimmer.

Ich sah, daß er erregter war als sonst; das war mir peinlich, und ich gab der Cousine kein bestimmtes Versprechen. Kaum hatte sie uns verlassen, als ich sogleich meinen Mann aufsuchte. Er ging, tief in Gedanken versunken, auf und ab und sah und hörte nichts, als ich auf den Zehenspitzen ins Zimmer geschlichen kam.

„Er träumt schon von seinem lieben Hause in Nikolskoje," dachte ich, während ich ihn ansah – „vom Morgenkaffee in dem hellen Frühstückszimmer, von seinen Feldern und Bauern, von den Abenden im Divanzimmer und den geheimnisvollen nächtlichen Imbissen … Nein," entschied ich bei mir selbst – „alle Bälle der Welt und die Komplimente aller Prinzen gebe ich hin für seine freudige Verwirrung, seine stillen Liebkosungen." Ich wollte ihm sagen, daß ich die Gesellschaft nicht besuchen würde und überhaupt keine Lust hätte, noch irgend etwas mitzumachen, als er sich plötzlich umwandte und mich erblickte. Der zärtlich-nachdenkliche Ausdruck seines Gesichtes verschwand, und er runzelte die Stirn. Wiederum erschien darauf jene überlegene, forschende Miene, mit einem Ausdruck gönnerhafter Ruhe gepaart. Er wollte nicht, daß ich in ihm den schlichten, natürlichen Menschen sähe; es war ihm ein Bedürfnis, stets vor mir auf einem Piedestal als ein Halbgott zu stehen.

„Was gibt's, meine Liebe?" fragte er, sich gleichgültig und ruhig nach mir umwendend.

Ich antwortete nicht. Ich ärgerte mich, daß er sich vor mir verstellte und sich mir nicht so zeigen wollte, wie ich ihn liebte.

„Willst du am Sonnabend die Gesellschaft besuchen?" fragte er.

„Ja," antwortete ich, „aber du siehst es ja nicht gern. Und dann haben wir ja auch schon gepackt," fügte ich hinzu.

Noch niemals hatte er mich so kalt angesehen, noch nie so kalt mit mir gesprochen.

„Ich reise vor Dienstag nicht ab und lasse alles wieder auspacken," versetzte er – „du kannst also hingehen, wenn du willst. Tu mir den Gefallen und geh hin. Ich werde nicht abreisen."

Wie immer, wenn er erregt war, ging er mit ungleichen Schritten im Zimmer auf und ab und sah mich nicht an.

„Ich begreife dich wirklich nicht," sprach ich, während ich stehen blieb und ihm mit den Augen folgte – „du sagst, du seist immer so ruhig" – er hatte das in Wahrheit nie gesagt – „warum sprichst du nun in so sonderbarem Tone mit mir? Ich bin bereit, deinetwegen auf dieses Vergnügen zu verzichten, und du verlangst auf eine so ironische Art, wie du noch nie mit mir gesprochen hast, daß ich hinfahren soll!"

„Ach so – du verzichtest also!" sagte er, das letzte Wort ganz besonders betonend. „Nun denn – auch ich verzichte darauf, meine Wünsche durchzusetzen. Was will man noch mehr? Ein Wettkampf der Großmut! Was fehlt uns nun noch zum rechten häuslichen Glück?"

Es war das erstemal, daß ich so boshaft höhnische Worte von ihm hörte. Doch sein Hohn rief nicht das Gefühl der Beschämung, sondern das der Gekränktheit in mir hervor, und die Bosheit seiner Worte erschreckte mich nicht, sondern weckte vielmehr in mir gleichfalls ein böses Empfinden. War er es denn wirklich, der so zu mir sprach – er, der stets alle Phrasen in unserem Verkehr so sorgfältig vermieden hatte, stets so einfach und aufrichtig gewesen war? Und warum das alles? Einzig darum, weil ich wirklich in aller Aufrichtigkeit ihm ein Vergnügen geopfert hatte, in dem ich nichts Böses sehen konnte, weil ich eben noch so redlich bemüht gewesen war, ihn liebevoll zu verstehen und ihm gerecht zu werden? Unsere Rollen waren also jetzt vertauscht: er bemühte sich, einer einfachen, ehrlichen Erklärung aus dem Wege zu gehen, während ich es gerade auf eine solche abgesehen hatte.

„Du hast dich sehr verändert," sagte ich mit einem Seufzer. „Was habe ich mir denn gegen dich zuschulden kommen lassen? Es ist nicht diese Gesellschaft, deretwegen du mir böse bist, sondern irgend etwas anderes, das du schon lange gegen mich auf dem Herzen hast. Warum diese Unaufrichtigkeit? War sie dir nicht früher ganz besonders verhaßt? Sag's doch ganz offen, was du gegen mich hast!"

„Was wird er nur antworten?" dachte ich – ich konnte mir getrost das Zeugnis ausstellen, daß ich mir während dieses ganzen Winters in keiner Weise etwas vergeben hatte.

Ich war mitten in das Zimmer getreten, so daß er ganz dicht an mir vorübergehen mußte, und sah ihn an. Er wird auf mich zukommen, dachte ich, wird mich in seine Arme schließen, und alles wird wieder gut sein – fast bedauerte ich schon, daß ich keine Gelegenheit haben würde, ihm zu beweisen, wie sehr er im Unrecht sei.

Aber er blieb ganz am Ende des Zimmers stehen und sah mich an.

„Du begreifst noch immer nicht?" sagte er.

„Nein."

„Nun, dann will ich es dir sagen. Es widert mich an … ja, zum erstenmal widert es mich an, was ich empfinde, und was ich unbedingt empfinden muß …"

Er hielt, offenbar über den rauhen Klang seiner Worte erschrocken, in seiner Rede inne.

„Was denn?" fragte ich, und die Tränen traten mir vor Erregung in die Augen.

„Es widert mich an, daß dieser Prinz dich hübsch findet, und daß du ihm deshalb, deinen Gatten, dich selbst und deine Frauenwürde vergessend, nachlaufen willst; es widert mich an, daß du nicht begreifst, was dein Gatte empfinden muß, wenn er sieht, daß dir das Gefühl für deine eigene Würde so ganz und gar mangelt; es widert mich an, daß du deinem Gatten sagen kannst, du verzichtest auf diese Ehre, dieses große Glück, dich Seiner Hoheit zu zeigen – ein geradezu maßloses Glück, aber du verzichtest eben …"

Je länger er sprach, desto mehr erhitzte er sich am Klange seiner eigenen Stimme, der geradezu hart, verletzend und grausam wurde. Ich hatte ihn niemals so gesehen, noch es überhaupt für möglich gehalten, daß er so sein könnte; alles Blut drang mir zum Herzen, und ich fürchtete mich vor ihm, zugleich aber ergriff mich ein Gefühl unverdienter Beschämung und verletzter Eigenliebe, und ich bekam Lust, mich an ihm zu rächen.

„Ich habe das längst erwartet," sagte ich, „immer sprich nur, sprich!"

„Ich weiß nicht, was du erwartet hast," fuhr er fort. „Ich habe jedenfalls das Schlimmste erwartet, als ich dich Tag für Tag in dem Schmutz, der Trägheit, dem Luxus dieser törichten Gesellschaft sah, und nun ist's eingetroffen … Ja, es ist wirklich eingetroffen, was mich mit Schmerz und Scham erfüllt, wie ich sie noch nie empfunden – daß diese deine Freundin mir mit ihren unsauberen Händen ans Herz greifen und von Eifersucht sprechen kann, von meiner Eifersucht – gegen wen? Gegen einen Menschen, den du so wenig kennst, wie ich ihn kenne! Und du – du tust dir noch etwas darauf zugute, daß du mich nicht verstehen magst, du sprichst von verzichten, von Opfern, die du bringst – ja was opferst du denn eigentlich? … Scham erfüllt mich, Scham über deine Erniedrigung! … Ein Opfer!" wiederholte er.

„Das ist also die Macht des Mannes!" dachte ich. „Die Frau beleidigen und erniedrigen, wenn sie noch so unschuldig ist – darin bestehen die Rechte des Mannes! Doch ich werde mich nicht fügen, niemals …"

„Nein, ich werde dir keine Opfer bringen," sagte ich, während ich deutlich fühlte, wie sich meine Nüstern weiteten und das Blut aus meinem Gesichte wich. „Ich werde am Sonnabend die Gesellschaft besuchen, ganz bestimmt besuche ich sie!"

„Gott gebe dir deinen Segen dazu – zwischen uns aber ist alles aus!" rief er in einem Ausbruche jäher Wut. „Du sollst mich nicht länger quälen. Ich war ein Narr, daß ich …" begann er von neuem, doch seine Lippen erbebten, und er tat sich sichtlich Zwang an, um den begonnenen Satz nicht zu beenden.

Ich fürchtete und haßte ihn in diesem Augenblick. Ich wollte ihm so vieles sagen und mich rächen wegen all der Beleidigungen, die er mir angetan hatte – aber ich wäre in Tränen ausgebrochen und hätte meiner Ehre etwas vergeben, wenn ich jetzt nur den Mund aufgetan hätte. Schweigend verließ ich das Zimmer – kaum aber vernahm ich seine Schritte nicht mehr, als ich plötzlich von jähem Schreck über das, was wir getan hatten, erfüllt ward. Eine wahre Angst ergriff mich, daß das Band, das mein ganzes Glück ausgemacht, wirklich für immer zerrissen sein sollte, und ich wollte wieder umkehren.

„Aber wird er auch schon ruhig genug geworden sein," dachte ich, „um mich zu verstehen, wenn ich ihm schweigend die Hand reiche und ihn anblicke? Wird er meine Großmut begreifen? Und wenn er meinen Schmerz als Heuchelei bezeichnet? Oder wenn er im stolzen Bewußtsein seines Rechts mit hochmütig ruhiger Miene das Geständnis meiner Schuld und Reue entgegennimmt und mir gnädig verzeiht? … Ach, warum, warum hat er, den ich so sehr liebte, mich so grausam beleidigt!"

Ich ging nicht zu ihm, sondern begab mich in mein Zimmer, wo ich lange allein saß und weinte. Ich rief mir jedes Wort unseres Gesprächs ins Gedächtnis zurück, ich ersetzte die einzelnen Worte durch andere, fügte neue, gütige Worte hinzu und gedachte mit einem Gefühl des Schreckens und der Kränkung alles dessen, was vorgefallen. Als ich am Abend zum Tee kam und in Gegenwart eines Bekannten, der gerade zum Besuch da war, mit meinem Manne zusammentraf, da fühlte ich deutlich, daß vom heutigen Tage an ein jäher Abgrund zwischen uns gähnte. Der Gast fragte mich, wann wir abzureisen gedächten, ich fand jedoch keine Zeit, ihm zu antworten, denn mein Mann sagte rasch:

„Am Dienstag … wir wollen noch die Gesellschaft bei der Gräfin R. besuchen. Du fährst doch hin?" wandte er sich an mich.

Ich erschrak über den seltsamen Ton seiner Stimme und blickte schüchtern nach ihm hin. Seine Augen waren gerade auf mich gerichtet, Bosheit und Spott lagen in seinem Blick, und seine Stimme klang, bei aller Natürlichkeit, kalt und gemessen.

„Ja," versetzte ich auf seine Frage.

Als wir am Abend allein waren, trat er auf mich zu und reichte mir die Hand.

„Vergiß, bitte, was ich zu dir gesagt habe," sprach er.

Ich nahm seine Hand, ein zitterndes Lächeln glitt über mein Gesicht, und ich wollte in Tränen ausbrechen, aber er zog seine Hand zurück und setzte sich, als fürchte er sich vor einer rührseligen Szene, ziemlich weit von mir auf einen Sessel.

„Glaubt er wirklich noch immer im Recht zu sein?" dachte ich, und alles das, was ich ihm sagen wollte, alle guten Worte, und auch die Bitte, mir doch den Besuch der Gesellschaft zu erlassen, blieben unausgesprochen.

„Wir müssen die Mutter davon benachrichtigen, daß wir unsere Abreise verschoben haben," sagte er, „sonst beunruhigt sie sich."

„Wann gedenkst du denn abzureisen?" fragte ich.

„Am Dienstag nach der Gesellschaft," antwortete er.

„Hoffentlich bleibst du nicht meinetwegen länger hier?" sagte ich und sah ihm in die Augen; aber diese Augen waren wie durch einen Schleier vor mir verhüllt, ich konnte nichts in ihnen lesen. Sein Gesicht erschien mir plötzlich alt und unangenehm.

Wir besuchten die Gesellschaft, und äußerlich schienen unsere Beziehungen wieder ganz freundschaftlich und herzlich geworden zu sein, in Wirklichkeit jedoch waren sie von ganz anderer Art als früher.

Am Abend, bei der Gräfin R., saß ich eben inmitten der Damen, als der Prinz sich mir näherte, und zwar von der Seite her, so daß ich aufstehen mußte, um mit ihm zu sprechen. Während ich mich erhob, suchten meine Augen unwillkürlich meinen Mann, und ich sah, wie er vom andern Ende des Saales zu mir herblickte und sich abwandte. Ein Gefühl der Scham und des Schmerzes ergriff mich, ich geriet in eine peinliche Verwirrung und errötete jäh unter dem Blicke des Prinzen. Ich mußte jedoch stehen bleiben und anhören, was er zu mir sprach, während er mich von oben herab betrachtete. Unser Gespräch währte nicht lange – er konnte nicht neben mir Platz nehmen, und er hatte jedenfalls das Gefühl, daß die Unterhaltung mir sehr peinlich sei. Sie drehte sich um den letzten Ball, um meine Pläne für den nächsten Sommer usw. Als er mich verließ, sprach er den Wunsch aus, auch die Bekanntschaft meines Gatten zu machen, und ich sah, wie sie dann am andern Ende des Saales einander begegneten und sich unterhielten. Der Prinz muß wohl auch meine Person in die Unterhaltung hineingezogen haben, denn ich bemerkte, wie er mitten in der Unterhaltung sich lächelnd nach der Seite, wo ich mich befand, umwandte. Mein Mann fuhr plötzlich heftig auf, verneigte sich tief und ließ den Prinzen stehen. Ich errötete unwillkürlich – mit einem Gefühl der Beschämung suchte ich mir klarzumachen, welchen Eindruck der Prinz wohl von mir und meinem Gatten erhalten haben mochte. Ich war überzeugt, daß alle Anwesenden bemerkt haben mußten, wie verlegen ich während des Gespräches mit dem Prinzen gewesen war, und wie sonderbar mein Mann sich benommen. Gott weiß, wie sie das alles deuten mochten: ob sie vielleicht gar ahnten, was zwischen mir und meinem Manne vorgefallen?

Die Cousine brachte mich nach Hause, und unterwegs sprachen wir von meinem Manne. Ich konnte nicht an mich halten und er-

zählte ihr alles, was aus Anlaß dieser unglücklichen Abendgesellschaft zwischen mir und ihm vorgefallen war. Sie suchte mich zu
beruhigen, meinte, das seien alles nur nichtssagende, kleine Zwis-
tigkeiten, die überall vorkommen können und spurlos vorübergeh-
hen; sie sagte mir ihre Meinung über den Charakter meines Mannes,
den sie als sehr verschlossen und stolz bezeichnete. Ich pflichtete ihr
bei, und es schien mir, als ob ich selbst ihn mit einem Mal ruhiger
und besser zu beurteilen anfinge.

Als ich jedoch dann später wieder mit meinem Gatten allein war,
lag dieses Urteil mir wie ein Verbrechen auf der Seele, und ich hatte
das Gefühl, als wäre die Kluft, die mich von ihm trennte, noch größer geworden.

III. |

Von jenem Tage an veränderte sich unser Leben und unser gegen-
seitiges Verhältnis von Grund auf. Wir fühlten uns nun nicht mehr
so zufrieden und beglückt, wenn wir ganz für uns allein waren. Es
gab Fragen, die wir im Gespräch möglichst nicht berührten, und es
fiel uns leichter, in Gegenwart Dritter miteinander zu sprechen, als
unter vier Augen. Sobald die Rede auf das Landleben oder auf einen
Ball kam, war uns, als wenn es plötzlich vor unsern Augen zu flim-
mern begänne, und wir sahen einander verlegen an. Wir fühlten
gleichsam beide, wo der Abgrund lag, der uns voneinander trennte,
und wir vermieden es, uns ihm zu nähern. Ich war davon überzeugt,
daß er stolz und jähzornig war, und daß ich vorsichtig sein mußte,
um nicht seine schwachen Seiten zu verletzen. Er wiederum glaubte
bestimmt, daß ich ohne den Verkehr in der Gesellschaft nicht leben
könne, daß das Leben auf dem Lande mir nicht behage und er dieser
unglücklichen Neigung sich fügen müsse. Wir gingen jeder offenen
Aussprache über diese Themata aus dem Wege und gewannen so
ein ganz falsches Urteil über einander. Längst schon hatten wir aufgehört, füreinander die vollkommensten Menschen auf der Welt zu
sein; wir zogen Vergleiche mit Dritten und dachten insgeheim ge-
ring voneinander.

Vor der Abreise war ich erkrankt, und statt aufs Land zu gehen,
bezogen wir eine Villa in der Nähe der Stadt, von wo aus mein Mann
allein zu seiner Mutter reiste. Als er abreiste, war ich bereits wieder

soweit hergestellt, daß ich ihn hätte begleiten können, doch wußte er mich unter dem Vorwande, er sei um meine Gesundheit besorgt, zum Bleiben zu bewegen. Ich fühlte jedoch, daß er nicht sowohl um meine Gesundheit besorgt war, als vielmehr befürchtete, unser Leben im Dorfe könnte sich unbehaglich gestalten. Ich bestand nicht gerade darauf, mit ihm zu gehen, und ließ ihn allein abreisen. Während seiner Abwesenheit fühlte ich mich einsam und verlassen; als er jedoch zurückkehrte, merkte ich, daß er nicht mehr ein so wesentlicher Teil meines Lebens war wie früher. Wie anders war das früher gewesen, als jeder Gedanke, jeder Eindruck, den ich ihm nicht mitteilte, mich wie ein begangenes Verbrechen bedrückte, als jede seiner Handlungen mir vollkommen, jedes seiner Worte mir heilig erschien, als wir vor lauter Freude über jedes, auch das geringste Ding lachen konnten, sobald wir einander nur anblickten! Diese Beziehungen hatten sich ganz unmerklich vollkommen gewandelt, ohne daß wir uns darüber Rechenschaft geben konnten, wie dies eigentlich geschehen. Jedes von uns hatte jetzt seine besonderen Interessen und Angelegenheiten, die wir nicht mehr zu unseren gemeinsamen zu machen versuchten. Es beunruhigte uns auch gar nicht mehr, daß jedes von uns seine eigene Welt hatte, die dem andern fremd war. Wir gewöhnten uns nach und nach an diesen neuen Zustand, und als ein Jahr herum war, flimmerte es uns gar nicht mehr vor den Augen, wenn wir einander ansahen. Seine plötzlichen Ausbrüche von Fröhlichkeit, seine Kindlichkeit, seine milde, verzeihende Denkweise und seine Gleichgültigkeit gegen alles, was nicht uns betraf – alles das verschwand mit der Zeit ganz und gar. Niemals wieder begegnete ich bei ihm jenem tiefen Blick, der mich früher mit Unruhe und Seligkeit erfüllt hatte, nie wieder beteten wir, nie jauchzten wir miteinander. Ja wir sahen einander nicht einmal allzu oft – er war beständig unterwegs und trug durchaus kein Bedenken, mich allein zu lassen, und ich ging ganz und gar in der Gesellschaft auf, in der ich seiner nicht bedurfte.

Szenen und Streitigkeiten gab es zwischen uns nicht mehr; ich suchte ihm das Leben behaglich zu machen, er erfüllte jeden meiner Wünsche, und es sah ganz so aus, als liebten wir einander.

Wenn wir allein waren, was nur selten vorkam, hatte ich weder ein besonderes Gefühl der Freude, noch empfand ich Aufregung oder Verlegenheit – es war mir zumute, als sei ich ganz allein, ganz für mich da. Ich wußte sehr wohl, daß es mein Mann war, der da neben mir saß – nicht irgendein Unbekannter, sondern eben mein Mann, ein braver Mensch, den ich kannte wie mich selbst. Ich war davon überzeugt, daß ich ganz genau wußte, was er tun, was er sagen, wie er dreinschauen würde; und wenn er einmal anders handelte oder anders blickte, als ich es erwartet hatte, dann glaubte ich, er habe einen Irrtum begangen. Ich erwartete nichts von ihm. Er war, mit einem Wort, mein Gatte und weiter nichts. Ich war überzeugt, daß dies so sein müsse, daß es keine anderen Beziehungen zwischen Mann und Frau gebe, daß niemals andere Beziehungen zwischen uns bestanden hatten. Wenn er verreiste, fühlte ich mich, zumal in der ersten Zeit, vereinsamt, und es war mir bange zumute; ich fühlte, wenn er nicht anwesend war, stärker, welche Stütze, welchen Schutz ich an ihm hatte; kehrte er heim, so fiel ich ihm um den Hals vor lauter Freude, doch zwei Stunden später war diese Freude ganz vergessen, und ich hatte ihm nichts weiter zu sagen. Nur in den Augenblicken stiller, maßvoller Zärtlichkeit, die wir hatten, war mir, als sei doch nicht alles so zwischen uns, wie es sein müßte, und dieselbe Empfindung glaubte ich auch in seinen Augen zu lesen. Es gab da, wie mir schien, eine Grenze der Zärtlichkeit, die er nicht überschreiten wollte, und die ich nicht überschreiten konnte. Zuweilen überkam mich eine schwermütige Stimmung, doch hatte ich keine Zeit, über ihre Ursache lange nachzugrübeln, und beeilte mich, diese Schwermut, die durch das unklare Bewußtsein von der Wandlung unserer gegenseitigen Beziehungen hervorgerufen ward, über all den Zerstreuungen zu vergessen, die mir beständig in meinen Kreisen winkten. Das Leben in der Welt, das mich anfangs durch seinen Glanz und die Triumphe, die es meiner Eitelkeit bereitet hatte, in eine Art Betäubung versetzte, beherrschte bald meine Neigungen vollkommen, wurde mir zur Gewohnheit, schlug mich ganz in seine Fesseln und trat völlig an die Stelle des Gefühlslebens in meiner Seele. Ich war nie mehr mit mir allein und fürchtete mich, über meine Lage tiefer nachzudenken. Meine ganze Zeit, vom späten Morgen, wenn ich mich erhob, bis tief in die Nacht hinein war in Anspruch genommen und gehörte nicht mir selbst. Ich empfand weder Freude noch auch Langeweile – es war mir eben, als könne das nur so und nicht anders sein.

So gingen drei Jahre dahin, und während dieser Zeit blieben

unsere Beziehungen ganz dieselben, als seien sie auf einem Fleck
stehen geblieben, als seien sie erstarrt und könnten weder schlechter
noch besser werden. In diese drei Jahre fielen zwei wichtige Ereignisse unseres Ehelebens, die jedoch beide auf mein Leben keinen
wesentlichen Einfluß ausübten – nämlich die Geburt meines ersten
Kindes und der Tod Tatjana Semjonownas. In der ersten Zeit hatte
mich zwar das Gefühl meiner Mutterwürde mit solcher Macht ergriffen und mich in einen so unerwartet köstlichen Rausch des Entzückens versetzt, daß ich dachte, ein neues Leben habe für mich begonnen; doch schon nach zwei Monaten, als ich wieder auszugehen
begann, ging dieses Gefühl, sich allmählich abschwächend, in Gewohnheit und kalte Pflichterfüllung über. Mein Mann war im Gegensatz dazu seit der Geburt unseres ältesten Sohnes wieder der alte
geworden, so sanft, so ruhig und häuslich, und hatte seine ganze
Zärtlichkeit und Liebe auf das Kind übertragen. Oft, wenn ich im
Ballkleid in das Zimmer des Kleinen trat, um mich für die Nacht von
dem Kinde zu verabschieden, traf ich meinen Mann an seinem Bett-
chen, sah seinen streng prüfenden Blick vorwurfsvoll auf mich gerichtet und empfand plötzlich Gewissensbisse. Ich erschrak über
meine Gleichgültigkeit gegen das Kind und fragte mich: „Bin ich
denn schlechter als andere Frauen? Doch was soll ich tun?" dachte
ich – „ich liebe meinen Sohn, aber ich kann doch nicht tagelang bei
ihm sitzen – das langweilt mich, und verstellen will ich mich um
keinen Preis."

Der Tod seiner Mutter bereitete ihm tiefen Kummer; es fiel ihm
schwer, wie er sagte, ohne sie in Nikolskoje zu leben; mir dagegen
wäre, so aufrichtig ich auch um sie trauerte und den Schmerz meines Mannes mitfühlte, gerade jetzt das Leben auf dem Landgute angenehmer und ruhiger erschienen. Wir hatten diese drei Jahre größtenteils in der Stadt zugebracht – auf dem Lande war ich nur einmal
zwei Monate lang gewesen, und im dritten Jahre waren wir dann
ins Ausland gereist.

Wir brachten den Sommer in den Bädern zu. Ich war damals
einundzwanzig Jahre alt. Unsere Vermögenslage war, wie ich
glaubte, eine glänzende, und von meinem Eheleben erwartete ich
nicht mehr, als es mir bisher schon gewährt hatte. In meinen Kreisen
glaubte ich allgemein beliebt zu sein. Meine Gesundheit war vortrefflich, meine Toiletten waren die schönsten, die man in den

Bädern zu sehen bekam, ich wußte, daß ich schön war, zudem war das Wetter prächtig. Eine Atmosphäre von Schönheit und Eleganz umgab mich, und ich war in ausgezeichneter Stimmung. Meine heitere Laune war jedoch nicht von der Art, wie sie in Nikolskoje gewesen, als ich fühlte, daß mein Glück in mir selbst ruhte, daß ich glücklich war, weil ich mein Glück verdiente, daß mein Glück zwar groß war, aber doch noch weit größer sein müßte, daß alles in mir immer mehr, immer mehr Glück verlangte. Das war damals anders gewesen – doch auch in diesem Sommer war mir recht wohl zumute. Ich sehnte mich nach nichts, hegte keine Hoffnung und keine Furcht, mein Leben erschien mir in jeder Hinsicht ausgefüllt, und mein Gewissen glaubte ich vollkommen ruhig. Unter den jungen Leuten, die ich während jener Saison kennen lernte, befand sich nicht ein einziger, den ich in irgendeiner Hinsicht vor den andern ausgezeichnet hätte, jedenfalls nicht vor dem alten Fürsten K., unserem Gesandten, der mir ein wenig die Cour machte. Der eine war mir ein bißchen zu jung, der andere wieder etwas zu alt; jener Engländer erschien mir gar zu blond, und der Franzose mit dem kleinen Kinnbart wollte mir auch nicht gefallen: sie alle waren mir völlig gleichgültig, wenn ich auch ihre Gesellschaft nicht entbehren konnte. Sie gehörten mit ihren ausdruckslosen, heiteren Gesichtern eben notwendig zu jener lebenslustigen Atmosphäre, die mich umgab. Nur einer von ihnen, ein italienischer Marchese D., wußte durch die Kühnheit, mit der er seinem Entzücken über mich Ausdruck gab, meine Aufmerksamkeit mehr als die andern auf sich zu ziehen. Er verpaßte keine Gelegenheit, in meiner Gesellschaft zu sein, mit mir zu tanzen, auszureiten, mich im Kasino zu treffen usw. und mir zu sagen, daß ich schön sei. Mehrmals sah ich ihn vom Fenster aus an unserm Hause vorübergehen, und oftmals hatte der unangenehm stechende Blick seiner funkelnden Augen mich veranlaßt, zu erröten und mich abzuwenden. Er war jung, stattlich, elegant, und hatte, was mir besonders auffiel, in seinem Lächeln und der Form seiner Stirn viel Ähnlichkeit mit meinem Manne, obschon er weit hübscher war als dieser. Diese Ähnlichkeit hatte mich frappiert, obgleich er sonst, um den Mund, um das lange Kinn wie auch im Blick nicht jenen bestrickenden Ausdruck der Güte und idealen Ruhe hatte, wie er meinem Manne eigen war, sondern vielmehr etwas Rohes, Tierisches seine Züge entstellte. Ich nahm damals an, er sei in der Tat von einer Leidenschaft für mich ergriffen, und empfand zuweilen eine Art stolzen Mitleids mit ihm. Ich wollte ihn beruhigen, wollte einen Ton halb freundschaftlicher, stiller Vertraulichkeit ihm gegenüber anschlagen, doch er wies diese meine Versuche schroff zurück und fuhr fort, mich mit seiner mir unangenehmen, zwar noch nicht ausgesprochenen, doch jeden Augenblick dem Ausbruch nahen Leidenschaft zu beunruhigen. Ohne es mir selbst einzugestehen, fürchtete ich doch diesen Mann und dachte unwillkürlich öfters an ihn. Mein Mann war mit ihm bekannt, behandelte ihn jedoch noch kühler und zurückhaltender als unsere übrigen Bekannten, für die er nur der Gatte seiner Frau war.

Gegen Ende der Saison wurde ich krank und konnte zwei Wochen lang das Haus nicht verlassen. Als ich zum ersten Male nach meiner Krankheit wieder ausging und auf dem Abendkonzert erschien, erfuhr ich, daß inzwischen die schon längst erwartete, ihrer Schönheit wegen berühmte Lady S. angekommen sei. Es bildete sich sogleich ein Kreis um mich, und man begrüßte mich freudig, noch größer und vornehmer jedoch war der Kreis, der sich um die soeben angekommene Löwin gebildet hatte. Alles um mich sprach nur von ihr und ihrer Schönheit. Man zeigte sie mir, und sie war in der Tat, wie ich zugeben mußte, ein reizvolles Geschöpf, doch machte ihre selbstzufriedene Miene auf mich einen unangenehmen Eindruck, und ich zögerte nicht, das offen auszusprechen.

An diesem Tage langweilte mich alles, was mir früher so unterhaltsam erschienen war. Tags darauf veranstaltete Lady S. einen Ausflug nach dem Schlosse; ich lehnte es ab, mich daran zu beteiligen. Es blieb fast niemand bei mir zurück, und alles nahm plötzlich in meinen Augen ein anderes Aussehen an. Alles erschien mir so banal und langweilig, ich war dem Weinen nahe und wünschte nur, meine Kur so rasch wie möglich zu beenden und nach Rußland zurückzukehren. Ein häßliches Gefühl, das ich mir selbst noch nicht eingestehen mochte, bemächtigte sich meiner Seele. Ich ließ verbreiten, daß ich krank sei, und hielt mich fern von der großen Gesellschaft; nur des Morgens ging ich zuweilen aus, ganz allein, um Brunnen zu trinken, oder ich machte mit L. M., einer russischen Bekannten, gelegentlich Spazierfahrten in der Umgegend. Mein Mann war damals gerade abwesend – er war für einige Zeit nach Heidelberg gefahren, wo er die Beendigung meiner Kur abwarten wollte, um dann heimzukehren. Nur einige Male hatte er mich im Bade besucht.

Eines Tages hatte die ganze Gesellschaft, mit Lady S. an der Spitze, eine Partie unternommen, während ich am Nachmittag mit L. M. nach dem Schlosse gefahren war. Unsere Kalesche fuhr im Schritt auf der vielfach gewundenen Chaussee dahin, zwischen den hundertjährigen Kastanien, durch die in der Ferne die anmutige badische Landschaft in den Strahlen der untergehenden Sonne sichtbar wurde. Wir waren in einem ernsthaften Gespräch begriffen, wie wir es noch niemals geführt hatten. L. M., die ich schon lange kannte, erschien mir jetzt zum erstenmal als eine prächtige, kluge Frau, mit der man über alles sprechen konnte, und deren Freundschaft zu erwerben sich wohl lohnte. Wir sprachen von der Ehe, von den Kindern, von der Hohlheit des Lebens, das man in den Bädern führt; wir sehnten uns nach Rußland, nach dem Leben auf dem Dorfe, und es ward uns wohlig und weh zugleich ums Herz.

Ganz im Banne dieser ernsten Stimmung, betraten wir das Schloß. In seinen Mauern war es schattig und kühl, oben auf den Ruinen spielte der Sonnenschein, man vernahm Schritte und Stimmen. Durch das Tor erblickten wir wie in einem Rahmen die reizvolle, für uns Russen jedoch kalte badische Landschaft. Wir hatten uns gesetzt, um ein wenig auszuruhen, und schauten auf die untergehende Sonne. Die Stimmen erklangen nun deutlicher, und es schien mir, als würde mein Name genannt. Ich horchte auf und vernahm unwillkürlich jedes einzelne Wort. Ja, es waren die Stimmen von Bekannten: der Marchese D. und sein Freund, ein Franzose, den ich gleichfalls kannte, waren es, die sich über mich unterhielten. Sie verglichen mich mit Lady S., und der Franzose analysierte meine und ihre Schönheit. Er sagte nichts, was mich hätte verletzen können, doch alles Blut drang mir zum Herzen, als ich seine Worte vernahm. Er demonstrierte dem andern bis ins einzelne, was an mir und was an Lady S. schön sei. Ich hätte bereits ein Kind gehabt, und Lady S. zähle erst neunzehn Jahre; mein Haar sei schöner und voller, dafür sei jedoch ihre Taille graziöser; die Lady sei eine Dame der großen Welt, während „die Ihrige" – so bezeichnete er mich – eine jener vielen kleinen russischen Fürstinnen sei, die so häufig in den Bädern auftauchen. Zum Schlusse meinte er, ich hätte sehr wohl daran getan, den Kampf mit Lady S. nicht erst aufzunehmen, und für

Baden-Baden sei ich wohl endgültig erledigt.

„Sie tut mir leid," sagte der andere.

„Vielleicht findet sie bei Ihnen noch einigen Trost ..." meinte der Franzose leichthin, mit einem zynischen Lachen.

„Wenn sie abreist, folge ich ihr nach," sagte brutal die Stimme mit dem italienischen Akzent.

„Glücklichster aller Sterblichen: er kann noch lieben!" lachte der Franzose.

„Lieben?" wiederholte der andere und machte dann eine kleine Pause. „Ich kann nicht anders als lieben – ein Leben ohne Liebe ist für mich tot. Aus seinem Leben einen Roman machen – das ist das einzig Schöne. Und mein Roman hört nie in der Mitte auf, auch hier wird es einen Schluß geben."

„Viel Glück, mein Freund!" sagte der Franzose.

Mehr hörten wir nicht, weil die beiden um eine Ecke bogen. Alsbald vernahmen wir ihre Schritte von der andern Seite. Sie gingen eine Treppe hinunter, kamen wenige Augenblicke später aus einer Seitentür hervor und waren sehr überrascht, als sie uns erblickten. Ich errötete, als der Marchese D. auf mich zutrat, und ein Schreck befiel mich, als er mir beim Verlassen des Schlosses den Arm reichte. Ich konnte nicht ablehnen, und wir begaben uns hinter L. M., an deren Seite der Franzose ging, nach unserem Wagen. Ich fühlte mich gekränkt durch die Äußerung, die der Franzose über mich getan, obschon ich mir insgeheim selbst sagte, daß er nur ausgesprochen hatte, was auch ich empfand; die Worte des Marchese dagegen hatten mich durch ihre Brutalität in Erstaunen und Aufregung versetzt. Es war mir höchst peinlich, daß er nach dem, was er in bezug auf mich gesagt, doch ohne jede Scheu sich mir näherte. Es war mir widerwärtig, ihn so in meiner nächsten Nähe zu wissen; ohne ihn anzusehen oder ihm auch nur zu antworten, suchte ich meinen Arm so zu halten, daß ich seine Worte nicht hören konnte, und schritt, so rasch ich konnte, hinter L. M. und dem Franzosen daher. Der Marchese sagte irgend etwas über das herrliche Landschaftsbild, über das unverhoffte Glück, mir hier im Schlosse zu begegnen, und noch einiges andere, das ich nicht hörte. Ich dachte in diesem Augenblick an meinen Mann, meinen Sohn, meine russische Heimat; ein peinliches Gefühl, ein Bedauern, eine Sehnsucht ergriff meine Seele, und ich beeilte mich, so rasch wie möglich nach Hause zurückzukehren,

nach meinem einsamen Zimmer im „Hôtel de Bade“, um in Ruhe
über alles das nachzudenken, was sich soeben in meiner Seele zu
regen begonnen hatte. Doch L. M. ging sehr langsam, es war noch
ein ganzes Stück bis zu unserem Wagen, und mein Begleiter schien
absichtlich seinen Schritt zu verzögern, als wollte er mich zurückhalten. „Das kann nicht sein!“ dachte ich und schlug entschlossen
eine raschere Gangart ein. Doch nun merkte ich in der Tat, daß er
mich absichtlich zurückhielt und sogar meinen Arm an sich preßte.
L. M. bog soeben um eine Ecke des Weges, und wir waren allein. Ich
wurde von Angst ergriffen.

„Verzeihen Sie,“ sagte ich kühl und wollte meinen Arm zurück-
ziehen, doch der Spitzenbesatz meines Ärmels blieb an einem
Knopfe seines Rockes hängen. Er beugte sich vor, um die Spitze los-
zumachen, und seine unbehandschuhten Finger berührten meine
Hand. Eine mir ganz neue Empfindung, halb Schreck und halb Lust,
überlief wie ein Schauer meinen Rücken. Ich sah ihn an und versuchte in meinem Blicke all die kalte Verachtung zum Ausdruck zu
bringen, die ich ihm gegenüber empfand; doch mein Blick sagte
nicht das, was ich hineinlegen wollte – nur Angst und Erregung
sprach sich darin aus. Seine glühenden, feuchtverschleierten Augen
sahen mich aus nächster Nähe leidenschaftlich an, ruhten auf meinem Halse und meiner Brust, seine beiden Hände umfaßten meine
Hand über dem Gelenk, seine geöffneten Lippen sprachen irgend
etwas – daß er mich liebe, daß ich sein Alles sei – und dann näherten
sich mir diese Lippen, und seine Hände drückten die meinigen immer fester und taten mir weh. Durch meine Adern rann es wie
Feuer, es wurde mir dunkel vor den Augen, ich zitterte, und die
Worte, die ich ihm entgegenschleudern wollte, blieben mir in der
Kehle stecken. Plötzlich fühlte ich einen Kuß auf meiner Wange, und
am ganzen Leibe zitternd in kaltem Erschauern, stand ich da und
sah ihn an. Ich besaß nicht die Kraft, etwas zu sagen oder mich zu
rühren, ich war wie vom Schreck gelähmt und erwartete etwas, verlangte nach etwas. Alles dies dauerte nur einen Augenblick. Ich begriff, was hinter diesem Gesicht verborgen lag: diese steile, niedrige
Stirn, die unter dem Strohhut sichtbar ward, und die der Stirn meines Mannes so ähnlich war, diese schöne, gerade Nase mit den ge-
blähten Nüstern, dieser lange, spitzgedrehte Schnurrbart mit dem
kleinen Kinnbärtchen, diese glattrasierten Wangen und der ge-

bräunte Hals! Ich haßte, ich fürchtete ihn – er war mir so ganz wildfremd; und doch hatte die Erregung und Leidenschaft dieses mir verhaßten fremden Mannes in meiner Seele einen so starken Widerhall gefunden! Ein so unwiderstehliches Verlangen hatte mich erfaßt, mich den Küssen dieses sinnlich rohen und doch wiederum schönen Mundes, den Liebkosungen dieser weißen Hände mit den feinen Adern und den ringgeschmückten Fingern hinzugeben. Es zog und trieb mich, kopfüber in diesen lockenden Abgrund verbotener Lust zu stürzen, der sich plötzlich vor mir aufgetan hatte ...

„Ich bin so unglücklich," dachte ich – „so möge denn noch mehr, noch mehr Unglück sich über meinem Haupte sammeln!"

Er schlang seinen Arm um mich und beugte sich über mein Gesicht.

„Möge noch mehr, noch mehr Schmach und Sünde sich über mir häufen!"

„Ich liebe Sie!" flüsterte er mit einer Stimme, die so sehr der meines Mannes glich. Mein Mann und mein Kind kamen mir plötzlich in Erinnerung, als Wesen, die mir einst teuer waren, und mit denen ich jetzt gänzlich abgeschlossen hatte. Da ließ sich plötzlich an der Wegbiegung die Stimme meiner Landsmännin vernehmen, die mich rief. Ich kam zur Besinnung, entriß ihm meine Hand und eilte, ohne mich nach ihm umzusehen, auf L. M. zu. Wir stiegen in die Kalesche, und nun erst sah ich mich nach ihm um. Er lüftete den Hut und fragte lächelnd nach irgend etwas. Er ahnte nicht, welchen grenzenlosen, unaussprechlichen Widerwillen ich in diesem Augenblick vor ihm empfand.

Mein Leben erschien mir so unglücklich, die Zukunft so hoffnungslos, die Vergangenheit so düster! L. M. sprach mit mir, doch begriff ich kein Wort. Ich hatte das Gefühl, als spreche sie nur aus Mitleid mit mir, um die Verachtung zu verbergen, die ich ihr einflößte. In jedem Worte, jedem Blick glaubte ich diese Verachtung, dieses kränkende Mitleid zu lesen. Der Kuß brannte mir noch auf der Wange wie ein Mal der Schande, und der Gedanke an meinen Gatten, an mein Kind war mir unerträglich. Ich hoffte über meine Lage in Ruhe nachdenken zu können, sobald ich erst allein auf meinem Zimmer wäre; als ich jedoch allein war, ward ich von Entsetzen ergriffen. Ich trank den Tee nicht aus, der mir gebracht wurde, und ohne zu wissen, warum, begann ich mit fieberhafter Eile meine

Sachen zu packen, um noch mit dem Abendzuge zu meinem Manne nach Heidelberg zu fahren.

Als ich mit meiner Kammerzofe in dem leeren Kupee saß, als die Lokomotive sich in Bewegung setzte und die frische Luft durch das Fenster zu mir hereinströmte, kam ich allmählich wieder zur Besinnung und begann über meine Vergangenheit und Zukunft klarer nachzudenken.

Mein ganzes Eheleben vom Tage unserer Abreise nach Petersburg an erschien mir plötzlich in einem neuen Lichte und lastete wie eine schwere Schuld auf meinem Gewissen. Zum ersten Male gedachte ich wieder lebhaft der ersten Zeit unserer Ehe auf dem Lande, all der Pläne, die wir damals entworfen, und zum erstenmal durchfuhr mir der Gedanke den Kopf: welche Freuden sind ihm denn nun in dieser ganzen Zeit zuteil geworden? Und ich fühlte mich ihm gegenüber in tiefer, tiefer Schuld.

„Doch warum hat er mich nicht zurückgehalten, warum hat er sich vor mir verstellt, warum ist er jeder Erklärung ausgewichen, warum hat er mich beleidigt?" fragte ich mich. „Warum hat er die Macht seiner Liebe mir gegenüber nicht geltend gemacht? Oder liebte er mich vielleicht nicht?"

Aber welche Schuld ihn auch immer treffen mochte, der Kuß des fremden Mannes brannte noch heiß auf meiner Wange, ich fühlte ihn ganz deutlich. Je mehr ich mich Heidelberg näherte, desto lebendiger trat mir das Bild meines Gatten vor Augen, desto banger wurde mir vor dem Wiedersehen. „Ich werde ihm alles, alles sagen, werde in einem Strome reuiger Tränen alles bekennen," dachte ich, „und er wird mir verzeihen." Was dieses „alles", das ich ihm sagen wollte, sein würde, wußte ich selbst nicht, wie ich auch nicht daran glaubte, daß er mir verzeihen würde.

Kaum hatte ich denn auch das Zimmer meines Mannes betreten, kaum sein ruhiges, wenn auch erstauntes Gesicht erblickt, als ich sogleich fühlte, daß ich ihm nichts sagen, ihm nichts bekennen, ihn nicht um Verzeihung bitten würde. Mein Schmerz und meine Reue sollten unausgesprochen, sollten tief in meiner Seele verborgen bleiben.

„Was für ein Einfall!" sagte er – „ich wollte ja morgen zu dir kommen!" Als er jedoch mein Gesicht schärfer betrachtete, schien es, als erschrecke er. „Was ist dir! Was hast du denn?" sagte er.

„Nichts," antwortete ich und konnte nur mit Mühe meine Tränen zurückhalten. „Ich gehe nicht mehr nach Baden zurück. Laß uns nach Hause reisen, nach Rußland, und wenn es morgen sein soll!"

Er sah mich eine ganze Weile schweigend und mit Aufmerksamkeit an.

„Erzähle mir, was dir begegnet ist!" sagte er.

Ich errötete unwillkürlich und senkte den Blick. In seinen Augen flammte ein Gefühl der Kränkung und des Zornes auf. Ich erschrak bei dem Gedanken, daß er irgendwelche bösen Vermutungen haben könnte, und mit einer so vollendeten Verstellung, wie ich sie mir selbst nicht zugetraut hätte, sagte ich:

„Es ist nichts vorgefallen, ich langweile und gräme mich einfach, wenn ich so allein bin, und ich habe sehr viel über unser Zusammenleben und über dich nachgedacht. Ich fühle mich längst dir gegenüber in tiefer Schuld. Warum fährst du mit da hin, wohin es dich selbst nicht zieht? Längst schon bin ich dir gegenüber schuldig," wiederholte ich, und die Tränen traten mir wieder in die Augen. „Laß uns aufs Land zurückkehren, und zwar für immer!"

„Ach, meine Liebe, erspare mir alle gefühlvollen Szenen," versetzte er kühl. „Daß du aufs Land ziehen willst, ist recht schön, zumal auch unser Geld zu Ende geht; aber daß es für immer sein sollte – nein, das ist Einbildung. Ich weiß, daß du es nicht aushältst. Trink eine Tasse Tee, das wird besser sein," schloß er, und stand auf, um dem Kellner zu klingeln.

Ich suchte zu erraten, was er wohl von mir denken mochte, und ich fühlte mich verletzt, wenn ich mir all das Schreckliche vorstellte, das er mir, nach seinem ungläubigen und gleichsam beschämten Blicke zu urteilen, zutrauen mochte. Nein, er will und kann mich nicht verstehen! Ich sagte ihm, daß ich das Kind sehen wolle, und verließ ihn. Ich wollte allein sein und weinen, weinen, weinen …

IV. |

In dem längst nicht mehr geheizten, einsamen Hause in Nikolskoje zog wieder Leben ein; was jedoch einst dort gewesen, erwachte nicht wieder zum Leben. Die Mutter war nicht mehr, und wir standen fortan einander allein gegenüber. Doch nun hatten wir gar nicht mehr das Bedürfnis, allein für uns zu sein – es bedrückte uns vielmehr, wenn wir unter uns blieben. Der Winter brachte mir um so weniger Freuden, als ich leidend war und mich erst nach der Geburt meines zweiten Sohnes wieder erholte. Unsere Beziehungen behielten denselben freundschaftlich kühlen Charakter, den sie bereits während unseres Aufenthalts in der Stadt gehabt hatten; hier aber, auf dem Lande, erinnerte mich jede Diele, jede Wand, jeder Diwan an das, was er mir einstmals gewesen, und was ich verloren hatte. Es schwebte zwischen uns etwas wie eine nicht verziehene Beleidigung; es war, als wolle er mich für irgend etwas bestrafen, ohne mich doch merken zu lassen, daß er es tat. Ich wußte nicht, weswegen ich ihn hätte um Verzeihung und Gnade bitten sollen. Die Strafe, die er über mich verhängte, bestand auch nur darin, daß er mir nicht mehr sein ganzes Ich, seine ganze Seele hingab, wie in früherer Zeit; doch gab er auch sonst niemandem, was er mir entzog – es war, als wenn er das, was mir nicht mehr zuteil wurde, gar nicht mehr besäße. Zuweilen dachte ich, er stelle sich nur so an, um mich zu peinigen, in Wirklichkeit aber sei das alte Gefühl noch immer in ihm lebendig. Ich gab mir Mühe, es wieder zum Leben zu erwecken, doch er schien jedesmal einer offenen Erklärung auszuweichen, als vermute er Verstellung auf meiner Seite, als fürchte er sich lächerlich zu machen, wenn er sich allzu gefühlvoll gäbe. Sein Blick und der Ton seiner Stimme schienen zu sagen: „Ich weiß alles, weiß alles, rede nicht lange; alles, was du mir sagen könntest, ist mir längst bekannt. Ich weiß auch, daß du das eine sagen und doch das andere tun wirst." Anfangs fühlte ich mich durch diese Furcht vor einer offenen Aussprache verletzt, dann aber gewöhnte ich mich an den Gedanken, daß bei ihm gar nicht Mangel an Offenheit vorlag, sondern daß er einfach kein Bedürfnis nach Offenheit hatte. Die Zunge hätte mir versagt, wenn ich ihm jetzt plötzlich hätte sagen sollen, daß ich ihn liebe, oder wenn ich ihn hätte bitten sollen, mit mir gemeinsam zu beten, oder sich mein Spiel anzuhören. Es hatten sich zwischen uns bereits gewisse Anstandsregeln ausgebildet. Wir lebten jedes für sich: er widmete sich seinen Beschäftigungen, die mich nicht interessierten, und an denen ich keinen Anteil nahm, während ich meine Zeit mit eitlem Tand vertrödelte, was ihn jetzt nicht mehr so betrübte und verletzte wie früher. Die Kinder waren noch zu klein, um ein Bindeglied zwischen uns zu bilden.

Doch nun kam der Frühling. Katja und Sonja kamen für den

Sommer aufs Land, und da unser Haus in Nikolskoje im Umbau begriffen war, siedelten wir nach Pokrowskoje über. Da lebte ich nun wieder in dem alten Pokrowsker Hause mit seiner Terrasse, mit dem Ausziehtisch und dem Klavier in dem hellen Saal, mit dem traulichen Zimmer, in dem ich einstmals gewohnt und meine längst vergessenen Mädchenträume gesponnen hatte. In diesem Zimmer standen zwei kleine Betten; auf dem einen, das einst mir gehört hatte, reckte sich nun des Abends mein lieber, pausbäckiger Kokoscha, während in dem zweiten, kleineren, Wanjas Gesichtchen aus den Kissen hervorschaute. Ich gab den beiden Bürschchen meinen Segen zur Nacht und blieb dann oft noch inmitten des kleinen Zimmers stehen. Aus allen Winkeln, von den Wänden, von den weißen Fenstervorhängen lösten sich gleichsam plötzlich alte, vergessene Jugendillusionen. Alte, bekannte Stimmen begannen kindliche Lieder zu singen. Wohin waren sie entschwunden, diese Illusionen, diese holden, süßen Lieder? Alles, was ich kaum zu hoffen gewagt, war in Erfüllung gegangen. Meine unklaren, wirren Träume waren zur Wirklichkeit geworden, diese Wirklichkeit aber hatte sich für mich in ein schweres, qualvolles, freudloses Leben verwandelt. Und doch ist alles ringsum sich selbst gleich geblieben: denselben Garten sehe ich durchs Fenster, denselben Rasenplatz, denselben Weg, dieselbe Bank dort am Rande der Schlucht, dieselben Nachtigallenlieder klingen aus den Gebüschen am Teiche, dieselben Fliedersträucher prangen in voller Blütenpracht, und derselbe Mond steht über dem Hause. Andrerseits aber hat sich alles auf so schreckliche, so unmögliche Weise gewandelt! So kalt mutet mich alles an, was mir doch so teuer und vertraut sein könnte! Ganz wie in früheren Tagen sitze ich mit Katja in leisem Geplauder im Gastzimmer – wir sprechen von ihm. Doch Katjas Gesicht ist gelb und runzelig geworden, ihre Augen strahlen nicht mehr in Freude und Hoffnung, sondern drücken teilnahmsvolle Trauer und Mitleid aus. Wir schwärmen nicht mehr von ihm, wie dereinst, wir kritisieren ihn; wir sind nicht mehr erstaunt darüber, weshalb und wofür uns soviel Glück zuteil geworden, und verspüren keine Neigung mehr, aller Welt zu verkünden, wie uns ums Herz ist; wie zwei Verschworene flüstern wir miteinander und legen uns gegenseitig wohl zum hundertstenmal die Frage vor, wie es nur möglich war, daß sich alles auf so traurige Weise verändert hat.

Und auch er ist noch immer derselbe, nur daß die Falte zwischen seinen Brauen tiefer geworden und das Haar an seinen Schläfen stärker gebleicht ist, während sein tiefer, forschender Blick sich vor mir stets wie mit einer Wolke verhüllt. Auch ich bin ganz dieselbe, die ich war, nur daß keine Liebe und keine Sehnsucht nach Liebe mehr in mir ist. Auch kein Arbeitsbedürfnis und keine Zufriedenheit mit mir selbst empfinde ich. Fern liegt meinem Empfinden das fromme Entzücken, das ich früher kannte, die frühere Liebe zu ihm, die frühere Lebensfülle. Ich würde jetzt nicht begreifen, was mir früher so klar und selbstverständlich erschien: daß das Glück darin bestehe, für andere zu leben. Warum für andere leben, wenn man nicht einmal Lust verspürt, für sich selbst zu leben?

Die Musik hatte ich seit meiner damaligen Abreise nach Petersburg vollkommen aufgegeben; jetzt aber weckten mein altes Piano, meine alten Noten in mir wieder die Lust am Musizieren.

Ich war eines Tages, da ich mich nicht ganz wohl fühlte, zu Hause geblieben, während Katja und Sonja mit ihm nach Nikolskoje gefahren waren, um sich den Neubau anzusehen. Der Teetisch war gedeckt; ich hatte mich hinunter begeben, um auf die andern zu warten, und setzte mich inzwischen ans Klavier. Ich schlug die Sonate *Quasi una fantasia* auf und begann sie zu spielen. Kein Mensch war zu sehen noch zu hören, die Fenster nach dem Garten waren geöffnet, und die bekannten, feierlich schwermütigen Töne klangen durch das Zimmer. Ich hatte den ersten Teil beendet und blickte ganz unbewußt, aus alter Gewohnheit, in die Ecke, in der er früher zu sitzen und mir zuzuhören pflegte. Aber er war nicht da; der Stuhl, der schon längst nicht mehr von der Stelle gerückt worden war, stand immer noch in seinem Winkel; durch das offene Fenster sah man den Fliederbusch, der sich von dem hellen Dämmerschein abhob, und die Abendkühle drang ins Zimmer. Ich stützte die Ellbogen auf das Klavier, bedeckte das Gesicht mit beiden Händen und versank in Nachdenken. Lange Zeit saß ich so da, dachte mit Schmerzen an das Vergangene, Unwiederbringliche, und grübelte zaghaft über das Neue. Doch war mir, als hätte ich nichts Neues mehr zu erwarten, als gäbe es für mich kein Wünschen und kein Hoffen mehr. „Bin ich wirklich schon mit dem Leben fertig?" dachte ich voll Entsetzen, hob den Kopf empor und begann dann, um zu vergessen, um nicht mehr denken zu müssen, noch einmal das *An-*

dante zu spielen. „Mein Gott!" dachte ich – „verzeih mir, wenn ich schuldig bin, oder gib mir zurück, was gut und schön war an meiner Seele, oder lehre mich, was ich tun, wie ich weiterleben soll!"

Auf dem Rasen draußen und vor der Freitreppe ließ sich das Rollen eines Wagens vernehmen; auf der Terrasse ertönten leise, bekannte Schritte, dann war alles wieder still. Doch diese bekannten Schritte weckten in mir nicht mehr das alte Gefühl. Als ich zu Ende gespielt hatte, vernahm ich die Schritte hinter mir, und eine Hand legte sich auf meine Schulter.

„Wie hübsch, daß du diese Sonate gespielt hast!" sagte er.

Ich schwieg.

„Hast du noch nicht Tee getrunken?"

Ich schüttelte verneinend den Kopf, sah mich jedoch nicht nach ihm um, damit er die Spuren der Erregung nicht bemerkte, die noch auf meinem Gesichte zu sehen waren.

„Sie werden sogleich hier sein; das Pferd war unruhig geworden, und sie sind von der Landstraße ab zu Fuß hierher gegangen," sagte er.

„Wir wollen auf sie warten," sagte ich und ging auf die Terrasse hinaus in der Hoffnung, daß auch er mir dahin folgen werde; doch er fragte nach den Kindern und ging zu ihnen.

Wiederum hatte seine Gegenwart, seine schlichte, herzlich klingende Stimme meine Meinung, daß schon alles für mich verloren sei, erschüttert. „Was kann ich mir noch mehr wünschen?" dachte ich. „Er ist gut, ist zärtlich, ist ein guter Gatte und Vater – ich wüßte wirklich nicht, was mir noch fehlte!"

Ich ging auf den Balkon und setzte mich unter dem Leinwanddache der Terrasse auf dieselbe Bank, auf der ich damals, als wir uns erklärt hatten, gesessen hatte. Die Sonne war bereits untergegangen, die Dämmerung war heraufgezogen, und eine dunkle Frühlingswolke hing über Haus und Garten; nur weit hinten, zwischen den Bäumen, schimmerte der helle Streifen des erlöschenden Abendrots mit dem in vollem Glanze strahlenden Abendstern. Alles war ringsum in den leichten Schatten gehüllt, der von der Wolke niederfiel, alles erwartete den linden Frühlingsregen. Der Wind hatte sich gelegt – nicht ein Blatt, nicht ein Grashalm regte sich; Flieder und Faulbaum dufteten so stark, als wenn die ganze Luft in Blüten stände; in auf und nieder gehenden Wellen, bald stärker, bald schwächer werdend, fluteten die Blumendüfte über den Garten und die Terrasse hin, daß man sich versucht fühlte, die Augen zu schließen, um nichts zu sehen, nichts zu hören und nur einzig diese süßen Düfte auf sich wirken zu lassen. Die Georginen und Rosenbüsche, die noch nicht blühten, standen unbeweglich auf ihren frisch umgegrabenen schwarzen Rabatten, als wüchsen sie langsam an den weißen, abgeschälten Stäben in die Höhe; von der Schlucht her vernahm man das durchdringende Quaken der Frösche, die noch einmal vor dem Eintritt des Regens, der sie ins Wasser jagen würde, ihre volle Kehlkraft auszuprobieren schienen. Wie ein feines, ununterbrochenes Rauschen erklang's über ihrem Geschrei. Die Nachtigallen ließen sich bald da, bald dort in den Büschen vernehmen, und man hörte, wie sie ängstlich von einer Stelle zur andern flatterten. Wieder hatte sich auch in diesem Frühling eine Nachtigall im Gebüsch unter dem Fenster anzusiedeln gesucht, und als ich jetzt hinaustrat, hörte ich, wie sie nach der Allee zu davonflog und von dort einen lauten Triller hören ließ, um dann erwartungsvoll zu verstummen.

Vergeblich hatte ich meine Unruhe zu bekämpfen gesucht – voll Erwartung, voll schmerzlichen Bangens saß ich da. Er kam wieder von oben herab und setzte sich neben mich.

„Es scheint, Katja und Sonja werden naß werden," sagte er.

„Ja," versetzte ich, und dann schwiegen wir beide eine ganze Weile.

Die Wolke senkte sich in der unbewegten Luft tiefer und tiefer; ringsum ward es immer stiller, immer duftiger und regungsloser, bis plötzlich ein Tropfen niederfiel und von der Leinwandmarkise absprang, während ein zweiter auf dem Kies des Gartenweges aufspritzte; jetzt klatschte es auf die Lattichblätter nieder, und im nächsten Augenblick kam in großen Tropfen ein erfrischender, starker Regenschauer herab. Die Nachtigallen und die Frösche waren ganz verstummt, nur das sanfte Rauschen klang noch, wenn auch durch das Trommeln des Regens übertönt, leise durch die Luft, und irgendein Vogel, der sich in das trockene Blattwerk nahe der Terrasse geflüchtet haben mußte, ließ in einförmigem Rhythmus immer wieder seine zwei Noten hören.

Er erhob sich und wollte gehen.

„Wohin willst du?" fragte ich, ihn zurückhaltend. „Es ist hier so schön."

„Ich will den beiden Regenschirme und Galoschen schicken,“ antwortete er.

„Es wird wohl nicht nötig sein – der Regen wird gleich aufhören.“

Er stimmte mir bei, und wir blieben zusammen am Geländer der Terrasse stehen. Ich stützte die Hand auf die glatte, nasse Brüstung und neigte den Kopf vor. Der frische Regen tropfte mir da und dort auf Haar und Nacken nieder. Die Wolke, die den Regen auf uns niedersandte, wurde heller und durchsichtiger; statt des gleichmäßigen Rauschens des Regens vernahm man nur noch das Fallen der einzelnen Tropfen, die von oben und von den Blättern fielen. Wieder begannen die Frösche ihr Konzert, wieder flatterten die Nachtigallen auf und ließen sich bald da, bald dort aus den nassen Büschen vernehmen.

„Wie schön!“ sprach er, während er sich an die nasse Brüstung lehnte und mit der Hand über mein feuchtes Haar hinstrich.

Diese einfache Liebkosung wirkte auf mich wie ein Vorwurf – ich war den Tränen nahe.

„Was braucht nun der Mensch noch mehr?“ sagte er. „Ich bin in dieser Stunde so zufrieden, daß mir nichts fehlt, ich bin vollkommen glücklich!“

„Es gab eine Zeit, da du von deinem Glück anders dachtest und sprachst,“ dachte ich im stillen. „Wie groß es auch war – du meintest doch, es müsse noch immer größer und größer werden. Und jetzt bist du ruhig und zufrieden, während meine Seele voll ist von unausgesprochener Reue, unausgeweinten Tränen.“

„Auch mir ist wohl zumute,“ sagte ich, „obschon gerade das mich trübe stimmt, daß es rings um mich herum gar so schön ist. In mir ist alles so zusammenhangslos, so leer, es verlangt mich nach irgend etwas – und hier ist's so schön, so ruhig. Empfindest du nicht auch so eine Art Weh, das sich deinem Entzücken über die Schönheit der Natur beigesellt – als sehntest du dich nach etwas Vergangenem?“

Er nahm die Hand von meinem Kopfe und schwieg ein Weilchen.

„Ja, früher hatte auch ich dieses Gefühl, namentlich im Frühling,“ sagte er, sich gleichsam besinnend. „Auch ich habe so manche Nacht in Sehnen und Hoffen verbracht, und wie schön waren diese

Nächte! ... Aber damals lag noch alles im Schoße der Zukunft, und jetzt liegt alles hinter mir; jetzt bin ich mit dem zufrieden, was ist, und befinde mich wohl dabei," schloß er so zuversichtlich, so gelassen, daß ich, so schmerzlich mich seine Worte auch berührten, sie doch für vollkommen aufrichtig halten mußte.

„Und du wünschst dir gar nichts weiter?" fragte ich.

„Nichts Unmögliches wenigstens," antwortete er, meine Empfindungen erratend. „Dein Haar ist ganz naß," fügte er hinzu, während er mir wie einem Kinde mit der streichelnden Hand über das Haar fuhr – „es scheint, du beneidest das Laub und das Gras, weil der Regen sie erquickt; du möchtest Gras und Laub und Regen zugleich sein. Ich dagegen begnüge mich damit, mich ihrer zu freuen, wie überhaupt alles dessen, was schön und jung und glücklich ist auf dieser Welt."

„Und du sehnst dich nach dem, was vergangen ist, nicht zurück?" fuhr ich fort zu fragen, während ich fühlte, daß mir immer schwerer und schwerer ums Herz ward.

Er versank in Nachdenken: ich sah, daß er gewillt war, mir vollkommen aufrichtig zu antworten.

„Nein," antwortete er kurz auf meine Frage.

„Das ist nicht wahr, das ist nicht wahr!" rief ich laut, während ich mich nach ihm umwandte und ihm in die Augen sah. „Du sehnst dich wirklich nicht nach der Vergangenheit zurück?"

„Nein!" wiederholte er. „Ich gedenke wohl mit Dankbarkeit dessen, was gewesen ist, aber ich sehne mich nicht danach zurück."

„Du wünschst also nicht, daß es wiederkehren möchte?" sagte ich.

Er wandte sich ab und blickte in den Garten hinein.

„Ich wünsche es so wenig, wie ich wünschen kann, daß mir Flügel wachsen möchten," sagte er. „Es ist eben unmöglich, daß es wiederkehrt."

„Und du hast an der Vergangenheit nichts auszusetzen, du machst dir selbst oder mir keine Vorwürfe?"

„Nicht im geringsten! Alles war vortrefflich so, wie es gewesen."

„Höre einmal!" sagte ich, seine Hand berührend, damit er sich nach mir umwende. „Höre – warum hast du mir nie gesagt, daß du willst, ich möchte so leben, wie du es wünschst? Warum hast du mir eine Freiheit gewährt, von der ich doch keinen Gebrauch zu machen wußte, warum hast du aufgehört, mich zu führen und zu belehren? Wenn du nur gewollt, wenn du mich anders geleitet hättest, dann wäre nichts, gar nichts geschehen!" sagte ich in einem Tone, aus dem immer lauter und deutlicher kalter Verdruß und Vorwurf statt der einstigen Liebe klang.

„Was wäre nicht geschehen?" fragte er verwundert, während er sich nach mir umwandte. „Es ist doch auch so nichts geschehen! Alles ist gut, sehr gut!" fügte er lächelnd hinzu.

„Versteht er mich denn wirklich nicht – oder will er mich vielleicht gar nicht verstehen?" dachte ich, und die Tränen traten mir in die Augen.

„Es wäre nicht geschehen, daß ich, obschon ich dir gegenüber ohne jede Schuld bin, gleichwohl von dir mit Gleichgültigkeit, ja mit Verachtung gestraft werde!" brach es plötzlich aus mir hervor. „Es wäre nicht geschehen, daß ohne jedes Verfehlen von meiner Seite du mir plötzlich alles nahmst, was mir teuer war."

„Was sagst du da, meine Liebe!" sprach er, als hätte er den Sinn meiner Worte nicht erfaßt.

„Nein, laß mich ausreden … Du hast mir dein Vertrauen, deine Liebe, ja selbst deine Achtung entzogen; denn ich kann es nicht glauben, daß du mich jetzt, nach allem, was geschehen ist, noch liebst. Ich will es ein für allemal aussprechen, was mich schon lange quält," fuhr ich hastig fort, damit er mich nicht wieder unterbräche. „Bin ich vielleicht schuld daran, daß ich das Leben nicht kannte, daß du es mich allein entdecken ließest? … Bin ich schuld daran, daß du mich jetzt, nachdem ich selbst erkannt habe, was nottut, nachdem ich nun wohl bald ein Jahr lang mich vergeblich bemühe, den Weg zu dir zurückzufinden – daß du mich da zurückweisest, als begriffest du nicht, was ich will, und zwar auf eine Art, daß auf dich nicht der geringste Vorwurf fällt, während ich als die Schuldige dastehe und mich unglücklich fühle? Ja du willst mich sogar von neuem hinausstoßen in dieses Leben, das mir wie dir nur Unglück zu bringen vermag …"

„Woraus schließest du das?" fragte er in aufrichtigem Schreck und Erstaunen.

„Hast du es nicht gestern erst gesagt, und behauptest du es nicht immer und immer wieder, daß ich mich hier nicht heimisch fühlen würde, und daß wir für den Winter wieder nach Petersburg ziehen müßten, das mir so verhaßt ist?" fuhr ich fort. „Statt mich zu stützen, gehst du jeder offenen Erklärung, jeder aufrichtigen, herzlichen Aussprache mit mir aus dem Wege. Und wenn ich dann vollends sinke, wirst du mir Vorwürfe machen und dich freuen über meinen Fall."

„Halt ein, halt ein!" sprach er streng und kalt. „Das ist häßlich, was du eben sagtest, und es zeigt nur, daß du gegen mich aufgebracht bist, daß du mich …"

„Daß ich dich nicht liebe? … Immer sag' es, sag' es!" versetzte ich, seinen Gedanken vervollständigend, und brach in Tränen aus. Ich setzte mich auf die Bank und vergrub mein Gesicht in das Taschentuch.

„So also hat er mich aufgefaßt!" dachte ich, während ich das Schluchzen in meiner Kehle zu unterdrücken suchte. „Es ist aus, ist aus mit unserer einstigen Liebe!" erklang eine Stimme in meinem Herzen. Er näherte sich mir nicht, suchte mich nicht zu trösten. Er war beleidigt durch meine Worte. Seine Stimme klang ruhig und hart.

„Ich wüßte nicht, was du mir vorwerfen könntest," begann er – „außer vielleicht, daß ich dich nicht mehr so liebte wie früher …"

„Liebte!" wiederholte ich, immer noch das Tuch vor das Gesicht haltend und es mit meinen reichlich fließenden, bitteren Tränen netzend.

„Doch daran ist die Zeit schuld – und allerdings auch wir selbst. Jedes Lebensalter hat seine besondere Art von Liebe." Er schwieg einen Augenblick. „Wenn du schon Offenheit verlangst, will ich dir auch die ganze Wahrheit sagen. Wie ich in jenem Jahre, da ich dich kennen lernte, meine Nächte schlaflos, nur in Gedanken an dich, verbrachte, und das Gebäude meiner Liebe, die mir im Herzen wuchs und wuchs, selbst immer höher emportürmte, so habe ich in Petersburg und im Auslande schreckliche Nächte ohne Schlaf zugebracht und das Gebäude dieser Liebe, die mir zur Pein geworden, wieder abgetragen und zerstört. Nicht die Liebe selbst habe ich zerstört, wohl aber das, was für mich an ihr so qualvoll war. Ich fand meine Ruhe wieder, und auch die Liebe war mir geblieben, wenn sie auch von anderer Art war."

„Du nennst eben Liebe, was doch in Wirklichkeit auch nichts weiter als Qual ist!" versetzte ich. „Warum hast du mir diesen Verkehr in der Welt gestattet, wenn er dir doch so verderblich schien, wenn er mich deine Liebe kosten sollte?"

„Nicht die Welt ist schuld, meine Liebe," sagte er.

„Warum hast du von deiner Gewalt über mich nicht Gebrauch gemacht?" fuhr ich fort. „Warum hast du mich nicht in Ketten gelegt, nicht getötet? Dann wäre mir wohler gewesen als jetzt, da ich alles verloren habe, was mein Glück ausmachte."

Ich brach von neuem in Schluchzen aus und verhüllte mein Gesicht.

In diesem Augenblick kamen Katja und Sonja, ganz durchnäßt, doch munter lachend und plaudernd, auf die Terrasse; als sie uns jedoch sahen, verstummten sie und entfernten sich sogleich wieder.

Wir schwiegen eine ganze Weile, nachdem sie gegangen waren; ich weinte mich aus, und es ward mir leichter ums Herz. Ich sah ihn an. Er saß, den Kopf auf die Hand gestützt, da und wollte mir offenbar, als Antwort auf meinen Blick, irgend etwas sagen, doch seufzte er nur schwer auf und stützte dann wieder den Kopf auf den Ellbogen.

Ich trat auf ihn zu und zog seine Hand fort. Sein Blick wandte sich mir mit tief nachdenklichem Ausdruck zu.

„Ja," sagte er, seine Gedanken gleichsam weiterspinnend. „Wir alle – und namentlich die Frauen – müssen die Torheiten, die sich uns als ‚das Leben‘ darstellen, selbst durchkosten, ehe wir uns wieder zum eigentlichen Leben zurückfinden. Mit dem Glauben an das, was andere erfahren haben, ist es da nicht getan. Du hattest von diesen lockenden, reizvollen Torheiten noch nicht allzu viel gekostet, und es machte mir anfangs Vergnügen, dich mitten in diesem Strudel zu sehen; dann sagte ich mir, ich besäße gar nicht das Recht, dich in dieser Hinsicht zu beschränken, und so ließ ich dich alles selbst ausprobieren, zumal für mich die Zeit längst vorüber war, an diesen Dingen Gefallen zu finden."

„Und wenn du mich wirklich liebtest – warum rissest du mich nicht heraus aus dieser eitlen, törichten Welt?" sagte ich.

„Weil du mir beim besten Willen doch nicht geglaubt hättest; du mußtest alles selbst erproben ... und du hast es erprobt."

„Du hast eben immer zu viel gegrübelt und zu wenig geliebt," sagte ich.

Wir schwiegen wieder beide eine ganze Weile.

„Was du soeben sagtest, ist zwar hart, doch ist es die Wahrheit,“ sagte er dann plötzlich, während er sich erhob und auf der Terrasse hin und her zu gehen begann. „Ja, es ist die Wahrheit. Ich war schuld,“ fügte er hinzu, während er vor mir stehen blieb. „Ich hätte dich entweder gar nicht oder auf eine schlichtere Art lieben sollen, ja!“

„Vergessen wir alles …“ sprach ich schüchtern.

„Nein, was dahin ist, kehrt nicht mehr wieder, nie bringst du es wieder zurück!“

Seine Stimme wurde weich, als er dies sagte.

„Es ist schon alles zurückgekehrt …“ sagte ich und legte meine Hand auf seine Schulter.

Er ergriff meine Hand und drückte sie.

„Ich blieb nicht bei der Wahrheit,“ sprach er, „als ich sagte, ich wünschte nicht, daß das Vergangene wiederkehren möchte; ich wünsche es doch, und ich weine um diese entschwundene Liebe, die nicht mehr ist und nicht wieder sein wird. Wen die Schuld trifft, weiß ich nicht. Wohl ist die Liebe geblieben, doch ist sie nicht dieselbe; die Stätte, an der sie wohnte, ist noch da, aber sie selbst ist erschlafft, ist saft- und kraftlos geworden, muß sich mit Erinnerungen, mit dankbarem Gedenken begnügen; indes …“

„Sprich nicht so!“ unterbrach ich ihn. „Laß lieber alles so sein, wie es früher war … es ist doch noch möglich, nicht wahr?“ fragte ich und sah ihm in die Augen. Doch seine Augen waren klar und ruhig und blickten nicht so wie einst, so tief und forschend, in die meinen. Schon in dem Augenblick, da ich diese Worte sprach, fühlte ich, daß das, was ich ersehnte, und um was ich ihn bat, unmöglich sei. Er lächelte ruhig und mild, und es schien mir etwas Greisenhaftes in seinem Lächeln zu liegen.

„Wie jung du noch bist,“ sagte er – „und wie alt ich bin! Nein, was du wünschst und ersehnst, findest du in mir nicht mehr … Warum soll ich mich selbst belügen?“ fügte er, immer mit dem gleichen Lächeln, hinzu.

Ich stand schweigend neben ihm, und auch auf meine Seele legte sich eine milde Ruhe.

„Geben wir uns keine Mühe, das Leben zu wiederholen,“ fuhr er fort – „belügen wir uns selbst nicht! Danken wir vielmehr Gott, daß die alte Unruhe und Aufregung von uns genommen ist. Wir haben keine Ursache, irgend etwas zu suchen und uns um irgend etwas aufzuregen. Wir haben unser Teil schon gefunden, haben schon Glückes genug genossen. Jetzt heißt es für uns beiseite treten und *diesen da* die Bahn freigeben!" sagte er, nach der Amme weisend, die soeben mit Wanja herankam und an der Terrassentür stehen blieb. „So ist's, meine Liebe," schloß er, meinen Kopf an sich ziehend und ihn küssend. Nicht der Liebhaber war es, der mich küßte, sondern der gute alte Freund.

Vom Garten her strömte immer kräftiger und würziger die duftige Frische der Nacht herüber, immer feierlicher wurde die Stille, immer seltener klangen die Laute, die sie unterbrachen, und am Himmel blinkten immer neue und neue Sterne. Ich sah ihn an, und es wurde mir plötzlich so leicht ums Herz, als hätte man mir jenen kranken moralischen Nerv durchschnitten, der mir soviel Leiden bereitet hatte. Ich begriff plötzlich klar und deutlich, daß das Gefühl jener jungen Tage für immer dahin war, gleich jenen Tagen selbst, und daß es nicht nur unmöglich war, dieses Gefühl jetzt wieder zu erwecken, sondern daß auch jeder Versuch, es zu tun, nur Schmerz und Aufregung verursachen konnte. Und war sie denn auch wirklich so schön gewesen, diese Zeit, die mir so glücklich erschienen? Ach, wie weit, wie weit lag sie doch eigentlich schon zurück! …

„Aber es ist nun Zeit, den Tee einzunehmen!" sagte er. Und wir gingen beide zusammen in das Empfangszimmer. In der Tür begegneten wir wiederum der Amme mit dem kleinen Wanja. Ich nahm das Kind in die Arme, hüllte seine entblößten rosigen Beinchen ein, drückte es an mich und küßte es, sein Mündchen kaum mit den Lippen berührend. Der Kleine bewegte wie im Schlafe das Händchen mit den ausgespreizten, runzeligen Fingern und öffnete die trüben Äuglein, als wenn er etwas suchte, oder sich an etwas erinnerte; plötzlich blieben dann diese Äuglein auf mir haften, ein Funke von Bewußtsein blitzte darin auf, und ein Lächeln spielte um die vollen, zarten Lippen. „Du bist mein, mein, mein!" dachte ich, während ich ihn in vollem Glücksempfinden an die Brust drückte, fast befürchtend, daß ich ihm wehtat. Und ich begann seine kalten Füßchen, seinen kleinen Körper, seine Ärmchen und sein mit dem ersten Flaum bedecktes Köpfchen zu küssen. Mein Mann trat auf mich zu; ich verhüllte rasch das Gesichtchen des Kindes und deckte es dann wieder auf.

„Iwan Sergjeitsch!" sagte mein Mann, den Kleinen mit dem Finger unter das Kinn fassend. Doch ich verhüllte rasch wieder meinen kleinen Iwan Sergjeitsch. Niemand außer mir sollte ihn lange ansehen dürfen. Ich blickte meinen Mann an, seine Augen lachten, als er in die meinen schaute, und zum erstenmal seit langer Zeit war mir leicht und froh zumute, als ich ihn so ansah.

Mit diesem Tage endete mein Roman mit meinem Manne, und das alte Gefühl wurde für mich zu einer teuren Erinnerung – ich wußte, daß es nie wiederkehren würde; das neue Gefühl – ein Gefühl der Liebe zu meinen Kindern und dem Vater meiner Kinder – wurde für mich zur Grundlage eines andern, auf ganz neue Art glücklichen Lebens, das ich bis zu diesem Augenblick noch nicht zu Ende gelebt habe.

Polikuschka

Übertragen von Karl Nötzel[1]

I. |

„Wie Sie zu befehlen geruhen, Herrin! Nur ist es um die Dutloffs leid. Alle ohne Ausnahme sind das prächtige Kerle; wenn man aber schon keinen Hofdiener abgibt, so kommen sie nicht darum, einen Soldaten zu stellen" – sprach der Verwalter – „auch jetzt schon weisen alle auf sie hin. Übrigens – ist das Ihr Wille!"

Und er legte die rechte Hand auf die linke, und indem er beide vor seinen Bauch hielt, beugte er den Kopf auf die andere Seite, zog, fast schmatzend, seine schmalen Lippen ein, wandte die Augen weg und verstummte in der offenbaren Absicht, lange zu schweigen und ohne Widerspruch den ganzen Unsinn anzuhören, den ihm die Gnädige hierauf entgegnen mußte.

Das war ein Verwalter aus den Hofleibeigenen, rasiert, in langem Rock (von einem ganz besonderen „Verwalterzuschnitt"), der an einem Herbstabend vor seiner Herrin stand, um Bericht zu erstatten. Dieser Bericht bestand nach den Begriffen der Gnädigen darin, Abrechnungen über erledigte Wirtschaftsangelegenheiten anzuhören und Verfügungen zu treffen über zukünftige. Nach den Begriffen des Verwalters Jegor Michailowitsch war die Berichterstattung eine Zeremonie, die darin bestand, die Fußspitzen nach auswärts, in gerader Haltung in der Ecke zu stehen, mit dem Gesicht zum Diwan gewendet, allerlei nicht zur Sache gehörendes Geschwätz anzuhören und die Gnädige durch verschiedentliche Mittel dahin zu bringen, daß sie endlich auf alle Vorschläge des Jegor Michailowitsch rasch und ungeduldig „Gut, gut!" sage.

Jetzt war die Rede von der Rekrutenaushebung. Von Pokrowskoje mußte man drei stellen. Zwei waren zweifellos durch das Schicksal selber dazu ausersehen: durch Zusammenfallen von häuslichen, moralischen und wirtschaftlichen Gründen. Hinsichtlich

---

[1] Textquelle | Leo TOLSTOI: Polikuschka. Novelle. Übertragen von Karl Nötzel. (= Insel-Bücherei 273). Leipzig: Insel-Verlag 1916. [75 Seiten]

ihrer konnte kein Schwanken und kein Streit sein, weder von seiten der Bauernversammlung, noch von seiten der Gnädigen, noch von seiten der öffentlichen Meinung. Der dritte zu Stellende war dagegen anfechtbar. Der Verwalter wollte den „dreisöhnigen" Dutloff davor bewahren und den verheirateten Hofleibeigenen Polikuschka zur Aushebung schicken, der einen sehr schlechten Ruf besaß und mehrmals ertappt worden war beim Stehlen von Säcken, Zügeln und Heu; die Gnädige aber, die häufig die abgerissenen Kinder Polikuschkas liebkost und vermittelst Ermahnungen nach dem Evangelium seine Sittlichkeit gebessert hatte, wollte ihn nicht abgeben. Dabei wollte sie aber auch den Dutloffs nichts Übles, die sie gar nicht kannte und niemals gesehen hatte. Aus irgendeinem Grunde konnte sie aber durchaus nicht begreifen, und der Verwalter entschloß sich nicht, es ihr geradeheraus zu erklären, daß, wenn nicht Polikuschka, so Dutloff gehen müsse. „Ja, aber ich wünsche doch gar nicht das Unglück der Dutloffs," sprach sie mit Gefühl. „Wenn Sie das nicht wollen, so zahlen Sie doch dreihundert Rubel für einen Rekruten!" Das ist es, was man ihr hierauf hätte antworten müssen. Die Politik ließ das aber nicht zu.

So nahm Jegor Michailowitsch ruhig eine bequeme Stellung ein, unbemerkt lehnte er sich sogar an den Türrahmen an, und den Gesichtsausdruck völliger Ergebenheit bewahrend, begann er zu betrachten, wie sich bei der Gnädigen die Lippen bewegten, und wie die Rüsche an ihrem Häubchen zugleich mit ihrem Schatten an der Wand unter dem Bildchen, das da hing, hin und her hüpfte. Er hielt es aber überhaupt nicht für nötig, auf den Sinn ihrer Reden einzugehen. Die Gnädige sprach lang und viel. Diese Töne waren ihm sogar angenehm, und er bekam einen Gähnkrampf hinter den Ohren; er verwandelte indes geschickt dieses Zucken in einen Husten, indem er mit der Hand seinen Mund bedeckte und sich anstellte, als ob er sich räusperte. Unlängst sah ich, wie Lord Palmerston dasaß, den Hut auf dem Kopfe, während ein Mitglied der Opposition das Ministerium niederdonnerte, und er sich plötzlich erhob und in einer dreistündigen Rede auf alle Punkte des Gegners Antwort gab; ich sah dies und staunte gar nicht, weil ich etwas Ähnliches tausendmal gesehen hatte bei Jegor Michailowitsch und seiner Herrin. Fürchtete er nun einzuschlafen, oder schien es ihm, daß sie sich schon allzusehr hinreißen lasse – er verlegte das Schwergewicht seines Körpers vom linken Fuß auf den rechten und begann mit der sakramentalen Anfangsphrase, mit der er stets anfing:

„Das ist Ihr Wille, Herrin, nur ... nur die Bauernversammlung steht jetzt bei mir vor dem Kontore, und man muß ein Ende machen. In dem Befehle ist gesagt, bis zum Pokrowtage müsse man die Rekruten in die Stadt bringen. Von den Bauern weisen aber alle auf die Dutloffs hin, ja, und sonst auf niemanden. Die Bauernversammlung beobachtet aber nicht Ihr Interesse: ihr ist es gleichgültig, daß wir Dutloffs zugrunde richten. Ich weiß ja aber sehr wohl, wie sie sich durchschlugen. Von der Zeit an, daß ich Verwalter bin, haben sie ja immer in Armut gelebt. Eben, eben erst ist dem Greis sein jüngster Neffe herangewachsen, und jetzt soll man sie wieder ruinieren! Ich aber, Sie geruhen es zu wissen, bin um Ihr Eigentum besorgt wie um das meinige. Schade, Herrin; wie es Ihnen aber gefällig sein wird. Jene sind mir weder verschwägert noch blutsverwandt, und ich habe von ihnen nichts genommen ..."

„Ja, das habe ich ja gar nicht gedacht, Jegor ..." unterbrach ihn die Herrin und glaubte auch sogleich schon, daß er von den Dutloffs gekauft sei.

„... Es ist nur ihr Hof im ganzen Pokrowskoje der beste. Gottesfürchtige, arbeitsame Bauern sind das. Der Greis ist schon dreißig Jahre Kirchenältester, er trinkt weder Schnaps, noch nimmt er ein schlechtes Wort in den Mund; in die Kirche geht er immer." (Es wußte der Verwalter, womit seine Herrin zu bestechen.) „Und die Hauptsache, ich sage es Ihnen, er hat nur zwei Söhne, der dritte ist nur sein Neffe. Die Bauernversammlung weist auf ihn hin; in Wirklichkeit müßte er ein ‚Zweisöhnelos' werfen. Andere haben auch bei drei Söhnen sich ihr Land austeilen lassen, weil sie unfähig waren, gemeinsam zu wirtschaften; jetzt sind sie aber im Recht, und die sollen leiden wegen ihrer Tugend!"

Hier verstand die Herrin schon gar nichts mehr – sie verstand nicht, was hier „Zweisöhnelos" und „Tugend" zu bedeuten hätte, sie vernahm nur Töne und betrachtete die Nankingknöpfe an dem Rock des Verwalters: den oberen hatte er wahrscheinlich seltener zugeknöpft, so saß er denn auch fest, der mittlere war aber schon völlig losgerissen und hing eben noch, so daß es längst schon nötig wäre, ihn anzunähen. Wie aber allgemein bekannt, braucht man bei einer Unterhaltung, besonders einer geschäftlichen, durchaus nicht das zu verstehen, was zu einem gesprochen wird; man muß nur das im Gedächtnis behalten, was man selber sagen will. So verfuhr auch die Gnädige.

„Wie willst du denn gar nicht begreifen, Jegor Michailowitsch?" sprach sie. – „Ich will durchaus nicht, daß Dutloff zu den Soldaten kommt. Es scheint, soweit kennst du mich schon, um zu urteilen, daß ich alles tue, was ich kann, um meinen Bauern zu helfen, und ich will nicht ihr Unglück. Du weißt, daß ich bereit wäre, alles zu opfern, um mich von dieser kummervollen Notwendigkeit zu befreien und weder den Dutloff noch den Chorjuschkin abzugeben." (Ich weiß nicht, ob es dem Verwalter in den Kopf kam, daß, um sich von dieser kummervollen Notwendigkeit zu befreien, man durchaus nicht alles zu opfern brauchte, vielmehr dreihundert Rubel genügten; dieser Gedanke hätte ihm aber leicht kommen können.) „Eines will ich dir nur sagen, daß ich den Polikei um keinen Preis abgeben werde. Als er nach jener Sache mit der Uhr mir selber alles eingestand und weinte und schwur, er werde sich bessern, sprach ich lange mit ihm und sah, daß er gerührt war und aufrichtig bereute." („Nun hat sie angefangen!" – dachte Jegor Michailowitsch und begann das Eingemachte zu betrachten, das sie in ein Glas Wasser hineingelegt hatte: „Ist es aus Apfelsinen oder Zitronen? Es muß wohl von bitterem Geschmack sein," dachte er.) „Seitdem sind sieben Monate vergangen, und er war kein einziges Mal betrunken und führt sich ausgezeichnet auf. Mir sagte seine Frau, er sei ein anderer Mensch geworden. Und wie willst du denn da, daß ich ihn jetzt strafen soll, nachdem er sich gebessert hat? Ja, und ist es denn nicht unmenschlich, einen Menschen zu den Soldaten zu geben, der fünf Kinder hat und allein ist? Nein, sprich mir lieber gar nicht davon, Jegor ..."

Und die Gnädige trank aus dem Glas mit Eingemachtem.

Jegor Michailowitsch sah zu, wie das Wasser die Kehle durchlief, und entgegnete dann sanft und trocken:

„So befehlen Sie also, den Dutloff zu bestimmen?"

Die Gnädige rang die Hände.

„Wie kannst du mich denn gar nicht verstehen? Wünsche ich denn das Unglück Dutloffs, habe ich denn irgend etwas gegen ihn? Gott ist mein Zeuge, daß ich bereit bin, alles für ihn zu tun." (Sie schaute auf das Bild in der Ecke, entsann sich aber, daß das nicht

Gott sei: „Nun ja, einerlei, nicht darum handelt es sich", dachte sie. Wiederum ist es seltsam, daß sie nicht auf den Gedanken kam an die dreihundert Rubel.) „Was soll ich dann aber tun? Weiß ich denn, was und wie? Ich kann das gar nicht wissen! Nun, ich verlasse mich auf dich; du weißt, was ich will. Mache es so, daß alle zufrieden sind und dem Gesetze nach. Was soll man denn machen? Nicht für sie allein – für alle gibt es schwere Augenblicke. Nur den Polikei darf man nicht abgeben. Du verstehst, daß dies furchtbar wäre von meiner Seite ..."

Sie hätte noch lange gesprochen – so sehr hatte sie sich belebt, da trat aber das Dienstmädchen ins Zimmer.

„Was willst du, Dunjascha?"

„Ein Bauer ist gekommen, er läßt Jegor Michailowitsch fragen, ob er der Bauernversammlung zu warten befiehlt!" – sprach Dunjascha und blickte zornig auf den Jegor Michailowitsch. („Ach, dieser Verwalter!" – dachte sie – „er hat die Herrin aufgeregt; jetzt wird sie mich wiederum nicht vor ein Uhr in der Nacht einschlafen lassen.")

„So gehe denn, Jegor" – sprach die Herrin – „mach' es möglichst gut!"

„Ich gehorche." (Er sprach schon nichts mehr über Dutloffs.) „Wen befehlen Sie aber wegen des Geldes zum Gärtner zu schicken?"

„Ist denn Petruscha noch nicht aus der Stadt zurückgekehrt?"

„Nein."

„Kann dann aber nicht Nikolai fahren?"

„Sein Väterchen liegt an Kreuzschmerzen," sprach Dunjascha.

„Werden Sie nicht mir selber morgen zu fahren befehlen?" fragte der Verwalter.

„Nein, du bist hier nötig, Jegor." (Die Gnädige dachte nach.) „Wieviel Geld?"

„1617 Rubel."

„Schicke den Polikei" – sprach die Herrin, indem sie dem Jegor Michailowitsch entschlossen ins Gesicht schaute.

Jegor Michailowitsch verzog, ohne die Zähne zu zeigen, die Lippen, als ob er lächle; er veränderte sich aber nicht im Gesicht.

„Ich gehorche!"

„Schicke ihn zu mir!"

„Ich gehorche!“ – und Jegor Michailowitsch ging ins Kontor.

II. |

Polikei, als ein unbedeutender und anrüchiger Mensch, ja und dazu
noch aus einem andern Dorf, erfreute sich weder der Protektion der
Schließerin, noch des Büfettdieners, noch des Verwalters oder des
Dienstmädchens der Herrin, und sein „Winkel“ war der aller-
schlechteste, ungeachtet dessen, daß seine Familie, er selber eingeschlossen, sieben Köpfe zählte. Die „Winkel“ waren noch von dem
verstorbenen gnädigen Herrn so gebaut worden: in der zehnarschi-
nigen Steinhütte stand in der Mitte ein russischer Ofen, ringsherum
lief ein „Kolidor“ (wie die Hofleibeigenen sagten), und in jeder Ecke
war mit Brettern ein „Winkel“ abgezäunt. Es gab also wenig Platz,
besonders in dem Winkel des Polikei, der der Türe zunächst lag. Das
Ehebett mit Steppdecke und Zitzkissen, eine Wiege mit einem Kindchen, ein Tischchen auf drei Füßen, auf dem gekocht und gewaschen
ward, aller Hausrat gelegt zu werden pflegte, und an dem Polikei
selber zu arbeiten pflegte (er war Kurschmied), Zuber, Kleider,
Hühner, ein Kälbchen und die Sieben selber erfüllten den ganzen
Winkel und hätten sich nicht rühren können, wenn nicht der ge-
meinsame Ofen durch seinen vierten Teil einen Raum gewährt
hätte, auf dem Sachen abgelegt wurden und Menschen sich legten,
ja, und wenn es nicht möglich gewesen wäre, auf die Eingangstreppe hinauszutreten. Das war freilich kaum möglich: im Oktober
war es kalt, als warmes Kleidungsstück war aber nur ein Schafpelz
vorhanden; dafür konnte man sich aber erwärmen: die Kinder, indem sie liefen, die Erwachsenen durch die Arbeit, und diese und
jene, wenn sie auf den Ofen krochen, wo es bis 40 Grad warm war.
Es scheint, es sei unter solchen Bedingungen furchtbar zu leben;
ihnen aber machte das nichts aus: leben konnte man. Akulina wusch
und nähte für die Kinder und den Mann, sie spann und webte und
bleichte ihr Linnen, sie kochte und buk im gemeinsamen Ofen, sie
zankte sich und klatschte mit den Nachbarn. Was sie an Lebensmit-
teln erhielten, reichte nicht nur für die Kinder, vielmehr auch noch,
um die Kuh zu füttern. Holz war frei, Viehfutter gleichfalls, auch
Heuchen fiel aus dem Pferdestall ab. Es war ein Streifchen Gemüsegarten vorhanden; das Kuhchen bekam ein Kälbchen; man hielt

eigene Hühner. Polikei war am Pferdestall angestellt, er versorgte zwei Hengste; er ließ den Pferden und dem Vieh zur Ader, schnitt ihnen Schwellungen auf, reinigte die Hufe und gab eine Salbe von eigener Erfindung. Und dafür erhielt er bisweilen Gelderchen und Lebensmittel. Hafer von der Herrschaft blieb gleichfalls übrig. Im Dorfe war ein Bäuerlein, das gab regelmäßig im Monat für zwei Maß davon zwanzig Pfund Hammelfleisch. Leben hätte man also können, wenn kein Seelenleid gewesen wäre. Das gab es aber, und ein schweres für die ganze Familie. Polikei war von klein auf in einem anderen Dorfe auf einem Gestüt gewesen. Der Pferdeknecht, dem er gerade in die Hände fiel, war der erste Dieb in der ganzen Umgegend: man schickte ihn denn auch zur Ansiedlung nach Sibirien. Bei diesem Pferdeknecht ging Polikei in die Lehre, und weil er eben noch zu jung war, hatte er sich derart an diese „Kleinigkeiten" gewöhnt, daß, ob er auch später froh gewesen wäre, davon zu lassen, – er das gar nicht mehr vermochte. Er war ein junges Menschenkind, noch schwach; Vater und Mutter hatte er nicht, und es war niemand dagewesen, ihn zu unterweisen. Polikei liebte zu trinken und liebte nicht, daß irgendwo etwas „schlecht lag". Ob es ein Lederriemen oder ein Sättelchen war, ein Schloß, Kupferbolzen oder etwas Wertvolleres – alles fand bei Polikei einen Platz für sich. Überall gab es Leute, welche diese Sächelchen annahmen und dafür in Schnaps oder Geld bezahlten, je nach Übereinkunft. Dieser Verdienst ist der allerleichteste, wie das Volk sagt: es ist dafür weder eine Lehre nötig, noch eine besondere Anstrengung, noch irgend etwas sonst; wenn man aber einmal den Versuch machte, so wünscht man keine andere Arbeit mehr. Eines nur ist nicht schön bei diesem Gelderwerb: Wenn man auch alles billig und mühelos erlangt, und zu leben angenehm ist, so geht es plötzlich schlechter Menschen wegen nicht mehr gut mit diesem Gewerbe, und dann muß man für alles auf einmal bezahlen und wird seines Lebens nicht froh.

So hatte es sich denn auch mit Polikei zugetragen. Er heiratete, und Gott hatte ihm Glück gegeben: zur Gattin – sie war die Tochter eines Viehhüters – war ihm ein gesundes, gescheites, arbeitsfrohes Weib zugefallen; Kinder gebar sie ihm, eines besser als das andere. Plötzlich überkam ihn aber Unglück, und er fiel herein. Und um Nichtigkeiten: bei einem Bauern hatte er Lederzügel beiseite gebracht. Man fand sie, prügelte ihn durch, führte ihn vor die Gnädige und begann auf ihn acht zu geben. Ein zweites und ein drittes Mal ward er ertappt. Das Volk fing an, von ihm schlecht zu sprechen, der Verwalter drohte, ihn unter die Soldaten zu stecken, die Gnädige gab ihm einen Verweis, seine Frau begann zu weinen und sich zu grämen, alles ging drüber und drunter. Er war dabei ein guter, keineswegs ein schlechter Mensch, nur schwach war er; er liebte zu trinken, und er hatte eine so heftige Gewohnheit dazu gefaßt, daß er auf keine Weise davon lassen konnte. Es kam vor, es beginnt ihn seine Frau zu schimpfen, sogar zu schlagen, wenn er betrunken nach Hause kommt, er aber weint: „Ich unglücklicher Mensch" – spricht er – „was soll ich denn machen? Mögen meine Augen zerplatzen, ich werde es werfen, ich werde nicht mehr!" Warte ab! Einen Monat darauf wird er wiederum aus dem Hause gehen, sich betrinken, zwei Tage verschwunden sein. „Von irgendwoher nimmt er doch wohl das Geld, um zu bummeln," meinten die Leute. Seine letzte Affäre war mit der Kontoruhr. Es war da im Kontor eine alte Wanduhr, längst schon ging sie nicht mehr. Einst kam es so, daß er allein ins unverschlossene Kontor eintrat; die Uhr verführte ihn, er trug sie fort und verkaufte sie in der Stadt. Wie absichtlich ereignete es sich, daß jener Budeninhaber, dem er die Uhr verkauft hatte, zufällig Schwiegersohn einer Hofleibeigenen ward und zum Feiertag ins Dorf kam und von der Uhr erzählte. Man begann nachzuforschen, ganz so, als ob das irgendwem nötig gewesen wäre. Besonders der Verwalter liebte nicht den Polikei. Und man fand den Täter. Man hinterbrachte es der Gnädigen. Sie ließ den Polikei rufen. Der fiel sogleich auf die Knie und gestand mit Gefühl, so, daß es rührend war, alles, wie es ihm seine Frau beigebracht hatte. Er führte alles sehr gut aus. Es begann ihm die Gnädige zur Vernunft zu reden; sie sprach und sprach, predigte und predigte von Gott, von der Tugend, vom zukünftigen Leben, von seiner Frau und von seinen Kindern, und sie brachte ihn zu Tränen.

„Ich verzeihe dir, versprich mir nur, dies niemals mehr zu tun!"

„Niemals werde ich! Möge ich in den Boden versinken, möge mein Leib zerreißen!" sprach Polikei und weinte, daß es einen Stein erbarmen konnte!

Polikei kam nach Hause und heulte wie ein Kalb den ganzen Tag über und lag dabei auf dem Ofen. Von da an ward niemals mehr irgend etwas an Polikei bemerkt. Nur war sein Leben unfroh geworden: das Volk schaute auf ihn wie auf einen Dieb, und als die Zeit der Rekrutenaushebung nahte, begannen alle auf ihn hinzuweisen.

Polikei war Kurschmied, wie bereits gesagt ward. Wie er plötzlich dazu geworden war, wußte niemand, und er selber am allerwenigsten. Auf dem Gestüt bei dem Pferdeknecht, der dann zur Ansiedlung verschickt ward, leistete er keine anderen Dienste, als die Pferdekasten auszumisten, bisweilen die Pferde selber zu reinigen und Wasser zu fahren. Dort hätte er also nicht auslernen können. Darauf war er Weber, dann arbeitete er im Garten, reinigte er die Fußwege; dann zerschlug er zur Strafe Ziegelsteine; dann, gegen Jahresabgabe auf eigenen Verdienst ausgehend, verdingte er sich bei einem Kaufmann als Hausknecht. Demnach hatte er auch dort keine Praxis. Während seines letzten Aufenthaltes zu Hause begann sich allmählich der Ruf seiner ungewöhnlichen, sogar ein wenig übernatürlichen Pferdeheilkunst zu verbreiten. Er ließ einmal und wieder einmal zur Ader, dann warf er ein Pferd um und bohrte ihm im Schenkel herum, dann verlangte er, man solle ein Pferd in den Notstall führen, und begann ihm den Strahl bis aufs Blut zu schneiden, ungeachtet dessen, daß das Pferd um sich schlug und sogar wimmerte, und er sagte, daß dies bedeute, „das unter dem Huf befindliche Blut auszulassen". Darauf erklärte er den Bauern, es sei unerläßlich, das Blut aus beiden Adern zu lassen, „zur größeren Leichtigkeit", und begann mit einem Klopfholz auf die stumpfe Lanzette zu schlagen; alsdann zog er unter den Bauch des Verwalterpferdes einen Verband aus dem Kopftuch seiner Frau; endlich begann er mit Vitriol jede Art Schorf zu bestreuen, aus einem Gläschen zu benetzen und bisweilen innerlich zu geben, was ihm gerade einfiel. Und je mehr er Pferde marterte und mordete, um so mehr glaubte man ihm, und um so mehr Pferde führte man zu ihm.

Ich fühle, daß es für uns, die Herrschaften, nicht ganz anständig ist, über den Polikei zu lachen. Die Methoden, die er anwandte, um Vertrauen zu erwecken, sind ganz dieselben, die auf unsere Väter wirkten, auf uns selber, und die auch auf unsere Kinder wirken werden. Der Bauer, der sich mit dem Bauch auf den Kopf seiner einzigen Stute legt, die nicht nur seinen Reichtum ausmacht, vielmehr fast einen Teil seiner Familie, und der mit Glauben und Schrecken auf das beträchtlich verzogene Gesicht des Polikei schaut und seine dünnen, vertrockneten Hände, mit denen er absichtlich die Stelle

preßt, die schmerzt, und kühn den lebendigen Körper schneidet mit
dem geheimen Gedanken: „Es wird schon etwas dabei herauskommen", und sich den Anschein gibt, als ob er wisse, wo Blut, wo Ma-
terie, wo trockene, wo nasse Adern sind, und dabei in seinen Zähnen den heilbringenden Lappen oder das Fläschchen mit Vitriol
hielt – dieser Bauer kann sich gar nicht vorstellen, daß sich bei Polikei die Hand erheben würde, wenn er nicht zu schneiden verstünde.
Er selber hätte das nicht tun können. Sobald aber rasch geschnitten
ist, wird er sich auch keinen Vorwurf daraus machen, daß er vergeblich zu schneiden gab. Ich weiß nicht, wie es mit Ihnen steht; ich aber
empfand vor dem Doktor, der auf meine Bitte Menschen, die meinem Herzen nahestanden, gequält hatte, ganz genau dasselbe. Die
Lanzette und das geheimnisvolle weißliche Fläschchen mit Sublimat
und die Worte: „Beulenkrankheit, Hämorrhoiden, zur Ader lassen,
Eiter usw.", sind das denn nicht dieselben wie Nerven, Rheumatis-
mus, Organismen usw.? „Wage du zu irren und zu träumen" – dies
bezieht sich nicht nur auf die Dichter, auch auf die Doktoren und
Kurschmiede.

III. |

An diesem selben Abend, als die Bauernversammlung, einen Rekruten wählend, vor dem Kontore lärmte im kalten Nebel der Okto-
bernacht, saß Polikei auf dem Bettrand an seinem Tische und zerrieb
auf ihm vermittels einer Flasche eine Arznei, die er nicht kannte, gegen eine Pferdekrankheit, die ihm gleichfalls unbekannt war. Da
war Sublimat, Schwefel, Glaubersalz und ein Kraut, das Polikei gesammelt hatte, als es ihm einmal eingefallen war, dies Kraut sei sehr
nützlich gegen Kurzatmigkeit, und er fand es dann auch nicht für
überflüssig, es auch gegen andere Krankheiten zu geben. Die Kinder
hatten sich bereits niedergelegt: zwei lagen auf dem Ofen, zwei im
Bette, eines in der Wiege, bei der Akulina an der Spindel saß. Ein
Lichtstummel, der von herrschaftlichen Kerzen geblieben war, „die
schlecht gelegen hatten", stand in hölzernem Leuchter am Fenster,
und damit ihr Mann sich nicht von seiner wichtigen Arbeit loszureißen brauche, stand Akulina immer wieder selber auf, den Kerzen-
stummel mit den Fingern zu richten. Es gab Freidenker, die den Polikei für einen dummen Tierarzt und einen einfältigen Menschen

hielten. Andere dagegen, und die Mehrzahl, hielten ihn zwar für einen schlechten Kerl, aber für einen großen Meister seines Faches. Akulina ihrerseits, ungeachtet dessen, daß sie ihren Mann häufig schalt und sogar schlug, hielt ihn zweifellos für den ersten Pferdearzt und den ersten Menschen auf der ganzen Welt. Polikei streute gerade in die hohle Hand irgendeine „Spezies". (Eine Wage benützte er nicht und äußerte sich ironisch über die Deutschen, die Wagen benützen: „Das" – pflegte er zu sagen – „ist doch keine Apotheke".) Polikei prüfte seine Spezies in der Hand und schüttelte sie auf; es schien ihm aber wenig, und er streute zehnmal mehr hinein. „Alles werde ich hineintun; es wird besser helfen," sprach er zu sich. Akulina schaute sich rasch um, auf die Stimme ihres Gebieters, einen Befehl erwartend; da sie aber sah, daß die Sache sie nichts angehe, zuckte sie die Achseln: „Sieh' mal an, der Teufelskerl! Von woher nimmt er das denn!" dachte sie und machte sich wiederum ans Spinnen. Das Papierchen, aus dem die Spezies geschüttet war, fiel unter den Tisch. Akulina ließ das nicht durchgehen.

„Anjutka!" rief sie – „sieh, der Vater hat etwas unter den Tisch fallen lassen, heb' auf!"

Anjutka zog ihre dünnen, nackten Füßchen aus dem Kapott heraus, das sie bedeckt hatte, kroch wie ein kleines Kätzchen unter den Tisch und brachte das Papierchen.

„Da, Väterchen" – sprach sie und verschwand wieder im Bett mit kaltgewordenen Beinchen.

„Was stößt du mich denn" – zischte ihre jüngere Schwester, lispelnd und mit verschlafener Stimme.

„Ich werde euch!" sprach Akulina, und beide Köpfe verschwanden unter dem Kapott.

„Drei Rubel wird er geben" – murmelte Polikei, indem er die Flasche zustopfte – „ich werde das Pferd ausheilen. Es ist noch billig" – fügte er hinzu. „Geh' nur, denk dir nur alles aus! Akulina, geh' und bitte den Nikita um etwas Tabak. Morgen werde ich ihm zurückgeben."

Und Polikei nahm aus seiner Hosentasche ein Pfeifchen aus Lindenholz heraus, das einstmals angestrichen gewesen und dessen Mundstück jetzt aus Siegellack war, und begann es zu richten.

Akulina ließ die Spindel stehen und ging hinaus, ohne hängen zu bleiben, was sehr schwer war. Polikei öffnete ein kleines Schränkchen, stellte die Flasche hin und steckte ein Schnapsfläschchen in den Mund, aber Schnaps war nicht darin. Er runzelte die Stirn; als aber seine Frau Tabak gebracht, er sich sein Pfeifchen gestopft, es angeraucht und sich auf das Bett gesetzt hatte, strahlte sein Gesicht in der Zufriedenheit und dem Stolze eines Menschen, der sein Tagewerk vollbracht hat. Dachte er nun daran, wie er morgen die Zunge des Pferdes ergreifen und ihm diese erstaunliche Mixtur ins Maul gießen werde, oder dachte er daran, daß einem „nötigen" Menschen niemand etwas abschlägt, und daß jetzt eben Nikita ihm gleichwohl Tabak geschickt hatte – es war ihm wohl. Plötzlich öffnete sich die Tür, die nur an einem Haken hing, und in den Winkel trat das „obere" Mädchen, nicht das zweite, vielmehr das dritte, kleine, das man für die Aufträge hielt. „Oben" bedeutet, wie allen bekannt, das Herrenhaus, wenn es auch unten gelegen hätte. Aksjutka – so hieß das Mädchen – flog immer wie eine Kugel, und dabei hielt sie ihre Arme nicht eingebogen, sie schaukelten vielmehr wie Perpendikel, der Schnelligkeit ihrer Bewegung entsprechend, nicht an den Hüften herab, vielmehr vor ihrem Körper her; ihre Wangen waren röter als ihr rosafarbenes Kleid; ihre Zunge bewegte sich immer ebenso rasch wie ihre Füße. Sie flog ins Zimmer, hielt sich aus irgendeinem Grunde am Ofen fest, fing an, sich zu schaukeln, und begann, als ob sie unbedingt nicht mehr als zwei, höchstens drei Worte auf einmal aussprechen wolle, keuchend folgende Ansprache, wobei sie sich an Akulina wandte:

„Die Gnädige befahl dem Polikei Iljitsch, augenblicklich nach oben zu kommen, sie befahl …" (Sie hielt inne und schöpfte tief Atem.) „Jegor Michailowitsch war bei der Gnädigen, von den Rekruten sprach man, man erinnerte an Polikei Iljitsch … Awdotja Mikolawna befahl, diesen Augenblick zu kommen, Awdotja Mikolawna befahl …" (wiederum ein Seufzer) „diese Minute zu kommen."

Etwa eine halbe Minute blickte Aksjutka auf Polikei, auf Akulina, auf die Kinder, die sich unter der Decke hervorstreckten, erfaßte eine Nußschale, die auf dem Ofen herumlag, warf sie nach Anjutka, und nachdem sie noch einmal gesagt hatte, „diesen Augenblick zu kommen", flog sie wie ein Wirbelwind aus dem Zimmer, und die Perpendikel bewegten sich mit gewohnter Raschheit quer zur Richtung ihres Laufes hin und her.

Akulina erhob sich wiederum und brachte ihrem Manne die Stiefel. Es waren schlechte, durchlöcherte Soldatenstiefel. Sie nahm den Kaftan vom Ofen und gab ihn ihm, ohne ihn anzublicken.

„Iljitsch, wirst du nicht ein anderes Hemd anziehen?"

„Nein!" – sprach Polikei.

Akulina sah ihm kein einziges Mal ins Gesicht, während er sich anzog, und sie tat gut daran, daß sie ihn nicht anschaute: Polikeis Gesicht war bleich, sein Unterkiefer zitterte, und in seinen Augen lag jener weinerliche, unterwürfige und tief unglückliche Ausdruck, wie er nur bei guten, schwachen und schuldigen Menschen vorkommt. Er kämmte sich und wollte weggehen; seine Frau hielt ihn aber auf, rückte ihm die Gurtschnur seines Hemdes zurecht, die auf den Rock herunterhing, und setzte ihm die Mütze auf.

„Wie, Polikei Iljitsch, die Gnädige verlangt nach Ihnen?" erklang die Stimme der Tischlersfrau aus dem Verschlag hervor.

Die Tischlersfrau hatte erst heute morgen mit Akulina eine heftige Auseinandersetzung gehabt wegen eines Topfes Waschlauge, den ihr die Kinder des Polikei ausgegossen hatten, und ihr war es im ersten Augenblicke angenehm, zu hören, daß man den Polikei zur Gnädigen rufe: es wird wohl nicht zum Guten sein. Zudem war sie eine feine, politische und giftige „Dame". Niemand verstand besser mit einem Worte abzutrumpfen; so dachte sie wenigstens selber von sich:

„Man will wohl in die Stadt schicken, Einkäufe zu machen," fuhr sie fort. „Ich vermute so, daß man einen zuverlässigen Menschen auswählt; Sie schickt man denn auch. Sie werden mir dann ein Viertelchen Tee kaufen, Polikei Iljitsch?"

Akulina hielt die Tränen zurück, und ihre Lippen verzogen sich zu einem bösen Ausdruck. So hätte sie sich auch eingekrallt in die spärlichen Haare dieser Kanaille von Tischlersfrau. Als sie aber auf ihre Kinder schaute und daran dachte, daß sie Waisen bleiben werden, und sie selber eine Soldatenwitwe, vergaß sie die giftige Tischlersfrau, bedeckte ihr Gesicht mit beiden Händen, setzte sich auf das Bett, und ihr Kopf sank auf die Kissen.

„Mamuschka, du hast mich plattgedrückt", brummte das lispelnde Mädchen, indem es sein Kleid unter dem Ellenbogen der Mutter hervorzog.

„Wenn ihr doch alle sterben würdet! Zum Kummer habe ich

euch geboren!" schrie Akulina und erfüllte die ganze Hütte mit ihrem Schluchzen, zum Troste der Tischlersfrau, die noch nicht die Waschlauge vom Morgen vergessen hatte.

So verging eine halbe Stunde. Das kleine Kind begann zu schreien; Akulina stand auf und stillte es. Sie weinte schon nicht mehr. Ihr noch immer hübsches, hageres Gesicht in die Hand gestützt, starrte sie auf das herabgebrannte Licht und dachte darüber nach, weshalb sie eigentlich geheiratet habe, wozu man denn so viele Soldaten brauche, und auch noch darüber, wie sie es der Tischlersfrau heimzahlen könne.

Die Schritte ihres Mannes erklangen draußen; sie wischte sich die Spuren der Tränen ab und stand auf, um ihm Platz zu machen. Polikei kam stolz herein, warf die Mütze aufs Bett, atmete tief und begann sich auszuziehen.

„Nun, was denn? Wozu hat sie dich gerufen?"

„Hm ... es ist bekannt! Polikuschka ist der letzte aller Menschen; wenn aber nur eine Sache nötig ist, wen ruft man dann? Den Polikei!"

„Was für eine Sache?"

Polikei beeilte sich nicht mit der Antwort; er rauchte sein Pfeifchen an und spuckte aus.

„Zum Kaufmann zu fahren wegen Geld, befahl sie."

„Geld zu bringen?" fragte Akulina.

„Wie geschickt sie in Worten ist! ,Du', spricht sie, ,standest im Rufe, du seist ein unzuverlässiger Mensch; nur ich vertraue dir mehr als irgendeinem anderen'." (Polikei sprach laut, damit es die Nachbarn hören sollten.) „,Du hast mir versprochen, dich zu bessern', spricht sie; ,siehst du, da hast du den ersten Beweis, daß ich dir glaube: Fahre', spricht sie, ,zum Kaufmann, nimm das Geld und bring' es her.' ,Ich', sage ich, ,Herrin, wir', sage ich, ,sind alle Ihre Sklaven und sollen wie Gott, so auch Ihnen dienen, deshalb fühle ich auch, daß ich alles tun kann für Euer Gnaden und keine Dienstleistung zu verweigern vermag; was Sie befehlen werden, das werde ich auch ausführen, weil ich Ihr Sklave bin'." (Er lächelte wiederum mit jenem besonderen Lächeln des schwachen, guten und schuldigen Menschen.) „‚So wirst du denn‘, spricht sie, ‚es richtig und treu ausführen? Du‘, spricht sie, ‚verstehst du, daß dein Schicksal hiervon abhängt?‘ ‚Wie kann ich denn nicht begreifen, daß ich alles zu tun vermag? Wenn man gegen mich gesprochen hat, so kann man jeden beschuldigen; ich konnte aber, scheint es, niemals irgend etwas gegen Euer Gnaden auch nur denken!‘ So, heißt das, habe ich sie beredet, daß meine Herrin ganz weich ward. ‚Du‘, spricht sie, ‚wirst mir der erste Mensch sein‘.“ (Er schwieg, und wiederum trat ganz dasselbe Lächeln auf sein Gesicht.) „Ich weiß sehr gut, wie mit ihnen zu sprechen. Es kam vor, als ich noch auf eigenen Erwerb ging, daß da einer auf mich losfährt! Laß mich aber nur mit ihm sprechen, so werde ich ihn so einölen, daß er wie Seide wird.“

„Und viel Geld?“ – fragte noch einmal Akulina.

„Drei halbtausende Rubel“ – antwortete nachlässig Polikei.

Sie schüttelte den Kopf.

„Wann sollst du denn fahren?“

„‚Morgen‘, befahl sie. ‚Nimm‘, spricht sie, ‚welches Pferd du willst, gehe ins Kontor und fahre mit Gott!‘“

„Dank sei dir, Gott“ – sprach Akulina, indem sie aufstand und sich bekreuzigte – „Gott stehe dir bei, Iljitsch,“ fügte sie flüsternd hinzu, damit man es nicht hinter dem Verschlag hören sollte, indem sie ihn am Hemdärmel festhielt – „Iljitsch, höre mich, bei Christus und Gott bitte ich dich, wenn du fahren wirst, küsse das Kreuz und versprich, daß du keinen Tropfen in den Mund nehmen wirst!“

„Werde ich sonst wohl zu trinken beginnen, wenn ich mit solchen Geldern fahre!“ platzte er los. – „Wie schön und geschickt dort irgendwer auf dem Pianoforte spielte, erstaunlich!“ fügte er nach einigem Schweigen hinzu und lächelte. – „Es muß wohl das Fräulein gewesen sein. Ich habe gerade vor ihr gestanden, vor der Herrin beim Glasschrank, das Fräulein spielte aber dort hinter der Tür. Sie schmettert, sie schmettert, so paßte alles zusammen, nun was! Ich hätte es gespielt, wahrhaftig, ich hätte es fertig gebracht. Gerade ich hätte es fertig gebracht. Ich bin in diesen Sachen geschickt. Ein reines Hemd gib mir morgen.“ Und sie legten sich schlafen, zwei Glückliche.

V. |

Währenddessen lärmte die Bauernversammlung beim Kontor. Die
Sache war nicht zum Scherzen. Fast alle Bauern waren gekommen,
und während der Zeit, als Jegor Michailowitsch zur Gnädigen fort-
ging, bedeckten sich die Köpfe; plötzlich waren mehr Stimmen zu
vernehmen, und die Stimmen wurden lauter. Rauhes Stöhnen, hier
und da unterbrochen von einer keuchenden, heiseren, schreienden
Stimme, stand in der Luft, und dieses Stöhnen flog bis zu den Fenstern der Gnädigen, die diese Töne nicht ausstehen konnte und dabei
eine nervöse Unruhe empfand, ähnlich dem Gefühle, das durch ein
heftiges Gewitter erregt wird: sie wußte nicht, war es ihr furchtbar,
war es ihr nur unangenehm. Es schien ihr immer, als ob gerade in
diesem Augenblick die Stimmen lauter und lebhafter wurden und
irgend etwas sich zutrug. „Als ob man nicht alles still und friedlich
machen könnte, ohne Streit und ohne Schreien" – dachte sie, „auf
christliche, bruderliebende und sanfte Weise!"

Viele Stimmen sprachen plötzlich auf einmal, aber lauter als alle
schrie Fjedor Rjesun, der Tischler. Er war von den „Zweisöhnigen"
und fiel über die Dutloffs her. Der alte Dutloff verteidigte sich; er
war aus dem Haufen herausgetreten, in dem er anfangs gestanden
hatte, und keuchend, weit mit den Händen ausfahrend und sein
Bärtchen streichend, näselte er so häufig, daß es ihm selber schwer
geworden wäre, zu verstehen, was er sprach. Seine Kinder und sein
Neffe, ein forscher Kerl neben dem anderen, standen hinter ihm und
drängten sich dort, und der alte Dutloff erinnerte an den Muttervo-
gel, wenn man ‚Habicht‘ spielt. Der Habicht war Rjesun, und nicht
er allein, vielmehr alle Zweisöhnigen und alle Alleinstehenden, fast
die ganze Bauernversammlung griff Dutloff an. Die Sache war die,
daß Dutloffs Bruder vor dreißig Jahren unter die Soldaten gesteckt
worden war, und deshalb wollte er nicht an der Reihe sein mit den
„Dreisöhnigen"; er wollte vielmehr, daß man den Dienst seines Bruders berücksichtige und ihn mit den „Zweisöhnigen" das Los ziehen
lasse, und schon von denen den dritten Rekruten nehme. „Dreisöhnige" gab es noch vier außer dem Dutloff; einer davon war Ältester,
und ihn hatte die Gnädige befreit; aus einer anderen Familie war bei
der vorigen Aushebung ein Rekrut gestellt worden; von den beiden
übrigen waren zwei gewählt worden, und einer von ihnen war sogar nicht einmal mehr auf die Versammlung gekommen; nur sein

Weib stand kummervoll hinter allen, in dumpfer Erwartung, das Rad werde sich irgendwie zu ihrem Glücke wenden; der andere aber von den zwei Auserwählten, der rothaarige Roman, stand, obgleich er nicht arm war, im zerrissenen Rock bei der Eingangstreppe und lehnte sich an die Wand; er hielt den Kopf gesenkt und schwieg die ganze Zeit über. Nur bisweilen blickte er aufmerksam auf den, der gerade lauter sprach, und senkte dann wiederum den Kopf. Es wehte nur so von Unglück von seiner ganzen Gestalt. Der alte Dutloff war ein Mann, dem jeder, der ihn auch nur ein wenig kannte, Hunderte und Tausende Rubel zur Aufbewahrung gegeben hätte. Er war gemessenen Wesens, gottesfürchtig, vermögend, zudem war er Kirchenältester. Um so auffallender war die Erregung, in der er sich eben befand.

Rjesun, der Tischler, war dagegen hochgewachsen, schwarzhaarig, händelsüchtig, ein Trinker, kühn und besonders gewandt im Streiten und Verhandeln auf Versammlungen und auf Märkten mit Arbeitern, Kaufleuten, Bauern oder Herrschaften. Eben jetzt war er ruhig und giftig, und von der ganzen Höhe seines Wuchses, mit der ganzen Kraft seiner klangvollen Stimme und seines Rednertalents bedrängte er den keuchenden Kirchenältesten, der völlig seine gewohnte ruhige Würde verloren hatte. Teilhaber am Streite waren der noch rundgesichtige, jugendliche, stämmige Garas'ka Kopüloff mit seinem viereckigen Kopf und seinem Krausbart, einer von den Rednern der auf den Rjesun folgenden, jüngeren Generation, der sich stets durch Heftigkeit seiner Rede auszeichnete und sich bereits Ansehen auf der Versammlung errungen hatte. Sodann Fjedor Melnitschny, ein gelber, hagerer, langer, gebeugter Bauer, gleichfalls noch jung, mit spärlichen Haaren am Kinn und mit kleinen Äuglein, der immer gallig, finster, in allen die schlechte Seite sah und schon häufig die Bauernversammlung überrascht hatte durch seine unerwarteten, knappen Fragen und Bemerkungen. Diese beiden Redner waren auf seiten des Rjesun. Außerdem mischten sich noch bisweilen zwei Schwätzer ein: der eine mit gutmütigstem Gesicht und breitem, rotem Bart, Chrapkoff, der immer sagte: „Du, mein lieber Freund", und ein anderer, kleiner, mit einer Vogelschnute, Schidkoff, der gleichfalls zu allem hinzufügte: „Es kommt so heraus, mein Brüderchen", indem er sich an alle wandte und fließend „weder zum Dorf noch zur Stadt" sprach. Beide waren bald für diesen, bald für jenen, aber niemand hörte ihnen zu. Es gab auch noch mehr ebensolche; diese beiden trippelten aber zwischen dem Volke umher, schrien mehr als alle, wobei sie die Herrin erschreckten, wurden weniger als alle anderen angehört, und berauscht vom Lärmen und Schreien, ergaben sie sich völlig dem Vergnügen, ihre Zunge spazieren zu führen. Es gab noch viele verschiedenartige Charaktere unter den Versammlungsgenossen, es gab finstere, wohlanständige, gleichgültige, niedergedrückte; auch Weiber standen hinter den Bauern mit den Stecken[2]; aber von dem allem will ich, so Gott will, ein andermal erzählen. Der große Haufen setzte sich indes im allgemeinen aus Bauern zusammen, die auf der Versammlung wie in der Kirche standen und im Hintergrunde flüsternd über ihre häuslichen Angelegenheiten sprachen, darüber, wie man im Wald Fällungen vornehmen soll, oder die schweigend erwarteten, ob man wohl bald aufhören werde zu lärmen. Aber dann gab es auch noch Reiche, denen die Bauernversammlung weder etwas nehmen noch zu ihrem Wohlstande dazugeben konnte. Ein solcher war Jermil mit seinem breiten, glänzenden Gesicht, den die Bauern „Schmerbauch" nannten, weil er reich war. Ein solcher war auch noch Starostin, auf dessen Gesicht der selbstzufriedene Ausdruck der Macht lag: „Was ihr", so sollte das heißen, „auch da nicht alles sagt, mich wird gleichwohl niemand anrühren. Vier Söhne habe ich, ja, und davon wird man keinen abgeben." Bisweilen hänselten sie die Freidenker, wie Kopüloff und Rjesun, und sie antworteten dann auch, aber ruhig und fest, in dem Bewußtsein ihrer Unverletzlichkeit. Wenn Dutloff der Vogelmutter glich im Habichtspiel, so erinnerten seine Burschen durchaus nicht an ihre Jungen: sie flatterten nicht umher, sie piepten nicht, standen vielmehr ruhig hinter ihm. Der Älteste, Ignatz, war schon dreißig Jahre alt; der zweite, Wassily, war gleichfalls verheiratet, aber untauglich zum Rekruten; der dritte, Iljuschka, sein Neffe, der eben erst geheiratet hatte, war weiß, rotbackig, im schmucken Schafpelz (er fuhr als Fuhrmann), stand da, schaute auf das Volk und kratzte sich bisweilen im Nacken unter dem Hut, als ob ihn die ganze Sache gar nichts angehe; ihn aber wollten gerade die Habichte entreißen.

---

[2] Aus denen die Lose geschnitten werden. Anm. des Übersetzers.

„Weil mein Großvater unter den Soldaten war," – sprach einer – „so werde auch ich mich weigern, das Los zu ziehen! Ein solches Gesetz, Bruder, gibt es gar nicht. Bei der letzten Aushebung wählte man den Micheitscheff; sein Großvater ist aber noch gar nicht nach Hause zurückgekehrt."

„Bei dir hat weder Vater noch Onkel dem Zaren gedient," – sprach im selben Augenblick Dutloff – „ja, auch du hast weder der Herrschaft noch der Gemeinde gedient, nur geschlemmt hast du, ja, und deine Kinder haben sich von dir ihr Land austeilen lassen; weil man mit dir nicht leben kann, so weist du auf andere hin; ich aber ging zehn Jahre als Aufseher, war Ältester, brannte zweimal ab, und mir half niemand; dafür aber, daß es bei uns auf dem Hofe friedlich und ehrenhaft hergeht, dafür soll man auch mich zugrunde richten? Gebt mir doch meinen Bruder zurück! Er ist wohl dort auch gestorben! Urteilt nach Recht, nach göttlichem Recht, rechtgläubige Versammlung, nicht aber so, daß man das anhört, was ein Trunkenbold lügt."

Zu ganz derselben Zeit sprach Gerasim zu Dutloff: „Du weist auf deinen Bruder hin; ihn hat man aber nicht durch die Bauernversammlung unter die Soldaten gesteckt, vielmehr wegen seiner Haltlosigkeit haben ihn die Herrschaften abgegeben. So kann er dir nicht zur Ausflucht dienen."

Noch hatte Gerasim nicht zu Ende gesprochen, als der gelbe und lange Fjedor Melnitschny finster begann, indem er vortrat: „Das ist es, meine Herrschaften, man gibt ab, wen man sich gerade ausdenkt, und danach soll dann die Versammlung alles in Ordnung bringen. Sie hat deinen Sohn zu gehen bestimmt, du willst das aber nicht; so bitte doch die Gnädige, sie wird vielleicht mir befehlen – einem Alleinstehenden – von meinen Kindern weg zu den Soldaten zu gehen. Das ist es denn auch, was man Gesetz nennt," – sprach er giftig, machte mit der Hand eine abwehrende Bewegung und trat wieder auf seinen früheren Platz.

Der rothaarige Roman, von dem ein Sohn zum Soldaten bestimmt worden war, erhob den Kopf und murmelte: „Ja, so ist es auch!" und er setzte sich sogar aus Gram auf die Stufe der Eingangstreppe.

Das waren indes noch nicht alle Stimmen, die auf einmal gesprochen hatten. Außer denen, die hintenstehend über ihre eigenen Angelegenheiten plauderten, vergaßen aber auch die Schwätzer nicht ihre Pflicht.

„Genau so ist es auch, rechtgläubige Versammlung," sprach der kleine Schidkoff, indem er die Worte Dutloffs wiederholte; „man muß auf christliche Weise richten. Auf christliche Weise, heißt das, mein Brüderchen, muß man richten!"

„Man muß seinem Gewissen nach richten, du, mein lieber Freund," sprach der gutmütige Chrapkoff, indem er die Worte Kopüloffs wiederholte und den Dutloff am Mantel zog. – „Es war also der Wille der Herrschaft, nicht aber Entscheidung der Versammlung."

„Wahr gesprochen! So ist es auch!" sprachen andere.

„Wer lügt da betrunken?" entgegnete Rjesun. – „Hast du mich etwa betrunken gemacht, oder wird dein Sohn, den man auf der Straße aufliest, mir einen Vorwurf machen, daß ich Schnaps trinke? Wie denn, Brüderchen, man muß einen Entschluß fassen. Wenn ihr den Dutloff begnadigen wollt, auch wenn ihr die ‚Zweisöhnigen' bestimmt, ja selbst die Alleinstehenden, so wird er doch über uns lachen."

„Dutloff soll gehen! Was ist da zu sagen!"

„Bekannte Sache! Die ‚Dreisöhnigen' müssen zuerst das Los nehmen," sprachen andere Stimmen.

„Hört erst, was die Herrin befiehlt. Jegor Michailowitsch sagte so etwas, als wolle man Hofdiener als Rekruten aufstellen," sprach irgend jemands Stimme.

Diese Bemerkung hielt den Streit ein wenig zurück; bald entbrannte er aber von neuem und ging wieder auf Persönlichkeiten über.

Ignatz, von dem Rjesun gesagt hatte, man habe ihn auf dem Wege aufgelesen, begann dem Rjesun zu beweisen, er habe bei durchziehenden Zimmerleuten eine Säge gestohlen und betrunken sein Weib fast totgeschlagen.

Rjesun antwortete, er schlage sein Weib sowohl nüchtern wie betrunken und niemals genug, und brachte damit alle zum Lachen. Wegen der Säge ward er aber plötzlich böse, trat näher an Ignatz heran und begann zu fragen: „Wer stahl?"

„Du stahlst," antwortete kühn der kräftige Ignatz, indem er noch näher zu ihm hintrat.

„Wer stahl? Bist du das nicht gewesen?" schrie Rjesun.

„Nein, du!" schrie Ignatz.

Nach der Säge kam die Rede auf ein gestohlenes Pferd, auf einen Sack mit Hafer, auf irgendein Streifchen Ackerland, auf irgendeinen toten Körper. Und so furchtbare Dinge warfen einander beide Bauern vor, daß, wenn auch nur der hundertste Teil davon wahr gewesen wäre, man sie nach dem Gesetze sogleich nach Sibirien hätte schicken müssen, wenigstens zur Ansiedlung.

Dutloff wählte währenddessen eine andere Art der Verteidigung. Ihm mißfiel das Schreien des Sohnes; er gebot ihm halt und sprach: „Das ist Sünde! Hör' auf, sagt man dir!" Er selber aber fing an darzulegen, daß „Dreisöhnige" nicht nur die seien, bei denen drei Söhne im Hause wohnten, vielmehr auch die, die ihr Land ausgeteilt hätten. Und er wies noch einmal auf den Starostin hin.

Starostin lächelte nur vor sich hin, räusperte sich, strich seinen Bart mit der Miene eines reichen Bauern und antwortete dann, daß dies der Wille der Herrschaft zu entscheiden habe. Es müsse wohl sein, sein Sohn habe es so verdient, wenn befohlen sei, ihn zu übergehen.

Hinsichtlich der Familien, die ihr Land ausgeteilt hatten, widerlegte Gerasim gleichfalls die Ausführungen Dutloffs, indem er bemerkte, man hätte nicht erlauben sollen, die Wirtschaft unter die Söhne zu verteilen, wie das so beim alten Herrn gewesen sei; wenn aber der Sommer vorüber sei, ginge man nicht mehr Himbeeren suchen, jetzt werde man nicht damit beginnen, Einsöhnige zu den Soldaten zu geben.

„Haben sie denn aus Übermut ihre Wirtschaft verteilt? Wozu soll man sie denn jetzt endgültig zugrunde richten?" – vernahm man die Stimmen derer, die ihre Wirtschaft geteilt hatten, und die Schwätzer schlossen sich ihnen an.

„Kauf' dir doch einen Rekruten, wenn es dir so nicht paßt. Du wirst dich schon wieder erholen!" sprach Rjesun zum Dutloff.

Dutloff schlug verzweifelt den Kaftan zusammen und trat hinter die anderen Bauern.

„Du hast mein Geld gezählt, man sieht es," murmelte er grimmig. – „Was wird jetzt noch Jegor Michailowitsch von der Gnädigen erzählen?"

VI. |

Tatsächlich trat gerade um diese Zeit Jegor Michailowitsch aus dem Hause. Ein Hut nach dem anderen erhob sich über den Köpfen, und in dem Maße, wie der Verwalter näher trat, entblößten sich einer nach dem anderen, kahle, von der Mitte und von vorn ergraute, halbgraue, rothaarige, schwarze und rotbraune Köpfe, und ganz allmählich wurden die Stimmen leiser und verstummten endlich völlig. Jegor Michailowitsch stand auf der Eingangstreppe des Kontors und gab zu verstehen, daß er sprechen wolle. Jegor Michailowitsch in seinem langen Rock, die Hände ungeschickt in die Vordertaschen gesteckt, mit einer nach vorn gerückten Schildmütze, als er so forsch mit gespreizten Beinen auf der Erhöhung stand, gebietend über diese erhobenen und auf ihn gerichteten, größtenteils nicht alten und größtenteils hübschen, bärtigen Häupter, hatte ein durchaus anderes Aussehen als vor der Gnädigen. Er war einfach majestätisch.

„Da habt ihr, Burschen, die Entscheidung der Herrin: Hofdiener abzugeben, ist ihr nicht gefällig; wen ihr aber aus euch selber bestimmen werdet, der soll auch gehen. Heute brauchen wir drei. Eigentlich zwei und halb, ja, die eine Hälfte wird vorausgehen. Einerlei: wenn nicht heute, so ein andermal."

„Das ist bekannt! Das ist eine Sache!" sprachen einzelne Stimmen.

„Meiner Ansicht nach", fuhr Jegor Michailowitsch fort – „ist es an Choroschkin und Mitjuchin Waska zu gehen – das hat schon Gott selber so befohlen."

„Genau so ist es! Richtig!" – ertönten Rufe.

„Der dritte muß entweder Dutloff oder einer von den Zweisöhnigen sein. Was werdet ihr sagen?"

„Dutloff," – sprachen Stimmen – „die Dutloffs sind Dreisöhnige."

Und wiederum begann nach und nach das Schreien, und wiederum ging die Sache bis zu Streifchen Ackerland und bis zu irgendwelchen vom Herrenhof gestohlenen Spindeln. Jegor Michailowitsch hatte bereits zwanzig Jahre das Gut verwaltet und war ein gescheiter und erfahrener Mann. Er stand da, hörte etwa eine Viertelstunde zu und befahl plötzlich, zu schweigen, den Dutloffs aber auszulosen, wen von den dreien es treffe. Man schnitt Lose, Chrapkoff fuhr mit der Hand in den Hut, in dem man die Lose schüttelte, und zog das Los des Iljuschka heraus. Alle verstummten.

„Meines etwa? Zeig' her" – sprach Ilja mit stockender Stimme.

Alle schwiegen. Jegor Michailowitsch befahl, zum morgigen Tage die Rekrutengelder zu bringen, sieben Kopeken vom Bodenteil; dann erklärte er, alles sei beendet, und entließ die Versammlung. Der Haufe setzte sich in Bewegung, ihre Mützen setzten die Bauern erst auf, als sie um die Ecke herum waren, und ihr Sprechen und ihre Schritte hallten lange noch nach. Der Verwalter stand an der Eingangstreppe und schaute den Weggehenden nach. Als die Dutloffsche Jungmannschaft um die Ecke bog, rief er den Greis, der selber stehengeblieben war, zu sich und ging mit ihm ins Kontor.

„Leid ist es mir um dich, alter Mann," sprach Jegor Michailowitsch, indem er sich auf den Sessel vor dem Tisch setzte. – „An dir ist die Reihe. Wirst du für den Neffen einen Ersatzmann kaufen oder nicht?"

Ohne zu antworten, schaute der Greis bedeutsam auf Jegor Michailowitsch.

„Du entgehst dem nicht," antwortete Jegor Michailowitsch auf seinen Blick.

„Gern hätten wir gekauft, ja, es ist aber nichts da, wofür, Jegor Michailowitsch. Zwei Pferden hat man in einem Sommer die Haut abgezogen. Ich verheiratete den Neffen. Es ist schon zu sehen, unser Schicksal ist deshalb ein solches, weil wir ehrlich leben. Er hat gut reden." (Er meinte den Rjesun.)

Jegor Michailowitsch wischte mit der Hand sein Gesicht ab und gähnte. Augenscheinlich war es ihm schon langweilig geworden; auch war es Zeit, Tee zu trinken.

„Ach, Alter, sündige nicht!" sprach er; „suche lieber einmal unter dem Fußboden nach. Du wirst dann wohl alte Rubelchen vier Hundertchen finden. Ich werde dir einen solchen Freiwilligen kaufen, daß es nur so ein Wunder ist. Unlängst meldete sich einer."

„Im Gouvernement?" fragte Dutloff, worunter er die Stadt verstand.

„Wie denn, wirst du kaufen?"

„Wie gerne tät' ich es, ja, hier vor Gott, ja …"

Jegor Michailowitsch unterbrach ihn streng: „Nun, so höre mich an, alter Mann: damit Iljuschka sich nicht irgend etwas antue, werde ich heute oder morgen schicken, um ihn sogleich wegzuführen. Du wirst ihn hinbringen, du verantwortest es auch, und wenn, Gott bewahre, mit ihm etwas vorkommt, so werde ich deinen ältesten Sohn scheren lassen (unter die Rekruten stecken), hörst du?"

„Ja, kann man denn nicht die Zweisöhnigen, Jegor Michailowitsch, es ist doch kränkend," sprach Dutloff nach einigem Schweigen. – „Wie mein Bruder unter den Soldaten gestorben ist, so nimmt man mir auch noch den Sohn. Wofür mußte denn nur auf mich ein solches Los fallen?" murmelte er fast weinend und fast bereit, dem Verwalter zu Füßen zu fallen.

„Nun geh' nur, geh' nur," sprach Jegor Michailowitsch; „da ist nichts zu machen, so ist nun einmal die Ordnung. Auf den Iljuschka gib acht; du trägst die Verantwortung."

Dutloff ging nach Hause, indem er nachdenklich über den holprigen Weg mit seinem Lindenstock klopfte.

VII.

Am anderen Tag, früh am Morgen, stand vor der Eingangstreppe des Hofflügels ein zur Fahrt bereites Wägelchen, in dem auch der Verwalter zu fahren pflegte, mit einem breitknochigen, braunen Wallach davor, der aus irgendeinem Grunde „Baraban" (Trommel) hieß. Anjutka, die älteste Tochter des Polikei, stand trotz des mit Schnee gemischten Regens und des kalten Windes barfuß vor dem Kopfe des Wallachs, so weit als möglich entfernt, in sichtlicher Angst, indem sie ihn mit einer Hand am Zügel hielt und mit der anderen auf ihrem Kopfe die gelbbraune Jacke festhielt, die in der Familie die Rolle einer Bettdecke, eines Pelzes, eines Häubchens, eines Teppichs, eines Mantels für den Polikei und noch viele andere Rollen erfüllte. Im „Winkel" ging es drüber und drunter. Es war noch dunkel; kaum merklich drang das Morgenlicht des Regentages durch das Fenster, das an einzelnen Stellen mit Papier verklebt war. Akulina hatte für einige Zeit das Kochen auf dem Ofen und die Kinder vergessen, von denen die Kleinen noch nicht aufgestanden waren und froren, da ihre Decke zum Anziehen genommen und ihnen statt ihrer das Kopftuch der Mutter gegeben worden war. Akulina war damit beschäftigt, ihren Gatten für den Weg zurechtzumachen. Er hatte ein reines Hemd angezogen. Seine Stiefel, die, wie man sagt,

„um Grütze baten", bereiteten ihr besondere Sorge. Erstens einmal hatte sie sich die dicken, wollenen, einzigen Strümpfe ausgezogen und sie dem Gatten gegeben; zweitens aber hatte sie aus einer Schweißdecke, die im Stall „schlecht gelegen" und die Iljitsch vor zwei Tagen nach Hause mitgebracht hatte, mit großer List Filzsohlen gemacht, welche die Löcher ausfüllten und die Füße des Iljitsch vor Feuchtigkeit schützten. Ilja selber, mit den Füßen auf dem Bett sitzend, war damit beschäftigt, seinen Gürtel so zu drehen, daß er nicht das Aussehen eines schmutzigen Strickes habe. Das lispelnde, zornige kleine Mädchen war im Pelz, der ihm über den Kopf angezogen war, aber es gleichwohl am Gehen hinderte, zu Nikita geschickt worden, um einen Hut auszubitten. Den Tumult vermehrten noch die Hofleibeigenen, die gekommen waren, den Iljitsch zu bitten, für sie in der Stadt einzukaufen – diesem Nadeln, jenem ein Teechen, dem Baumöl, jenem Tabak, und Zucker der Tischlersfrau, die es schon fertiggebracht hatte, den Samowar aufzustellen und, um Iljitsch gütig zu stimmen, ihm in einem Krügelchen ein Getränk gebracht hatte, das sie Tee nannte. Wenn auch Nikita seinen Hut nicht hergab und es nötig war, den eigenen in Ordnung zu bringen, das heißt, die aus ihm herausgetretene und heraushängende Watte wieder hineinzustecken und mit der Tierarztnadel das Loch zuzunähen, wenn auch die Stiefel mit den Filzsohlen aus der Schweißdecke anfangs nicht auf die Füße gingen, wenn auch Anjutka durchfror und den Baraban fast losgelassen hätte, und Maschka im Pelz an ihre Stelle trat, und schließlich Maschka den Pelz ausziehen mußte, und Akulina selber den Baraban zu halten ging – endete das alles damit, daß Iljitsch gleichwohl alle Kleiderstücke seiner Familie anzog und nur die Jacke und die Pantoffeln zurückließ, sich zurechtmachte und auf den Wagen setzte, seinen Rock zusammenschlug, das Heu zurechtrückte, noch einmal den Rock zusammenschlug, die Zügel ordnete, noch einmal fester seinen Rock zusammenschlug, wie das sehr würdige Leute machen, und losfuhr.

Sein Bübchen Mischka war zur Eingangstreppe herausgelaufen und bat, man möchte ihn spazierenfahren lassen. Die lispelnde Maschka begann gleichfalls zu bitten, man möchte sie spazierenfahren, und es sei ihr auch ohne Pelz warm; Polikei hielt den Baraban an und lächelte mit seinem schwachen Lächeln; Akulina setzte die Kinder zu ihm, beugte sich zu ihm hin und flüsterte ihm zu, er solle sich an den Eid erinnern und unterwegs gar nichts trinken. Polikei fuhr die Kinder bis zur Schmiede, ließ sie aussteigen, deckte sich wieder warm zu, rückte wiederum seine Mütze zurecht und fuhr allein in einem kleinen, gemessenen Trab, wobei ihm beim Aufstoßen des Wagens die Backen zitterten und seine Füße auf den Boden des Wagens pochten. Maschka aber und Mischka flogen in einer solchen Schnelligkeit und mit so lautem Kreischen barfuß nach Hause den glatten Abhang hinab, daß ein Hund, der vom Dorf zum Hofflügel gelaufen war, plötzlich auf sie schaute, den Schwanz einzog und bellend nach Hause lief, wodurch sich das Gekreisch der Polikeischen Nachkommenschaft noch verzehnfachte.

Das Wetter war schlecht, der Wind schnitt ins Gesicht, es war bald Schnee, bald Regen, bald begannen einzelne Hagelkörner dem Iljitsch ins Gesicht und über die nackten Hände zu peitschen, die er mit den Zügeln unter dem Ärmel seines Rockes verborgen hielt, bald fegten sie über das Leder des Kumts und über den alten Kopf des Baraban, der die Ohren andrückte und mit den Augen blinzelte.

Dann hörte es plötzlich auf, und augenblicklich wurde es hell; klar erblickte man die bläulichen Schneewolken, und es war, als ob die Sonne durchzuschauen beginne, aber unentschlossen und unfroh, wie das Lächeln des Polikei selber. Dessenungeachtet gab sich Iljitsch angenehmen Gedanken hin. Er, den man zur Ansiedlung verschicken wollte, dem man drohte, unter die Soldaten zu stecken, den nur der nicht schalt und nicht schlug, der zu faul dazu war, den man immer dahin stieß, wo es möglichst schlecht war – er fährt jetzt, eine Summe Geldes abzuholen, und zwar eine große Summe, und die Gnädige vertraut ihm, und er fährt im Wägelchen des Verwalters mit dem Baraban, mit dem die Gnädige selber fährt, er fährt wie irgendein Verwalter, mit ledernen Kumtriemen und Zügeln. Und Polikei richtete sich noch mehr auf, rückte die Watteflocken auf dem Hut zurecht und schlug seine Rockschöße noch mehr zusammen. Wenn übrigens Iljitsch glaubte, er sehe durchaus so aus wie ein reicher Verwalter, so irrte er. Das weiß freilich jeder, daß auch Händler, die Zehntausende haben, im Wägelchen mit Ledergespann fahren; nur ist dies – das, aber doch nicht das. Es fährt da ein Mann mit einem Barte, in einem blauen oder schwarzen Kaftan, mit einem satten Pferd, allein sitzt er im Wagen drin; schau du nur hin, ob das Pferd satt ist, ob er selber satt ist, wie er sitzt, wie das Pferd angeschirrt,

wie das Wägelchen beschient, wie er selber gegürtet ist, sogleich ist
zu sehen, ob der Bauer da um Tausende oder um Hunderte handelt.
Jeder Mann von Erfahrung, wenn er nur aus der Nähe auf den Polikei hinschaute, auf seine Hände, auf sein Gesicht, auf seinen erst unlängst stehengelassenen Bart, auf seinen Gurt, auf das irgendwie in
den Wagenkasten geworfene Heu, auf den hageren Baraban, auf die
ausgeriebenen Radschienen, hätte sofort erkannt, daß da ein kleines,
leibeigenes Bäuerlein fährt, aber kein Kaufmann, kein Großhändler,
kein Verwalter, ein Bäuerlein weder von tausend, noch von hundert,
noch von zehn Rubeln. Iljitsch dachte aber nicht so; er täuschte sich
und täuschte sich in angenehmer Weise. Drei Halbtausende werde
er an seiner Brust mitbringen. Wenn er will, wird er den Baraban
statt nach Hause nach Odest wenden, ja, und fahren, wohin ihn Gott
führen werde. Nur wird er dies nicht tun, vielmehr das Geld getreu-
lich der Gnädigen zurückbringen und sagen, daß er schon ganz anderes Geld gefahren habe. Als sie an die Schenke gekommen waren,
begann Baraban den linken Zügel anzuziehen, stehenzubleiben und
einzulenken. Polikei aber, ungeachtet dessen, daß er Geld hatte, das
ihm zum Einkaufen gegeben worden war, schlug dem Baraban mit
der Knute über den Rücken und fuhr vorbei. Ganz dasselbe tat er
auch bei einer andern Schenke, und gegen Mittag stieg er vom Wagen herab, öffnete das Tor des Kaufmannshauses, in dem alle Leute
der Gnädigen einzukehren pflegten, führte das Wägelchen hinein,
spannte es aus, band das Pferd an der Krippe fest, aß mit den Knech-
ten des Kaufmanns zu Mittag, ohne es zu unterlassen, zu erzählen,
in welcher wichtigen Angelegenheit er gekommen sei, und ging mit
dem Brief in der Mütze zum Gärtner. Dieser, der den Polikei kannte,
las den Brief und fragte mit sichtbarem Zweifel noch einmal, ob man
gerade ihm das Geld zu holen befohlen habe. Iljitsch wollte böse
werden, brachte es aber nicht fertig und lächelte nur mit dem ihm
eigenen Lächeln. Der Gärtner las noch einmal den Brief und gab das
Geld. Polikei steckte es an seinen Busen und kehrte ins Absteigequartier zurück. Weder die Bierbuden noch die Schnapsschenken
verführten ihn. Er empfand eine angenehme Aufregung in seinem
ganzen Wesen, und mehr wie einmal blieb er stehen bei den Ver-
kaufsbuden mit verführerischen Waren: Stiefeln, Röcken, Mützen,
Stoffen und Eßwaren. Und nachdem er ein wenig gestanden hatte,
ging er wieder fort mit dem angenehmen Gefühl: alles kann ich

kaufen, ja, aber ich tue es nicht. Er ging auf den Bazar, um einzukaufen, was ihm aufgetragen war, kaufte alles ein und handelte um einen Schafpelz, für den man fünfundzwanzig Rubel verlangte. Als der Verkäufer aus irgendeinem Grund sich den Polikei ansah, glaubte er nicht, daß der imstande sei, zu kaufen; Polikei wies aber auf seine Brust, wobei er sagte, er könne die ganze Bude kaufen, wenn er wolle, und verlangte, den Pelz anzuprobieren; er zerknüllte ihn, fuhr mit der Hand über ihn her, blies auf dem Pelz, fing sogar an, nach ihm zu riechen, und zog ihn endlich mit einem Seufzer aus. „Der Preis paßt nicht. Wenn man ihn für fünfzehn Rubel abließe,“ sprach er. Der Kaufmann warf wütend den Pelz über den Tisch; Polikei aber verließ die Bude und begab sich in heiterer Laune in sein Absteigequartier. Nachdem er zu Abend gegessen, den Baraban getränkt und ihm Hafer vorgelegt hatte, kroch er auf den Ofen, nahm das Kuvert heraus, betrachtete es lange und bat einen des Lesens kundigen Hausknecht, die Adresse zu lesen und die Worte: Einliegend tausendsechshundertsiebzehn Rubel in Assignaten. Das Kuvert war aus einfachem Papier gemacht, gestempelt war es mit braunem Siegellack und der Darstellung eines Ankers: ein großer Stempel in der Mitte, vier an den Rändern, von der Seite war es mit Siegellack beträufelt. Iljitsch beschaute dies alles, prägte es sich ein und suchte sogar die scharfen Kanten der Assignaten zu erfühlen. Er empfand ein ganz kindisches Vergnügen in dem Bewußtsein, so viel Geld in Händen zu haben. Er steckte das Kuvert ins Loch der Mütze, schob diese selber unter den Kopf und legte sich nieder, wachte aber in der Nacht mehrmals auf und fühlte, ob das Kuvert noch da sei. Und jedesmal, wenn er das Kuvert auf seinem Platze fand, empfand er das angenehme Gefühl des Bewußtseins, daß gerade er, Polikei, der mit Schmach Bedeckte, Erniedrigte, so viel Geld bringe und es richtig abliefern werde, so richtig, wie das nicht einmal der Verwalter selber tun würde.

VIII. |

Ungefähr um Mitternacht wurden die Knechte des Kaufmanns und Polikei geweckt durch ein Klopfen an das Tor und die Stimmen von Bauern. Das waren die Rekruten, die man aus Pokrowskoje brachte.

Es waren zehn Mann: Chorjuschkin, Mitjuschkin und Ilja (der Neffe Dutloffs), zwei Ersatzleute, der Älteste, der alte Dutloff und die Begleitmannschaft. In der Stube brannte ein Nachtlicht; die Köchin schlief auf der Bank unter den Heiligenbildern. Sie sprang auf und begann ein Licht anzuzünden. Polikei erwachte gleichfalls, beugte sich vom Ofen herab und begann auf die eintretenden Bauern zu schauen. Alle traten ein, bekreuzigten sich und setzten sich auf die Bänke. Alle waren vollkommen ruhig, so daß es unmöglich war, zu erkennen, wen man zur Aushebung führe. Sie wünschten guten Abend, plauderten und baten, ihnen zu essen zu geben. Freilich, einige waren schweigsam und betrübt; dafür waren aber die anderen außerordentlich heiter, augenscheinlich angetrunken. Unter ihnen auch Ilja, der bis dahin niemals getrunken hatte.

„Wie denn, Burschen, soll man zu Abend essen oder sich schlafen legen?" fragte der Dorfälteste.

„Zu Abend essen," antwortete Ilja, der seinen Pelz zurückgeschlagen und sich auf die Bank gesetzt hatte. – „Laß Schnaps bringen."

„Genug mit dem Schnaps," antwortete der Dorfälteste flüchtig und wandte sich wiederum zu den anderen: „So eßt Brot, Burschen, wozu soll man das Volk wecken!"

„Gib Schnaps!" wiederholte Ilja, ohne irgendjemanden anzublicken, mit einer Stimme, die erkennen ließ, daß er nicht so bald ablassen werde.

Die Bauern folgten dem Rat des Dorfältesten, brachten aus ihren Wagen Brot, aßen, baten um Kwaß und legten sich dann nieder, die einen auf den Boden, die anderen auf den Ofen.

Ilja wiederholte immer wieder von Zeit zu Zeit: „Schnaps gib, ich sage doch, bring' Schnaps." – Plötzlich erblickte er den Polikei: „Iljitsch, aber Iljitsch! Du bist hier, lieber Freund? Ich gehe ja zu den Soldaten, für immer nahm ich Abschied vom Mütterchen, von meiner Hausfrau … Wie heulte sie! Zu den Soldaten hat man mich gesteckt! Spendiere Schnaps!"

„Ich hab' kein Geld," antwortete Polikei. – „Gott wird noch geben, daß man dich untauglich findet," fügte er tröstend hinzu.

„Nein, Bruder, wie eine Birke bin ich rein, keine Krankheit sah ich über mir. Wie sollte man mich da untauglich finden? Was für Soldaten sind denn dann dem Zaren nötig?"

Polikei begann die Geschichte zu erzählen, wie ein Bauer dem „Dochtor" ein Blauscheinchen[3] gab und dadurch freikam.

Ilja wandte sich zum Ofen hin und begann zu plaudern.

„Nein, Iljitsch, jetzt ist alles aus; ich will auch selber nicht bleiben. Der Onkel hat mich unter die Soldaten gesteckt. Hätten wir denn nicht für uns einen Ersatzmann kaufen können? Nein, um den Sohn ist es ihm leid, und um das Geld ist es ihm leid. Mich aber gibt man ab … Jetzt will ich selber nicht." (Er sprach leise, zutraulich, unter dem Einfluß stillen Grames.) „Eines – um das Mütterchen ist es mir leid; wie hat sie sich gegrämt, die Liebe! Ja, auch um die Hausfrau: so, um nichts und wieder nichts hat man das Weib zugrunde gerichtet; jetzt wird sie verkommen: eine Soldatenfrau, das Wort sagt alles. Besser wäre es, einen Burschen wie mich nicht zu verheiraten! Morgen werden sie kommen."

„Ja, warum hat man euch denn so früh hergebracht?" fragte Polikei; „vorher war gar nichts zu hören, und da auf einmal …"

„Siehst du, sie fürchten, ich möchte mir irgend etwas antun," antwortete Iljuschka lächelnd; „nur keine Furcht, ich werde gar nichts tun. Ich werde auch unter den Soldaten nicht zugrunde gehen, nur um das Mütterchen ist es mir leid … Weshalb hat man mich verheiratet?" sprach er leise und traurig.

Die Türe öffnete sich, schlug fest zu, und der alte Dutloff trat ein, die Mütze abschüttelnd, in seinen Bastschuhen, die immer gewaltig groß waren, gerade als habe er Boote an den Füßen.

„Aphanassij," sprach er, sich bekreuzigend, indem er sich an den Hausknecht wandte. „Habt Ihr kein Laternchen, um Hafer einzuschütten?"

Dutloff schaute nicht auf den Ilja hin und begann ruhig das Lichtstümpfchen anzuzünden; die Fausthandschuhe und die Peitsche hatte er in den Gürtel gesteckt, und sein Rock war sorgfältig gegürtet, als sei er eben mit einer Fuhre gekommen, so gewohnt, einfach friedlich und um sein Geschäft besorgt war der Ausdruck seines Arbeitergesichtes.

Als Ilja den Onkel erblickte, verstummte er, senkte wiederum finster die Augen irgendwohin auf die Bank und sprach, sich zum

---

[3] Fünfrubelschein.

Dorfältesten wendend: „Gib Schnaps, Jermila, Schnaps will ich trinken!"

Seine Stimme war böse und finster.

„Was für einen Schnaps jetzt," antwortete der Dorfälteste, indem er an seiner Tasse schlürfte. – „Du siehst doch, die Leute haben gegessen und sich hingelegt, was tobst du denn?"

Das Wort „toben" brachte Ilja augenscheinlich auf den Gedanken, zu toben.

„Ältester, es wird ein Unglück geben, wenn du mir nicht Schnaps gibst."

„Wenn du ihn doch nur zur Vernunft brächtest," wandte sich der Älteste an Dutloff, der bereits die Laterne angesteckt hatte, aber augenscheinlich stehengeblieben war, um zu hören, was daraus noch weiter werde, und verstohlen mit Mitleid auf den Neffen schaute, als sei er erstaunt über sein kindisches Benehmen.

Ilja, den Kopf gesenkt, sprach wiederum: „Schnaps gib; ich werde ein Unheil anrichten."

„Laß doch sein, Ilja," sprach der Greis sanft; „wirklich hör' auf, es wird besser sein!"

Er hatte aber diese Worte noch nicht beendet, als Ilja aufsprang, mit der Faust ins Fenster schlug und aus aller Kraft schrie: „Ihr wollt nicht hören, da habt ihr es!" – und er stürzte zum anderen Fenster hin, um es ebenfalls einzuschlagen.

Iljitsch hatte sich in einem Augenblick zweimal umgedreht und in der Ecke des Ofens verkrochen, so daß sich alle Tarakane erschreckten. Der Älteste warf den Löffel weg und lief zum Ilja hin. Dutloff stellte augenblicklich die Laterne nieder, entgürtete sich, schnalzte mit der Zunge, schüttelte den Kopf und trat zu Ilja, der sich mit dem Ältesten und dem Hausknecht balgte, die ihn nicht zum Fenster ließen. Sie faßten ihn an den Händen und hielten ihn, so schien es, fest; als aber Ilja seinen Onkel mit dem Gürtel in den Händen sah, verzehnfachten sich seine Kräfte, er riß sich los, und die Augen rollend, trat er mit geballter Faust auf Dutloff zu.

„Ich werde totschlagen, komm' mir nicht nahe, Barbar! Du hast mich zugrunde gerichtet, du, mit deinen Räubern von Söhnen, du hast mich zugrunde gerichtet! Weshalb habt ihr mich verheiratet? Komm' mir nicht nahe, ich werde dich totschlagen!"

Iljuschka war furchtbar. Sein Gesicht war rotbraun, seine Augen wußten nicht, wo sie sich hinrichten sollten, sein ganzer, junger, gesunder Körper zitterte wie im Fieber. Er wollte, so schien es, und konnte alle drei Bauern töten, die auf ihn eindrangen.

„Bruderblut trinkst du, Blutsauger!"

Etwas funkelte in dem ewig ruhigen Gesichte Dutloffs. Er tat einen Schritt voran: „Du wolltest nicht im guten," murmelte er, und plötzlich – woher nahm er nur die Kraft? – erfaßte er mit rascher Bewegung den Neffen, wälzte sich mit ihm auf dem Boden und begann ihm mit Hilfe des Ältesten die Hände zusammenzubinden. Etwa fünf Minuten rangen sie; endlich erhob sich Dutloff mit Hilfe der Bauern, indem er die Hände des Ilja von seinem Pelz losriß, in dem sich dieser eingekrallt hatte, dann hob er den Ilja mit auf den Rücken gebundenen Händen auf und setzte ihn auf die Bank in die Ecke.

„Ich sagte dir, es werde schlechter sein," sprach er, noch vom Kampfe keuchend und sich den Gürtel des Hemdes zurechtrückend. – „Wozu noch sündigen? Alle werden wir einmal sterben. Gib ihm einen Rock unter den Kopf," fügte er, sich zum Hausknecht wendend, hinzu; „sonst wird ihm das Blut zu Kopf steigen," und selber nahm er die Laterne, umgürtete sich mit einer Kordel und ging wiederum zu den Pferden.

Ilja blickte mit zerrauftem Haar, mit bleichem Gesicht und hinaufgezogenem Hemde im Zimmer umher, als bemühe er sich, darauf zu kommen, wo er sich eigentlich befinde. Der Hausknecht sammelte die Glasscherben auf und steckte einen Schafpelz ins Fenster, damit es nicht ziehe. Der Älteste setzte sich wiederum hinter seine Tasse.

„Ach, Iljuschka, Iljuschka! Leid ist es mir um dich, wahrhaftig. Was soll man aber machen! Siehst du, Chorjuschkin da ist gleichfalls verheiratet; augenscheinlich ist es schon so beschieden."

„Durch den Bösewicht von Onkel gehe ich zugrunde," wiederholte Ilja in trockenem Zorne. „Ihm ist es um das Seinige leid … Das Mütterchen hat gesprochen, der Verwalter befahl, einen Rekruten zu kaufen. Er will nicht: er spricht, er hat nicht die Kraft dazu. Haben denn mein Bruder und ich wenig ins Haus gebracht? … Ein Bösewicht ist er!"

Dutloff trat in die Hütte, betete nach dem Heiligenbilde zu, zog den Mantel aus und setzte sich zum Ältesten. Eine Magd gab ihm

Kwaß und einen Löffel. Ilja schwieg und lehnte sich mit geschlossenen Augen an den Rock. Der Älteste wies schweigend auf ihn hin
und schüttelte den Kopf. Dutloff machte eine abwehrende Bewegung.

„Tut es mir denn nicht leid? Des leiblichen Bruders Sohn! Nicht
genug damit, daß es mir leid ist, noch zu einem Bösewicht hat man
mich vor ihm gemacht. Es setzte ihm seine Hausfrau in den Kopf –
ein schlaues Weibchen, nicht umsonst, daß sie jung ist –, daß wir so
viel Geld haben, daß wir einen Rekruten kaufen können. Und da
stichelt er mich denn. Aber wie leid ist es mir um den Burschen!"

„Ach, der Bursche ist gut!" sprach der Älteste.

„Ja, aber ich werde mit ihm nicht fertig. Morgen werde ich den
Ignatz schicken, auch wollte seine Hausfrau kommen."

„Schicke nur, es ist gut," sprach der Älteste, stand auf und kroch
auf den Ofen. „Was ist denn Geld? Geld ist Staub!"

„Wäre Geld da, wem würde es leid sein darum?" sprach der
Kaufmannsknecht, indem er den Kopf erhob.

„Ach, das Geld, das Geld! Viel Sünde kommt von ihm," ließ sich
Dutloff vernehmen. – „Durch nichts auf der Welt kommt so viel
Sünde wie durch das Geld; auch in der Schrift ist es gesagt."

„Alles ist gesagt," wiederholte der Hausknecht. „Einstmals erzählte mir jemand: Es war da ein Kaufmann, der hatte viel Geld angesammelt und wollte nichts zurücklassen; so liebte er sein Geld,
daß er es mit ins Grab nahm. Als es mit ihm zu Ende ging, befahl er,
nur ein kleines Kissen ihm in den Sarg zu legen. Man erriet es nicht.
So tat man auch. Dann begannen die Söhne, nach Geld zu suchen:
gar nichts ist da. Es erriet einer der Söhne, daß das Geld wohl in
jenem Kissen sein müsse. Bis zum Zaren kam die Sache, er erlaubte,
auszugraben. Wie glaubst du wohl? Man öffnete, im Kissen ist gar
nichts, aber voll von Schlangen ist der Sarg. So hat man ihn denn
wieder eingegraben. Das ist es, wozu einen das Geld bringt."

„Es ist bekannt, viel Sünde," sprach Dutloff, stand auf und begann zu Gott zu beten.

Darauf schaute er auf den Neffen. Der schlief. Dutloff trat heran,
machte ihm den Gürtel los und legte sich nieder. Der andere Bauer
ging zu den Pferden schlafen.

IX. |

Als alles verstummt war, kroch Polikei, gerade als sei er schuldig, leise herunter und begann sich zurechtzumachen. Aus irgendeinem Grunde war es ihm unheimlich, hier mit den Rekruten zu übernachten. Die Hähne krähten bereits häufiger. Baraban hatte allen seinen Hafer gefressen und riß an der Kordel nach dem Tränktrog zu. Iljitsch spannte ihn an und führte ihn an den Bauernfuhren vorbei. Die Mütze mit ihrem Inhalt war unversehrt, und die Räder des Wägelchens rasselten wiederum auf dem gefrorenen Wege nach Pokrowskoje zu. Dem Polikei ward es erst dann leichter, als er die Stadt hinter sich hatte. Bis dahin schien es ihm immer aus irgendeinem Grunde, als ob hinter ihm her Verfolger zu hören seien, man ihn anhalten, ja und ihm an Stelle des Ilja die Hände auf den Rücken binden und ihn morgen zur Aushebung führen werde. War es aus Kälte, war es aus Furcht, Frost lief ihm über den Rücken, und er trieb und trieb den Baraban an. Der erste Mensch, der ihm begegnete, war ein Pope in einer hohen Wintermütze mit einem einäugigen Knecht. Noch unheimlicher ward es da dem Polikei. Hinter der Stadt schwand aber diese Furcht allmählich. Baraban ging im Schritt, der Weg geradeaus war etwas übersichtlicher; Iljitsch nahm die Mütze ab und fühlte das Geld. „Soll ich es nicht in den Busen stecken?" dachte er. „Man muß sich dazu entgürten. Lieber will ich dort unter der Anhöhe anhalten; da werde ich vom Wagen herabsteigen und mich zurechtmachen. Die Mütze ist von oben festgenäht, unten aber aus dem Futter wird es nicht herausspringen. Auch werde ich die Mütze nicht abnehmen, bis ich zu Hause bin." Als er bei der Anhöhe angelangt war, sprang Baraban aus eigenem Antrieb im Trab den Berg hinauf, und Polikei, der ebenso wie Baraban möglichst rasch nach Hause wollte, hinderte ihn nicht. Alles war in Ordnung, wenigstens schien es ihm so, und er überließ sich Träumereien über den Dank der Herrin, über die fünf Rubel, die sie ihm geben werde, und die Freude der Seinen. Er nahm die Mütze ab, fühlte noch einmal den Brief, stülpte sich die Mütze tiefer in die Stirn und lächelte. Der Plüsch auf der Mütze war aber faul, und gerade weil am Tage vorher Akulina ihn sorgfältig an der durchrissenen Stelle genäht hatte, war er am anderen Ende auseinandergegangen, und gerade die Bewegung, mit der Polikei, als er in der Finsternis die Mütze abgenommen hatte, den Geldbrief tiefer unter das Futter hineinzu-

schieben gedachte, gerade diese Bewegung hatte die Mütze aufge-
schlitzt und das Kuvert mit einer Ecke aus dem Plüsch herausgedrängt.

Es begann hell zu werden, und Polikei, der die ganze Nacht über
nicht geschlafen hatte, schlief ein. Nachdem er die Mütze in die Augen gedrückt und damit den Brief noch mehr herausgedrängt hatte,
begann Polikei im Einschlummern mit dem Kopf an die Seitenstan-
gen des Wagens zu stoßen. Er erwachte in der Nähe seines Hauses.
Seine erste Bewegung war, sich nach der Mütze zu fassen, sie saß
fest auf seinem Kopfe; so nahm er sie denn auch nicht ab, überzeugt,
das Kuvert sei drinnen. Er trieb den Baraban an, rückte das Heu zurecht, nahm wiederum die Miene eines Verwalters an, und gewich-
tig um sich schauend, ließ er sich dem Hause zu rütteln.

Da ist die Küche, da ist der Flügel, da trägt die Tischlersfrau
Leinwand, da ist das Kontor, da ist das Haus der Herrin, in dem
Polikei sogleich beweisen wird, daß er ein treuer und ehrenhafter
Mensch ist, daß „man schlecht reden sozusagen über einen jeden
kann", und die Gnädige wird sagen: „Nun, danke, Polikei, da hast
du drei", vielleicht aber auch fünf, vielleicht aber sogar zehn Rubel,
und sie wird befehlen, ihm eine Tasse Tee zu bringen, vielleicht aber
auch ein Schnäpschen. Bei der Kälte käme das nicht ungelegen. Für
zehn Rubel werden wir sowohl bummeln am Feiertag und Stiefel
kaufen, als auch dem Nikita, so soll es auch sein, viereinhalb abgeben, denn der hat schon begonnen, uns allzusehr zuzusetzen ...
Etwa hundert Schritte vor dem Hause holte Polikei noch einmal mit
der Peitsche aus, rückte den Gürtel und das Halstuch zurecht, nahm
die Mütze ab, ordnete sich die Haare und steckte ohne Hast die
Hand unter das Futter. Die Hand bewegte sich in der Mütze, rascher, noch rascher; die andere steckte sich auch dahin, das Gesicht
ward bleicher und bleicher; eine Hand war durch das Futter hindurch wieder zum Vorschein gekommen. Polikei sprang auf die
Knie, hielt das Pferd an und begann den Wagen zu durchsuchen,
das Heu, die Einkäufe, seinen Brustlatz, seine Hose: das Geld war
nirgends.

„Mein Gott! Ja, was ist denn das? Ja, was wird denn daraus werden!" heulte er los, indem er sich in die Haare griff.

Aber da erinnerte er sich denn auch, daß man ihn sehen könne,
wendete den Baraban um, drückte die Mütze in die Stirn und jagte

den erstaunten und unzufriedenen Baraban den Weg zurück.

„Ich kann es nicht ausstehen, mit dem Polikei zu fahren," mußte wohl Baraban denken. „Einmal im Leben hat er mich zur Zeit gefüttert und getränkt, und nur deshalb, um mich so unangenehm zu betrügen. Wie habe ich mich bemüht, nach Hause zu laufen. Ich ermüdete schon; als es aber eben erst nach unserem Heu zu riechen begann, da jagt er mich auch wieder zurück."

„Du Teufelsmähre!" schrie unter Tränen Polikei, indem er sich im Wagen erhob und dem Baraban mit dem Zügel das Maul riß.

X. |

Diesen ganzen Tag hatte niemand in Pokrowskoje den Polikei gesehen. Die Herrin hatte nach dem Mittagessen einige Male gefragt, und Aksjutka war zu Akulina geflogen. Akulina sagte aber, er sei nicht gekommen, wahrscheinlich habe ihn der Kaufmann aufgehalten, oder es sei etwas mit dem Pferd vorgefallen. „Ist das Pferd nicht etwa lahm geworden?" sprach sie; „das vorige Mal ist da Maksim einen ganzen Tag gefahren, den ganzen Weg ging er zu Fuß!" Und Aksjutka richtete ihre Perpendikel wiederum dem Hause zu. Akulina aber dachte sich Ursachen für die Verzögerung ihres Mannes aus und bemühte sich, sich zu beruhigen; es gelang ihr aber nicht. Ihr lag es schwer auf dem Herzen, und keine Arbeit zum morgigen Feiertag wollte ihr von der Hand gehen. Um so mehr quälte sie sich, als die Tischlersfrau versicherte, sie selber habe gesehen: Ein Mensch, genau so wie Iljitsch, sei zum „Preschpekt" angefahren gekommen und dann umgekehrt. Auch die Kinder erwarteten mit Unruhe und Ungeduld „Väterchen", aber aus anderen Gründen. Anjutka und Maschka waren ohne Pelz und Überrock geblieben, die ihnen die Möglichkeit gegeben hätten, wenigstens eine nach der anderen auf die Straße zu gehen, und sie waren deshalb gezwungen, bei dem Hause, nur in ihren Kleidern, mit vermehrter Schnelligkeit im Kreise zu laufen, wobei sie nicht wenig allen Bewohnern des Flügels im Wege standen, wenn diese ein- oder ausgingen. Einmal flog Maschka der Tischlersfrau auf die Füße, die gerade Wasser trug, und obgleich Maschka sofort zu heulen begann, da sie sich an ihren Knien gestoßen hatte, wurde sie gleichwohl am Schopf gezaust und fing noch heftiger zu weinen an. Wenn sie aber mit niemandem zusammenstieß, dann flog sie geradeswegs in die Türe und kletterte an dem Wasserfaß auf den Ofen hinauf. Nur die Herrin und Akulina beunruhigten sich aufrichtig um den Polikei selber; die Kinder nur darum, was er anhatte. Jegor Michailowitsch dagegen, als er der Gnädigen Bericht erstattete, lächelte nur auf ihre Frage, ob Polikei nicht gekommen sei, und wo er denn stecken könne? Er antwortete: „Ich kann das nicht wissen", und augenscheinlich war er zufrieden darüber, daß sich seine Vermutungen bestätigten. „Er hätte zum Mittagessen zurückkommen müssen," sprach er bedeutsam. Diesen ganzen Tag über wußte niemand in Pokrowskoje irgend etwas über Polikei; erst später erfuhr man, daß ihn die Nachbarsbauern gesehen hatten, wie er ohne Hut auf dem Wege lief und alle fragte, ob sie nicht einen Brief gefunden hätten? Ein anderer hatte ihn gesehen, schlafend am Wegrande neben dem angebundenen Pferde mit Wagen. „Ich glaubte noch," sprach dieser Mann, „er sei betrunken, und das Pferd zwei Tage weder getränkt noch gefüttert: so waren ihm die Seiten eingefallen. Akulina schlief nicht die ganze Nacht über; immer lauschte sie, aber auch in der Nacht kam Polikei nicht. Wenn sie nicht allein gewesen wäre und einen Koch und ein Dienstmädchen gehabt hätte, wäre sie noch unglücklicher gewesen; als aber die Hähne zum dritten Male krähten, und die Tischlersfrau sich erhob, mußte Akulina aufstehen und sich an den Ofen machen. Es war Feiertag; bis zum Tagesanbruch mußte man das Brot herausnehmen, Kwaß machen, Plätzchen backen, die Kuh melken, Kleider und Hemden bügeln, die Kinder waschen, Wasser bringen und die Nachbarin nicht den ganzen Ofen einnehmen lassen. Ohne aufzuhören zu lauschen, machte sich Akulina an diese Geschäfte. Schon dämmerte es, schon läutete es zum Morgengottesdienst, schon standen die Kinder auf. Polikei war aber immer noch nicht da. Am Vorabend war der Winter eingezogen, Schnee bedeckte ungleichmäßig die Felder, den Weg und die Dächer; und heute, gerade wie für den Feiertag, war ein schöner, sonniger Frosttag, so daß man von weitem alles sehen und hören konnte. Akulina aber, beim Ofen stehend und den Kopf in die Ofenöffnung steckend, war derart beschäftigt mit dem Backen der Plätzchen, daß sie gar nicht gehört hatte, wie Polikei vorfuhr, und erst aus dem Schreien der Kinder erkannte, daß ihr Mann gekommen sei. Anjutka, als die Älteste, schmierte ihren Kopf selber ein und zog sich selber an. Sie war in einem neuen rosafarbenen zerknüllten Zitzkleid, einem Geschenk der Gnädigen, das auf ihr steif wie Baumrinde saß und den Nachbarn in die Augen stach; ihre Haare glänzten, sie hatte das halbe Talglicht darauf geschmiert; ihre Stiefel waren zwar nicht neu, aber fein. Maschka war noch in der Jacke und schmutzig, und Anjutka ließ sie nicht nahe an sich heran, damit sie sie nicht beschmiere. Maschka war auf dem Hofe, als der Vater mit einem Packen anfuhr. „Väterchen ist gekommen,“ kreischte sie, stürzte Hals über Kopf zur Türe herein, an Anjutka vorbei und beschmutzte sie. Anjutka aber, ohne zu fürchten, sich dabei noch mehr zu beschmieren, prügelte sogleich Maschka durch, und Akulina konnte sich gar nicht von ihrer Arbeit losmachen. Sie schrie nur auf die Kinder: „Nun ihr! Alle werde ich durchprügeln!“ und schaute sich nach der Türe um. Iljitsch, mit dem Packen in den Händen, trat in den Vorraum und kroch sogleich in seine Ecke. Akulina schien es, als ob er bleich sei und ein Gesicht mache, daß man nicht wisse, ob er weine oder lache; sie hatte aber keine Zeit, das herauszubringen.

„Wie denn, Iljitsch, wohlbehalten?“ fragte sie vom Ofen aus.

lljitsch murmelte etwas, was sie nicht verstand.

„Wie,“ rief sie, „warst du bei der Gnädigen?“

Iljitsch saß in seiner Ecke auf dem Bette, schaute wild um sich und lachte sein schuldbewußtes und tief unglückliches Lächeln. Lange antwortete er gar nichts.

„Was denn, Iljitsch, weshalb denn so lange?“

„Ich, Akulina, übergab das Geld der Gnädigen. Wie sie dankte!“ sprach er plötzlich und begann noch unruhiger um sich zu blicken und zu lächeln. Zwei Gegenstände zogen besonders seine unruhigen, fieberhaft aufgerissenen Augen auf sich: die Schnüre, die an die Wiege angebunden waren, und das Kindchen. Er ging zur Wiege und begann hastig mit seinen dünnen Fingern den Knoten der Kordel aufzuschlingen. Dann blieben seine Augen auf dem Kinde haften; da trat aber gerade Akulina mit den Plätzchen auf dem Brett in den Winkel hinein. Iljitsch verbarg rasch die Kordel in seinem Busen und setzte sich aufs Bett.

„Wie denn das, Iljitsch; es ist gerade so, als ob du nicht bei dir wärest?“ sprach Akulina.

„Ich schlief nicht!“ antwortete er.

Plötzlich huschte irgend etwas am Fenster vorüber, und einen Augenblick später flog wie ein Pfeil das „obere" Mädchen, Aksjutka, herein.

„Die Gnädige befahl dem Polikei Iljitsch, sofort zu kommen," sprach sie. „Diesen Augenblick, befahl Awdotja Michailowna ... diesen Augenblick ..."

Polikei schaute auf Akulina und auf das Mädchen.

„Sofort! Was ist denn noch nötig?" sprach er so einfach, daß Akulina sich beruhigte: vielleicht will sie ihn belohnen. – „Sage, ich werde sofort kommen!"

Er stand auf und ging hinaus; Akulina aber nahm ein Waschfaß, stellte es auf die Bank, goß kaltes Wasser ein aus den Eimern, die bei der Tür standen, und heißes Wasser aus dem Kessel im Ofen, schürzte die Ärmel auf und probierte das Wasser.

„Komm', Maschka, ich will dich waschen."

Das zornige, lispelnde Mädchen heulte.

„Komm', Krätzige, ich werde dir ein sauberes Hemd anziehen. Nun, stell' dich nur an! Komm' doch, ich muß auch noch die Schwester waschen."

Polikei war währenddessen nicht dem „oberen" Mädchen nach zur Gnädigen gegangen, vielmehr an einen ganz anderen Ort: Im Vorraum neben der Wand stand eine steile Leiter, die auf den Boden führte. Polikei trat in den Vorraum, schaute sich um, und da er niemanden sah, bückte er sich und eilte, fast laufend, rasch und geschickt diese Leiter hinauf.

„Was heißt denn das, daß Polikei gar nicht kommt?" sprach ungeduldig die Gnädige zu Dunjascha, die ihr die Haare kämmte. „Wo ist Polikei? Weshalb kommt er nicht?"

Aksjutka flog von neuem nach dem Hofflügel und flog wiederum in den Vorraum und verlangte, Iljitsch solle zur Gnädigen kommen.

„Ja, er ist doch längst gegangen," antwortete Akulina. Sie hatte Maschka gewaschen, gerade ihr Brustkind ins Waschfaß gesetzt und benetzte ungeachtet seines Schreiens seine spärlichen Härchen. Der Knabe schrie, runzelte das Gesicht und bemühte sich, irgend etwas mit seinen hilflosen Händchen zu erfassen. Akulina hielt mit einer Hand seinen fetten, weißen Rücken, der voller Grübchen war, und wusch ihn mit der anderen.

„Schau hin, ob er nicht irgendwo einschlief," sprach sie, indem sie sich unruhig umschaute.

Gerade um diese Zeit war die Tischlersfrau, unfrisiert, die Bluse über der Brust noch nicht zugeknöpft, ihre Röcke haltend auf den Boden gegangen, um ihr dort trocknendes Kleid zu holen. Plötzlich erscholl ein Schrei des Entsetzens auf dem Speicher, und die Tischlersfrau flog wie eine Verrückte, mit geschlossenen Augen, auf allen vieren, eher rollend als laufend von der Leiter herunter.

„Iljitsch!" schrie sie.

Akulina ließ ihr Kindchen los.

„Er hat sich erhängt!" brüllte die Tischlersfrau los.

Ohne zu bemerken, daß sich das Kindchen wie ein kleiner Knäuel mit dem Gesicht nach unten gedreht hatte und die Füßchen in die Luft streckend mit dem Kopfe unters Wasser getaucht war, lief Akulina in den Vorraum.

„Am Balken … hängt er …" murmelte die Tischlersfrau, hielt aber inne, als sie Akulina erblickt hatte.

Akulina stürzte zur Leiter; bevor man sie halten konnte, lief sie hinauf, und mit einem furchtbaren Schrei fiel sie wie ein toter Körper auf die Leiter und hätte sich zu Tode gestürzt, wenn sie nicht das aus allen Winkeln herausgelaufene Volk aufzuhalten vermocht hätte.

XI.

Einige Minuten konnte man gar nichts herausbringen in der allgemeinen Bestürzung. Volk lief in Haufen herbei, alle schrien, alle sprachen durcheinander, Kinder und alte Frauen weinten. Akulina lag ohne Bewußtsein. Endlich gingen Männer, der Tischler und der herbeigeeilte Verwalter, nach oben, und die Tischlersfrau erzählte zum zwanzigsten Male, wie sie, an gar nichts denkend, hinaufgegangen sei wegen ihres Kleides und geschaut habe auf solche Weise: „Ich sehe – ein Mensch steht da; ich sah genauer hin: daneben liegt eine umgedrehte Mütze. Ich sehe hin, aber die Füße bewegen sich. So hat es mich auch mit Kälte umfangen. Ist es eine Kleinigkeit! Ein Mensch erhängte sich, und ich mußte das sehen! Wie ich nach unten polterte, weiß ich selber nicht. Auch ist es ein Wunder, wie mich Gott rettete. Wirklich hat mich Gott gerettet! Ist es eine Kleinigkeit!

Und die steile Leiter, und eine solche Höhe! So hätte ich mich auch totschlagen können!"

Die Leute, die nach oben gegangen waren, erzählten dasselbe. Iljitsch hing am Dachbalken, nur in Hemd und Unterhosen, an ganz derselben Schnur, die er von der Wiege abgenommen hatte. Seine umgedrehte Mütze lag am Boden. Rock und Pelz waren ausgezogen und ordentlich daneben gelegt. Die Füße erreichten den Boden, aber Lebenszeichen gab er schon nicht mehr. Akulina war zu sich gekommen; sie wollte sich losreißen und wieder zur Leiter stürzen, man ließ sie aber nicht.

„Mütterchen, Sjemka hat sich verschluckt," sprach plötzlich das lispelnde Mädchen aus dem Winkel. Akulina riß sich wiederum los und lief in den Winkel. Das Kindchen lag unbeweglich mit dem Gesicht nach unten in dem Waschfaß, und seine Füßchen rührten sich nicht. Akulina ergriff es, aber das Kindchen atmete nicht und bewegte sich nicht. Akulina warf es aufs Bett, stützte sich auf die Arme und brach in ein so lautes, schallendes und furchtbares Lachen aus, daß Maschka, die anfangs ebenfalls zu lachen begonnen hatte, sich die Ohren zuhielt und heulend in den Vorraum lief.

Das Volk stürzte in den Winkel mit Heulen und Weinen. Man trug das Kindchen hinaus, man begann, es zu reiben; aber alles war vergeblich. Akulina wälzte sich auf dem Bette und lachte, lachte so, daß es allen furchtbar ward, die nur dies Lachen hörten. Jetzt erst, wenn man diesen ganzen Haufen von Männern und Frauen sah und von Greisen und Kindern, die sich da im Vorraum drängten, bekam man eine Vorstellung davon, wieviel Volk im Hofflügel wohnte. Alle liefen hin und her, alle sprachen, viele weinten, und niemand tat irgend etwas. Die Tischlersfrau fand immer noch Leute, die ihre Geschichte noch nicht gehört hatten, und erzählte immer von neuem, wie ihre zärtlichen Gefühle erschüttert worden waren durch jenen unerwarteten Anblick, und wie Gott sie errettete von dem Sturz von der Leiter. Das alte Männchen von Büfettdiener, in einer Frauenjacke, erzählte, wie bei Lebzeiten des verstorbenen Herrn eine Frau sich im Teiche ertränkt habe. Der Verwalter schickte Boten zur Polizei und zum Geistlichen und bestimmte eine Wache. Das obere Mädchen Aksjutka schaute mit aus dem Kopfe getretenen Augen immer auf das Loch auf dem Dachboden, und obgleich sie dort gar nichts sah, vermochte sie sich nicht loszureißen und zur Herrin

zu gehen. Agaphja Michailowna, die bei der alten Herrin Dienstmädchen gewesen war, bat um Tee zur Beruhigung ihrer Nerven
und weinte. Großmutter Anna legte mit ihren praktischen, fetten
und von Baumöl triefenden Händen den kleinen Toten auf das
Tischchen. Die Weiber standen bei Akulina und blickten schweigend auf sie hin. Die Kinder schauten, sich in die Ecke drückend, auf
ihre Mutter und begannen erst zu heulen, dann verstummten sie,
schauten wiederum hin und stießen sich dicht aneinander. Knaben
und Männer stießen sich bei der Eingangstreppe, schauten mit erschreckten Gesichtern in Türen und Fenster, ohne etwas zu sehen
und zu verstehen, und fragten einander, was denn los sei. Einer erzählte, der Tischler habe seiner Frau mit der Axt ein Bein abgehauen.
Ein zweiter erzählte, die Wäscherin habe Drillinge geboren. Ein dritter erzählte, die Katze sei toll geworden und habe das Volk gebissen.
Die Wahrheit verbreitete sich indes allmählich und erreichte endlich
die Ohren der Gnädigen. Und es scheint, man verstand es nicht einmal, sie vorzubereiten. Der rohe Jegor berichtete es ihr direkt und
erregte derart ihre Nerven, daß sie sich noch lange darauf nicht erholen konnte. Die Menge begann bereits sich zu beruhigen; die Frau
des Tischlers stellte den Samowar auf und kochte Tee, wobei die Anwesenden, da sie keine Einladung erhielten, es unanständig fanden,
länger in ihrem Winkel zu bleiben. Die Knaben begannen, sich an
der Eingangstreppe zu balgen. Alle wußten bereits, worum es sich
handle, und begannen, sich bekreuzigend, auseinanderzugehen, als
man plötzlich hörte: „Die Gnädige, die Gnädige!" und sich alle wiederum drängten und preßten, um ihr Platz zu machen; aber alle
wollten auch sehen, was sie tun werde. Die Herrin trat bleich, mit
verweinten Augen, in den Vorraum über die Schwelle, in den Winkel der Akulina. Dutzende von Köpfen drängten sich bei der Türe
und schauten zu. Ein schwangeres Weib drückte man dabei so, daß
sie kreischte, aber sogleich schon diesen Umstand nutzend, ergat-
terte sie sich einen Platz ganz vorne. Und wie hätte man denn auch
nicht auf die Gnädige im Winkel der Akulina schauen sollen! Das
war für die Hofleibeigenen ganz das gleiche wie das bengalische
Licht am Schluß einer Vorstellung. Es gilt schon für schön, – wenn
man bengalisches Licht anzündet, und es gilt auch schon für schön,
wenn die Gnädige in Seide, ja, in Spitzen zur Akulina in den Winkel
tritt. Die Gnädige schritt zur Akulina heran und faßte sie an der

Hand. Akulina entriß sie ihr aber. Die alten Hofdiener schüttelten tadelnd den Kopf.

„Akulina!" sprach die Herrin, „du hast Kinder, habe doch Mitleid mit dir!"

Akulina lachte und erhob sich.

„Bei mir sind die Kinder ganz aus Silber, ganz aus Silber … Ich halte nicht die Papierchen," murmelte sie in raschem Geflüster. „Ich habe dem Iljitsch gesagt, nimm nicht die Papierchen; da haben sie dich denn auch eingerieben, eingerieben mit Teer. Mit Teer und Seife, Herrin. Was da auch für Krätze war, sogleich wird sie abspringen." Und wiederum lachte sie noch lauter.

Die Gnädige drehte sich um und verlangte den Feldscher mit Senfpflaster. „Gib kaltes Wasser!" Und sie selber begann Wasser zu suchen; als sie aber das tote Kindchen erblickte, vor dem Großmutter Anna stand, drehte sich die Herrin weg, und alle sahen, wie sie sich das Taschentuch vors Gesicht nahm und zu weinen anfing. Großmütterchen Anna aber (schade, daß das die Herrin nicht sah: sie hätte es gewürdigt – für sie war ja auch alles dies gemacht) bedeckte das Kindchen mit einem Stückchen Leinwand, rückte ihm die Händchen zurecht mit ihrer fetten, geschickten Hand und schüttelte so mit dem Kopfe, streckte so die Lippen aus, kniff so gefühlvoll die Augen zusammen und seufzte so, daß jeder ihr gutes Herz sehen konnte. Die Herrin sah das aber nicht, ja, und sie konnte ja auch gar nichts sehen. Sie schluchzte auf, sie bekam einen hysterischen Anfall; man führte sie unter dem Arm in den Vorraum und führte sie unter dem Arm nach Hause. Das hat man nur von ihr gehabt, dachten alle und begannen auseinanderzugehen. Akulina lachte immerfort und schwatzte Unsinn. Man führte sie in ein anderes Zimmer, ließ ihr zur Ader, legte ihr Senfpflaster auf und Eis auf den Kopf; sie aber verstand immer noch gar nichts, sie weinte nicht, lachte vielmehr und sprach und tat solche Dinge, daß die guten Leute, die um sie besorgt waren, nicht an sich halten konnten und gleichfalls lachten.

XII.

Das war ein unfroher Feiertag bei den Hofleibeigenen von Pokrowskoje. Ungeachtet dessen, daß der Tag schön war, ging das Volk nicht spazieren; die Mädchen versammelten sich nicht, Lieder zu singen; die Fabrikburschen, die aus der Stadt gekommen waren, spielten weder auf der Harmonika noch auf der Balalaika, noch spielten sie mit den Mädchen. Alle saßen in ihren Winkeln, und wenn sie sprachen, sprachen sie leise, als ob irgendein „Unguter" da sei und sie hören könnte. Am Tag war es noch nicht so schlimm, aber am Abend, als es dämmerte, die Hunde bellten, und sich noch zum Unglück ein Wind erhob und in den Kaminen heulte, befiel alle Bewohner des Hofleibeigenenflügels eine solche Angst, daß, wer ein Kerze hatte, sie vor dem Heiligenbild anzündete; wer allein in seinem Winkel war, der ging zu den Nachbarn um Nachtlager bitten, wo mehr Menschen waren; wer aber in den Stall gehen mußte, der ging nicht, und es tat ihm nicht leid, das Vieh diese Nacht ohne Futter zu lassen. Auch das geweihte Wasser, was ein jeder in einem Fläschchen aufbewahrte, verbrauchten sie völlig in dieser Nacht. Viele hörten sogar, wie in dieser Nacht irgendwer mit schweren Schritten immer auf dem Boden herumging, und der Schmied sah, wie ein Drache gerade auf den Dachboden flog. Im Winkel des Polikei war niemand: die Kinder und die Verrückte waren auf andere Plätze gebracht worden. Dort lag nur das tote Kindchen, auch saßen dort noch zwei alte Frauchen und eine Pilgerin, die in ihrem Eifer den Psalter las – nicht über das tote Kindchen, vielmehr aus Anlaß dieses ganzen Unglücks. So hatte es die Herrin gewünscht. Diese alten Frauchen und die Pilgerin hatten selber gehört, als eben der Psalm vorgelesen wird, daß da oben der Balken erzittert und irgendwer stöhnt. Man liest: „Möge Gott auferstehen!" und verstummt wiederum. Das Tischlersweib rief ihre Gevatterin und vertrank in dieser Nacht, ohne zu schlafen, mit ihr den ganzen Tee, mit dem sie sich für eine Woche versehen hatte. Sie hörten gleichfalls, wie oben die Balken zitterten, und es war, als ob Säcke von oben herabfielen. Die Bauernwächter gaben den Hofdienern Mut, sonst wären diese wohl in dieser Nacht vor Furcht gestorben. Die Bauern lagen im Vorraum auf Heu und versicherten später, sie hätten gleichfalls Wunder auf dem Dachboden gesehen, obgleich sie in dieser selben Nacht sich ruhig untereinander über die Aushebung unterhielten, Brot kauten, sich kratzten und vor allem den Vorraum derart mit einem ganz besonderen Bauerngeruch erfüllten, daß, als die Tischlersfrau an ihnen vorüberging, sie ausspuckte und sie Bauern schimpfte. Wie dem aber auch war, der Erhängte hing immer noch auf dem Dachboden, und es schien, als ob der böse Geist selber in dieser Nacht das Gebäude mit seinem gewaltigen Flügel beschattete, indem er seine Macht zeigte und näher als irgendwann zu diesen Leuten trat. Wenigstens fühlten sie dies alle. Ich weiß nicht, ob dies richtig war. Ich glaube sogar, es war durchaus unrichtig. Ich glaube, daß, wenn ein tapferer Bursche in dieser furchtbaren Nacht ein Licht oder eine Laterne genommen und sich bekreuzigt oder sogar das unterlassen hätte, auf den Dachboden gegangen wäre und mählich vor sich her mit dem Licht der Kerze den Schrecken der Nacht verscheuchend und beleuchtend die Balken, den Sand, den mit Spinnweb bedeckten Schornstein und die von der Tischlersfrau vergessenen Kleider, zum Iljitsch vorgedrungen wäre, und er dann, ohne dem Gefühl der Furcht nachzugeben, die Laterne zur Höhe seines Gesichts erhoben hätte, daß er dann den bekannten hageren Leib gesehen haben würde mit Füßen, die auf der Erde standen (die Schnur hatte nachgelassen), wie er sich leblos auf die Seite neigte, mit geöffnetem Hemdkragen, unter dem kein Kreuz zu sehen war, und den auf die Brust gesunkenen Kopf und das gute Gesicht mit offenen, nicht sehenden Augen und das sanfte, schuldbewußte Lächeln und die strenge Ruhe und Stille über dem Ganzen. Freilich, das Tischlersweib, das, sich in die Ecke ihres Bettes drückend, mit zerwühltem Haare und erschreckten Augen erzählte, sie höre, wie Säcke fallen, war bei weitem furchtbarer als Iljitsch, wenn der auch sein Kreuz abgelegt hatte und es auf dem Balken lag.

Oben, das heißt bei der Gnädigen, herrschte aber ganz eben solches Entsetzen wie im Flügel. Im Zimmer der Herrin roch es nach Eau de Cologne und Arznei. Dunjascha erwärmte gelbes Wachs und machte Wachspflaster. Für wen eigentlich, das weiß ich nicht; ich weiß nur: Wachspflaster ward immer gemacht, wenn die Herrin krank war. Jetzt aber hatte sie sich aufgeregt bis zum Krankwerden. Zu Dunjascha war, um ihr Mut zu geben, ihre Tante übernachten gekommen. Sie alle vier saßen im Mädchenzimmer mit dem kleinen Mädchen und sprachen leise miteinander.

„Wer wird denn Öl holen gehen?" fragte Dunjascha.

„Um keinen Preis werde ich gehen, Awdotja Michailowna. Töten Sie mich, ich werde nicht gehen," antwortete entschieden das zweite Mädchen.

„Genug, gehe mit Aksjutka zusammen."

„Ich werde allein hinlaufen, ich fürchte mich gar nicht," sprach Aksjutka; aber da ward sie auch schon kleinlaut.

„Nun, so gehe denn, kluges Kind; erbitte bei Großmutter Anna, im Glase, und bringe es, verschütte nur nichts!" sagte ihr Dunjascha.

Aksjutka faßte mit einer Hand den Saum ihres Kleides, und obgleich sie infolgedessen nicht mehr beide Hände schwenken konnte, schwenkte sie die eine doppelt so stark quer zur Linie ihrer Richtung und flog davon. Es war ihr schrecklich zumute, und sie fürchtete, wenn sie irgend etwas sehen oder hören werde, und sei es ihre leibliche Mutter, werde sie vor Furcht verloren sein. Sie flog, fast mit geschlossenen Augen, den bekannten Fußweg hinab.

XIII. |

„Schläft die Herrin oder nicht?" fragte plötzlich neben Aksjutka eine rauhe Bauernstimme. Sie öffnete ihre Augen, die sie vordem zugekniffen hatte, und erblickte irgendeine Gestalt, die, so schien es ihr, höher war als der „Flügel"; sie kreischte auf und flog so rasch zurück, daß ihr Rock ihr gar nicht nachfliegen konnte. Mit einem Sprung war sie bei der Aufgangstreppe, mit einem zweiten im Mädchenzimmer, und mit wildem Schluchzen warf sie sich auf das Bett. Dunjascha, ihre Tante und das andere Mädchen erstarrten vor Schrecken; noch hatten sie sich nicht erholt, als schwere, langsame und unentschlossene Schritte im Vorraum und bei der Türe erschallten. Dunjascha stürzte zur Gnädigen, wobei sie das geschmolzene Wachs umwarf, das zweite Dienstmädchen versteckte sich hinter den Röcken, die an der Wand hingen, das Tantchen, energischeren Charakters, wollte gerade die Türe zuhalten, als diese sich öffnete und ein Bauer ins Zimmer trat. Das war Dutloff in seinen Booten. Ohne die Furcht der Mädchen zu beachten, suchte er mit den Augen das Heiligenbild, und da er das kleine Heiligenbild nicht fand, das in der linken Ecke hing, bekreuzigte er sich nach dem Schränkchen mit den Tassen zu, legte seine Mütze aufs Fenster, fuhr mit der Hand tief in seinen Schafpelz, als wolle er sich unter der Achselhöhle kratzen, und holte einen Brief heraus mit fünf braunen Siegeln, auf denen ein Anker dargestellt war. Dunjaschas Tantchen griff sich an die

Brust … Es kostete ihr Anstrengung zu sprechen, ihre Stimme stockte:

„Hast du mich aber erschreckt, Naumütsch. Ich kann gar kein Wort herausbringen. So habe ich auch geglaubt, mein Ende sei gekommen!"

„Kann man denn so!" sprach das zweite Mädchen, unter den Röcken hervorschauend.

„Auch die Gnädige haben Sie sogar beunruhigt," sprach Dunjascha, aus der Türe tretend. – „Wer kriecht denn auch zur Mädchentreppe, ohne gefragt zu haben? Der richtige Bauer!"

Ohne sich zu entschuldigen, wiederholte Dutloff, er müsse die Gnädige sehen.

„Sie ist krank," sprach Dunjascha.

Zu dieser Zeit brach Aksjutka in ein so unanständig lautes, wieherndes Lachen aus, daß sie wiederum ihren Kopf in die Kissen des Bettes verstecken mußte, aus denen sie ihn, ungeachtet der Drohungen Dunjaschas und ihres Tantchens, eine ganze Stunde nicht erheben konnte, ohne sogleich vor Lachen zu bersten, als ob etwas zerspringen müsse in ihrer Brust und ihren roten Backen. Ihr schien es so lächerlich, daß sich alle erschreckt hatten, und sie versteckte wiederum den Kopf; wie in Krämpfen zappelte sie mit dem Schuh, und ihr ganzer Körper flog nur so.

Dutloff blieb stehen, blickte aufmerksam auf sie, als ob er sich Rechenschaft darüber ablegen wolle, was denn nur mit ihr vorgehe; ohne aber herauszubringen, um was es sich handle, drehte er sich wieder um und setzte seine Rede fort.

„Das bedeutet, wie es ist, eine sehr wichtige Sache," sprach er. – „Sagen Sie nur, ein Bauer habe einen Brief mit Geld gefunden."

„Was für Geld?"

Bevor ihn Dunjascha anmeldete, las sie die Adresse und fragte noch einmal Dutloff, wo und wie er dies Geld gefunden habe, das Iljitsch aus der Stadt bringen sollte. Als sie alles bis ins einzelne erfahren hatte und die Läuferin, die nicht aufhörte in ihrem wiehernden Gelächter, in den Vorraum hinausgestoßen hatte, ging Dunjascha zur Gnädigen; indes, zu Dutloffs Staunen, empfing ihn die Gnädige gleichwohl nicht und sagte auch nichts Vernünftiges der Dunjascha.

„Ich weiß nichts und will nichts wissen," sprach die Gnädige, „was für ein Bauer und was für Geld es ist. Niemanden kann und will ich sehen. Er soll mich in Ruhe lassen."

„Was werde ich denn dann anfangen?" sprach Dutloff, indem er das Kuvert in seinen Händen drehte: „Nicht wenig Geld ist darin. Was ist denn nur darauf geschrieben?" fragte er Dunjascha, und die las ihm von neuem die Adresse vor.

Es schien, als ob Dutloff da immer noch etwas nicht glauben wollte. Er hoffte, das Geld sei vielleicht nicht der Gnädigen und man habe ihm die Adresse nicht richtig vorgelesen. Aber Dunjascha bestätigte ihm das nochmals. Er seufzte, steckte das Kuvert wieder an seine Brust und wollte weggehen.

„Es ist zu sehen, man muß es der Polizei abgeben," sprach er.

„Warte, ich will noch einmal versuchen, ich werde sagen," hielt ihn Dunjascha zurück, die aufmerksam zugeschaut hatte, wie das Kuvert im Brustlatz des Bauern verschwand. – „Gib den Brief her!"

Dutloff holte ihn wiederum heraus, legte ihn aber nicht sogleich in die ausgestreckte Hand Dunjaschas.

„Sagen Sie, es habe ihn auf dem Wege Dutloff, Simon, gefunden."

„Ja, so gib doch her!"

„Ich dachte, das ist nur so ein Brief, ja, ein Soldat las, daß Geld darin sei!"

„Ja, so gib ihn doch!"

„Ich wagte auch nicht nach Hause zu gehen deswegen ..." sprach wiederum Dutloff, ohne sich von dem wertvollen Kuvert zu trennen. – „So melden Sie ihr denn auch!"

Dunjascha nahm das Kuvert und ging noch einmal zur Gnädigen.

„Ach, mein Gott, Dunjascha," sprach die Gnädige mit vorwurfsvoller Stimme, „sprich mir doch nicht von diesem Geld. Sobald ich mich nur an dieses kleine Kindchen erinnere.."

„Der Bauer, Herrin, weiß nicht, wem Sie es abzugeben befehlen," sprach wiederum Dunjascha.

Die Gnädige öffnete das Kuvert, erbebte aber, als sie nur das Geld erblickte, und dachte nach.

„Furchtbares Geld, so viel Böses richtet es an!" sprach sie.

„Das ist Dutloff, Herrin. Befehlen Sie ihm zu gehen oder werden
Sie geruhen, zu ihm herauszukommen? Ist das Geld noch unversehrt?" fragte Dunjascha.

„Ich will nicht dieses Geld. Das ist furchtbares Geld. Was hat es
angerichtet! Sag' ihm, er soll es behalten, wenn er will," sprach
plötzlich die Gnädige, indem sie die Hand der Dunjascha suchte. –
„Ja, ja, ja," wiederholte die Gnädige der erstaunten Dunjascha, „er
soll es sich ganz nehmen und tun, was er mag."

„Anderthalbtausend Rubel" – bemerkte Dunjascha leicht lächelnd, wie zu einem Kinde.

„Laß ihn alles nehmen," wiederholte ungeduldig die Gnädige. –
„Was, verstehst du mich denn nicht? Dieses Geld ist Unglücksgeld,
sprich mir niemals davon. Soll es sich der Bauer nehmen, der es
fand. Gehe, nun so gehe doch!"

Dunjascha trat ins Mädchenzimmer.

„Ist es vollzählig?" fragte Dutloff.

„Ja, zähle du es schon selber zusammen," sprach Dunjascha, indem sie ihm das Kuvert gab; „es ward befohlen, es dir abzugeben."

Dutloff nahm die Mütze unter den Arm und begann gebückt zu
zählen.

„Ist kein Rechenbrett hier?"

Dutloff hatte verstanden, die Gnädige verstehe aus Dummheit
nicht zu zählen und habe ihm befohlen, das zu tun.

„Zu Hause wirst du es zusammenzählen, dir gehört es … es ist
dein Geld!" sprach Dunjascha grimmig. – „Ich will nicht, spricht sie,
es sehen; gib es dem, der es brachte."

Ohne sich aufzurichten, heftete Dutloff seine Augen auf Dunjascha. Dunjaschas Tantchen rang nur so die Hände.

„Mütterchen, leibliches! Da hat einmal Gott Glück gegeben! Mütterchen, leibliches!"

Das zweite Mädchen wollte es nicht glauben.

„Wie denn, Awdotja Michailowna, Sie scherzen wohl?"

„Da scherzt man auch noch! Sie befahl, es dem Bauern abzugeben … Nun, nimm das Geld, ja, und mach', daß du fortkommst,"
sprach Dunjascha, ohne ihren Verdruß zu verbergen. – „Des einen
Kummer, des andern Glück."

„Das ist wohl eine Kleinigkeit, anderthalbtausend Rubel,"
sprach das Tantchen.

„Mehr", bestätigte Dunjascha. – „Nun wirst du ein Zehnko-
pekenlichtchen dem heiligen Nikolai aufstellen," sprach spottend
Dunjascha. – „Wie, du kommst gar nicht zu dir? Auch ein Gut wäre
es noch dem Armen! Der aber hat selber viel!"

Dutloff begriff endlich, daß dies kein Scherz sei, und begann das
Geld, das er zum Zählen auseinandergenommen hatte, wieder zu-
sammenzulegen und ins Kuvert zu stecken; seine Hände zitterten
ihm aber, und er schaute immer auf das Mädchen, um sich zu überzeugen, daß dies kein Hohn sei.

„Sieh' einmal an, er kann es nicht fassen, er ist froh," sprach Dunjascha, womit sie beweisen wollte, daß sie gleichwohl sowohl den
Bauern wie auch das Geld verachte. – „Gib, ich werde es dir hineinlegen."

Und sie wollte es nehmen. Dutloff gab es aber nicht; er preßte
das Geld zusammen, steckte es noch tiefer ein und griff nach der
Mütze.

„Bist du froh?"

„Ich weiß gar nicht, was ich sagen soll! Das ist geradeso …"

Er sprach nicht zu Ende, machte nur eine abwehrende Handbewegung, lächelte, brach beinahe in Tränen aus und ging fort. Das
Glöckchen läutete im Zimmer der Gnädigen.

„Wie, hast du es abgegeben?"

„Ja!"

„Wie denn, ist er sehr froh?"

„Er ward ganz so wie ein Verrückter."

„Ach, ruf' ihn doch, ich will ihn fragen, wie er es fand. Rufe ihn
hierher, ich kann nicht herauskommen."

Dunjascha lief und traf den Bauern noch im Vorraum. Ohne die
Mütze aufzusetzen, hatte er seinen Beutel herausgenommen, und
sich bückend, band er ihn auseinander. Das Geld hielt er aber in den
Zähnen. Ihm schien es vielleicht, daß das Geld nicht sein sei, solange
es nicht in seinem Beutel liege. Als ihn Awdotja rief, erschrak er.

„Wie, Awdotja … Awdotja Michailowna … will sie es mir wieder abnehmen? Wenn Sie ein gutes Wörtchen einlegen, bei Gott, ich
werde Ihnen Honig bringen."

„So, so! Du hast schon welchen gebracht!"

Wiederum öffnete sich die Türe, und man führte den Bauern zur
Gnädigen. Nicht froh war es ihm zumute. „Ach, sie wird es zurück-

nehmen!" dachte er aus irgendeinem Grunde, während er, als ob er im hohen Grase schreite, seinen ganzen Fuß erhob und sich bemühte, nicht mit den Bastschuhen Lärm zu machen, während er durch die Zimmer ging. Er begriff und sah gar nichts, was um ihn war. Er ging an einem Spiegel vorüber, sah irgendwelche Blümchen, irgendein Bauer in Bastschuhen hebt die Füße in die Höhe, der gnädige Herr mit einem Augengläschen ist da gemalt, irgendein grünes Fäßchen und etwas Weißes ... Sieh', dies irgendwie Weiße fing an zu sprechen. „Das ist die Gnädige!" Gar nichts unterschied er, nur die Augen rollte er. Er wußte nicht, wo er sei, und alles erschien ihm wie im Nebel.

„Das bist du, Dutloff?"

„Ich bin es, Herrin. Wie es war, so habe ich es auch nicht angerührt," sprach er. „Ich bin nicht froh, wie vor Gott! Wie habe ich das Pferd gequält!"

„Nun, dein Glück," sprach sie mit verächtlich gutmütigem Lachen. – „Nimm' es, nimm' es dir!"

Er sperrte nur so die Augen auf.

„Ich bin froh, daß es dir zufiel. Gib Gott, daß es zum Guten ausschlage! Wie denn, bist du froh?"

„Wie, nicht froh! Schon so froh, Mütterchen! Immer werde ich für Sie zu Gott beten. Ich bin schon so froh, daß, Gott sei Dank, unsere Herrin lebt. – Das war denn auch meine ganze Schuld."

„Wie hast du es denn gefunden?"

„Das heißt, wir konnten uns immer für die Herrin in Ehren bemühen, aber nicht daß ..."

„Er hat sich schon völlig verwirrt, Herrin," sprach Dunjascha.

„Ich hatte meinen Neffen zur Aushebung gebracht, ich fuhr zurück, auf dem Wege fand ich es auch. Polikei muß es wohl versehentlich verloren haben."

„Nun geh', geh', Täubchen ... Ich bin froh!"

„So froh, Mütterchen!" sprach der Bauer.

Später fiel es ihm dann ein, daß er nicht gedankt und sich nicht so zu benehmen verstanden habe, wie es sich gehört hätte. Die Gnädige und Dunjascha lächelten; er aber schritt wiederum wie im hohen Grase daher und hielt gewaltsam an sich, um nicht Trab zu laufen; denn sonst schien es ihm immer, jetzt eben, in diesem Augenblick werde man ihn noch anhalten und ihm das Geld abnehmen ...

XIV. |

Als er in die frische Luft gekommen war, ging Dutloff vom Wege ab zu den Linden und entgürtete sich sogar, um den Beutel bequemer zu fassen, und begann das Geld hineinzulegen. Seine Lippen bewegten sich und schoben sich vor und zurück, wenn er auch keinen einzigen Laut von sich gab. Als er das Geld hineingelegt und sich umgürtet hatte, bekreuzigte er sich und ging wie ein Betrunkener schwankend auf dem Wege: so sehr war er mit Gedanken beschäftigt, die ihm nur so in den Kopf strömten. Plötzlich sah er vor sich die Gestalt eines Bauern, der ihm entgegenging. Er rief ihn an; das war Jesim, der mit einem Knüppel in der Hand beim Flügel Wache hielt.

„Ah, Onkel Simon," sprach froh Jesimka, als er näher kam (dem Jesimka war es unheimlich allein). – „Wie, hat man die Rekruten abgeführt, Onkelchen?"

„Ja. Was machst du denn?"

„Ja, man hat mich hierher befohlen, den erhängten Iljitsch zu bewachen."

„Wo ist er denn?"

„Dort auf dem Dachboden, sagt man, hängt er," antwortete Jefimka, indem er mit dem Knüppel in der Finsternis nach dem Dache des Flügels wies.

Dutloff schaute in der Richtung der Hand, und obgleich er nichts sah, verzog er die Stirn, kniff die Augen zusammen und schüttelte den Kopf.

„Der Polizeimeister ist gekommen," sprach Jefimka; „der Kutscher erzählte es. Sogleich wird man ihn herunternehmen. Das ist aber unheimlich bei Nacht, Onkelchen. Um keinen Preis werde ich bei Nacht gehen, wenn man befehlen wird, nach oben zu gehen. Mag mich Jegor Michailowitsch zu Tode prügeln, ich werde nicht gehen."

„Die Sünde da, eine solche Sünde!" wiederholte Dutloff, augenscheinlich nur aus Anstand, ohne im geringsten an das zu denken, was er sprach, und er wollte seines Weges gehen. Die Stimme von Jegor Michailowitsch hielt ihn aber zurück.

„Ei! Wächter, komm' hierher!" schrie Jegor Michailowitsch von der Treppe her.

Jefimka antwortete.

„Ja, was stand denn da noch für ein Bauer bei dir?"

„Dutloff!"

„Komm' auch du, Simon."

Als Dutloff herangekommen war, sah er beim Scheine einer Laterne, die der Kutscher trug, den Jegor Michailowitsch und einen kleinen Beamten in einer Mütze mit Kokarde und im Pelz: das war der Ortspolizeimeister.

„Auch der alte Mann da wird mit uns kommen," sprach Jegor Michailowitsch, als er ihn erblickt hatte.

Der Greis fuhr zusammen; aber da war nichts zu machen.

„Du aber, Jefimka, junger Bursche, lauf' mal nach dem Dachboden, wo er sich erhängte, die Leiter richtig zu stellen, damit seine Wohlgeboren hinaufsteigen kann."

Jefimka, der um keinen Preis zu dem Flügel hatte gehen wollen, lief zu ihm hin, wobei er mit den Bastschuhen lärmte, als ob es Holzklötze wären.

Der Polizeimeister schlug Feuer und rauchte ein Pfeifchen an. Er wohnte zwei Werst entfernt, war eben erst von dem Kreisrichter wegen Trunkenheit gewaltig ausgeschimpft worden und befand sich deshalb jetzt in einem Anfall von Eifer: obgleich er um zehn Uhr abends erst angekommen war, wollte er sich sogleich den Erhängten ansehen. Jegor Michailowitsch fragte den Dutloff, weshalb er hier sei. Unterwegs erzählte Dutloff dem Verwalter von dem gefundenen Gelde und davon, was die Herrin getan hatte. Dutloff sagte dabei, er sei gekommen, Jegor Michailowitsch um seine Erlaubnis zu bitten. Der Verwalter verlangte zum Entsetzen Dutloffs das Kuvert und betrachtete es. Der Polizeimeister nahm gleichfalls das Kuvert in die Hand und fragte kurz und trocken nach Einzelheiten.

„Nun, jetzt ist das Geld verfallen!" dachte Dutloff und begann sich schon zu entschuldigen. Der Polizeimeister gab ihm aber das Geld zurück.

„Da hat der Tölpel Glück gehabt!"

„Das kommt ihm gerade gelegen," sprach Jegor Michailowitsch; „er hat eben erst seinen Neffen zur Aushebung gebracht: jetzt wird er ihn loskaufen."

„Ah!" sagte der Polizeimeister und schritt weiter.

„Wirst du ihn loskaufen, wie denn, den Iljuschka da?" fragte Jegor Michailowitsch.

„Wie denn ihn loskaufen? Wird denn das Geld dazu reichen? Aber vielleicht ist auch keine Zeit mehr."

„Wie du es willst," sprach der Verwalter, und beide gingen dem Polizeimeister nach.

Sie kamen zu dem Flügel, in dessen Vorraum die stinkenden Wächter mit der Laterne warteten. Dutloff ging ihnen nach. Die Wächter zeigten ein schuldbewußtes Aussehen, das sich höchstens auf den von ihnen verursachten Gestank beziehen konnte, da sie nichts Schlechtes getan hatten. Alle schwiegen.

„Wo?" fragte der Polizeimeister.

„Hier!" sprach flüsternd Jegor Michailowitsch. – „Jefimka," fügte er hinzu, „du bist ein junger Bursche, geh' voraus mit der Laterne!"

Jefimka hatte bereits das Dielenbrett nach oben gerichtet und schien alle Furcht verloren zu haben. Zwei bis drei Stufen überschlagend, kletterte er mit lustigem Gesicht voraus, wobei er sich nur umschaute und mit der Laterne dem Polizeimeister den Weg leuchtete. Hinter diesem schritt Jegor Michailowitsch. Als sie bereits verschwunden waren, seufzte Dutloff, der schon den Fuß auf die Stufe gesetzt hatte, und blieb stehen. Es vergingen zwei Minuten; ihre Schritte verhallten auf dem Dachboden: es war zu ersehen, sie waren zur Leiche herangekommen.

„Onkel, dich ruft er!" rief Jefimka ins Loch.

Dutloff kroch hinauf. Der Polizeimeister und Jegor Michailowitsch waren beim Schein der Laterne nur mit ihrem Oberkörper hinter dem Dachbalken zu sehen; hinter ihnen stand noch irgendwer mit dem Rücken. Das war Polikei. Dutloff kroch über den Balken und blieb, sich bekreuzigend, stehen.

„Dreht ihn um, Burschen," sprach der Polizeimeister.

Niemand rührte sich.

„Jefimka, du bist ein junger Bursche," sprach Jegor Michailowitsch.

Der junge Bursche stieg über den Balken, drehte den Iljitsch um und stand neben ihm, indem er mit dem allerheitersten Blick bald auf den Iljitsch, bald auf die Obrigkeit schaute, wie einer, der einen Albino oder Julie Pastrana zeigt, bald auf das Publikum blickt, bald auf das Schaustück, das er vorführt, bereit, alle Wünsche des Publikums zu erfüllen.

„Wende ihn noch mehr um!"

Iljitsch drehte sich noch weiter um, bewegte leicht die Arme und schleifte mit dem Fuß über den Sand.

„Faß' an, nimm ihn herunter!"

„Befehlen Sie, die Schnur abzuschlagen, Wasili Borisowitsch?" sprach Jegor Michailowitsch. – „Gebt das Beil, Brüderchen!"

Den Wächtern und Dutloff mußte man zweimal befehlen, Hand anzulegen. Der junge Bursche dagegen ging mit Iljitsch um wie mit einem geschlachteten Hammel. Endlich schlugen sie die Schnur durch, nahmen den Körper ab und bedeckten ihn. Der Polizeimeister sagte, morgen werde der Arzt kommen, und entließ das Volk.

XV. |

Seine Lippen bewegend, ging Dutloff seinem Hause zu. Anfangs war es ihm unheimlich; je näher er aber dem Dorfe kam, um so mehr schwand dies Gefühl, und das Gefühl der Freude erfüllte mehr und mehr seine Seele. Im Dorfe hörte man Singen und betrunkene Stimmen. Dutloff trank niemals und ging auch jetzt geradeswegs nach Hause. Es war schon spät, als er die Hütte betrat. Seine Alte schlief schon. Der älteste Sohn und der Enkel schliefen auf dem Ofen, der zweite Sohn in der Kammer. Nur das Weib des Iljuschka schlief nicht und saß in schmutzigem, werktägigem Hemde, ohne Kopfputz, auf der Bank und heulte. Sie war nicht herausgekommen, dem Onkel zu öffnen, sie begann vielmehr noch lauter zu heulen und vor sich hinzusprechen, als er in die Hütte trat. Nach Ansicht der Alten klagte sie sehr gut und schön, ungeachtet dessen, daß sie wegen ihrer Jugend noch gar keine Übung haben konnte.

Die Alte stand auf und machte sich daran, dem Gatten Abendessen zu geben. Dutloff jagte das Weib des Iljuschka vom Tisch fort. „Genug, genug!" sprach er. Aksinja stand auf, legte sich auf die Bank und hörte nicht auf zu heulen. Die Alte deckte schweigend den Tisch und nahm dann ab. Der Alte sprach gleichfalls kein einziges Wort. Nachdem er zu Gott gebetet hatte, stieß er auf, wusch seine Hände, nahm das Rechenbrett vom Nagel und ging in die Kammer. Dort flüsterte er erst mit seiner Alten, dann ging die hinaus, er aber begann mit den Kugeln des Rechenbretts zu klappern; endlich

schlug er den Deckel der Truhe zu und kroch in den Keller. Lange
machte er sich zu schaffen in der Kammer und im Keller. Als er wieder eintrat, war es in der Hütte bereits dunkel, der Leuchtspan
brannte nicht. Die Alte, die tagsüber gewöhnlich still und unhörbar
war, hatte sich schon auf dem Schlafgerüst niedergelegt und
schnarchte, daß es durch die ganze Hütte klang. Das vordem so wenig stille Weib des Iljuschka schlief gleichfalls und atmete unhörbar.
Sie schlief auf der Bank, unausgekleidet, wie sie war, und ohne etwas unter den Kopf gelegt zu haben. Dutloff begann zu beten,
blickte dann auf Iljuschkas Weib, schüttelte den Kopf, löschte den
Leuchtspan aus, stieß noch einmal auf, kroch auf den Ofen und legte
sich neben seinen Enkelknaben. Im Finstern zog er die Bastschuhe
aus, warf sie hinunter und legte sich auf den Rücken, wobei er auf
den Dachbalken über dem Ofen schaute, der kaum zu sehen war
über seinem Haupte, und lauschte den Tarakanen, die an der Wand
summten, dem Seufzen, Schnarchen, Fuß an Fuß Reiben und den
Lauten des Viehs auf dem Hofe … Lange konnte er nicht einschlafen; der Mond ging auf, es ward heller in der Hütte; er konnte in der
Ecke Aksinja erkennen und etwas, was er nicht herausbekommen
konnte: hatte sein Sohn seinen Rock vergessen oder die Weiber ein
Faß aufgestellt, oder steht da irgendwer. War er eingeschlafen oder
nicht, aber er begann nur wiederum hinzuschauen … es war zu ersehen, jener finstere Geist, der den Iljitsch zu seiner furchtbaren Tat
verleitet hatte, und dessen Nähe die Hofleibeigenen in dieser Nacht
empfanden, dieser Geist reichte mit seinem Flügel auch bis zum
Dorfe, bis zur Hütte Dutloffs, wo jenes Geld lag, das „er" benutzt
hatte, um Iljitsch ins Verderben zu stürzen. Wenigstens fühlte Dutloff „ihn" dort, und Dutloff war es ganz sonderbar zumute. Weder
zum Schlafen noch aufzustehen. Als er irgend etwas erblickt hatte,
was er nicht zu bestimmen vermochte, erinnerte er sich an den Iljuschka mit gebundenen Händen, erinnerte er sich an das Gesicht
der Aksinja und ihr klangvolles Klagen, erinnerte er sich an den Iljitsch mit seinen herumschwankenden Händen. Plötzlich schien es
dem Alten, als ob etwas am Fenster vorübergegangen sei. „Was ist
das, oder geht schon der Dorfälteste, etwas anzukündigen?" dachte
er. „Wie hat er denn da geöffnet?" dachte der Greis, als er Schritte
im Vorraum vernahm, „oder hat die Alte nicht zugeriegelt, als sie in
den Vorraum ging?" Der Hund bellte im Hinterhof, „er" aber ging

durch den Vorraum, wie später der Greis zu erzählen pflegte, als ob er die Türe suche, „er" ging vorüber, „er" begann wiederum an der Wand zu tasten, „er" stieß an das Wasserfaß, und es knarrte. Und wiederum begann er zu tasten, gerade so, als ob „er" den Handgriff suche. Da hat „er" ihn erfaßt. Dem Greis lief ein Schauer über den Rücken. Jetzt hat „er" am Riegel gezogen und ist in menschlicher Gestalt eingetreten. Dutloff wußte schon, daß „er" das war. Er wollte ein Kreuz schlagen, konnte das aber nicht. „Er" ging zum Tisch hin, auf dem ein Tischtuch lag, zog es herab, warf es auf den Boden und kroch auf den Ofen. Der Greis wußte, daß das „er" war, in der Gestalt des Iljitsch. „Er" fletschte die Zähne, die Hände hingen herab. „Er" kroch auf den Ofen, stürzte sich geradeswegs auf den Greis und begann ihn zu würgen.

„Mein Geld!" murmelte Iljitsch.

„Laß ab, ich werde nicht," wollte Simon sagen und konnte es nicht.

Iljitsch würgte ihn mit der ganzen Schwere eines steinernen Berges, wobei er ihm noch die Brust preßte. Dutloff wußte, daß, wenn er ein Gebet hersagen werde, „er" ihn loslassen werde, und er wußte, was für ein Gebet er sprechen mußte; dies Gebet sprach sich aber nicht aus. Einer seiner Enkel schlief neben ihm. Der Knabe schrie durchdringend auf und begann zu weinen: der Großvater hatte ihn an die Wand gedrückt. Der Schrei des Knaben befreite die Lippen des Greises. „Möge Gott auferstehen!" murmelte Dutloff. „Er" ließ ein wenig nach. – „Und seine Feinde zerstreuen sich ..." lispelte Dutloff. „Er" stieg vom Ofen herab. Dutloff hörte, wie er mit beiden Füßen auf den Boden aufstieß. Dutloff sagte alle Gebete her, die er kannte, er sprach sie alle hintereinander. „Er" ging zur Türe, ohne den Tisch zu berühren, und schlug derart die Türe zu, daß die Hütte erzitterte. Alle schliefen indes, außer dem Großvater und dem Enkel. Der Großvater sprach Gebete und zitterte am ganzen Körper; der Enkel aber weinte im Einschlafen und schmiegte sich an den Großvater. Alles verstummte wiederum. Der Großvater lag ohne sich zu rühren. Der Hahn krähte hinter der Wand unter dem Ohr Dutloffs. Er hörte, wie die Hühner sich rührten, wie ein junges Hähnchen versuchte, dem alten Hahn nachzukrähen, und es nicht fertig brachte. Irgend etwas bewegte sich zu den Füßen des Alten: das war die Katze; sie war auf ihre weichen Pfoten vom Ofen auf den Boden gesprungen und begann zu miauen. Der Großvater stand auf und hob das Fenster auf; auf der Straße war es dunkel und schmutzig; ein Vorderwagen stand gerade dort unter dem Fenster. Er schritt barfuß, sich bekreuzigend, auf den Hof zu den Pferden: auch dort war es zu ersehen, daß der „Hausherr" kam. Eine Stute, die unter dem Schirmdach bei der Krippe stand, hatte sich mit dem Fuß in dem Zügel verwickelt, hatte Spreu verschüttet, und ein Bein erhoben, den Kopf umdrehend, erwartete sie den Hausherrn. Ein Füllen war in den Mist gefallen und konnte sich nicht erheben. Der Großvater stellte es auf seine Beine, machte die Stute frei, legte ihr Futter vor und trat in die Hütte. Die Alte erhob sich und zündete den Leuchtspan an. „Wecke die Burschen," sprach er; „ich werde in die Stadt fahren," und nachdem er eine Wachskerze von den Heiligenbildern genommen und sie angezündet hatte, kroch er mit ihr in den Keller. Schon nicht bei Dutloffs allein, vielmehr bei allen Nachbarn brannte Licht, als er von dort hervorkam. Die Kinder standen auf und machten sich fertig. Die Weiber kamen und gingen mit Eimern und Holzschöpfern voll Milch. Ignatz spannte den Wagen an. Der zweite Sohn schmierte einen zweiten ein. Die junge Frau heulte nicht mehr, sie hatte sich vielmehr herausgeputzt, mit einem Tuch umbunden, und saß nun in der Hütte auf der Bank, indem sie die Zeit erwartete, in die Stadt zu fahren, um sich von ihrem Gatten zu verabschieden.

Der Alte schien besonders streng. Niemandem sagte er ein einziges Wort; er zog seinen neuen Kaftan an, gürtete sich und ging, alles Geld des Iljitsch an seiner Brust tragend, zu Jegor Michailowitsch.

„Du, trödle auch noch!" rief er dem Ignatz zu, der die Räder drehte auf einer aufgehobenen und eingeschmierten Achse. – „Gleich werde ich kommen. Daß dann alles fertig ist!"

Der Verwalter, der eben erst aufgestanden war, trank Tee und bereitete sich selber vor, in die Stadt zu fahren, um die Rekruten zu stellen.

„Was willst du?" fragte er.

„Ich, Jegor Michailowitsch, will den Burschen loskaufen. Erweisen Sie mir schon die Gnade. Sie sagten unlängst, Sie wüßten in der Stadt einen, der bereit sei. Unterweisen Sie mich: unsere Sache ist eine dunkle …"

„Wie denn, hast du es dir überlegt?"

„Ich habe es mir überlegt, Jegor Michailowitsch; es tut mir leid, es ist der Sohn meines Bruders. Was für einer er auch ist, gleichwohl ist es mir leid. Sünde kommt viel von ihm, von diesem Geld. Übe schon Gnade, unterweise mich," sprach er, indem er sich bis zum Gürtel verneigte.

Wie immer in solchen Fällen, schmatzte Jegor Michailowitsch tiefsinnig und schweigend mit den Lippen, und nachdem er die Sache überdacht hatte, schrieb er zwei Zettel und gab an, was man in der Stadt zu tun habe, und wie man es anfangen müsse.

Als Dutloff nach Hause zurückkehrte, war die junge Frau schon mit Ignatz weggefahren, und eine graue, dickbauchige Stute stand völlig angespannt unter dem Tore. Er brach eine Gerte vom Zaune, schlug seinen Rock zusammen, setzte sich in den Wagenkasten und trieb das Pferd an. Dutloff trieb die Stute so rasch an, daß bei ihr auf einmal der ganze Bauch schwand, und Dutloff schaute gar nicht auf sie hin, um nicht vor Mitleid schwach zu werden. Ihn quälte der eine Gedanke, er könne irgendwie zu spät zur Musterung kommen, Il-juschka werde zu den Soldaten kommen und das Teufelsgeld ihm in Händen bleiben.

Ich werde nicht ausführlich alle Gänge des Dutloff an diesem Morgen beschreiben; ich werde nur sagen, daß ihm alles ganz besonders glückte. Bei dem Hauswirt, an den ihm Jegor Michailowitsch einen Zettel gegeben hatte, war ein durchaus bereiter Freiwilliger, der schon dreiundzwanzig Rubel verlebt hatte und schon für gut befunden worden war bei der Behörde. Der Wirt wollte vierhundert Rubel für ihn haben, ein Aufkäufer aber, ein Kleinbürger, der schon die dritte Woche zu ihm kam, bat immer noch, ihn für dreihundert abzulassen. Dutloff beendete die Sache mit zwei Worten: „Wirst du Dreihundert mit einem Viertel nehmen?" sprach er, indem er die Hand hinstreckte, aber mit solchem Ausdruck, daß sogleich zu ersehen war, er sei bereit, noch zuzulegen. Der Wirt stieß die Hand zurück und fuhr fort, vierhundert zu verlangen. „Wirst du nicht drei mit einem Viertel nehmen?" wiederholte Dutloff, indem er mit der linken Hand die rechte Hand des Wirtes faßte und Miene machte, mit seiner Rechten in sie einzuschlagen. – „Wirst du nicht nehmen? Nun, Gott mit dir!" sprach er plötzlich, indem er in die Hand des Wirtes schlug und sich mit einem Schwung mit dem ganzen Körper von ihm wegwandte: „Es ist zu sehen, so soll es auch sein! Nimm mit einem halben Hundert! Mach' die Quittung zurecht. Bring' den Burschen her. Jetzt aber hier das Handgeld. Zwei Rote Zehnrubelscheine. wird wohl genug sein, wie?"

Und Dutloff entgürtete sich und holte das Geld hervor.

Wenn auch der Wirt seine Hand nicht wegzog, so schien es gleichwohl, als ob er noch nicht völlig einverstanden sei, und ohne das Handgeld anzunehmen, erhandelte er noch ein Trinkgeld und eine Bewirtung für den Freiwilligen.

„Sündige nicht," wiederholte Dutloff, indem er ihm das Geld zuschob; „wir alle werden sterben," wiederholte er in einem so sanften, lehrhaften und überzeugten Tone, daß der Wirt sagte:

„Da ist nichts zu machen;" er schlug ihm nochmals auf die Hand und begann, zu Gott zu beten. – „Gib Gott gute Stunde," fügte er hinzu.

Man weckte den Freiwilligen, der noch vom gestrigen Trinkgelage schlief, sah ihn sich aus irgendeinem Grunde an, und dann gingen alle zur Behörde. Der Freiwillige war lustig, verlangte Rum, um sich nach dem Rausch zu stärken, wozu ihm Dutloff Geld gab, und ward erst in dem Augenblick kleinlaut, als sie den Vorraum des Amtsgebäudes betraten. Lange standen dort der alte Wirt in blauem Kaftan und der Freiwillige in kurzem Schafpelz mit aufgezogenen Brauen und weitaufgerissenen Augen; lange flüsterten sie dort miteinander, fragten sich irgendwohin durch, suchten irgendwen, nahmen aus irgendeinem Grunde vor jedem Schreiber die Mützen ab, verbeugten sich und hörten aufmerksam die Entscheidung an, die ein dem Wirte bekannter Schreiber ihnen mitteilte. Schon war jede Hoffnung aufgegeben, die Angelegenheit heute zum Abschluß zu bringen, und der Freiwillige begann wiederum lustiger und ungezwungener zu werden, als Dutloff den Jegor Michailowitsch erblickte, sich sogleich an ihn festkrallte und ihn zu bitten und sich vor ihm zu verneigen begann. Jegor Michailowitsch half so gut, daß man bereits in der dritten Stunde den Freiwilligen zu seiner großen Unzufriedenheit und seinem großen Staunen vor die Aushebungskommission führte, ihn dort aufstellte und aus irgendwelchem Grunde unter allgemeiner Heiterkeit, vom Wächter an bis zum Präsidenten, auszog, rasierte, einkleidete und hinausführte. Fünf Minuten später zahlte Dutloff das Geld aus, erhielt eine Quittung, verabschiedete sich vom Wirte und dem Freiwilligen und ging ins Quartier zum

Kaufmann, wo die Rekruten aus Pokrowskoje sich aufhielten. Ilja und sein junges Weib saßen in der Ecke der Küche, und als der Greis eintrat, hörten sie auf zu sprechen und schauten ihn an mit ergebenem und nicht eben wohlwollendem Blick. Wie immer betete der Greis zu Gott, entgürtete sich, holte irgendein Papier heraus und rief seinen ältesten Sohn Ignatz herein und auch die Mutter des Iljuschka, die im Hofe war.

„Du, sündige nicht, Iljuschka," sprach er, indem er zu dem Neffen herantrat. „Gestern hast du mir ein solches Wort gesagt … Habe ich denn kein Mitleid mit dir? Ich erinnere mich wohl, wie dich mein Bruder mir anbefahl. Wenn es in meiner Kraft gewesen wäre, hätte ich dich dann abgegeben? Gott gab Glück, es war mir leid. Da ist es denn, das Papier," sprach er, indem er die Quittung auf den Tisch legte und sie sorgfältig glättete mit seinen krummen Fingern, die sich gar nicht mehr gerade biegen konnten.

In die Küche traten vom Hofe her alle Pokrowskischen Bauern, die Knechte des Kaufmanns und sogar fremdes Volk. Alle errieten, um was es sich handelte, aber niemand unterbrach die feierliche Rede des Alten.

„Da ist es, das Papierchen! Vierhundert Rubel gab ich! Stichle den Onkel nicht!"

Iljuschka erhob sich, er schwieg aber, da er nicht wußte, was er sagen solle. Seine Lippen zitterten vor Erregung; seine alte Mutter wollte schluchzend vor ihn hintreten und wollte sich ihm an den Hals werfen; der Greis führte sie aber langsam und gebieterisch mit der Hand zurück und fuhr fort zu sprechen:

„Du hast mir gestern ein Wort gesagt," wiederholte noch einmal der Greis. – „Du hast mir mit diesem Worte wie mit einem Messer ins Herz gestoßen. Dein Vater hat dich mir sterbend anbefohlen. Du bist mir wie ein leiblicher Sohn gewesen, und wenn ich dich irgendwie beleidigte, so leben wir ja alle in Sünde. Ist es nicht so, Rechtgläubige?" wandte er sich an die ringsumher stehenden Bauern. – „Siehst du, da ist auch deine leibliche Mutter und die junge Hausfrau, da habt ihr die Quittung. Gott mit ihm, dem Gelde! Mir aber verzeiht, um Christi willen!"

Und nachdem er die Schöße seines Rockes auseinandergenommen hatte, ließ er sich langsam auf die Knie nieder und verneigte sich bis zur Erde vor dem Iljuschka und seiner Hausfrau. Vergeblich wollten ihn die jungen Leute zurückhalten; nicht eher, als bis er mit dem Kopfe den Boden berührt hatte, stand er auf, machte sich zurecht und setzte sich auf die Bank. Iljuschkas Mutter und seine junge Frau heulten vor Freude, in der Menge wurden Stimmen der Zustimmung laut. „Nach Gerechtigkeit, nach Gottes Gebote, so ist das getan," sprach einer. „Was ist Geld? Für Geld kaufst du den Burschen nicht!" sprach ein anderer. „Was für eine Freude," sprach ein dritter. – „Ein gerechter Mensch, das eine Wort." Nur die Bauern, die zu Rekruten bestimmt waren, sprachen nichts und gingen leise hinaus.

Zwei Stunden später fuhren die beiden Wagen der Dutloffs aus der Vorstadt hinaus. In dem ersten, vor den die graue Stute gespannt war, mit eingefallenem Bauche und schweißbedecktem Hals, saßen der Alte und Ignatz. Im hinteren Teile des Wagens wurden Pakete, ein Kesselchen und Kringel hin und her gerüttelt. Im zweiten Wagen, den niemand lenkte, saßen ehrsam und glücklich die junge Frau und die Schwiegermutter in ihren Kopftüchern. Die junge Frau hielt unter dem Brustlatz ein Schnapsfläschchen. Iljuschka, hin und her geschüttelt, einen Kringel essend und unaufhörlich schwatzend, saß zusammengekrümmt mit dem Rücken zum Pferde im vorderen Teile des Wagens. Die Stimmen, das Rasseln der Wagen auf dem Pflaster und das Schnaufen der Pferde, alles floß in einem einzigen Klang der Freude zusammen. Die Pferde, mit ihren Schwänzen wedelnd, schlugen immer rascheren Trab an, da sie die Richtung nach Hause fühlten. Die Vorbeigehenden und Vorbeifahrenden schauten sich unwillkürlich nach der fröhlichen Familie um.

Unmittelbar am Ausgang aus der Stadt begannen die Dutloffs eine Partie Rekruten zu überholen. Eine Gruppe von ihnen stand im Kreise herum bei einer Schnapsbude. Ein Rekrut, mit jenem unnatürlichen Ausdruck, den eine rasierte Stirn dem Menschen gibt, hatte die graue Mütze in den Nacken gestoßen und schlug flink in die Saiten der Balalaika; ein anderer, ohne Hut, in einer Hand die Schnapsflasche, tanzte inmitten des Kreises. Ignatz hielt das Pferd an und sprang hinunter, um die Stränge zu spannen. Alle Dutloffs begannen mit Neugier, Beifall und Lustigkeit auf den Tänzer zu schauen. Der Rekrut schien niemanden zu sehen, er fühlte aber, daß das ihn bewundernde Publikum sich immer vermehrte, und das gab ihm Kraft und Geschicklichkeit. Der Rekrut tanzte gewandt. Seine Brauen waren verzogen, sein frisches Gesicht war unbeweglich, sein Mund verharrte bei einem Lächeln, das längst schon allen Ausdruck verloren hatte. Es schien, alle Kräfte seiner Seele waren darauf gerichtet, möglichst rasch einen Fuß hinter den anderen zu stellen, bald auf den Absatz, bald auf die Fußspitze. Bisweilen blieb er plötzlich stehen, zwinkerte dem Balalaikaspieler zu, und der begann dann noch flinker mit allen Saiten zu klirren und sogar auf die Decke des Instruments mit den Knöcheln der Finger zu schlagen. Der Rekrut hielt inne; während er aber auch still stand, tanzte er immer noch, so schien es. Plötzlich begann er sich langsam zu bewegen, mit den Schultern zu zucken, und auf einmal hob er sich drehend empor, ließ sich dann mit einem Schwung in hockende Stellung nieder und begann mit wildem Schrei die Beine vor sich hin zu schleudern. Die Knaben lachten, die Weiber nickten im Takt mit dem Kopfe, die Männer lächelten beifällig. Ein alter Unteroffizier stand ruhig neben dem Tanzenden mit einer Miene, die sagte: „Euch ist dies ein Wunderding, uns aber ist das alles schon genau bekannt!" Der Balalaikaspieler war sichtlich ermüdet, er blickte sich faul um, und nachdem er irgendeinen falschen Akkord gegriffen hatte, schlug er plötzlich mit den Fingern auf die Decke des Instrumentes, und der Tanz war zu Ende.

„Ei, Alecha!" sprach der Balalaikaspieler darauf zum Tanzenden, indem er auf den Dutloff hinwies, „da ist er, dein Pate!"

„Wo? Du, mein lieber Freund!" schrie Alecha, jener selbige Rekrut, den Dutloff gekauft hatte, und indem er mit seinen müden Beinen nach vorne fiel und die Schnapsflasche über den Kopf hob, näherte er sich dem Wagen. „Mischka, ein Glas!" schrie er. – „Mein Wirt! Mein lieber Freund! Das ist mal eine Freude, in Wahrheit!" schrie er, indem er mit seinem betrunkenen Kopf in den Wagen fiel, und er begann die Bauern und Bauernweiber mit Schnaps zu bewirten. Die Bauern tranken, die Weiber schlugen es ab. – „Ihr, meine leiblichen Verwandten, womit soll ich euch beschenken?" rief Alecha aus, die Alte umarmend.

Eine Händlerin mit Eßwaren stand in der Menge. Alecha erschaute sie, nahm ihr das Tragbrett ab und schüttelte es ganz in den Wagen.

„Nur keine Furcht, ich zahle es, Teufel," brüllte er mit weinerlicher Stimme, zog sogleich auch aus der Hose einen Beutel mit Geld und warf ihn dem Mischka zu.

Er stand da, auf den Wagen gestützt, und sah mit feuchten Augen auf die Darinsitzenden.

„Welche ist denn das Mütterchen?" fragte er. – „Wohl die? Auch ihr will ich ein Geschenk machen!"

Er dachte einen Augenblick nach, griff in die Tasche, holte ein neues, zusammengelegtes Taschentuch heraus, ein Handtuch, mit dem er unter dem Mantel gegürtet war, nahm dann rasch vom Hals ein rotes Tuch, drückte alles zusammen und steckte es der Alten in den Schoß.

„Für dich opfere ich es," sprach er mit leiser Stimme, die leiser und leiser ward.

„Wozu denn? Danke, Lieber! Siehst du, einfach ist der Bursche," sprach die Alte, indem sie sich an den alten Dutloff wandte, der zu ihrem Wagen herangekommen war.

Alecha war völlig verstummt und wie eine Eule geworden; als wolle er einschlafen, ließ er immer tiefer und tiefer den Kopf sinken.

„Für euch gehe ich, für euch gehe ich zugrunde!" sprach er. „Dafür beschenke ich euch auch."

„Ich denke, auch er hat ein Mütterchen," sprach jemand aus dem Haufen. – „Was für ein einfacher Bursche! Erstaunlich!"

Alecha erhob seinen Kopf.

„Ein Mütterchen habe ich," sprach er. – „Ein leibliches Väterchen habe ich. Alle haben sich von mir losgesagt. Höre du, Alte," fügte er hinzu, indem er Iljuschkas Mutter am Arm faßte; „ich habe dich beschenkt. Höre mich an, um Christi willen. Geh' du ins Dorf Wodnoje, erfrage dort die Greisin Nikonoff, sie selber ist mein leibliches Mütterchen, verstehst du es, und sage du dieser selben Alten, der Greisin Nikonoff, vom Dorfrande die dritte Hütte, ein neuer Brunnen steht da … sage du ihr, daß Alecha, dein Sohn … das heißt … Musikant, leg' los!" schrie er.

Und wiederum begann er zu tanzen und schmetterte die Flasche mit dem Schnapsrest zur Erde.

Ignatz bestieg den Wagen und wollte losfahren.

„Leb' wohl, gebe dir Gott!" sprach die Alte, ihren Pelz zuschlagend.

„Fahrt ihr zum Teufel!" schrie er mit geballten Fäuste". – „Möge deiner Mutter ...!"

„Ach, mein Gott!" murmelte sich bekreuzigend Iljuschkas Mutter.

Ignatz trieb die Stute an, und die Wagen rasselten wiederum davon. Der Rekrut Aleksei stand inmitten des Weges, und die Fäuste geballt, schimpfte er mit dem Ausdruck der Raserei im Gesicht die Bauern, was das Zeug hielt.

„Weshalb blieben sie stehen! Vorwärts, Teufel, Menschenfresser!" schrie er. – „Du wirst meiner Hand nicht entrinnen! Ihr Teufel! Ihr Bauernlümmel!"

Bei diesen Worten brach seine Stimme, und wie er stand, schlug er mit aller Kraft auf den Boden hin.

Bald waren Dutloffs aufs freie Feld gekommen, und als sie sich umschauten, sahen sie die Rekruten schon nicht mehr. Nachdem sie fünf Werst im Schritt gefahren waren, stieg Ignatz aus dem Wagen des Vaters, in dem der Alte eingeschlafen war, und ging neben dem des Iljuschka her.

Zu zweit tranken sie das Fläschchen aus, das sie aus der Stadt mitgenommen hatten. Ein wenig später stimmte Ilja ein Lied an, die Frauen stimmten ein; Ignatz schrie lustig auf das Pferd im Takt mit dem Lied. Eilig kam ihnen eine lustige Postkutsche entgegengefahren. Der Fuhrmann schrie munter auf die Pferde, als sie die beiden lustigen Wagen erreicht hatten; der Postillon schaute sich um und wies mit den Augen zwinkernd auf die roten Gesichter der Bauern und Bauernweiber, die sich mit lustigem Liede im Wagen schütteln ließen.

„Polikuschka" ward im Jahre 1861 auf der Rückreise aus England in Brüssel geschrieben, wo Tolstoi einen vierzehntägigen Aufenthalt nahm, um den Sozialisten Proud'hon zu besuchen, an den ihn Herzen in London empfohlen hatte. Die Veranlassung zu dieser Novelle liegt indes viel tiefer: Tolstoi hatte eben erst, in London, die Nachricht von der Aufhebung der Leibeigenschaft erhalten und gleichzeitig von seiner Ernennung – für seinen Bezirk – zum „friedlichen Vermittler" in der Regelung der Beziehungen zwischen den ehemaligen Seelenbesitzern und den ehemaligen Leibeigenen. Es scheint nun, als wolle Tolstoi in „Polikuschka" noch einmal das ganze empörende Unrecht der Leibeigenschaft wachrufen, in seiner alle menschlichen Beziehungen vergiftenden Wirkung. Er weist hier nach, daß gerade die beabsichtigte Wohltat, und zwar eine solche, die menschlich richtig und dem russischen Volke gegenüber besonders am Platze ist: die sittliche Aufrichtung durch erwiesenes Vertrauen, daß gerade eine solche Wohltat bei den Beziehungen von Seelenbesitzern und Leibeigenen zum Verderben ausschlagen muß – und zwar trotzdem sie im wesentlichen gelang – wenn nur ein ganz kleiner, dummer Zufall hinzutritt. Es ist wohl nie gewagt worden, eine solche Fülle richtig gehörter sozialer Falschtöne in einem Buche zu geben, wie das hier geschieht, und so nahe an das zu schreiten, dem wir sonst überall ängstlich aus dem Wege gehen: an das Herzzerreißende.

Zudem ist der Ton des Ganzen für Tolstoi völlig ungewohnt und kehrt auch in seinem ganzen Werke niemals wieder. Es ist eine böse, witzelnde Ironie über dem Ganzen ausgebreitet. Soweit es sich dabei, im ersten Teile der Novelle, um die Schilderung des Leibeigenenelendes handelt, wirkt das nur erschütternd: man erlebt, wie der Dichter blutet unter der Not seines Volkes und darüber selbst sein künstlerisches Maßhalten einbüßt. Aber später, nach geschehenem Unglück, werden einzelne der Leibeigenen, zweifellos aus persönlicher Erfahrung, derart erbärmlich hingestellt, in ihrer sklavischen Liebedienerei und in ihrem herzlosen Eigennutz, daß man hier schon nicht mehr den Eindruck hat, als wolle der Dichter ausschließlich die Korruption durch das System der Leibeigenschaft zum Aus-

druck bringen. Es liegt hier zweifellos Lieblosigkeit vor. Tolstois
Künstlertum blieb davon unberührt: alles, was er da schildert, kann
so sein, ja, ist so bei einer gewissen Einstellung des Auges. Wir waren aber an eine tiefere Einstellung auf die Menschen bei diesem
Dichter gewöhnt: bis dahin, wo alle Schuld sich in Leid auflöst, und
die nackte Not der Liebe die Arme entgegenstreckt! Hier findet
Tolstoi diese Einstellung nicht. Der Mensch im Dichter ist noch zu
zerrissen: denn was hier an Volksnot geboten wird, empfindet er
selber als rein persönliche Schuld. Auch er war Seelenbesitzer, auch
er lebte damals noch von der Not seiner Leibeigenen, auch bei ihm
erlebten sie namenloses Elend, und er hatte sie nicht freigegeben bis
zur gesetzlich befohlenen Freilassung – trotzdem er damals schon
aus tiefster Überzeugung Proud'hon beistimmen konnte in der Ver-
dammung aller Besitzer!

Hier erkennen wir so recht als typisches Merkmal Tolstoischen
Schaffens und vielleicht als das Moment, das sein Künstlertum aufs
höchste emporpeitschte, den Zwiespalt, der in ihm lebte zwischen
intuitiver Erkenntnis und praktischer Weltanschauung. Nur in ers-
terer fand er den Ausgleich für die letzten Bedürfnisse seiner Seele,
und er fand sie nur in der Dichtung. Andererseits ließ ihn gerade
der Umstand, daß er nur dichtend sehend ward, diesem seinem Sehen mißtrauen. Später suchte er dann diesen Ausgleich auch im Leben herbeizuführen – und das geschah wiederum auf Kosten seiner
intuitiven Erkenntnis. Der spätere Sozialprophet ist rein geistig genommen ein unendlicher Rückschritt gegen den Dichter von *„Krieg
und Frieden"* und *„Anna Karenina"*.

Tolstois eigentliches Schicksal – und überhaupt *das* Schicksal des
geistigen Rußlands – war aber gerade die Leibeigenschaft. Hier er-
lebte er sich persönlich mit dem Schicksal seines ganzen Volkes ver-
flochten und gerade durch das für vornehme Seelen machtvollste
Medium: das Bewußtsein der Schuld. Früh schon ahnte er sie. Um
ihr ins Auge sehen zu können, hätte er aber alle die, die er liebte und
verehrte, mitschuldig finden müssen. Das konnte er nicht. So entfloh
er seiner Schuld in den Kaukasus, zur Armee, nach Sewastopol[4].
Aber die Schuld ging mit ihm und ward schwerer und schwerer, je

---

[4] Vergleiche mein Nachwort zu *„Der Morgen eines Gutsbesitzers"*. Inselbücherei
Nr. 136.

tiefer er – gerade im russischen Soldaten – die Würde derer erkannte, vor denen er sich schuldig wußte. Rein dichterische Versuche, diese Schuld zu begleichen, Tolstois erste Bauernschule vor seiner Heirat, gaben nur noch tiefere Einblicke in das Wesen dieser Schuld. Das erleben wir in der erschütternden Hilflosigkeit des Dichters in dem *„Journal von Jasnaja Poljana"*. Er will da seinem Volke Heilung bringen und erkennt dabei erst, daß das Übel, das er heilen will, eigentlich ohne Ende ist. Und so kommt er denn zu dem grotesk tragischen Paradox: in einem Buch, das der Volksbildung dienen soll, diese an sich für völlig wertlos und das Streben nach ihr für schmähliche Heuchelei zu erklären!

So stand es um Tolstoi, als die Leibeigenschaft gesetzlich aufgehoben ward (worüber er sich bekanntlich gar nicht gefreut hat). Für ihn war sie natürlich damit auch gar nicht aufgehoben. Er hatte viel zu tief hinter ihre Kulissen geblickt. Sie war und blieb ihm das Menschenunglück, das Symbol aller Menschennot. Und in dieser Anschauung bestärkt ihn unverkennbar ein letztes Sträuben in seiner Seele, seiner ganzen persönlichen Schuld im Rahmen der Leibeigenschaft ins Auge zu sehen. Wir verstehen eigentlich erst, wenn wir den *„Morgen eines Gutsbesitzers"* und *„Polikuschka"* lesen, weshalb der spätere Prophet Tolstoi durchaus nicht in der Leibeigenschaft eine ganz besonders unerträgliche Form menschlicher Versklavung sehen wollte, ja sich sogar zu der Behauptung versteigt, jeder der Geld ausgibt, handle schlimmer als der Seelenbesitzer, weil er sich nicht mehr persönlich kümmere um die, die er für sich arbeiten lasse!

Im Dichterwerke Tolstois nimmt die Leibeigenschaft rein räumlich genommen einen viel geringeren Platz ein als in dem Werke irgendeines der großen russischen Dichter, deren Jugendzeit noch vor die Reform fiel. Tolstoi hat die Leibeigenschaft überhaupt nur in den erwähnten zwei Novellen behandelt; sogar in *„Krieg und Frieden"*, dessen Handlung dabei um die Blütezeit der Leibeigenschaft vor sich geht, spielt sie kaum als Hintergrund eine Rolle. Freilich in diesen beiden Novellen ist die Leibeigenschaft mit einer Tiefe und Intensität erlebt, wie nirgendswo sonst in der Weltliteratur irgendein menschliches Sklaventum. Die Bedeutung dieser Novellen geht denn auch weit über das rein Literarische hinaus: das sind Ansätze zur Ausfüllung einer Erkenntnislücke, die uns heute noch zu langwierigen Kulturumwegen zwingt: wir meinen unsere Unkenntnis vom Seelenleben der Sklaven.

„*Polikuschka*" bildet dabei insofern eine Ergänzung zum „*Morgen eines Gutsbesitzers*", als uns dort ein erschöpfendes Lebensbild der Hofleibeigenen gegeben wird, während wir hier das Dasein der leibeigenen Bauern bis zum Nacherlebenmüssen deutlich erlebten. Dabei ist fast alles ins rein Menschliche gesteigert, und es finden sich vollendete Menschentypen: denken wir nur an den alten Dutloff und an Akulina, Polikeis Gattin.

Noch ein Wort über das Schicksal dieser Novelle. Sie blieb zunächst bei der rein politischen Erregung der russischen Geister in der großen Reformzeit unbemerkt und hat überhaupt nie die Bedeutung gefunden, die ihr im Lebenswerk Tolstois zukommt, wenn auch hier und da einmal angedeutet ward, daß „*Polikuschka*", dem in ihm herrschenden Geiste nach, durchaus zu den Novellen der Prophetenzeit gezählt werden könnte – und zwar als einziges Werk aus der Vorbekehrungsperiode. Turgenjeff war freilich entzückt über „*Polikuschka*", als die Novelle erschien. Er fand nur, daß der Tod des kleinen Kindes doch überflüssig sei, wenigstens als übertriebene Häufung erscheine. Das ist aber durchaus falsch: bei solcher häuslichen Beschränktheit, wie sie hier Tolstoi bei den Hofleibeigenen schildert, sind gerade solche Unfälle an der Tagesordnung, und heute noch spielen sie, namentlich bei dem russischen Stadtproletariat, dessen Wohnungselend beispiellos ist, eine entsetzliche Rolle. Tolstoi, der sonst absolut unempfindlich war gegen fremde Beurteilungen seiner Dichtungen, hier aber offenbar loskommen wollte von seiner Novelle, gibt Turgenjeff recht und nennt „*Polikuschka*" ein „dummes Geschwätz". *Polikuschka* ist aber nicht nur ein Meisterwerk. Es ist ein Kulturdenkmal von unschätzbarem Werte, wie es nur ein Mensch von unendlichem Seelenreichtum zu schaffen imstande ist. Und auch bei dem verrät sich hier noch ein so intensives Mitleben mit den Leibeigenen – denn nur ein solches, das Jahrzehnte gewährt haben mußte, konnte so wörtlich genommen durch Mauern hindurch schauen, daß schon dadurch allein alle sozialen Sünden dieses aufrichtigen Menschenfreundes und redlichen Gottsuchers gesühnt sein müßten.

Karl Nötzel.

Franz Marc (1880-1913): Der Turm der blauen Pferde
commons.wikimedia.org

Leinwandmesser

Die Geschichte eines Pferdes

Den Manen M. A. Stachowitschs gewidmet[1]

I. |

Immer höher und höher hob sich das Himmelsgewölbe, immer breiter ergoß sich die Morgenröte, immer weißer wurde der matte Silberglanz des Morgentaus, immer glanzloser die Sichel des Mondes, immer lauter der Wald … Die Menschen erhoben sich vom Nachtlager, und im herrschaftlichen Gestüt vernahm man immer häufiger und häufiger Schnauben, Rasseln im Stroh, ja sogar zorniges, kreischendes Wiehern der Pferde, die sich zusammendrängten und um etwas zankten.

No –o! Du kommst zurecht, bist verhungert? sagte der alte Pferdeknecht, indem er rasch das knarrende Tor öffnete. – Wo hinaus? schrie er und holte gegen eine Stute aus, die sich in das Tor gedrängt hatte.

Der Pferdehirt Nestjor trug einen kosakischen Halbrock und einen gestickten Gurt um den Leib, die Peitsche hatte er über die Schulter geworfen, sein Brotbeutel war an seinem Gurt befestigt. In den Händen trug er einen Sattel und Zaumzeug.

Die Pferde waren über den spöttischen Ton des Pferdehirten weder erschrocken noch ärgerlich; sie sahen aus, als wäre ihnen alles gleichgültig, und zogen sich träg vom Tor zurück. Nur eine alte, dunkelbraune Stute mit langer Mähne spitzte die Ohren und warf rasch ihr Hinterteil zurück. In diesem Augenblick wieherte eine junge Stute, die hinten stand und die dies gar nichts anging, und schlug gegen das erste beste Pferd, das ihr im Wege stand, rückwärts aus.

---

[1] Textquelle | Leo N. TOLSTOI: Gesammelte Novellen. *Erster Band*: Der Morgen des Gutsbesitzers / Aufzeichnungen eines Marqueurs / Luzern / Eine Begegnung im Felde / Albert / Zwei Husaren / Polikuschka / Leinwandmesser / Der Schneesturm. Mit einer Einführung von Raphael Löwenfeld. Erstes bis viertes Tausend. Jena: Eugen Diederichs 1924, S. 421-483.

No !! ... schrie der Pferdehirt noch lauter und drohender und ging auf einen Winkel des Hofes zu.

Von allen Pferden, die sich im Gestüt befanden (es waren etwa hundert) zeigte die geringste Ungeduld ein scheckiger Wallach, der einsam im Winkel unter dem Schutzdach stand und mit eingekniffenen Augen die Eichenbalken des Stalles beleckte.

Ich weiß nicht, welchen Geschmack der scheckige Wallach daran fand, aber er sah dabei ernst und nachdenklich aus.

Tu dir nur gütlich, wandte sich wieder in demselben Ton der Pferdehirt an ihn, trat zu ihm heran und legte den Sattel und eine abgenutzte Filzdecke neben ihn auf den Dünger nieder.

Der scheckige Wallach hörte auf zu lecken und blickte Nestjor lange unbeweglich an. Er war weder freundlich, noch mürrisch. Er richtete sich nur mit seinem ganzen Leibe in die Höhe, seufzte sehr schwer auf und wandte sich ab. Der Pferdehirt umschlang seinen Hals und legte ihm den Zaum an.

Was seufzest du? sagte Nestjor.

Der Wallach bewegte seinen Schweif, als wollte er sagen: „So, es hat nichts zu bedeuten, Nestjor." Nestjor legte ihm die Filzdecke und den Sattel auf, wobei der Wallach die Ohren spitzte, wahrscheinlich um sein Mißfallen auszudrücken. Er wurde aber mir „Schuft" dafür geschimpft und mit dem Sattelgurt zusammengeschnürt ...

Dabei blähte sich der Wallach auf; aber es wurde ihm ein Finger ins Maul gesteckt und ein Stoß mit dem Knie in den Bauch versetzt, so daß er den Atem auslassen mußte. Trotzdem spitzte er, als dann mit den Zähnen der Deckengurt zusammengezogen wurde, noch einmal die Ohren und sah sich sogar um. Obgleich er wußte, daß ihm das nichts nützte, hielt er es doch für nötig, auszudrücken, daß es ihm unangenehm sei, und daß er das stets würde zu er kennen geben. Als er gesattelt war, setzte er den geschwollenen rechten Fuß vor und begann das Gebiß zu kauen, ebenfalls aus besonderen Gründen, denn er hätte längst wissen können, daß das Gebiß keinen Geschmack habe.

Nestjor bestieg mit Hilfe des kurzen Steigbügels den Wallach, wickelte die Peitsche los, lockerte unter dem Knie den Halbrock, setzte sich in den Sattel auf die eigentümliche Art, wie Kutscher, Jäger, Pferdehirten zu reiten pflegen, und zog die Zügel an. Der Wallach erhob den Kopf und gab seine Bereitwilligkeit kund, zu gehen, wohin man ihm befehlen würde, rührte sich aber nicht von der Stelle. Er wußte, daß Nestjor, ehe er ab ritt, noch viel schreien würde, und daß er von seinem Rücken aus dem anderen Pferdehirten Wassjka und den Pferden Befehle erteilen würde. Und wirklich begann Nestjor zu schreien: „Wassjka, he, Wassjka! Hast du die Mutterstuten hinausgelassen? – wie? – Wohin willst du denn? Teufelskerl! no – o – schläfst wohl gar … Mach' auf, laß zuerst die Stuten heraus" usw.

Das Tor knarrte. Wassjka stand ärgerlich und verschlafen am Ausgang. Er hielt sein Pferd am Zügel und ließ die anderen Pferde durch. Die Pferde gingen eines nach dem anderen, vorsichtig über das Stroh schreitend und daran schnuppernd: junge Stuten, jährige Hengste mit beschnittenen Mähnen, saugende Füllen und trächtige Mutterstuten, vorsichtig je eines ihren Leib durch das Tor hindurchzwängend. Die jungen Stuten drängten sich zuweilen zu zweien, zu dreien, legten eine der anderen den Kopf über den Rücken, setzten im Tore ihre Beine in schnellere Bewegung und erhielten dafür jedesmal von den Pferdehirten Scheltworte. Die saugenden Füllen stürzten manchmal fremden Müttern unter die Beine, wieherten laut auf, den kurzen Anruf der Mütter beantwortend.

Eine junge ausgelassene Stute bog, sobald sie nur zum Tore hinausgekommen war, ihren Kopf nach unten und nach der Seite, schlug nach hinten aus und wieherte; sie wagte aber nicht, der grauen alten Shuldbya vorauszueilen, die mit ruhigem, schwerfälligem Schritt, den Leib von der einen Seite auf die andere schwenkend, gemessen ihren Weg ging, wie immer an der Spitze aller Pferde.

In wenigen Minuten war das sonst so belebte Gestüt traurig verödet, düster ragten die Säulen in dem leeren Schuppen empor, man sah nichts als zertretenes, mit Kot bedecktes Stroh. So sehr auch dieses Bild der Verlassenheit dem scheckigen Wallach gewohnt war, mußte es doch einen traurigen Eindruck auf ihn machen. Er senkte und hob den Kopf langsam, als ob er grüßte, seufzte auf, soweit ihm der zusammengezogene Leibgurt das erlaubte, und trottete mit seinen krummen, schwerbeweglichen Beinen hinter der Herde her, den alten Nestjor auf seinem knochigen Rücken tragend.

„Ich weiß schon: wenn wir auf die Straße hinauskommen, wird

er Feuer schlagen und sein hölzernes Pfeifchen mit dem Messingbeschlag und dem Kettchen in Brand setzen" – dachte der Wallach. – „Mir ist das lieb, denn am frühen Morgen, wenn der Tau auf dem Grase liegt, ist mir der Duft angenehm und ruft in mir viel angenehme Erinnerungen wach; mich ärgert nur, daß der Alte, wenn er die Pfeife im Munde hat, immer den Kecken spielen möchte, daß ihn die Phantasie packt und er sich seitwärts setzt, nicht anders als seitwärts. Und ich habe Schmerzen an dieser Seite. Übrigens mag er. Ich bin längst gewohnt, zum Vergnügen der andern Schmerzen zu leiden; ich habe sogar schon ein gewisses Pferdevergnügen darin finden lernen. Mag er immer den Gernegroß spielen, der arme Kerl. Er spielt ja den Tapfern nur vor sich allein, solange ihn niemand sieht; mag er seitwärts reiten", schloß der Wallach seine Betrachtungen und ging mit den zerschlagenen Füßen vorsichtig schreitend die Mitte der Straße dahin.

II. |

Nachdem Nestjor die Herde zu dem Flusse getrieben, an dessen Ufer die Pferde weiden sollten, stieg er ab und löste den Sattel. Die Herde hatte sich inzwischen schon langsam über die noch nicht zertretene Wiese zerstreut, die mit Tau und Dampf bedeckt war, der gleichmäßig von der Wiese und dem Flusse, der sie umspülte, aufstieg.

Nestjor nahm dem scheckigen Wallach das Gebiß ab und streichelte ihn unter dem Hals, worauf der Wallach zum Zeichen seiner Dankbarkeit und seiner Freude die Augen schloß. „Das hat er gern, der alte Hund!" sagte Nestjor. Der Wallach hatte aber dieses Streicheln keineswegs gern, nur aus Zartgefühl tat er, als ob es ihm angenehm wäre; er schüttelte den Kopf zum Zeichen der Zustimmung. Plötzlich aber stieß Nestjor gänzlich unerwartet und ohne jede Ursache, vielleicht nur, weil er glaubte, daß allzu große Familiarität dem scheckigen Wallach eine falsche Vorstellung von seiner Bedeutung geben könnte, und ohne jede Vorbereitung den Kopf des Wallachs zurück, schwenkte das Gebiß, schlug mit der Schnalle des Gebisses den Wallach höchst schmerzhaft über das magere Bein und ging, ohne ein Wort zu sprechen, die Anhöhe hinauf, dem Baumstamme zu, an dem er immer zu sitzen pflegte.

Obwohl dieses Vorgehen den scheckigen Wallach bitter kränkte, ließ er sich doch nichts merken und ging, langsam den haarlosen Schweif schwenkend, auf dem Boden herumschnuppernd und nur zum Zeitvertreib Gras abrupfend, auf den Fluß zu. Er kümmerte sich nicht im geringsten um das, was rings um ihn her in der Freude des heitern Morgens die jungen Stuten, die jährigen Hengste und die saugenden Füllen taten. Er wußte, daß es am gesündesten sei, besonders in seinen Jahren, erst auf nüchternen Magen tüchtig zu trinken und dann erst zu essen, und suchte sich an abgelegener und freier Stelle des Ufers ein Plätzchen, befeuchtete die Hufen und das Kötenhaar, tauchte das Maul ins Wasser, begann es mit seinen zerrissenen Lippen aufzuziehen, mit seinen vollen Backen zu schlürfen und vor Wohlbehagen mit seinem dünnen, scheckigen Schweife zu wedeln.

Die dunkelbraune Stute, ein störrisches Tier, das den Alten neckte und ihm allerlei Unannehmlichkeiten bereitete, kam auch hier im Wasser zu ihm heran, als ob sie einen Wunsch hätte, und doch in Wirklichkeit nur, um ihm das Wasser vor der Nase zu trüben. Der Schecke aber hatte sich schon satt getrunken und zog ruhig, als ob er die Absicht der dunkelbraunen Stute nicht bemerkte, seine tief im Wasser steckenden Beine eines nach dem andern heraus, schüttelte den Kopf und ging abseits von den jungen Tieren an sein Futter.

Er setzte die Füße auf die sonderbarste Art, um nicht unnütz das Gras zu zertreten, und fraß beständig, fast ohne den Kopf aufzurichten, volle drei Stunden. Nachdem er sich so vollgegessen hatte, daß sein Bauch wie ein Sack von den magern steifen Rippen herabhing, richtete er sich auf allen vier kranken Beinen gleichzeitig auf, damit es ihn so wenig als möglich schmerze, besonders an dem rechten Vorderfuß, der schwächer war als alle andern, und schlief ein.

Es gibt ein majestätisches Alter, es gibt ein häßliches, es gibt ein klägliches Alter; es gibt auch ein Alter, das häßlich und majestätisch zugleich ist; das Alter des scheckigen Wallachs war ein solches.

Der Wallach war von hohem Wuchs – nicht kleiner als zwei Arschin und drei Zoll. Seine Farbe war schwarzscheckig; so war sie einst gewesen, jetzt hatten die schwarzen Flecken eine schmutzig dunkelbraune Farbe bekommen. Drei Flecken machten ihn zum Schecken: einer an dem Kopfe mit der schiefen kahlen Stelle an der einen Seite der Nüstern bis zur Mitte des Halses. Die lange, mit garstigen Drüsen durchsetzte Mähne war teils weiß, teils dunkelbraun. Der zweite Fleck ging die rechte Seite hinunter bis in die Mitte des Bauches; der dritte Fleck – den Rücken entlang über den obern Teil des Schweifes war weißlich-bunt. Der große knochige Kopf mit den tiefen Höhlen über den Augen, mit dem herabhängenden, früher einmal zerrissenen Maule, hing schwer und tief an dem vor Magerkeit gekrümmten, gleichsam hölzernen Halse. In dem herabhängenden Maule sah man die auf die Seite gedrückte, dunkle Zunge und die gelben Stümpfe der zerstörten unteren Zähne. Die Ohren, von denen eines zerschnitten war, hingen tief an den Seiten herab und bewegten sich nur manchmal träge, um die festsitzenden Fliegen zu verscheuchen. Ein ziemlich langes Haarbüschel hing vom Schopf hinter den Ohren herab, die freie Stirn war eingesunken und rauh; in den breiten Hüften hing das Fell in Säckchen herab. Auf dem Halse und dem Kopfe bildeten die Adern Knoten, die bei jeder Berührung der Fliegen zusammenzuckten und zitterten. Der Ausdruck der Gesichtszüge war der der ernsten Geduld, des Tiefsinns und des Leidens.

Die Vorderfüße des Tieres waren in den Knien bogenförmig, an beiden Hufen waren Geschwülste und auf dem einen, der bis zur Hälfte scheckig war, befand sich am Knie eine Beule von der Größe einer Faust. Die Hinterfüße waren weniger abgenutzt, aber offenbar in den Schenkeln schon lange abgerieben, so daß das Fell an diesen Stellen nicht mehr nachwuchs. Alle vier Füße erschienen unverhältnismäßig lang im Vergleich zu der Magerkeit des Leibes. Obgleich die Rippen steif waren, lagen sie so offen und waren so überzogen, daß die Haut in den Vertiefungen zwischen ihnen angetrocknet zu sein schien. Rist und Rücken trugen die bunten Spuren alter Schläge, und hinten war noch ein frisch geschwollenes, eterndes Geschwür; das dunkle Ende des Schweifes mit den sichtbaren Knochen starrte lang und kahl in die Luft. Auf dem dunkelbraunen Hinterteil in der Nähe des Schweifes war eine mit weißen Härchen bewachsene handbreite Wunde, wie von einem Biß. Eine zweite Narbe war an dem vordem Schulterblatt zu sehen. Die Knie der Hinterfüße und der Schweif waren unsauber, da der Magen des Tieres beständig krank war. Das Fell, so kurz es war, stand an dem ganzen Körper aufrecht. Aber abgesehen von dem abstoßenden Alter dieses Pferdes wurde man unwillkürlich nachdenklich, wenn man es betrachtete, und jeder Kenner hätte sofort gesagt, dies Pferd sei seinerzeit ein außerordentlich gutes gewesen. Der Kenner hätte sogar gesagt, daß es in Rußland nur einen Schlag gäbe, der so breite Knochen habe, so mächtige Stirnknochen, solche Hufe, eine solche Zartheit der Beine, einen solchen Bau des Halses, und vor allem ein solches Knochengerüst des Kopfes, so große schwarze und leuchtende Augen und solche Rasseballen der Adern am Kopf und am Halse und so zarte Haut und Behaarung.

Wirklich, es lag etwas majestätisches in der Gestalt dieses Pferdes und in der schrecklichen Vereinigung widerwärtiger Merkmale der Gebrechlichkeit, die noch gesteigert waren durch das bunte Aussehen der Haut und die Gebärden und den Ausdruck von Selbstvertrauen und Ruhe, bewußter Schönheit und Kraft. Wie eine lebendige Ruine stand es einsam inmitten der tauigen Wiese, und unweit von ihm erscholl das Stampfen, Schnauben und jugendliche Gewieher der zerstreuten Herde.

III. |

Die Sonne war schon über die Wipfel des Waldes emporgestiegen und funkelte mit hellem Schein auf den Gräsern und auf den Krümmungen des Flusses. Der Tau trocknete und ballte sich zu Tropfen; wie Rauch schwand der letzte Morgendunst dahin. Die Wölkchen kräuselten sich am Himmel, aber der Wind wehte noch nicht.

Jenseit des Flusses starrte grünes Korn mit vollen Ähren in die Höhe, duftete es nach frischem Grün und Blüten. Aus dem Walde rief der Kuckuck mit heiserer Stimme, und Nestjor zählte, träge auf dem Rücken liegend, wieviel Jahre er noch zu leben hätte. Lerchen flatterten über dem Kornfeld und der Wiese. Ein verspäteter Hase verlief sich unter die Pferdeherde, flüchtete sich ins Freie, duckte neben einem Busche nieder und horchte auf. Wassjka war eingeschlummert und hatte den Kopf tief ins Gras vergraben; die Stuten zerstreuten sich, weit um ihn herumgehend, noch tiefer hinab. Die schnaubenden alten Pferde ließen im Tau eine helle Spur zurück, und jedes suchte sich eine solche Stelle aus, wo ihm niemand in den Weg kam; aber sie fraßen nicht mehr, sie versuchten nur die schmackhaften Gräser. Die ganze Herde bewegte sich unmerklich in einer Richtung vorwärts.

Und wieder zeigte die alte Shuldyba, die gemessen den andern voranschritt, die Möglichkeit, weiter zu gehen. Die junge dunkelbraune Muschka, die zum erstenmal Füllen geworfen hatte, gab ununterbrochen ein kurzes Gewieher von sich und schnaubte mit gehobenem Schweife ihre lila Füllen an; die junge Atlasnaja mit der glatten glänzenden Haut ließ den Kopf so tief sinken, daß die schwarze, seidene Mähne ihr Stirn und Augen überdeckte, und spielte mit den Grashalmen – bald reißt sie einen ab und wirft ihn fort, bald stampft sie mit dem taufeuchten Fuße und dem buschigen Haarbüschel auf. Eines von den älteren Füllen war, wahrscheinlich in dem Glauben, ein Spiel zu treiben, schon sechsundzwanzigmal, den kurzen zottigen Schweif hoch emporgerichtet, um seine Mutter herumgesprungen, die ruhig ihr Gras fraß, da sie das Wesen ihres Kindes schon kannte; nur von Zeit zu Zeit richtete sie von der Seite ihr großes dunkles Auge auf das Junge.

Eines der kleinsten Füllen, ein schwarzes großköpfiges Tier, mit einer Mähne, die sich sonderbar zwischen den Ohren sträubte, und einem Schweife, der noch nach der Seite gekehrt war, nach der er sich im Mutterleibe gebogen hatte, spitzte die Ohren, öffnete die stumpfen Augen und betrachtete, ohne sich von der Stelle zu rühren, unverwandt ein Füllen, das herumsprang, und ging langsam zurück; man hätte kaum sagen können, ob es das Füllen beneidete, oder ob es darüber nachdachte, warum es dies tue. Die einen saugen, mit der Nase anstoßend, andere laufen, ohne auf die Zurufe der Mütter zu achten, man weiß nicht recht warum, in kurzem ungeschicktem Trabe gerade nach der entgegengesetzten Seite, als suchten sie etwas; dann bleiben sie ohne jede Ursache stehen und wiehern in verzweifelt geltendem Tone; einige liegen auf die Seite gestreckt, andere lernen Gras fressen, wieder andere kratzen sich mit dem Hinterfuß am Ohre. Zwei noch trächtige Stuten gehen abgesondert und langsam die Beine vorwärts setzend und fressen noch immer; man sieht, daß die andern ihren Zustand berücksichtigen, keines von den jungen Tieren wagt es, ihnen nahe zu kommen und sie zu stören. Will ja einmal ein mutwilliges Tier nahe zu ihnen herankommen, so genügt eine Bewegung des Ohrs und des Schweifes, um ihm zu zeigen, wie ungehörig sein Benehmen ist.

Dir einjährigen Hengste und Stuten tun schon wie Erwachsene
und Gesetzte, springen selten und suchen heitere Gesellschaft auf;
sie fressen vernünftig Gras, indem sie ihre geschorenen Schwanen-
hälse vorbiegen und, als ob sie auch Schwänze hätten, mit ihren Be-
sen durch die Luft fahren. Ganz wie die Großen legen sich manche
von ihnen nieder, schaukeln sich hin und her oder kratzen eines das
andere. Die lustigste Gesellschaft bilden die Zweijährigen, die Drei-
jährigen und die Stuten; sie halten sich fast alle zusammen, als eine
gesonderte fröhliche Jungfrauenschar; in ihrem Kreise hört man
Stampfen, Kreischen, Wiehern, Schnauben; sie scharen sich, legen
sich gegenseitig die Köpfe über die Schultern, beschnuppern sich,
springen und laufen bald im Halbtrabe mit erhobenem Schweife,
bald trippelnd stolz und kokett den Gefährtinnen voraus. Die größte
Schönheit und die Rädelsführerin unter der ganzen Jugend war eine
ausgelassene dunkelbraune Stute. Was sie vormachte, machten auch
die andern, wo sie hinging, dahin folgte ihr die ganze Schar der
Schönen. Das mutwillige Tier war an diesem Morgen in besonders
spielerischer Stimmung; es war ein heiteres Gelüst über sie gekommen, wie es auch über Menschen zu kommen pflegt. Schon bei der
Tränke hatte sie mit dem Alten Scherz getrieben, war das Wasser
entlang hinabgelaufen, tat als ob sie sich vor etwas erschreckt hätte,
stöhnte dann und lief, so schnell sie konnte, ins freie Feld hinaus, so
daß Wassjka ihr und den andern, die sich ihr angeschlossen hatten,
nachrennen mußte; dann, nachdem sie ein wenig gefressen hatte,
begann sie, sich herumzuwälzen und die Alten damit zu necken,
daß sie ihnen in den Weg lief; dann trieb sie ein Füllen fort und lief
ihm nach, als ob sie es beißen wollte. Die Mutter erschrak, hörte auf
zu fressen, das Füllen schrie mit kläglicher Stimme – das ausgelassene Tier aber tat ihm nicht das geringste, es hatte es nur erschreckt
und bot den Gefährtinnen, die mit Teilnahme ihren Streichen zusa-
hen, ein Schauspiel dar. Dann fiel ihr ein, einem Grauschimmelchen,
mit dem weit jenseit des Flusses ein Bäuerlein mit einem Pfluge
durch das Korn fuhr, den Kopf zu verdrehen.

Sie blieb in stolzer Haltung stehen, ein wenig seitwärts geneigt,
hob ihren Kopf, schüttelte sich und wieherte in süßem, zärtlichem,
langgedehntem Ton. Mutwille, Empfindung und eine gewisse
Schwermut sprach aus diesem Wiehern. Auch Liebes-Verlangen
und -Versprechen und -Sehnen.

Dort ruft der Wachtelkönig, im dichten Schilfrohr von Ort zu Ort hüpfend, leidenschaftlich seine Gefährtin, dort singt der Kuckuck und die Wachtel von Liebe, und die Blumen senden mit den Winden ihren duftigen Blütenstaub einander zu.

„Und auch ich bin jung und schön und kräftig, sagte das Wiehern des mutwilligen Tieres, und mir war es bisher nicht vergönnt, die Süßigkeit dieses Gefühls zu erproben, und nicht nur nicht vergönnt es zu erproben, mich hat kein Liebhaber, kein einziger, gesehen."

Und das vielsagende Gewieher klang sehnsuchtsvoll und jugendlich über die Niederung und das Feld dahin und wurde aus der Ferne hinübergetragen zu dem Grauschimmelchen. Es hob die Ohren und blieb stehen. Der Bauer versetzte ihm einen Schlag mit seinem Bastschuh, der Grauschimmel war aber von dem silberhellen Klang des fernen Wieherns bezaubert und wieherte auch. Der Bauer geriet in Zorn, riß ihn an der Leine und schlug ihn mit dem Bastschuh so auf den Bauch, daß er mitten im Wiehern abbrach und weiter ging. Aber dem Schimmel wurde süß und sehnsuchtsvoll zumute, und noch lange kamen von den fernen Roggenfeldern die Töne des begonnenen leidenschaftlichen Wieherns und der ärgerlichen Rufe des Bauern zu der Herde herüber.

Wenn schon der bloße Ton dieser Stimme den Grauschimmel so außer sich brachte, daß er seine Pflicht vergaß, was wäre mit ihm geschehen, wenn er die mutwillige Schöne in ihrer ganzen Gestalt gesehen hätte, wie sie die Ohren spitzte, die Nüstern blähte, die Luft einsog und ihn bangend und am ganzen jungen schönen Körper bebend herbeirief.

Das mutwillige Tier aber dachte nicht lange nach über diese Eindrücke. Als die Stimme des Schimmels verstummt war, wieherte es noch einmal spöttisch, ließ den Kopf sinken und begann mit den Beinen den Boden aufzuwühlen, dann ging es hin, um den scheckigen Wallach zu wecken und zu necken. Der scheckige Wallach war der beständige Märtyrer und Narr dieser glücklichen Jugend. Er hatte von dieser Jugend mehr zu erdulden, als von den Menschen. Weder den einen noch den anderen hatte er etwas Böses getan. Die Menschen brauchten ihn, aber weshalb quälten ihn die jungen Pferde?

IV. |

Er war alt, sie waren jung; er war mager, sie waren wohlgenährt; er
war verdrießlich, sie waren lustig. Er war also ein ganz fremdes, anderes, ganz anderes Wesen, und man brauchte kein Mitleid mit ihm
zu haben. Die Pferde haben bloß mit sich selbst Mitleid und manchmal nur mit denen, in deren Haut sie sich leicht versetzen können.
Aber war denn der scheckige Wallach schuld daran, daß er alt und
hager und mißgestaltet war ? ...

Man möchte meinen, nein, aber nach der Anschauung der Pferde
war er schuld, und recht haben immer nur die gehabt, die stark, jung
und glücklich waren – die, für die alles noch in der Zukunft lag, die,
denen von unerzwungener Anstrengung jede Muskel bebte und deren Schweif sich prall in die Luft erhob. Vielleicht begriff das auch
der scheckige Wallach selbst und gab in ruhigen Augenblicken zu,
daß seine Schuld darin bestehe, daß er sein Leben schon durchlebt
hatte, und daß er zahlen müsse für dieses Leben; aber er war doch
immer ein Pferd und konnte sich häufig des Gefühls der Kränkung,
des Grams und des Unwillens nicht erwehren, wenn er dieser ganzen Jugend zusah, die ihn für das straften, dem sie alle am Ende ihres Lebens ihren Tribut zahlen würden. Eine Ursache der Mitleidlo-
sigkeit der Pferde war auch ein gewisses aristokratisches Gefühl. Jedes von ihnen führte seinen Stammbaum väterlicher- oder mütterli-
cherseits auf die berühmte Smjetanka zurück; die Abstammung des
Schecken aber kannte man nicht, der Schecke war ein Eingewander-
ter, der vor drei Jahren für achtzig Rubelscheine auf dem Jahrmarkt
erstanden war.

Eine braune Stute kam, als ob sie nur spazieren ginge, dem scheckigen Wallach bis unter die Nase und stieß ihn am Er wußte schon,
was das bedeuten sollte; ohne die Augen zu öffnen, spitzte er die
Ohren und fletschte die Zähne.

Die Stute wandte ihm das Hinterteil zu und tat, als ob sie ihn
schlagen wollte. Er öffnete die Augen und ging auf die andere Seite.
Zum Schlafen hatte er keine Lust mehr, und er begann zu fressen.
Wieder kam der Wildfang, begleitet von den Gefährtinnen, auf den
Schecken zu, eine zweijährige Stute mit einer Blässe, die sehr dumm
war, stets der Braunen nachahmte und es ihr in allem gleich zu tun
suchte, kam mit ihr zugleich heran und begann, wie Nachahmer
stets tun, das, was die Rädelsführerin tat, zu überbieten.

Die braune Stute kam gewöhnlich heran, als ginge sie so für sich, sie schritt ganz dicht an der Nase des Schecken vorüber, ohne ihn anzusehen, so daß er wirklich nicht wußte, ob er sich ärgern sollte oder nicht, und das war in der Tat komisch.

Sie tat das auch jetzt, aber die Blässe, die hinter ihr ging und die in besonders guter Stimmung war, stieß geradewegs den Wallach mit der Brust. Er fletschte die Zähne, winselte und stürzte mit einer Schnelligkeit, die man nicht von ihm erwartet hätte, hinter ihr her und biß sie in den Schenkel. Die Blässe schlug mit beiden Hinterfüßen aus und traf den Alten schwer auf seine magern kahlen Rippen. Der Alte röchelte sogar und wollte sich noch einmal auf sie stürzen, aber er besann sich, seufzte schwer auf und ging auf die Seite. Die ganze Jugend der Herde schien die Keckheit, die sich der scheckige Wallach gegen die Blässe erlaubt hatte, als eine persönliche Kränkung aufzufassen, und sie ließen ihn den ganzen Rest des Tages nicht mehr fressen und ließen ihn nicht einen Augenblick in Ruhe, so daß der Pferdehirt mehrere Male einschreiten mußte und gar nicht begreifen konnte, was mit ihnen vorging.

Der Wallach fühlte sich so gekränkt, daß er von selbst zu Nestjor herankam, als der Alte sich rüstete, die Herde zurückzutreiben, und fühlte sich glücklicher und ruhiger, als er gesattelt und bestiegen wurde.

Gott weiß, worüber der alte Wallach nachsann, als er auf seinem Rücken den alten Nestjor davontrug. Ob er mit Bitterkeit an die ungebundene, mitleidlose Jugend dachte, oder mit dem dem Alter eigenen verächtlichen Stolze seinen Beleidigern vergab – er verriet durch nichts seine Betrachtungen, bis sie daheim waren.

An diesem Abend kamen zu Nestjor Gevattern zu Besuch, und als er die Herde an den Gutshäusern vorübertrieb, bemerkte er einen Wagen, dessen Pferd an der Treppe seines Hauses festgebunden war. Er trieb die Herde ein und beeilte sich so sehr, daß er den Wallach in den Hof ließ, ohne ihm den Sattel abzunehmen, und Wassjka zurief, er möge das Hirtenpferd absatteln, dann schloß er das Tor und ging zu den Gevattern. War es nun eine Folge der Beleidigung, die der Blässe, der Urenkelin von Smjetanka, von dem Lumpenpack zugefügt worden war, das auf dem Pferdemarkte gekauft war und weder Vater noch Mutter kannte, und des dadurch gekränkten aristokratischen Gefühls des ganzen Gestüts, oder war es die Folge davon, daß der Wallach ohne Reiter den Pferden ein seltsam phantastisches Schauspiel bot – genug, in dem Gestüt ging in dieser Nacht etwas Außerordentliches vor. Alle Pferde, junge und alte, rannten zähnefletschend hinter dem Wallach her und jagten ihn auf dem Hof herum; es erklangen Hufschläge gegen seine hagern Flanken und schweres Stöhnen. Der Wallach konnte es nicht mehr ertragen und den Schlägen nicht mehr ausweichen; er blieb mitten im Hofe stehen; in seinen Zügen prägte sich erst die widerwärtige schwache Wut des kraftlosen Alters, dann Verzweiflung aus; er spitzte die Ohren, und plötzlich geschah etwas, was alle Pferde sofort verstummen machte. Die älteste Stute Wjasopuricha kam heran, beschnupperte den Wallach und stieß einen Seufzer aus. Auch der Wallach stieß einen Seufzer aus. . . . .

V. |

In der Mitte des Hofes, den der Mond beschien, stand die hohe, hagere Gestalt des Wallachs mit dem hohen Sattel und dem hervorstehenden Knopf am Sattelbaum. Die Pferde standen unbeweglich in tiefem Schweigen um ihn herum, als hätten sie von ihm etwas Neues und Außerordentliches erfahren.

Und das war es, was sie von ihm erfahren hatten …

DIE ERSTE NACHT

Ja, ich bin der Sohn von Ljubesnyi I. und von Baba. Im Stammbaum ist mein Name Mushik I. Mushik I heiße ich nach dem Stammbaum, gemeinhin nennt man mich Leinwandmesser, so haben mich die Leute wegen meiner langen, weit ausschreitenden Gangart genannt, die in Rußland nicht ihresgleichen hatte. Der Abstammung nach gibt es kein Pferd in der Welt, das von edlerem Blut wäre, als ich. Ich hätte euch das nie gesagt. Wozu auch? Ihr hättet mich nie erkannt, so wenig wie mich Wjasopuricha erkannt hat, die mit mir zusammen in Chrjenowo war und die mich jetzt erst wiedererkannt hat. Ihr würdet mir auch jetzt nicht glauben, ohne das Zeugnis dieser Wjasopuricha. Ich hätte euch das nie gesagt. Ich brauche das Mitleid der Pferde nicht. Aber ihr habt es gewollt. Ja, ich bin der Leinwandmesser, nach dem die Pferdeliebhaber forschen, und den sie

nicht finden können – der Leinwandmesser, den der Graf selbst gekannt und aus dem Gestüte fortgeschafft hat, weil ich sein Lieblings-
pferd „Lebjed" besiegt habe. . . . .
. . . .

Als ich geboren wurde, wußte ich nicht, was ein „Schecke" ist,
ich meinte, ich sei ein Pferd. Die erste Beobachtung über mein Fell
machte, wie ich mich erinnere, auf mich und meine Mutter einen
tiefen Eindruck.

Ich muß in der Nacht zur Welt gekommen sein. Am Morgen
stand ich, schon von der Mutter beleckt, auf den Beinen. Ich erinnere
mich, daß ich stets nach etwas Verlangen hatte und daß mir alles
außerordentlich merkwürdig und zugleich außerordentlich einfach
vorkam. Die Ställe lagen bei uns in einem langen, warmen Gang und
hatten Gittertüren, durch die man alles sehen konnte.

Die Mutter hielt mir die Saugbeutel hin, aber ich war noch so
unschuldig, daß ich sie mit der Nase bald gegen die Vorderfüße,
bald gegen die Zitzen stieß. Plötzlich sah sich meine Mutter nach der
Gittertür um, trat mit ihren Beinen über mich fort und ging zur Seite.
Der Stallknecht, der die Aufsicht hatte, sah zu uns durch die Gittertür hinein.

Sieh da, die Baba hat gefohlt, sagte er und schob den Riegel zu-
rück. Er trat über die frische Streu herein und umfaßte mich mit den
Armen. – Schau her, Tarraß, schrie er, ein scheckiges Ding, wie eine
Elster.

Ich riß mich von ihm los, stolperte und fiel auf die Knie.

Sieh, was für ein Teufelskerl, sagte er.

Meine Mutter wurde unruhig, verteidigte mich aber nicht. Sie
seufzte schwer, sehr schwer, und ging ein wenig auf die Seite. Die
Stallknechte kamen und betrachteten mich. Einer lief zum Stallmeister, um ihm Meldung zu machen.

Alle lachten, wenn sie mein scheckiges Fell sahen, und gaben mir
allerlei sonderbare Beinamen. Nicht nur ich, sondern, auch meine
Mutter verstand die Deutung dieser Worte nicht. Bisher hatte es unter uns und allen unseren Verwandten nicht einen einzigen Schecken gegeben. Wir glaubten nicht, daß das etwas Schlechtes sei. Meinen Körperbau und meine Kraft lobten auch damals alle.

Sieh nur, wie geschickt er ist, sagte der Stallknecht, man kann ihn
kaum halten.

Nach einiger Zeit kam der Stallmeister. Auch er wunderte sich über meine Farbe, er schien sogar ärgerlich zu sein.

Und von wem hat diese Mißgeburt das? sagte er. Der General wird es jetzt nicht im Stalle behalten. Ach Baba, du hast mich schön angeführt, wandte er sich an meine Mutter. Hättest du wenigstens eine Blässe zur Welt gebracht, aber gar so einen Schecken!

Meine Mutter antwortete nichts und seufzte wieder, wie sie immer in solchen Fällen zu tun pflegte.

Von wem, zum Teufel, hat er das, ganz wie ein Mushik, fuhr er fort. Im Gestüt kann er nicht bleiben. Das ist ja eine Schande. Aber schön ist er, sehr schön, sagte er und sagten alle, die mich sahen.

Nach einigen Tagen kam der General selbst, betrachtete mich, und wieder waren alle entsetzt und schalten mich und meine Mutter wegen der Farbe meines Fells. „Aber schön ist er, sehr schön," sagte jeder, der mich nur sah.

Bis zum Frühjahr lebten wir abgesondert alle im Stall der Mutterstuten, jeder bei seiner Mutter; dann und wann nur, wenn der Schnee auf den Dächern der Stallungen vor der Sonne zu schmelzen anfing, wurden wir mit den Müttern auf den weiten Hof hinausgeführt, der mit frischem Stroh gedeckt war. Da lernte ich zum erstenmal alle meine Verwandten, nähere und fernere, kennen, da sah ich, wie aus den verschiedenen Türen all die ausgezeichneten Stuten jener Zeit mit ihren Saugfohlen herauskamen. Da war die alte Holländerin Muschka, die Tochter der Smjetanka, Krasnucha, das Reitpferd Dobrochoticha – alles Berühmtheiten jener Zeit – alle kamen da zusammen mit ihren Saugfohlen, ergingen sich im Sonnenschein, wälzten sich auf dem frischen Stroh und beschnupperten sich gegenseitig wie die gewöhnlichen Pferde. Das Bild dieses Stalles, der von den Schönheiten jener Zeit voll war, kann ich bis heute nicht vergessen. Euch mag es schwer sein zu denken und zu glauben, daß ich jung und gewandt war, aber es war so. Da war auch unsere Wjasopuricha, damals noch ein Einjähriges – ein sehr liebelustiges und gewandtes Pferdchen; obgleich sie jetzt wegen ihres Geblüts unter euch für eine Seltenheit gilt, gehörte sie doch damals, ich sage das nicht, um sie zu kränken, zu den schlechtesten Pferden dieser Zucht. Sie wird es euch selbst bestätigen.

Meine Buntheit, die den Menschen so mißfiel, gefiel den Pferden außerordentlich; alle umringten mich, betrachteten mich mit Wohlgefallen und schäkerten mit mir. Schon begann ich die Worte der Menschen über meine Buntheit zu vergessen und fühlte mich glücklich. Bald aber erfuhr ich den ersten Schmerz in meinem Leben, und die Ursache war meine Mutter. Als es schon anfing zu tauen, die Sperlinge unter den Schutzdächern zwitscherten und Frühlingsdüfte die Luft erfüllten, fing meine Mutter an, ihr Verhalten gegen mich zu verändern.

Ihr ganzes Wesen wurde ein anderes. Bald begann sie plötzlich ohne jede Ursache zu spielen, lief auf dem Hofe herum, was gar nicht zu ihrem ehrwürdigen Alter paßte; bald wurde sie nachdenklich und wieherte, bald beschnupperte sie mich und schnaubte verdrießlich; bald legte sie, wenn sie in die Sonne hinauskam, ihren Kopf über die Schulter ihres Geschwisterkindes Kuptschicha, kraute ihr lange in Gedanken versunken den Rücken und stieß mich von den Saugbeuteln fort. Eines Tages kam der Stallmeister, ließ ihr einen Halfter umwerfen und sie aus dem Stalle führen. Sie wieherte, ich antwortete und stürzte ihr nach, aber sie sah sich nicht einmal nach mir um. Der Stallmeister Tarraß umfaßte mich in dem Augenblick, als man die Tür hinter der Mutter schloß, mit beiden Armen.

Ich riß mich los, warf den Stallknecht in das Stroh, aber die Tür war verschlossen, und ich hörte das Gewieher meiner Mutter nur aus immer weiterer Ferne. Und aus diesem Gewieher vernahm ich nicht mehr den Ruf nach mir, es hatte einen anderen Ausdruck. Und ihrer Stimme antwortete aus der Ferne eine mächtige Stimme, wie ich später erfuhr, die Dobryjs I, der, zwei Stallknechte an jeder Seite, zum Stelldichein mit meiner Mutter kam.

Ich erinnere mich nicht mehr, wie Tarraß meinen Stall verließ; mir war zu traurig zumute – ich fühlte, daß ich für immer die Liebe meiner Mutter verloren hatte. „Und alles, weil ich ein Schecke war," dachte ich, wenn ich mich der Worte der Menschen über mein Fell erinnerte; und eine solche Wut packte mich, daß ich mit Kopf und Knien an die Wände des Stalles schlug und so lange schlug, bis ich in Schweiß geriet und vor Erschöpfung aufhörte.

Nach einiger Zeit kam die Mutter zu mir zurück. Ich hörte, wie sie in kurzem Trab und in ungewohntem Schritt den Gang entlang zu unserem Stall kam. Man öffnete ihr die Tür, und ich erkannte sie nicht wieder – so war sie jünger und schöner geworden. Sie beschnupperte mich, schnaufte und begann zu kichern. An ihrem ganzen Ausdruck sah ich, daß sie mich nicht liebte.

Sie erzählte mir von der Schönheit Dobryjs und von ihrer Liebe zu ihm. Diese Zusammenkünfte dauerten fort, und das Verhältnis zwischen mir und meiner Mutter wurde immer kühler und kühler.

Bald ließ man uns auf die Weide hinaus. Von diesem Augenblick an lernte ich neue Freuden kennen, die mir den Verlust der Liebe meiner Mutter ersetzten. Ich hatte Freundinnen und Kameraden. Wir lernten zusammen Gras fressen, wiehern, wie die Großen, und mit emporgehobenem Schweif um unsere Mutter herumspringen. Das war eine glückliche Zeit. Mir war alles erlaubt, alle liebten mich, waren wohlwollend gegen mich und beurteilten alles, was ich tun mochte, mit Nachsicht. Das dauerte nicht lange.

Es ging bald etwas Entsetzliches mit mir vor ...

Der Wallach seufzte sehr schwer auf und ging weit fort von den Pferden.

Das Morgenrot stand schon lange am Himmel, die Tür knarrte, Nestjor trat ein. Die Pferde gingen auseinander. Der Pferdehirt rückte den Sattel auf dem Wallach zurecht und trieb die Herde hinaus.

VI. |
DIE ZWEITE NACHT

Kaum waren die Pferde eingetrieben, als sie sich wieder um den Schecken drängten.

Im August – fuhr der Schecke fort – wurde ich von meiner Mutter getrennt, und ich grämte mich nicht besonders darüber. Ich sah, daß meine Mutter schon einen jüngeren Bruder trug, den berühmten Ussan, und ich war nicht mehr das, was ich früher gewesen war. Ich war nicht eifersüchtig, aber ich fürchte, daß ich kühler gegen sie geworden war. Außerdem hoffte ich, daß ich jetzt, wo ich meine Mutter verlassen hatte, in die allgemeine Füllenabteilung kommen würde, wo wir zu zweien und zu dreien zusammenstanden und täglich mit der ganzen Schar ins Freie gingen. Ich stand in einer Abteilung mit Milyj. Milyj war ein Reitpferd, und später ritt ihn der Kaiser. Er wurde auf Bildern und in Statuen abgebildet. Damals war er noch ein winziger Säugling mit glänzendem, zartem Fell, mit einem Schwanenhals und Beinen, ebenmäßig und fein, wie Saiten. Er war stets lustig, gutmütig und liebenswürdig, war immer geneigt zum Spielen, zum Belecken und seinen Scherz zu treiben mit Pferden und Menschen. Unwillkürlich befreundeten wir uns, da wir zusammen wohnten, und diese Freundschaft währte die ganze Zeit unserer Jugend. Er war lustig und leichtsinnig. Er fing schon damals an zu lieben, tändelte mit den Stuten und belächelte meine Unschuld. Und zu meinem Unglück begann ich aus Eitelkeit es ihm nachzutun und wurde bald von der Liebe ergriffen. Diese meine Jugendneigung war die Ursache der größten Veränderung meines Schicksals.

Es kam so, daß ich von Entzücken hingerissen wurde … Wjasuporicha war ein Jahr älter als ich. Wir waren herzlich befreundet, aber gegen Ende des Herbstes beobachtete ich, daß sie anfing, mich zu meiden …

Aber ich will nicht diese ganze unglückselige Geschichte meiner ersten Liebe erzählen –sie selbst weiß es, wie unvernünftig ich mich hinreißen ließ und mit welcher wichtigen Umgestaltung meines Lebens die Geschichte endete.

Die Pferdehirten stürzten über uns her, trieben sie fort und schlugen mich. Am Abend wurde ich in eine besondere Abteilung gebracht, ich wieherte die ganze Nacht, als ob ich eine Vorahnung dessen gehabt hätte, was am nächsten Tage kommen sollte.

Am frühen Morgen kam in den Flur meiner Abteilung der General, der Stallmeister, Stallknechte und Pferdehirten, und es begann ein furchtbares Lärmen. Der General schrie den Stallmeister an, der Stallmeister verteidigte sich, nicht er habe befohlen, mich loszulassen, die Stallknechte hätten das eigenmächtig getan. Der General sagte, er werde alle durchpeitschen lassen und junge Hengste könne man nicht halten. Der Stallmeister versprach, alles zu tun. Sie wurden ruhig und gingen. Ich verstand nichts, aber ich sah, daß man etwas gegen mich im Schilde führte. . . . .

. . . .

Am anderen Tage hörte ich für alle Zeiten zu wiehern auf – ich wurde, was ich jetzt bin. Die ganze Welt war in meinen Augen verändert. Nichts bereitete mir mehr Freude, ich versenkte mich in mich selbst und wurde nachdenklich. Anfangs war ich gegen alles unempfindlich, ich hörte sogar auf zu trinken, zu essen und zu gehen, an Tändeleien war gar nicht zu denken. Zuweilen wandelte mich die Lust an auszuschlagen, herumzuspringen, zu wiehern; aber bald tauchte die furchtbare Frage auf: Warum, wozu? Und meine letzten Kräfte waren erschöpft.

Eines Abends wurde ich spazieren geführt, gerade um die Zeit, wo man die Herde vom Felde heimtrieb. Ich sah schon aus der Ferne die Staubwolken mit den unbestimmten bekannten Umrissen aller unserer Mutterstuten. Ich hörte das lustige Geschnüffel und Gestampfe. Ich blieb stehen, obgleich der Strick des Halfters, an dem mich der Stallknecht zog, mir in den Nacken schnitt, und blickte auf die herankommende Herde, wie man auf ein ewig verlorenes, unwiederbringliches Glück blickt. Sie kamen heran, und ich erkannte der Reihe nach alle die mir bekannten schönen, prächtigen, gesunden, wohlgenährten Gestalten. Die eine oder die andere von ihnen warf auch mir einen Blick zu. Ich empfand nicht den Schmerz, wenn der Pferdeknecht mich am Halfter zog, ich vergaß mich und wollte unwillkürlich wiehern und nach alter Gewohnheit traben; aber mein Wiehern klang trübselig, lächerlich und ungeschickt. In der Herde lachte man nicht, aber ich beobachtete, wie viele von den Pferden sich aus Anstand von mir abwandten. Sie empfanden offenbar Abscheu und Mitleid und Scham meinetwegen; vor allem aber war ich ihnen lächerlich. Lächerlich war ihnen mein dünner, schwächlicher Hals, mein großer Kopf (ich war zu dieser Zeit mager geworden), meine langen, plumpen Beine, mein tölpelhafter Trab, den ich aus alter Gewohnheit um den Pferdeknecht machte. Niemand antwortete auf mein Gewieher, alle wandten sich von mir ab. Ich begriff plötzlich alles – ich begriff, wie sehr ich für immer von ihnen allen entfernt war. Ich weiß heute nicht mehr, wie ich hinter dem Pferdeknecht her nach Hause gekommen bin.

Ich hatte schon früher Neigung zu Ernst und Tiefsinn gezeigt, jetzt aber vollzog sich mit mir eine entscheidende Umwandlung. Mein scheckiges Fell, das bei den Menschen eine so merkwürdige Verachtung erweckte, mein schreckliches, unerwartetes Unglück und dazu die eigentümliche Stellung im Gestüt, die sich mir fühlbar machte, die ich mir aber gar nicht erklären konnte, war der Grund, daß ich mich in mich selbst versenkte. Ich dachte über die Ungerechtigkeit der Menschen nach, die mich verdammten, weil ich scheckig war; ich dachte über die Unbeständigkeit der Mutterliebe und der Frauenliebe überhaupt nach, über ihre Abhängigkeit von physischen Voraussetzungen, hauptsächlich aber dachte ich über die Eigentümlichkeit des sonderbaren Geschlechts von Lebewesen nach, mit denen wir so eng verbunden sind und die wir Menschen nennen – die Eigentümlichkeiten, denen die Besonderheit meiner Stellung im Gestüt entsprang, wie ich fühlte, aber nicht begreifen konnte.

Die Bedeutung dieser Besonderheit und der menschlichen Eigenschaften, auf denen sie beruhten, gingen mir bei folgender Gelegenheit auf:

Es war im Winter während der Feiertage. Den ganzen Tag hatte man mir nichts zu essen und nichts zu trinken gegeben, wie ich später erfuhr, weil unser Stallknecht betrunken war. An diesem Tage aber kam der Stallmeister zu mir herein, sah, daß ich kein Futter hatte, schimpfte mit häßlichen Worten auf den Stallknecht los, der nicht da war, und ging wieder fort.

Am folgenden Tage kam der Stallknecht mit einem zweiten Kameraden in unsere Abteilung, um uns Heu zu geben. Ich bemerkte, daß er besonders bleich und traurig war, insonderheit in dem Ausdruck seines langen Rückens lag etwas Bedeutsames und Mitleiderregendes.

Er warf ärgerlich das Heu hinter das Gitter; ich hatte meinen Kopf über seine Schulter geschoben, er schlug mich aber mit der Faust so schmerzhaft auf den Nasenknorpel, daß ich zurückprallte. Da stieß er mich noch mit dem Stiefel gegen den Bauch.

Wenn dieser krätzige Gaul nicht wäre, sagte er, dann wäre nichts geschehen.

Was gibt's denn? fragte der andere Knecht.

Na ja, nach den Pferden des Grafen sieht er nicht. Aber nach seinem Gaul fragt er zweimal den Tag.

Hat man ihm denn den Schecken geschenkt? fragte der andere.

Verkauft oder verschenkt, das weiß der Henker! ... Die Pferde des Grafen kann man alle Hungers sterben lassen, das ist ihm gleich. Wage es aber nur, seinem Füllen kein Futter zu geben! ... Leg dich hin, heißt es da, und dann wird drauflosgehauen. Er hat kein Christentum. Mit dem Tier hat er mehr Mitleid als mit dem Menschen. Man sieht's, er trägt kein Kreuz. Er hat selbst gezählt, der Barbar!

Der General hat mich so gepeitscht – den ganzen Rücken hat er mir voll Streifen gehauen.

Was sie vom Hauen und vom Christentum sprachen, verstand ich wohl, aber vollständig unklar war mir damals, was das Wort: „sein" Füllen bedeutete, aus dem ich sah, daß die Menschen eine Art Verhältnis zwischen mir und dem Stallmeister annahmen. Worin dieses Verhältnis bestand, konnte ich damals ganz und gar nicht begreifen. Erst viel später, als man mich von den anderen Pferden trennte, begriff ich, was das bedeutete. Damals aber konnte ich durchaus nicht begreifen, was es bedeutete, daß man mich das Eigentum eines Menschen nannte. Die Worte „mein Pferd" bezogen sich auf mich, auf ein lebendes Pferd, und kamen mir ebenso sonderbar vor, wie die Worte: „Mein Boden", „meine Luft", „mein Wasser".

Aber diese Worte hatten auf mich einen großen Eindruck gemacht. Ich hörte nicht auf über sie nachzudenken, und viel später erst, nachdem ich die verschiedenen Beziehungen zu den Menschen erfahren hatte, begriff ich endlich die Bedeutung, die die Menschen diesen merkwürdigen Worten zuschreiben. Ihre Bedeutung ist die: Die Menschen lassen sich im Leben nicht durch Taten, sondern durch Worte leiten. Sie geben weniger auf die Möglichkeit etwas zu tun oder nichts zu tun, als auf die Möglichkeit, von verschiedenen Dingen ein für allemal vereinbarte Worte zu sprechen. Solche Worte, die ihnen für wichtig gelten, sind: mein, meine, mein – die sie von den verschiedensten Dingen, Lebewesen und Gegenständen gebrauchen, sogar vom Boden, von den Menschen und von den Pferden. Von ein und derselben Sache, kommen sie überein, darf nur einer sagen m e i n. Und wer nach diesem von ihnen vereinbarten Spiele von der größten Zahl der Dinge sagt: „Mein" – der gilt bei ihnen für den Glücklichsten. Weshalb das so ist, weiß ich nicht, aber es ist so. Früher gab ich mir lange Zeit Mühe, durch irgendeinen unmittelbaren Vorteil das zu erklären, aber das stellte sich als falsch heraus.

Viele von den Menschen, die mich z. B. ihr Pferd nannten, ritten mich nicht, mich ritten ganz andere. Sie fütterten mich auch nicht, mich fütterten ganz andere. Gutes erwiesen mir auch nicht etwa die, die mich ihr Pferd nannten, sondern Kutscher, Roßärzte, überhaupt fremde Menschen. Später, als sich der Kreis meiner Beobachtungen erweiterte, überzeugte ich mich, daß nicht bloß in bezug auf uns Pferde der Begriff „Mein" keine andere Grundlage habe, als den niedrigen und tierischen Instinkt der Menschen, den sie Eigentumssinn oder Eigentumsrecht nannten. Der Mensch sagt: „Das Haus ist mein," und wohnt nie darin. Er kümmert sich nur um den Aufbau und die Erhaltung des Hauses. Der Kaufmann sagt: „Mein Laden, mein Tuchladen" z. B., und seine Kleidung ist nicht aus den besten Stoffen, die er in seinem Laden hat.

Es gibt Menschen, die ein Stück Land mein nennen und dieses Stück Land nie gesehen haben und nie darauf gewandelt sind. Es gibt Menschen, die andere Menschen mein nennen und diese Menschen nie gesehen haben, und alle ihre Beziehungen zu diesen Menschen bestehen darin, daß sie ihnen Böses tun.

Es gibt Menschen, die Frauen ihre Frauen oder Gattinnen nennen; und diese Frauen leben mit anderen Männern. Und die Menschen streben im Leben nicht darnach, das zu tun, was sie für gut halten, sondern darnach, möglichst viele Dinge mein zu nennen.

Ich bin jetzt überzeugt davon, daß darin der wesentliche Unterschied zwischen Menschen und Pferden besteht. Und daher können wir, von anderen Vorzügen vor den Menschen nicht zu reden, schon wegen dieses einen Umstandes behaupten, daß wir in der Stufenleiter der Lebewesen höher stehen als die Menschen; die Tätigkeit der Menschen wenigstens, mit denen ich Beziehungen hatte, wird durch Worte bestimmt, unsere aber durch die Tat.

Und dieses Recht, von mir zu sagen: „m e i n P f e r d" hatte der Stallmeister bekommen, und darum prügelte er den Stallknecht. Diese Entdeckung hatte einen tiefen Eindruck auf mich gemacht und trug dazu bei, im Verein mit den Gedanken und Anschauungen, die meine scheckige Farbe bei den Menschen hervorrief, und mit der Nachdenklichkeit, den der Verrat meiner Mutter in mir hervorgerufen hatte, mich zu dem ernsten und tiefsinnigen Wallach zu machen, der ich bin.

Ich war dreifach unglücklich. Ich war ein Schecke, ich war ein Wallach, und die Menschen hatten von mir die Vorstellung, daß ich nicht Gott und mir selbst gehöre, wie dies allen Lebewesen eigen ist, sondern daß ich dem Stallmeister gehöre.

Die Folgen dieser Vorstellung, die die Menschen von mir hatten, waren zahlreich. Die erste Folge war schon die, daß man mich abgesondert hielt, mich besser fütterte, mich häufiger mit Halfterriemen umhertrieb und mich früher einspannte. Zum erstenmal spannte man mich im dritten Jahre ein. Ich erinnere mich, wie mich eben der Stallmeister, der sich einbildete, daß ich ihm gehöre, und eine Schar von Stallknechten zum erstenmal einspannten und erwarteten, ich würde störrisch und widerspenstig sein. Sie banden mich mit Stricken und führten mich in die Gabel; auf den Rücken hatten sie mir ein breites Lederkreuz gelegt, das banden sie an die Deichselstange, damit ich nicht hinterrücks ausschlage, während ich doch nur die Gelegenheit erwartete, meine Lust und Liebe zur Arbeit zu zeigen.

Sie wunderten sich, daß ich wie ein altes Pferd vorwärts ging. Sie fuhren mich herum, und ich übte mich im Trabrennen. Mit jedem Tage machte ich größere und größere Fortschritte, so daß nach drei Monaten der General selbst und viele andere meinen Gang lobten. Aber merkwürdig, weil sie der Ansicht waren, daß ich nicht mein, sondern des Stallmeisters war, hatte mein Gang für sie eine völlig andere Bedeutung.

Die Füllen, meine Brüder, fuhren sie zum Rennen ein, maßen ihren Abgang, gingen hinaus, zuzusehen, fuhren mit ihnen in vergoldeten Wagen und bedeckten sie mit kostbaren Decken. Ich fuhr in dem einfachen Wagen des Stallmeisters in seinen Geschäften nach Tschesmenka und anderen Vorwerken. Alles das kam daher, weil ich ein Schecke war, vor allem aber, weil ich nach ihrer Meinung nicht Eigentum des Grafen, sondern des Stallmeisters war.

Morgen, wenn wir's erleben, will ich euch erzählen, welche wichtigste Folge für mich dieses Eigentumsrecht hatte, das sich der Stallmeister einbildete …

Diesen ganzen Tag war das Benehmen der Pferde gegen Leinwandmesser ein achtungsvolles, nur Nestjor ging mit ihm wie immer um. Nur Nestjors Behandlung war ebenso grob. Das graue junge Füllen eines Bauern, das sich der Herde näherte, begann zu wiehern, und die schwarzbraune Stute kokettierte wieder.

Die dritte Nacht

Der Mond war im Zunehmen, und seine schmale Sichel beleuchtete die Gestalt Leinwandmessers, der mitten im Hofe stand; die Pferde hatten sich um ihn geschart.

Die wichtigste, merkwürdigste Folge dessen, daß ich nicht des Grafen, nicht Gottes, sondern des Stallmeisters Eigentum war – fuhr der Schecke fort – war für mich, daß das, was unser Hauptverdienst bildet, der feurige Gang, die Ursache meiner Verbannung wurde. Lebjed wurde für die Bahn eingefahren, da kam der Stallmeister aus Tschesmenka mit mir heran und hielt an der Bahn. Lebjed kam an uns vorüber. Er ging gut, aber er tänzelte doch; er besaß nicht die Verschlagsamkeit, die ich mit Mühe erreicht hatte, daß nämlich, wenn der eine Fuß die Erde berührt, der andere sich sofort hebt, und nicht die geringste Mühe nutzlos vergeudet werde, sondern jede Mühe vorwärts brachte.

Lebjed kam an uns vorüber. Ich drängte in die Bahn hinein, der Stallmeister hielt mich nicht zurück. „Wollt ihr euch mit meinem Schecken messen?" rief er, und als Lebjed wieder in einer Linie mit uns war, ließ er mich los. Der andere war schon im raschen Laufen, darum blieb ich bei der ersten Umfahrt zurück, bei der zweiten aber holte ich ihn ein, kam dem Wagen immer näher, war bald in gleicher Linie mit ihm, überholte ihn und – war voraus gelangt. Man versuchte es zum zweitenmal – dasselbe Ergebnis. Ich war feuriger, und das brachte alle in Entsetzen. Der General bat, man möchte mich so schnell als möglich und so weit fort als möglich verkaufen, damit man nichts mehr von mir hörte. „Wenn das der Graf erfährt, ein Unglück!" sprach er, und ich wurde einem Pferdehändler in Korennaja verkauft. Bei dem Pferdehändler blieb ich nicht lange. Ein Husar erstand mich, der wegen Remonten gekommen war. Das alles war so ungerecht, so grausam, daß ich froh war, als man mich aus Chrjenowo fortbrachte und mich auf immer von allem trennte, was mir verwandt und lieb war. Ich fühlte mich unter ihnen zu schwer bedrückt. Sie hatten Liebe, Ehre, Freiheit zu erwarten, ich Mühe und Erniedrigung – Erniedrigung und Mühe bis an das Ende meines Lebens! Und warum? – Weil ich ein Schecke war, und weil ich deshalb jemandes Eigentum sein mußte …

Weiter vermochte Leinwandmesser an diesem Abend nicht zu erzählen. Im Pferdehof geschah etwas, was alle Pferde in Aufregung versetzte. Kuptschicha, eine tüchtige, verspätete Stute, die anfangs der Erzählung zugehört hatte, hatte sich plötzlich fortgewandt und war unter den Schuppen gegangen. Dort begann sie laut zu ächzen, daß alle Pferde sich nach ihr umsahen; dann legte sie sich nieder, stand wieder auf und legte sich wieder nieder. Die alten Mutterstuten verstanden, was mit ihr vorging, die Jugend aber geriet in Aufregung, ließ den Wallach stehen und umringte die Kranke … Am Morgen stand ein neues Füllen auf den schwächlichen Beinchen da. Nestjor rief den Stallmeister herbei, die Stute und das Füllen wurden in eine Abteilung gebracht, und die Pferde wurden ohne sie hinausgetrieben.

VIII. |
DIE VIERTE NACHT

Abends, als das Tor geschlossen und alles still geworden war, fuhr der Schecke also fort:

Ich konnte viele Beobachtungen über Menschen und Pferde machen, während ich von einer Hand in die andere überging. Am längsten war ich bei zwei Herren: bei einem Fürsten, der Husarenoffizier war, dann bei einer alten Frau, die an der Nikolaistraße wohnte.

Bei dem Husarenoffizier verbrachte ich die schönste Zeit meines Lebens.

Obgleich er die Ursache meines Verderbens war, obgleich er niemanden und nichts gern hatte, liebte ich ihn und liebte ihn gerade deshalb.

Mir gefiel es an ihm, daß er schön, glücklich und reich war und darum niemanden gern hatte.

Ihr habt Verständnis für diese unsere hohe Pferdeempfindung! Seine Gleichgültigkeit und meine Abhängigkeit von ihm gab meiner Liebe zu ihm eine besondere Stärke. ‚Schlage mich tot, fahre mich zuschanden‘, dachte ich manchmal in dieser schönen Zeit, ‚ich werde um so glücklicher sein.‘

Er hatte mich von einem Pferdehändler erstanden, und dem

hatte mich ein Stallmeister für 800 Rubel verkauft. Er hatte mich gekauft, weil kein Mensch scheckige Pferde besaß. Das war die schönste Zeit meines Lebens. Er hatte eine Geliebte. Ich wußte das, denn
ich brachte ihn jeden Tag Zu ihr. Oft fuhr ich sie, oft auch beide zusammen.

Seine Geliebte war eine schöne Frau, und er war ein schöner
Mann und hatte einen schönen Mann als Kutscher. Und hatte sie alle
dafür gern. Und ich hatte ein gutes Leben. Mein Leben verlief so: am
Morgen kam der Stallknecht und reinigte mich – nicht etwa der Kutscher, sondern der Stallknecht. Der Stallknecht war ein junger Bursche, ein früherer Bauer. Er öffnete die Tür, ließ den Pferdedunst
heraus, schüttete den Mist aus, nahm die Decken herunter, rieb mit
der Bürste meinen Körper und legte mit dem Striegel weiße Reihen
von Kleie auf den von den Dornen zerstörten Dielenbalken. Ich biß
ihm scherzend die Ärmel und stieß mit dem Fuße aus, dann wurden
wir eines nach dem anderen zu einem Kübel kalten Wassers geführt,
und der Bursche freute sich über das glatte Scheckenfell, das sein
Werk war, über die pfeilgeraden Beine mit den breiten Hufen, über
die glänzende Kruppe und den Rücken. Hinter die hohen Gitter
wurde Heu gelegt, in die eichenen Krippen Hafer geschüttet. Dann
kam Feophan, der oberste Kutscher.

Der Hausherr und der Kutscher waren einander ähnlich. Beide
fürchteten sich vor nichts in der Welt und hatten niemanden gern
als sich selbst, und darum hatten alle Leute sie gern. Feophan trug
gewöhnlich ein rotes Hemd, Plüschhosen und eine ärmellose Jacke.
Ich sah es gern, wenn er am Feiertag pomadisiert in den Stall kam
und schrie:

Nun, Vieh, hast mich vergessen! und mich dabei mit dem Stiel
der Gabel in den Schenkel stieß. Es tat mir aber nie weh, es war nur
zum Scherz. Ich verstand sofort den Scherz, spitzte die Ohren und
knirschte mit den Zähnen.

Wir hatten einen Rappen, der zu einem Paar gehörte. Manchmal,
zur Nachtzeit, spannte man mich mit ihm zusammen. Dieser Kentaur verstand keinen Spaß, er war böse wie ein Teufel. Ich stand neben ihm inm benachbarten Stand, und es kam vor, daß wir uns
ernstlich bissen. Feophan hatte keine Furcht vor ihm. Er geht gerade
auf ihn zu, schreit ihn an – man glaubt, er wird ihn töten – weit gefehlt, er haut daneben, und Feophan legt ihm den Halfter an.

Eines Tages fuhr ich mit ihm zusammen sausend die Schmiede-
brücke (in Moskau) hinunter. Weder der Hausherr noch der Kutscher waren in Angst; sie lachten, schrien das Volk an, hielten uns
zurück und wendeten um, so kam's, daß niemand dabei Schaden
nahm.

In diesem Dienst verlor ich meine besten Eigenschaften und die
Hälfte meines Lebens. Hier wurde ich erhitzt getränkt und im Lau-
fen überanstrengt ... Aber trotzdem war es die schönste Zeit meines
Lebens! Um zwölf Uhr kamen sie, schirrten mich an, schmierten die
Hufe ein, feuchteten mir Schweif und Mähne und führten mich in
die Gabel.

Der Schlitten war aus Rohrgeflecht mit Sammetpolstern; das Geschirr mit kleinen silbernen Schnallen, die Leitseile seiden, eine Zeitlang sogar gestrickte Arbeit. Das Geschirr war derart, daß, wenn alle
Seile, alle Riemen angelegt und angeschnallt waren, man nicht unterscheiden konnte, wo das Geschirr aufhörte und das Pferd begann.
Angespannt wurde im Schuppen, während ich angebunden war.
Dann kommt Feophan, mit einem Rücken, breiter als die Schultern,
einem roten Gurt unter den Achseln, besichtigt das Geschirr, kauert
nieder, legt den Kaftan zurecht, setzt den Fuß in den Bügel, scherzt
ein wenig, hängt stets die Peitsche ein, obgleich er mich fast nie damit schlägt, nur der Ordnung halber, und sagt:
„Los!" Ich gehe mit tänzelndem Schritt zum Tor hinaus, die Köchin, die herausgekommen ist, um Spülicht auszugießen, bleibt an
der Schwelle stehen, und der Bauer, der Holz in den Hof gefahren
hat, reißt die Augen auf. Er fährt hinaus, fährt ein Stückchen und
hält an. Lakaien kommen heraus, Kutscher kommen herangefahren.
Die Unterhaltung beginnt von allen Seiten. Alles wartet; wir stehen
bisweilen zwei, drei Stunden vor der Anfahrt, fahren von Zeit zu
Zeit hin und her, wenden um und halten wieder.

Endlich wird es laut im Flur, der graue Tichon mit dem Bäuchlein kommt im Frack herausgelaufen: ‚Vorfahren!' Damals herrschte
noch nicht die dumme Manier ‚Vorwärts!' zu sagen, als ob ich nicht
wüßte, daß man nicht rückwärts, sondern vorwärts fährt. Feophan
schnalzt, fährt fort – und der Fürst kommt eilig, nachlässig heraus,
als wäre gar nichts Besonderes an diesem Schlitten, an diesem
Pferde oder Feophan, der den Rücken beugt und die Hände so vor-

streckt, wie man sie, sollte man meinen, nicht lange halten kann. Der Fürst tritt heraus im Tschako und in dem Mantel mit dem grauen Biberkragen, der sein rotwangiges, hübsches Gesicht mit den schwarzen Brauen verdeckt, das er nie verdecken sollte. Er tritt heraus, klirrt mit dem Säbel, mit den Sporen und mit den metallenen Knöpfen der Überschuhe, schreitet über den Teppich, als ob er Eile hätte, kümmert sich weder um mich, noch um Feophan, noch um das, was alle außer ihm selbst mit Wohlgefallen betrachten. Feophan schnalzt, ich lege mich in die Zügel, und wir fahren ehrerbietig im Schritt vor und halten; ich schiele nach dem Fürsten hin, schüttle meinen Vollblutkopf mit dem dünnen Rist ... Der Fürst ist in guter Laune; manchmal scherzt er mit Feophan. Feophan antwortete, indem er kaum den schönen Kopf umwendet, und macht, ohne die Hände zu senken, eine kaum merkliche, mir aber verständliche Bewegung mit der Leine, und trab, trab, trab! ... renne ich mit immer größeren und größeren Schritten, an jedem Muskel bebend, und Schnee und Schmutz an den Vorderteil des Schlittens schleudernd, vorwärts. Damals herrschte auch noch nicht die dumme Manier von heute: ‚Oh!‘ zu rufen, als ob dem Kutscher etwas weh täte, sondern das verständige: ‚Achtung, aus dem Wege!‘ – Achtung, aus dem Wege! schreit Feophan, und das Volk weicht aus und bleibt stehen und reckt den Hals, um den schönen Wallach zu betrachten und den schönen Kutscher und den schönen Herrn ...

Eine besondere Freude hatte ich daran, Traber zu überholen. Feophan und ich sehen in der Ferne ein Gespann, das unserer Anstrengung wert ist, wir fliegen wie der Wind hin und kommen allmählich näher und näher. Schon bin ich mit dem Fahrgast in einer Linie, der Schmutz spritzt auf den Rücksitz des Schlittens, ich schnaube über seinem Kopf hin, nun bin ich in einer Linie mit dem Kutschersitz, mit dem Krummholz, nun sehe ich ihn nicht mehr, und höre nur hinter mir das in immer weiterer Ferne verhallende Gerassel. Und der Fürst und Feophan und ich, wir alle schweigen und tun so, als ob wir einfach führen, so ganz für uns, als ob wir die anderen gar nicht bemerkten, die uns unterwegs mit ihren langsamen Pferden begegnen. Ich hatte Freude an diesem Wettfahren, aber ich hatte auch Freude daran, einem guten Traber zu begegnen. Ein Wink, ein Ton, ein Blick, und schon sind wir einander vorbei und jagen wieder allein dahin, jeder nach seiner Seite ...

Das Tor knarrte und Nestjors und Wassjkas Stimme ließen sich hören.

Das Wetter änderte sich, es war trüb, am Morgen war kein Tau, aber es war warm und die Mücken spielten. Kaum war die Herde eingetrieben, so sammelten sich die Pferde um den Schecken, und er schloß also seine Geschichte:

Mein glückliches Leben hatte bald ein Ende. Ich verlebte zwei Jahre so. Am Ende des zweiten Winters trat für mich das freudigste Ereignis ein und gleich darauf mein größtes Unglück. Es war in der Butterwoche. Ich fuhr den Fürsten zum Rennen. Auf der Bahn liefen Atlasnyj und Bytschok. Ich weiß nicht, was sie dort im Pavillon gemacht haben. Ich weiß nur, daß er heraustrat, und Feophan befahl, auf die Bahn zu fahren. Ich erinnere mich, daß man mich auf die Bahn führte und aufstellte und Atlasnyj aufstellte. Atlasnyj hatte einen Reiter neben sich, ich lief, wie ich war, mit dem Stadtschlitten. Bei der Biegung ließ ich ihn hinter mir. Lachen und Rufe der Begeisterung begrüßten mich.

Als man mich herumführte, ging eine Menge Menschen hinter mir her. Fünf, sechs Personen boten dem Fürsten Tausende. Er lachte nur und zeigte seine weißen Zähne.

Nein, sagte er, das ist kein Pferd, sondern ein Freund; er ist mir um Berge Goldes nicht feil. Auf Wiedersehen, meine Herren!

Er knöpfte die Schlittendecke auf und stieg ein.

Nach der Ostoshenka!

Das war die Wohnung seiner Geliebten. Und wir jagten hin.

Das war der letzte Tag unseres Glücks. Wir kamen bei ihr an. Er nannte sie die S e i n e. Sie aber hatte einen anderen lieb gewonnen und war mit diesem davongefahren. Er erfuhr das bei ihr in der Wohnung. Es war fünf Uhr; ohne mich auszuspannen, fuhr ich ihr nach. Was nie geschehen war: man hieb mich mit der Peitsche und setzte mich in Galopp. Zum erstenmal hatte ich eine andere Gangart angenommen, und ich schämte mich und wollte es wieder gut machen; da plötzlich hörte ich, wie der Fürst mit einer Stimme, die ganz fremdartig klang: „Fahr zu!" rief. Und die Peitsche pfiff durch die

Luft, schnitt mir ins Fleisch, und ich galoppierte so, daß ich mit dem Fuß gegen das Eisen des Vorderteiles schlug. Auf der fünf- und zwanzigsten Werst holten wir sie ein. Ich hatte ihn hingebracht, aber ich zitterte die ganze Nacht und konnte nicht fressen. Am anderen Morgen gab man mir Wasser. Ich trank es und hörte für ewige Zeiten auf, das Pferd zu sein, das ich war. Ich wurde krank, man quälte mich und machte mich zum Krüppel – kuriert nennen es die Menschen. Die Hufe gingen ab, Geschwülste bildeten sich, die Beine wurden krumm, die Brust fiel mir ein, Welkheit und Schwäche beschlichen meinen ganzen Körper. Ich wurde an einen Händler verkauft, er fütterte mich mit Mohrrüben und mit noch etwas anderem und machte aus mir etwas ganz anderes, etwas, was Nichtkenner täuschen konnte. Weder Kraft noch Fähigkeit zu fahren besaß ich mehr.

Außerdem quälte mich der Händler noch damit, daß er, sobald Käufer kamen, in meinen Stall kam und mich mit einer großen Peitsche schlug und scheu machte, so daß er mich zur Raserei brachte. Dann verwischte er die Striemen, die die Peitsche gemacht hatte und führte mich vor.

Von dem Händler kaufte mich eine alte Dame. Sie fuhr regelmäßig zur Nikolaikirche und ließ ihrem Kutscher Ruten geben. Der Kutscher weinte oft in meinem Stand, und ich bemerkte, daß die Tränen einen angenehmen, salzigen Geschmack hatten. Dann starb die alte Dame. Ihr Verwalter nahm mich mit aufs Land und verkaufte mich einem Krämer. Da überfraß ich mich an Weizen und wurde noch mehr krank. Man verkaufte mich an einen Bauern. Da mußte ich pflügen, bekam fast nichts zu fressen und zerschnitt mir das Bein mit der Pflugschar. Wieder wurde ich krank. Ein Zigeuner tauschte mich ein. Er quälte mich entsetzlich und verkaufte mich schließlich dem hiesigen Verwalter. So bin ich hierher gekommen …

Alle schwiegen. Es begann zu tröpfeln.

IX. |

Als die Pferdeherde am anderen Abend heimkam, stieß sie auf den Herrn und einen Gast. Als Shuldyba sich dem Hause näherte, warf sie einen schielenden Blick auf die beiden Männergestalten, der eine war der Herr, ein junger Mann in einem Strohhut, der andere ein schlanker, hochgewachsener, dicker, aufgedunsener Militär. Die Alte schielte zu den Männern hin, ließ die Ohren hängen und ging an ihnen vorüber, die anderen, die Jungen wurden unruhig und stätisch, besonders als der Hausherr mit seinem Gaste mitten unter die Pferde trat, und sie sich gegenseitig auf dies und jenes aufmerksam machten und plauderten.

Den grauen Apfelschimmel habe ich von Wojekow gekauft, sagte der Hausherr.

Und von wem stammt dies junge Tier, das rabenschwarze mit den weißen Beinen? Ein schönes Tier, sagte der Gast. So betrachteten sie viele Pferde, indem sie ihnen entgegenrannten und sie zum Stehen brachten. Auch die schwarzbraune Stute fiel ihnen auf.

Von den Reitpferden aus Chrjenowo ist eine Zucht bei mir geblieben, sagte der Hausherr.

Sie konnten nicht alle Pferde im Vorübergehen mustern. Der Hausherr rief Nestjor heran, der Alte rannte im Trabe vorbei und stieß dabei eilig den Schecken mit seinen Absätzen in die Seite. Der Schecke hinkte mit einem Fuße, rannte aber so, daß man sehen konnte, er würde in keinem Falle störrisch sein, auch nicht einmal, wenn man ihm befehlen wollte, aus Leibeskräften bis ans Ende der Welt zu laufen. Er war sogar bereit, im Galopp zu rennen und machte mit dem rechten Fuße einen Versuch dazu.

Ein besseres Pferd als diese Stute, das kann ich kühn behaupten, gibt es in Rußland nicht, sagte der Hausherr und zeigte auf eine der Stuten. Der Gast lobte sie. Der Hausherr ging aufgeregt hin und her, rannte bald hier, bald dorthin, zeigte dies und jenes und erzählte die Geschichte und Abstammung jedes Pferdes.

Der Gast war offenbar gelangweilt durch die Erzählungen des Hausherrn und stellte allerlei Fragen, damit es so aussähe, als sei er bei der Sache.

Ja ja, sagte er zerstreut.

Da sieh, sagte der Hausherr, ohne zu antworten, die Füße, sieh … ich habe sie schwer bezahlt, aber heut fährt schon ein dreijähriges von ihr.

Fährt es gut? sagte der Gast.

So gingen sie fast alle Pferde durch, bis es nichts mehr zu zeigen gab. Und beide verstummten.

Wollen wir nun gehen?

Gehen wir. – Sie traten an das Tor. Der Gast war froh, daß die Besichtigung ein Ende hatte, und daß sie nach Hause gingen, wo es zu essen, zu trinken, zu rauchen geben würde, und wurde sichtlich heiter. Als sie an Nestjor vorüberkamen, der auf dem Schecken saß und noch der Befehle harrte, schlug der Gast mit seiner großen, fleischigen Hand dem Schecken auf die Kruppe.

Das ist ein bunter Kerl, sagte er, auch ich hatte einen solchen Schecken, erinnerst du dich, ich habe dir einmal davon erzählt.

Der Hausherr hörte, daß nicht von seinen Pferden die Rede war, und hörte nicht zu. Er sah sich um und betrachtete noch weiter die Herde.

Plötzlich erklang dicht an seinem Ohr ein einfältiges, schwaches, greisenhaftes Wiehern. Der Schecke hatte gewiehert, brach aber plötzlich ab, als sei er verlegen geworden.

Weder der Gast noch der Hausherr hatten dieses Wiehern beachtet. Sie gingen vorüber ins Haus hinein. Leinwandmesser hatte in dem aufgedunsenen Alten seinen geliebten Herrn wiedererkannt, den einstmals in glänzendem Reichtum lebenden, schönen Sserpuchowskij.

X. |

. . . .

. . . .

Der feine Regen hörte nicht auf. Auf dem Pferdehofe war es düster, im Herrenhause aber ganz anders.

Bei dem Hausherrn war in dem prächtigen Gastzimmer ein prächtiger Teetisch zur Abendmahlzeit gedeckt. Am Tische saßen der Herr, die Herrin und der Gast aus der Fremde.

Die Hausherrin saß zur Seite des Ssamowars, sie war schwanger; man sah das deutlich an ihrem hohen Leibe, an der aufrechten, zurückgebogenen Haltung, an ihrer Üppigkeit und besonders an den Augen, den großen nach innen gerichteten, mild und ernst schauenden großen Augen.

Der Hausherr hielt in der Hand ein Kistchen vortrefflicher zehnjähriger Zigarren, wie sie nach seinen eigenen Worten niemand hatte, und wollte eben vor dem Gast mit ihnen prahlen. Der Hausherr war ein schöner Mann etwa von 25 Jahren, frisch, wohlgepflegt, gut gekleidet und sorgfältig frisiert. Im Hause trug er einen neuen, bequemen Anzug von dickem Stoff, der in London gearbeitet war, und an seiner Kette hingen große, kostbare Berloques. Seine großen Hemdenknöpfe waren aus massivem Golde mit Türkisen. Den Bart trug er *à la Napoleon* III., und die Bartspitzen waren pomadisiert und so gedreht, wie man es nur in Paris zuwege bringt.

Die Hausherrin trug ein Seiden-Musselinkleid mit großen, bunten Blumen, auf dem Kopfe große, goldene Nadeln besonderer Art in ihrem dichten, blonden, wenn auch nicht in seiner ganzen Fülle eigenen aber doch schönen Haar. An Armen und Händen trug sie viele Armbänder und Ringe, alle kostbar.

Der Ssamowar war von Silber, das Service fein. Ein Lakai, der in seinem Frack, in seiner weißen Weste und in seinem Halstuch großartig aussah, stand wie eine Bildsäule an der Tür und harrte der Befehle. Die Möbel waren geschweift und von heller Farbe; die Tapeten dunkel mit großen Blumenmustern. Unter dem Tisch klingelte mit seinem silbernen Halsband ein Windspiel von ungemeiner Zartheit, das einen außerordentlich schweren englischen Namen hatte, den sie beide falsch aussprachen, da sie nicht Englisch verstanden.

In der Ecke stand zwischen Blumen ein Klavier mit eingelegter Arbeit. Alles war sehr schön, trug aber den besonderen Stempel des Überflusses, des Reichtums und des Mangels geistiger Interessen.

Der Hausherr war ein Liebhaber des Trabersports, ein kräftiger Mann, ein Sanguiniker, einer von denen, die unverwüstlich sind, die in Zobelpelz fahren, den Schauspielerinnen kostbare Blumensträuße zuwerfen, den teuersten Wein neuester Marke in dem teuersten Gasthause trinken, Preise mit ihrem Namen aussetzen und die kostspieligste Geliebte aushalten ...

Der Gast, Nikita Sserpuchowskij, war ein Mann in den vierziger Jahren, hochgewachsen, dick, kahlköpfig, mit einem großen Schnurr- und Backenbart. Er mochte einmal sehr schön gewesen sein. Jetzt war er offenbar körperlich, moralisch und pekuniär heruntergekommen.

Er hatte so viel Schulden, daß er in den Staatsdienst treten mußte, damit man ihn nicht ins Loch steckte.

Er war jetzt auf dem Wege in die Gouvernements-Hauptstadt als der Leiter eines Gestüts. Diese Stellung hatten ihm seine einflußreichen Verwandten ausgewirkt.

Er trug einen Soldatenrock und blaue Beinkleider. Rock und Beinkleider waren so, wie sie sich nur reiche Leute machen; ebenso die Wäsche. Auch seine Uhr war eine englische Arbeit. Seine Stiefel hatten sonderbare fingerdicke Sohlen.

Nikita Sserpuchowskij hatte in seinem Leben ein Vermögen von etwa zwei Millionen durchgebracht und war noch 120.000 schuldig geblieben. Von einem solchen Happen bleibt immer noch ein gewisser Schwung des Lebens übrig, der Kredit gibt und die Möglichkeit gewährt, noch zehn Jahre beinahe luxuriös fortzuleben.

Die zehn Jahre waren vorüber, der Schwung war zu Ende, und Nikita wurde das Leben trüb. Er fing schon an sich dem Trunk zu ergeben, d. h. sich in Wein zu berauschen, was früher nicht vorgekommen war.

Zu trinken hatte er eigentlich nie angefangen und nie aufgehört. Ganz besonders aber zeigte sich sein Niedergang in der Unstetigkeit seines Blickes, seine Augen schweiften hin und her, und in der Unsicherheit seiner Redeweise und seiner Bewegungen. Diese Unruhe fiel dadurch auf, daß sie offenbar vor kurzem über ihn gekommen war, denn man sah es ihm an, daß er lange sein ganzes Leben hindurch gewohnt war, niemanden und nichts zu fürchten, und daß er jetzt erst kurze Zeit durch schwere Leiden zu dieser Ängstlichkeit gekommen, die seiner Natur so wenig eigen war.

Der Hausherr und die Hausherrin hatten das bemerkt. Sie wechselten Blicke miteinander; man sah, sie verstanden sich gegenseitig und verschoben eine genauere Beurteilung dieses Umstandes nur bis zum Schlafengehen und ertrugen den armen Nikita geduldig, waren sogar zuvorkommend gegen ihn.

Der Anblick des Glücks des jungen Hausherrn war für Nikita eine Demütigung und erweckte in ihm, wenn er an seine unwiederbringliche Vergangenheit zurückdachte, schmerzlichen Neid.

Stört Sie die Zigarre, Marie? sagte er und wandte sich an die Dame, in dem besonderen, nur durch Gewöhnung erworbenen höflichen Ton, der etwas von Freundschaft und nicht voller Achtung hat, in dem Lebemänner mit Ausgehaltenen sprechen, zum Unterschiede von Frauen. Nicht etwa, daß er die Absicht hatte, zu kränken – im Gegenteil, er hätte jetzt ihr und ihrem Hausherrn schmeicheln mögen, wenn er sich das auch selbst nie gestanden hätte. Aber er hatte es sich schon angewöhnt, so mit solchen Frauen zu sprechen. Er wußte, sie würde selbst verwundert, ja sogar beleidigt sein, wenn er sie wie eine Dame behandelt hätte. Zudem mußte er eine bestimmte Schattierung achtungsvollen Tones für die rechtmäßige Frau seines Standesgenossen im Rückhalt haben. Er behandelte solche Damen stets achtungsvoll, aber nicht etwa, weil er die sogenannten Überzeugungen teilte, die in den Zeitschriften gepredigt werden, – solches Zeug las er nie, – über die Achtung der Persönlichkeit, über die Nichtigkeit der Ehe usw., sondern, weil alle ordentlichen Menschen so handeln, und er war ein ordentlicher, wenn auch gefallener Mensch.

Er nahm eine Zigarre. Der Hausherr aber nahm ungeschickt eine Handvoll Zigarren und bot sie dem Gaste an.

Nein, du wirst sehen, wie gut sie ist. Nimm nur.

Nikita schob mit der Hand die Zigarren zurück, und über seine Augen huschte kaum merklich etwas wie Beleidigung und Scham.

Danke. – Er zog seine Zigarrentasche hervor. – Versuche meine.

Die Hausherrin war feinfühlend. Sie hatte das bemerkt und begann schnell ein anderes Gespräch mit ihm.

Ich rauche sehr gern. Ich würde selbst rauchen, wenn nicht alles um mich her rauchte.

Und sie lächelte mit ihrem schönen, guten Lächeln. Er antwortete ihr schüchtern mit einem Lächeln – zwei Zähne fehlten ihm.

Nein, nimm nur diese, fuhr der weniger zartfühlende Hausherr fort, die andern sind etwas schwächer. Fritz, bringen Sie noch eine Kasten, sagte er deutsch, dort zwei.

Der deutsche Lakai brachte ein zweites Kistchen.

Welche rauchst du gern? Große? Starke? Diese sind sehr gut. Nimm nur alle, fuhr er fort und schob sie ihm hin.

Er war sichtlich erfreut, daß er jemanden hatte, vor dem er mit seinen Kostbarkeiten protzen konnte und bemerkte nichts. Sserpuchowskij zündete sich eine Zigarre an und beeilte sich das begonnene Gespräch fortzusetzen.

Wie hoch kam dich also Atlasnyj zu stehen? sagte er.

Sehr hoch, nicht weniger als 5000. Aber ich bin wenigstens schon sichergestellt. Was für ein Nachwuchs, sage ich dir.

Fahren sie? fragte Sserpuchowskij.

Sie fahren gut. Jüngst hat sein Sohn drei Preise gewonnen: in

Tula, in Moskau und in Petersburg – er ist mit dem Rappen von Wojekow gelaufen.

Er ist ein wenig feucht. Sehr stark holländisch, muß ich dir sagen, sagte Sserpuchowskij.

Und Mutterpferde, wieviel ?

Ich zeige sie dir morgen. Für Dorbrynja habe ich 3000 gegeben, für Laskowaja 2000.

Und wieder begann der Hausherr seine Reichtümer aufzuzählen. Die Hausherrin sah, daß dies Sserpuchowskij unangenehm wurde und daß es ihm Mühe kostete zuzuhören.

Werden Sie noch Tee trinken? fragte die Hausherrin.

Nein, sagte der Hausherr und fuhr in seiner Erzählung fort. Sie erhob sich, der Hausherr hielt sie zurück, umarmte und küßte sie.

Um Sserpuchowskijs Mund spielte, da er dies sah, ein unnatürliches Lächeln, als aber der Hausherr aufstand, sie umfaßte und so mit ihr bis an die Portiere ging, veränderte sich plötzlich Nikitas Gesicht, er seufzte schwer auf, und auf seinem aufgedunsenen Gesichte prägte sich plötzlich Verzweiflung aus. Sogar Wut lag in seinen Zügen.

Der Hausherr kam wieder zurück, lächelte und nahm Nikita gegenüber Platz. Sie schwiegen beide.

XI. |

Ja, du sagst, du hast sie von Wojekow gekauft, sagte Sserpuchowskij so leichthin.

Ja, Atlasnyj, so habe ich gesagt. Ich hätte gern Stuten von Dubowitzkij gekauft, aber es war nur schlechtes Zeug da.

Er ist abgebrannt, sagte Sserpuchowskij, stockte aber plötzlich und sah sich rings um. Es war ihm eingefallen, daß er diesem Abgebrannten 20.000 Rubel schuldig war, und wenn man von jemanden das Wort abgebrannt brauchen könne, so könne man es gewiß von ihm sagen. Er lachte.

Wieder schwiegen beide eine lange Zeit. Der Hausherr sann darüber nach, womit er vor seinem Gaste prahlen könnte, und Sserpuchowskij überlegte, wodurch er zeigen könnte, daß er sich nicht für einen Abgebrannten hielt. Aber beide waren schwerfällig in ihrem Gedankengang, obgleich sie sich durch die Zigarren anzuregen

bemühten. – „Wie, wenn wir eins tränken?" dachte Sserpuchowskij.
– „Wir müssen unbedingt eins trinken, sonst sterbe ich in seiner Gesellschaft vor Langweile," dachte der Hausherr.

Wie, denkst du noch lange hierzubleiben? fragte Sserpuchowskij.

Nun, noch einen Monat etwa. Wollen wir Abendbrot essen, hm? Fritz, das Abendbrot fertig?

Sie gingen in das Speisezimmer. Im Speisezimmer war unter der Lampe ein Tisch hergerichtet, von Lichten und den vortrefflichsten Sachen besetzt: Siphons und verkorkte Flaschen, ausgezeichneter Wein in Karaffen, ausgezeichnete Speisen und Branntwein. Sie aßen und tranken, und das Gespräch kam in Fluß. Sserpuchowskij war ganz rot geworden und sprach nun ganz ohne Scheu.

Sie sprachen von Weibern: einer Zigeunerin, einer Tänzerin, einer Französin.

Ei, sage, du hast die Mathieu aufgegeben? fragte der Hausherr. – Das war die Geliebte, die Sserpuchowskij ruiniert hatte.

Nicht ich sie, sie mich. Ach lieber Freund, wenn man daran denkt, was man in seinem Leben durchgebracht hat! Jetzt bin ich wahrhaftig froh, wenn 1000 Rubel eingehen – wahrhaftig froh, wenn ich keinen Menschen sehe. In Moskau geht's gar nicht mehr. Ach, wozu davon sprechen!

Den Hausherrn langweilte es, Sserpuchowskij zuzuhören. Er wollte gern von sich sprechen, prahlen, und Sserpuchowskij wollte von sich sprechen, von seiner glänzenden Vergangenheit. Der Hausherr schenkte ihm Wein ein und erwartete, daß er aufhöre, um ihm von sich zu erzählen, wie das Gestüt bei ihm eingerichtet sei – ein Gestüt, wie es bisher kein Mensch besessen hatte, und daß seine Marie ihn nicht um des Geldes willen, sondern von Herzen liebe.

Ich wollte dir sagen, in meinem Gestüt … fing er an, aber Sserpuchowskij unterbrach ihn.

Es gab eine Zeit, kann ich wohl sagen – begann er, – wo ich liebte und zu leben wußte … Du sprichst vom Fahren – sag', welches ist das schnellste Pferd, das du hast?

Der Hausherr war erfreut über die Gelegenheit, mehr von seinem Gestüt sprechen zu können, und er wollte eben anfangen, als Sserpuchowskij ihn wieder unterbrach.

Ja, ja, sagte er, euch Züchtern ist es ja nur um die Eitelkeit, nicht um das Vergnügen und den Lebensgenuß. Bei mir war das anders. Ich habe dir doch heute erzählt, daß ich einen Fahrer hatte, einen Schecken – gerade so einen Schecken, wie du, den dein Pferdehirt reitet. Oh, war das ein Pferd! Du hast es nicht gekannt; es war im Jahre 42, ich war nach Moskau gekommen; ich komme zu einem Pferdehändler und sehe: ein scheckiger Wallach von schöner Gestalt. Er gefiel mir. Preis? – 1000 Rubel. Er gefiel mir, ich nahm ihn und fuhr mit ihm. Nie habe ich ein solches Pferd gehabt. Auch du hast kein solches gehabt und wirst nie eins haben. Ich habe noch kein besseres Pferd kennen gelernt – weder an Schnelligkeit, noch an Kraft, noch an Schönheit. Du warst damals ein Knabe, du hast es nicht gekannt.

O ja, gehört habe ich davon, sagte der Hausherr verdrießlich, aber ich wollte dir von meinen ...

Du hast also davon gehört. Ich kaufte es ohne Stammbaum, ohne Attest; später erfuhr ich erst – Wojekow und ich haben es herausgebracht: es war ein Sohn von Ljubjesnyj I., Leinwandmesser genannt – die Leinwand mißt er. Weil er scheckig war, hatte man ihn dem Stallmeister in Chrjenowo überlassen, der hat ihn kastriert und dem Pferdehändler verkauft. Solche Pferde gibt es heute gar nicht, Freundchen! Ich war 25 Jahre alt, hatte 80.000 Rubel jährliches Einkommen, nicht ein graues Haar, Zähne wie Perlen, ... Was man anfing, gelang ... Jetzt ist alles vorbei.

Ja, damals gab es nicht dieses Feuer, sagte der Hausherr, indem er die Unterbrechung benutzte, ich sage dir, meine ersten Pferde gingen ohne ...

Deine Pferde! ... Damals gab's mehr Feuer.

Mehr Feuer, wieso?

Ja, mehr Feuer. Ich erinnere mich wie heute, ich war einmal mit ihm nach Moskau zum Rennen gefahren. Von mir rannte kein Pferd. Ich hatte die Traber nicht gern, ich hatte Vollblut: General Cholet, Mahomed. Mit dem Schecken fuhr ich. Mein Kutscher war ein ausgezeichneter Bursch, ich hatte ihn gern. Er hat sich auch dem Trunk ergeben. So kam ich an.

Sserpuchowskij, sagen die Leute, wann wirst du Traber einführen?

Eure Bauernpferde hol' der Teufel. Mein Droschkenschecke nimmt's mit allen euren auf.

Das ist nicht möglich.

Wette 1000 Rubel.

Eingeschlagen, losgelassen. In fünf Minuten hatte er Vorsprung, ich hatte 1000 Rubel gewonnen. Und dann! Mit Vollblutpferden in einer Trojka habe ich 100 Werst in drei Stunden gemacht. Ganz Moskau weiß das.

Und Sserpuchowskij begann so fließend und ununterbrochen zu schwatzen, daß der Hausherr nicht ein Wörtchen dazwischen werfen konnte und ihm mit verdrießlichem Gesicht gegenübersaß; zur Zerstreuung goß er ihm und sich von Zeit zu Zeit Wein ins Glas.

Es begann schon zu dämmern, und sie saßen immer noch da. Der Hausherr langweilte sich entsetzlich. Er erhob sich.

Schlafen? Gut, schlafen, sagte Sserpuchowskij und erhob sich; wankend und keuchend ging er in das Zimmer, das man ihm angewiesen hatte.

Der Hausherr schlief bei seiner Geliebten.

Nein, er ist unmöglich. Er betrinkt sich und schwatzt unaufhörlich.

Und mir macht er den Hof.

Ich fürchte, er wird um Geld bitten.

Sserpuchowskij lag unausgekleidet auf dem Bett und keuchte.

Ich glaube, ich habe viel Unsinn geschwatzt, dachte er. Nun, ganz gleich. Der Wein war gut, aber er ist ein großes Schwein. Eine Krämerseele … Und ich bin auch ein großes Schwein, sagte er zu sich selbst und lachte laut auf. Einst habe ich ausgehalten, jetzt hält man mich aus. Ja, die Winkler hält mich aus, ich nehme Geld von ihr. So ist es ihm recht. Aber ich muß mich auskleiden. Die Stiefel kriege ich nicht aus. He, he! rief er, aber der Diener, der ihm zur Seite gegeben war, war längst schlafen gegangen. Er setzte sich auf, zog die Jacke, die Weste aus und schüttelte die Beinkleider, so gut es ging, von sich; die Stiefel aber konnte er nicht gleich abziehen, sein üppiges Bäuchlein hinderte ihn. Mühsam zog er einen ab, mit dem andern quälte er sich lange herum, bis ihm der Atem ausging und er müde war. Und so warf er sich hin, den einen Fuß in der Schäfte, begann zu schnarchen und erfüllte das ganze Zimmer mit dem Geruch von Tabak, Wein und unsauberem Alter.

Wenn Leinwandmesser sich in dieser Nacht weiteren Erinnerungen hingeben wollte, rief ihn Wasjka wieder zu sich. Er warf ihm eine Decke über und sprengte fort. Bis zum Morgen ließ er ihn an der Tür einer Schenke stehen neben einem Bauernpferde. Sie beleckten sich gegenseitig. Am Morgen kam er in die Herde zurück und hörte nicht auf, sich zu kratzen.

Es schmerzt so, wenn ich kratze, dachte er.

Fünf Tage waren vergangen. Der Roßarzt wurde geholt. Er sagte mit Freuden:

Die Krätze. Verkaufen Sie ihn den Zigeunern.

Wozu? … Stechen Sie ihn ab: nur sofort ein Ende.

Ein stiller, klarer Morgen. Die Herde war auf das Feld gegangen. Leinwandmesser war zurückgeblieben. Da kam ein sonderbar aussehender Mann, hager, schwarz, schmutzig, in einem schwarzen, bespritzten Überrock. Es war der Abdecker. Ohne ihn anzusehen, faßte er den Riemen des Halfters, den man Leinwandmesser angelegt hatte, und führte ihn fort. Leinwandmesser ging ruhig, ohne sich umzusehen, wie immer, schleppte die Beine nach und blieb mit den Hinterbeinen im Stroh hängen.

Als er zum Tor hinauskam, wollte er auf den Brunnen zugehen, der Abdecker aber zerrte ihn und sagte: „Ei, wohin?"

Der Abdecker und Wasjka, der hinter ihm ging, kamen in den Hohlweg hinter dem Ziegelschuppen, und als ob etwas Besonderes an diesem ganz gewöhnlichen Orte wäre, blieben sie stehen; der Abdecker reichte Wasjka den Riemen, legte den Überrock ab, streifte die Ärmel auf und zog aus der Stiefelschäfte ein Messer und einen Schleifstein hervor.

Der Wallach streckte den Kopf nach dem Riemen und wollte ihn vor Langweile kauen, aber er war zu weit. Er seufzte und schloß die Augen. Die Lippen hingen ihm herunter, die zerfressenen gelben Zähne wurden sichtbar, und er schlummerte ein bei dem Klang des Messerschleifens. Nur sein vorgestrecktes, krankes Bein mit der Geschwulst zitterte. Plötzlich fühlte er, daß man ihn an der Gurgel gefaßt hatte und seinen Kopf in die Höhe hob. Er öffnete die Augen. Zwei Hunde standen vor ihm. Der eine schnupperte in der Richtung hin, wo der Abdecker stand, der andere saß da und sah den Wallach an, als erwartete er von diesem etwas. Der Wallach sah sie an und rieb seinen Kiefer an der Hand, die ihn gepackt hielt.

„Sie wollen mich gewiß kurieren, dachte er, gut!"

Und wirklich fühlte er, daß sie etwas an seinem Halse vornahmen. Er empfand einen Schmerz, zuckte zusammen, glitt mit den Füßen aus, hielt sich aber aufrecht, und wartete ab, was weiter geschehen würde … Weiter geschah das, daß eine Flüssigkeit sich in breitem Strom über seinen Hals und seine Brust ergoß. Er seufzte tief, daß sich sein Leib zusammenzog. Da ward ihm leichter, ganz leicht.

Die ganze Bürde seines Lebens war leichter geworden!

Er schloß die Augen und senkte den Kopf – niemand hielt ihn.

Dann begannen seine Beine zu zittern, sein ganzer Körper schwankte. Er war weniger erschrocken, als verwundert …

Es war alles so neu. Er war verwundert, zerrte vorwärts, in die Höhe … Aber es gelang ihm nicht, seine Beine stolperten, als er sie vom Platze rühren wollte, er begann auf die Seite zu wanken, wollte ausschreiten und stürzte nach vorn und auf die linke Seite.

Der Abdecker wartete, bis der Todeskampf zu Ende war, und wehrte die Hunde ab, die sich nahe herangedrängt hatten; dann packte er den Wallach bei den Beinen, drehte ihn auf den Rücken, befahl Wasjka ein Bein festzuhalten, und begann dem Tier das Fell abzuziehen.

Das war auch ein Pferd, sagte Wasjka.

Wäre er besser genährt, dann wäre das Fell schön, sagte der Abdecker.

Abends kam die Pferdeherde am Berge vorüber, und die Tiere, die am linken Rande gingen, sahen unten etwas Rotes, um das sich geschäftig Hunde herumtrieben, und das die Krähen und die Geier umflatterten. Ein Hund hatte sich mit den Pfoten gegen das Aas gestemmt, warf den Kopf hin und her und riß krachend los, was er gepackt hatte. Eine schwarzbraune Stute blieb stehen, streckte den Kopf und den Hals aus und zog lange die Luft ein. Man konnte sie nur mit Mühe fortjagen.

Als der Morgen graute, heulten in der Schlucht des alten Waldes im verwachsenen Unterholz der Lichtung freudig dickköpfige, junge Wölfe. Es waren ihrer fünf: vier fast gleich große, ein kleiner, dessen Kopf größer war als sein Rumpf. Eine hagere, sich haarende

Wölfin, die ihren vollen Leib über den Boden fortschleppte, kam aus dem Gesträuch und setzte sich zu den jungen Wölflein. Die jungen standen im Halbkreise ihr gegenüber. Sie ging an den kleinsten heran, senkte die Rute, drückte die Schnauze herunter, machte einige krampfhafte Bewegungen, öffnete den Rachen mit den starrenden Zähnen, blähte sich und spie ein großes Stück Pferdefleisch aus. Die größeren Wölflein kamen auf sie zu, aber sie trat ihnen drohend entgegen und gab alles dem Kleinen. Der Kleine ergriff ärgerlich brüllend das Pferdefleisch, zog es unter sich und begann zu fressen. Ebenso spie die Wölfin dem zweiten und dritten, allen fünfen etwas hin, dann legte sie sich ihnen gegenüber nieder und ruhte aus.

Eine Woche später lagen bei dem Ziegelschuppen nur ein großer Schädel und zwei Schulterblätter – alles übrige war verschleppt worden. Im Sommer nahm ein Bauer, der Knochen sammelte, auch diese Schulterblätter und den Schädel und brachte sie in den Handel.

Den toten Leib Sserpuchowskijs, der essend und trinkend durch die Welt gewandert war, verscharrte man viel später in die Erde. Weder seine Haut, noch sein Fleisch, noch seine Knochen waren zu irgend etwas nütze, und wie schon zwanzig Jahre lang sein durch die Welt wandelnder toter Körper allen eine große Last gewesen war, so war auch das Einscharren dieses Körpers in die Erde nur eine überflüssige Bemühung für die Menschen. Er war schon längst niemandem nötig, er war schon längst allen eine Last! Trotzdem fanden die Toten, die die Toten begraben, es für nötig, den bald in Fäulnis übergehenden, aufgedunsenen Körper in eine schöne Uniform, in schöne Stiefel zu kleiden, in einen neuen, schönen Sarg mit neuen Quasten an den vier Ecken zu legen, dann diesen neuen Sarg in einen zweiten bleiernen zu legen, ihn nach Moskau zu bringen, dort lang begrabene menschliche Gebeine auszugraben und hier gerade diesen faulenden von Würmern wimmelnden Körper in der neuen Uniform und den feinen Stiefeln zu bergen und alles mit Erde zuzuschütten.

ANHANG

Bibliographie zu
den dargebotenen Dichtungen

A.
ZUGANG ZU DEN RUSSISCHEN TEXTEN

DER MORGEN DES GUTSHERRN (1852-1856)

Russischer Text | Lew N. TOLSTOJ: Утро помещика | Utro pomeschtschika (*Der Morgen eines Gutsbesitzers*, 1852-1856). In: PSS (Sowjetische Gesamtausgabe in 90 Bänden: Polnoe sobranie sočinenij). Band 4, S. 123-171 (und S. 396-407 zum Hintergrund). Moskau 1935. [https://tolstoy.ru/online/90/04/]

Die Erzählung entstand im Rahmen eines größeren Roman-Vorhabens in den Jahren 1852-1856; die Erstveröffentlichung erfolgte im Dezemberheft 1856 der Monatszeitschrift ‚Otetschestwennye Sapiski‘ (‚Vaterländische Annalen‘, Sankt Petersburg).

Dargebotene Übersetzung | Leo N. TOLSTOI: Gesammelte Novellen. *Erster Band.* Mit einer Einführung von Raphael Löwenfeld. Erstes bis viertes Tausend. Jena: Eugen Diederichs 1924, S. 3-82. [Andere Übersetzung in TFb_B006, S. 15-77 nach: Leo N. TOLSTOI, Der Morgen eines Gutsbesitzers. Bruchstücke aus einem unvollendeten Roman „Ein russischer Gutsbesitzer". Übertragen von Karl Nötzel. (= Insel-Bücherei Nr. 136). Leipzig: Insel 1922.]

Tagebuch- und Briefbezüge zu diesem Text | Leo N. TOLSTOI: Tagebücher 1847-1910. Aus dem Russischen übersetzt von Günter Dalitz. München: Winkler 1979, S. 161 (Der Morgen eines Gutsbesitzers); S. 65, 73, 74, 75, 78, 77, 78, 81, 96, 102, 103, 104, 105, 107, 112, 128, 136, 137, 150, 151, 159, 160 (Roman eines russischen Gutsbesitzers); S. 147, 150 (Tagebuch eines Gutsbesitzers). – Lew TOLSTOI: Briefe. Erster Band: 1844-1885. Übersetzt von Günter Dalitz aus dem Russischen. (= Gesammelte Werke in zwanzig Bänden. Herausgegeben von Eberhard Dieckmann und

Gerhard Dudek, Band 16). Berlin: Rütten & Loening 1971, S. 98, 100 (Roman eines russischen Gutsbesitzers); S. 140 (Tagebuch eines Gutsbesitzers); S. 142, 143, 144 (Projekt über die Befreiung der russischen Bauern), S. 174, 183, 191.

LUZERN.
AUS DEN AUFZEICHNUNGEN DES FÜRSTEN D. NECHLJUDOW (1857)

Russischer Text I Lew N. TOLSTOJ: ИЗ ЗАПИСОК КНЯЗЯ Д. НЕХЛЮДОВА. ЛЮЦЕРН I Is sapissok D. Nechljudowa. Ljuzern (*„Aus den Aufzeichnungen des Fürsten D. Nechljudow. Luzern'*, 1857). In: PSS (Sowjetische Gesamtausgabe in 90 Bänden: Polnoe sobranie sočinenij). Band 5, S. 3-26 (und 273-286 zum Hintergrund). Moskau 1935. [https://tolstoy.ru/online/90/05/]
   Erstveröffentlichung im ‚Sowremennik' Nr. 9/1857.

Dargebotene Übersetzung I Leo N. TOLSTOI: Luzern – Albert [Zwei Erzählungen]. Deutsch von Alexander Eliasberg. (= Insel-Bücherei Nr. 136). Leipzig: Insel-Verlag [1914]. [Digitalausgabe: projekt-gutenberg.org]

Tagebucheintrag Tolstois vom 7. Juli 1857 (Luzern) I „Ich war in einem Privathaus. Auf dem Heimweg von dort – es war eine trübe Nacht, der Mond brach durch die Wolken – hörte ich einen winzigen Mann ganz ausgezeichnet Tiroler Lieder zur Gitarre singen. Ich gab ihm etwas Geld und forderte ihn auf, vor dem Schweizerhof zu singen – dort gab man ihm nichts. Er ging beschämt von dannen, murmelte etwas vor sich hin, und die Menge folgte ihm lachend. Vorher hatten sich die Menge und die Leute auf den Balkonen gedrängt und ihm schweigend gelauscht. Ich holte den Mann ein und lud ihn in den Schweizerhof zum Trinken ein. Wir wurden in einen anderen Raum geführt. Der Sänger ist vulgär, aber pathetisch. Wir tranken. Der Kellner lachte, und der Portier setzte sich hin. Das brachte mich auf, ich schalt sie aus und wurde entsetzlich aufgeregt." (Zitiert nach Leo N. TOLSTOJ: Sämtliche Erzählungen. Dritter Band. Herausgegeben von Gisela Drohla. Frankfurt a. M.: Insel-Verlag ²1970, S. 641.)

ALBERT (1858)

Russischer Text I Lew N. TOLSTOJ: АЛЬБЕРТ I Al'bert (*Albert*, 1858). In: PSS (Sowjetische Gesamtausgabe in 90 Bänden: Polnoe sobranie sočinenij). Band 5, S. 27-52 (und 145-165: Varianten). Moskau 1935. [https://tolstoy.ru/online/90/05/]
   Erstveröffentlichung im ‚Sowremennik' Nr. 8/1858.

Dargebotene Übersetzung I Leo N. TOLSTOI: Luzern – Albert [Zwei Erzählungen]. Deutsch von Alexander Eliasberg. (= Insel-Bücherei Nr. 136). Leipzig: Insel-Verlag [1914]. [Digitalausgabe: projekt-gutenberg.org]

Zum Hintergrund I „Vorbild des Helden war ein aus Hannover gebürtiger Geiger namens Georg Kiesewetter, den Tolstoj im Januar 1857 in Petersburg kennenlernte und nach Jasnaja Poljana mitnahm, wo der Künstler kurze Zeit lebte. In Tolstojs Tagebuch steht unter dem Datum des 7. Januar 1857 …: ‚Die Geschichte

Kiesewetters, dieses genialen Narren, läßt mir keine Ruhe'." (Leo N. TOLSTOJ: Sämtliche Erzählungen. Dritter Band. Herausgegeben von Gisela Drohla. Frankfurt a. M.: Insel-Verlag ²1970, S. 641-642.)

DREI TODE (1857/58)

Russischer Text | Lew N. TOLSTOJ: Три смерти | Tri smerti (*Drei Tode*, entstanden 1857). In: PSS (Sowjetische Gesamtausgabe in 90 Bänden: Polnoe sobranie sočinenij). Band 5, S. 53-66 (und 166-167: Textvarianten). Moskau 1935. [https://tolstoy. ru/online/90/05/]. – Im Januar 1858 entstanden; Erstveröffentlichung in: Biblioteka dlja tschtenija (,Lesebibliothek') Nr. 1/1859.

Dargebotene Übersetzung | Leo N. TOLSTOI: Gesammelte Novellen. *Vierter Band.* Mit einer Einführung von Raphael Löwenfeld. Jena: Eugen Diederichs 1924, S. 445-464.

Brief Tolstois an Alexandra Andreevna Tolstoija, 1. Mai 1858 | (Über die Erzählung „Drei Tode"): „Mein Gedanke war: drei Wesen sterben – eine adelige Dame, ein Bauer, ein Baum. Die Dame ist erbärmlich und widerwärtig, weil sie ihr Lebtag gelogen hat und auch vor dem Tod noch lügt. Das Christentum, wie sie es auffaßt, kann die Fragen von Leben und Tod für sie nicht lösen. Wozu sterben, wenn man doch leben möchte? … Der Bauer stirbt ruhig, weil er kein Christ ist. Er hat eine andere Religion, obwohl er die christlichen Gebräuche gewohnheitsmäßig erfüllte. Seine Religion ist die Natur, mit der er lebte. Er hat mit eigener Hand Bäume gefällt, Roggen gesät und geschnitten, Hammel geschlachtet; ihm wurden Hammel geboren und Kinder geboren, er hat die Alten sterben sehen; er kennt dieses Gesetz, dem er sich nie entzogen hat wie diese Dame, und blickt ihm gerade ins Auge … Der Baum stirbt ruhig, ehrlich und schön. Schön, weil er nicht lügt, sich nicht ziert oder fürchtet und nicht klagt." (Zitiert nach Leo N. TOLSTOJ: Sämtliche Erzählungen. Dritter Band. Herausgegeben von Gisela Drohla. Frankfurt a. M.: Insel-Verlag ²1970, S. 642.)

FAMILIENGLÜCK (1858/59)

Russischer Text | Lew N. TOLSTOJ: Семейное счастие | Semeinoje stschastije (*Familienglück / Glück der Ehe*, 1858/59). In: PSS (Sowjetische Gesamtausgabe in 90 Bänden: Polnoe sobranie sočinenij). Band 5, S. 66-144 (und S. 168-184 Varianten). Moskau 1935. [https://tolstoy.ru/online/90/05/]

Der Roman ist entstanden ab Mitte 1858; Erstveröffentlichung in: *Russki westnik* (Moskau), Jg. 1859. – Gisela Drohla meint: „Diese Erzählung steht in Verbindung mit Tolstojs Interesse für seine junge Gutsnachbarin Valerija Arseneva, deren Vormund er war" (L. N. TOLSTOJ: Sämtliche Erzählungen. Dritter Band. Frankfurt a. M.: Insel-Verlag ²1970, S. 643).

Dargebotene Übersetzung | Leo TOLSTOJ: Die Kosaken / Im Schneesturm / Familienglück. Drei Erzählungen. Deutsch von August Scholz. Berlin: B. Cassirer [1923]. [Folgeauflagen] [Digitalausgabe: projekt-gutenberg.org].

POLIKUSCHKA (1861-62)

Russischer Text I Lew N. TOLSTOJ: Поликушка I Polikuschka (*Polikuschka* / auch: *Polikei*, 1862). In: PSS (Sowjetische Gesamtausgabe in 90 Bänden: Polnoe sobranie sočinenij). Band 7, S. 3-56 (und S. 342-350 Hintergrund). Moskau 1936. [https://tolstoy.ru/online/90/07/]

Entstanden 1861-1862; Erstveröffentlichung in: *Russki westnik*, Nr. 2/1863. – „Die Fabel beruht auf einem Ereignis, das sich in Glubokoe, einem Dorf des Fürsten Dondukov-Korsakov im Gouvernement Pskov abspielte" (L. N. TOLSTOJ: Sämtliche Erzählungen. Dritter Band. Herausgegeben von Gisela Drohla. Frankfurt a. M.: Insel-Verlag ²1970, S. 643).

Dargebotene Übersetzung I Leo TOLSTOI: Polikuschka. Novelle. Übertragen von Karl Nötzel. (= Insel-Bücherei 273). Leipzig: Insel-Verlag 1916. [Folgeauflagen] [Digitalausgabe: projekt-gutenberg.org].

Der Übersetzer Karl Nötzel (1879-1945) stand dem radikalen – gewaltfreien – Christentum des späten Tolstoi fern; er diente 1917 bis 1918 dem preußischen Kriegsministerium als Russlandexperte.

LEINWANDMESSER (1856-1864, 1885)

Russischer Text I Lew N. TOLSTOJ: Холстомер I Cholstomer (*Leinwandmesser*, 1863/1886). In: PSS (Sowjetische Gesamtausgabe in 90 Bänden: Polnoe sobranie sočinenij). Band 26, S. 3-37 (und S. 476-487 Textvarianten). Moskau 1936. [https://tolstoy.ru/online/90/26/]

Erstveröffentlichung in Tolstojs ‚Ausgewählten Werken' 1886. – „Die Erzählung wurde 1856 konzipiert, die erste Redaktion 1864 beendet. 1885 vollkommen umgearbeitet. ‚Leinwandmesser' hat tatsächlich gelebt. Er wurde 1803 in dem Gestüt Chrenowo des Grafen Orlow-Tschesmenskij geboren und war ein vorzüglicher Traber. Nach dem Stammbaum hieß das Pferd ‚Mushik I', seines ausgreifenden Ganges wegen gab ihm Orlow den Namen ‚Leinwandmesser'. Nach dem Tod Orlows im Jahr 1812 ließ sein deutscher Stallmeister das Pferd kastrieren und verkaufte es. Sein weiteres Schicksal ist unbekannt" (L. N. TOLSTOJ: Sämtliche Erzählungen. Dritter Band. Herausgegeben von Gisela Drohla. Frankfurt a. M.: Insel-Verlag ²1970, S. 644).

Dargebotene Übersetzung I Leo N. TOLSTOI: Gesammelte Novellen. *Erster Band*. Mit einer Einführung von Raphael Löwenfeld. Erstes bis viertes Tausend. Jena: Eugen Diederichs 1924, S. 421-483.

[Andere Übersetzung in TFb_B014, S. 19-66 nach: Leo N. TOLSTOI, Leinwandmesser. Erzählung. Geschrieben 1861. Ins Deutsche übertragen von H. Röhl. (= Insel-Bücherei Nr. 36). Leipzig: Insel-Verlag 1913].

1901 | Leo N. TOLSTOI: Sämtliche Werke, Serie III: Dichterische Schriften. – Novellen und kleine Romane, Band 1. [Der Morgen des Gutsherrn. Aufzeichnungen eines Marqueurs. Luzern. Albert. Zwei Husaren. Drei Tode. Die Kosaken]. Von dem Verfasser genehmigte Ausgabe von Raphael Löwenfeld. Leipzig: Eugen Diederichs 1901.

1911 | Graf Leo TOLSTOJ: Ausgewählte Erzählungen. Drei Bände. Deutsch von August Scholz. Berlin: Paul Oestergaard G.m.b.H. 1911.

1924a | Leo N. TOLSTOI: Gesammelte Novellen. *Erster Band*: Der Morgen des Gutsherrn / Aufzeichnungen eines Marqueurs / Luzern / Eine Begegnung im Felde / Albert / Zwei Husaren / Polikuschka / Leinwandmesser / Der Schneesturm. – Mit Einführungen von Raphael Löwenfeld. Erstes bis viertes Tausend. Jena: Eugen Diederichs 1924. [532 Seiten]

1924b | Leo N. TOLSTOI: Gesammelte Novellen. *Zweiter Band*: Die Kosaken / Sewastopol / Ein Überfall / Der Holzschlag. – Mit Einführungen von Raphael Löwenfeld. Erstes bis viertes Tausend. Jena: Eugen Diederichs 1924. [520 Seiten]

1924c | Leo N. TOLSTOI: Gesammelte Novellen. *Dritter Band*:. Eheglück / Die Kreutzersonate / Wandelt, dieweil ihr das Licht habt / Der Tod des Iwan Iljitsch / Die Dekrabisten. – Mit Einführungen von Raphael Löwenfeld. Erstes bis viertes Tausend. Jena: Eugen Diederichs 1924. [540 Seiten]

1924d | Leo N. TOLSTOI: Gesammelte Novellen. *Vierter Band*: Volkserzählungen / Der Herr und sein Knecht / Drei Tode. – Mit Einführungen von Raphael Löwenfeld. Jena: Eugen Diederichs 1924. [565 Seiten]

1928 | Leo TOLSTOI: Der Leinwandmesser und andere Erzählungen. Übersetzung aus dem Russischen von Arthur Luther, Erich Müller und August Scholz. Berlin: Malik-Verlag 1928. [555 Seiten]

1950 | Leo N. TOLSTOI: Meister-Erzählungen. Übersetzt von Fega Frisch. Zürich: Manesse-Verlag 1950. [501 Seiten]

1956 | Leo N. TOLSTOI: Ausgewählte Werke. Herausgegeben von Ilse Tönnies. Band 10 & Band 11: Erzählungen. Hamburg: Standard 1956. [256 und 359 Seiten]

1957 | Leo N. TOLSTOI: Meister-Erzählungen. Übersetzt von Johannes Guenther und August Scholz. Zweite Auflage. Berlin: Aufbau-Verlag 1957. [591 Seiten]

1961/1970 | Leo N. TOLSTOJ: Sämtliche Erzählungen. Drei Bände. Herausgegeben von Gisela Drohla. Frankfurt a. M.: Insel-Verlag ²1970. [Zweite Auflage; die erste Auflage erschien 1961].

1981 | Lew TOLSTOI: Der Morgen eines Gutsbesitzers. Frühe Erzählungen. Aus dem Russischen übersetzt von Hermann Asemissen. (= Gesammelte Werke in zwanzig Bänden. Herausgegeben von Eberhard Dieckmann und Gerhard Dudek, Band 2). Dritte Auflage. Berlin: Rütten & Loening 1981. [543 Seiten]

1983 | Lew TOLSTOI: Polikuschka. Frühe Erzählungen. Aus dem Russischen übersetzt von Hermann Asemissen und z. T. Georg Schwarz. (= Gesammelte Werke in zwanzig Bänden. Herausgegeben von Eberhard Dieckmann und Gerhard Dudek, Band 3). Dritte Auflage. Berlin: Rütten & Loening 1983. [653 Seiten; enthält u. a.: Luzern, Albert, Drei Tode, Familienglück, Polikuschka]

2001 | Leo N. TOLSTOI: Die Erzählungen. Neu herausgegeben und mit einem Nachwort, Anmerkungen und Zeittafel von Barbara Conrad. Band I: Frühe Erzählungen (1853-1872). Aus dem Russischen von Josef Hahn, Marianne Kegel, Marie Stellzig und Mila Stucken. Düsseldorf: Artemis & Winkler 2001. [904 Seiten]

Übersicht zu den Bänden der
Tolstoi-Friedensbibliothek, Reihe A

TFb_A001 | Leo N. Tolstoi: *Meine Beichte*. Das Bekenntnisbuch in den Übersetzungen von H. von Samson-Himmelstjerna (1879) und Raphael Löwenfeld (1901). Mit einem Hintergrundtext von Pavel Birjukov. Norderstedt: BoD 2023.

TFb_A002 | Leo N. Tolstoi: *Vernunft und Dogma*. Eine Kritik der Glaubenslehre, übersetzt von L. Albert Hauff, 1891. Norderstedt: BoD 2023. [Werk wie A003]

TFb_A003 | Leo N. Tolstoi: *Kritik der dogmatischen Theologie*. Gesamtausgabe, übersetzt von Carl Ritter, 1904. Norderstedt: BoD 2023. [Werk wie A002]

TFb_A004 | Leo N. Tolstoi: *Kurze Darlegung des Evangelium*. Aus dem Russischen von Paul Lauterbach, 1892. Norderstedt: BoD 2023. [Werk wie A005]

TFb_A005 | Leo N. Tolstoi: *Das Evangelium*. Aus der Bibelarbeit, übersetzt von Nachman Syrkin u. a., nebst Begleittexten von Käte Gaede, Nikolay Milkov und Eugen Drewermann. Norderstedt: BoD 2023. [Werk wie A004]

TFb_A006 | Leo N. Tolstoi: *Worin besteht mein Glaube*? Übersetzungen von Sophie Behr (1885) und Raphael Löwenfeld (1902). Mit einer Einleitung von Eugen Drewermann. Norderstedt: BoD 2023.

TFb_A007 | Leo N. Tolstoi: *Was sollen wir denn tun*? Übersetzt von Carl Ritter (1902), mit einer Einführung von Raphael Löwenfeld. Norderstedt: BoD 2023.

TFb_A008 | Leo N. Tolstoi: *Über das Leben*. Übersetzungen von Raphael Löwenfeld und Willy Lüdtke, 1902/1929. Norderstedt: BoD 2023.

TFb_A009 | Leo N. Tolstoi: *Das Reich Gottes ist in Euch*, oder: Das Christentum als eine neue Lebensauffassung, nicht als mystische Lehre. (Christi Lehre und die Allgemeine Wehrpflicht). Übersetzung von Raphael Löwenfeld. Norderstedt: BoD 2023.

TFb_A010 | Leo N. Tolstoi: *Die Christliche Lehre*. Katechetische Schriften für Erwachsene und Kinder. Norderstedt: BoD 2023.

TFb_A011 | Leo N. Tolstoi: *Was ist Kunst*? Aus dem Russischen von Michaïl Feofanov (1902). Eingeleitet von Dr. Marco A. Sorace. Norderstedt: BoD 2023.

TFb_A012 | Leo N. Tolstoi: *An den Synod*. Texte zur Exkommunikation, Brief an den Klerus und Zeugnisse zum eigenen Glaubensweg. Norderstedt: BoD 2023.

TFb_A013 | Leo N. Tolstoi: *Was ist Religion*? Die Übersetzungen von Nachman Syrkin und Iwan Ostrow (1902), nebst weiteren Texten. Norderstedt: BoD 2023.

TFb_A014 | Leo N. Tolstoi: *Der Weg des Lebens*. Ein Buch für Wahrheitssucher. Neuedition der Übertragung von Adolf Heß, 1912. Mit einer Hinführung von Holger Kuße. Norderstedt: BoD 2023.

Tolstoi-Friedensbibliothek, Reihe B

TFb_B001 | Leo N. Tolstoi: *Texte gegen die Todesstrafe.* Über die Unmöglichkeit des Gerichtes und der Bestrafung der Menschen untereinander. Mit einem Geleitwort von Eugen Drewermann. (= Tolstoi-Friedensbibliothek Reihe B, Band 1). Norderstedt: BoD 2023.

TFb_B002 | Leo N. Tolstoi: *Staat – Kirche – Krieg.* Texte über den Pakt mit der Macht und das Herrschaftsinstrument Patriotismus. (= Tolstoi-Friedensbibliothek Reihe B, Band 2). Norderstedt: BoD 2023.

TFb_B003 | Leo N. Tolstoi: *Das Töten verweigern.* Texte über die Schönheit der Menschen des Friedens und den Ungehorsam. Neu ediert v. P. Bürger & K. Warnatzsch. (= Tolstoi-Friedensbibliothek: Reihe B, Band 3). Norderstedt: BoD 2023.

TFb_B004 | Leo N. Tolstoi: *Wider den Krieg.* Ausgewählte pazifistische Betrachtungen und Aufrufe 1899 – 1909. (= Tolstoi-Friedensbibliothek: Reihe B, Band 4). Norderstedt: BoD 2023.

TFb_B005 | Leo N. Tolstoi: *Das Gesetz der Gewalt und die Vernunft der Liebe.* Texte über die Weisung, dem Bösen nicht mit Bösem zu widerstehen. (= Tolstoi-Friedensbibliothek: Reihe B, Band 5). Norderstedt: BoD 2023.

TFb_B006 | Leo N. Tolstoi: *Bei den Armen.* Texte über die Lebenswirklichkeit der Beherrschten. (= Tolstoi-Friedensbibliothek: Reihe B, Band 6). Norderstedt 2023.

TFb_B007* | Leo N. Tolstoi: *Soziale Sünde und Revolution.* Texte über die moderne Sklaverei, Wege der Befreiung und den Irrweg des Blutvergießens. (= Tolstoi-Friedensbibliothek: Reihe B, Band 7). – *In Vorbereitung für 2024.

TFb_B008 | Leo N. Tolstoi: *Über Nichtstun, Moral, Recht und Wissenschaft.* Vier kleine Schriften aus den Jahren 1893 und 1909. (= Tolstoi-Friedensbibliothek: Reihe B, Band 8). Norderstedt: BoD 2023.

TFb_B009 | Leo N. Tolstoi: *Vier Auswahlbände und Breviere 1901/1928.* Sinn des Lebens – Gott und Unsterblichkeit – Aufruf zur Bruderschaft. (= Tolstoi-Friedensbibliothek: Reihe B, Band 9). Norderstedt: BoD 2023.

TFb_B010 | Leo N. Tolstoi: *Briefe 1848-1910.* Gesammelt von P. A. Sergejenko – vollständige Ausgabe (1911), mit einem Vorwort des Übersetzers Dr. Adolf Heß. (= Tolstoi-Friedensbibliothek: Reihe B, Band 10). Norderstedt: BoD 2023.

TFb_B011 | Leo N. Tolstoi: *Religiöse Briefe.* Übersetzt von Karl Nötzel – Neuedition der Ausgabe von 1922. (= Tolstoi-Friedensbibliothek: Reihe B, Band 11). Norderstedt: BoD 2023.

TFb_B012 | Leo N. Tolstoi: *Begegnung mit dem Orient.* Briefe und sonstige Zeugnisse über die Beziehungen des Dichters zu den Vertretern orientalischer Religionen – bearbeitet von Pavel Birjukov, 1925. (= Tolstoi-Friedensbibliothek: Reihe B, Band 12). Norderstedt: BoD 2023.

TFb_B013* I Leo N. Tolstoi: *Begegnung mit dem Judentum*. Briefe und andere Zeugnisse des Dichters, nebst Darstellungen von jüdischen Zeitgenossen. (= Tolstoi-Friedensbibliothek: Reihe B, Band 13). – *In Vorbereitung für 2024.

TFb_B014 I Leo N. Tolstoi: *Grausame Genüsse*. Texte über das Leiden der Tiere, die Ernährung ohne Töten und Betäubungsmittelgebrauch. (= Tolstoi-Friedensbibliothek: Reihe B, Band 14). Norderstedt: BoD 2023.

TFb_B015 I Leo N. Tolstoi: *Die sexuelle Frage*. Eine Anthologie des Jahres 1901 – Anhang: Die Kreutzersonate. Übersetzungen M. Feofanov, N. Syrkin und A. Scholz. (= Tolstoi-Friedensbibliothek: Reihe B, Band 15). Norderstedt: BoD 2023.

TFb_B016 I Leo N. Tolstoi: *Pädagogische Schriften*. Gesamtausgabe von R. Löwenfeld. (= Tolstoi-Friedensbibliothek: Reihe B, Band 16). Norderstedt: BoD 2023.

TFb_B017 I Leo N. Tolstoi (Bearb.): *Gedanken weiser Männer*. Übersetzt von Adolf Heß. (= Tolstoi-Friedensbibliothek: Reihe B, Band 17). Norderstedt: BoD 2024.

Tolstoi-Friedensbibliothek, Reihe C

TFb_C001 I Leo N. Tolstoi: *Aus meinem Leben*. Kindheit – Knabenalter – Jugendzeit. (= Tolstoi-Friedensbibliothek: Reihe C, Band 1). Norderstedt: BoD 2024.

TFb_C002 I Leo N. Tolstoi: *Kriegsbilder und andere Dichtungen aus der Zeit beim Militär*. (= Tolstoi-Friedensbibliothek: Reihe C, Band 2). Norderstedt: BoD 2024.

TFb_C003 I Leo N. Tolstoi: *Frühe Erzählungen – Der Morgen des Gutsherrn …* (= Tolstoi-Friedensbibliothek: Reihe C, Band 3). Norderstedt: BoD 2024.

TFb_C010 I Leo N. Tolstoi: *Volkserzählungen 1872-1909*. Übersetzt von Erich Boehme. (= Tolstoi-Friedensbibliothek: Reihe C, Band 10). Norderstedt: BoD 2024.

TFb_C012 I Leo N. Tolstoi: *Späte Erzählungen – Der Tod des Iwan Iljitsch …* (= Tolstoi-Friedensbibliothek: Reihe C, Band 12). Norderstedt: BoD 2024.

TFb_C014 I Leo N. Tolstoi: *Hadschi Murad – Erzählungen aus dem Nachlass.* (= Tolstoi-Friedensbibliothek: Reihe C, Band 14). Norderstedt: BoD 2024.

TFb_C015 I Leo N. Tolstoi: *Göttliches und Menschliches – Erzählungen aus dem Nachlass.* (= Tolstoi-Friedensbibliothek: Reihe C, Band 15). Norderstedt: BoD 2024.

Tolstoi-Friedensbibliothek, Reihe D

TFb_D001 I Raphael Löwenfeld: *Zwei Schriften über Leo N. Tolstoi und sein Werk.* (= Tolstoi-Friedensbibliothek: Reihe D, Band 1). Norderstedt: BoD 2024.

TFb_D002 I *Antisemitismus, Pogrome und Judenfreunde im russischen Zarenreich.* Quellentexte und Forschungen aus den Jahren 1877-1927. Ausgewählt von Peter Bürger. (= Tolstoi-Friedensbibliothek: Reihe D, Band 2). Norderstedt: BoD 2024.

Dieser Band erscheint in der Reihe C des Editionsprojekts
‚Tolstoi-Friedensbibliothek' zur Erschließung
gemeinfreier Übersetzungen von ausgewählten
Dichterwerken Leo N. Tolstois.

Über weiterführende Literatur, zu unseren Angeboten
in den einzelnen Editionsreihen A – D
sowie zum Kreis der Beteiligten (Konzeption
und Herausgeberschaft, Bearbeitung, Beratung,
Kooperationspartner*innen) informiert die Projektseite:
www.tolstoi-friedensbibliothek.de